KB232992

빨간 머리 앤

백은주

인천시립대 영문과 졸업. 출판사에서 기획, 번역 및 집필자로 활동하고 있다.
주요 기획물로《영어마당 어린이영어》1. 2. 3단계가 있고, 옮긴 책으로는《어린 왕자》,《어린이 명
작감상》,《공주가 나오는 동화》,《빨간머리 앤》등이 있다.

빨간머리 앤

1판 1쇄 발행 | 2006년 11월 15일
1판 7쇄 발행 | 2010년 4월 1일
2판 1쇄 발행 | 2013년 1월 15일

지은이 | 루시 모드 몽고메리
옮긴이 | 백은주
펴낸이 | 김형호
펴낸곳 | 아름다운날
출판 등록 | 1999년 11월 22일
주소 | (121-837) 서울시 마포구 서교동 351-10 동보빌딩 103호
전화 | 02) 3142-8420
팩스 | 02) 3143-4154
E-메일 | arumbook@hanmail.net
ISBN 978-89-93876-32-1 (03840) | 값 13,800원

＊잘못된 책은 본사나 구입하신 서점에서 교환하여 드립니다.

빨간머리 앤

루시 모드 몽고메리 지음 | 백은주 옮김

아름다운날

머리말

웃음과 희망, 사랑과 우정으로 가득 찬 이야기

루시 모드 몽고메리(1874~1942)는 캐나다 동쪽 프린스 에드워드라는 섬에서 태어났습니다. '북해의 진주'라고 불릴 만큼 아름다운 이 섬에서 루시 몽고메리는 외롭지만 상상력이 풍부한 어린 시절을 보냈습니다. 『빨간 머리 앤』의 주인공 앤 셜리는 상당 부분 작가 자신의 자화상입니다. 겨우 두 살 때 어머니를 여의고 아버지와도 떨어진 몽고메리는 외가에 맡겨져 성장했습니다. 주근깨 가득한 얼굴에 찰랑거리는 긴 머리, 2층 다락방 창 너머로 하염없이 상상의 나래를 펼치던 앤이야말로 어린 시절의 루시 몽고메리였습니다.

『빨간 머리 앤』의 본디 제목은 『그린 게이블스의 앤(Anne of Green Gables)』입니다. 루시 몽고메리를 세계적인 작가로 만든 『빨간 머리 앤』은 몽상가이면서 발랄하기 짝이 없는 고아 소녀 앤이 실수로 사내아이를 원하는 에이번리의 한 농가로 가게 되면서 시작됩니다.

우여곡절 끝에 앤은 그린 게이블스에서 매슈, 마릴라, 데이비 남매와 한 가족이 되어 기쁨과 슬픔을 함께 하면서 새 삶을 엮어가게 됩니다.

앤은 비록 불우했지만 명랑함을 잃지 않고 항상 밝게 살아갑니다. 또한 자신에게 닥친 시련 앞에서 절망하거나 도망치지 않고 자신의 목표를 향해 옹골진 마음으로 극복해 나갑니다.

앤은 때와 장소를 가리지 않고 좌충우돌하면서 엉뚱한 행동과 어이없는 실수로 사람들을 기절초풍하게 만들기도 하지만, 앤의 밝고 따뜻한 마음은 마침내 주위의 모든 이들을 훈훈한 감동과 웃음으로 채우고 맙니다. 이름 없는 풀잎, 작은 새 한 마리, 평범한 오솔길도 앤의 애정 어린 눈길이 닿는 순간 새로운 이름과 의미를 갖게 되고 에이번리 마을을 풍요롭게 만드는 활력소가 됩니다.

주위 사람들이 행복하면 함께 즐거워하고, 슬픈 일이 있을 때는 자신의 일처럼 아파하는 앤의 모습은 가족과 이웃에 대한 무관심과 물질제일주의로 치닫는 우리들의 삶에서 사람과 사람이 나누는 순수하고 따뜻한 마음이 얼마나 중요한 것인가를 새삼 일깨워 줍니다.

이 책을 든 여러분이 앤의 이야기를 통해 가족과 친구들과의 사랑과 우정뿐만 아니라 삶의 동행자로서의 이웃에 대해 다시 한 번 돌아볼 수 있기를 바랍니다.

루시 모드 몽고메리의 삶과 문학

루시 모드 몽고메리는 채 두 살이 되기 전에 결핵으로 어머니를 잃고 아버지와 떨어져 외가에서 성장해야 했습니다. 잠깐 아버지와 함께 산 적도 있었지만 젊은 새 어머니와의 생활에 적응하지 못한 몽고메리는 다시 프린스 에드워드 섬으로 돌아갑니다. 카벤디시에 돌아온 몽고메리는 교사 자격을 얻기 위해 프린스 대학 입학을 결심하게 됩니다. 뛰어난 성적으로 대학에 들어간 몽고메리는 2년의 교사 양성 과정을 1년 만에 마치고 마침내 꿈에도 그리던 교단에 서게 됩니다. 그러나 몽고메리가 스물 세 살 때 우체국을 경영하던 외할아버지가 돌아가시고 우체국을 물려받은 외할머니를 도와야 했기 때문에 몽고메리의 교사 생활은 아쉽게도 1년 만에 끝나고 말았습니다. 이후 핼리팩스에서 신문기자로 일한 8개월을 포함하여 13년 동안 루시 몽고메리는 외할머니와 함께 생활하게 됩니다.

루시 몽고메리는 어릴 때부터 잠시라도 읽고 쓰는 일을 게을리하지 않았습니다. 또한 이야기 소재가 될 만한 것들을 꼬박꼬박 기록해 두는 습관이 있었습니다. 루시 몽고메리가 기자생활을 그만둔 지 2년이 지난 어느 날, 수첩을 뒤적이던 중에 "늙은 부부가 일을 도와줄 소년을 고아원에 부탁했으나 실수로 여자아이가 오게 되었다"는 메모를 보게 됩니다. 이 모티브에 착안하여 쓰기 시작한 소설이 바로 『그린 게이블스의 앤』입니다. 이때가 그녀가 서른 살이 되던 1904년이었습니다.

그러나 완성된 원고를 여러 출판사에 보냈지만 출판하겠다는 곳이 없어 원고는 번번이 카벤디시 우체국으로 되돌아올 뿐이었습니다. 낙심한 몽고메리는 원고를 창고 속에 처박아 두고 맙니다. 그러다가 1년 후 몽고메리는 다시 행여나 하는 심정으로 보스턴의 한 출판사에 원고를 보냈습니다. 이번에는 크게 기대를 걸 만한 작품은 아니지만 책을 내겠다는 연락이 왔습니다.

이런 우여곡절 끝에 1908년, 『그린 게이블스의 앤』이 출판되었습니다. 하지만 뜻밖에도 『그린 게이블스의 앤』은 세상에 나오자마자 베스트셀러가 터트립니다.

호기심으로 반짝이는 커다란 눈, 주근깨투성이 얼굴에 빨간 머리칼을 가진 한 소녀가 전 재산인 가방 하나를 들고 낯선 고장에 첫발을 내디딥니다. 그리고 세계 문학사상 가장 사랑스러운 소녀가 된 앤 셜리가 아름다운 이야기를 전해주고 있는 것입니다.

마크 트웨인은 루시 몽고메리에게 보낸 편지 속에서 "『이상한 나라의 엘리스』 이후 가장 재미있고, 사랑스러운 소녀를 창조했다"는 극찬을 아끼지 않았습니다. 앤을 실제 인물이라고 믿는 소녀들의 편지가 조용한 시골마을의 우체국으로 쏟아져 들어왔습니다.

몽고메리는 출판사의 요청에 따라 속편을 쓰기 시작하여 이듬해 『앤의 청춘』이 출판되었고, 그 이후 앤을 주인공으로 한 작품을 무려 여덟 편이나 쓰게 됐습니다.

루시 몽고메리가 36세 되던 해 봄, 외할머니가 돌아가셨습니다. 그리고 그해 7월, 몽고메리는 약혼자인 맥도널드 목사와 결혼하게 됩니다. 이후 열다섯 해 동안 목사의 부인, 두 아이의 어머니 그리고 작가로서의 삶을 병행하게 됩니다.

루시 몽고메리는 매일 두 시간씩 앤의 후속편을 썼다고 합니다. 사실 그녀는 앤에게 이미 싫증을 느끼고 있었지만 출판사와 독자의 요청 때문에 앤 시리즈를 계속 쓴 것입니다. 결국 이러한 사정이 앤을 창조한 첫 작품 이후에는 앤 시리즈가 높은 평가를 받지 못하는 이유이기도 합니다. 루시 몽고메리는 1923년에 출판된 『귀여운 에밀리』 3부작을 더 마음에 들어 했다고 하는데, 이 작품에는 자전적인 요소가 매우 짙게 배어 있습니다.

1935년, 남편이 목사직에서 은퇴하면서 몽고메리 가족은 토론토로 이사하게 됩니다. 그리고 루시 몽고메리는 그녀가 '인생 최후의 집'이라고 명명한 그 집에서 1942년 68세의 나이로 세상을 떠났습니다.

차 례

머리말 004

1부 초록 지붕 집의 앤 010

2부 에이번리의 앤 218

3부 레드먼드 섬의 앤 421

연보 655

1부
초록 지붕 집의 앤

놀란 린드 부인

큰길을 곧장 따라 내려가면 레이첼 린드 부인이 살고 있는 아담하고 작은 에이번리 마을이 나왔다. 길옆으로는 나무숲이 우거지고 한쪽으로는 실개울이 흘러내렸다. 린드 부인이 언제나 창가에 붙어 앉아 집 밖을 살피고 있음을 알기에, 실개울까지도 그 집 앞에서는 소리를 낮추는 듯했다.

집안일은 제쳐 두고 바깥일에 몰두하는 주부들이 흔히 있지만, 린드 부인은 집안일은 물론 마을, 교회의 일을 도맡아서 여기저기 끼여들기를 좋아했다.

에이번리 마을은 세인트 로렌스 만 쪽을 향한 세모꼴의 작은 곶이(바다나 호수로 가늘게 뻗어 있는 육지의 끝부분)에 있어서, 만을 오가는 사람이라면 누구나 린드 부인의 집에서 마주보이는 언덕길을 지나야만 했다.

6월의 맑게 갠 어느 날 오후, 린드 부인이 여느 때처럼 창가에 앉아 이불 조각을 손질하고 있을 때였다.

창밖으론 햇살이 부서져 내렸고, 언덕의 과수원에는 가득 들어 찬 연분홍 꽃마다 수많은 벌떼들이 온통 잉잉거리고 있었다.

하얀 깃의 외출복을 입은 매슈 커스버트가 마차를 타고 마을 밖을 빠져 천천히 언덕을 오르는 것이 시야에 들어온 것은 바로 그때였다.

"무 파종이 바쁠 땐데, 어딜 가는 거지?"

마을 사람 일이라면 누가 무슨 일로 어디에 가는지 훤히 알고 있는 린드 부인이었지만, 이번만은 짐작이 되지 않았다.

매슈는 몹시 내성적인 인물이어서 모르는 사람에겐 입을 열지 않을 정도였고, 더욱이 웬만해선 마을 밖으로 나서는 일이 없었다. 그런 매슈가 하얀 깃의 새 옷을 차려 입고 나섰으니 짐작도 못할 수밖에.

차를 마시고 나서 더는 궁금하여 견딜 수 없어진 린드 부인은 '초록 지붕 집'으로 불리는 매슈의 집을 찾기로 했다.

과수원 근처의 초록 지붕 집까지는 그다지 멀지 않았지만, 좁다란 오솔길을 따라 한참을 걸어야 했다. 그것은 아들만큼이나 내성적이었던 매슈의 아버지가 되도록 마을 사람들과 멀리 떨어진 곳에서 살기 위하여, 개간지 끝에다 집을 지었기 때문이다.

매슈는 아버지가 지은 이 집에서 여동생 마릴라와 함께 살고 있었다.

린드 부인은 이렇게 외진 곳에서 사는 사람들의 마음을 이해할 수가 없었다.

"이렇게 외롭게 살다니, 알 수 없는 사람들이야. 나무하고 이야기를 하는 것도 아닐 테고. 나 같으면 못 살지."

들꽃이 자라는 오솔길을 따라 걷다 보니, 초록색 지붕의 뒤뜰에 닿아 있었다. 티끌 하나, 돌멩이 하나 없이 말끔히 치워져 있어서, 마당에 떨어진 음식을 그냥 주워 먹어도 될 정도였다. 주방 문을 두드리자, 안에서 들어오라는 소리가 들렸다. 주방에 들어서니, 주방 역시 너무나 깨끗하게 정돈되어 있는 것에 놀랐다. 그곳은 너무나 깨끗하여, 주방이라기보다는 평소에는 쓰지 않던 응접실 같았다.

담쟁이덩굴이 푸르게 뒤덮인 창으로 햇살이 비쳐들고 있었다. 마릴라는 의자에 앉아서 뜨개질을 하는 중이었다.

주방문을 열고 접시 세 개가 놓인 식탁 위를 본 순간, 린드 부인은 모든 상황을 짐작할 수 있었다.

'매슈가 누군가와 함께 올 게로군.'

린드 부인은 속으로 웅얼거렸다. 그러나 음식이 그다지 유별나지 않은 것을 보니, 허물없는 손님인 듯했다.

"어서 오세요. 별일 없으시죠?"

마릴라는 싹싹한 말투로 인사했다.

두 사람은 성격은 전혀 달라도 서로 친밀한 감정을 가지고 있었다.

키 크고 마른 몸매의 마릴라는 새치가 막 희끗대기 시작한 검은머리를 뒤로 묶고 치켜 올려 핀을 꽂았다. 몹시 엄격해 보였지만 입 모양만은 왠지 부드러운 느낌을 주었다.

"염려 덕에 잘 지내지. 그보다 나는 마릴라가 걱정돼 달려왔어. 매슈가 외출하는 걸 보고, 혹시 의사 선생님을 모시러 가는 게 아닌가 해서."

마릴라는 빙긋이 웃었다. 그러잖아도 매슈가 마을 밖을 나서는 것을 본다면, 호기심 많은 린드 부인이 웬일인가 해서 찾아오리라 예상했기 때문이었다.

"어제는 머리가 약간 아팠지만 그다지 아픈 데는 없어요."

매슈는 브라이트 리버 역에 갔어요. 보육원에서 데려오기로 한 사내아이가 오늘 저녁에 도착할 예정이거든요."

린드 부인은 너무 놀라 한참이나 입을 다물지 못했다.

‘오, 세상에! 매슈와 마릴라가 보육원에서 사내애를 데려오다니. 다른 사람도 아니고, 그건 뭔가 잘못된 것이 아닐까?

“아니, 그게 정말이야?”

린드 부인은 소리치듯 되물었다.

“그럼요. 정말이고 말고요.”

마릴라는 린드 부인이 놀라는 것쯤 아무것도 아니라는 듯한 표정으로 대답했다.

“놀라워라! 아니, 어쩌다 그런 생각을 다 하게 되었어?”

믿을 수 없다는 듯 린드 부인이 재차 물었다. 더욱이 자기도 모르는 사이에 이런 일이 일어나고 있다는 것에 린드 부인은 기분이 상했다.

“지난 해 크리스마스 무렵, 스펜서 부인을 만났더니, 새 봄에 보육원에서 여자아이 하나를 입양하겠다고 하시더군요. 그 말을 듣고 나서, 오랜 시간 우리도 의논을 했지요. 그러고는 사내아이 하나를 입양하기로 한 거예요. 우리 오라버니는 예순이 넘은 나이에 심장병까지 겹쳐서 일을 몹시 힘겨워해요. 그렇다고 사람을 쓰자니 이리 저리 신경 쓰일 것 같고요. 고심 끝에 스펜서 부인에게, 가는 김에 우리한테도 열 살쯤이나 먹은 사내아이 하나를 데려다 달라고 부탁했지요. 우선은 잔심부름이나 시키면서 기를까 하고요. 자식처럼 생각해서 공부도 시킬 거고요. 마침 오늘 다섯 시 반 차로 도착한다는 전보가 왔더라고요. 스펜서 부인은 아이를 내려놓고 나서 곧장 화이트 샌드 역으로 가실 거라더군요.”

어떤 자리에서든 자기 생각을 후련히 털어놓아야 직성이 풀리는 린드 부인은 마릴라의 말이 끝나기 무섭게 재빨리 생각을 늘어놓았다.

"좋아. 하지만, 아무래도 바보 같은 일을 한 거야. 대체 어떤 애가 올 줄 알고 그 애를 기른다는 거야? 뉘 집에서 났는지, 성격은 또 어떤지 알지도 못하면서 어떻게 애를 키우겠냐고! 더군다나 애가 일이라도 저지르면 어떻게 하려고 그래? 지난 주 신문을 보니까, 보육원에서 데려다 기른 애가 밤에 집에다 불을 질렀다는 거야. 금방 껐으니 망정이지, 끔찍스러운 일이었잖아? 이런 일을 나한테 먼저 상의했다면 꼭 말렸을 걸……."

마릴라는 린드 부인의 말을 들으면서도 동요하는 기색 없이 뜨개질을 계속했다.

"물론, 염려되긴 해요. 실은 저는 별로 마음이 내키지 않았어요. 그런데 오라버니가 간절히 바라고 있었어요. 오라버니는 어떤 일이건 집착하지 않아 이번엔 양보를 했지요. 사실 위험하다고 생각하면, 세상 누군들 마찬가지 아닐까요? 그렇게 생각하면 자식인들 마음놓고 기를 수 있겠어요?"

"물론, 잘 되기를 바라지만 말이지……. 집에다 불을 놓거나 우물에 독약을 풀어 넣는 일이 없어야지! 만에 하나 그런 일이 일어난다면 그때 가서 내가 도울 수는 없겠지."

린드 부인은 끝내 나쁜 쪽으로만 이야기를 풀어 가려 했다. 그리고 매슈가 고아를 데리고 오는 것을 보고 가고 싶었지만 시간이 너무 오래 남아 자리에서 일어났다. 남의 말 하기를 좋아하는 린드 부인은 돌아가는 길에 윌리엄 벨의 집에 들러서 이 놀라운 소식을 전하리라 마음먹었다.

"암만 해도 내가 꿈을 꾸는 거야. 어떤 애가 올 건지 어쨌든 안됐네.

매슈나 마릴라나 어린애에 대해서 뭘 알아야지. 그 집에 애가 산다는
게 믿어지질 않는다니까……."

린드 부인은 오솔길을 걸으면서도 여전히 그런 생각으로 가득차
혼자 중얼거렸다.

매슈 커스버트는 상쾌한 마음으로 과수원 길을 달리고 있었다. 미
풍이 스쳐 올 때마다 과수원의 달콤한 꽃향기가 코끝을 간질였다. 울
창한 나무숲을 지나자, 들꽃이 무리 지어 피어난 아름다운 마을 길이
이어졌다.

매슈는 쾌활하게 길을 가다가도, 마을 아낙들을 만나면 당황해서
어쩔 줄 몰라 했다. 마을에서는 아는 사람이든 모르는 사람이든, 길
에서 만나면 서로 인사를 나누곤 하기 때문이었다.

매슈는 마릴라와 린드 부인을 빼곤 마을 여자들을 좀 꺼려하고 있
었다. 자신을 비웃는다고 생각하기 때문이었다. 하지만 매슈의 짐작
은 안타깝게도 사실이었다. 몸가짐이 부자연스럽고 어색한데다가,
어깻짓도 평이하지 않았다.

정거장에 도착했을 때, 기차는 이미 보이지 않았다. 승강장도 텅 비
어 있었다. 긴 승강장 끝 자갈밭에 여자아이 하나가 앉아 있을 뿐이
었다.

저녁밥을 들러 집으로 가는 듯 역장이 나오고 있었다.

매슈는 그에게 다섯 시 반 기차가 어찌 되었는지 물었다.

"30분 전에 지나갔지요."

역장은 짧게 대답했다.

"아참, 댁을 찾는 아이가 있었어요. 여자 아인데 대합실에 들어가

서 기다리라니까, 상상을 하기엔 밖이 더 좋다며 안 들어가더군요.
깜찍하던데요."

"아니, 제가 데리러 온 아이는 여자 애가 아닌데요. 사내애죠."

매슈는 어리둥절해서 말했다.

역장은 알 수 없다는 듯 휘파람 소리를 냈다.

"착오가 생긴 모양이군요. 스펜서 댁이 저한테 맡긴 애는 틀림없이
여자 애예요. 댁에서 마중 나오기로 했다던데요."

"이게 어떻게 된 일이야?"

매슈는 어쩔 줄 몰라 한참을 쩔쩔매었다. 마릴라가 여기 있다면 얼
마나 좋을까 하는 생각이 들 뿐이었다.

"그럼, 저 애한테 한번 물어보시죠. 무슨 할 말이 있겠지요. 아마 댁
에서 부탁한 사내애가 없어서 대신 보낸 애인지도 모르고요."

역장은 이렇게 말하고는 성큼성큼 가 버렸다.

매슈는 처음 보는 여자 애한테 말을 걸어야 한다고 생각하니 몹시
난처해졌다. 그러다 하는 수 없이 여자 애 쪽으로 걸음을 옮겼다.

여자 애는 다가서는 매슈를 뚫어지게 쳐다보았다.

열한 살 가량 된 여자 애는 색 바랜 갈색 원피스를 걸치고 있었는데
몹시 낡고 깡뚱해서 얼핏 보기에도 구질구질했다. 색 날린 갈색 모자
밑으로 땋아 내린 빨간 머리카락이 한눈에 들어왔다.

창백할 만큼 하얀, 마른 얼굴은 주근깨 투성이였다. 입은 큰 편이었
다. 눈도 역시 컸는데, 승강장의 불빛 때문인지 녹색으로도 회색으로
도 보였다.

평범한 사람은 누구라도 이 애한테서 이러한 인상을 받았을 것이

다. 하지만 관찰력을 가진 사람이라면, 여자 애의 반짝이는 두 눈에 넘치는 생기를 발견했을 것이다. 그뿐 아니라 야무진 입술, 너르고 반듯한 이마, 여자 애의 깜찍스런 몸에 깃든 영혼의 향기 또한 눈치챌 수 있을 것이다.

허나, 매슈에게는 그런 점을 알아볼 마음의 여유가 없었다. 여자 애한테 뭐라고 말을 걸까, 그것만이 머리를 맴돌았기 때문이다.

하지만 걱정은 곧 사라져 버렸다.

매슈가 자기 쪽으로 오고 있다는 것을 알아차리자, 여자 애는 낡은 가방을 들고 발딱 일어서 한쪽 손을 내밀며 맑고 천진한 목소리로 말했다

"초록 지붕 댁에서 오신 매슈 커스버트 아저씨지요? 안 나오시면 어쩌나 걱정하면서 여러 가지 궁리를 하고 있었어요. 저녁까지 오지 않으시면, 저기 벚나무 위에서 밤을 보내려고 했어요. 달빛 아래 하얀 벚꽃 속에서 잠자는 것도 멋지잖아요? 저녁에 안 오시면, 내일 아침에는 꼭 오실 거라 생각했어요."

매슈는 머뭇머뭇 아이의 조그만 손을 잡았으나, 막상 어떻게 해야 좋을지 몰랐다.

반짝이는 눈으로 쳐다보는 아이한테 어떻게 '우리가 원한 건 네가 아니었다' 고 말할 수 있겠는가. 그래서 일단 집으로 함께 가서 그 말은 마릴라가 하도록 미루어야겠다고 생각했다. 어찌 되었든 어린 애를 그냥 두고 갈 수는 없지 않은가.

"늦어져서 미안하다. 자, 마차로 가자. 가방은 이리 주고."

여자 애는 명랑하게 말했다.

"이 가방 속에 제 모든 게 들어 있어요. 하지만 무겁지도 않고요. 너무 낡아서 잘못하면 손잡이가 빠져요. 그래서 제가 들어야 해요. 아저씨가 와 주셔서 정말 기뻐요. 벚나무 위에서 자는 것도 그리 나쁘지는 않지만……. 마차를 타고 한참 가야 되지요? 스펜서 아줌마가 그러시더라구요. 아, 신나! 저는 마차 타는 걸 참 좋아해요. 거기다 이제부터 아저씨랑 같이 살게 되고, 아저씨 가족이 되는 거니까 ……. 멋져. 저는 지금까지 가족이 되어 본 적이 없거든요. 어쨌거나 저는 보육원은 너무 싫어요. 거기서 넉 달밖에 안 지냈지만, 아주 질렸어요. 그런 데 있어 본 적 없는 사람은 모를 거예요. 이런 말 하지 말라고 스펜서 아줌마가 당부하셨지만, 나쁜 뜻으로 드리는 말씀은 아니에요. 물론, 보육원에 있는 사람들은 좋은 사람들이에요. 하지만 보육원에선 상상할 만한 게 없어요. 그저 애들의 처량한 한탄뿐이죠. 하긴 그럭저럭 재미있는 상상도 하긴 했어요. 옆 친구가 원래는 백작의 딸인데 어릴 때 유모에게 유괴를 당했고 그 유모가 모든 것을 자백하기 전에 죽어 버렸다든지 하는 상상은 무척 재미있어요. 하지만 그것도 밤에나 할 수 있지요. 낮에는 너무 바빠서 그런 상상을 할 틈이 안 생기거든요. 그래서 제가 이렇게 말랐나 봐요. 저는 팔꿈치에 우물이 파이도록 포동포동하게 살이 오른 예쁜 제 모습을 상상해 보곤 해요."

단숨에 이렇게 말한 여자 애가 겨우 입을 다물었다. 숨도 가빴지만, 마차 있는 곳까지 왔기 때문이었다.

두 사람이 탄 마차는 큰 길을 지나 야트막한 비탈길을 내려갔다. 길가에는 활짝 핀 산벚나무와 곧게 뻗은 자작나무가 촘촘히 늘어서 있

었다.

 "정말 아름다워요. 저기 언덕에, 하얀 레이스가 늘어진 것 같은 나무 보이죠. 아저씨, 저걸 보고 어떤 생각이 드세요."

 "글세, 잘 모르겠는데!"

 "아이 참! 신부죠. 새하얀 드레스를 입고 안개 같은 면사포를 쓴 신부 말예요. 그런 신부를 아직 본 적은 없지만, 상상할 수는 있어요. 물론 제가 그런 모습을 한 신부가 될 수는 없을 거예요. 아마 아무도 나와 결혼해 주지 않을 거예요. 외국 선교사라면 또 모르겠지만……. 언젠가 저도 한번 그런 새하얀 옷을 입고 싶기는 해요. 그게 제 꿈이에요. 저는 아직 한 번도 예쁜 옷을 입어 본 적이 없어요. 하지만 상상은 참 많이 해봤어요. 아까 보육원에서 나올 때는 정말 창피했어요. 이렇게 다 낡은 옷을 또 입고 나서야 했으니까요. 고아들은 모두 이 옷을 입어야 하거든요. 지난 겨울에는 옷감 상인 한 분이 옷감을 300마나 기증했어요. 팔리지 않아서 주셨을 거라고 하는 사람들도 있지만, 저는 그 분이 착하기 때문이라고 믿어요. 아저씨도 그러시죠? 제가 기차를 탔을 때는 모두들 저만 쳐다보는 것 같아서 부끄러웠어요. 그렇지만 곧 아주 멋진 하늘색 옷을 입고 있다고 상상하기로 했어요. 갖가지 꽃과 하늘거리는 깃털로 장식한 모자를 쓰고, 금시계를 차고, 가죽장갑을 끼고, 그리고 구두를 신고 있다고 상상을 하는 거예요. 그러니까 여기에 올 때까지 유쾌하게 즐거운 여행을 할 수가 있었어요. 어머나! 저쪽에도 또 벚꽃이 있어요. 정말 여기처럼 꽃이 많은 곳은 처음이에요. 이렇게 꽃이 많은 곳에서 사는 것을 상상한 적은 많았지만, 그 상상이 이루어질 줄 어떻게 알았겠어요? 상상하는 일이 그대로 이루어진다는 건 정말 멋진 일이에요. 그런데 흙색깔은 정말 이상해요. 기차를 타고 오면서 보니까 계속 땅이 붉은색이더라고요. 스펜서 아줌마께 흙이 왜 저렇게 붉으냐고 여쭤 보니까 모른다고 하셨어요. 그러면서 '애야, 제발 더 이상 묻지 마라. 지금까지 천 번은 물었겠다' 고 하시대요. 물론 제가 많이 묻긴 했지만, 모르는 걸 자꾸 물어야 여러 가지 일을 알 수가 있잖아요. 아저씨, 흙이 왜 붉은 거죠?"

"글쎄, 왜 그럴까?"

"좋아요, 언젠가는 알게 될 거예요. 이제부터 알아내야 할 일이 많다는 걸 생각하면 전 아주 즐거워져요. 세상의 모든 걸 다 잘 안다면 지금의 반만큼도 재미있지 않을 거예요. 상상할 거리도 별로 없을 테니까요. 어머나! 아저씨, 제가 너무 많이 지껄였지요? 사람들이 저보고 수다쟁이라고 해요. 듣기 싫으면 그만두라고 하세요. 그러면 입을 다물고 있을게요. 저는 아무리 어려운 일이라도 마음만 먹으면 그만둘 수 있어요."

매슈는 알 수 없이 마음이 유쾌해졌다. 스스로도 놀랄 일이었다. 내성적인 사람들이 흔히 그렇듯이, 매슈는 상대방의 이야기를 듣기만 하는 것이 편했었다. 더욱이 수다쟁이 여인네들이나 여자 애들의 이야기는 귀담아들은 적도 없었다.

그런데 이 주근깨 투성이 아가씨의 이야기는 달랐다. 재잘대는 이야기를 듣다 보면 어느 사이에 즐겁고 흐뭇해지는 것이었다. 그래서 매슈는 머뭇거리면서 대답했다.

"괜찮다. 하고 싶은 이야기가 있으면 얼마든지 하거라."

"고마워요, 아저씨! 저는 아저씨하고 금방 친해질 수 있을 것 같아요. '어린애가 그렇게 지껄이면 안 돼' 하고 나무라지 않고, 하고 싶은 이야길 모두 하라고 하시니 정말 기뻐요. 지금까지는 그런 꾸중을 많이 들었거든요. 사람들은 제가 지나친 표현을 쓴다고 비웃기도 해요. 하지만 놀라운 생각이 떠올랐을 때는 거기에 맞는 멋진 표현을 써야 하지 않나요?"

"그렇지."

매슈가 빙긋이 웃으며 대답했다.

"스펜서 아줌마는 저는 혀만 공중에 동동 떠 다닌다고 놀리셨지만 그렇지는 않아요. 참, 아저씨 댁을 '초록 지붕 집'으로 부른다대요? 집 주위에 나무가 둘러 있다고 해서 얼마나 좋았는지 몰라요. 저는 나무를 아주 좋아하거든요. 보육원에는 작은 나무 두세 그루밖에 없었어요. 나무들도 퍽 외로워 보였구요. 고아들처럼요. 저는 그 나무들을 보면 눈물이 날 것 같았어요. 오늘 아침에 보육원을 떠날 때는 좀 슬펐어요. 그동안 정이 들었나 봐요. 참, 초록 지붕 집 근처에는 시냇물이 있나요? 그걸 여쭤 본다는 걸 잊고 있었어요."

"그럼. 멀지 않은 곳에 실개울이 있지."

"와, 멋져요! 시냇물 근처에 사는 게 제 꿈 가운데 하나였어요. 꿈이 이렇게 이루어지다니! 저는 지금 반 정도 행복해요. 어차피 아주 행복할 수는 없거든요. 왜냐면요, 잘 보세요. 이게 무슨 색 같으세요?"

어깨까지 늘어뜨린 긴 머리카락 하나를 집어서 아이는 매슈의 눈앞에 내밀어 보였다.

"빨간색이네."

매슈가 아이를 바라보며 대답했다. 아이는 슬픈 듯 한숨을 쉬고는 머리카락을 제자리로 돌려놓았다.

"맞아요, 빨간색이에요. 그러니 어떻게 아주 행복해질 수 있겠어요. 빨간 머리는 상상으로도 바꿀 수가 없는 걸요. 피부색이나 눈 빛깔은 모두 아름다운 색으로 상상할 수 있어요. 하지만 머리만은 되질 않아요. 아무리 마음속으로 아름다운 색깔을 상상해도 금세 사실이 떠오르거든요. 언제까지고 저는 슬플 거예요. 언젠가 슬픔을 지닌 채 살아가는 아이의 이야기를 쓴 소설을 읽은 적이 있어요. 물론 그 아이의 슬픔은 빨간 머리 때문은 아니었어요. 눈부신 금발이 석고 같은 이마 주위로 물결치고 있다고 했거든요. 그런데 석고 같은 이마라는 게 무슨 뜻일까요? 아저씨는 아세요?"

"글쎄, 잘 모르겠는데."

매슈는 얼버무리며 대답했다.

"아무튼 좋은 표현일 거예요. 그 소녀는 성스러울 정도로 아름답다고 씌어 있었어요. 아저씨, 성스러울 정도로 아름답다는 걸 생각해 보신 적 있으세요?"

"아, 없단다."

매슈는 다시 얼버무렸다.

"저는 생각해 봤어요. 아저씨, 만약에 성스러울 만치 아름다운 것과 천재처럼 똑똑한 것과 천사처럼 착한 것, 세 가지 가운데 하나를 택해야 한다면 어떻게 하시겠어요?"

"글쎄, 에, 에, 잘 모르겠구나."

"저도 잘 모르겠어요. 다 소중하니까요. 하지만 천사처럼 착해질 수

는 없지 않겠어요. 스펜서 아줌마 말대로……. 어, 아저씨! 어머, 어머!'

아이가 소리친 것은 마차가 가로수가 늘어선 길로 접어들 때였다.

'가로수 길'로 불리는 그 길은 무성한 가지가 뻗은 큰 사과나무가 늘어서 있었다. 그래서 마치 향기롭고 구름 같은 꽃들로 이루어진 긴 터널 같았다. 아름다움에 반해 아이는 이내 잠잠해져 버렸다. 의자에 기대어 손을 모아 쥔 채 꼼짝도 않고, 머리 위의 하얀 꽃들을 바라보고 있을 뿐이었다. 가로수 길을 나와 새로운 길로 접어들었을 때도 아이는 입을 열지 않았다. 어둠이 드리우는 서쪽 하늘을 노을 빛마저 놓치지 않으려는 듯, 가늘게 눈을 뜬 채 바라보고 있었다.

마을을 지날 때 개들이 짖어대고 아이들의 떠드는 소리가 들려 왔지만, 아이는 아직 입을 열지 않았다. 말이 없는 아이한테 과감히 이번에는 매슈가 먼저 말을 걸었다.

"이제 얼마 남지 않았어. 조금 더 가면 된단다."

매슈의 말소리에 아이는 오랜 공상에서 벗어났으나 아직도 꿈꾸는 듯한 눈빛으로 속삭이듯 물었다.

"아저씨, 조금 아까 지나온 하얀 꽃길의 이름이 뭔가요?'

"가로수 길. 그래, 멋진 길이지!'

매슈가 대답했다.

"멋진 길……. 하지만 '멋지다'는 말로는 안 돼요. '아름답다' 이런 말도 맞지 않아요. 그 길은 상상으로는 더 이상 표현할 수 없을 거예요. 가슴이 찌릿찌릿 아픈 것 같았어요."

아이는 한 손을 가슴에 얹은 채 계속 이야기했다.

"가슴이 찌릿찌릿 아픈데, 기분이 좋았어요. 아저씨, 그런 아픔을 아시겠어요?"

"글쎄, 난 잘 모르겠는데."

"저는 가끔 그런 걸 느껴요. 정말 아름다운 것을 볼 때 그런 아픔을 느끼지요. 그 길을 그냥 가로수 길로 부르면 안 돼요. 그건 똑같은 길 가운데 하나일 뿐이니까요. 뭐라고 할까……. 그래, '가슴 벅찬 하얀 길'이 좋겠어요. 상상이 펼쳐지는 이름이지요? 저는 가끔 마음에 들지 않는 이름을 들을 때면 새 이름으로 바꾸어 부르곤 해요. 이제부터는 그 길을 '가슴 벅찬 하얀 길'이라고 부르겠어요. 집까지 이제 얼마 안 남았다고 그러셨지요? 여행이 끝나가니까 좀 아쉬워요. 즐거운 일이 끝날 땐 언제나 그렇지요. 하지만 지금부터 우리 집에 가는 거라고 생각하면 너무 좋아요. 그래서 조금 전의 그 이상한 아픔이 다시 느껴지는 건가 봐요."

마차는 언덕을 넘었다.

언덕 아래로 꾸불꾸불한 강 모양의 긴 연못이 나타났다. 연못 중간에 다리가 놓여 있고, 연못가에는 모래밭이 언덕까지 이어져 있었다. 잔물결이 온갖 빛깔로 반짝이고 있었다.

연못 어귀 늪에서는 개구리들이 울고 있었다. 연못 건너편 비스듬한 언덕은 온통 하얀 사과 꽃으로 덮였고, 그 앞에 작은 집이 한 채 있었다. 회색 지붕의 그 집에서는 흐릿한 불빛이 새어나와, 어둠에 잠겨 가는 연못에 반사되고 있었다.

매슈가 손끝으로 연못을 가리켰다.

"이 연못은 배리 못이야."

"그 이름도 좋지 않아요. 저 같으면 '반짝이는 호수'라고 하겠어요. 어때요? 어울리는 이름이 아닐까요? 가슴이 떨리는 것 보니까 틀림없어요. 꼭 맞는 이름이 생각나면 언제나 가슴이 떨리거든요. 아저씨도 가슴이 떨린 적 있으세요?"

매슈는 기억을 더듬었다.

"그런 적은……. 그래, 있지. 봄에 오이 씨를 심을 때면 흙 속에서 굼벵이가 나온단다. 그럴 때 가슴이 떨리지."

"아저씨! 제가 이야기하는 건 그런 게 아니에요. 반짝이는 호수와 굼벵이는 전혀 맞지 않아요. 그런데, 왜 배리 못이라고 부르게 되었죠?"

"연못가에 있는 저 집에 배리 씨가 살기 때문이야."

"아저씨, 저 집에도 아이가 있나요? 저 만한 아이 말이에요."

"그래, 열한 살 난 딸이 있지. 다이애너라고 부른단다."

"어머! 예쁜 이름이다!"

"제인이나 메리 같은 얌전한 이름이 더 좋지. 다이애너라는 이름은 그 애가 태어났을 때, 마침 그 집에서 하숙하고 있던 선생님이 지어 준 이름이지."

"제가 태어났을 때도 그런 선생님이 계셨으면 좋았을 텐데. 아, 이제 다리를 다 건너 왔네요. 반짝이는 호수님, 안녕히 주무세요! 아저씨, 전 언제나 사랑하는 것들한테는 사람들에게 하듯이 인사를 해요. 저 물이 저에게 웃음을 짓는 것 같아요."

마차가 모퉁이를 돌아 붉은 언덕으로 오를 때 매슈가 말했다.

"자, 이제 거의 다 왔다. 우리 집은 저기……."

"아니, 말하지 마세요!"

아이는 매슈가 가리키는 쪽을 보지 않으려고 눈을 감고서 급히 매슈의 말을 막았다.

"아저씨, 제가 맞혀 볼게요. 꼭 맞힐 거예요."

아이는 눈을 뜨고 주위를 둘러보았다. 그러고는 마침내 오른쪽에 보이는 외딴 집을 뚫어져라 바라보았다.

집 주변에 솟아 있는 전나무가 컴컴한 그림자를 드리우고, 하얗게 꽃핀 과일나무 가지들은 안개처럼 은은하게 퍼져 있었다.

"저 집이지요?"

아이는 손가락으로 가리켰다.

매슈는 흐뭇한 마음에 고삐로 말 잔등을 살짝 쳤다.

"그래, 맞았어. 스펜서 아줌마가 이야기해 주셨니?"

"아니에요. 하지만, 저 집을 본 순간 저절로 알 수 있었어요. 아저씨, 저는 벌써 몇 번이나 팔을 꼬집어 봤는지 몰라요. 꿈이 아닌가 해서요. 계속 확인하느라고 멍이 들도록요. 그런데 이젠 꼬집지 않아도 돼요. 눈앞에 집이 보이니까요."

기쁨을 못 이겨 숨을 몰아쉬고는 아이는 다시 잠잠해졌다.

매슈는 불안해지기 시작했다. 간절하게 집을 원하는 불쌍한 아이에게, 우리가 원한 것은 네가 아니라는 말을 해야 한다는 건 너무나 잔인한 일처럼 느껴졌다.

집이 가까워질수록 매슈의 마음은 무거워져 갔다. 머릿속에는 가엾은 아이의 실망하는 모습이 떠나질 않았다. 그 소중한 기쁨을 강제로 빼앗는다고 생각하니, 마치 양이나 소처럼 죄 없는 짐승을 잡을 때처럼 죄책감이 들었다. 마차가 집 뒷마당에 들어섰을 때, 어둠 속에서 나뭇잎들이 바스락거리고 있었다.

매슈가 아이를 안아서 내려 주자, 아이가 가만히 속삭였다.

"나무들의 잠꼬대를 들어보세요. 잠자면서 지금 멋진 꿈을 꾸고 있을 거예요."

그러고는 제 모든 것이 든 가방을 꼭 쥐고 매슈를 따라 집안으로 들어갔다.

마릴라와 첫 만남

매슈가 문을 열자 마릴라가 급히 걸어 나왔다. 그러나 기다랗게 땋아 내린 빨간 머리에 몸에 맞지 않는 원피스를 거북스럽게 껴 입고는 눈을 반짝이며 서 있는 여자 애를 보자, 깜짝 놀라서 소리쳤다.

"오빠! 어찌 된 일이에요? 사내애는요?"

매슈는 힘없이 대답했다.

"사내애는 없었어. 가보니, 이 애밖에 없었다구."

"뭐라구요? 우리가 부탁한 건 사내애였어요."

"그랬어. 그런데 이 애를 보냈더라구. 역장한테 물어보았더니, 이 애뿐이었다는 거야. 그러니 어쩌겠어? 애를 정거장에 그대로 두고 올 수는 없잖아."

"세상에! 이럴 수가……."

두 사람의 이야기를 듣고 있던 아이의 빛나던 눈빛이 점차 불안스러워지기 시작했다. 상황을 읽어 버린 소녀는 꼭 쥐고 있던 가방을 털썩 떨어뜨리며 소리를 질렀다.

"저를 원한 게 아니군요? 사내애가 아니니까요. 역시 그랬어요. 지금까지 저를 원한 사람은 아무도 없었거든요. 모든 것이 너무 꿈 같은 일이라 잘 믿어지지 않았다고요. 나를 진짜로 기다리는 사람이 이 세상에 하나도 없다는 것쯤은 진작에 알았어야 했는데……. 아아, 이제 어떻게 해?"

아이는 의자에 쓰러져 앉아, 식탁에 얼굴을 파묻은 채 흐느끼기 시작했다. 매슈와 마릴라는 어떻게 해야 할지 몰라 한동안 서로의 얼굴만 마주보고 있었다. 이윽고 우선 달래야겠다고 생각한 마릴라가 입을 열었다.

"자, 그만. 그렇게 울 게 아니야."

"울 게 아니라고요?"

아이는 눈물이 그렁거리는 얼굴로 쏘아대기 시작했다.

"아줌마가 저라면 어떻게 하시겠어요? 자기 집에 살 수 있다는 희망을 안고 왔는데, 자기를 원하지 않는다는 말을 들은 고아라고 생각해 보세요. 아줌마라면 이럴 때 울지 않으시겠어요? 슬퍼서 견딜 수 없을 거예요."

마릴라의 엄한 얼굴에 부드러운 미소가 스쳤다.

"자, 이제 그치거라. 오늘밤에 당장 내보내지는 않을 테니. 왜 이런 일이 일어났는지 알게 될 때까지 너는 그냥 우리 집에 있어야 될 거야. 그런데 이름이 뭐니?"

아이는 잠시 머뭇거리다가 대답했다.

"코델리아라고 불러 주시겠어요?"

"코델리아라고 불러 달라고? 그게 네 이름 맞니?"

"아니요. 하지만, 아주 예쁜 이름이잖아요."

"무슨 말을 하는지 모르겠구나. 네 원래 이름은 뭔데 그러니?"

"앤 셜리예요. 그렇지만, 저를 꼭 코델리아로 불러 주세요. 어차피 오래 있을 건 아니니까 상관없지 않아요? 앤이라는 이름은 너무 흔해서 싫어요."

아이는 마지못해 대답했다.

"아니다. 앤이라는 이름이 단정하고 부르기도 쉬운데 왜 그러니? 그런 걸 부끄러워할 필요는 없다."

마릴라는 차갑게 나무랐다.

"부끄럽지는 않아요. 그냥 코델리아라는 이름을 좋아할 뿐이에요. 저는 언제나 코델리아라고 상상해 왔거든요. 그렇지만 꼭 앤이라고 부르시겠다면, 끝을 길게 늘여서 불러 주세요."

"그건 별로 상관이 없지 않니?"

"아니에요, 길게 늘인 앤은 짧은 앤보다 아름다운 느낌을 주거든요."

"알았다. 그럼 길게 늘인 앤으로 부르마. 그런데 일은 어떻게 된 거니? 우리가 부탁한 건 사내애였는데……. 보육원에 사내애가 없었니?"

"아니요. 많이 있었어요. 하지만 스펜서 아줌마는 분명히 열한 살쯤 된 여자애를 부탁받았다고 그러셨어요. 그래서 보모 선생님들이 제가 가는 게 좋겠다고 하셨어요. 저는 얼마나 기뻤던지 어젯밤 한잠도 못 잤어요. 그랬으면 아까 정거장에서 말씀해 주지 그러셨어요. 사내애를 기다렸다고……. 저를 거기 그냥 두고 오지 그러셨어요."

아이는 매슈를 쳐다보며 눈물을 글썽였다.

"'가슴 벅찬 하얀 길'과 '반짝이는 호수'를 보지 않았다면 이렇게 슬프지는 않을 거예요."

"얘가 지금 무슨 말을 하고 있는 거예요?"

마릴라가 어리둥절한 표정으로 매슈에게 물었다.

"집으로 오는 길에 이야기한 걸 말하고 있는 거야. 자, 난 마구간에 말을 넣어 두고 올 테니까 저녁 좀 차려 줄래?"

매슈가 밖으로 나가자, 마릴라는 아이에게 다시 물었다.

"스펜서 아줌마가 너말고 다른 아이도 데리고 왔니?"

"네. 다섯 살짜리 릴리 존스요. 아주 귀엽고 예쁘게 생겼어요. 만일 제가 예쁘게 생기고 머리가 금발이라면 아줌마는 저를 이 집에 살게 하실 건가요?"

"아니야, 우리 집에는 아저씨의 밭일을 도와 줄 사내애가 필요하단다. 그러니 여자 애는 쓸모가 없지. 자, 이제 모자를 벗어라. 그리고 가방을 이리 줘. 탁자 위에 두자."

매슈가 돌아오자 세 사람은 저녁 식탁에 둘러앉았다. 하지만 앤은 음식을 먹을 수 없었다. 빵과 사과를 조금 씹어 봤으나, 삼킬 수가 없었다. 마릴라는 나무라는 말투로 물었다.

"왜 안 먹니?"

앤은 한숨을 쉬며 말했다.

"못 먹겠어요. 저는 실의에 빠졌어요. 아줌마는 이렇게 실의에 빠져 있을 때 음식을 드실 수 있겠어요?"

"실의에 빠져 본 일이 없으니까 잘 모르겠다."

"그럼 그런 마음을 상상해 본 적은 없으세요?"

"그런 걸 왜 상상하니?"

"그러니까 이해를 못 하시는 거예요. 뭐라고 할까? 아무튼 음식을 삼킬 수 없어요. 아무리 달고 부드러운 초콜릿을 먹어도 마찬가지일 거예요. 재작년에 처음 초콜릿을 먹어 봤는데, 정말 맛있더라고요. 그 뒤로 초콜릿 먹는 꿈을 여러 번 꾸었어요. 하지만 꼭 먹으려고 할 때 잠이 깼어요. 아줌마, 제가 음식을 먹지 않는다고 미워하지 마세요. 목에 걸려서 삼킬 수가 없어서 그래요."

말없이 음식을 먹던 매슈가 말했다.

"아이가 많이 피곤한 것 같아. 재우는 게 좋겠어."

앤을 어디에 재워야 할까 마릴라는 한참 고민했다.

사내애가 오면 재우려고 주방방에 잠자리를 마련해 두긴 했지만, 여자 애를 재우기에는 적당치 않았다. 그렇다고 손님방에 재우기는 싫었다. 결국 2층의 동쪽 방에 재우기로 하고 앤을 그리로 데려갔다.

탁자 위에 촛불을 놓고 침대를 정리해 주었다.

"잠옷은 있니?"

"예, 두 개 있어요. 보육원에서 만들어 준 건데 몸에 꼭 끼어요. 보육원에는 옷감이 모자라니까 뭐든지 작게 만드나 봐요. 전 꼭 끼는 잠옷이 싫어요. 하지만, 잠자리에 들 땐 언제나 제가 부드러운 천으로 만든 레이스 달린 긴 잠옷을 입고 있다고 상상하니까 괜찮아요."

"그래. 이제 그만 잠자리에 들거라. 잠시 후에 촛대를 가지러 올라오마."

마릴라가 나간 뒤 앤은 방안을 둘러보았다.

회칠한 벽과 널빤지가 드러난 바닥은 차가워 보였다. 한 구석에 기둥이 네 개 달린 나무 침대가 놓여 있고, 거울이 걸린 벽에는 다리가 세 개인 탁자 하나가 붙어 있었다. 탁자와 침대 사이에는 창문이 있었는데, 하얀 레이스 커튼이 드리워져 있었다. 세면대는 창의 맞은편 쪽에 있었다.

방안에 냉기가 감돌아 덜덜 떨면서 재빨리 잠옷으로 갈아입고 침대 위에 엎드려 이불을 머리 끝까지 뒤집어썼다.

마릴라가 촛대를 가지러 방안에 들어서자 바닥에 벗어던진 옷들이 여기저기 흩어져 있었다. 마릴라는 말없이 그 옷들을 집어 들고 차곡차곡 개어 의자 위에 올려 놓았다. 촛대를 들고 나오다, 침대 곁으로 다가간 마릴라는 어색하긴 했으나 부드러운 소리로 말했다.

"잘 자거라."

그 순간 이불을 젖히고 앤이 흰 얼굴을 내밀었다.

"잘 자라고요? 오늘 같이 슬픈 밤에 잘 잘 수 있겠어요?"

앤은 그렇게 쏘아붙이고는 다시 이불을 뒤집어썼다.

마릴라는 천천히 주방으로 내려가 설거지를 하기 시작했다.

매슈는 묵묵히 담배를 피우고 있었는데 그것은 그가 몹시 괴로울 때 하는 버릇이었다. 그는 평소에는 담배를 잘 피우지 않았다. 마릴라가 싫어했기 때문이었다.

"어쩌다 이렇게 된 건지, 원. 이런 일은 우리가 직접 가서 했어야 하는 건데…… . 중간에서 전하는 사람이 말을 잘못 알아들은 모양이에요. 내일 스펜서 댁을 만나야겠어요. 저 애를 보육원으로 돌려보내야지요."

"글쎄, 그래야……겠지?"

"대답이 왜 그래요?"

"저 애는 귀엽고……, 그리고 얘야, 그렇게 여기에 오는 걸 좋아했던 저 애를 돌려보낸다는 게 어쩐지 마음에 걸리는구나."

"오빠, 설마 저 애를 우리 집에서 그냥 기르자는 거는 아니지요?"

마릴라는 너무 놀라 추궁하듯 다그쳤다.

"아니, 그, 그런 말이 아니라……."

매슈는 말소리를 입에 넣었다가 다시 쩔쩔매며 이어갔다.

"우, 우리 집에서 기를 수는 없겠지?"

"물론이지요. 아무런 도움도 되지 않는 애를 무엇 때문에 우리가 데리고 있어야 하냐고요?"

"하지만 그래, 우리가 잘 해줄 수는 있지. 그럼 그렇고 말고."

매슈가 이번엔 뜻밖의 말을 갑자기 덧붙였다.

"오빠! 오빠, 저 애한테 홀려 버린 거 아니에요? 얼굴에 저 애를 우리 집에서 기르고 싶어한다는 게 씌어 있어요."

"으응, 저 애는 정말이지 재미있는 애야. 너도 저 애가 여기까지 오는 동안 했던 이야기를 들었어야 했어."

"저 애는 말이 너무 많아요. 전 수다스러운 애는 질색이에요. 보육원에서 애를 데려오는 것도 싫지만, 설사 데려온다 해도 저런 애는 싫어요. 저런 말썽꾸러기는 두고두고 말썽이나 피울 거라고요. 빨리 돌려보내자고요."

"다시 사내아이를 하나 더 구하도록 하고, 저 애는 네 말벗이나 하면 어떻겠니?"

"그렇게 외롭지 않아요."

마릴라는 차갑게 말을 끊었다.

"정, 그렇다면 할 수 없지. 이만 자야겠다."

매슈는 파이프를 치우고 침실로 들어갔다.

설거지를 마저 마치고 마릴라도 얼굴을 찌푸린 채 잠자리에 들었다.

그리고 위층의 동쪽 방에서는 정에 굶주린 외로운 여자 애가 울다 지쳐 잠이 들었다.

초록 지붕 집에서 맞은 첫 아침

앤이 잠에서 깨어 일어난 것은 환하게 날이 밝은 뒤였다. 햇살이 쏟아져 들어오는 창문 밖으로 새털처럼 흰 구름이 물결치는 하늘을 앤은 멍하니 바라보았다.

이내 어제의 일이 생생하게 떠올랐고, 여기가 초록 지붕 집이라는 것을 깨닫자, 마음은 다시 무거워졌다. 하지만 지금은 맑게 갠 아침이고, 창 밖에는 눈부시게 하얀 꽃들이 활짝 피어난 벚나무가 있지 않은가.

앤은 침대에서 뛰어내려 창가로 갔다. 오랫동안 열지 않았는지 창문은 삐꺽 소리를 내며 올라갔다.

활짝 핀 벚나무 가지가 창에 닿을 만큼 가까이 뻗쳤고, 가득한 꽃들은 잎사귀를 가리고 있었다. 한쪽에는 사과나무가, 맞은편에는 벚나무가 빽빽하게 들어차 있었고, 나무 밑에는 작은 풀꽃들이 융단처럼 깔려 있었다. 앞뜰에 뽀얗게 피어난 자줏빛 라일락꽃이 바람결에 아련한 향기를 밀어 보내고 있었다.

뜰 아래로는 여울이 흐르고 하얀 자작 나무들로 들어찬 골짜기까지 토끼풀로 뒤덮인 풀밭이 이어져 있었다. 반짝이는 호수의 맞은편에서 보았던 그 회색 지붕의 모서리도 보였다.

아름다운 상상을 좋아하는 앤은 눈앞에 펼쳐진 경치에 넋을 빼앗겼다.

여태껏 앤은 아름다운 것을 너무 많이 꿈꿔 왔다. 그러나 이곳은 앤이 꿈꿔 온 어떤 곳보다도 아름다웠다.

어깨에 누군가의 손이 닿자 앤은 깜짝 놀랐다. 아름다운 풍경에 도취되어 마릴라가 들어온 것도 몰랐던 것이다.

"여태 잠옷 차림이구나!"

마릴라는 무슨 말을 건네야 할지 몰라 마음과는 달리 퉁명스럽게 말했다.

앤은 창밖의 나무를 가리키며 한숨을 쉬듯이 말했다.

"아, 정말 아름다워요!"

"저건 꽃은 많이 피고 큰 나무지만, 열매는 너무 작고 벌레만 많아."

"아니, 제 말은 저 나무만이 아니고, 모든 것들이 다 아름답다는 거예요. 이런 아침에는 세상이 다 사랑스러워요. 게다가 개울물 소리까지 들리는군요. 집 근처에 개울이 있어 정말 기뻐요. 금방 떠나야 할 텐데 그게 무슨 상관이냐고 하지는 마세요. 제가 다시는 여기 올 수 없다고 해도, 저는 초록 지붕 집 앞에 개울이 있었다는 것을 기억할 거예요. 간밤에 모든 실망은 이제 사라졌어요. 새로운 아침이 실망을 쓸어 갔어요. 하지만 슬퍼요. 아줌마가 오시기 전까지 저는 이 집에서 원하는 아이가 저라는 상상을 하고 있었거든요. 그러는 동안은 마음이 편안했어요. 그래요. 상상이 안 좋은 건 깨어날 때 마음이 아프기도 하기 때문이에요."

앤이 말을 끝맺자 마릴라가 얼른 말했다.

"상상은 그만 좀 하고 옷 갈아입어라. 세수하고 머리 빗고 내려오너라. 아침을 차려놓았다."

앤은 재빨리 행동하고 아래층으로 내려갔다.

식탁에 앉자마자 앤은 또 재잘거리기 시작했다.

"무척 배가 고파요. 지난밤처럼 온 세상이 거친 벌판으로 보이지는 않거든요. 오늘은 날씨가 맑아서 상쾌해요. 비 오는 아침도 좋긴 하지만요. 비 오는 날을 재미있게 보내는 상상도 할 수 있으니까요. 하지만 오늘 아침은 맑은 게 좋아요. 맑은 날에는 명랑해지고 아픔을 참기 쉽거든요. 저는 슬픈 일을 겪으면서도 꿋꿋이 견디며 살아가는 상상을 했어요. 하지만 정말로 이렇게 슬픈 일을 당하는 건 참아내기 어려워요."

"제발 입 좀 다물지 않겠니? 조그만 게 웬 말이 그렇게 많니?"

마릴라가 차갑게 쏘아대자, 앤은 입을 다물었다.

아침을 마치자, 앤은 설거지를 돕겠다고 나섰다.

"잘할 수 있니?"

마릴라가 미심쩍은 듯 물었다.

"그럼요. 아기를 더 잘 돌보지만요. 여기에 제가 봐 줄 아기가 없어서 섭섭해요."

"얘, 지금 너만 가지고도 골치가 띵하다. 오빠도 마음이 약해서, 참……."

"아저씨는 참 좋은 분이세요. 제가 아무리 이야기해도 싫어하지 않으셨어요. 저는 아저씨와 금방 친해질 거라고 생각했어요."

"둘이서 죽이 잘 맞는군. 설거지 잘해라. 오후에는 스펜서 아줌마를 만나러 화이트 샌드에 같이 가자. 가서 의논을 해야 할 테니까."

앤이 설거지하는 모습을 유심히 살펴본 마릴라는 꽤 쓸 만하다고 생각했다.

설거지를 마치자 마릴라는 앤을 내보내려고 점심 때까지 밖에서 놀다 와도 좋다고 말했다.

앤은 눈빛을 반짝이며 단숨에 뛰어나갔다. 그러나 문 앞에서 어깨를 늘어뜨린 채 힘없이 돌아섰다.

"왜 그러니?"

마릴라가 이상하다는 듯이 물었다.

"밖에 나갈 수가 없어요. 저는 이 집에서 살 수 없잖아요. 그러니까 이 집을 좋아하게 되면 안 돼요. 떠날 때 더 슬퍼질 테니까요. 밖에 나가면 저 나무와 꽃, 개울물과 금방 친해질 거예요. 이제 곧 헤어져야 하는데 친해지면 마음이 아파야 해요. 사랑하는 것들과 헤어지는 건 정말 괴로운 일이에요. 여기서 살 거라는 생각을 했을 땐 몹시 기뻤어요. 하지만 이제 그 기쁨이 사라졌어요. 이제는 운명의 여신에게 저를 맡길 수밖에 없어요. 그런데 저 창문턱에 있는 꽃은 이름이 뭐예요?"

"접시꽃이란다."

"아뇨, 그런 이름말고 아줌마가 부르시는 이름 말이에요. 만일 저라면 저 꽃을 보니라고 부르겠어요."

"별 이야기를 다하는구나. 꽃에다가 이름을 붙여서 뭐하니?"

"이름을 지어 주면 더 친해지게 돼요. 위층 침실 창 밖에 있는 벚나무에게도 이름을 지어 주었어요. 하얀 꽃이 탐스러워서 흰 눈 여왕이라고 지었는데 어때요?"

"저런 애는 정말이지 처음 보겠어."

마릴라는 이렇게 혼자 중얼거리고는 감자를 가지러 저장실로 내려갔다.

마릴라가 돌아왔을 때 앤은 창가에 턱을 괴고 멍하니 밖을 내다보고 있었다.

"오후에 마차를 쓸까 해요, 오빠."

마릴라가 말하자 매슈는 안타까운 눈빛으로 앤을 바라보며 고개를 끄덕였다. 마릴라는 일부러 단호하게 말했다.

"화이트 샌드에 애를 데리고 갈 생각이에요. 스펜서 댁에게 애를 돌려보내게 손을 써 달라고 해야겠어요."

매슈는 대답을 하지 않았다. 매슈는 떠날 시간에 맞춰 마차에 말을 매어 주면서 혼잣말처럼 웅얼거렸다.

"올 여름에는 사내애를 구해다 써야겠어."

마릴라는 대꾸도 없이 채찍을 내리쳤다. 말이 달리기 시작했다. 매슈는 문에 기대어 사라져가는 마차의 뒷모습을 애처롭게 바라보았다.

앤이 살그머니 말했다.

"아줌마, 이제부터는 즐겁게 마차를 타고 가기로 했어요. 마차를 타고 가는 동안에는 보육원에 다시 돌아가야 한다는 생각은 잊어버릴 거예요. 물론 마음을 단단히 먹어야 하지요. 즐거운 마음을 먹겠다고 다짐하면 대개는 그렇게 되거든요. 어머! 저기 보세요. 연분홍 들장미 말이에요. 연분홍은 얼마나 제 마음을 끄는지 몰라요. 하지만 연분홍 옷을 입을 수는 없어요. 제 머리는 빨강이잖아요. 빨간 머리는 연분홍 옷과는 어울리지 않는걸요. 상상으로도 할 수 없어요. 그런데 아줌마! 어릴 때 빨강 머리였던 사람이 커서 색깔이 변했다는 이야기를 들은 적 없으세요?"

"모르겠다. 그런 이야기는 들은 적이 없다."

마릴라는 무뚝뚝하게 대답하자 한숨을 내쉬며 말했다.

"아, 희망이 사라졌어요. 내 인생은 '희망의 무덤'이에요. 저는 이 말을 책에서 읽었어요. 그런데 슬픈 일을 당할 때면 이 말이 저를 위로해 주곤 해요."

"그 말이 어떻게 위로해 준다는 거니?"

"아주 멋진 느낌이 들잖아요. 그렇지 않으세요? 아주 낭만적인 느낌 말이에요. 이 말을 쓰면 제가 마치 소설 속의 주인공이 된 것 같아지거든요. '희망의 무덤', 특히 이 말이 멋있어요. 그런데 오늘도 반짝이는 호수를 지나가나요?"

"배리 못을 말하는 거니? 아니다. 오늘은 '해안선 길'을 따라 갈 거야."

"'해안선 길'이라는 말은 멋져요. 아줌마가 '해안선 길'이라는 말씀을 하시는 순간 머릿속에서 그림이 떠올랐어요. 말만 들어도 상상할 수 있어요. 화이트 샌드라는 이름도 좋지만 에이번리가 더 좋아요. 에이번리라고 부르면 꼭 음악 소리를 듣는 것 같아요. 그런데 화이트 샌드까지는 얼마나 되나요?"

"두 마장쯤 된다. 그런데 넌 쉬지 않고 이야기하는구나. 그렇게 할 이야기가 많으면, 지금까지 네 살아온 이야기나 해 보아라."

"아휴, 제가 지금까지 살아온 이야기는 할 만한 게 없어요. 그것보다 제가 저에 대해서 상상하고 있는 걸 말씀드리면 훨씬 재미있으실 거예요."

"아냐. 그런 쓸데없는 이야기는 듣고 싶지 않아. 사실대로 네가 살아온 이야기를 해 봐. 몇 살이고 고향은 어디니?"

앤은 한숨을 쉬고 나서 이야기했다.

"지난 3월에 열한 살이 되었어요. 고향은 노바스코샤 주에 있는 여볼링브록예요. 아버지 성함은 월터 셜리, 어머니는 버사 셜리세요. 두 분은 고등학교 선생님이셨어요. 부모님 성함이 좋아서 저는 기분이 좋아요."

"바르고 착한 마음으로 살면 되지, 사람의 이름이 중요한 건 아니잖니?"

"글쎄, 그건……."

앤은 한참을 생각한 뒤에 다시 말했다.

"장미를 다른 이름으로 불러도 그 꽃향기는 똑같다는 말을 책에서 본 적이 있지만, 저는 그렇게 생각하지 않아요. 장미라는 이름 대신에 엉겅퀴나 도둑놈의 갈고리 같은 이름으로 부른다면 그렇게 아름답게 느껴지지 않을 거예요."

"알았으니, 이제는 부모님 이야기를 해 보거라."

"어머니는 아버지와 결혼하시고 나서 학교를 그만두셨대요. 두 분다 어린애들 같았고, 또 아주 가난하셨대요. 토머스 아줌마라는 분이저한테 이야기해 주셨어요. 부모님은 조그만 노란 지붕 집에서 사셨대요. 거기서 태어났다고는 하지만, 저는 그 집을 기억할 수가 없어요. 제가 태어났을 때 토머스 아줌마는 깜짝 놀라셨대요. 그렇게 앙상하고 눈만 큰 아기는 처음 보셨대요. 그래도 부모님은 저를 세상에서 제일 예쁜 아기라고 생각하셨나 봐요. 다행스러워요. 토머스 아줌마가 뭐라고 하시든 부모님이 저를 사랑했다는 게 중요하니까요. 그렇지만 어머니는 제가 태어난 지 석 달만에 전염병으로 돌아가셨대요. 그리고 사흘 뒤에 아버지가 같은 병으로 돌아가셨다고 해요. 그래서 하루아침에 저는 고아가 돼 버렸어요. 가까운 친척도 없었고 그래서 마을 사람들이 모였나 봐요. 그런데 그때도 저를 데려갈 사람이 없었대요. 제 운명이겠지요. 하는 수 없이 토머스 아줌마가 저를 맡으셨대요. 아줌마는 몹시 가난했고, 또 아저씨가 술주정뱅이였는데도 저를 정성껏 키워 주셨대요. 그래서 아줌마는 제가 말썽을 부릴때마다, 공 들여 키웠는데 그렇게 말썽을 부리면 되겠느냐고 책망하시곤 했어요. 토머스 아줌마 댁에서 여덟 살까지 살았어요. 저보다어린 애들을 돌봐 주면서요. 그런데 어느 날 토머스 아저씨가 기차사고로 돌아가시고 말았어요. 그 집 할머니께서는 아줌마와 아이들을 데리고 함께 사시겠다고 하셨지만 저는 원하지 않으셨어요. 아줌마는 저를 어떻게 해야 할지 모르셨대요. 그런데 이웃마을에 사시던해먼드 아줌마가 저를 데려가시겠다고 하셨어요. 그 아줌마는 저에게 어린 애들을 봐 주게 할 생각이셨나 봐요. 그 집에는 애들이 여덟 명이나 있었거든요. 아줌마는 쌍둥이를 세 번씩이나 낳았어요. 저는 아이들을 좋아하지만 여덟 명이나 돌보는 건 너무 힘에 부쳤어요. 그 집에서 두 해 동안 있었어요. 그러다가 해먼드 아줌마가 혼자되시자, 하는 수 없이 아이들을 친척집에 나눠 맡기고는 다른 나라로 가셨어요. 저는 아무도 데려가지 않아서 호프턴에 있는 보육원으로 가게 되었어요. 보육원도 인원이 꽉 차서 들어갈 수 없었지만, 제가 오갈 데 없는 처지니까 어쩔 수 없이 받아 주었지요. 스펜서 아줌마를 만나기 전까지 넉 달 동안 거기서 지냈어요."

앤은 이야기를 마치고 나서, 쓸쓸히 한숨을 쉬었다.

"학교에는 다녔니?"

"오래 다니지 못했어요. 토머스 아줌마 댁에 있을 때에 띄엄띄엄 다녔고 보육원에서는 쭉 다녔어요."

"토머스 아줌마나 해먼드 아줌마가 너한테 잘해 주셨니?"

마릴라는 이렇게 물으며 앤을 곁눈질했다.

"음……."

앤은 얼굴을 붉히며 작은 소리로 말했다.

"그분들이 저에게 잘해 주려는 마음은 있었다고 생각해요. 그런 마음이 있었다는 걸 알면 되잖아요. 두 분 다 생활이 어려웠거든요. 남편이 술주정꾼이면 정말 괴로울 거예요. 쌍둥이가 자꾸 태어나는 것도 괴롭고……. 형편이 어려우니까 잘해 주고 싶어도 마음대로 안 되었을 거예요. 하지만 전 마음만으로 충분해요."

마릴라는 더는 묻지 않았다. 하지만 갑자기 가슴이 아파 왔다. 여태껏 누구에게도 귀하게 여겨진 적이 없고 포근한 사랑을 받지 못한 이 애가 가엾다는 생각이 들었다.

얼마나 힘들고 가난하고 고달픈 삶을 이어 왔을까. 그것이 이 애가 겪어 온 삶이었는데, 그래서 이 애는 정말 자기 집이 생긴다는 꿈을 품고 에이번리 마을까지 왔던 것이다. 간절히 자기 집을 가지고, 누군가의 가족이 되고 싶어 하는 애를 실망시켜서 돌려보내야 할 것인가. 더욱이 앞으로 애한테 또 어떤 일이 닥칠지 알 수 없는 곳으로…….

마릴라는 애를 돌려보내는 것이 해서는 안 될 못된 일이라는 생각이 들었다.

'오빠가 바라는 대로 집에서 그냥 살게 하면 안 될까?

마릴라는 속으로 차근차근 생각했다.

'말이 너무 많은 것이 문제이긴 하지만, 이야기들이 무례하거나 천박하지는 않지. 잘만 가르친다면 괜찮은 애가 될 수 있을 지도 몰라. 애는 순박하거든.'

"바다야!"

생각에 잠겨 있던 앤이 소리쳤다.

"아름다운 곳이에요. 전에 토머스 아줌마 댁에 있을 때 온 가족이 마차를 빌려 바다에 놀러 간 적이 있어요. 애들을 봐 주긴 했어도 온 종일 재미있었어요. 그 다음부터 바다에 대해 많은 걸 상상할 수 있게 되었어요. 여기는 그 바다보다도 더 아름다워요. 갈매기가 날고 있어요."

짙푸른 숲이 바닷가로 이어지고 있었고, 모래밭은 은빛으로 반짝이고 있었다.

마릴라 결심하다

때 맞춰 두 사람은 스펜서 댁에 도착했다. 화이트 샌드 강이 바다로 흘러드는 곳의 크고 노란 집이었다. 스펜서 댁은 깜짝 놀라며 반갑게 맞아 주었다.

"어서 오세요. 오늘 오시리라고는 생각도 못했어요. 아무튼 잘 오셨어요. 앤아, 너도 잘 지내지?"

"덕분에."

앤이 어색하게 대답했다.

"의논드릴 일이 있어서 왔어요."

마릴라는 용건을 말했다.

"일이 잘못된 것 같아요. 저희는 열 살 남짓한 사내애를 부탁했거든요."

"무슨 말씀이세요? 그럴 리가 없는데."

스펜서 댁이 놀라 목소리를 높였다.

"제 남동생 로버트가 분명히 댁에서 여자 애를 원한다고 하던데요. 너도 들었지, 플로라야?"

스펜서 댁은 곁에 있는 딸에게 물었다. 딸 플로라도 그렇다고 확인했다.

"참 안됐네요. 하지만 제 실수가 아니라는 걸 알아주셨으면 해요.

중간에서 전하는 사람이 잘못하는 바람에 그렇게 되었지요."

마릴라는 체념한 듯 대답했다.

"저희들의 실수예요. 이런 일은 사람을 시킬 게 아니라 직접 부탁을 드렸어야 하는데. 하여튼 일이 이렇게 되었으니, 이제는 어떻게든 해결해야 하지 않겠어요. 이 애를 보육원으로 돌려보낼 수는 있을까요? 다시 받아주긴 할 것 같은데요."

"받아주기야 하겠지요. 그렇지만 꼭 그렇게 할 필요는 없을 것 같아요. 어제 피터 댁이 집안일을 거들 애를 하나 구해 달라고 하더라고요. 그 집은 식구가 너무 많아서 그런지 도와줄 사람을 구하기가 쉽지 않은가 봐요. 그러니 마침 잘 됐지 뭐예요."

피터 댁과 이야기를 나눠 본 적은 없지만, 전부터 소문을 많이 들어서 알고 있었다. 지독하게 일만 하고 일을 시키는 사람이라고. 사람들은 피터 댁이 성깔도 사나울뿐더러 인색하고 몰인정하며 식구들은 시건방지고 애들은 서로 싸우기를 좋아한다고 수군거렸다. 그래서 그 집에는 가정부가 오래 붙어 있지를 않았다. 마릴라는 그 무자비한 여자에게 앤을 맡긴다는 것이 마음에 걸렸다. 더구나 앤이 다시 그 집을 나온다면 어디 갈 데라고는 없지 않은가.

마릴라는 그렇게 해서는 안 되겠다고 생각했다.

"그럼, 한번 의논해 보도록 하지요."

마릴라가 말할 때, 스펜서 댁이 소리를 높였다.

"아! 마침 피터 댁이 오고 있어요."

스펜서 댁은 두 사람을 앤과 함께 집안으로 맞아들였다.

"정말 잘됐어요. 의자에 앉아서 좀 기다려주시겠어요. 앤아, 너는 그 쪽에 얌전히 앉아 있거라. 두 분이 서로 아는 사이시지요? 서로 말씀 나누세요. 저는 잠깐 실례하겠습니다.”

스펜서 댁이 나간 뒤, 앤은 두 손을 깍지 낀 채 무릎 위에 올려놓고는 피터 댁을 멍하니 바라보고 있었다. 피터 댁은 앤을 마치 노려보듯 매서운 눈초리로 쳐다보았다.

인상이 저렇듯 고약한 아줌마한테로 가야 한다니, 갑자기 앤은 가슴이 조여드는 것 같았다. 앤의 눈자위에 눈물이 가득 고였다. 앤은 눈물을 떨구지 않으려고 고개를 들고 천장을 올려다보았다.

잠시 후에 스펜서 댁이 돌아왔다.

“피터 댁, 이 애 문제를 상의할까 해요. 글쎄, 초록 지붕 집에서 원한 건 사내애였다지 뭐예요. 필시 누군가 실수를 한 거예요. 보육원으로 다시 보내야겠는데, 댁에서 어제 부탁한 말이 생각나더라고요. 그러니 잘됐는지 몰라요.”

피터 댁은 앤을 머리끝에서 발끝까지 날카롭게 훑어보고 나서 물었다.

“몇 살? 이름은?”

“열 한 살이고요. 앤 셜리예요.”

앤은 겁에 질려 떨리는 목소리로 대답했다. 감히 ‘앤’ 소리를 길게 늘여 발음해 달라는 말 같은 건 해 볼 생각도 나지 않았다.

“쯧쯧, 제대로 먹지도 못했나. 너무 말랐구만. 그래도 다부지긴 할 것 같아. 데려다 놓으면 쓸 데는 있겠지. 부지런히 일해야 한다. 밥값이야 해야 하지 않겠니? 마릴라, 그럼 제가 이 애를 맡겠어요. 아예 지금 데리고 가야겠군요.”

마릴라는 앤을 바라보았다. 앤은 두려움에 질려서 창백한 얼굴로 떨고 있었다. 가엾은 짐승이 힘겹게 빠져 나온 구덩이에 다시 빠져들 어가는 것 같았다. 구원을 바라는 간절한 저 모습을 저버린다면 평생 동안 두고두고 눈앞을 아른댈 것 같았다.

거기다가 피터 댁처럼 메마른 사람에게 감성이 예민한 애를 맡겨 두고 떠나 버린다는 것 또한 마음을 쓰리게 했다.

"하지만……"

마릴라는 더듬거리며 말했다.

"저희가 이 애를 딴 데다 맡기려고 한 건 아니에요. 오히려 저희 오 라버니는 이 애를 맘에 들어 해요. 저는 어떻게 해서 이런 잘못이 생 겼는지 알아보려고 함께 온 것뿐이에요. 애를 데리고 가서 오라버니 와 한번 더 의논해 봐야겠어요. 만일 이 애를 우리 집에 두지 않게 되 면 내일 데리고 갈게요. 데리고 가지 않으면 그냥 우리 집에 있는 것 으로 아세요."

"그럼 할 수 없군요."

피터 댁은 불쾌한 듯 자리를 털고 일어섰다.

마릴라의 이야기를 듣는 동안 앤의 얼굴은 밝아져서, 두 눈에는 다 시 생기가 돌았다. 피터 댁을 따라서 스펜서 댁이 방을 나서자 앤은 일어나서 단숨에 마릴라에게로 달려갔다.

"아줌마, 아줌마! 정말 저를 함께 있게 해 주시는 거예요? 아, 지금 꿈을 꾸나?"

"네가 들은 그대로다. 그렇게 하기로 한 건 아니야. 어쩌면 피터 댁 아 줌마한테로 가게 될 수도 있어. 그 아줌마가 너를 맡겠다고 했으니까."

"그 아줌마 댁으로 갈 바에는 보육원이 더 낫겠어요. 아줌마는 꼭 뾰족한 쇠꼬챙이 같아요."

앤은 울먹였다.

마릴라는 웃음이 나오려는 것을 참고 일부러 엄하게 앤을 나무랐다.

"그런 말을 하는 게 아니야. 자, 얌전히 앉아 있거라."

"아줌마 댁에 있게만 해 주시면 시키는 대로 말을 잘 들을 거예요."

앤은 얌전하게 자리로 돌아갔다.

두 사람이 에이번리로 돌아온 것은 저녁 무렵이었다. 매슈가 마을 앞길까지 마중 나와 있었다. 마릴라가 앤을 데리고 다시 돌아오는 것을 보고 아무 말도 안 했지만, 무척 기뻐하는 것 같은 표정이었다.

마릴라는 매슈와 함께 우유를 짜게 되었을 때에야 그날 있었던 일을 이야기했다.

앤의 자라 온 이야기를 들은 일, 스펜서 댁에서 있었던 일 등을 자세히 듣고 나자, 매슈는 평소 같지 않게 들뜬 목소리로 말했다.

"피터 댁한테는 내가 기르는 짐승이라도 보내지 않겠어!"

"저도 그런 여자한테는 곤란하다고 생각했어요. 오빠가 생각하던 대로 우리 집에 데리고 있어야 하겠어요. 꼭 그렇게 해야만 할 것 같아요."

"잘했다. 너도 이제 알았구나. 저 아이는 정말 귀여워."

"귀여워하기보다 저 아이한테 도움이 되어야지요. 저 아이의 문제는 제가 알아서 하겠어요. 제 방식대로 가르칠 거고요."

"그래, 얘야. 네가 알아서 해라. 정답게 대해 주고. 그러면 틀림없이 착하고 예쁜 아이가 될 거다."

마릴라는 웃으며 매슈의 이야기를 듣고 있었다.

'오늘밤엔 그 아이한테 우리 집에서 지내게 되었다는 말을 하지 말아야겠어. 그 말을 들으면 저 애는 너무 좋아서 잠도 제대로 못 잘 거야. 여자아이를 기르게 되리라고는 생각해 본 적도 없지만 잘했어. 하지만 여자아이라면 질색을 하던 오빠가 어떻게 그런 생각을 다 하게 되었는지 알다가도 모를 일이야. 앞으로 어찌 될는지 알 수 없는 일이지만.'

밤이 되자 마릴라는 앤의 잠자리를 챙겨 주며 엄하게 말했다.

"지난밤엔 옷을 아무 데나 마구 던져 놓았지? 이제부터는 반듯하게 개어서 의자 위에 올려놓아라. 그리고 자기 전에 기도드리는 걸 잊지 말아야 한다."

"기도를 드려야 한다고요?"

앤이 눈을 반짝이며 되물었다.

"자기 전에 기도해 본 적이 없니? 너, 하느님이 어느 분이신지는 알고 있니?"

마릴라는 놀라서 물었다.

"하느님은 영이시며 무한하시며 영원하시며 우주의 모든 것을 만드신 분이시고 사랑과 은혜가 충만하신 분이에요. 주일학교에서 배웠어요."

"그렇다면, 기도를 드리지 않는 건 올바른 태도가 아니다."

"저는 하느님을 미워하고 있는걸요."

"하느님을 미워하다니, 그런 되지 않은 말이 어디 있니?"

"아줌마도 저처럼 빨간 머리를 가졌다면 이해하실 수 있을 거예요.

하느님께서 제 머리를 일부러 빨갛게 만드셨을 거라고 토머스 아줌마
가 말씀하신 뒤부터 하느님을 미워하게 되었어요. 더구나 낮에 힘들
게 아이들을 돌봐야 하니까 밤이 되면 지쳐서 그냥 자게 되었어요."

마릴라는 우선 신앙을 제대로 가르쳐야겠다고 생각했다.

그래서 단호하게 명령했다.

"앞으로는 꼭 기도를 드리도록 해야 한다."

"그렇게 하겠어요. 아줌마가 원하시는 건 무엇이든 기쁘게 할 수
있어요. 그런데 뭐라고 기도드려야 할까요? 아니, 침대에 누워서 생
각해 볼게요. 기도는 시와 비슷할 것 같거든요."

"침대에서 내려와 무릎을 꿇어라."

앤은 무릎을 꿇고 마릴라를 올려다보았다.

"이제 뭐라고 하면 되죠?"

마릴라는 앤에게 어떻게 기도를 가르쳐야 할까 생각했다.

주일학교 어린이들이 드리는 기도가 앤에게는 맞지 않는 것 같았기
때문이었다. 부모의 사랑을 받지 못한 채 외롭고 힘든 생활을 해온 아
이에게는 어머니 품에서 드리는 기도문이 어울리지 않는 것 같았다.

"네게 베풀어주신 하느님의 은혜에 먼저 감사를 드리고 네가 원하
는 것을 조용히 기도하면 돼. 혼자서 해 봐."

"자비로우신 하느님 아버지, 새하얀 환희의 길과 반짝이는 호수와
눈의 여왕을 보게 주서서 고맙습니다. 저는 지금 무척 기쁩답니다.
정말 고맙습니다. 그리고 제 소원은 아주 많지만 중요한 것 두 가지
만 말씀드리겠습니다. 하나는 저를 이 초록 지붕 집에서 살게 해 주
세요. 또 하나는 제가 크면 예쁜 여자가 되도록 해 주세요. 그럼 안녕

히 계세요. 앤 셜리 올림."

앤은 일어서며 다시 마릴라를 바라보았다.

"잘했나요? 시간이 없어서 멋있는 말이 생각나지 않았어요."

마릴라는 어이가 없다는 표정으로 앤을 바라보았다.

앤의 그 이상한 기도 속에 눈의 여왕이니 하는 말이 있었지만, 그것이 앤이 신앙 교육을 제대로 받지 못한 탓이라고 생각하면서 그냥 고개를 끄덕였다. 마릴라가 내일부터 기도를 가르쳐야겠다고 생각하며 촛불을 들고 방을 나서는데, 앤이 불렀다.

"'앤 셜리 올림' 대신에 '아멘'이라고 해야 하는 거죠? '안녕히 계세요'라고 한 건 무례한 일이었을까요?'

"괜찮아. 다음부터는 잘 기도 드리도록 하자. 이제 편히 자거라."

앤, 친구를 사귀고 싶어하다

마릴라는 이튿날 오후까지 앤에게 자신의 집에 두기로 한 것을 이야기하지 않았다. 그리고 오전 내내 앤에게 일을 시키고는 그 모습을 주의 깊게 살펴보았다.

마릴라는 앤이 똑똑하고 온순한 아이라는 생각을 하게 되었다. 단지 일을 하다가도 곧잘 공상에 빠져들어 하던 일을 잊어버리는 버릇이 있는 것이 흠이었다. 점심 설거지를 마친 앤은 결심한 듯 마릴라에게 다가갔다. 앤은 두 손을 모아 쥐고서는 애처로운 목소리로 말했다.

"아줌마, 저를 돌려보내실 건지 아니면 여기서 살게 해 주실것인지 말씀해 주세요. 참으려고 했지만 더는 견딜 수가 없어요. 떨려요. 어떻게 하기로 하셨는지 빨리 가르쳐 주세요."

"행주를 건성으로 빨았구나! 잘 소독시키라고 했을 텐데 왜 제대로 하지 않았지?"

마릴라는 대답도 하지 않고 꾸짖었다.

앤은 곧 돌아가서 행주를 깨끗하게 빨아 놓고는 다시 마릴라에게로 왔다. 말 없이 떨고 있는 작은 어깨를 내려다보고 나서 애처로운 마음이 들어 마릴라는 입을 열었다.

"그래, 이제 이야기해 주마. 우리는 너를 데리고 있기로 했다. 우리가 바라는 대로 착한 아이가 되어 준다면 말이야. 알겠니?"

고개를 숙이고 앤은 말을 하지 않았다.

"왜 그러니?"

"왜 그런지 눈물이 나요. 너무 기뻐서 뭐라고 말씀을 드려야 좋을지 모르겠어요. 어떤 말씀을 드린다 해도 제 마음을 표현할 수는 없을 거예요. 저는 지금 한없이 행복해요. 앞으로 착한 아이가 되도록 할 거예요. 토머스 아줌마가 늘 저보고 나쁜 아이라고 말씀하셨거든요. 그런데 왜 자꾸 눈물이 나는 걸까요?"

"너무 감격하고 있기 때문이야. 자, 이제 앉아라."

마릴라가 앤의 마음을 말했다.

"너무 쉽게 울고 웃는구나. 마음을 가라앉히거라. 그리고 앞으로 함께 살면 우리도 너에게 잘해 주마. 학교도 다니도록 해야지. 2주일 후면 방학이니까 지금 갈 필요는 없다."

"앞으로 아줌마를 어떻게 부를까요?"

"그냥 마릴라라고 불러라."

"그건 실례인 것 같아요. 마릴라 이모라고 부르면 어떨까요?"

"아니다. 그냥 마릴라라고 불러라. 목사님만 빼고 이 마을 사람들은 모두 나를 마릴라라고 부른다. 네가 나를 존경하며 부른다면 그건 문제될 게 없어. 난 네 이모가 아니지 않니? 카드를 주방에 가지고 와서 거기 적힌 주기도문을 외우도록 해라."

앤은 사과꽃이 가득 꽂혀 있는 꽃병에 카드를 기대어 놓고 열심히 외우기 시작했다.

"주기도문은 정말 아름답군요. 보육원에 있을 때, 주일학교 선생님도 주기도문을 낭송하곤 했어요. 그 분은 목소리가 갈라져서 아주 슬프게 들렸는데, 지금 읽어보니까 시를 읽는 기분이 들어요. '하늘에 계신 우리 아버지 이름이 거룩히 여김을 받으시오며……' 마치 시와 같아요. 외울 수 있도록 해 주셔서 정말 고맙습니다."

"그만 재잘대고 어서 외우거라."

마릴라는 무뚝뚝하게 말했다. 앤은 꽃병에 담긴 사과꽃에 살며시 입을 맞추고 나서 다시 열심히 외우기 시작했다.

하지만 얼마 지나지 않아 다시 입을 열었다.

"진실한 친구를 사귀고 싶어요."

"무슨 친구라고?"

"모든 걸 털어놓을 수 있는 친구 말이에요. 저는 늘 그런 친구를 만나고 싶었어요."

"언덕의 과수원 집에 사는 다이애너 배리가 네 또래일 게다. 지금은 친척집에 갔을 텐데 돌아오면 만날 수 있을 거야. 아주 착한 아이인데 그 애 엄마는 무척 엄한 사람이라서 착하고 얌전하지 않으면 함께 놀지 못하게 할 거야."

앤은 눈을 반짝이며 사과꽃 사이로 마릴라를 쳐다보았다.

"다이애너는 어떻게 생겼나요? 빨간 머리는 아니지요? 제 머리가 빨간 걸로도 충분해요. 친구마저 그렇다면 정말 참을 수 없을 테니까요."

"염려 마라. 다이애너는 아주 예쁜 아이다. 머리와 눈동자는 검은 색이고 뺨은 장밋빛이지. 하지만 무엇보다도 마음씨가 곱단다. 생긴 것보다 중요한 건 마음씨야."

마릴라는 무슨 일에나 앤에게 교훈이 되는 말을 하려고 애썼다. 그러나 앤은 그런 것보다는 친구를 사귈 기쁨에만 들떠 있었다.

"예쁜 아이라니까 안심이에요. 제가 예쁘면 더욱 좋겠지만 친구가 예쁜 것도 즐거운 일이니까요."

"주기도문을 외우라고 했더니 또 엉뚱한 이야기를 하고 있구나."

"이제 거의 다 외웠어요. 마지막 한 줄만 남았어요."

"자, 이제 네 방에 가서 외워라. 내가 차를 마시라고 부를 때까지 말이다."

앤은 한숨을 쉬면서 자기 방으로 돌아왔다.

창가에 의자를 놓고 앉은 앤은 마지막 한 줄을 마저 외우고 나서 말했다.

"이제부터 상상했던 대로 이 방을 꾸미자. 창문에 연분홍 비단 커튼을 치고 바닥에는 장미를 수놓은 하얀 융단을 깔아야지. 가구는 모두 마호가니야. 마호가니가 어떤 건지 본 일은 없지만, 틀림없이 멋진 가구일 테니까. 나는 레이스가 달린 드레스를 입고 푹신한 의자에 기대앉아 있는 거야. 키가 크고 고상한 분위기를 풍기는 사람이어야 해. 머리는 새까맣게 늘어져 있는 데다 살결은 뽀얀 색이야. 목에는 눈부신 진주 목걸이를 달고 머리에도 보석으로 장식을 하는 게 좋아. 아니, 그렇지 않아.”

앤은 벽에 걸린 거울에 자기 모습을 비춰 보았다. 빨간 머리에 주근깨투성이 얼굴이 자기를 마주보고 있었다.

“너는 초록 지붕 집에 사는 앤이야. 내가 상상을 할 때마다 네가 나를 실망시키는구나. 그렇지만, 집 없는 앤보다는 초록 지붕 집의 앤이 훨씬 더 좋잖아.”

앤은 몸을 굽혀 거울 속의 자기 얼굴에 장난스럽게 키스를 하고는 창가로 돌아와 다시 공상에 빠져들기 시작했다.

“눈의 여왕님, 안녕하세요? 자작나무들도 안녕? 골짜기 아래 언덕배기에 회색 지붕이 보이는구나. 다이애너가 내 친구가 되어 줄까? 나는 진실한 친구를 가지고 싶어. 다이애너와 친구가 된다면 나는 다이애너를 진심으로 좋아할 거예요.”

앤이 초록 지붕 집에 온 지도 2주일이 지났다. 린드 부인은 진작 앤을 보러 오고 싶었으나 독감을 앓고 있던 터라 어찌할 수 없었다. 마침내 의사의 외출 허락이 떨어지자, 부리나케 달려온 터였다. 앤은 여기저기 자라는 풀잎과 들꽃을 살펴보기도 하고, 오솔길을 거닐면서 여러 가지 상상도 하며 즐겁게 지내고 있었다.

마을에는 앤에 대한 소식이 두루 퍼져 있었다.

린드 부인이 도착한 것은 앤이 풀밭에서 공상에 잠겨 있을 때였다. 그래서 앤은 린드 부인이 찾아온 것을 알지 못했다.

집안에 들어선 린드 부인이 마릴라에게 말했다.

"아니, 놀라운 이야기가 들리던데, 어떻게 된 거야?"

"어쩌다 보니 생각지 않게 여자아이를 얻게 되었네요."

"저런, 저런. 그래, 아이를 돌려보낼 수 없었단 말이야?"

린드 부인은 안됐다는 듯 물었다.

"아니요. 돌려보낼 수도 있었지요. 하지만 그냥 두기로 했어요. 오라버니가 아이를 어찌나 귀여워하는지……. 저도 싫지는 않더라고요. 아이가 오고 나서 집안 분위기가 달라졌지 뭐예요? 아이가 쾌활하니 집안이 다 환해지는 것 같아요."

"그래도 걱정이야. 아이를 키워 본 경험도 없으면서 어떻게 하려고 해? 더구나 듣자 하니 보통 말괄량이가 아니던데, 그런 아이를 어떻게 키우려고? 실망시키려고 하는 이야기가 아니야. 잘 생각해 봐."

린드 부인은 심각한 표정으로 걱정을 늘어놓았다.

"실망하지는 않아요. 저는 마음먹은 일을 후회해 본 적이 없어요. 아이를 불러올게요."

앤은 노을 진 하늘을 바라보다가, 자기를 부르는 소리를 듣고 즐겁게 달려왔다. 하지만 집에 손님이 찾아온 것을 알자 문 앞에서 멈칫거렸다.

보육원에서 입고 온 짧은 치마 밑으로 앙상한 다리가 드러나 있었

고 얼굴은 주근깨투성이에다 바람에 헝클어진 머리가 유난히 빨갰
다. 린드 부인에게는 그 모습이 우스꽝스럽게 보였다.

"세상에, 못나도 어쩌면 그렇게 못났니?"

린드 부인은 들으라는 듯 큰 소리로 말했다. 어느 자리에서건 눈치
볼 것 없이 이야기해 버리는 린드 부인이 기어이 이번에도 하고 싶은
말을 해 버렸다.

"부지깽이냐, 빼빼 말라 볼썽사납구나. 주근깨에다 머리는 또…….
아휴, 너처럼 머리가 새빨간 아이는 처음 보겠다. 꼭 홍당무네!"

앤은 쏜살같이 린드 부인 앞으로 달려갔다. 그러고는 몸을 부들부
들 떨면서 발을 동동 굴러가며 소리쳤다.

"아줌마 같은 사람은 미워요. 보기도 싫어요! 맞아요. 저는 말라빠
졌고 얼굴은 주근깨투성이고 머리는 홍당무처럼 빨개요. 하지만 어
떻게 그런 말을 하실 수 있어요? 저는 아줌마처럼 무례하고 아무 말
이나 되는 대로 하는 사람은 처음 보았어요."

"얘!"

깜짝 놀란 마릴라가 외쳤다. 그러나 앤은 수그러들지 않고 두주먹
을 불끈 쥐고 머리를 꼿꼿이 쳐든 채 린드 부인을 쏘아보면서 소리를
질렀다.

"아줌마, 돼지처럼 살만 찌고 곰처럼 미련하고 팔푼이처럼 모자라
시군요. 자, 이렇게 말하니 어떠세요? 기분이 상하세요? 하지만 할 수
없어요. 아줌마가 먼저 제 마음을 상하게 했으니까요. 절대로 용서할
수 없어요!"

"못돼 먹은 것 같으니! 정말 심술 사나운 계집애구나!"

린드 부인이 어쩔 줄 몰라 하며 소리쳤다.

"어서 방에 들어가 있어."

마릴라가 매섭게 말하자, 앤은 울음을 터뜨리며 위층으로 달려올라가 거칠게 방문을 닫았다.

"저 아이를 기르겠다니, 참 부럽구려."

린드 부인이 비꼬는 투로 말하자, 마릴라는 사과를 해야 할 것 같았으나 입에서 뜻 밖의 말이 터져 나왔다.

"생긴 걸 가지고 흉을 보시니까 그러잖아요."

"설마, 저 아이가 한 짓을 눈 감아주겠다는 건 아니겠지?"

린드 부인은 벌컥 화가 났다.

"잘했다는 게 아니에요. 아이가 잘못한 건 제가 야단을 치겠어요. 그동안 아이에게 누구도 제대로 교육을 시키지 않았어요. 그러니 좀 너그럽게 이해해 주셨으면 해요. 그리고 좀 지나치셨어요."

린드 부인은 마릴라의 이야기에 더욱 마음이 상해서 쌀쌀맞게 대답했다.

"알았어. 본데없는 아이를 끔찍이 생각해 주겠다니 내가 조심하지. 하지만 화가 나서 하는 말이 아니라 앞으로 속 좀 썩을 거야. 한마디만 더 하지. 저 아이에겐 하루라도 굵직한 회초리를 아껴선 안 될 거야. 보아 하니 성질머리도 머리 색깔과 똑같은 것 같아. 이제 가야겠어. 당분간 이 집에 발길 하는 일은 없을 거야. 이렇게 당하고서야 어디 다시 올 수 있겠어. 이런 일은 생전 처음이라고……."

린드 부인이 얼굴을 붉히고 떠난 뒤 마릴라는 위층으로 올라갔다. 방금 전 일어난 일은 마릴라에게도 적지 않은 충격을 주었다.

앤은 침대에 엎드려 울고 있었다.

"앤아!"

마릴라는 부드러운 목소리로 불렀다. 앤은 대답하지 않았다.

엄한 목소리로 다시 불렀다.

"당장 일어나 내 말을 들어."

앤은 주춤주춤 일어나 옆에 있는 의자에 앉았다. 얼굴은 눈물로 얼룩져 있었고, 눈은 바닥만 내려다보고 있었다.

"자알 했다! 부끄럽지도 않니?"

그러자 앤은 반사적으로 대꾸했다.

"그 아줌마는 저를 그렇게 흉볼 권리가 없어요."

"너한테도 아줌마께 그렇게 버릇없이 대들 권리는 없다. 얼마나 부끄러웠는지 아니. 그 아줌마가 아무리 너에게 빨간 머리니 뭐니 하고 욕했다 해도 어떻게 그렇게 대들 수 있니? 그리고 아줌마께서 하신 말씀은 늘 네 입으로 하던 말과 같은 것이 아니었니?"

"제 입으로 이야기하는 것과 남이 이야기하는 걸 듣는 것과는 너무 달라요. 이제, 제 성질이 못됐다는 걸 아셨나요? 그때는 저도 어쩔 수 없었어요."

"창피스러워서 어쩌니? 동네 부끄러워서 나가 다닐 수도 없고. 그 아줌마가 동네방네 이야기를 하고 다닐 거다. 그렇게 이성을 잃으면 누가 너를 이해해 주겠니?"

"누가 자기에게 못생긴 부지깽이라고 해 보세요. 참을 수 있겠어요?"

앤은 울면서 말했다.

"나도 아줌마께서 잘하셨다고 생각하지는 않아. 하지만 그 분은 윗 사람이고 집에 온 손님이셨어. 그러면 공손하게 대해 드렸어야 하지 않겠니?"

그때 문득 마릴라에게 벌칙이 하나 떠올랐다.

"아줌마께 잘못했다고 말씀드리고 용서를 빌어라."

"싫어요. 차라리 다른 벌을 주세요. 뱀이나 두꺼비가 사는 곳에 가두고 빵 한 쪽과 물만 주셔도 좋아요. 용서해 달라고 빌고 싶지는 않아요."

마릴라가 냉정하게 말했다.

"우리 마을에서는 그렇게 하지 않는다. 꼭 아줌마께 용서를 빌도록 해라. 그러겠다고 할 때까지 네 방에 있거라."

"그러면 저는 영원히 제 방에 있어야 할 거예요. 저는 속시원하게 할 말을 했을 뿐이에요. 그런데 어떻게 용서를 빌겠어요? 그건 상상도 못 하겠어요."

"아침이 오면 좀 달라질 게다."

마릴라는 방을 나오기 전에 한마디 덧붙여 말했다.

"오늘밤에 잘 생각해 봐라. 이 집에서 살게 되면 착한 아이가 되겠다고 했지 않았니? 그런데 오늘 저녁에 네가 한 일은 착한 일이 아니었어."

마릴라는 주방으로 돌아왔다. 앤을 꾸짖기는 했지만 자신도 앤만큼이나 화가 났다. 그래서 어쩔 줄 몰라 하던 린드 부인의 표정을 떠올리면 오히려 자꾸만 웃음이 나왔다.

앤, 용서를 빌다

그날 마릴라는 일어난 일을 매슈에게 말하지 않았다. 하지만 아침이 되어서도 앤이 방에서 나오지 않는 통에 다음날은 할 수 없이 린드 부인과 있었던 일을 설명해야 했다.

"쓸데없는 데 끼어 말이나 옮기고 다니는 수다쟁이 여편네는 그런 일을 당해도 싸."

"아니, 오빠! 아이가 잘못한 걸 알면서도 편을 들어 말하실 수 있어요? 그러면 이제는 벌을 줄 필요도 없다고 하시겠어요?"

"그건 아니지만, 그 아이는 제대로 배우지 못했잖아. 그러니까 심하게 혼내지는 말라는 거야. 그런데 먹을 건 가져다 주었니?"

"굶겨 가며 버릇을 가르치진 않아요. 먹을 끼니는 가져다 주고 있어요. 하지만 용서를 빌겠다고 할 때까지는 방에 있게 하겠어요."

끼니 때마다 마릴라는 음식 쟁반을 위층에 날라다 주었으나, 거의 먹지 않은 것을 그냥 가져오곤 했다. 그때마다 매슈는 근심스러웠다.

저녁 무렵 마릴라가 소를 몰러 목장으로 나가자, 매슈는 슬그머니 위층으로 올라갔다. 방문 앞에서 머뭇거리다 마음을 다잡고 살며시 방문을 열고 들여다보았다.

앤은 창가에 앉아 쓸쓸히 정원을 내려다보고 있었다. 작고 가엾은 아이를 바라보자니 매슈는 마음이 아파왔다. 매슈는 문을 닫고 살며시 앤에게 다가가 말했다.

"괜찮니?"

"네. 종일 공상을 하고 있어요. 조금 쓸쓸하긴 하지만 곧 익숙해질 거예요."

앤은 마치 앞으로도 오랫동안 이렇게 지내야 한다고 생각하고 있는 듯 담담했다. 매슈는 마릴라가 돌아오기 전에 얼른 이야기해야겠다고 생각하고 속삭였다.

"빨리 사과해 버리고 끝내는 게 어떻겠니? 마릴라 아줌마는 고집쟁이야. 한번 결정한 것은 절대로 바꾸지 않지. 그러니까 빨리 해 버리는 게 좋아."

"린드 아줌마께 용서를 빌라는 말씀이세요?"

"그래, 맞아. 그냥 잘못했다고 하면 되는 거지. 난 네가 그렇게 했으면 좋겠다."

"아저씨가 말씀하시니 할 수 있을 것도 같아요. 그리고 지금은 제가 잘못했다는 생각이 들어요. 지난밤에는 그렇지 않았어요. 밤새도록 참을 수 없었던 걸요. 하지만 오늘 아침에는 제가 너무했다는 마음이 들었어요. 그래도 용서를 비는 일이 걱정이 되어서 차라리 쓸쓸하게 여기에 있겠다고 생각했지요. 그렇지만 아저씨가 원하신다면 저는 무슨 일이라도 할 거예요. 제가 그러기를 원하신다면요."

"물론, 네가 빨리 그렇게 하기를 바라고 있었지. 네가 안 내려오니까 아래층이 쓸쓸하구나. 그래, 지금 바로 용서를 비는 거지?"

"좋아요. 그렇게 하겠어요."

"그런데 마릴라 아줌마한테는 내가 뭐라고 했었다는 말은 하지 마

라. 참견하지 않겠다고 약속했으니까 말이다."

"걱정 마세요."

앤이 약속하자 매슈는 얼른 아래층으로 내려왔다. 그러고는 마릴라가 눈치채지 않도록 목장 한쪽 구석으로 나가 있었다. 마릴라가 집에 돌아오자 위층에서 앤이 안쓰러이 부르는 소리가 들렸다.

"제가 잘못했어요. 린드 아줌마께 가서 용서를 빌겠어요."

마릴라는 놀랍기도 하고 반갑기도 했다. 마릴라도 앤이 끝까지 버티면 도대체 어떻게 해야 할까 하고 걱정을 하고 있었기 때문이다.

"잘 생각했다. 우유를 짜고 나서 함께 가자."

우유를 짜는 일을 마친 뒤 두 사람은 오솔길로 나섰다.

마릴라는 힘있게, 앤은 어깨를 늘어뜨린 채 힘없이 걸었다. 하지만 조금 지나자 갑자기 앤의 걸음걸이가 경쾌해지기 시작했다. 용서를 빌러 가는 아이가 마치 마법에라도 걸린 듯 즐거운 표정으로 걷고 있자, 마릴라는 이해할 수 없었다. 마릴라가 못마땅한 표정으로 날카롭게 물었다.

"너 지금 무슨 생각을 하는 거니?"

"린드 아줌마께 뭐라고 사과를 드릴까 생각하고 있어요."

앤이 명랑한 목소리로 대답했으나 마릴라는 아무래도 미심쩍었다.

그러나 창가에서 뜨개질을 하는 린드 부인 앞에 서자, 앤은 잘못을 뉘우치고 있는 아이가 되어 있었다. 깜짝 놀라서 아무 말도 못하는 린드 부인 앞에 앤은 공손히 무릎을 꿇었다.

"린드 아줌마, 정말 잘못했어요. 저를 용서해 주세요. 왜 그렇게 못된 일을 저질렀는지 몹시 후회하고 있어요. 저는 착한 아이가 되겠다고 약속한 뒤에 그런 일을 저질러서 얼마나 슬픈지 모르겠어요. 사내아이도 아닌 저를 초록 지붕 집에 살게 해 주신 매슈 아저씨와 마릴라 아줌마를 망신시켰어요. 저는 벌을 받아야 마땅해요. 저를 마구 꾸짖어 주세요. 아줌마께서 제가 못생기고 말라빠지고 빨간 머리라고 하셨지만, 그건 모두 사실인걸요. 그러니 아줌마, 제발 저를 용서해 주세요. 그러지 않으시면 저는 영원히 슬퍼할 수밖에 없을 거예요. 용서해 준다고 말씀해 주세요."

앤은 두 손을 모아 쥔 채 고개를 숙이고 금방 울음이라도 터뜨릴 것 같은 표정으로 용서를 빌고 있었다. 그것은 누가 보아도 더 없이 진실하고 정중한 사과였다.

린드 부인은 말이 많고 남의 일에 참견하기를 좋아하는 결점이 있긴 했지만, 마음씨는 좋은 사람이었다. 사정을 모르는 린드 부인은 애달프게 잘못을 뉘우치는 앤의 말을 듣고는 쌓였던 분노가 씻은 듯 사라지고 말았다.

"애야, 그만 일어나거라, 어서. 용서하고 말고가 어디 있겠니? 실은 나도 너한테 좀 심하게 해서 미안했어. 나는 그저 있는 대로 이야기하는 사람이라서 그렇게 되었어. 그리고 내가 한 말 너무 신경 쓰지 마라. 어릴 때 빨간 머리도 자라면 금발이 되기도 한단다. 내 어릴 적 친구 하나는 너보다 더 빨간 머리였는데 크니까 금발이 되더라. 네 머리도 꼭 그렇게 될 거야."

앤은 벌떡 일어나 길게 숨을 내쉬며 외쳤다.

"어, 아줌마! 그게 정말인가요? 아줌마는 저에게 희망을 주셨어요. 저는 아줌마를 항상 은인으로 생각할 거예요. 커서 금발이 될 수 있다니, 저는 어떤 일이든 참을 수 있어요. 금발이 된다면 착한 사람이 되기가 훨씬 더 쉬울 거예요. 두 분이 이야기하시는 동안 저는 마당에 있는 사과나무 아래 가 있겠어요. 거기서는 마음껏 상상을 할 수 있을 것 같아요."

"그럼 얼마든지 나가 놀아라. 마음에 들면 한쪽에 있는 백합을 몇 송이 가져도 돼."

앤이 뛰어나가고 문이 닫히자 린드 부인은 일어나 등불을 켜며 말했다.

"괜찮은 아이야. 어딘지 모르게 사람을 끄는 매력이 있다니까. 지어낸 것 같은 말투가 조금 어색하기는 하지만, 그거야 가르치면 고쳐질 거야. 댁에서 저 아이를 기르고 싶어하는 심정이 이해될 것 같아."

마릴라는 슬그머니 미소를 지었다.

돌아오는 길에 앤은 자랑스러운 표정으로 마릴라에게 말했다.

"어때요? 저 아주 잘했죠? 어차피 사과할 바에는 철저하게 하는 편이 낫다고 생각했거든요."

"그래, 아주 철저하게 하더라. 하지만 앞으로 다시는 이런 일이 생기지 않도록 해라."

"못생겼다느니 하는 말만 안 했으면 이런 일은 없었을 거예요. 다른 건 다 참을 수 있지만, 빨간 머리라고 놀리면 나는 그것만은 견딜 수가 없어요. 왜냐하면 그건 나도 언제나 가슴 아프게 생각하고 있는 일이거든요. 그런데 아줌마! 내 머리는 정말 금발이 될 수 있을까요?"

"네 생김새에 신경 쓰지 마라. 쓸데없이 허영만 따르는 아이가 될까 두렵다."

"제가 못생겼다는 걸 잘 아는데 왜 허영을 따르겠어요? 단지 예쁜 것을 좋아하는 것뿐이에요. 그래서 거울을 볼 때마다 못생긴 모습이 나타나는 것이 정말 싫어요."

"마음이 아름다우면 모습도 아름다워지는 거야."

마릴라는 격언을 인용했다.

"언젠가 그런 말을 들은 적이 있어요. 그런데 정말 그럴까요?"

앤과 마릴라는 어느새 집 앞 오솔길로 접어들어 있었다. 산들거리는 바람 속에 싱그러운 풀 냄새가 스쳐 오고 있었다.

어둠이 내려앉은 나뭇가지 사이로 초록 지붕 집 창에서 흘러나오는 따뜻한 불빛이 반짝였다. 앤은 마릴라에게 다가서서 살며시 손을 쥐며 속삭였다.

"집으로 돌아가는 게 행복해요. 이제는 저에게도 돌아갈 수 있는 집이 있어요. 이제는 초록 지붕 집을 사랑하게 됐어요. 이런 일은 처음이에요."

마릴라는 조그맣고 가느다란 손의 감촉을 느끼며 가슴속에 무엇인지 따스한 감정이 솟는 것을 느꼈다. 지금껏 누리지 못한 어머니의 사랑이었다.

"어때? 마음에 드니?"

침대 위에 펼쳐 놓은 옷들을 바라보고 있는 앤에게 마릴라가 물었다.

한 벌은 지난 여름 마을에 온 옷감 장수한테 사 두었던 갈색 줄무늬 무명 천으로, 또 한 벌은 겨울에 떨이로 산 흰색 바탕에 검정 체크 무늬의 공단 천으로 지은 것이었다. 나머지 한 벌은 얼마 전 가게에서 산 파란색 사라사 천으로 된 옷이었다.

마릴라는 이 옷들을 모두 비슷한 모양으로 만들었다. 평범한 허리 모양에 소매도 딱 맞게 만든 것이었다.

앤은 솔직히 말했다.

"마음에 든다고 상상하면 돼요."

마릴라는 화가 나서 말했다.

"상상하라고 만든 옷이 아니야. 모두 새 옷감으로 지은 건데 뭐가 마음에 안 드니? 깔끔하잖아."

"그런데…… 예쁜 옷은 아니에요."

"예쁜 옷? 편하고 깔끔하면 되지. 예쁜 옷이 무슨 소용이니? 허영이나 키워 주고 싶지는 않다. 올 여름에 네가 입을 옷은 이 세 벌이다. 갈색 옷과 파란색 옷은 학교에 가면 입고, 체크 무늬 옷은 교회에 갈 때 입도록 해라. 그리고 옷을 늘 깨끗하게 입도록 해라. 나는 네가 지금 입고 있는 옷 말고는 무엇이든 고마워할 줄 알았는데 그러니."

"정말 고마워요. 하지만 이왕이면 요즘 유행하는 주름 소매가 달린 옷이 하나라도 있었으면 더 고마웠을 거예요. 그런 옷을 입으면 날아갈 것 같을 거예요."

"날아갈 일은 없겠구나. 나는 주름 소매를 만들려고 옷감을 낭비하고 싶지 않다. 그런 옷은 우스꽝스럽게 보여. 편한 옷이면 되지 않겠니?"

"저만 혼자서 편한 옷을 입는 것보다 다른 사람들처럼 우스꽝스런 옷을 입는 것이 더 낫지 않을까요?"

앤이 걱정스러운 얼굴로 말했다.

"그만 해라. 이 옷을 옷장에 잘 걸어 두고 주일학교 공부를 해라. 내일부터는 주일학교에 다녀야 할 테니까."

마릴라는 언짢아하며 아래층으로 내려갔다.

앤은 옷들을 내려다보며 중얼거렸다.

"주름 소매가 달린 하얀 옷을 입고 싶었는데……. 그래, 이 옷을 레이스가 달린 하얀 옷이라고 상상할 수 있어."

이튿날 아침, 마릴라는 갑자기 머리가 아파서 주일학교에 앤을 데려갈 수 없었다.

"린드 아줌마께 가서 주일학교 교실까지 데려다 주시라고 해라. 예의 바르고 얌전하게 행동해야 한다. 여기저기 쳐다보거나 들썩거리면 안 돼. 집에 돌아와서 나에게 오늘 배운 성경 말씀을 이야기해라."

앤은 마릴라의 이야기를 들으며 체크 무늬 옷을 입은 모습을 거울에 비춰 보았다. 길이는 알맞았으나 가냘픈 몸매를 그대로 드러내는 것 같았다. 게다가 납작한 모자는 리본이나 꽃이 달린 예쁜 모자를 상상해 왔던 앤을 더욱 실망시켰다.

그런데 리본과 꽃은 큰길로 접어들기 전에 생각대로 꾸밀 수 있었다. 오솔길을 중간쯤에 이르자 화려한 들꽃이 있었다.

앤은 꽃을 꺾어 모자에 두르고 즐겁게 린드 부인의 집으로 걸어갔다.

도착하자, 린드 부인은 이미 교회로 떠나고 없었다. 앤은 혼자서 교회로 갔다. 교회에는 갖가지 색의 아름다운 옷을 차려입은 여자아이들이 모여들어서 머리에 꽃장식을 한 낯선 아이가 나타나자 호기심 어린 눈빛으로 쳐다보며 수군거렸다.

앤은 예배가 끝나고 로저스 선생님 반으로 가게 되었다. 앤은 로저스 선생님의 엄격한 질문에 바로바로 대답을 했어도 로저스 선생님이 마음에 들지 않았다. 답답하기도 했지만 다른 아이들은 모두 주름 소매 옷을 입고 있는데, 자기만 달라붙은 옷을 입고 있었기 때문이었다.

앤이 집에 돌아오자 마릴라가 물었다.

"그래, 주일학교는 어땠니?"

"싫어요. 재미없어요!'

앤은 모자를 벗으며 대답했다. 이미 시들어 버린 꽃 장식을 집으로 돌아오는 길에 떼어 버렸기 때문에 마릴라는 꽃장식에 대해서는 모르고 있었다.

"이리 와서 이야기해 봐."

마릴라가 매섭게 말하자 앤은 한숨을 쉬며 의자에 털썩 주저앉았다.

"도착해 보니, 린드 아줌마는 이미 떠나신 뒤였어요. 그래서 혼자서 교회로 갔지요. 교회에서는 예의 바르게 앉아 있었어요. 장로님의 기도는 정말 길었어요. 제가 마침 창가에 있었기 때문에 다행이었어요. 거기에서 반짝이는 호수가 보였거든요. 그래서 여러 가지 멋진 상상을 했어요."

"기도를 잘 들었어야지."

"하지만 저한테 말씀하신 게 아니잖아요. 예배 시간이 끝났고 나서 로저스 선생님 반에 가서 공부를 했어요. 그 반에는 여자아이들이 많았는데, 그 아이들은 모두 주름 소매 옷을 입고 있었어요. 저도 그런 옷을 입고 있다고 상상을 하려고 했지만 잘 되지 않아서 속이 상했어요. 혼자 있을 때는 너무 쉬웠는데……"

"주일학교에서 소매 생각만 하고 있었으면 수업은 도대체 어떻게 했니?'

"선생님이 질문하신 건 모두 대답했어요."

마릴라는 더 이상 꾸짖을 수 없었다.

엄숙한 맹세를 하다

금요일이 되어서야 린드 부인에게서 모자의 꽃 장식에 대한 이야기를 전해 들은 마릴라는 앤을 불러서 꾸짖었다.

"주일날 모자에다 꽃을 잔뜩 달고 교회에 갔다더구나. 도대체 왜 그랬니?"

"분홍색과 노랑색이 저한테 어울리지 않는 건 잘 알아요."

"뭐라고? 무슨 색깔이건 모자에다 꽃을 달고 다니니까 남들의 웃음거리가 되는 거야."

"옷에다 꽃을 단 아이는 많이 있었는데요. 모자에 꽃을 다나 옷에 다나 마찬가지잖아요."

"그렇게 묻지 마라. 그건 어리석은 짓이야. 사람들이 뭐라고 하는 줄 아니? 내가 너를 그렇게 꾸며서 교회에 보낸 것같이 생각하지 않겠니?"

앤은 울먹이며 말을 이었다.

"죄송해요. 제가 잘못했어요. 저는 그냥 들꽃이 예뻐서 모자에 꽂았어요. 그 일로 폐를 끼치리라고 생각하지 못했어요. 아무래도 저를 보육원으로 돌려보내시는 게 더 나을지 모르겠어요. 너무나 끔찍한 일이긴 하지만요."

"아니다. 우리는 너를 보육원으로 보내지 않을 거야. 다만 앞으로 엉뚱한 짓을 하지 말아야지. 울지 말고 내 이야기를 들어라. 아주 반가운 소식이야. 다이애너가 오늘 돌아왔다는구나. 마침 치마 본을 빌리러 배리 아줌마한테 가려던 참인데, 너도 같이 가겠니?"

앤은 두 손을 꼭 쥐고 마릴라에게 다가왔다.

"저는 떨려요. 만약 그 애가 저를 싫어하면 어떡하죠? 아, 그런 일은 생각만 해도 두려워요."

"침착해라. 그보다 배리 아줌마의 마음에 들도록 얌전하게 행동해야 해. 다이애너가 너를 좋아해도 배리 아줌마가 허락하지 않으면 친구가 될 수 없을 거니까. 그 아줌마는 무례한 사람을 싫어하거든. 그런데 왜 떨고 있는 거니?"

앤은 창백한 얼굴로 말했다.

"운명의 순간이 닥쳐오면 누구나 저처럼 떨릴 거예요."

마릴라는 앤의 이런 모습이 우습고 귀여웠다. 두 사람이 개울물을 건너 과수원 길을 걷는 동안에도 앤은 들뜬 목소리로 재잘거렸다.

"진실한 친구가 될지 모를 아이를 만나러 가니까 가슴이 두근거려요. 하지만 한편으로는 불안해요. 모든 걸 운명에 맡기겠어요."

과수원 가운데 있는 회색 지붕 집에 도착해 문을 두드리자 머리가 검고 키가 큰 배리 부인이 나왔다.

"반가워요. 이리 들어오시지요. 아, 이 아이가 바로 그 아이군요."

"예, 앤 셜리라고 하지요."

마릴라가 대답하자 앤이 재빠르게 덧붙였다.

"이름 끝에 E자가 더 붙은 앤이에요."

마릴라는 들뜬 가운데서도 그 말만은 잊지 않고 말하는 앤의 행동에 웃음이 나왔다. 배리 부인은 그런 건 아무렇지도 않다는 듯 따스하게 물었다.

"잘 있었니?"

"네, 잘 지내고 있습니다."

앤은 진지하게 대답했다. 그러고는 마릴라를 바라보며 살며시 말했다.

"인사 잘한 거죠?"

다이애나는 소파에 앉아서 책을 보고 있다가 마릴라와 앤이 들어오자 책을 덮고 일어섰다. 검은머리와 검은 눈이 배리 부인을 닮아 있었다. 배리 부인이 웃으며 소개했다.

"인사하렴. 이 아이가 우리 딸 다이애너란다. 애야 앤과 함께 뜰에 나가서 꽃을 보여주렴."

두 아이가 밖으로 나가자, 배리 부인이 마릴라에게 말했다.

"우리 아이는 지나치게 책만 읽어서 걱정이었어요. 더구나 애 아빠가 책 읽는 걸 칭찬하니까 늘 방안에만 붙어 있지 뭐예요. 친구가 생겨서 다행이에요. 이제 밖에 나가서 놀기도 하겠군요."

노을 빛이 가득한 뜰로 나온 앤과 다이애너는 나리꽃밭 옆에서 수줍은 듯 서로 마주보았다. 뜰은 온통 아름다운 나무와 꽃으로 가득차 있었다.

"다이애너!"

앤은 속삭이는 목소리로 말했다.

"내 친구가 되어 줄 수 있겠니?"

다이애너의 입가에 웃음이 번졌다.

"그럼. 너와 친구가 되어서 기뻐. 난 네가 초록 지붕 집에 왔다는 이야기를 듣고 참 좋았어. 나도 친구가 없었거든.”

“그럼, 영원히 친구로 지낼 것을 맹세할까?”

“어떻게 하는 건데?”

다이애너가 묻자 앤은 엄숙한 얼굴로 말했다.

“서로 이렇게 손을 마주 잡고 흘러가는 물 위에 서 있는 거야. 이 길을 흘러가는 물이라고 생각하기로 해. 그럼 내가 먼저 맹세를 할게. ‘해와 달이 사라지지 않는 한 나는 내 친구 다이애너의 진실한 친구가 될 것을 맹세합니다.’ 이제 너도 내 이름을 넣어서 맹세하는 거야.”

다이애너는 수줍게 웃으며 똑같은 말로 맹세했다.

“앤, 소문을 들어서 알고 있었지만, 넌 정말 보통 아이들과는 다르구나. 하지만 난 틀림없이 너를 좋아하게 될 거야.”

마릴라와 앤이 집으로 돌아갈 때까지 두 아이는 손을 잡고 있었다. 헤어질 때에는 내일 오후에 다시 만나자고 몇 번이고 다짐했다.

집으로 거의 다 와서 마릴라가 물었다.

“그래, 다이애너와 가까워질 수 있겠니?”

“그럼요. 지금 저는 이 마을에서 가장 행복한 아이예요. 오늘밤에는 기쁜 마음으로 기도를 드릴 수 있을 거예요. 내일 오후에는 자작나무 숲에서 만나기로 했어요. 다이애너는 저에게 ‘개암나무 골짜기의 넬리’ 라는 노래를 가르쳐 준다고 했어요. 다이애너의 까만 머리는 참 아름다워요. 까만 눈동자도요. 다이애너가 저에게 책을 빌려 준댔어요. 제 방 벽에 붙일 그림도 주겠대요. 푸른 옷을 입은 천사 그림이래요. 저도 다이애너에게 무언가 줄 게 있으면 좋겠어요. 저희는 다리 곁에 있는 샘에 이름을 ‘드루아스 샘’ 이라고 이름을 붙여 주었어요. 우아한 이름이라고 생각되지 않으세요? 그런 이름을 가진 샘 이야기를 읽은 적이 있거든요."

"앤, 너는 하루 종일 놀기만 해서는 안 된다. 할 일을 반드시 끝내고 놀아야 한다."

매슈는 카모디에 갔다가 돌아오는 길에 앤에게 줄 선물을 샀다. 그리고는 마릴라의 눈치를 보며 주머니에서 무엇인가를 꺼내어 앤에게 주었다.

"네가 초콜릿을 좋아한다고 해 조금 사 왔다."

마릴라는 못마땅하다는 얼굴로 말했다.

"쯧쯧! 그걸 먹으면 이도 상하고 배도 아플 거다. 하지만 아저씨가 사 오셨으니 먹어야지. 한꺼번에 다 먹고 배탈나지 않도록 해라."

앤이 기뻐서 어쩔 줄 모르며 대답했다.

"그런데 다이애너에게 반을 줘도 될까요? 반을 다이애너에게 준다고 생각하면 나머지 반이 더 맛있을 거예요. 다이애너에게 줄 것이 있어서 정말 기뻐요."

앤이 자기 방으로 올라간 뒤 마릴라가 말했다.

"저 아이는 인색하지 않아서 참 좋아요. 아이들이 인색한 건 참을 수가 없거든요. 그런데 이상해요. 저 아이가 온 지 2주일 남짓한데 꼭 전부터 함께 있었던 것 같잖아요. 오빠 말을 듣기를 참 잘했어요."

마릴라가 창문을 두드리며 부르자 눈을 반짝이며 앤이 뛰어들어왔다. 앤이 숨 찬 목소리로 이야기했다.

"주일학교에서 다음 주 수요일에 소풍을 가기로 했어요. 반짝이는 호수 근처에 있는 해먼드 아저씨네 넓은 들로 간대요. 벨 아줌마와 린드 아줌마께서 아이스크림을 만들어 주신댔어요. 아이스크림이 요. 저도 가도 되지요?"

"앤, 지금이 몇 시니? 몇 시까지 오라고 했지?"

"2시까지였어요. 그런데 소풍 이야기가 신나지 않으세요? 저는 한 번도 소풍을 가본 적이 없어요. 꿈에서는 가보았지만요."

"그래, 내가 2시까지 돌아오라고 했지. 그런데 지금은 3시 15분 전 이야. 어떻게 된 거냐? 왜 말을 안 듣는 거지, 앤?"

"시간 맞춰 오려고 했어요. 하지만 '놀이 들판'이 얼마나 좋은지 시간 가는 줄 몰랐어요. 그리고 아저씨께도 소풍 이야기를 해 드려야 했거든 요. 아저씨는 즐겁게 이야기를 들어 주셨어요. 보내 주실 거지요? 꼭."

"재미있는 일이 있어도 시간은 정확하게 지켜야지. 게다가 도중에 반가운 사람을 만났다고 그렇게 오래 이야기하는 것도 좋은 일이 아 니야. 너는 주일학교 학생이니까 물론 소풍은 가야지. 다들 가는 데 너만 빠질 수는 없지."

앤이 머뭇거리며 말했다.

"다이애너가 그러는데 바구니에 먹을 것을 담아 가지고 가야 한대 요. 저는 요리를 못 하잖아요. 주름 소매 옷을 안 입고 가는 것은 괜찮 지만, 바구니가 없으면 몹시 창피할 거예요."

"걱정 마. 먹을 것은 내가 만들어 줄 테니까."

"정말 고마워요. 정말."

앤은 너무 기뻐 마릴라의 얼굴에 마구 입을 맞췄다. 어린 아이의 입 술이 얼굴에 닿은 것은 처음이어서 마릴라는 달콤한 느낌이 가슴에 번지는 것을 느꼈다.

마릴라는 무척 행복했지만 더욱 엄한 말투로 말했다.

"입맞춤은 그만! 이제부터는 일을 배워야 한다. 앞으로 요리를 가르쳐 주마. 정신을 바짝 차려야 해. 이것저것 공상을 하면 안 된다. 오늘은 조각보 바느질을 끝내라."

"그 일은 정말 싫어요."

앤은 반짇고리를 가져다 헝겊을 꺼내 놓고 시무룩하게 앉았다.

"재미있게 할 수 있는 바느질도 있어요. 하지만 조각보 바느질을 하면 상상을 할 수 없어요. 천을 이어 붙이며 일에 손끝만 움직이는 건 지루하거든요. 다이애너와 함께 있는 동안에는 시간이 빨리 지나가는데. 우리 집과 다이애너 네 사이에 빈 터 있지요? 윌리엄 벨 아저씨네 땅 말이에요. 그 한쪽 구석에는 나이테가 보이는 자작나무 등걸이 있어요. 거기에 우리는 장난감 집을 지었어요. 그리고 그곳을 '놀이 들판' 이라고 부르기로 했어요. 다이애너도 그 이름에 찬성했어요. 이끼 낀 돌로 의자를 꾸몄고요. 나뭇가지에 널빤지를 얹어서 선반을 만들었어요. 그릇을 얹어두려고요. 모두 깨지고 금이 가긴 했지만 새 그릇이라고 상상하면 돼요. 거실에는 '요정의 거울' 도 있어요. 다이애너가 닭장 뒤에서 주워 왔어요. 집에서 쓰던 등잔 조각인데, 우리는 그걸 어느 날 밤 요정이 무도회에서 잃어버리고 간 거울이라고 생각하기로 했어요. 참, 매슈 아저씨가 장난감 집에 식탁을 만들어 주기로 하셨어요. 얼마나 좋은지 몰라요. 다이애너는 소풍갈 때 새 옷을 입고 간대요. 수요일에 하늘이 맑아야 할 텐데. '반짝이는 호수' 에서 배를 타고, 아이스크림을 먹겠지요. 저는 아이스크림을 먹어 본 적이 없어요. 다이애너가 아무리 이야기해 줘도 그것만은 상상할 수가 없어요."

"앤, 지금까지 10분이나 이야기하고 있었다는 걸 알고 있니? 지금부터 그만큼 입을 다물고 있어라."

앤은 입을 다물었다.

하지만 1주일 내내 소풍 이야기를 하고 그 생각만 하며 지냈다. 토요일에는 비가 내렸다. 그러자 앤은 수요일까지도 비가 그치지 않으면 어쩌나 안절부절못했다. 그래서 앤을 진정시키느라고 마릴라는 조각보 바느질을 더 많이 시켰다.

주일날 교회에서 돌아오는 길에 앤은 목사님께서 소풍을 간다는 이야기를 하실 때 너무 좋아서 온몸이 오싹해지는 것 같았다고 마릴라에게 이야기했다.

마릴라는 그날 교회에 갈 때도 가슴에 자수정 브로치를 달고 있었다. 그것은 마릴라가 가장 소중히 여기는 장식이었다. 선원이었던 삼촌이 마릴라의 어머니에게 선물한 것을 어머니가 마릴라에게 물려준 것이었다. 마릴라는 보석에 대해서 별로 아는 게 없었기 때문에 자수정이 얼마나 좋은 것인지를 알지 못했다. 그러나 언제나 아름답다고 생각했다.

앤은 그 브로치를 처음 보았을 때 눈이 휘둥그래졌다.

"어머, 어쩌면 이렇게 아름답죠? 이걸 꽂고 어떻게 설교만 듣고 있을 수 있을까요? 저 같으면 가만히 있을 수가 없을 거예요. 만져 봐도 될까요? 자수정은 예쁜 제비꽃의 영혼이 아닐까요?"

사라진 브로치 사건

소풍을 이틀 앞둔 월요일 저녁 마릴라는 근심스런 얼굴로 방에서 나왔다. 앤은 식탁에서 완두콩 꼬투리를 벗기며 '골짜기의 넬리'를 흥얼대고 있었다.

"혹시 자수정 브로치 못 봤니? 어제 저녁에 교회에 다녀와서 바늘겨레에 꽂아 둔 것 같은데, 없어!"

앤이 느릿느릿 대답했다.

"아까 나가셨을 때, 보았어요. 방문 앞을 지나는데, 바늘겨레에 꽂혀 있는 게 보여서 들어가서 보았어요."

"너 그걸 만졌니?"

마릴라가 화난 표정으로 물었다.

"얼마나 예쁜가 하고 가슴에 꽂아 보았어요."

"왜 남의 물건에 함부로 손을 대니? 허락 없이 내 방에 들어간 것도 나빠. 그래, 브로치는 어디다 두었니?"

"제자리에 두고 나왔어요. 그냥 잠깐 꽂아 본 것뿐이에요. 처음부터 그럴 생각은 아니었어요. 나쁜 일인 걸 알았으니까, 다시는 그러지 않겠어요."

"너는 그걸 제자리에 두지 않았어. 브로치가 거기에 없단 말이야. 밖으로 가지고 나가지는 않았니?"

"바늘겨레에 다시 꽂지 않았다면 그 옆에 있는 쟁반 위에 놓았을 거예요. 그 방에 두고 나온 건 틀림없어요."

앤은 분명히 대답했으나 마릴라는 미심쩍었다.

"다시 보고 오마. 하지만 없으면, 네가 제자리에 놓지 않은 거야."

마릴라는 방을 꼼꼼히 살펴보았다. 바늘겨레나 쟁반 위는 물론 이곳저곳 살펴 보았지만 보이지 않았다.

"어떻게 했니? 브로치를 마지막으로 본 사람은 너야. 사실대로 정직하게 말해. 밖에 가지고 나가서 잃어버렸니?"

"아니에요. 절대로 그런 일은 없었어요."

앤은 매섭게 쏘아보는 마릴라를 응시하며, 또다시 분명하게 부인했다.

"틀림없이 방에 두었어요. 정말이에요."

마릴라가 날카롭게 말했다.

"거짓말을 하지 마라. 있었던 대로 말하지 않으려면 더 이야기하지 마라. 네 방으로 올라가. 고백할 때까지 거기서 나오지 마라."

"완두콩을 가져가서 깔까요?"

앤이 나지막이 물었다.

"놔 둬. 내가 깔 테니 그냥 올라가."

앤이 방으로 올라가고 나서 마릴라는 착잡한 심정으로 저녁을 차리기 시작했다. 브로치도 걱정되었고 앤의 행동도 괘씸했다.

'잃어버렸으니 어쩐담? 그런데도 저 아이는 태연하게 시치미를 떼고 있으니, 못됐어. 기어코 이런 일이 일어나다니!'

마릴라는 꼬투리를 벗기며 생각했다.

'처음부터 브로치를 훔칠 생각은 아니었겠지. 재미로 가지고 놀았을 거야. 하여튼 꺼내간 것은 분명해. 앤이 들어갔다 나온 뒤로는 아무도 들어가지 않았으니까. 아무렴. 그걸 잃어버리고 나서 야단맞을까 두려워 시치미를 떼려는 거야. 그래서 더 괘씸해. 다른 잘못은 몰라도 거짓말을 하는 것은 내버려두면 안 돼.'

그날 밤 마릴라는 방안 구석구석 다시 살펴보았지만 찾을 수 없었다. 다시 한 번 앤에게도 물어보았으나 똑같이 모른다고 말했다. 하지만 점점 더 마릴라는 앤이 그랬을 거라는 생각이 들었다.

다음날 아침, 마릴라는 매슈에게 그 이야기를 했다. 매슈는 당황해서 어쩔 줄 몰랐다. 앤이 거짓말을 한다고 생각하지는 않지만 브로치가 없어진 것이 사실이기 때문이었다.

"장롱 뒤로 빠진 건 아닐까?"

"장롱 뒤도 살펴보고 빈틈은 모두 살펴보았어요. 앤이 거짓말을 하고 있는 게 틀림없다니까요. 오빠, 이런 일은 그냥 놔두어서는 안 돼요."

"그럼 어떻게 해야 하겠니?"

매슈는 맥 빠진 목소리로 묻고 나서 자기는 이 일에 끼여들지 않아야겠다고 마음먹었다.

"사실대로 이야기할 때까지는 방에서 나올 수 없도록 해야겠어요."

지난번에도 그 방법으로 일을 처리했던 것을 떠올리며 마릴라가 대답했다.

"어떻게 하나 한번 봐야겠어요. 바른 대로 말한다면 브로치는 찾을 수 있을 거예요. 하여튼 매서운 벌을 주어야 해요."

매슈는 모자를 집어 들며 말했다.

"그래야겠지. 나는 끼여들지 않을 테니, 네가 알아서 해라. 늘 그렇게 하려고 하지 않았니?"

매슈가 나가고 나자 마릴라는 머리가 혼란스러워졌다. 이런 일로 린드 부인에게 상의하러 가는 것도 왠지 내키지가 않았다. 마릴라는 다시 한 번 위층으로 올라갔다. 하지만 앤은 브로치를 가져가지 않았다는 말만 되풀이할 뿐이었다. 앤은 울고 있었던 것 같았다. 마릴라는 앤이 가엾게 느껴졌지만 마음을 단단히 먹고 냉정하게 말했다.

"사실대로 이야기할 때까지 이 방에서 나올 수 없어."

"하지만 내일은 소풍을 가야 해요!"

앤은 울부짖듯이 소리쳤다.

"소풍은 보내 주시겠지요? 늦게라도 가게 해 주세요. 그 뒤에는 언제까지라도 방에 있을게요. 꼭 가고 싶어요."

"필요 없어. 사실대로 말할 때까지는 방에 있어."

앤의 슬픈 목소리를 뒤로 한 채 마릴라는 냉정하게 방문을 닫고 나와 버렸다.

이튿날은 소풍을 가기에 알맞은 맑은 날씨였다.

집 앞뒤 숲에서는 새들이 고운 소리로 지저귀고, 뜰에 핀 백합의 향기가 바람에 실려와 집안을 달콤하게 채워 주고 있었다. 언덕배기의 자작나무들이 쉴새없이 손을 흔들어도 앤은 창가에 나타나지 않았다. 마릴라가 아침을 가지고 올라가자, 앤은 침대에 얌전히 앉아 있었다. 무언가 결심한 듯 입을 꽉 다물고 있었다. 창백한 얼굴이었지만 눈은 반짝거렸다. 마침내 앤이 입을 열었다.

"사실대로 모두 말씀드리겠어요."

"그래."

쟁반을 내려놓으며 마릴라는 자신이 선택한 방식이 이번에도 맞아 들었다는 생각을 했으나, 전혀 기쁘지는 않았다.

"그래, 어디 이야기를 들어 보자."

"브로치를 제가 가져갔어요."

마치 책을 읽는 것 같았다.

"처음에는 가져갈 생각이 없었어요. 그런데 가슴에 꽂아 보니까 무척 예뻤어요. 그걸 꽂고 놀이 들판에서 코델리아 공주가 되고 싶었어요. 진짜 자수정 브로치를 꽂으면 코델리아 공주로 상상하기도 쉬울 테니까요. 브로치를 꽂고서 일부러 반짝이는 호수 쪽으로 돌아갔어요. 다리를 건너는데 브로치가 햇빛에 눈부시게 반짝였어요. 그러다 브로치를 그만 놓쳤는데, 아아, 물속으로 가라앉았어요. 보랏빛으로 반짝이는 호수의 밑바닥으로 가라앉아버리고 만 거예요. 이제 됐나요?"

아끼는 브로치를 연못에 빠뜨리고서도 조금도 미안해하거나 뉘우치는 기색이 없이 당당하게 이야기를 하는 앤을 보고 있자니 마릴라는 또다시 화가 났으나 침착하려고 애쓰면서 말했다.

"너는 참 못된 아이구나!"

"네, 저도 잘 알아요."

앤은 분명하게 말했다.

"그래서 벌을 받아야 해요. 어서 벌을 주세요. 벌을 빨리 받고 나서 편안하게 소풍을 가고 싶어요."

"소풍을 가겠다고? 안 된다. 그게 네가 받아야 할 벌이야. 네 잘못에 비하면 아주 가벼운 벌이지."

"소풍을 못 간다고요?"

앤은 벌떡 일어나 마릴라의 팔에 매달리며 애원했다.

"다녀오라고 하셨잖아요. 허락해 주세요. 그래서 고백한 거예요. 다른 벌은 무엇이든 받겠어요. 가게 해 주세요, 제발. 아이스크림을 먹어야 해요."

마릴라는 팔에 매달린 앤을 차갑게 뿌리쳤다.

"절대로 안 된다. 떼 쓴다고 허락하지는 않아."

마릴라의 결심을 바꿀 수 없게 되자 앤은 주먹을 쥐고는 침대에 쓰러져 몸부림치며 울었다. 당황한 마릴라는 황급히 아래층으로 내려왔다.

"정말 이상한 아이야. 정상적인 아이라면 어떻게 저럴 수 있어? 혹시 불량한 아이인지도 몰라. 린드 부인의 말이 맞는 건가 봐."

울적한 아침이었다. 마릴라는 부지런히 아무거나 닥치는 대로 일을 했다. 그러지 않으면 견딜 수 없을 것 같았다.

점심 준비를 마치고 마릴라는 위층의 앤을 불렀다. 앤은 눈물이 얼룩진 얼굴로 내려다보았다.

"내려와서 점심 먹어라."

앤은 다시 흐느껴 울면서 말했다.

"아무것도 먹고 싶지 않아요. 슬퍼서 가슴이 아파요. 저를 슬프게 한 걸 후회하시게 될 거예요. 그래도 용서해 드릴게요. 제가 용서해 드렸다는 걸 잊지 마세요. 그리고 제발 지금 점심을 먹으라고 하지 마세요. 마음이 아파요."

마릴라는 주방으로 다시 돌아와서도 울적해서 매슈에게 불평을 했다. 매슈도 역시 울적한 얼굴이었다.

"거짓말을 한다거나 브로치를 가져가는 일이 나쁘다는 걸 모를 리 없을 텐데……."

매슈는 입으로만 중얼거렸다.

"그래도 아직 어린애인데 좀 너그럽게 생각하는 게 좋겠어. 소풍까지 보내지 않는 건 너무한 것 같다."

"무슨 말씀이세요. 오히려 벌이 너무 가볍다고 생각하고 있어요. 하지만 더 괘씸한 것은 저 아이가 잘못을 뉘우치고 있지 않은 것 같다는 거예요. 본디 괜찮은 애 같으면 잘못을 저지르고 나서 정말로 후회해야 하지 않을까요? 그런데도 저런 아이를 싸고돌려고 하시는 거예요?"

"그거야, 아직 어린애니까……."

매슈는 머뭇거리면서도 열을 내어 변명했다.

"얘야, 저 아이는 아직은 제대로 배우지 못했잖니. 그러니……."

"그래요. 그래서 지금 가르치고 있는 거잖아요."

마릴라는 빈정대며 말했다. 점심 식사는 매우 우울했다. 매슈를 도와주러 온 제리만이 즐거운 것 같았다. 마릴라는 제리가 즐거운 것도 자기를 놀리는 것처럼 보여 몹시 못마땅했다. 설거지를 하고 빵을 반죽하고 닭에게 모이를 주고 나서 마릴라는 지난번에 외출할 때 목에 둘렀던 레이스 목도리의 솔기가 풀려 있었던 것이 생각나 다음 외출 전에 그걸 다시 꿰매야겠다고 생각했다.

목도리는 트렁크 속 상자에 넣어 두었다. 목도리를 꺼내며 마릴라는 거기에 뭔가 반짝이는 것이 붙은 것을 보고 숨이 콱 막혀 왔다. 보랏빛으로 반짝이고 있는 수정 브로치였다.

"이럴 수가……!"

마릴라는 정신을 차릴 수 없었다.

"도대체 어떻게 된 거야? 배리 연못에 가라앉아 있어야 할 것이 여기에 있다니……. 아니, 그럼 앤이 왜 그런 거짓말을 꾸며 말했을까? 월요일 오후에 외출했다가 돌아왔을 때 이 목도리를 저 쟁반 위에 잠깐 올려놓았었지. 그때 브로치가 목도리에 싸여서……."

마릴라는 브로치를 들고 앤에게로 올라갔다. 앤은 울다 지쳤는지 쓸쓸히 창가에 앉아 있었다.

"지금 막 브로치를 찾았다. 내 목도리에 붙어 있었어! 그러면 오늘 아침에 나한테 한 이야기는 어떻게 된 거냐?"

마릴라는 차가운 목소리로 말했다.

"아줌마 내가 고백하지 않으면 이 방에서 나가지 못하게 한다고 하셨잖아요."

앤은 기운없이 설명했다.

"저는 소풍을 가고 싶었어요. 그래서 그렇게 고백하기로 결심했어요. 어젯밤에 침대 속에서 어떻게 고백할까를 생각했어요. 그리고 잊어버리지 않으려고 여러 번 외어 두었어요. 하지만 아줌마가 소풍을 못 가게 해서 모두 쓸모없이 되고 말았어요."

마릴라는 참을 수 없이 자꾸 웃음이 터져 나왔다. 그러고 보니 너무 심한 행동을 했다는 생각이 들었다.

"도무지 너는 어떻게 해 볼 수가 없어! 이제는 잘 알았으니 됐구나.

하긴 여태껏 네가 한 번도 거짓말을 한 적은 없었으니 내가 네 말을
믿어야만 했는데 말이야. 하지만 그렇게 거짓 고백을 하는 것도 나쁜
짓이란 걸 알아야 해. 그건 거짓말과 다름없는 일이란다. 이번에는
내가 그렇게 하게 했으니……. 네가 나를 용서해 주겠다면 나도 너를
용서해 주겠어. 그리고 어서 준비를 해라. 소풍을 가야지."
　앤은 퉁기듯이 일어섰다.
　"오오, 아줌마! 정말이지요? 아, 하지만 너무 늦은 게 아닐까요?"
　"아니다. 이제 2시니까 지금쯤 모두 모여들고 있을 거야. 어서 머리
를 빗고 옷을 갈아입어라. 과자는 많이 구워 놓았으니까 바구니에 담
아 놓을게. 그리고 아저씨께는 마차로 거기까지 데려다 주시라고 말
씀드릴 거야."
　"오오, 아줌마!"
　앤은 소리를 지르며 세면대로 달려갔다.
　"5분 전에는 제가 차라리 이 세상에 태어나지 않았으면 좋았을 거
라고 생각했는데 지금은 천사가 될 수 있다고 해도 거절할 거예요."
　그날 밤 앤은 피곤하긴 했지만 행복에 흠뻑 빠져 집으로 돌아왔다.
　"아줌마 오늘은 더할 나위 없이 즐거웠어요. 모든 게 다 좋았어요.
향기로운 차를 마신 다음에 앤드루스 아저씨가 '반짝이는 호수'에서
한 번에 여섯 명씩 배에 태워 주셨어요. 그런데 제인은 자칫하면 물
에 빠질 뻔했어요. 연꽃을 꺾으려다 그랬어요. 앤드루스 아저씨가 재
빨리 잡아 주지 않았으면 제인은 '반짝이는 호수'에 빠지고 말았을
거예요. 제가 그런 일을 겪었다면 좋았을 거예요. 물에 빠질 뻔했다
는 건 낭만적이잖아요. 아, 그리고 아이스크림……! 그 아이스크림의

맛을 뭐라고 해야 하지요? 정말이지, 놀랄 만했어요.”

그날 밤 마릴라는 구멍 난 양말을 기우면서 매슈에게 모든 것을 다 이야기했다.

“제가 잘못한 거예요.”

마릴라가 웃으며 말했다.

“저 아이의 ‘고백’을 떠올리면 지금도 웃음이 나요. 깜찍한 거짓말이잖아요. 저 때문이에요. 저 아인 분명히 이상한 매력을 가지고 있어요. 하여튼 저 아이가 있으면 절대로 따분하지는 않을 거예요.”

길버트와 다이애너

“정말 아름다운 날이야.”

앤이 크게 숨을 쉬며 말했다.

“이런 날은 살아 있다는 것만으로도 행복하지 않니? 세상에 아직 태어나지 않은 사람들은 이런 날을 누리지 못하니 정말 안됐잖아. 게다가 이렇게 아름다운 길을 따라서 학교에 간다는 것도 얼마나 즐거운지 몰라.”

“큰 길로 가는 것보다 훨씬 즐거워. 그 길은 먼지가 많이 나고 무더워.”

앤과 다이애너가 학교로 가는 길은 참 아름다웠다. 앤은 상상으로도 더는 아름답게 꾸밀 수가 없을 정도로 아름답다고 생각했다.

‘사랑의 오솔길’, ‘윌로우미어’, ‘제비꽃 골짜기’, ‘자작나무 길’ 은 먼지가 많이 나는 큰 길과는 달리 무척이나 낭만적인 길이었다.

‘사랑의 오솔길’ 은 초록 지붕 집 과수원 초입에서부터 숲을 거쳐 매슈 댁 목장 끝까지 이어져 있었다. 이 길을 따라 가축들이 목장으로 가기도 하고 겨울에는 재목을 운반하기도 했다. 초록 지붕 집에 온 뒤 얼마 안 있어 앤은 이 길을 ‘사랑의 오솔길’ 이라고 이름지었다.

“사랑하는 사람이 그 길을 걷는다는 뜻은 아니에요.”

앤이 마릴라에게 설명했다.

“요즘 다이애너와 함께 읽고 있는 책에 ‘사랑의 오솔길’ 이 나와요. 아름다운 이름이지요? 그래서 우리도 그런 길을 하나 만들었어요. 그 길을 사랑하는 사람 둘이서 걷는다고 상상하는 거지요. 저는 그 길이 아주 마음에 들어요.”

아침에 앤은 홀로 집을 나와 ‘사랑의 오솔길’ 을 지나 시냇가로 갔다. 다이애너가 거기서 기다리고 있었다. 두 사람은 터널을 이룰 만큼 울창한 단풍나무 숲을 함께 지나갔다.

“단풍나무는 정겨운 나무야.”

앤이 속삭였다.

“언제나 바스락거리며 사람들에게 속삭이잖아.”

그곳을 지나면 통나무 다리가 나오고 오솔길을 벗어나 배리 댁 밭을 지나고 나면 ‘제비꽃 골짜기’ 가 이어졌다. 그것은 앤드루스 댁 숲 아래에 있는 좁다란 빈 터였다.

앤은 마릴라에게 말했다.

“지금은 제비꽃이 없지만 봄이 되면 깔아놓은 것처럼 제비꽃이 피어난다고 다이애너가 말했어요. 상상만 해도 무척 아름다워서 입을 다물 수 없을 정도예요. 그래서 거기를 '제비꽃 골짜기' 로 이름 붙였지요. 다이애너가 여기저기 저처럼 이름을 붙이는 사람은 처음 보았다고 그래요. 하지만 '자작나무 길' 은 다이애너가 지은 이름이에요. 너무 평범한 느낌이 들어요. 좀더 시적인 이름을 지을 수도 있었는데……. 그래도 '자작나무 길' 은 세상에서 가장 아름다운 곳이에요."

앤의 말이 맞았다. 누구라도 그 길을 걸어 본 사람은 그런 생각을 하게 마련이었다. 그 길은 가느다랗고 길게 굽은 언덕을 넘어서 벨 댁의 숲을 지났다. 숲 속으로 얼비치는 햇빛이 나뭇잎에 반짝이며 영롱하게 빛났다. 길가에 선 곧게 뻗은 싱그러운 자작나무 아래로는 온갖 꽃들과 함께 탐스러운 열매가 자라고 있었다. 숲 속은 언제나 향기로운 냄새가 머물렀고 나뭇가지에는 새들이 지저귀고 있었다. 골짜기를 지나서 오솔길을 따라 언덕을 넘어가면 에이번리 학교에 이르렀다.

에이번리 학교의 벽이 하얗고 지붕이 나지막한 건물에는 커다란 창이 달려 있었다. 여닫이 뚜껑이 달린 책상은 튼튼하긴 했어도 오래된 것이었다. 책상 뚜껑 한쪽 면에는 3대에 걸쳐 이 학교에서 공부한 어린이들의 이름들이 잔뜩 새겨져 있었다. 그 가운데는 무슨 글자인지 알아보기 힘든 것들도 있었다.

9월의 첫째 날, 마릴라는 저렇게 유별난 아이가 다른 아이들과 잘 지내게 될지, 공부 시간에는 떠들지 않고 얌전히 있을지, 온갖 걱정을 하며 앤을 처음으로 학교에 보냈다.

그러나 마릴라의 걱정과는 달리 앤은 조용히 하루를 보냈다. 저녁

때 활기있게 돌아온 앤이 말했다.

"학교가 마음에 들었어요. 그런데 선생님은 좋은 분이라는 생각이 들지 않았어요. 콧수염을 비틀어가며 프리시한테 야릇한 눈짓을 보냈어요. 프리시는 열여섯 살이고 아주 예쁘더라고요. 틸리 볼터가 말하기를 선생님이 프리시를 좋아하셔서 그런대요. 프리시는 뒷자리에 앉아 있거든요. 선생님께서 자꾸 그쪽으로 가세요."

"선생님에 대해 그렇게 이야기하면 안 된다."

마릴라가 엄하게 말했다.

"선생님 흉을 보기 위해 네가 학교에 다니는 게 아니야. 너는 선생님께서 가르쳐 주시는 것을 열심히 배우면 되는 거야. 집에 와서 선생님을 나쁘게 이야기했다가는 혼날 줄 알아라. 물론 학교에선 얌전히 있었겠지?"

"그건 아줌마가 걱정하시는 것만큼 어렵지 않았어요. 저는 다이애너 옆자리에 앉았는데 창가라서 '반짝이는 호수'가 보였어요. 아이들은 모두 다정했어요. 점심 시간은 아주 재미있었어요. 여자 친구들이 많아서 재미있게 놀았거든요. 그래도 저는 다이애너가 제일 좋아요. 언제까지나 그럴 거예요. 저는 다른 아이들보다 진도가 많이 처져요. 다른 아이들은 5권을 공부하는데 저는 4권을 하거든요. 오늘은 역사와 지리와 받아쓰기를 공부했어요. 선생님께서는 제가 받아쓰기 한 것이 틀렸다며 잔뜩 고쳐 놓고 나서 그걸 번쩍 들어 올리셔서 아이들한테 보여 주셨어요. 화도 나고 약이 올랐어요. 새로 들어간 아이한테는 좀 더 친절하게 해 주셔야 하지 않나요?"

그 뒤로 3주일이 탈 없이 지났다. 상쾌한 9월의 아침에 가벼운 발걸음으로 자작나무 길을 걸어 학교로 가는 앤과 다이애너는 에이번리에서 가장 행복한 소녀들이었다.

"오늘은 길버트 브라이스가 학교에 온대."

다이애너가 말했다.

"그동안 뉴브런즈위크의 아저씨 댁에 갔었는데 지난 토요일 밤에 돌아왔나 봐. 아주 잘 생기긴 했어도 짓궂어. 여자 아이들을 잘 골려 주거든."

다이애너는 생각만으로도 재미있는 것처럼 말했다.

"길버트 브라이스라고? 출입문 벽에 줄리아 벨과 나란히 이름이 적혀 있는 그 아이!"

"맞아."

다이애너가 말했다.

"하지만 길버트는 줄리아를 별로 좋아하는 것 같지 않아. 언젠가 길버트가 줄리아의 주근깨를 세면서 구구단을 공부했다고 말했거든."

"내 앞에서는 주근깨 이야기를 하지 않았으면 해."

앤이 말했다.

"그런데 출입문 벽에 남자아이와 여자아이 이름을 나란히 적은 건 유치해. 누가 내 이름을 남자아이 이름과 나란히 쓸 수 있다면 그 아이가 누구인지 알고 싶어. 하지만 그럴 일이야 없겠지."

앤은 한숨을 쉬었다. 이름이 적히는 것은 싫지만 그럴 만한 일도 없다는 것도 역시 속상한 일이었다.

"얘, 그런데 앞으로는 길버트가 너하고 같은 분단이 될 거다."

다이애너가 이야기했다.

"길버트는 열네 살인데 너처럼 4권을 배우고 있어. 그 아이 아버지가 편찮으셔서 3년 동안 요양을 하러 가셨을 때 그 아이도 같이 갔었거든. 그동안은 학교에 다니지 않았나 봐. 그 아이는 언제나 일등을 도맡아 했어. 이제부터는 아마 너하고 경쟁이 될 거야."

"좋아. 내가 어린 아이들보다 잘하는 건 자랑이 될 수 없을 테니까."

필립스 선생님이 프리시에게 라틴어를 가르치고 있을 때 다이애너가 앤에게 속삭였다.

"너하고 같은 줄 가운데 앉아 있는 아이가 길버트 브라이스야. 잘생겼지? 한번 쳐다봐."

앤은 길버트를 보았다. 그때 마침 길버트는 자기 앞에 앉은 루비 길리스의 땋아 내린 금발을 의자 뒤에 핀으로 몰래 꽂아 놓느라고 온통 정신을 빼앗기고 있었다. 키가 크고 갈색 곱슬머리를 한 그 남자아이는 장난꾸러기 같은 눈빛에 자신있는 미소를 띠고 있었다. 잠시 후 자리에서 일어서려던 루비는 한 줄기 비명을 지르고는 뒤로 주저앉았다. 모두들 깜짝 놀라서 루비를 쳐다보았다. 선생님이 무서운 얼굴을 하고 쳐다보자 루비는 울음을 터뜨리고 말았다.

길버트는 재빨리 핀을 감추고는 시치미를 떼고 책을 보고 있었다. 얼마 후 아이들이 조용해지자 길버트는 앤에게 못 본 척해 달라는 듯 눈을 찡긋했다.

"길버트는 정말 잘생겼어. 그렇지만 건방져. 처음 보는 여자아이한테 눈을 찡긋거리고 말야."

앤이 다이애너에게 말했다.

그런데 정말로 큰 소동은 그날 오후에 벌어졌다.

길버트는 앤에게 신호를 몇 번 보내어 자기를 쳐다보게 하려고 애썼지만 뜻대로 되지 않았다. 그때 앤은 두 손으로 턱을 받치고 '반짝이는 호수'를 바라보며 한없는 상상을 하고 있었던 터라 학교나 친구들 생각은 머릿속에 조금도 없었다. 길버트는 여태껏 자기가 마음만 먹으면 어떤 여자아이라도 자기를 쳐다보게 할 수가 있었다. 이번처럼 잘 안 된 적은 처음이었다.

'무슨 일이 있어도 저 아이가 나를 쳐다보도록 하고야 말 테야. 저 눈이 크고 머리가 빨간 앤이라는 아이가 나를 보도록 해야 해!'

길버트는 손을 쭉 뻗어서 땋아내린 앤의 머리끄덩이를 잡아당기며 낮지만 확실히 들리도록 불렀다.

"홍당무! 홍당무!"

앤이 홱 돌아보았다. 그러고는 자리에서 벌떡 일어서서 길버트를 노려보았다. 황홀했던 지금까지의 상상을 망쳐 버린 앤은 화난 눈으로 길버트를 노려보았다. 너무나 화가 나서 큰 눈에 금세 눈물이 고였다.

"비겁하고 나쁜 놈!"

앤이 소리쳤다. 그러고는 석판을 들어 길버트의 머리를 내리쳤다. '쾅' 소리와 함께 석판이 둘로 쪼개져 버렸다.

그러지 않아도 평소에 무슨 일만 생기면 재미있어 하는 아이들은 이런 일이 벌어지자 우르르 몰려들어 호기심에 찬 눈을 반짝거렸다.

필립스 선생님이 단숨에 달려와 앤의 어깨를 움켜쥐었다.

"앤! 무슨 일이니?"

화가 난 목소리로 선생님이 물었다.

앤은 잠자코 있었다. '홍당무' 라고 놀려댔다는 이야기를 아이들 앞에서는 차마 할 수가 없었다.

그때 길버트가 분명히 대답했다.

"선생님, 제가 잘못했어요. 제가 앤을 놀려서 그랬어요."

하지만 선생님은 길버트의 말은 못 들은 척했다.

"우리 학교에 이렇게 난폭한 학생이 있다는 것은 안타까운 일이다."

선생님은 엄하게 입을 열었다.

"앤, 오후 수업을 마칠 때까지 칠판 앞에 서 있도록 해라."

앤은 회초리로 맞는 것이 차라리 더 나을 것 같았다. 앤의 여린 마음은 회초리로 맞는 것처럼 떨리고 있었다. 앤은 창백한 얼굴로 칠판 앞으로 다가갔다. 필립스 선생님은 칠판 위에다 이렇게 썼다.

'앤은 난폭한 성격을 가졌습니다. 앤은 참을성을 길러야 합니다.'

그리고 선생님은 글자를 읽을 줄 모르는 어린 학생들도 알 수 있도록 소리내어 읽어 주었다.

앤은 그 글자가 씌어 있는 칠판 앞에 오후 수업을 마칠 때까지 서 있었다. 울지도 않았고 고개를 숙이지도 않았다. 너무나 화가 나 있었기 때문에 오히려 모든 것을 참을 수 있었다.

다이애너는 안됐다는 얼굴이었고, 찰리 슬론은 힘내라는 듯이 고개를 끄덕였고, 조시 파이는 짓궂은 표정으로 웃고 있었다. 앤은 여전히 화난 얼굴로 아이들을 바라보았다. 하지만 길버트는 거들떠보지도 않았다.

수업을 마치자 앤은 쏜살같이 밖으로 나갔다. 길버트가 급히 앤을 쫓아오며 말했다.

"네 머리를 두고 놀려서 미안해. 잘못했어. 이제 그만 화를 풀어."

그러나 앤은 차가운 얼굴로 그 앞을 지나쳐 버렸다. 길버트의 얼굴은 쳐다보지도 않았고 그 아이가 한 말을 들으려고도 하지 않았다.

"얘, 왜 그처럼 냉정한 거니?"

하고 길에 다이애너는 반쯤은 너무하다는 듯이 하지만 반쯤은 놀랐다는 듯 말했다. 자기 같았으면 길버트가 그렇게까지 사과한다면 금방 용서하고 말았을 거라고 생각했다.

"나는 절대로 길버트를 용서할 수 없어. 필립스 선생님도 마찬가지지. 내 이름 끝에다 E자를 붙이지 않고 쓰셨어. 내 마음속에 있는 원망은 지워지지 않을 거야."

다이애너는 앤이 무슨 말을 하는지 잘 알 수 없었지만 어쨌든 대단히 화가 나 있는 것은 틀림없다고 생각했다.

"길버트가 네 머리카락을 가지고 놀린 건 장난을 친 거야. 그 아이는 내 머리카락이 까맣다고 나를 까마귀라고 놀렸거든. 그렇지만 나는 아직 한번도 그 아이가 누구한테 사과했다는 말은 못 들었어."

다이애너가 위로했다.

"까마귀라고 놀리는 거와 홍당무라고 놀리는 건 달라. 길버트는 내 마음에 아픔을 준 거야."

앤은 차갑게 말했다.

만일 그 뒤로 아무런 일도 일어나지 않았다면 그 일은 쉽게 잊혀졌을지도 모른다. 하지만 일이 하나가 생기면 연달아 다른 일이 일어나기 마련인지 몰랐다.

다음날 점심 시간이었다. 아이들은 다른 날처럼 학교 뒷산 숲에서 점심 시간을 보내고 있었다. 거기서는 선생님이 하숙하고 있는 라이트 댁이 잘 보였기 때문에 아이들은 선생님이 그 집에서 나오면 모두 학교를 향해 달려가곤 했다. 그러면 선생님과 거의 같거나 약간 늦어서 교실에 도착했다. 그날 필립스 선생님은 늦게 오는 아이들의 버릇을 고쳐 주려고 점심 시간이 지나서 교실에 들어오는 사람에게는 벌을 주겠다고 말했다. 점심 시간 동안 숲에서 놀던 아이들은 나무 위에 올라가 있던 한 아이가 '선생님 오신다' 하고 소리치자 달음박질치기 시작했다.

땅 위에서 놀던 여자아이들은 대부분 무사히 도착했지만 나무 위로 높이 올라가서 놀던 남자아이들은 조금 늦었다. 그때 앤은 숲 속 깊이 들어가 백합꽃을 머리에 꽂고 노래를 부르고 있었기 때문에 남자아이들 틈에 끼어 뛰어왔다.

필립스 선생님은 늦게 온 아이들이 너무 많았으므로 벌을 주는 것을 약간 성가시게 생각했다. 그렇지만 한번 말한 것이니 그대로 둘 수는 없었다. 어떻게 할까 생각하며 둘러보던 선생님의 눈에 숨을 헐떡이며 앉아 있는 앤이 보였다. 앤은 급히 달려오느라고 머리에 꽂았던 백합을 그대로 달고 있었던 것이다.

"앤, 너는 남자아이들과 어울리는 걸 좋아하는 것 같으니까 오늘은 네가 좋아하는 대로 해 보거라."

선생님은 약간 심술궂은 얼굴로 지시했다.

"머리에 꽂은 꽃을 떼고 길버트 옆에 가서 앉아라."

다른 아이들이 킥킥거렸다. 다이애너는 앤이 안돼 보여서 창백한 얼굴로 머리에서 꽃을 떼어 주고 나서는 앤의 손을 꼭 잡았다. 앤은 마치 돌처럼 굳어져서 선생님을 바라보았다.

"내 말이 안 들리니?"

선생님이 딱딱한 어조로 물었다.

"들었습니다. 선생님! 그러나 저는 농담으로 하신 말씀이라고 생각했습니다."

앤이 침착하게 대답했다.

"농담이 아니야. 지금 당장 내 말대로 해라."

선생님이 다시 한 번 말했다.

앤은 언뜻 명령을 거역할 생각이 들었으나 더 이상 어쩔 수 없다는 생각이 들자 벌떡 일어나서 통로 한쪽의 길버트 옆자리로 갔다. 그리고 의자에 앉아 책상 위에 두 팔을 얹고 얼굴을 파묻어 버렸다.

앤은 모든 것이 다 끝났다고 생각했다. 같은 잘못을 한 학생들 가운데서 자기만 벌을 받은 것도 참을 수 없는 일인데, 게다가 남자아이 옆에 앉는 벌을 주는 것은 더욱 참을 수 없었다. 그것도 길버트 옆자리라니, 이건 도저히 참을 수 없는 모욕이었다. 아무리 참으려고 애써도 화가 나서 온몸이 끓어오르는 것 같았다.

처음에는 아이들이 재미있어하며 소곤거리기도 했지만 앤이 계속해서 고개를 들지 않고 길버트도 아무렇지도 않은 듯 열심히 분수 공부를 하자 교실은 이내 조용해졌다.

수업을 마치자 앤은 당당하게 자기 자리로 돌아가서 책상 속에 있는 물건을 모두 꺼내 놓고는 깨어진 석판과 함께 차곡차곡 쌌다.

"그걸 왜 집으로 가져 가니?"

하교 길에 다이애너가 물었다.

"내일부터는 학교에 다니지 않을 거야."

다이애너가 깜짝 놀라서 침을 꿀꺽 삼키고 나서는 앤을 쳐다보았다.

"아줌마가 그렇게 하도록 하실까?"

"할 수 없지. 허락해 달라고 하겠어."

앤은 다시 한 번 냉정히 말했다.

"나는 절대로 필립스 선생님 같은 분이 있는 학교에는 다니지 않을 거야."

"어머나, 애! 그럼 나는 어떻게 해? 필립스 선생님은 아마 내가 싫어하는 조시 파이를 내 옆에 앉힐 거야. 틀림없다고. 조시는 지금 저 혼자 앉아 있잖아. 제발 그러지 마. 그냥 학교에 나와, 응."

다이애너는 울음이 터질 것 같은 얼굴로 애원했다.

앤은 슬픈 표정으로 말했다.

"너를 위해서라면 다른 일은 뭐든 할 수 있어. 하지만 이것만은 안 돼. 네 부탁은 나를 더욱 괴롭힐 뿐이야."

"그렇지만 생각해 보렴. 앞으로 학교에서 아주 재미있는 일이 많을 거야."

다이애너는 울적했다.

"우리는 시냇가로 가서 집짓기 놀이를 할 거야. 그리고 다음 주에는 공놀이를 하기로 했어. 공놀이 해 봤어? 정말 재미있다고. 그리고 새 노래도 배우기로 했어. 앨리스가 다음 주에는 새 시집을 가져온다고 그랬어. 우리는 모두 시냇가에 앉아서 시를 한 편씩 낭송할 거야. 너는 시 낭송을 누구보다도 좋아하잖아……."

뭐라고 해도 앤의 마음은 변하지 않았다. 마음의 결정을 끝낸 것이다. 필립스 선생님이 있는 학교는 다시는 가지 않겠다고 단단히 결심했다.

집으로 돌아온 앤은 마릴라에게 학교를 그만 다녀야겠다고 말했다.

"어리석은 말 하지 말아라."

"그렇지 않아요. 제 마음을 모르시는 거죠? 저는 모욕을 당했다고요."

앤은 진지한 표정으로 마릴라에게 설명하려 했다.

"모욕을 당했다고? 쓸데 없는 소리 그만 하거라. 학교는 다녀야 한다."

"저는 안 갈 거예요."

앤은 굳은 표정으로 나지막이 말했다.

"학교에는 절대로 다니지 않겠어요. 아줌마, 집에서 공부할게요. 착한 아이가 되도록 애쓰겠어요. 말도 많이 하지 않을게요. 하지만 학교는 진짜 다니지 않을래요."

마릴라는 앤의 얼굴에서 꺾을 수 없는 고집이 드러나 있는 것을 알아차렸다. 그리고 생각을 바꾸려면 무척 힘이 들겠다고 생각했다. 그래서 지금은 더 이상 말하지 않기로 했다.

'오늘밤에 린드 부인과 의논해 보아야겠어. 아이의 고집을 어떻게 해야 좋을지 모르겠어. 필립스 선생님도 조금은 지나치셨던 것 같거든. 어쨌든 린드 부인은 아이를 많이 길러 보았으니 좋은 생각이 있을 거야.'

마릴라가 찾아가자 린드 부인은 창가에서 평소처럼 뜨개질을 하고 있었다.

"제가 왜 왔는지 아시겠어요?"

마릴라는 쑥스러워하며 이야기를 꺼냈다.

"앤이 학교에서 일으킨 소동 때문이겠지. 조금 전에 틸리 볼터가 하교 길에 들러서 이야기하더라고."

린드 부인이 말했다.

"다시는 학교에 가지 않겠다니 어쩌죠. 아이가 별난 구석이 있어서 학교에서 무슨 일을 일으키지 않을까 걱정했지만 그동안에는 줄곧 잘 지냈거든요. 그런데 이런 일이 생겼으니 어쩌면 좋을까요?"

린드 부인은 자기 생각을 물으러 온 것이 기뻐 친절하게 대답했다.

"마릴라, 나 같으면 우선은 그 아이 하자는 대로 내버려둘 거야. 우리들끼리 하는 이야기이지만 선생님도 잘못하셨어. 아이들을 함께 벌주지 않고 게다가 남자아이와 함께 앉는 벌을 주었다니, 옳지 않았지. 틸리도 앤의 편을 들더군. 아이들도 모두 앤의 마음을 이해한다고 해. 이상해. 앤은 친구들이 모두 좋아하는가 봐."

마릴라는 놀라서 물었다.

"그러면 앤이 학교에 다니지 않는 것을 허락하란 말씀이세요?"

"그럼. 제 발로 학교에 가겠다고 할 때까지 내버려두어 봐요. 그래봐야 1주일도 못 가 다시 학교에 가겠다고 할 거라고. 오히려 지금 억지로 학교에 보내려고 하면 버티기 십상이야. 그나저나 필립스 선생님한테 아이들을 맡겨야 하니, 우리 마을 교육도 걱정이야!"

린드 부인은 교육 문제도 자신이 나서야 할 일이라는 듯 고개를 흔들었다.

마릴라는 린드 부인의 충고를 받아들여서 앤에게 학교에 가라는 말을 하지 않았다. 앤은 집에서 공부도 하고, 심부름도 하고, 저녁이면 가을의 보라색 노을 속에서 다이애너와 함께 놀기도 했다. 그러나 앤은 길에서나 교회에서나 길버트를 마주치면 차갑고도 멸시하는 표정으로 지나쳐 버렸다. 길버트가 앤의 마음을 풀어 보려고 애쓰는 것은 다른 사람들도 알 수 있었지만 앤은 상관하지 않았다.

다이애너가 가운데 나서서 화해시켜 보려고도 했으나 소용이 없었다. 앤은 길버트를 끝끝내 용서하지 않으려고 마음먹은 것 같았다. 길버트를 미워하는 것과는 정반대로 다이애너와는 더욱 가까워져 갔다. 적극적인 앤은 마음을 모두 다이애너에게 쏟았다.

마릴라가 과수원에서 사과 바구니를 들고 돌아온 어느 날 저녁 앤은 자기 방 창가에서 저물어 오는 창밖을 바라보며 슬프게 울고 있었다.

"왜 그러니?"

마릴라가 물었다.

"다이애너 때문이에요."

앤은 더욱 슬프게 흐느꼈다.

"아줌마, 저는 다이애너를 매우 좋아해요. 다이애너 없이는 살 수 없을 거 같아요. 그런데 다이애너는 커서 결혼을 하지 않겠어요? 그러면 저는 혼자 남을 거고요. 다이애너는 제 곁을 떠나겠지요. 저는 다이애너의 남편이 될 사람이 미워요. 그런 상상을 하고 있었어요."

마릴라는 웃음이 나오는 것을 참으려고 입을 꼭 다물었으나 도저히 참을 수 없었다. 곁에 있는 의자에 주저앉아 배를 쥐고 웃기 시작했다. 정원을 거닐던 매슈가 너무나 오랜만에 들어 보는 마릴라의 큰 웃음소리에 깜짝 놀라서 멈추어 섰다가 이내 빙긋이 웃었다.

웃음을 멈추고 나서 마릴라가 말했다.

"네 상상력은 정말 놀라워. 하지만 먼 훗날 하게 될 걱정 때문에 지금 울고 있는 건 쓸모없는 일 아니니!"

티 파티의 비극

아름다운 계절 가을이 다가왔다.

에이번리의 가을은 정말 아름다웠다. 자작나무 숲이 황금빛으로 물들어 가고 과수원에는 나뭇가지들마다 탐스러운 과일들이 주렁주렁 매달려서 햇빛에 빛나고 있었다. 언덕 뒤편으로는 붉은 색으로 물든 단풍나무가 온갖 가을꽃들 속에 파묻혀 불타는 듯 보였다.

앤은 주위를 둘러싼 아름다운 풍경과 화려한 색깔들 속에서 하루하루를 꿈처럼 보내고 있었다.

토요일 아침이었다. 앤은 곱게 물든 단풍나무 가지를 한 아름 안고 춤추듯이 집으로 돌아왔다.

"아줌마, 이 세상에 10월이라는 달이 있는 것이 얼마나 고마운지 몰라요. 이 아름다운 달을 건너뛰고 9월에서 11월로 넘어간다면 생활이 얼마나 지루할까요. 이것 좀 보세요. 어떻게 이렇게 고운 색을 낼 수가 있겠어요. 이것으로 제 방을 꾸며야 하겠어요."

"방을 어지럽히지 않도록 조심해라. 쓸데없이 아무거나 방에 들여놓는 건 좋은 버릇이 아니다. 침실은 잠을 자는 데니까."

"하지만 아름답게 꾸며 놓으면 아름다운 꿈을 꿀 수 있다고 생각해요, 아줌마."

"하여튼 어지럽히는 건 안 좋아. 그리고 나는 오늘 카모디에 다녀와야겠다. 좀 늦을 것 같으니까 네가 아저씨 저녁을 차려 드리거라. 낮에는 집을 비우지 말고……. 심심하면 다이애너를 불러서 놀거라. 차를 대접해도 괜찮아!"

앤은 그 자리에서 뛰어 오르면서 들뜬 목소리로 말했다.

"그걸 어떻게 상상하셨어요? 제가 그걸 바라고 있다는 것을 어떻게 아셨어요? 제 손님을 초대해서 차 대접을 하는 건 생각만 해도 신나요. 그런데……. 저 장미꽃 무늬가 있는 찻잔을 써도 될까요?"

"안 된다. 그건 목사님이나 특별한 손님이 오실 때만 쓰는 잔이잖니? 헌 찻잔을 꺼내 쓰거라. 하지만 노란 항아리 속에 든 설탕에 절인 잘 익은 버찌를 먹어도 된다. 과일 케이크하고 비스킷도 들거라."

앤이 지그시 눈을 감고 말했다.

"다이애너에게 '설탕을 더 드릴까요' 하고 말하면 다이애너는 사양할 거예요. 그러고 나서 비스킷과 버찌를 더 들라고 권하겠어요. 아, 생각만 해도 가슴이 떨려요. 다이애너가 오면 손님용 침실로 데리고 가서 모자를 거기에 벗어 놓으라고 해도 될까요? 그 다음에는 응접실로……."

"안 된다. 네 손님은 이 방에서 놀아야 돼. 아, 그리고 저번에 교회 성도님들이 오셨을 때 대접하고 남은 딸기 주스가 남아 있을 거야. 둘이서 마시거라. 거실 둘째 선반에 있으니까. 과자와 함께 먹으면 맛있을 거다. 아저씨는 감자를 캐러 가셨으니까 차 마시는 시간에는 안 오실 거다."

앤은 단숨에 오솔길을 지나 언덕의 과수원으로 달려가서 다이애너
를 초대했다.

마릴라가 마차를 타고 카모디를 향해 떠난 뒤에 다이애너는 새 옷
을 입고서 파티에 참석하는 숙녀 같은 모습으로 초록 지붕 집을 찾아
왔다. 다른 때 같았으면 주방문을 통해 그냥 들어왔겠지만 오늘은 출
입문을 두드렸다. 앤도 역시 새 옷으로 갈아입고 있다가 점잖게 맞으
며 어른들처럼 악수를 했다.

"어머니께서는 안녕하신가요?"

앤은 조금 전 과수원에서 활기 있게 사과를 따는 배리 아줌마를 보
았지만 시치미를 뗀 채 정중히 안부를 물었다.

"네, 덕분에 건강하십니다. 댁의 아저씨께서는 오후에 감자를 캐러
가셨다지요."

다이애너도 어른들의 말투를 흉내내며 안부를 물었다.

"그렇지요. 감자 농사가 제법 잘 된 듯합니다. 댁의 감자 농사도 잘
되셨겠지요?"

"덕분에 많이 거두었습니다. 사과 수확은 많이 하셨나요?"

"그럼, 아주 많이 땄지."

앤은 점잖은 말투를 버리고 즐겁게 웃으며 말했다.

"얘, 과수원에 가서 사과를 따먹자. 나무에 남아 있는 건 마음대로
따먹으라고 아줌마가 그러셨어. 아줌마는 참 고마워. 차를 마시면서
설탕에 절인 버찌하고 비스킷도 함께 먹으라고 하셨어. 아참, 손님에
게 대접할 음식을 먼저 말하는 것은 실례인데……. 그래도 말 안 한
것도 있지. 그건 '딸' 자로 시작하는 건데 빨간색 주스야. 나는 빨간

색 주스가 정말 맛있어."

늘어진 사과나무 가지 아래서 두 사람은 오후 내내 즐겁게 놀았다. 풀밭 위에 앉아 가을 햇살 속에서 마음껏 재잘댔다.

다이애너는 앤에게 알려 주고 싶은 학교의 소식이 무척 많았다. 조시하고 짝이 되어서 속이 상한다고 말했다. 찰리는 출입문 벽에 엠 화이트하고 이름이 나란히 씌어 있어서 두 사람 모두다 화를 냈다고 했다. 마티는 레이스가 많은 새 옷을 입고 와서는 너무나 잘난 척해서 얄밉다고 했다.

그러고 나서 다이애너는 길버트 이야기를 하려 했다. 하지만 앤은 길버트 이야기는 듣고 싶지 않다는 듯 벌떡 일어서서는 들어가서 주스를 마시자고 했다. 앤은 거실의 둘째 선반을 살펴보았지만 딸기 주스는 없었다. 자세히 보니 맨 윗간에 주스 병이 있었다. 앤은 그것을 컵 두 개와 함께 쟁반에 받쳐들고서 식탁으로 가져왔다.

"나는 사과를 너무 많이 먹었어. 지금은 마시고 싶지 않은 걸. 네가 따라 마시렴."

앤이 권했다.

다이애너는 주스를 컵에 가득 붓고 나서 놀라는 눈빛으로 그 빨간 빛을 한참이나 바라보고 나서 아주 우아한 몸짓으로 그것을 마셨다.

"딸기 주스가 정말 맛있어!"

다이애너가 칭찬했다.

"맛있다니 고마워. 얼마든지 더 마셔도 돼. 난 잠깐 아궁이를 보고 올게."

앤이 돌아오자 다이애너는 딸기 주스를 두 잔째 마시고 있었다. 앤이 더 권하자 이번에도 사양하지 않고 또 마셨다. 다이애너는 정말 맛있다고 하며 계속 칭찬했다.

"린드 아줌마는 자기가 딸기 주스를 가장 잘 만든다고 뽐내시지만 마릴라 아줌마의 솜씨는 못 쫓아오셔. 맛이 아주 다른 걸 뭐."

"그럴 거야. 아줌마는 진짜 요리를 잘하시거든. 나한테도 가르쳐 주겠다고 하셨지만 나는 요리에는 소질이 없는 것 같아. 몇 번씩이나 가르쳐 주서도 할 때마다 실수를 했거든. 요리를 하다 말고 상상에 빠져 버리니까. 지난번에는 손님이 오신 날에도 그런 실수를 했어. 그것뿐인 줄 아니? 실수를 하고 나서도 실수한 것까지 잊어버려 못 먹는 요리를 먹을 뻔했어. 정말 우습지 않니? 어머, 너 왜 그러니?"

다이애너는 비틀거리며 일어서다가 다시 두 손으로 머리를 감싸 쥐고는 주저앉아 버렸다.

"아, 이상해. 속이 안 좋아."

다이애너는 듣기 힘들게 말을 했다.

"이제 집으로 가야겠어."

"아직 차를 마시지 않았어. 왜 그래?"

앤이 애원했다.

"이제 곧 차를 끓여올게."

"아니, 가야겠어."

다이애너는 알아듣기 힘든 말을 중얼대며 일어섰다.

"비스킷도 안 먹었잖아. 설탕에 절인 버찌도 먹어야 하고……. 잠깐 소파에 누워 봐. 조금 있으면 나아질 거야. 어디 아프니?"

"집에 가야 해."

앤이 아무리 붙잡아도 다이애너는 그 말만 계속했다.

"손님이 차도 안 마시고 가는 법이 어디 있어?"

앤은 따져 물었다.

"어지러워서 그래. 집에 가야 해."

다이애너는 비틀대며 다시 일어섰다. 앤은 마음이 너무 상했지만 다이애너네 집 담장까지 데려다 주었다. 돌아오는 길에 앤은 눈물이 났다.

이튿날인 일요일에는 종일토록 비가 내려서 앤은 집에만 있었다.

월요일 오후에 마릴라는 앤에게 린드 부인 댁에 다녀오라는 심부름을 시켰다. 그런데 잠시 후에 앤이 눈물을 흘리며 오솔길을 달려왔다. 그리고 집 안으로 뛰어들어 와 소파에 얼굴을 파묻고 몸을 떨며 흐느꼈다.

"무슨 일이 있었던 거니?"

마릴라는 걱정스러워 물었다.

"린드 부인께 무슨 잘못을 저지른 거니?"

앤은 대답하지 않고 계속 울기만 했다.

"묻는 말에 대답을 해야 한다는 걸 모르니? 똑바로 일어나 앉아서 왜 우는지 이야기해 보거라."

앤은 똑바로 앉았다.

"린드 아줌마가 조금 전에 배리 아줌마 댁에 다녀오셨는데 그분이 저 때문에 무척 화를 내시더래요."

앤이 울면서 말했다.

"그 분은 토요일에 제가 다이애너에게 술을 먹여서 취하게 해서 보냈다고 하셨대요. 그리고 저는 나쁜 아이니까 더 이상 다이애너하고 놀지 못하게 하겠다고 말씀하셨대요. 너무나 슬퍼서요."

마릴라는 어리둥절한 얼굴로 앤에게 물었다.

"다이애너를 취하게 만들었다고……. 그게 무슨 말이야? 다이애너에게 무얼 마시게 했니?"

"딸기 주스뿐이었어요."

앤은 여전히 흐느꼈다.

"딸기 주스를 마시고 취하게 될 줄은 몰랐어요. 다이애너가 큰 잔으로 석 잔을 마시기는 했어도 딸기 주스로 취하게 될 거라 생각할 수 없었어요. 그럴 생각은 조금도 없었다고요."

"이상한 일도 다 있네."

마릴라는 중얼거리며 거실로 가서 선반 위를 살펴보았다. 그러고는 거기 있는 병이 3년 전에 만든 포도주 병이라는 것을 곧 깨달았다. 마릴라의 포도주 담그는 솜씨는 에이번리 마을에서 가장 뛰어났다. 하지만 배리 부인을 비롯해서 마을의 부인들 몇 사람은 포도주 담그는 일을 몹시 좋지 않은 일로 생각했다.

마릴라는 자기가 딸기 주스를 지하실에 넣어 놓고 나서 앤에게는 거실 선반에 있다고 실수로 말한 것이었다. 포도주 병을 가지고 주방으로 돌아오며 마릴라는 웃음이 터져 나오는 것을 간신히 참았다.

"너는 일을 저지르는 데는 타고났어. 네가 다이애너에게 준 건 딸기 주스가 아니라 포도주였어. 그걸 몰랐단 말이니?"

"저는 마시지 않았거든요. 딸기 주스인 걸로 알았어요. 저는 정성껏 대접했는데, 다이애너가 잔뜩 취해서 돌아왔다고 배리 아줌마가 말씀하셨대요. 왜 그랬냐고 물으니까 실실 웃고는 자기 방으로 가서 몇 시간 동안을 잠을 자더래요. 술에 취한 건 숨 쉴 때 냄새가 나서 알게 되셨대요. 다이애너는 그 일로 어제 하루 종일 머리가 아파서 누워 있었고 배리 아줌마는 크게 화가 나셨나 봐요. 그분은 제가 일부러 그렇게 했다고 생각하시는 것 같아요.”

“나 같았으면 큰 잔으로 석 잔씩 마시는 다이애너를 혼내 주었을 거다.”

마릴라가 퉁명스레 말했다.

“딸기 주스라고 해도 그렇게 큰 잔으로 석 잔을 마시면 속이 좋지 않을 거다. 그나저나 이 일로 그동안 포도주 담그는 것을 못마땅하게 생각하던 부인들한테 좋은 트집거리가 생기게 됐구나. 3년 간 포도주를 담그지 않았는데……. 그건 약으로 쓸까 해서 한 병만 남겨둔 거였다. 이제 그만 울거라. 일이 꼬이기는 했어도 네 잘못은 아니다.”

“하지만 울지 않을 수 없어요. 운명의 별이 저와 다이애너를 영원히 헤어지게 만들었어요. 우리가 처음 만나서 우정을 맹세했을 때 이런 일이 일어날 거라고는 상상도 하지 않았어요.”

“어리석은 말 그만 하거라. 배리 부인도 네가 일부러 그런 게 아니란 걸 알게 되면 오해를 푸실 거야. 부인은 아마도 네가 장난을 쳤다고 생각하고 화가 나셨을 거다. 오늘 저녁에 가서 사실대로 말씀드리면 되잖니?”

“단단히 화가 나셨잖아요. 그 분을 만나는 게 겁이 나요.”

앤이 한숨을 쉬었다.

“아줌마, 저 대신 가 주시면 안 될까요? 차분히 설명하시면 일이 잘 해결될 수 있을 거예요."

"그게 좋겠다. 그래. 이제는 얼굴을 닦거라. 잘 될 거다."

마릴라도 그런 편이 좋을 것 같아 승낙했다.

하지만 다이애너의 집을 다녀온 마릴라는 자기가 이번 일을 너무나 가볍게 생각했다는 것을 알게 됐다. 앤은 문에 나와 마릴라가 돌아오는 것을 기다리다가 뛰어나오며 소리쳤다.

"아, 아줌마의 얼굴에 일이 잘 안 되었다는 게 쓰여 있어요. 배리 아줌마가 저를 용서해 주지 않으셨나요?"

마릴라는 불쾌하게 말했다.

"아무리 이야기를 해도 알아듣지를 못하더구나. 네가 일부러 그런 게 아니라고 해도 소용없었다. 오히려 내가 포도주를 담가 두었다고 트집을 잡지 않겠니? 그래서 나도 이야기해 주었다. 포도주는 그렇게 큰 잔으로 석 잔이나 마시라고 만든 게 아니라고 말이다."

마릴라는 화가 나서 앤을 출입문 밖에 세워둔 채 주방으로 들어가 버렸다. 잠시 후에 앤은 단단히 결심하고 모자도 쓰지 않은 채 어두워지는 오솔길을 걸어갔다. 파란 달빛 아래 숲을 거쳐 마침내 배리 댁 문 앞에 이르렀다. 문을 두드리는 소리에 나와 본 배리 부인은 창백한 얼굴에 애절한 눈빛으로 서 있는 앤을 보았다.

배리 부인의 표정은 딱딱했다. 배리 부인은 한번 결심한 것은 끝까지 밀어붙일 만큼 고집이 세서 한번 화가 나면 냉정하기 짝이 없었다. 더욱이 부인은 앤이 일부러 다이애너를 취하게 했다고 생각하고 있어서 이런 못된 아이와 어울리게 해서는 안 되겠다고 굳게 마음먹었던 것이다.

“웬일이니?”

부인이 차갑게 말했다.

앤은 두 손을 꼭 마주 쥐고 애원했다.

“배리 아줌마, 저를 용서해 주세요. 저는 정말 다이애너에게 술을 마시게 할 생각이 전혀 없었어요. 만일 아줌마가 어느 친절한 사람에게 맡겨진 고아이고 그 고아에게 친구가 한 사람뿐이라고 생각해 보세요. 일부러 그 친구를 취하게 하시겠어요? 저는 그것을 딸기 주스인 줄로만 알았어요. 배리 아줌마, 다이애너와 놀지 못하게 하지 말아 주세요. 만일 그렇게 하신다면 제 마음은 슬픔으로 가득 차 버리고 말 거예요.”

이럴 때 마음씨 좋은 린드 부인 같았으면 이런 말을 듣고 금세 마음이 풀어졌을 테지만 배리 부인은 그렇지 않았다. 오히려 앤의 과장된 표현이 건방져 보일 뿐이었다. 그래서 아주 차갑게 말했다.

“그만두거라. 나는 네가 다이애너의 친구가 될 만한 아이가 아니라고 생각한다. 그만 돌아가거라.”

앤은 입술이 떨렸다.

“그럼, 이별의 인사를 할 수 있도록 다이애너를 한 번만 만나게 해 주세요.”

“다이애너는 아버지를 따라 카모니에 갔다.”

배리 부인은 말을 끝마치고는 안으로 들어가 문을 쾅 닫아 버렸다. 앤은 절망에 빠져 도리어 침착하게 집으로 돌아왔다.

“마지막 희망마저 잃었어요. 저는 배리 아줌마께 사과하러 갔어요. 하지만 용서해 주시지는 않고 모욕만 주셨어요. 인격이 의심스러운 분이에요. 이젠 기도를 하는 수밖에 없겠지요. 하지만 기도를 해도 그다지 효과가 없을 거예요. 그렇게 고집이 센 부인은 하느님도 다루기 힘드실 테니까요."

"말을 함부로 하면 안 돼!"

마릴라는 앤을 꾸짖기는 했지만 속으로는 웃음이 나와서 참을 수 없었다. 그날 밤에 마릴라는 매슈에게 이야기를 들려주고는 한바탕 웃었다.

마릴라는 잠자리에 들기 전에 위층으로 올라가서 울다가 지쳐서 잠이 든 앤의 얼굴을 바라보면서 살며시 웃음 지었다. 눈물 자국이 난 얼굴에 흩어져 있는 머리카락을 손으로 쓸어 주고는 앤의 뺨에 대고 살짝 입을 맞추었다.

다이애너의 편지

다음날 오후에 창가에서 조각보를 만들고 있던 앤이 무심코 창밖을 내다보니 '요정의 샘' 옆에서 다이애너가 손짓을 하고 있었다. 앤은 튀어오르듯 일어나 단숨에 언덕 밑으로 달려갔다. 앤의 눈에는 놀라움과 기대가 넘쳤지만 다이애너의 기운 없는 얼굴을 보는 순간 기대는 사라져 버렸다.

"엄마가 아직도 화를 내고 계시는구나!"

앤은 숨을 헐떡이며 말했다. 다이애너가 슬픈 얼굴로 끄덕거렸다.

"그래. 엄마는 너하고 다시는 놀지 말라고 하셨어. 내가 울면서 네가 잘못한 게 아니라고 말씀드렸지만 소용이 없었어. 그래서 겨우 너하고 작별 인사를 할 수 있는 시간을 허락받은 거야. 10분 동안만 허락하신다고 했어. 시계를 보고 계실 거야."

"영원한 이별의 인사를 하는데 10분은 너무 짧아!"

앤이 울음을 터뜨리며 말했다.

"나에게 진실한 친구는 너밖에 없어. 다른 친구를 얻고 싶지도 않아. 누구라도 너만큼 사랑하지는 못할 거야."

"어, 다이애너! 정말 나를 사랑하는 거니?"

앤이 소리를 질렀다.

"정말이야. 그걸 몰랐니?"

"물론……. 나를 좋아한다는 건 알았어도 네가 나를 사랑하리라고는 생각하지 않았어. 아무도 나를 사랑해 주는 사람은 없을 것 같았거든. 지금껏 그런 사람은 아무도 없었어. 아, 나는 행복해. 다이애너, 이 사랑은 너와 나 사이의 길을 영원히 비춰 주는 등불이야. 한번 더 그 말을 해 주겠니?"

"정말로 너를 사랑해. 내 사랑은 변하지 않을 거야."

다이애너가 분명히 말했다.

앤은 한 손을 내밀어 엄숙히 말했다.

"앞으로 다가올 많은 날들에 다이애너와의 추억이 쓸쓸한 나의 삶을 비추는 별빛이 되리라. 다이애너, 작별 기념으로 네 검은머리를 조금 잘라 주지 않겠니? 영원히 간직하고 싶어."

"어떻게 자르니?"

다이애너는 울면서 말했다.

"내 앞치마 주머니에 가위가 있어. 마침 조각보를 만들고 있었거든."

앤은 다이애너의 머리카락을 조금 잘라 간직했다.

앤은 집으로 왔다. 낭만적인 작별의 시간으로 약간은 위로가 된 것 같았다.

"다 끝났어요."

앤은 마릴라에게 말했다.

"앞으로는 절대로 친구를 사귀지 않겠어요. 전에는 상상의 친구를 사귀었지만 진짜 친구를 알았으니 이제는 상상의 친구도 가질 수 없게 됐어요. 그래서 전보다 더욱 외로워요. 우리는 샘터에서 마음 아픈 작별을 했어요. 그 모습은 영원히 추억으로 남을 거예요. 다이애너는 저한테 머리카락을 조금 주었어요. 저는 영원히 그것을 간직하겠어요. 아줌마, 제가 죽으면 함께 무덤에 넣어 주세요. 저는 오래 살지 못할 것 같아요. 제가 죽으면 배리 아줌마도 제 싸늘한 몸을 보고 후회하실 거예요. 아마 제 장례식에는 다이애너를 보내주실 거예요."

"네가 그렇게 끊임없이 이야기하는 걸 보니 슬퍼서 죽을 것 같지는 않구나."

마릴라는 일부러 화난 소리로 말했다.

월요일 아침이 되자 책가방을 든 앤이 입을 꼭 다물고 방에서 내려왔다.

"오늘부터 학교에 다닐래요."

마릴라는 놀랐다.

"이제는 할 수 없잖아요. 진실한 친구와 작별했으니……. 학교에 가면 다이애너를 볼 수 있고 우리의 추억을 생각하며 상상도 할 수 있을 테니까요."

마릴라는 속으로 다행이라고 생각하면서 따끔히 말했다.

"학교에 다시 나가게 되면 말썽을 부리지 않도록 하거라."

앤이 학교에 가자 친구들이 크게 반겨 주었다. 그동안 놀이 시간이나 노래 시간, 그리고 점심 시간의 낭독 때에도 앤의 뛰어난 재능을 볼 수 없어서 모두들 몹시 심심해하고 있었기 때문이다.

루비 길리스는 성경 공부 시간에 살그머니 자두 세 개를 주었고 엘러 메이는 그림책에서 오린 노란 팬지꽃을 주었다. 틸리 볼터는 물병으로 쓸 수 있는 향수병을 주었다.

앤은 생각지도 못했던 환영을 받고서 좋아서 어쩔 줄 몰랐다. 필립스 선생님은 앤을 모범생인 미니 앤드루스와 짝이 되도록 앉혀 주었다.

점심 시간이 지나 앤이 자리에 돌아오니 책상 위에 먹음직스러운 푸른 사과 하나가 놓여 있었다.

앤은 그것을 한 조각 먹으려다가 갑자기 이 마을에서 푸른 사과가 나는 곳은 '반짝이는 호수' 저편에 있는 브라이스 댁 과수원뿐이라는 생각을 떠올렸다. 앤은 마치 불에 덴 것처럼 사과를 다시 놓고 나서 손수건으로 손을 닦았다.

찰리 슬론은 앤을 좋아하는 마음으로 철펜 선물을 주었다.

앤은 그것을 즐겁게 받았다. 이렇게 남학생들까지도 앤을 반겨 맞아 주었으나 조시 파이와 나란히 앉은 다이애너만은 아무것도 보내 주지 않았고 눈길도 한 번 보내지 않았다.

“한 번쯤 웃어 줄 수도 있잖아요.”

그날 밤, 앤은 학교에서 환영받았던 이야기를 하다가 마릴라에게 불평을 쏟아놓았다.

하지만 다음날 다이애너는 조그맣게 접은 편지 봉투를 하나 전해 주었다.

내 사랑, 앤!

어머니께서는 내가 학교에서도 너하고 놀거나 이야기하지 말라고 하셔. 그러니까 내가 못 본 척한다고 섭섭해하지 않았으면 해.

내 마음은 변하지 않아. 너한테 비밀을 모두 다 이야기하고 싶어.

이것은 책갈피 꽂이야. 너에게 주려고 만들었어. 이것을 볼 때마다 나를 기억해 줘.

너의 진정한 친구
다이애너 배리

앤은 편지를 읽고 나서 편지에 입을 맞추었다. 그리고 곧 바로 답장을 써서 저쪽에 앉은 다이애너에게 보냈다.

내 사랑, 다이애너!

네가 어머니께서 당부하신 걸 지키려고 나를 가까이하지 않는 걸 알고 있으니까 섭섭하지 않단다. 우리는 한마음이잖아.

네 아름다운 선물을 잘 간직할게. 내 짝 미니는 참 좋은 친구야. 하지만 너와 진실한 우정을 나눈 나는 미니를 마음의 친구로는 생각하지 않아. 틀린 글자가 있어도 용서해 주렴.

　　죽음이 우리를 갈라놓을 때까지

그대의 앤, 또는 코델리아 셜리

　　추신 : 네 편지를 오늘밤에 베개 밑에 넣고 잘 거야.

　　앤이 다시 학교에 나가자 마릴라는 또 무슨 일이 생기지 않을까 걱정했다. 그러나 모범생인 미니와 짝이 되어서 그런지 그 뒤로는 별일 없이 학교 생활을 잘 해나가는 것처럼 보였다.

　　무슨 공부든 앤은 길버트에게 지지 않으려고 열심히 했다. 결국은 두 사람의 경쟁이 다른 사람들에게도 분명히 알려지게 되었다. 길버트는 그다지 경쟁심이 있지는 않았지만, 앤은 한 번 생긴 노여움 때문에 길버트와 경쟁한다는 것을 인정하고 싶지는 않았다. 그것 때문에 길버트를 무시하지 못하고 늘 의식하게 되었다. 두 사람은 서로 경쟁했고 1등을 놓고 맞서게 되는 일이 거듭되었다.

　　월말 고사가 있었다.

　　첫 달에는 길버트가 3점을 앞서 1등을 했다. 그러자 다음달에 앤은 5점 차이로 1등을 빼앗았다. 하지만 앤의 즐거움은 길버트가 다른 아이들이 다 있는 자리에서 진심으로 축하해 주었기 때문에 사라져 버렸다. 길버트가 약이 오른 모습이었다면 기분이 더 좋았을 텐데 하고 앤은 생각했다.

　　앤과 길버트는 아주 열심히 공부했으므로 그다지 훌륭한 분이라고 생각할 수는 없었던 필립스 선생님께 많은 것을 배울 수 있었다.

학년말이 되어 앤과 길버트는 5학년으로 올라가게 되었다. 5학년에서는 라틴어와 프랑스어, 그리고 기하와 대수를 배우게 되었다.

"기하는 너무나 골치 아픈 과목이에요."

앤이 투덜댔다.

"이상하지요? 저는 왜 기하를 못할까요? 기하에는 상상할 것이 하나도 없어요. 그런데 다른 아이들은 기하를 잘해요. 우리 반에 길버…… 다이애너도 저보다 잘해요. 그래도 다이애너보다 못하는 건 괜찮아요. 서로 말은 안 해도 마음은 함께 있으니까요. 아, 다이애너를 생각하면 슬퍼요."

앤은 매슈에게 하소연했다.

총리의 방문

큰 사건은 흔히 작은 일에서 시작된다.

캐나다의 총리가 프린스 에드워드 섬에 와서 연설을 하게 된 것은 얼핏 생각하기에는 초록 지붕 집의 앤과는 아무런 관계가 없는 일이었다. 그러나 그는 앤에게 또 다른 변화를 가져다 주었다.

총리가 프린스 에드워드 섬을 방문한 것은 1월이었다. 샬롯타운에서 열린 연설에는 수많은 사람들이 참석했다. 특히 에이번리 사람들 대부분은 총리의 정당을 지지하는 사람들이었으므로 모두들 50킬로미터나 떨어진 샬롯타운으로 갔다.

린드 부인도 물론 빠지지 않았다. 부인은 총리와에게 반대하는 정당을 지지했지만 어쨌든 정치에 큰 관심을 가지고 있었으므로 자기가 집회에 참석하는 것을 너무나 당연한 일로 여겼다. 그래서 남편과 마릴라와 함께 샬롯타운으로 갔다.

마릴라도 정치에 관심을 가지고 있고 더욱이 이런 기회가 아니라면 총리를 직접 볼 수 있는 기회가 없을 것 같아서 흔쾌히 따라나섰다.

이튿날 마릴라가 돌아올 때까지 집에는 앤과 매슈만 있게 되었다. 마릴라와 린드 부인이 샬롯타운에 가 있는 동안 앤과 매슈는 집에서 즐거운 시간을 보내고 있었다.

오래된 벽난로에서는 빨간 불꽃이 타오르고 유리창에는 하얀 성에가 끼어 있는 겨울이었다.

매슈는 소파에 앉아 잡지를 뒤적였고 앤은 책상머리에 앉아 공부하고 있었다.

"아저씨, 학교에서 기하를 배운 적이 있으세요?"

"아, 아니. 배운 적이 없단다."

매슈는 꾸벅꾸벅 졸다가 설핏 깨어서 대답했다.

앤은 한숨을 쉬었다.

"아저씨가 기하 공부를 해 본 적이 있으셨다면 저를 가엾게 여기시게 될 거예요. 기하 공부는 너무나 어려워서 제 생활의 즐거움을 빼앗아 가는 과목이에요."

"글쎄다."

매슈는 앤을 위로하며 말했다.

"하지만, 너는 무엇이든 다 잘하지 않니? 저번 주에 카모디에 갔다 가 필립스 선생님을 만났더니 네가 공부도 가장 잘하고 머리가 좋은 학생이라고 칭찬하시더라. 다른 사람들이 뭐라고 하든 나는 그 선생 님이 훌륭한 분이라는 걸 금방 알았어."

매슈는 앤을 칭찬하는 사람들은 누구라도 훌륭한 사람이라는 듯이 말했다. 앤이 사과를 가득 담은 접시를 가지고 지하실에서 올라오고 있을 때 다급한 발소리를 내며 창백한 얼굴의 다이애너가 헐떡거리 며 주방으로 뛰어들어 왔다.

앤은 너무 놀라 사과 접시와 촛불을 바닥에 떨어뜨리고 말았다.

"웬일이니, 다이애너! 어머니가 용서해 주셨니?"

앤이 소리를 질렀다.

"아니야! 제발 도와 줘."

다이애너는 발을 굴러가며 이야기했다.

"우리 아기가 많이 아파. 메리 말이 디프테리아에 걸린 것 같대. 아 버지 어머니가 샬롯타운에 가셔서 의사를 불러 올 사람이 없어. 미니 메이는 죽을지도 모르는데, 메리는 어떻게 해야 좋을지 모르겠다고 해. 어떻게 해야 해? 무서워!"

매슈는 말없이 모자와 외투를 가지고 마당으로 나갔다.

"매슈 아저씨가 의사 선생님을 모셔 오려고 카모디로 가시는 거야."

허둥지둥 모자와 외투를 걸치며 앤이 말했다.

"카모디에도 의사 선생님이 안 계실 거야."

다이애너는 흐느껴 울었다.

"블레어 선생님은 샬롯타운에 가시기로 되어 있었어. 그리고 스펜서 선생님도 안 계실 거야. 메리는 아무것도 모른다고 하고 린드 아줌마도 안 계시고 이제 어쩌면 좋아?"

"울지 마, 다이애너!"

앤은 다이애너를 위로했다.

"나는 디프테리아에 대해서 좀 알아. 내가 전에 하몬드 아줌마 댁에서 쌍둥이 세 쌍을 돌보아 주었다고 했지? 그때 아기들 병이 어떻다는 것을 알았어. 잠깐 기다려 봐. 이피칵(설사약 종류) 병을 가져갈게. 너희 집에는 없을지도 모르니까."

두 사람은 손을 꼭 잡고 오솔길을 지나 얼어붙은 들판을 달렸다. 어둠 속에 비탈진 언덕이 은빛으로 반짝이고 있었다. 마른 나뭇가지 사이로 매서운 바람이 윙윙 소리를 내며 불어오고 있었다.

세 살 배기 미니 메이는 위독했다. 불덩이 같은 몸으로 소파에 누워서 숨을 헐떡이고 있었다.

메리는 어찌할 줄 모르고 쩔쩔매고 있었다. 메리는 배리 부인이 집을 비운 동안 어린 아이를 돌봐 달라고 부탁한 아가씨였는데, 이런 일에는 경험이 없는 것 같았다. 앤은 익숙한 솜씨로 일을 해 나갔다.

"확실히 디프테리아에 걸렸어. 좀 위독한 편이지만 치료를 해 봐야지. 우선 물을 끓여 줘. 더운 물이 필요해. 메리 언니가 몰라서 그랬겠지만 조금 먼저 손을 썼더라면 좋았을 텐데. 다이애너, 부드러운 헝겊을 찾아다 줘. 우선 이피칵을 먹여야 해."

미니 메이는 이피칵을 안 먹으려고 했지만 쌍둥이를 돌본 경험대로 앤은 그날 밤 여러 차례에 걸쳐 미니 메이에게 이피칵을 먹였다.

미니 메이는 몹시 괴로워했으나 앤과 다이애너는 정성을 다해서 간호했다. 메리는 자기가 할 수 있는 것은 최선을 다하겠다는 자세로 계속 불을 지펴서 간호에 충분한 양의 더운 물을 준비했다.

매슈가 의사와 함께 도착한 것은 새벽 3시가 넘어서였다.

의사를 찾으러 온 거리를 헤맸던 것이다. 그러나 의사가 도착했을 때는 위험한 고비를 넘긴 뒤였다. 미니 메이는 편안한 숨을 쉬면서 깊이 잠들어 있었다.

"미니 메이가 점점 숨이 가빠졌을 때 금방 숨이 넘어가는 줄 알았어요. 병에 든 이피칵을 모두 먹였어요. 마지막 한 방울을 먹일 때 '이걸로도 효과가 없으면 어쩔 수 없는 거다' 라고 생각했어요. 그런데 조금 지나자 기침을 하며 가래를 토해 내고는 별로 괴로워하지 않았어요. 그때야 안심이 되더라고요."

의사는 앤을 바라보고 있었다. 이 아이에 대한 생각을 말로는 표현할 수 없다는 듯한 표정이었다.

배리 부부가 나중에 돌아왔을 때 의사는 이렇게 말했다.

"그 빨간 머리를 한 앤이라는 아이가 여간 내기가 아니더군요. 아기의 목숨을 구한 건 바로 그 아이죠. 제가 도착했을 때는 이미 늦었을 테니까요. 그 아이가 아니었다면 큰 변을 당하셨을 겁니다. 어린 아이가 무척 침착하게 훌륭한 솜씨로 응급 처치를 해서 저도 감탄했어요."

하얗게 서리가 내려 반짝이는 새벽에 앤은 집으로 돌아갔다. 한숨도 자지 못해 피곤했지만 서리가 반짝이는 '연인들의 오솔길' 을 지나갈 때 여전히 매슈에게 재잘댔다.

"아저씨, 멋진 아침이지요? 하느님은 아름다운 작품을 만드시는 것 같아요. 이 세상에서 겪는 일은 모두 좋은 일이라고 생각해요. 하몬드 아줌마 댁에서 쌍둥이를 돌봐 준 적이 없었으면 미니 메이를 구할 수도 없었을 테니까요. 그리고 아저씨! 저는 너무 졸려요. 학교엘 가야 하는데. 제가 안 가면 길버트…… 다른 아이가 일등을 할 테니까요.”

앤의 피곤한 얼굴을 보며 매슈가 대답했다.

“걱정하지 말고 어서 가서 자거라. 내가 알아서 해 줄 테니까.”

집에 돌아오자마자 앤은 잠이 들었는데 너무 깊이 잠들어서 오후가 되어서야 잠에서 깼다.

주방에 내려가니까 마릴라가 돌아와서 뜨개질을 하고 있었다.

“아줌마! 돌아오셨군요. 총리는 만나 보셨어요? 멋지게 생긴 분이셨어요?”

“글쎄, 생김새는 그저 그렇더라. 하지만 연설을 참 잘하더라. 훌륭한 분이라는 생각이 든다. 자, 어서 밥을 들어라. 찬장에 보면 설탕에 잰 자두도 있다. 배고프겠다. 아저씨가 어젯밤 이야기를 하더라. 디프테리아를 치료하는 방법을 알고 있었다니, 정말 다행이었어. 나 같으면 당황해서 허둥거리기만 했을 텐데. 나는 한 번도 디프테리아에 걸린 사람을 본 적이 없거든. 수저를 놓을 때까지 말을 하지 마라. 네 얼굴을 보니까 이야기를 하고 싶어 어쩔 줄 모르는 것 같은데 밥을 다 먹고 나서 이야기하거라.”

실은 마릴라도 앤에게 해 주고 싶은 이야기가 있었다. 그러나 밥 먹기 전에 이야기하면 앤이 흥분하여 제대로 먹지 못할 것 같아서 꾹 참았다.

이윽고 앤이 설탕에 잰 자두를 다 먹고 나자 마릴라는 입을 열었다.

“얘, 아까 배리 부인이 오셨었다. 너를 만나러 오셨는데 내가 깨우지 않았어. 배리 부인이 네가 미니 메이를 살려 주어서 고맙다고 하더라. 지난번 포도주 사건도 미안하게 생각한다고 전해 달라고 하셨어. 네가 일부러 그런 게 아니라는 걸 이제 알았다고, 지나간 일이니 잊어버리자고 하시더라. 그리고 너에게 다시 다이애너와 친구가 되어 줄 수 있겠느냐고 물어보아 달라고 하셨어. 나는 너만 좋다면 오늘 그 댁으로 너를 보내 주겠다고 했지. 다이애너는 어젯밤 일로 감기에 걸려서 앓고 있다는구나. 얘, 제발 그렇게 들뜨지 마라.”

하지만 자리에서 벌떡 일어서서 앤은 당장 하늘로 날아오를 듯이 들떠 있었다.

“아, 아줌마! 지금 당장 갔다 와야겠어요. 설거지는 이따가 할게요. 이렇게 가슴 벅찬 일이 있을 때 설거지를 하고 있을 수 없지요.”

“알았으니, 어서 다녀 오거라.”

마릴라는 기꺼이 허락했다.

“어, 저런! 모자도 안 쓰고 외투도 안 입고 나가면 어떻게 하니?”

보랏빛 겨울 노을 속에 앤은 춤추듯 돌아왔다.

“저는 지금 행복해요. 물론 머리카락이 빨간 색이기는 하지만 그건 문제가 아니에요. 배리 아줌마는 저에게 입 맞춰 주셨어요. 그리고 울면서 사과하셨답니다. 저는 어떻게 하면 좋을지 잘 몰랐지만 아주 겸손히 말씀드렸어요. ‘저는 아줌마를 나쁘게 생각하지 않아요. 다시 한 번 말씀드리지만 제가 일부러 다이애너를 취하게 한 게 아니었어요. 그러니까 이제 그 일은 모두 망각의 망토로 덮어 두세요’ 라고요. 아주 멋진 말이지요? 그리고 저는 다이애너와 즐겁게 놀았어요. 아줌마, 우리는 학교에서 다시 짝이 되게 해 달라고 선생님께 부탁드리고 싶어요. 그런데 배리 아줌마는 저에게 손님용 찻잔에다 차를 주셨어요. 그런 대접을 받은 건 처음이었어요. 그리고 과일을 넣어서 만든 케이크를 두 가지나 먹었어요. 배리 아줌마는 저에게 '차를 더 따를까?' 하시고는 비스킷 그릇을 저한테 옮기며 권하시기도 했어요. 어른 대접을 받는 게 이렇게 좋은데 정말 어른이 되면 얼마나 좋을까요?'

앤은 다시 한 번 신나게 이야기했다.

"아줌마, 제가 돌아올 때 배리 아줌마가 얼마든지 자주 놀러 오라고 말씀하셨어요. 아, 오늘밤은 정말 기도를 드리고 싶은 밤이에요. 오늘을 감사하는 기도문을 다시 생각해 보아야 하겠어요."

조세핀 할머니와 음악 공부

"아줌마, 저 다이애너에게 갔다 와도 될까요?"

2월의 어느 날 저녁, 방에서 뛰어 내려온 앤이 말했다.

"어두워졌는데 왜 또 나가려고 하니? 아까 학교에서 돌아올 때도 눈 속에 서서 30분도 넘게 재잘거렸잖니? 그런데도 또 무슨 할 이야기가 남았단 말이니?"

마릴라는 못마땅한 투로 말했다.

"하지만, 다이애너가 저를 만나고 싶대요. 중요한 일이 있나 봐요."

"그걸 어떻게 아니?"

"창가에서 신호를 보내 왔어요. 우리는 촛불과 종이를 가지고 하는 신호를 정해 두었거든요. 창가에 촛불을 세워 두고 그 앞을 종이로 가렸다 떼었다 하는 신호예요. 그러면 불이 깜빡거리게 되잖아요. 제가 생각해 낸 신호예요."

"좋아. 그 신호 때문에 커튼에 불이 붙는다면 누가 책임질 거니?"

마릴라가 무섭게 꾸짖었다.

"하지만 무척 조심하고 있어요. 정말 재미있어요. 두 번 깜박이면 '거기 있니?' 라는 말이고 세 번 깜박이면 '그래' 라는 말이에요. 다섯 번은 '중요한 이야기가 있으니 빨리 와 줘' 라는 건데요, 방금 전에 다이애너가 다섯 번 깜박였거든요. 그러니까 무슨 일인지 궁금해서 견딜 수가 없잖아요."

"그래, 그럼 더 견디지 말고 다녀 와. 하지만 10분 안에 돌아와야 한다. 알겠지?"

앤은 시간을 어기지 않았다. 중요한 이야기를 10분 안에 다 듣기는 어려웠지만 정해진 시간에 돌아왔다.

"아줌마, 무슨 이야기인지 아세요? 글쎄, 내일이 다이애너의 생일이래요. 그런데 엄마가 내일 학교에서 돌아와서 저를 집에서 하룻밤 잘 수 있도록 초대하라고 하셨다지 뭐예요. 게다가 내일은 다이애너의 사촌들이 뉴브릿지에서 큰 썰매를 타고 온대요. 그리고 내일 밤 터론 클럽의 콘서트에 간대요. 다이애너와 저도 데려간대요. 물론 아줌마의 허락을 얻은 다음에 말이에요. 아줌마, 가도 좋아요? 아, 생각만 해도 가슴이 두근거려요."

"가슴이 두근거릴 것까지는 없다. 너는 가지 않을 거니까.. 집에서 잠을 자거라. 그리고 터론 클럽의 콘서트에 가는 걸 나는 반대한다. 어린이들이 출입할 만한 곳이 아니야."

"터론 클럽은 괜찮은 클럽이라고들 해요."

"그걸 뭐라는 게 아니야. 여자아이가 남의 집에서 하룻밤을 지내는 걸 찬성할 수가 없다는 말이야. 배리 부인이 어째서 다이애너를 그런 데 보내려는 건지 알 수 없구나."

앤은 훌쩍거리며 애원했다.

"이런 일이 자주 있는 건 아니잖아요. 일 년에 한 번, 그것도 다이애너의 생일이에요. 프로그램도 모두 다 유익한 것뿐이래요. 성가대처럼 찬송가 같은 순수한 곡만 부른대요. 그리고 목사님도 오신다고 했어요. 설교는 아니겠지만 좋은 말씀을 해 주실 거예요. 보내 주세요."

"내 말 안 들리니? 신을 벗고 올라가 자거라. 벌써 8시가 넘었다."

앤은 마지막 애원인 것처럼 말했다.

"아줌마, 배리 아줌마는 우리를 손님 침대에서 자도 좋다고 하셨대요. 아직 어린 제가 손님 침대에서 자는 거예요. 얼마나 자랑스러운 일일까요?"

"그런 일로 자랑스러워 할 건 없다. 이제 더 이상 말하지 말고 올라가거라!"

앤이 울면서 2층으로 올라가 버리자, 의자에 깊숙이 기대앉아서 잠이 든 것 같던 매슈가 눈을 뜨고 말했다.

"앤을 보내 주도록 하자."

"안 돼요. 저 아이를 누가 기른다고 생각하세요?"

마릴라가 화가 나서 물었다.

"그거야 물론 네가 기르고 있지."

"그러면 간섭하지 마세요."

"간섭하려는 게 아니다. 내 생각을 말하는 거지. 내 생각에는 앤을 보내 주는 게 좋을 것 같아."

마릴라는 불평했다.

"오빠는 앤이 원하기만 하면 달나라라도 보내려고 하실 테죠. 다이애너네 집에서 하룻밤을 자게 하는 것도 그렇지만 콘서트에는 보낼 필요가 없어요. 공연히 쓸데없는 생각이나 하게 만들 뿐이니까요. 더구나 저 아이처럼 법석 떨기를 좋아하는 아이에게 그런 곳이 가져다 줄 결과는 뻔한 거예요. 앤에 대해서는 오빠보다 내가 더 잘 알아요."

그러나 매슈는 끈질기게 할 말을 했다.

"앤을 보내 주거라."

매슈는 논쟁을 할 마음은 전혀 없었지만 한번 의견을 내세우면 물러나지 않았다. 그런 성질을 아는 지라 마릴라는 그냥 가만히 있었다.

이튿날 아침, 앤이 설거지를 할 때 매슈는 밖으로 나가려다 가 마릴라에게 다시 말했다.

"얘야, 앤을 보내 주어라."

마릴라는 얼굴을 찌푸리고는 어쩔 수 없이 대답했다.

"그래요. 보내 주도록 하죠. 그렇지 않으면 오빠가 불편할 테니까요."

그러자 앤이 물이 뚝뚝 떨어지는 행주를 쥔 채로 달려왔다.

"그만 좀 덜렁거리거라!"

"죄송해요, 아줌마. 왜 이렇게 실수만 할까요? 학교에 가기 전에 닦아 놓을게요. 마음이 온통 콘서트로 꽉 차서 공부를 잘할 수 있을지 모르겠어요. 저는 아직 한 번도 콘서트에 가본 적이 없거든요."

마음이 들떠서 앤은 그날 공부도 제대로 할 수 없었다. 받아쓰기도 수학도 길버트가 1등을 했지만 앤한테는 문제가 아니었다. 콘서트와 손님 침대를 생각하면 다른 건 아무것도 중요하지 않았다. 앤은 물론 이고 다른 아이들도 그날은 하루 종일 콘서트 이야기만 했다.

에이번리의 터론 클럽은 겨울 동안 2주에 한 번씩 간단한 모임을 열었다. 그런데 이번에는 도서관을 넓히기 위하여 입장료를 받고 콘서트를 열기로 한 것이었다. 그곳에 출연하는 사람들은 몇 주일 동안이나 열심히 연습했다.

학교에서 바로 다이애너의 집으로 초대된 앤은 차 대접을 받은 다음, 2층 다이애너 방에서 몸치장을 했다. 다이애너와 서로 머리 모양을 바로잡아 주며 예쁘게 꾸몄다.

앤은 장식이 없는 검은 모자, 소매가 좁은 자기의 회색 외투와 다이애너의 멋진 털모자, 산뜻한 외투를 비교하며 조금 열등감을 느꼈다. 하지만 상상력을 가지고 있는 것으로 위로했다.

얼마 후, 다이애너의 사촌들이 썰매를 타고 도착했다.

터론 클럽 콘서트에 가는 길은 즐거웠다. 비단 같은 눈길을 부드럽게 썰매가 달릴 때 앤은 은빛으로 빛나는 세계를 바라보며 아름다움에 빠져들었다.

그날 밤의 프로그램은 하나하나가 황홀한 감동을 주었다.

밤 11시가 되어서야 집에 돌아올 수 있었지만 즐거움은 어디에 비길 수 없이 좋았다.

집 안은 조용했다. 사람들이 깊이 잠든 모양이었다.

앤과 다이애너는 발소리를 죽이며 손님 침실로 들어갔다.

기다란 방의 안쪽으로 침대가 놓여 있었다. 방에는 난로가 아직 꺼지지 않은 채 따뜻하게 공기를 덥혀주고 있었다.

"여기서 옷을 갈아입자. 아주 따뜻하지?"

다이애너가 말했다.

"오늘밤은 정말 즐거웠어. 우리도 무대에 올라가 시를 낭송하면 그렇게 멋져 보을까?"

"물론이지. 우리도 크면 하게 될 거야. 그런데 길버트가 시를 낭송할 때 너는 왜 보지 않았니? 그 아이가 '나에게 여동생이 있다면' 이라는 대목을 낭송할 때 너를 똑바로 쳐다보던데……."

"너는 내 진실한 친구야. 그러니까 제발 그 아이 이야기는 그만해 주겠니. 자, 옷을 갈아입었으면 우리 누가 먼저 침대로 뛰어가는지 내기할까?"

앤의 제안에 다이애너도 찬성했다. 그래서 하얀 잠옷을 입은 두 아이는 안쪽에 있는 침대로 달려가서 동시에 껑충 뛰어올랐다. 그런데 그때 무엇인가가 침대에서 꿈틀하더니 비명소리가 났다.

"아이고 아파! 무슨 짓이니?"

두 사람은 침대에서 내려와서 어떻게 방을 나왔는지 알 수 없었다. 정신없이 달려나와 2층으로 올라온 두 아이는 벌벌 떨었다.

"누구니?"

앤이 떨면서 물었다.

"조세핀 할머니인가 봐."

다이애너는 배를 움켜쥐고 웃었다. 하지만 또 한편 걱정스러운 듯했다.

"왜 그 침대에 계시는지 모르겠어. 아무튼 화가 나셨을 텐데 어쩌면 좋지? 무척 엄하신 분이야."

"조세핀 할머니가 누구신데?"

"아버지의 아줌마야. 샬롯타운에 사셔. 일흔이 넘으셨어. 어렸을 땐 어땠을까 상상할 수도 없을 만치 무서운 분이셔. 할머니가 오신다는 건 알았지만 오늘밤에 오신다는 건 몰랐는데. 아마 내일 아침에는 몹시 혼을 내실 거야. 하는 수 없지. 오늘은 미니 메이 방에서 함께 자자."

다음날 아침에 조세핀 할머니는 식탁에 나오지 않았다.

아침을 마친 후 앤은 곧 집으로 돌아왔다. 그래서 저녁 때 마릴라의 심부름으로 린드 부인에게 갔을 때까지는 배리 댁에서 일어난 일을 까맣게 모르고 있었다.

"어젯밤 너와 다이애너가 조세핀 할머니께 큰 실례를 저질렀지?"

린드 부인은 그렇게 이야기를 시작했다.

"아까 배리 부인이 카모디에 가는 길에 잠깐 들러서 이야기하더라. 무척 화가 나셨나 보더라. 조세핀 할머니가 화를 내시면 아무도 풀어드릴 수가 없어. 다이애너를 쳐다보지도 않으신다는구나."

"다이애너가 그런 게 아니에요. 누가 먼저 침대로 갈까 내기를 하자고 한 건 저였거든요."

"역시 그랬겠지. 어쨌든 일이 커진 모양이야. 한 달 동안 계실 생각이셨는데, 내일 당장 떠나겠다고 하신단다. 더구나 할머니가 다이애너의 음악 공부 수업료를 석 달치 주겠다고 하셨는데 그것도 거절하셨다는 거야. 말괄량이 손녀는 한 푼도 도와 줄 수 없다고 말이야. 그 할머니는 부자시란다. 아무튼 무례한 짓을 하는 게 아니었는데 일이 그리 되어 버려서 아주 곤란해진 것 같더구나."

앤이 힘없이 말했다.

"저는 정말 운이 없는가 봐요. 그럴 마음이 있었던 것도 아닌데 늘 말썽을 일으키고 친구에게도 폐를 끼치니 말이죠. 왜 그런 걸까요?"

"그건 네가 침착하지 못해서 그런 거야. 어떤 일이거나 생각나자마자 당장 행동하지 않도록 해야 한다."

린드 부인 집에서 나온 앤은 얼어붙은 들판을 지나 다이애너에게로 갔다.

"어젯밤 일 때문에 할머니가 무척 화를 내셨다며?"

앤은 닫혀 있는 거실 문을 슬쩍 보고는 속삭였다.

"응. 어쩔 줄 모르도록 노여워하셨어. 몹시 혼났어. 엄마, 아빠께 나를 그런 말괄량이로 길렀으니 부끄러운 줄 알라고 소리치셨단다. 할머니는 우리 집에 더 있고 싶지 않으시대. 나는 상관없지만 엄마, 아빠는 죄송스러워 하시는 것 같아."

"나 때문에 그랬다는 이야기를 왜 안 했니?"

다이애너가 대답했다.

"너는 내가 고자질이나 하는 비겁한 친구인 줄 알았니? 그리고 나도 나빴잖아."

"그럼 내가 직접 말씀드려야겠구나."

앤이 말하자 다이애너가 놀라며 말렸다.

"정말 그렇게 하려는 건 아니지? 할머니는 아마 당장 너를 혼쭐내실 거야."

앤이 애원했다.

"나를 더는 겁나게 하지 마. 무서워. 하지만 고백할 건 해야 해. 내가 한 짓은 내가 책임지겠어."

"할머니는 그 방에 계셔. 네가 그렇게 우기면 말리지 않을래. 하지만 나는 함께 가지 않을 거야. 그래 봐야 쓸데없는 일일 텐데 뭘."

다이애너의 말을 듣고 앤은 호랑이 굴을 향해 들어가는 심정으로 그 방 앞으로 갔다.

문을 두드리자 무뚝뚝한 대답이 들려왔다.

"들어와!'

마른 몸매에 엄한 표정을 하고 있는 조세핀 할머니는 난로 곁에서 뜨개질을 하고 있었다. 화난 눈빛이 안경 속에서 차갑게 빛나고 있었다.

다이애너인 줄 알고 의자를 돌려 문을 바라본 할머니는 거기에 한 여자아이가 커다란 눈에 두려움과 용기를 함께 담고 서 있는 것을 보았다.

"누구니?'

할머니가 날카롭게 물었다.

"저는 초록 지붕 집에 사는 앤이라고 합니다."

두 손을 마주잡은 채 앤은 떨리는 목소리로 말했다.

"할머니께 고백할 게 있어서 왔어요."

"나에게 고백을 한다고? 뭘?'

"어젯밤에 할머니께서 주무시던 침대에 뛰어오른 건 저 때문이었어요. 제가 그렇게 하자고 했던 거예요. 다이애너는 얌전해서 그런 생각을 하지 않아요. 그러니 다이애너를 말괄량이라고 생각하시는 건 오해예요.”

“오해? 그 아이도 함께 그러지 않았니? 교양 있는 집에서 그게 무슨 짓이니?”

“그건 장난이었어요. 할머니, 진심으로 사과드려요. 용서해 주세요. 다이애너를 미워하지 마세요. 음악 공부를 할 수 있게 도와주세요. 다이애너는 음악을 좋아해요. 음악 공부를 못하면 슬퍼할 거예요. 화가 나시면 저를 혼내 주세요. 저는 어려서부터 어른들께 꾸중을 많이 들어서 잘 참거든요.”

앤의 이야기를 듣고 나서 할머니의 눈에는 차갑게 반짝이던 노여운 기색이 점차 사라지고 호기심이 차올랐다. 하지만 목소리는 아직도 싸늘했다.

“장난으로 그랬는지 모르지만 몹시 언짢다. 우리 어렸을 땐 그런 장난은 생각도 못했다. 오랜 여행을 해서 피곤해 자고 있는데 다 큰 여자아이들이 둘씩 달려들어 발로 차는 게 어떤 기분인지 모를 거다.”

“물론 모르긴 해도 생각해 보면 몹시 놀라시고 언짢으셨을 거라 짐작할 수 있어요. 하지만 저희들은 침대에 아무도 없는 걸로 알았던 거예요. 할머니, 실은 저희들도 얼마나 놀랐는지 몰라요. 더구나 저희들은 손님 침대에서 자도록 허락을 얻었는데 그렇게 되어서 많이 실망했어요. 할머니께서는 좋은 침대에서 늘 주무시고 계시니까 별 것도 아닐 수 있겠지만 만일 할머니께서 한 번도 그런 대접을 받은 적이 없는 고아였다면 얼마나 섭섭했을지 상상해 보세요.”

할머니는 이제 화를 내지 않았다. 오히려 큰 소리로 웃었다. 문 밖에서 꼼짝도 못하고 지켜서 있던 다이애너는 웃음소리가 들리자 휴 한숨을 내쉬었다.

"나는 오랫동안 상상 같은 건 하지 않았다. 하지만 그럴 만한 이유가 있었다는 걸 알겠어. 거기 좀 앉거라. 네 이야기를 더 듣고 싶어."

"죄송하지만 할머니! 저도 그렇게 하고 싶기는 하지만 지금은 곤란해요. 할머니는 겉으로는 안 그러신 것 같아도 저희들과 마음이 잘 맞는 분이라는 생각이 드네요. 하지만 지금은 아줌마한테 빨리 가야 해요. 그분은 저를 길러 주는 인자한 분이에요. 제가 워낙 말썽을 부려서 가르치는 게 힘드신 것 같아요. 제가 침대에 뛰어들었다고 아줌마를 나쁘다고 생각하지는 말아 주세요. 그리고 제가 집에 가기 전에 다이애너를 용서해 주시고 에이번리에도 오래 계시겠다고 약속해 주셨으면 해요."

"네가 가끔 여기서 나와 함께 이야기를 할 수 있다면 그렇게 할 수도 있지."

그날 밤, 조세핀 할머니는 다이애너에게 은팔찌를 선물로 주었고 여행 가방을 다시 풀었다.

"그 아이 이야기를 좀더 듣고 싶어서 더 있기로 했어."

할머니가 솔직하게 말했다.

"재미있는 아이더구나. 사람이 늙으면 웬만한 일로는 즐거워하지 않게 되지. 그런데 그 아이는 아주 재미있더라."

이 이야기를 전해들은 마릴라와 매슈도 기뻐했다.

조세핀 할머니는 한 달을 지내고도 꽤 오랫동안 더 머물러 있었다. 다른 때 같으면 아주 까다로운 손님이었지만 이번에는 그렇지 않았는데, 그 이유는 앤이 자주 들러 할머니를 즐겁게 해 드렸기 때문이다.

두 사람은 무척 다정한 사이가 되었다. 조세핀 할머니는 떠날 때 앤에게 이렇게 말했다.

"샬롯타운에 올 기회가 있으면 꼭 우리 집에 들르거라. 손님 침대에서 자게 해 줄 테니까."

앤은 마릴라에게 이렇게 말했다.

"조세핀 할머니도 저와 마음이 맞는 분이세요. 매슈 아저씨를 보았을 때 저는 첫눈에 그걸 알 수 있었어요. 조세핀 할머니는 첫눈에 알게 된 건 아니지만 차츰 알게 되었어요. 세상에 마음이 맞는 사람이 있다는 것은 행복해요."

케이크와 향료 사건

"만남은 이별의 시작이라고 하셨던 린드 아줌마의 말씀이 무슨 뜻인지 알겠어요."

6월 마지막 날, 학교에서 돌아온 앤이 슬픈 얼굴로 말하며 손수건으로 다시 눈물을 닦았다.

"어쩐지 오늘은 손수건을 한 장 더 가지고 가고 싶었어요. 그러길 잘했어요."

"필립스 선생님께서 떠나시는 게 그렇게 슬프니? 손수건이 두 장이

나 적실 만큼 네가 선생님을 좋아하고 있었다는 걸 몰랐구나."

마릴라가 말했다.

"선생님이 좋아서 운 게 아니에요. 아이들이 모두 울어서 같이 울었어요. 맨 처음에 루비가 울기 시작했어요. 항상 필립스 선생님이 싫다고 그러더니 선생님께서 작별 인사를 하시자 마자 울어버리더라고요. 그래서 다들 함께 울었어요. 저는 필립스 선생님께서 저를 길버……라는 남자아이 옆에 앉게 한 거나 E자를 붙이지 않고 제 이름을 쓴 거, 받아쓰기를 못했다고 나무라시던 거 같은 걸 생각하고 울지 않으려고 했는데 그런 생각이 들지 않고 눈물만 나는 거예요. 필립스 선생님께서는 '드디어 작별의 시간이 왔어요' 라고 하시며 인상 깊은 인사를 하셨어요. 선생님도 우시는 것 같았어요. 저는 선생님을 흉본 것이 후회되어 마음이 아팠어요. 여자아이들은 집으로 돌아오면서도 내내 울었어요. 슬프지만……. 곧 두 달 동안의 방학이 시작되는 걸 생각하면 위안이 돼요. 참 새로 오시는 목사님 부부를 정거장에서 뵈었어요. 사모님은 아름다운 분이셨어요. 소매가 부푼 하늘색 옷에 장미꽃 장식이 달린 모자를 쓰고 계셨어요. 제인은 사모님이 소매가 부푼 옷을 입는 건 유행을 너무 따르는 거라며 못마땅해 했지만 저는 소매가 부푼 옷을 입고 싶어하는 마음을 잘 알아요. 두 분은 사택의 수리가 끝날 때까지 린드 아줌마 댁에 계신대요."

그날 밤 린드 부인 댁에는 에이번리 마을의 아낙네들이 저마다 한 가지씩 핑계거리를 대고 들락거렸다. 물론 그것은 새로 온 목사 부부에 대한 호기심 때문이었다.

앤으로부터 '상상력이 없다' 는 평을 들었던 벤트레이 목사는 18년 동안 에이번리에서 독신으로 지내며 목회를 하다가 떠났다. 그러니 새로 부임한 목사 부부에 대한 마을 사람들의 호기심은 어쩌면 당연한 것이기도 했다.

신혼 초인 젊은 목사 부부는 인상이 좋았다.

에이번리 사람들은 처음부터 두 사람을 환영했다. 누구나 고상한 꿈을 가진 쾌활한 목사와 밝고 조용한 그 부인을 좋아했다.

앤은 금방 앨런 부인을 좋아하게 되었다. 앨런 부인은 마음이 맞는 사람이었다. 일요일 오후에 앤이 말했다.

"앨런 부인은 멋진 분이세요. 주일학교 우리 반 선생님이신데 선생님만 질문하는 건 공평하지 않다고 하시더라고요. 제 생각과 꼭 같아요. 뭐든지 질문해도 좋다고 하셔서 여러 가지를 여쭤봤어요. 저는 알고 싶은 게 너무 많거든요."

"그랬겠구나."

"앨런 부인은 웃는 얼굴이 참 아름다우세요. 보조개가 파이거든요. 앨런 부인은 우리가 다른 사람에게 좋은 영향을 줄 수 있도록 해야 한다고 하셨어요. 저는 교회를 지루한 곳으로 생각했지만 이제는 즐거운 곳이라고 생각해요. 앨런 부인 때문이에요. 그 분처럼 될 수 있다면 저도 독실한 믿음을 가지고 싶어요."

"며칠 안에 목사님 내외분을 초대해야겠어."

마릴라가 뭔가를 생각하며 말했다.

"이번 주 수요일이 괜찮을 듯하구나. 다른 댁은 거의 다니신 것 같으니까. 하지만 매슈 아저씨께는 그 이야기를 하지 말거라. 두 분이 오신다는 걸 알게 되면 어떤 핑계를 대서라도 다른 데로 가려고 할 테니까. 벤트레이 목사님은 오래 사귄 분이라 괜찮았지만, 새 목사님을 사귀려면 한 참 걸릴 게다. 더구나 이번에는 사모님도 계시니까."

"비밀을 반드시 지킬게요."

앤이 말했다.

"아줌마! 그날 케이크는 제가 만들어도 될까요? 앨런 부인을 위해 뭘 해 드리고 싶어요. 요즘은 저도 케이크를 잘 만들지 않아요?"

"그래, 네가 맡거라."

초록 지붕 집은 손님 맞을 준비로 분주했다. 목사님 부부를 초대하는 것은 오랜만의 일이기도 했고 마릴라는 겉으로 내색은 안 했지만 어느 집보다도 훌륭히 대접을 하려고 했기 때문이었다.

앤은 설레임으로 가슴이 뛰었다. 화요일 저녁 때는 냇가에서 늦게까지 다이애너와 함께 파이 굽는 법을 이야기했다.

냇가의 찬바람 때문에 수요일 아침에 앤은 감기에 걸렸다. 그러나 그것은 문제가 아니었다. 잠을 설친 앤은 새벽부터 부지런히 움직였다. 아침 식사 후에 과자를 빚기 시작하여 마침내 오븐에 넣고 나서야 앤은 긴 한숨을 내쉬었다.

"겨우 제대로 된 것 같아요. 그런데 잘 부풀어오를지 모르겠어요."

케이크는 잘 만들어졌다. 황금빛 거품처럼 구워져서 나왔다. 앤은 기뻐서 볼이 빨개졌다. 앨런 부인이 그것을 먹어 보고 나서 한 조각 더 달라고 하는 모습을 떠올려 보았다.

"제일 좋은 찻잔을 쓰실 거죠? 그러면 장미로 식탁을 장식할까요?"

"그런 건 하찮아. 음식이 중요하니까."

"그래도 배리 아줌마는 꽃으로 식탁을 꾸몄대요. 목사님이 아주 아름답다고 칭찬을 하셨대요."

앤은 그럴 듯하게 말했다.

"그렇게 하고 싶으면 해 보거라. 그릇 놓을 자리는 넉넉히 남겨 두고."

마릴라는 허락했다.

앤은 아름다운 장미로 솜씨를 부려 식탁을 꾸몄다. 앨런 목사 부부는 자리에 앉자마자 칭찬을 아끼지 않았다.

"앤의 솜씨랍니다."

마릴라가 말했다. 앨런 부인이 앤에게 미소를 보내 주자 앤은 날아오를 듯 기뻤다. 매슈도 그 자리에 함께 앉았다. 수줍음 많고 고집 센 매슈를 자리에 앉게 한 것은 앤의 덕이었다. 앤이 뭐라고 어떤 말을 했는지 매슈도 단벌 나들이 양복에 흰 깃을 달고 식탁에 앉게 되었다. 식사가 거의 끝날 무렵 앤이 만든 케이크가 나왔다. 그러나 앨런 부인은 너무 많이 대접받았기 때문에 사양했다. 앤의 실의에 찬 표정을 보고 마릴라가 상냥하게 권했다.

"이건 앤이 특별히 사모님을 위해서 만든 거랍니다. 그러니 한 조각이라도 드시지요."

"아, 그렇다면 먹어야지요."

앨런 부인은 웃으며 세모꼴로 자른 케이크 한 쪽을 집어들었다. 그러고 나서 한 입 베어 물었는데 그 순간 얼굴 표정이 이상해졌다. 하지만 말없이 먹기 시작했다.

마릴라는 그 표정을 재빠르게 살피고는 자기도 한쪽을 입에 물었다.

"앤, 케이크 속에 무얼 넣었니?"

마릴라는 부르짖듯이 물었다.

“ '케이크 만드는 방법' 에 나온 대로 했어요. 아줌마, 왜 그러세요?”

앤이 근심스럽게 물었다.

“왜 그러냐고? 이걸 어째. 사모님, 그만 잡수세요. 앤, 네가 맛 좀 봐라. 무슨 향을 썼니?”

한 입 먹어 본 앤은 얼굴이 빨갛게 달아올랐다.

“저는 바닐라를 넣었어요. 아줌마! 베이킹 파우더 때문이에요. 어쩐지.”

“아니다. 어서 바닐라 병을 가져 오거라.”

앤은 서둘러 주방으로 가서 작은 병을 가져 왔다. ‘최고급 바닐라’ 라고 쓴 상표가 붙어 있었다.

마릴라는 뚜껑을 열고 냄새를 맡았다.

“오! 이건 진통제야. 그걸 케이크에 넣었다니……. 저번에 약병이 깨져서 빈 바닐라 병에 넣어 두었지. 너한테 말해 두었어야 했는데……. 그런데 냄새를 안 맡아 보았니?”

“감기가 걸려서 냄새를 맡을 수 없었어요.”

앤은 자기 방으로 달려 올라가 침대에 쓰러져 흐느껴 울기 시작했다.

얼마 후 발자국 소리를 내며 계단을 올라와 누군가 방으로 들어왔다.

“아, 아줌마!”

앤은 엎드린 채 말했다.

“저는 씻을 수 없는 실수를 저질렀어요. 이 일로 온 마을에 소문이 날 거예요. 케이크에 진통제를 넣은 아이라고 어디서든 놀림을 받을 거예요. 다이애너가 케이크에 대해 물어보면 거짓말을 할 수는 없잖아요. 아줌마, 지금 당장 설거지를 시키지는 마세요. 그분들이 다녀가신 다음에 할래요. 얼굴을 들 수가 없어요. 아마 괘씸하게 생각하실 거예요. 하지만 진통제에 해로운 게 들어 있는 건 아니지요? 그걸 잘 말씀드려 주세요."

"네가 직접 말하는 건 어떻겠니?"

상냥한 목소리에 앤은 벌떡 일어났다. 침대 곁에는 앨런 부인이 빙긋이 웃으며 서 있었다.

"이제 그만 울음을 그치거라. 그냥 실수를 한 것뿐이란다."

"그런 실수는 저 같은 바보들만 할 거예요. 맛있는 케이크를 만들려고 했는데……."

앤이 시무룩하게 말했다.

"괜찮아. 네가 정성을 다했다는 걸 잘 안단다. 네 마음이 고맙구나. 자, 이제 내려가자."

이렇게 해서 앤은 다시 쾌활해질 수 있었다.

학예회를 준비하다

또 가을이 왔다. 골짜기에는 안개가 자욱하고 눈부신 햇빛은 날마다 진줏빛 아침을 금빛으로 바꾸어 놓았다.

새로 오신 스티시 선생님은 앤에게 새로운 기쁨을 주는 분이었다.

지혜롭고 학생들에게 친절할 뿐만 아니라 앞선 교육법을 알고 있었다. 선생님은 학생 한 사람 한 사람을 똑같이 주의해서 가르쳤다. 또 학생이 가진 가장 뛰어난 재능을 길러주려 했다.

앤은 선생님 밑에서 매일 새로운 공부를 했다. 무엇이든지 감탄하며 들어 주는 매슈와 냉정한 마릴라에게 학교에서 있었던 일을 빼지 않고 들려주었다.

"스티시 선생님은 좋은 분이세요. 마음에 쏙 들어요. 상냥하고 목소리도 고우세요. 제 이름을 부를 때도 E자를 붙여서 부르셨어요. 오늘은 제가 시를 낭독했어요. 루비 길리스는 제가 '스코틀랜드 여왕'을 낭독할 때 가슴이 떨렸대요."

"그러면 언제 한번 들려주겠니?"

매슈가 말했다.

"그렇게 할게요. 하지만 아까처럼 잘 할 수 있을지 모르겠어요. 아저씨 가슴을 떨리게 해 드리면 좋겠어요."

12월이 되자 스티시 선생님은 에이번리 학생들에게 한 가지 좋은 제안을 했다. 그것은 크리스마스에 전교생이 참석하는 학예회를 여는 것이었다.

학생들은 각자 이 계획을 위해 프로그램을 짜고 맡은 역할을 연습했다. 그 중에서도 앤은 가장 열심이었다. 그러나 마릴라는 몹시 못마땅해했다.

"쓸데없는 일로 공부할 시간을 낭비하는 거지 뭐냐? 아이들에게 학예회니 뭐니 하며 계획을 세워 마음을 들뜨게 하는 일은 좋아 보이지 않는구나!"

마릴라가 이렇게 불평하자 앤은 여러 이야기를 해 가며 스티시 선생님을 감싸려 했다. 그래도 마릴라가 여전히 못마땅해 하자 앤은 힘없이 매슈가 있는 뒤뜰로 갔다. 매슈는 앤의 응석을 마음껏 받아 주었다. 물론 매슈는 자신이 그렇게 하는 것이 앤을 가르칠 때 꾸짖음보다 더 좋은 효과를 올릴 수도 있다는 것까지 생각한 것은 아니었다.

저녁때 주방에 들어가 장화를 벗으려던 매슈는 거실에 앤이 친구들과 있는 것을 보았다. 방금 전 아이들은 거기서 '요정의 여왕' 연습을 끝냈다.

왁자지껄 떠들며 아이들이 주방으로 나오자 아이들과 만나는 것을 성가시게 생각한 매슈가 급히 장작더미 쪽으로 몸을 숨기고 한동안 그 아이들의 모습을 바라보았다. 그 가운데는 눈을 반짝이며 재잘대는 앤도 있었다. 매슈는 앤의 모습에서 어딘지 여느 소녀들과 다르다는 것을 알았다. 다른 아이보다 밝은 표정이었고 큰 눈과 오똑한 코를 가졌건만 앤은 어딘가 달라보였다. 매슈는 왜 그런 것인지 알 수 없어서 안타까웠다.

그날 밤이 되어서야 매슈는 그 이유를 알아차렸다. 그것은 앤의 옷이 다른 아이들의 것과 다른 것 때문이었다.

생각해 보니 앤이 초록 지붕 집에 온 뒤로 한 번도 다른 아이들과 같은 옷을 입지 않고 있었다. 마릴라는 언제나 장식이 없는 단순한 모양의 옷을 만들어 입혔던 것이다. 사실 매슈는 옷에 유행이 있다는 것도 잘 모르는 사람이었다. 그런 매슈의 눈에도 앤의 옷은 다른 아이들의 것에 비해 특히 소매가 너무 이상하다는 것을 금방 알 수 있었다. 그래서 자기가 알고 있는 마을 아이들의 옷을 떠올려 보니 다들 밝고 예뻔 색깔에 커다랗게 부풀린 소매를 달고 있었던 것이 생각났다. 매슈는 다이애너가 입은 옷과 비슷한 옷을 앤에게 한 벌 사 주기로 마음먹었다. 그 옷을 앞으로 2주 뒤로 다가온 크리스마스 선물로 주리라고 생각했다.

다음날 매슈는 옷을 사러 카모디로 갔다. 생각난 김에 해결해야겠다는 마음에서였다. 그러나 매슈는 자기가 그 일을 제대로 할 수 있을지 걱정이었다. 여자아이 옷이니만치 옷가게 사람과 의논을 하려고 했다. 그래서 의논하기 편한 남자 직원이 있는 곳으로 들어갔다. 하지만 그곳에는 여직원이 새로 들어와 있었다.

"어서 오세요. 무엇을 찾으세요?"

여직원 해리슨이 상냥하게 물었다.

"에, 저어. 가, 갈퀴가 있습니까?"

매슈는 더듬거리며 말했다.

해리슨은 속으로 조금 놀랐다. 이 겨울에 갈퀴가 필요하다니 알 수 없었다.

"두어 개 남아 있을 거예요. 가져다 드릴게요."

해리슨이 갈퀴를 찾으러 간 동안 매슈는 마음을 가라앉히려 애썼다.

"더 필요하신 것은 없나요?"

매슈는 용기를 내어 말하려고 했다.

"그럼, 저, 건초 씨앗을 좀……."

해리슨은 매슈가 좀 특이한 사람이라는 말을 들은 적은 있었지만 이렇게 이상한 줄은 처음 알았다. 그래서 이렇게 대답했다.

"씨앗은 봄에만 팔아요."

"그, 그렇군요. 그, 그래요."

매슈는 말을 더듬으며 갈퀴를 들고 문 쪽으로 나서다가 아직 돈을 치르지 않았음을 깨닫고 되돌아섰다.

"저, 미안한데, 혹시, 뭐, 설탕을 좀, 보여주시겠어요."

"흰설탕 말인가요? 흑설탕 말인가요?"

"네, 흐, 흑설탕."

매슈는 자꾸만 엉뚱한 말이 튀어나왔다.

"저기 통 속에 있습니다."

집으로 돌아오면서도 매슈는 땀을 흘리고 있었다.

매슈는 생각 끝에 아무래도 이런 일은 여성의 도움이 필요하다는 걸 깨달았다. 하지만 마릴라에게 이야기하면 그 자리에서 반대할 것이었다. 그래서 매슈가 오로지 대하기 편한 린드 부인의 도움을 받기로 했다.

린드 부인은 매슈의 말을 금방 알아듣고 말했다.

"앤한테 새 옷을 사 주고 싶으시다는 거죠? 알겠어요. 제가 알아서 해 드릴게요. 마침 내일 카모디에 가려 했어요. 앤한테는 진한 갈색이 어울릴 거예요. 옷감은 공단이 좋겠어요. 감을 사서 제가 만들게요. 마릴라가 만들면 앤이 금방 눈치챌 테니까. 미안해하지 마세요. 치수도 잘 알아서 할게요."

"고맙습니다. 저, 그런데."

매슈는 더듬거렸다.

"저, 옷소매 말입니다. 요즘 소매는 모양이 예전과 좀 다르지요? 요즘 소매로 만들었으면 해서요."

"알겠어요. 걱정 마세요. 요즘 유행대로 만들 테니까요."

매슈가 돌아가자 린드 부인은 혼잣말로 중얼거렸다.

"좋은 일을 하는 거야. 가엾은 아이한테 한 벌이라도 예쁜 옷을 입힌다면 좋은 일이야. 마릴라가 해 입히는 옷은 너무 예전 방식 옷이야. 몇 번이나 이야기해 주려다 그만두었잖아. 워낙 고집도 세니, 원. 그리고 경험은 없어도 아이를 기르는 방법은 자기가 가장 잘 안다고 생각하고 있으니 말해도 듣지 않았을 테지만. 그런데 설마 매슈가 그걸 생각해 내리라고는 상상도 못했어. 매슈는 마치 60년 동안이나 잠을 자다가 이제 눈을 뜬 사람 같아."

그 후 2주 동안 마릴라는 분명히 매슈에게 무슨 일이 있다는 것을 눈치챘지만 그 사실을 안 것은 크리스마스 이브가 되어서였다.

그날 저녁 린드 부인이 다 지은 앤의 옷을 가져와서는 마릴라가 만들면 앤이 눈치챌까 봐 매슈가 자기에게 부탁했던 거라고 변명을 하자 마릴라는 아무렇지도 않다는 듯 말했다.

"그동안 오라버니가 뭔가를 하고 있다는 건 알고 있었어요."

마릴라는 그러나 매슈에게 몇 마디 지적하는 것을 빼 놓지 않았다.

"가을에 따뜻한 새 옷을 세 벌이나 해 주었잖아요. 이런 낭비를 할 필요가 어디 있어요? 그 애가 우습게 생긴 소매가 유행한 뒤로 줄곧 그런 옷을 입고 싶어한 건 알고 있긴 했지만 말예요."

은빛 세상이 펼쳐진 크리스마스 아침이었다. 밤 사이 함박눈이 내렸다. 앤은 즐거운 얼굴로 창밖을 내다보았다. 밤 사이 내린 눈은 에이번리 마을의 모습을 몰라보게 바꾸어 놓았다. 숲을 메운 전나무 가지들은 새의 날개처럼 아름다웠다.

앤은 맑은 목소리로 노래를 부르며 계단을 내려왔다.

"마릴라 아줌마, 메리 크리스마스! 매슈 아저씨도 메리 크리스마스! 정말 멋진 크리스마스지요? 온 세상이 은빛으로 빛나고 있어요. 어머나! 아, 아저씨! 이것을 저에게 주시는 거예요?"

매슈는 앤 앞에서 우물쭈물하며 꾸러미를 풀어 안에 든 것을 꺼냈다. 마릴라는 관심이 없는 척 따라왔지만 호기심을 감추지는 못하고 곁눈질로 그 모습을 보고 있었다.

옷을 받아든 앤은 마치 정신이 나간 사람처럼 한동안 꼼짝도 않고 그것을 들여다보고만 있었다. 매끄러운 진한 갈색의 공단, 주름이 풍성한 치마와 섬세한 레이스로 장식한 목둘레, 더욱이 잔뜩 부풀린 소매! 이것이야말로 앤이 꿈꾸어 왔던 아름다운 공주님의 옷이었다.

"앤, 네게 주는 크리스마스 선물이다."

매슈는 느릿한 말투로 약간 수줍어하며 말했다.

"앤, 왜 그러니? 마음에 들지 않는구나! 그래, 그럴 수도 있어."

매슈는 어찌할 줄 몰랐다.

앤의 눈에 눈물이 가득했기 때문이다.

"아, 아저씨! 그게 아니에요! 무척 아름다워요! 아저씨, 고마워요. 이 소매 좀 보세요. 아, 지금 행복한 꿈을 꾸는 게 아닐까요?"

"자, 이제 식탁에 앉자."

마릴라는 앤의 감격을 그쯤에서 그치게 하려는 듯이 말했다.

"나는 너한테 이런 옷이 필요하다고 생각하지는 않았다. 하지만 아저씨가 주신 거니까 잘 입도록 해라. 그리고 린드 부인이 네게 주라고 머리핀을 주셨다. 그 옷에 어울리는 갈색 핀이지. 자, 이리 와서 앉아. 아침을 먹자."

앤은 기뻐 들떠서 말했다.

"어떻게 아침을 먹겠어요? 옷을 바라보고 있으면 배가 불러요. 소매가 부푼 옷의 유행이 아직 지나지 않아서 다행이에요. 이런 옷을 입어 보기 전에 유행이 지나갔으면 저는 정말 슬펐을 거예요. 린드 아줌마도 고마워요. 이렇게 예쁜 핀을 주시고. 지금부터는 정말 착한 아이가 되겠어요. 이렇게 기쁜 일이 생길 때마다 제가 언제나 착한 아이가 되지 못한다는 게 가슴이 아파요."

조반을 거의 마칠 무렵이 되어 빨간 외투를 입은 다이애너가 찾아왔다.

"다이애너, 메리 크리스마스! 너한테 보여 줄 게 있어. 매슈 아저씨가 나한테 예쁜 옷을 주셨어. 주름 소매가 달린 예쁜 옷이야. 정말 꿈도 못 꿔 본 일이야."

"나도 너한테 줄 게 있어."

다이애너는 상자를 내밀었다.

"이 상자를 열어 봐. 조세핀 할머니가 보내 주셨어. 큰 상자 속에 여러 가지가 들어 있었는데 이건 너한테 보내 주신 거야. 어젯밤에 상자가 도착해서 아침에 가져왔어."

앤은 상자를 열어 보았다. '앤, 메리 크리스마스!'라고 씌어 있는 카드 아래 깜찍한 덧신 한 켤레가 놓여 있었다. 가장자리에는 구슬이 박혔고 리본과 반짝이는 금속 장식도 붙어 있었다.

앤은 소리쳤다.

"오, 다이애너! 나는 지금 꿈을 꾸는 것 같아."

"하느님께 감사드릴 일이야."

다이애너가 점잖게 말했다.

"이제부터는 루비의 덧신을 빌려 신지 않아도 돼. 커다란 덧신을 신은 요정은 보기 흉했어."

그날은 하루 종일 에이번리 마을의 학생들은 들떠 있었다. 학예회 준비로 강당을 꾸미고, 마무리 연습을 했다.

학예회는 저녁에 막을 올렸는데 작은 강당에 사람들이 꽉 들이차도록 모였다.

학생들은 각자 자기 역할을 잘 해냈다. 앤은 그 가운데서도 뛰어난 소질을 발휘해 관객들의 박수를 받았다.

모두 마치고 다이애너와 함께 밤하늘의 별을 바라보며 집으로 돌아올 때 앤은 한숨을 쉬었다.

"아름다운 밤이었어."

"그래, 모든 일이 잘 끝났어."

다이애너는 현실적인 이야기를 했다.

"다이애너, 네가 한 독창은 정말 좋았어. 앙코르 박수를 받을 땐 나까지 자랑스러웠어."

"앤! 시 낭독으로 너는 가장 큰 박수를 받았어. 그 시는 정말 슬펐어."

"실은 단에 올라갔을 때 정신이 없었어. 내 방에서 여러 번 연습하지 않았으면 실패했을지도 몰라."

"남자아이들도 잘했지?"

다이애너가 말했다.

"길버트 브라이스는 정말 멋있더라. 나는 네가 길버트한테 하는 태도를 이해할 수 없어. 요정의 대화를 마치고 무대에서 달려 나갈 때

네 머리에 꽂았던 장미꽃이 떨어졌잖아. 길버트가 그것을 얼른 주워서 가슴의 주머니에 꽂았어. 분명하게 보였어. 얼마나 멋지니? 이 이야기는 너도 마음에 들지?"

하지만 앤은 차갑게 말했다.

"그 아이가 무얼 하든 나는 아무렇지도 않아. 그 아이 생각은 하고 싶지 않아."

그날 밤 20년 만에 공연 관람을 하고 돌아온 매슈와 마릴라는 앤이 자기 방으로 올라간 뒤에 난롯가에 앉았다.

"너도 앤이 가장 잘한 것 같지?"

매슈가 자랑스러워하며 물었다.

"그럼요. 그 아이는 영리해요. 모습도 예뻤고요. 저는 학예회를 그다지 좋게 생각하지 않았는데 그런 대로 괜찮았어요. 아무튼 오늘밤엔 앤이 자랑스러웠어요. 물론 그 아이가 듣는 데서 이런 말을 해서는 안 되겠지만요."

"그래. 나도 그렇게 생각한다. 그래서 앤이 위층으로 올라간 뒤에 말하는 거 아니니."

매슈가 덧붙여 말했다.

"마릴라, 저 아이의 미래에 대해서도 곧 생각해 두어야 할 거다. 에이번리의 학교를 마친 뒤의 일을 말이야."

"아직 멀었어요. 내년 3월에 겨우 열세 살이 될 텐데요. 하긴 오늘밤에는 앤이 언제 저렇게 컸나 하고 놀랐어요. 린드 부인이 만든 옷이 좀 길어서 더 크게 보였는지도 몰라도, 오빠, 앤은 똑똑하니까 퀸 학원에 보내는 것이 좋을 것 같아요. 그래도 그때까지는 아무 말도 하지 않는 게 좋겠어요."

"그래, 속으로만 생각해 두는 건 나쁠 건 없지."

매슈가 중얼거렸다.

염색을 하다

4월 하순 어느 날, 마릴라는 교회에 참석하고 돌아오며 오랜만에 봄이 아름다운 계절이라는 생각을 해 보았다.

나뭇가지 사이로 초록 지붕 집이 보이자 마릴라는 문득 정겨운 느낌이 들었다. 집에는 달아 오른 난로의 불기로 따뜻한 공기가 감돌 것이고 식탁에는 맛깔스런 음식이 차려져 있을 것이었다. 앤이 없었을 때에는 외출하고 돌아오면 차디찬 공기와 썰렁한 주방이 있을 뿐이었다.

그러나 마릴라가 도착하자 집에는 기대했던 난롯불이나 음식은 없었다. 앤도 보이지 않았다. 분명히 앤에게 다섯 시까지 돌아와서 저녁을 준비하라고 일렀던 것을 생각하자, 허전하기도 하고 몹시 화가 나기도 했다.

마릴라는 서둘러 옷을 갈아입고 목장에서 돌아올 매슈의 음식준비를 시작했다.

"앤이 돌아오면 단단히 혼내 주어야지."

마릴라는 마른 나뭇가지를 세게 분지르며 화가 나서 중얼거렸다. 매슈는 이미 들어와 구석 자리에 앉아 저녁이 준비되기를 기다리고 있었다.

"앤은 보나마나 다이애너와 지껄이면서 시간 가는 줄 모르고 있을 거예요. 한번 무슨 일에 빠져들면 제가 해야 할 일을 까맣게 잊어버리는 아이는 처음 보았어요. 아무리 귀엽고 똑똑해도 쓸데없는 생각만 하고 있다는 건 문제예요. 분명히 오후에는 집에 와서 집안일을 하라고 일렀는데 이게 뭐예요. 그 아이가 결점이 많기는 해도 이런 일은 없었다고요"

"글쎄, 웬일인지 모르겠구나."

매슈는 겨우 그렇게 대답했다. 마릴라가 화를 낼 때는 반대 의견을 말하는 게 결코 좋지 않다는 걸 경험으로 알고 있기 때문이었다.

저녁 준비가 다 되었는데도 앤은 돌아오지 않았다. 약속 시간에 늦기라도 하면 숨을 헐떡이며 들어오곤 했는데 설거지를 마치고 나서도 돌아오지 않았다.

지하실로 가려면 양초가 있어야 했다. 마릴라는 위층으로 올라갔다. 앤의 책상 위에는 늘 양초가 놓여 있었다. 마릴라가 앤의 방에 불을 켜자 앤이 침대에 엎드려 있었다.

"어머나, 어떻게 된 일이니? 여태 자고 있었니?"

마릴라는 깜짝 놀라서 물었다.

"아니에요."

앤이 기어들어가는 소리로 대답했다.

"어디 아프니?"

마릴라는 걱정스레 다가가 물었다. 그러자 앤은 마릴라의 눈에 띄어서는 안 되는 것처럼 이불 속으로 깊숙이 파고들었다.

"아니에요, 아줌마! 이리로 오지 말아 주세요. 저는 지금 아무것도 할 수 없어요. 일등을 하는 것도 글짓기를 잘하는 것도 소용없어요. 이제는 밖으로 나갈 수 없게 되었으니까요. 제 인생은 끝이 났어요. 아, 아줌마! 제발 저쪽으로 가세요. 저를 쳐다보지 마세요."

어리둥절해진 마릴라는 앤에게 따져 물었다.

"도대체 무슨 일이니? 왜 그러니? 어서 일어나 앉거라. 차근차근 말해 봐. 무슨 일을 저질렀니?"

앤은 머뭇머뭇 자리에서 일어났다.

"아줌마, 제 머리를 보세요."

마릴라는 촛불을 가까이 비춰 앤의 등뒤로 늘어진 머리카락을 살폈다. 그것은 이상스러웠다.

"앤, 머리가 왜 이렇게 됐니? 초록색이 아니냐?"

짙은 초록색인데 듬성듬성 빨간 머리가 섞여 있어서 그것은 몹시 이상스런 느낌을 주었다.

"저는 지금까지 빨간 머리처럼 보기 싫은 머리는 없을 거라고 생각했어요. 그런데 초록색 머리로는 도저히 그대로 있을 수가 없을 정도예요. 제 마음이 얼마나 아픈지 아시겠어요?"

"어쩌다 그렇게 됐니? 여기는 추우니까 아래층으로 내려가자. 두 달 넘게 조용해서 무슨 일을 저지를 때가 되었다고 생각하긴 했었다. 그래, 어떻게 된 거니?"

"머리에 물을 들였어요."

"물을 들여? 앤, 그게 좋지 않은 짓이라는 걸 몰랐니?"

"알고 있었어요. 하지만 빨간 머리만 바꿀 수 있다면 그 정도는 괜찮다고 생각했어요. 물을 들이는 대신 아주 착한 아이가 되겠다고 생각했어요."

"그래, 기왕 물을 들이려면 색을 잘 골랐어야지. 초록색이라니!"

"초록색을 고른 게 아니에요. 그 사람이 반짝이는 검은머리가 될 거라고 장담했어요. 저는 그렇게 될 줄로만 알았다고요. 그 사람의 말을 의심할 수 없었어요."

"그 사람? 누구 말이니?"

"오후에 왔던 보따리장사가요. 그 사람한테 염색약을 샀거든요."

"앤, 내가 그런 보따리장사를 집에 들여놓지 말라고 했잖니!"

"집안에 들여놓지 않았어요. 제가 밖으로 나가서 물건들을 구경했어요. 문은 다 잠갔고요. 커다란 상자에 여러 가지 물건이 많았어요. 그 사람은 가족과 헤어져서 살고 있대요. 열심히 벌어서 독일에 있는 가족을 데려오겠다고 했어요. 이야기를 들으니까 가엾어 보였어요. 무얼 사야 도움이 될 수 있을까 하고 물건을 살펴보는데 머리 염색약이 눈에 띄었어요. 그 사람은 그 약이 어떤 머리든지 반짝이는 검정으로 만들어 주고 쉽게 색도 바래지 않는다고 장담했어요. 더구나 약이 75센트짜리인데 제 용돈이 50센트밖에 없다고 하니까 바로 깎아 주기까지 했어요. 그래서 집에 오자마자 저는 설명서에 있는 대로 솔에 묻혀서 염색을 했어요. 한 병을 다 쓰고 나니까 이런 색이 되더라고요. 그래서 지금까지 후회하고 있었던 거예요."

마릴라가 매섭게 말했다.

"후회를 한다니, 네 허영심 때문에 어떻게 됐는지 알았니? 이제 이 일을 어찌해야 하니! 머리를 감아 봐라. 물이 좀 빠지게 될지 모르니."

앤은 비누를 많이 써서 머리를 감았지만 머리색은 변함이 없었다. 아마도 보따리장사의 말 가운데 색이 쉽게 바래지 않는다는 말만은 맞는 것 같았다.

"아, 어쩌면 좋아요? 아줌마, 다른 실수는 그대로 넘길 수도 있지만 이것만은 너무나 오래 고통스런 일이에요. 사람들이 알면 얼마나 놀리며 비웃겠어요?"

앤의 고통은 1주일이나 계속되었다. 그동안 앤은 집 밖으로는 나가지 않고 매일 머리를 감았다.

다이애너 말고는 아무도 이 일을 알지 못했다. 다이애너는 비밀을 지켜 주겠다고 했다. 1주일이 지나자 마릴라는 결정을 내렸다.

"하는 수 없구나. 그 염색약은 너무 독하구나. 머리를 자르자. 그런 머리로는 도저히 밖에 나갈 수 없잖니."

앤은 입술을 떨었다. 마릴라의 말을 들을 수밖에 없다는 것을 깨닫고는 한숨을 쉬며 가위를 가져왔다.

"하는 수 없지요. 아주 짧게 잘라 주세요. 가슴이 너무 아파요. 훌륭한 일을 하려고 머리를 자르는 거라면 이렇게 괴롭지는 않을 거예요. 허영심 때문에 받는 벌이라고 생각하니까 초라해져요. 너무나 슬프거든요."

머리를 자르는 동안 앤은 울었다. 그러나 자르고 나서 위층에 올라가 거울에 비춰 보고 어쩔 수 없는 일이라고 생각하자 곧 마음이 가라앉았다. 마릴라는 아주 짧게 머리를 잘랐다. 그렇게 자른 머리는 몹시 어색해 보였다.

앤은 거울을 벽 쪽으로 돌려놓았다.

"머리가 자랄 때까지는 거울을 보지 않을 거야."

앤은 다부지게 말했지만 곧 거울을 똑바로 걸었다.

"아니. 봐야만 해. 이 방에 올 때마다 거울을 보며 허영심의 결과를 확인해야만 해."

다음 월요일 학교에서는 앤의 짧은 머리 때문에 한동안 떠들썩했다. 그러나 왜 머리를 잘랐는지 아는 사람이 없었기 때문에 앤은 안심했다. 조시 파이도 이유는 몰랐지만 허수아비 같다며 놀리는 걸 빼놓지 않았다.

"그런 말을 듣고도 저는 가만히 있었어요."

앤은 그날 밤 마릴라에게 말했다. 마릴라는 머리가 아파서 소파에 기대어 있었다.

"물론 괴로웠어요. 하지만 그런 말을 듣는 게 당연하다고 생각했어요. 저는 중요한 것 한 가지를 알게 되었어요. 예쁜 사람보다 착한 사람이 되는 게 더 소중한 일이라는 것을요. 전에도 알기는 했었지만 그렇게 되겠다고 생각할 수는 없었거든요. 그런데 이제는 예쁜 것에 대해 관심을 갖지는 않을 거예요. 그보다는 정말 착한 아이가 되어 보겠어요. 앨런 부인처럼 되고 싶어요. 다이애너가 내 머리가 조금만 더 자라면 공단 리본을 가지고 나비 모양으로 묶으면 어울릴 거라고 했어요. 어, 제 말이 너무 길었지요? 머리가 더 아프시지요?"

"아니야. 이제 좀 나았다. 오후에는 더 심했어. 웬일인지 날이 갈수록 심해지는구나. 병원에 한번 가봐야겠다. 네가 지껄이는 건 괜찮

아. 익숙해졌으니까.”

마릴라의 말은 앤의 이야기를 더 듣고 싶다는 뜻이었다.

물에 빠진 백합 공주 엘렌

“엘렌 공주 역을 맡을 사람은 너밖에 없어.”

다이애너가 말했다.

“나는 멀리까지 꼼짝도 않고 배에 실려 갈 자신이 없어.”

“나도 못 해. 몇 명이 같이 타고 앉아서 가는 건 좋지만 배 안에 누워서 죽은 듯이 있어야 하는 건 겁이 나. 무서워서 정말 죽을지도 몰라.”

루비 길리스는 생각만 해도 겁이 나는 듯 몸을 떨었다.

“낭만적이라는 생각이 들긴 하지만 마음이 불안해서 1분마다 일어나서 배가 어디까지 흘러왔나 확인해야만 할 것 같아.”

제인의 말이었다.

“나는 배에 누워서 떠내려가는 건 괜찮아. 엘렌 공주 역을 맡고 싶기도 해. 그런데 내 머리는 빨강이야. 루비, 넌 얼굴도 희고 머리도 금발이야. 엘렌은 백합 공주라고 했지? 빨간 머리보다는 금발의 백합 공주가 어울리겠어.”

“앤, 너도 얼굴이 하얘. 그리고 머리도 자르기 전보다 훨씬 진해졌어.”

앤은 소리를 질렀다.

"어, 다이애너! 그 말이 사실이니? 내가 보기에도 좀 그런 것 같았어. 갈색과 비슷하지 않니? 확실히 진해졌지?"

"응, 아주 예뻐!"

다이애너는 앤의 짧은 곱슬머리를 바라보며 진심으로 말했다.

아이들은 '반짝이는 호수' 근처에 모였다. 그곳은 자작나무로 둘러싸인 땅이 호수 안쪽으로 돌출된 곳으로 그 끝에는 낚시나 오리 사냥에 쓸 작은 나무 발판이 이어져 있었다. 거기다 더욱 재미있는 놀잇감을 발견했는데 그것은 배리 씨가 오리 사냥할 때 쓰는 작은 낚싯배였다.

'백합 공주 엘렌' 이야기를 연극으로 꾸며 보자고 한 사람은 역시 앤이었다. 그것은 지난 학기에 배운 시의 내용이었다. 사랑 때문에 죽은 엘렌 공주의 이야기가 아이들의 가슴에 깊은 슬픔과 감동으로 남아 있었다.

앤의 제안은 모두에게 받아들여졌다. 밑이 평평한 작은 배를 나루터에서 밀어 보내면 잔잔한 물결에 떠내려가 다리 밑을 지나서 저절로 아래편 호숫가에 닿게 된다는 것을 소녀들은 알고 있었다. 몇 차례 그렇게 배를 타고 간 경험이 있었다.

"그래, 그럼 내가 엘렌을 할게."

앤은 하는 수 없이 말했다. 엘렌 공주 역을 맡고 싶긴 했지만 더 잘 어울리는 사람이 하기를 원했다.

"그럼, 루비가 아더 왕을 해. 제인은 기네비아 왕비를 그리고 다이애너는 랜슬로트 기사를 맡아 줘. 하지만 그보다 먼저 너희들이 엘렌의 오빠와 아버지 역을 맡아야 하는 것을 잊지 마. 아, 이 배에 까만 비단을 깔아야 하는데."

다이애너가 까만 숄을 가져오자 앤은 그것을 깔고 그 위에 드러누워 눈을 감았다.

"어머나! 정말로 죽은 것 같아!"

루비가 불안한 듯이 속삭였다. 앤의 자그만 하얀 얼굴에 자작나무 그림자가 얼비쳤다.

"이런 일을 해도 괜찮을까? 어쩐지 무서워. 린드 아줌마는 연극은 모두 나쁘다고 하셨어."

"루비, 린드 아줌마 이야기는 하지 마, 재미없어. 이건 그 아줌마가 태어나기 몇 백 년 전의 이야기야. 제인, 네가 맡아 줘. 죽은 엘렌이 자꾸 말하는 건 우습거든!"

제인은 앤의 몸을 덮을 화려한 비단을 구할 수 없어서 애를 쓰다가 노란색 피아노 덮개를 사용하기로 했다. 그것은 훌륭한 대용품이 되었다.

흰 백합을 구할 수 없는 계절이어서 가슴 위에 모아 쥔 앤의 손에 하늘색 아이리스를 쥐어 주니 잘 어울렸다.

"자, 엘렌은 다 꾸몄어."

제인은 지시했다.

"지금부터 우리는 엘렌의 눈썹에 키스를 해야 해. 다이애너, 너는 '누이여, 잘 가거라!' 하는 거야? 루비는 '안녕, 내 사랑 누이동생!' 이라고 말하고 슬픈 표정을 지어야 해. 앤은 미소를 지어야 해. '엘렌은 미소를 머금은 듯이 보였다' 라고 씌어 있었잖아. 그래! 됐어. 자, 그럼 배를 힘껏 밀어 내자."

작은 배는 호수 안쪽으로 세게 밀려났다. 그런데 그때 물속에 박혀 있던 낡은 말뚝에 배가 부딪쳤다.

다이애너와 제인과 루비는 배가 다리 쪽을 향해 서서히 떠내려가자 급히 숲을 지나 아래쪽으로 달려갔다. 그곳에서 랜슬로트 기사와 기네비아 왕비가 되어 백합 공주의 도착을 기다려야 하는 것이었다.

앤은 잠시 동안 천천히 떠내려가며 엘렌 공주가 된 것을 즐겼다.

그런데 곧 큰일이 생기고 말았다. 배 밑바닥에 물이 스며들어 오기 시작했다. 앤은 벌떡 일어나 피아노 덮개와 숄을 걷어 냈다. 아까 말뚝에 부딪쳤을 때 배 밑바닥에 금이 간 것 같았다.

앤은 이유는 잘 몰라도 자기가 위험에 처해 있다는 것을 깨달았다. 이대로 가다가는 배가 예정된 곳에 닿기 전에 호수 속에 가라앉을 게 분명했다. 노는 어디 있을까. 그러나 그것마저 나루터에 두고 오지 않았는가!

앤은 무서워서 비명을 질렀으나 아무에게도 들리지 않았다. 새파랗게 질린 앤은 침착하게 생각해 보았다. 방법은 단 한 가지였다.

"너무 무서웠어요."

이튿날 앤은 앨런 부인에게 이렇게 말했다.

"다리 밑으로 떠내려가는 시간이 너무 길었어요. 물이 점점 차오르자 저는 기도를 했어요. 물론 눈을 감을 수도 없었고요. 배가 다리까지 가는지 확인해야 하잖아요. 그래서 다리를 바라보면서 '하느님, 배를 다리 기둥 쪽으로 바싹 대어 주세요. 그 다음에는 어떻게 하든지 해 보겠어요' 하고 기도했어요. 그런데 하느님께서 제 기도를 들어 주서서 배가 다리 기둥에 정면으로 부딪쳤어요. 저는 피아노 덮개와 숄을 양어깨에 걸치고 기다렸다가 기둥에 매달렸지요. 기둥이 미끄러워 꼼짝도 할 수 없었어요. 보기 싫은 모습이었겠지만 그런 건 신경 쓸 수도 없었어요. 그리고 감사 기도를 드렸지요. 누군가 도와주러 오기를 기다리며 있는 힘을 다해 거기 매달려 있었지요.”

배는 다리 밑을 지나자 곧 호수 속으로 가라앉고 말았다. 루비와 제인과 다이애너는 다리 아래쪽에서 기다리다가 배가 가라앉는 것을 발견하고는 앤도 호수 속에 가라앉았다고 생각했다. 세 아이는 창백하게 질린 채 얼어붙은 듯이 서 있었다. 이윽고 세 사람은 찢어지는 듯한 비명을 지르며 숲 속을 가로질러 달려가기 시작했다.

앤은 있는 힘을 다해 기둥에 매달려 친구들의 비명 소리를 들었고 달려가는 모습도 보았다. 이제 누군가가 도와주러 오기는 오겠지만 그때까지 버틸 수 있을지 알 수 없었다. 시간이 꽤 흐른 것 같았다. 이 가엾은 백합 공주에게는 1분이 한 시간쯤으로 여겨졌다. 손은 점점 아파오는데 아무도 보이지 않았다. 앤은 시퍼런 물을 내려다보며 몸서리를 쳤다. 그리고 마침내 점점 팔이 아파 더는 견딜 수 없을 것 같았다.

길버트 브라이스가 나타난 것은 그때였다. 길버트는 하몬드 앤드 루스 씨의 낚싯배를 타고 다리 밑으로 왔다. 무심히 다리 기둥을 올려다본 길버트는 자기를 내려다보고 있는 창백하게 질린 작은 얼굴을 발견했다.

“어? 앤! 너 왜 그러고 있니?”

길버트는 대답을 기다리지 않고 배를 다리 기둥 가까이에 대고 한 손을 내밀었다. 앤은 길버트의 손을 잡고 배에 옮겨 탔다. 앤은 물에 젖은 헝겊과 숄을 든 채 옷은 엉망이 되어 배 한쪽에 앉았다.

"어떻게 된 거니?"

길버트가 노를 저으며 말했다.

"'백합 공주 엘렌' 연극을 했어."

앤은 길버트 쪽을 바라보지 않고 쌀쌀한 말투로 설명했다.

"내가 배에 누워서 카멜로트로 떠내려가는 엘렌 역을 맡았어. 그런데 배에 물이 새어 들었어. 나는 다리 기둥에 매달렸고 다른 아이들은 사람을 부르러 갔어. 나루터까지 데려다 줄래?"

길버트는 나루터에 배를 댔다. 앤은 길버트가 도와주려는 것을 뿌리치고 호숫가로 잽싸게 뛰어내렸다.

"고마워!"

앤은 고개를 바짝 치켜들고 떠나려 했다. 그때 함께 호숫가로 뛰어내린 길버트가 앤의 어깨에 손을 얹고 가지 못하게 했다.

"잠깐만!"

길버트가 다급히 말했다.

"우리 친구가 되지 않겠니? 전에 네 머리를 가지고 놀려서 정말 미안해. 나는 그냥 장난을 했던 거야. 한참 지난 일이지 않니? 지금은 네 머리가 정말 아름다워. 이제 우리 화해하자."

앤은 잠깐 망설였다. 더욱이 가슴속에 지금까지 느껴보지 못한 야릇한 감정이 솟아올랐다. 길버트의 갈색 눈동자 속에 넘치는 수줍음과 따스한 친근감이 느껴졌다. 갑자기 가슴이 두근거렸다.

그러나 전교생 앞에서 자기 머리를 잡고 홍당무라고 놀려대던 기억이 떠오르자 다시 화가 났다.

'길버트 브라이스, 너는 용서할 수는 없어!'

"싫어."

앤은 쌀쌀맞게 말했다.

"너와 화해하지 않겠어. 하고 싶지 않아!'

"알았어!'

길버트의 얼굴이 빨갛게 달아올랐다.

"너와 친하고 싶다는 말을 다시는 안 하겠어. 앤, 나도 역시 그러고 싶지 않아!'

길버트는 힘차게 노를 저어 잠깐 사이에 멀어져 갔다.

앤은 고사리가 우거진 길을 걸어갔다. 똑바로 서서 가고 있었지만 속으로는 마구 후회가 밀려왔다. 물론 그 놀림은 잊을 수가 없다. 하지만 그렇게까지 할 건 없지 않았을까! 앤은 그냥 주저앉아 실컷 울고 싶었다.

숲길을 따라 올라가자 제인과 다이애너가 미친 듯이 호숫가를 향해 달리고 있었다.

세 아이가 과수원에 갔을 때 다이애너 집에는 아무도 없었다.

루비 길리스가 너무 놀라 쓰러져 그대로 거기 두고 제인과 다이애너는 오솔길을 지나 초록 지붕 집으로 달려갔다. 그런데 그 집도 비어 있었다. 마릴라는 카모디에 갔고 매슈는 농장에 있었다.

"어, 앤!'

다이애너는 앤을 만나자 소리치며 두 손으로 목을 끌어안더니 엉엉 울었다.

"앤, 우리는 네가 죽은 줄 알았어. 물에 빠져서……. 우리가 너를 엘 렌이 되게 해서 죽게 했다는 생각이 들어서……. 아아, 우리가……. 루비는 쓰러져서……. 앤, 어떻게 살아났니?"

"다리 기둥에 매달려 있었어."

앤이 말했다.

"길버트가 배를 타고 와서 구해 주었어."

"어, 앤! 길버트가 구해 주었다고? 정말 멋져!"

정신을 차린 제인이 말했다.

"그럼, 이제 화해했니?"

"아니, 하지 않았어."

앤은 쏘아붙이듯 대답했다.

"그런 일로 멋지다는 말은 하지 마. 미안해. 너희들을 놀라게 해서. 모두 내 잘못이야. 나는 참 운이 없어. 무슨 일을 하거나 남들한테 폐 를 끼치니 말이야. 다이애너, 너희 아버지 배를 가라앉게 했으니 혼 나게 될 거야."

앤의 말대로 그날 있었던 일을 알게 된 배리 씨네 집과 초록 지붕 집에서는 소동이 벌어졌다.

"앤, 너는 왜 그렇게도 철이 없는 거니?"

마릴라는 너무 화가 나서 앤을 심하게 나무랐다.

"이제는 철이 들 거예요."

앤이 대답했다.

"여태껏 여러 가지 실수를 했지만 그때마다 나쁜 점들을 하나씩 고 칠 수 있었거든요. 이제 아무리 좋다고 해도 남의 물건은 만지지 않아요. 그리고 요리할 때는 정신을 차리고 허영도 부리지 않아요. 이번 일로 저는 지나친 낭만은 좋지 않다는 걸 알았어요. 이제는 그렇듯 그럴싸한 놀이에 빠져드는 일이 없도록 하겠어요."

"그렇게 해라."

마릴라는 점잖게 타일렀다.

그러나 마릴라가 밖으로 나가자 구석 자리에서 듣고 있던 매슈가 다가와서 앤의 어깨에 손을 얹었다.

"얘야, 네 상상과 낭만을 모두 버리진 말거라. 지나친 건 나쁘지만 조금은 남겨 두는 게 좋지 않겠니?"

앤, 수업시간에 땜전을 피우다

마릴라는 뜨개질을 멈추고 의자 등받이에 몸을 기댔다. 눈이 몹시 피곤했다. 다음에 시내에 가면 안과에 들러 안경을 바꾸어야 할지 검사를 받아야겠다고 마릴라는 생각했다. 요즘은 더 자주 눈이 피곤해졌다.

날이 어두워지고 있었다. 11월의 어둠이 초록 지붕 집을 감싸는 시간에 앤은 주방의 난롯가에 앉았다. 방금 전 읽고 있던 책을 무릎에 펼쳐 놓은 채 깊은 상상에 빠져들었다.

마릴라는 사랑스런 눈으로 앤을 바라보았다. 난로의 불빛과 어둠이 부드럽게 섞여 있는 그 시간은 마릴라가 사랑스레 앤을 바라보기에 적당한 시간이었다. 마릴라는 결코 사랑을 드러내는 성격이 아니었기 때문이다.

그러나 겉으로는 표현하지 않아도 속으로는 깊이 앤을 사랑하고 있었다. 마릴라는 때로는 자기의 사랑이 지나친 것이 아닐까 염려하기까지 했다. 그래서 앤이 귀엽다고 생각할수록 겉으로는 엄하게 대했다.

마릴라는 조용히 앤을 불렀다.

"아까 네가 다이애너에게 갔을 때 스티시 선생님께서 다녀가셨다."

앤은 갑자기 정신이 들었으나 한숨을 내쉬었다.

"그래요? 제가 있었더라면 좋았을 텐데요. 오늘은 다이애너와 좋은 이야기를 나눴어요. 우리가 지금은 어리지만 이 나이에 좋은 습관을 가지지 않으면 앞으로의 인생이 흔들리게 될 거라고요. 물론 이건 스티시 선생님이 들려주신 이야기예요. 그래서 다이애너와 저는 그것에 대해서 이야기했어요. 좋은 습관을 갖도록 애쓰고 착한 사람이 되도록 하자고 했어요. 이제는 좀 의젓해져야 하지 않을까 싶어요. 그런데 스티시 선생님은 무슨 일로 오셨나요?"

"이야기하려던 참이다. 선생님은 너에 대해 말씀하셨다."

"저에 대해서요?"

약간 의아스러워하던 앤은 문득 얼굴이 빨개지더니 큰 소리로 말했다.

"아, 알겠어요. 진작 말씀드려야 했는데 잊었어요. 어제 오후 역사 시간에 소설책을 읽다가 선생님께 들켜 꾸중을 들었어요. '벤허'라는 종교 소설이에요. 아주 아슬아슬한 대목이어서 책을 덮어 두고 있을 수 없었어요. 그래서 책상 위에는 역사책을 펴놓고 소설책을 무릎 위에 놓았어요. 들킬 염려가 없어서 열심히 보고 있었는데 고개를 들어보니 어느새 스티시 선생님이 곁에 오셔서 내려다보고 계셨어요. 부끄러웠어요. 누군가 킥킥거리며 웃었어요. 선생님은 아무 말 없이 화난 얼굴로 책을 빼앗아 가셨어요. 그리고 수업을 마친 뒤에 저를 남게 해서 몹시 꾸중하셨어요. 선생님은 귀중한 공부 시간을 낭비한 것도 나쁘고 역사책을 읽는 체하며 소설책을 읽는 건 선생님을 속이는 일이니 그것도 나쁘다고 하셨어요. 저는 울면서 잘못했다고 빌었어요. 진심으로요. 선생님은 저를 용서해 주신다고 말씀하셨어요. 그런데 집에까지 와서 이야기를 하시다니, 그럴 줄은 몰랐어요.”

“스티시 선생님은 그 이야기를 하지 않으셨다. 너 스스로 양심이 찔려 말한 거야. 어쨌든 너는 소설을 너무 많이 읽는 것 같구나. 내가 어릴 때는 소설은 구경도 못했었다.”

“제가 읽는 소설은 모두 스티시 선생님이나 앨런 부인이 우리에게 알맞은 거라고 말씀하신 거예요.”

“나는 일을 해야겠다. 스티시 선생님이 오셔서 한 이야기에는 관심이 없는 것 같으니까.”

“어, 아니에요. 제발 말씀해 주세요.”

앤이 후회스런 눈빛으로 외쳤다.

“앞으로는 그렇게 지껄이지 않을게요. 실은 제가 너무 말이 많다는 것을 잘 알아요. 그래서 말을 하지 않으려고 노력하는 중이에요. 아직 잘 되진 않지만요. 어서 말씀해 주세요.”

"스티시 선생님이 공부 잘하는 아이들 가운데 퀸 학원에 진학하고 싶어하는 아이들을 위해 특별반을 만들겠다고 하시더구나. 방과 후에 특별 지도를 하시겠다고 하셨다. 그래서 너를 그 반에 넣을 생각이 있는지 알아보러 오신 거야. 네 생각은 어떠니? 퀸 학원을 나와서 선생님이 되고 싶은 마음은 없니?"

"오, 아줌마!"

앤은 두 손을 가슴에 모으고 마릴라를 쳐다보았다.

"그것은 제 꿈이었어요. 지난 학기에도 루비와 제인은 입학 시험 준비를 했어요. 하지만 저는 단념해야 한다고 생각했어요. 선생님이 되는 건 제 꿈이지만 돈이 많이 들 테니까요."

"돈 걱정은 네가 할 일이 아니다. 매슈 아저씨와 내가 너를 기르기로 했을 때 우리는 할 수 있는 한 너를 뒷받침하려고 마음먹었다. 물론 교육도 많이 시키겠다고 생각했지. 여자도 자기 힘으로 살아갈 수 있는 힘을 길러 주어야 한다는 게 내 생각이다. 그리고 매슈 아저씨와 내가 있는 한 초록 지붕 집은 네 집이다. 하기야 세상일이 워낙 알 수 없으니 무슨 일이 생길지는 모르지만 미리 준비는 해야 한다. 하고 싶다면 진학반에 들어가서 공부하도록 해라."

"아, 아줌마! 고맙습니다!"

앤은 두 팔로 마릴라의 허리를 끌어안고 올려다보았다.

"두 분께 진심으로 감사드려요. 열심히 공부하겠어요. 두 분께 자랑스러운 아이가 될 거예요."

"그래, 반드시 잘할 수 있을 거다. 스티시 선생님도 네가 똑똑하고 공부도 잘하는 학생이라고 하셨으니까."

마릴라는 스티시 선생님의 이야기를 그대로 전해 주는 것이 앤을 자만하게 하지 않을까 걱정스러웠다.

"너무 서두르지는 마라. 아직도 1년이나 남았지 않니? 서서히 기초를 닦는 게 중요하다고 선생님께서 말씀하시더라."

앤이 기쁘게 대답했다.

"이제 더 열심히 공부할래요. 목표가 생겼으니까요. 목사님도 말씀하셨어요. 사람은 누구나 자기 인생에 목표를 가지고 그것을 향해서 나아가야 한다고요. 하지만 그 목표가 올바른 것인지 먼저 판단해야 한다고 하셨어요. 스티시 선생님처럼 되겠다는 목표는 훌륭한 목표지요? 그렇게 되고 싶어요."

퀸 학원 진학반이 생겼다. 학생은 길버트 브라이스, 앤 셜리, 루비 길리스, 제인 앤드루스, 조시 파이, 찰리 슬론, 그리고 무디 스퍼존 등이었다.

다이애너 배리가 부모의 반대로 그 반에 들지 못한 것은 앤에게 놀라움을 안겨 주었다.

미니 메이의 디프테리아 사건 이후로 두 사람을 갈라놓은 것은 아무것도 없었다. 그러나 퀸 학원 진학반 수업이 시작되던 날 다이애너가 다른 아이들과 함께 교문을 나가 혼자서 자작나무 길로 들어서는 것을 보니 앤은 문득 따라가고 싶은 충동을 느꼈다. 가슴이 막히고 눈물이 핑글 돌았다. 앤은 문법책으로 얼른 얼굴을 가렸다. 우는 모습을 길버트 브라이스나 조시 파이에게 보이고 싶지 않았던 것이다.

앤은 그날 밤 슬픈 얼굴로 말했다.

"다이애너가 혼자서 가는 모습을 보고 가슴을 에는 아픔을 느꼈어요. 다이애너도 함께 공부할 수 있다면 얼마나 좋겠어요? 린드 아줌마의 말씀대로 이 세상에 완전한 것은 없나 봐요. 하지만 진학반은 흥미로워요. 제인과 루비는 선생님이 되기 위해서 공부한대요. 그것이 제일 큰 희망이래요. 조시 파이는 공부하기 위해 진학하는 거래요. 자기는 돈 걱정은 안 해도 된대요. 남의 도움으로 사는 고아와는 다르다고 말하더라고요. 그리고 무디 스퍼존은 목사가 되고 싶대요. 찰리 슬론은 정치가가 되는 게 꿈이래요. 하지만 린드 아줌마는 찰리가 정치가가 되기 힘들 거래요. 그 이유는 찰리는 정직하고 착한데 요즘 정치는 정직과 착한 마음만으로는 할 수 없대요."

"길버트 브라이스는 무얼 하고 싶다고 하니?"

마릴라가 물었다.

"그 아이가 무얼 하고 싶어하는지 몰라요. 저와는 상관없으니까요."

앤은 깔보는 태도로 말했다.

요즘 두 사람의 경쟁은 더욱 뚜렷해졌다. 지금까지는 앤이 혼자서 길버트를 경쟁 상대로 여겼지만 이제는 그렇지 않았다.

앤이 호숫가에서 화해를 하자고 하는 길버트를 냉정하게 뿌리친 뒤로 길버트는 공부 경쟁말고는 모든 일에 앤을 무시했다. 다른 여자아이들과는 이야기도 하고, 장난도 하고, 책을 바꿔 보기도 하고, 여러 가지 앞일을 의논하기도 했다. 뿐만 아니라 기도회가 끝나면 자주 여자아이들을 집까지 바래다주기도 했다. 하지만 앤에게는 말을 걸지 않았고 관심이 없는 듯 무시했다.

앤은 기분이 좋지 않았다. 상관없다고는 생각하지만 마음 한쪽은 괴로웠다.

앤은 '반짝이는 호수'에서 있었던 그런 기회가 다시 찾아온다면 틀림없이 사과를 받아들일 거라고 생각했다. 여태껏 길버트에 대해 가지고 있던 분노가 어느덧 사라져 버린 것은 더욱 속상했다. 지금이야말로 분노가 필요한 때가 아닐까.

그러나 길버트는 물론 다른 사람도 아니 다이애너조차도 앤이 호숫가의 일을 얼마나 후회하고 있는지 알지 못했다. 앤은 자기가 후회하는 만큼 더 오만한 듯 행동했기 때문에 누구도 그 마음을 눈치채지 못했다. 더욱이 그 때문에 길버트도 앤을 무시하는 마음이 즐겁기는커녕 편안하지 않았다.

그 점을 빼고 나머지는 모두 즐거웠다. 앤은 열심히 공부했고 즐거운 시간을 보냈다. 새로운 공부를 하고, 읽고 싶은 책을 읽었다. 성가대에서 새 노래 연습도 하고, 주일날은 앨런 선생님과 목사님 댁에서 이야기를 나누기도 했다.

어느 사이에 겨울이 가고 봄이 돌아와, 에이번리 마을은 또 다시 꽃 속에 묻히게 되었다.

봄이 되자 진학 공부는 조금 싫증이 나기도 했다. 다른 친구들이 푸른 오솔길로 돌아가는 것을 보며, 진학반 아이들은 부러워하기도 했다.

라틴어와 프랑스어에 대해 몹시 의욕을 냈던 앤도 길버트도 약간 싫증이 나 있었다. 그래서 학기를 마치고 방학이 다가오자 선생님도 학생들도 모두 즐거워했다.

"여러분, 지난 1년 동안 모두들 열심히 했어요."

방학날 스티시 선생님이 모두에게 인사했다.

"방학을 즐겁게 보내세요. 다음 학기에 더 열심히 공부할 수 있도록 방학을 건강하고 보람 있게 보내세요. 입학 시험을 앞둔 마지막 방학이니까요."

"선생님, 새 학기에도 선생님께서 가르쳐 주실 건가요?"

조시 파이가 질문했다. 조시 파이는 무엇이든 마구 묻는 버릇이 있는데 이번만은 아이들이 조시 파이에게 고마움을 느꼈다. 다른 아이들은 속으로 묻고 싶으면서도 용기가 없어서 주저하고 있었던 것이다.

왜냐하면 얼마 전부터 다음 학기에 스티시 선생님이 고향 학교에 초청을 받아서 떠나게 될 거라는 놀라운 소문이 떠돌았기 때문이었다. 특히 진학반 아이들은 불안해 숨을 죽이고 있었다.

"네, 그럴 거예요."

스티시 선생님이 대답했다.

"다른 학교로 갈까 생각한 적도 있었어요. 하지만 에이번리에 그냥 있기로 했어요. 여러분의 공부가 걱정스러워서예요. 그래서 여러분이 졸업할 때까지만 있기로 했어요."

"와!"

갑자기 무디 스퍼존이 외쳤다. 무디 스퍼존은 훗날 자기 혼자만 큰 소리로 외친 것을 생각할 때마다 얼굴을 붉히곤 했다.

"아, 다행이에요."

앤이 눈을 반짝이며 말했다.

"선생님이 돌아오지 않으실까봐 걱정했어요."

앤은 집에 돌아와서 교과서를 모두 챙겨서 낡은 트렁크 속에 넣었다.

"아줌마, 이번 방학에는 공부 걱정은 안 할 거예요. 재미있게 놀겠어요. 어린 아이로는 마지막 방학이니까요."

마릴라가 목요일 오후의 부인회 모임에 결석하자 다음날 린드 부인이 찾아왔다. 마릴라가 결석한 것은 틀림없이 초록 지붕 집에 좋지 않은 일이 일어났기 때문이라고 짐작했던 것이다.

"오라버니의 심장병이 발작을 했어요. 지금은 괜찮아요. 그런데 요즘에는 이런 일이 자주 생겨서 걱정이에요. 의사 선생님은 흥분하지 말고 힘든 일을 해서는 안 된다고 하세요. 흥분하지 않는 건 그다지 어렵지 않아요. 오라버니가 흥분하는 일은 거의 없으니까요. 그런데 일을 하지 말라는 건 무리예요. 오라버니는 일하는 재미로 사니까요. 차 한 잔 들고 가세요."

"그러지."

린드 부인이 자리를 잡았다. 두 사람이 응접실에서 이야기하는 동안 앤은 주방에서 차를 끓이고 비스킷을 구웠다. 훌륭한 과자였다.

"앤이 다 자랐구나. 큰 도움이 되겠는걸."

마릴라가 린드 부인을 배웅하러 오솔길로 나섰을 때 린드 부인이 말했다.

"그래요. 이제 참한 아이가 되었어요. 덤벙대는 버릇이 고쳐지지 않을까 걱정도 많이 했지만 이젠 아무 문제가 없어요."

마릴라의 대답에 린드 부인은 계속 앤을 칭찬했다.

"그 애를 처음 봤을 때 나는 지금의 저 아이가 되리라고는 생각할 수 없었어. 참 많이 자라고 또 예뻐졌어. 하긴 나는 그 아이처럼 얼굴이 희고 눈이 큰 얼굴은 별로 좋아하지 않지만. 다이애너나 루비처럼 발그레하면서 귀엽게 생긴 아이가 좋아. 루비의 얼굴은 미인형이야.

그런데 이상해. 앤이 그 아이들과 함께 있을 때 보면 금세 눈에 띈다니까. 그 아이들은 그저 그런데, 앤의 얼굴에는 매력이 있거든."

앤은 어느 때보다도 유쾌하고 보람있는 여름을 보냈다. 다이애너와 마음껏 시간을 보냈는데 그것도 줄곧 밖으로 돌아다니며 뛰어놀았다. 앤이 뛰어다니며 노는 것을 마릴라가 말리지 않은 것은 이유가 있었다.

방학이 시작될 무렵 앤은 우연히 미니 메이가 디프테리아에 걸렸을 때 뒤늦게 진찰하러 왔던 의사를 만나게 되었다. 그런데 의사는 앤의 얼굴을 찬찬히 들여다보고는 얼굴을 찡그리며 고개를 저었다. 그리고 사람을 통해 마릴라에게 이렇게 전했다.

"댁의 빨간 머리 여자아이는 여름 내내 밖에서 뛰어놀도록 하십시오. 여름 동안은 공부에 매이지 않도록 밖에서 뛰어놀게 하는 것이 좋겠습니다."

그 말을 들은 마릴라는 깜짝 놀랐다. 의사의 말대로 하지 않으면 큰일을 당할지도 모른다고 생각하여 앤을 마음껏 뛰어놀게 했다.

앤은 배를 타기도 하고 딸기를 따기도 하고 상상도 하며 마음껏 방학을 즐겼다.

가을이 되자 반짝이는 눈과 혈색이 도는 피부를 가지게 되었고 의욕이 넘치게 되었다. 스티시 선생님은 다시 에이번리 학교로 돌아와서 학생들을 돌봐 주었다. 특히 퀸 학원 진학반 학생들은 굳은 결심을 하고 있었다. 내년의 입학 시험을 앞두고 모두들 불안과 싸우며 열심히 공부했다. 시험을 생각하면 모두들 마음이 무거웠다. 시험에

낙방하는 걸 상상하는 건 너무 고통스러웠지만 앤은 겨울 동안 그 생각에서 벗어날 수가 없었다.

입학 시험 합격자 발표에 길버트 브라이스가 1등으로 합격하고 앤의 이름은 찾을 수 없는 꿈을 몇 번이나 꾸었다.

겨울은 쏜살같이 지나갔다. 모두들 열심히 공부했고 학생들의 경쟁은 더욱 심해졌다. 앤은 공부할수록 더 많은 생각을 하게 되고 새로운 것을 느끼고 배워야 할 더 많은 지식 속으로 빨려 들어가는 것을 느꼈다.

스티시 선생님은 보통 사람들이 생각하는 교육과는 달리 학생들 스스로 생각하고 조사하고 발견하도록 가르쳤다. 그런 교육은 린드 부인을 비롯한 마을 어른들을 걱정스럽게 했다. 지금까지의 교육 방법을 무시하고 새로운 방법으로 가르친다는 것이 염려스러웠기 때문이었다.

앤은 학교 공부에도 열심이었지만 교우 관계도 소홀히 하지 않았다. 음악회와 토론회에도 참석하고 어른들의 파티와 비슷한 파티에도 참석했다.

그러며 앤은 점점 성장했다. 어느 날 곁에 선 앤이 자기보다 더 커 버린 것을 알고 마릴라는 깜짝 놀랐다.

"어머, 앤! 무척 많이 컸구나!"

마릴라는 자기 눈을 의심했다. 그리고 한숨을 내쉬었다. 웬일인지 아쉬운 마음이 들었다. 귀여운 앤이 사라지고 그 자리에 커다란 열다섯 살 처녀가 서 있는 것같이 느껴졌다. 빛나는 눈동자, 아름다운 이마 등은 어릴 때만큼 귀여웠고, 지금도 자기는 그 처녀를 사랑하는 것이었지만 어쩐지 아쉬웠다.

그래서 그날 저녁 앤이 다이애너와 함께 기도회에 간 뒤에 마릴라는 어둠 속에 홀로 앉아 눈물을 흘렸다. 밖에서 등불을 들고 들어오던 매슈는 그런 마릴라의 모습에 너무 놀라 뚫어지게 쳐다보았다.

마릴라는 울다 말고 웃으며 말했다.

"앤에 대해서 생각했어요. 그 애는 너무 컸어요. 그리고 내년 겨울에는 우리 곁을 떠난다고 생각하니까 쓸쓸한 생각이 들어요."

"자주 올 건데!"

매슈가 위로하며 말했다. 매슈에게는 아직도 앤이 4년 전에 브라이트 역에서 처음 만난 어린 소녀처럼 생각될 뿐이었다.

얼굴이 예뻐진 것말고도 앤에게 변한 것이 있었다. 말수가 적어진 것이었다. 깊은 생각에 잠기는 것은 옛날과 같았지만 재잘대는 일은 훨씬 줄었다. 마릴라가 그것을 눈치채고 말했다.

"앤, 아주 말수가 적어졌구나! 호들갑을 떨지도 않고. 왜 그러니?"

앤은 수줍은 듯이 웃고 나서 창 밖을 바라보다가 대답했다.

"웬일인지 전처럼 많이 말하게 되지 않아요. 좋은 생각이 떠오르면 그것을 가슴속에 그냥 간직하고 싶어져요. 스티시 선생님도 간단하면서도 꼭 해야 할 말만 하는 것이 좋다고 하셨어요. 논문을 쓸 때도 간결하게 쓰라고 하셨고요."

"입학 시험이 두 달 남았구나. 합격할 수 있겠니?"

"글쎄요. 자신감이 넘치기도 하고 걱정이 되기도 해요."

앤은 한숨을 쉬었다. 그리고 마음껏 뛰놀고 싶은 계절의 유혹에, 산들바람과 새싹이 움트는 숲의 유혹에 넘어가지 않겠다는 듯 다시 책에 정신을 쏟기 시작했다.

봄은 앞으로도 계속 찾아올 테지만 입학 시험에 떨어진다면 앞으로 맞이할 봄이 결코 즐거울 수 없을 것이라고 생각했기 때문이었다.

앤, 1등으로 합격하다

6월이 지나며 학기말이 되었다. 또한 스티시 선생님이 에이번리를 떠날 때가 되었다. 그날 저녁 앤과 다이애너는 울어서 눈이 부운 얼굴로 집으로 돌아왔다. 스티시 선생님의 작별 인사는 3년 전 필립스 선생님의 인사만큼 학생들을 슬프게 했다.

"모두 끝나 버린 것 같아!"

다이애너가 쓸쓸히 말했다.

"너는 다음 학기에도 계속할 수 있겠지만 나는 영원히 작별해야 하니까 더 슬퍼."

앤은 손수건을 눈에 대었다.

"하지만 스티시 선생님도 안 계시고 너와 루비, 제인도 없는 학교가 즐겁지 않을 거야. 그동안 정말 즐거웠어. 앤, 모든 게 끝나 버렸다고 생각하니 견딜 수 없어."

다이애너는 다시 눈물을 흘렸다.

"네가 울면 나도 자꾸 울게 돼, 다이애너! 린드 아줌마 말씀대로 즐

거워질 수 없어도 그렇게 되도록 해야 해. 새 학기에 나도 다시 돌아
올지 몰라. 합격하지 못할 것 같거든."

"앤, 모의고사 성적은 아주 좋았지 않니?"

"그래, 그때는 흥분하지 않았어. 하지만 정말 시험을 볼 때는 마음
을 가라앉힐 수 없을 것 같아."

"나도 함께 갈 수 있으면 좋겠어. 너한테 잘해 주고 싶은데……. 남
은 시간 동안 더욱 열심히 공부해야겠지?"

"스티시 선생님은 공부하지 않는 게 좋다고 하셨어. 남은 시간에는
공부보다는 산책을 하며 마음을 가라앉히라고 하셨지. 밤에도 일찍
자고. 그렇게 할 수는 없을 것 같아. 프리시도 시험을 앞두고 끝까지
공부해서 붙었다니까 나도 그렇게 하겠어. 그리고 너희 조세핀 할머
니가 시험 치르는 동안 댁에서 지낼 수 있게 해 주셔서 얼마나 고마운
지 몰라."

"앤, 거기 있는 동안 편지해 주겠니?"

"그래, 화요일 밤에 첫날 시험에 대한 이야기를 쓸게."

앤이 약속하자, 다이애너가 대답했다.

"수요일날 우체국에 가서 기다릴 테야."

앤은 월요일에 샬롯타운으로 떠났다. 그리고 다이애너는 약속대로
우체국에 가서 편지를 받았다.

　다이애너에게

　화요일 밤이란다. 조세핀 할머니 댁 서재에서 편지를 쓰는거야. 어
젯밤은 혼자 있게 돼서 정말 쓸쓸했어. 너와 함께 있다면 얼마나 좋을

까 생각했어. 스티시 선생님 말씀대로 공부는 하지 않았단다.

오늘 아침에 스티시 선생님이 나를 데리러 오셔서 가는 도중에 루비 길리스와 조시 파이가 있는 곳에도 들러서 함께 학교로 갔어.

루비가 자기 손을 만져 보라고 해서 만져 봤는데 얼음 같았어. 조시 파이는 나에게 한 잠도 못 잔 것 같다고 하면서 합격된다고 해도 건강 때문에 퀸 학원의 공부를 견디지 못할 거라고 하더라고. 나는 아무리 해도 조시 파이를 좋아할 수 없어.

학교에 도착하니까 다른 데서 온 아이들도 많았어. 교실에 들어가고 나서 스티시 선생님은 돌아가셨어. 나는 제인과 함께 앉았는데 그 아이는 아주 침착했어. 나는 다른 사람에게 내 가슴이 두근거리는 소리가 들리지 않을까 걱정스러웠어.

마침내 국어 시험지를 나누어 주었는데 그것을 받아들고는 너무나 긴장해서 머리가 어지러웠어. 너무 두려웠어. 그때 기분은 4년 전에 내가 마릴라 아줌마께 초록 지붕 집에 살게 해 줄 것인지 아닌지 물을 때와 똑같았어. 그런데 점점 정신이 맑아지고 마음이 가라앉았어. 그리고 어느 정도 자신감도 생겼어.

오후에는 역사 시험을 봤어. 문제가 몹시 어려웠어. 하지만 오늘 시험은 그런대로 잘 본 것 같아. 내일은 기하 시험을 보는 데 걱정스러워.

아, 다이애너! 기하 시험을 무사히 끝내면 얼마나 좋겠니? 린드 아줌마 말씀대로 내가 기하 시험을 잘 치르든 말든 태양은 여전히 뜨고 지겠지. 하지만 그런 건 조금도 위안이 되지 않아. 차라리 내가 실패하면 태양도 어떻게 되는 게 나을 것 같아!

친구 앤 셜리

기하 시험도, 다른 시험들도 끝내고 앤은 금요일에 에이번리로 돌아왔다. 피곤한 모습이었으나 최선을 다했다는 표정이었다. 앤이 돌아오자 다이애너는 초록 지붕 집으로 달려왔다. 두 아이는 몇 년 만에 만난 사람들처럼 반가워했다.

"앤, 잘 다녀왔어? 그래, 시험은 잘 치렀니?"

"기하만 아니라면 잘한 것 같아. 기하는 낙제일지 몰라. 아, 집에 돌아와서 기뻐. 초록 지붕 집처럼 좋은 곳은 세상에 없을 거야!'

"다른 아이들은 어떻게 했니?"

"다들 자신 없다고 하는데 그래도 잘들 한 것 같아. 발표가 나기 전까지야 아무도 모르잖아. 발표는 앞으로 2주일이나 남았어. 2주일을 이런 기분으로 견디는 건 끔찍해. 잠을 자다가 2주일 후에 깨어났으면 좋겠어."

다이애너는 길버트 브라이스에 대해 묻고 싶었지만 뻔한 대답을 듣게 될 것 같아서 그만두고 말했다.

"다들 합격할 거야. 걱정하지 마."

"좋은 성적이 아닐 바엔 떨어지는 게 나을 거야."

앤의 대답이 무슨 뜻인지 다이애너는 알고 있었다. 그것은 길버트 브라이스보다 좋은 성적이 아니라면 합격을 해도 괴로울 것이라는 뜻이었다. 앤은 그것 때문에 시험에 더 신경을 썼다. 그것은 길버트도 마찬가지였다. 두 사람은 거리에서 두어 번 마주쳤으나 그때마다 모른 척하며 지나갔다. 앤은 고개를 꼿꼿이 세우고 지나가면서도 속으로는 화해하지 않은 걸 후회했다. 또한 이번 시험에서 꼭 이겨야 한다는 마음이 더 강렬해졌다.

앤은 에이번리의 학생들이 이번 시험에 자기와 길버트 가운데 누가 더 좋은 성적을 낼까 관심을 가지고 있는 것을 알았다. 심지어 내기를 하는 아이들도 있는데 조시 파이라면 틀림없이 길버트가 이긴다고 주장할 거라고 생각했다.

하지만 앤에게는 좋은 성적으로 시험에 합격하고 싶어하는 또 다른 이유가 있었다. 그것은 매슈와 마릴라를 위해서였다.

매슈는 앤이 1등으로 합격할 것을 확신하는 것 같았다. 앤은 그것은 불가능하더라도 적어도 10등 안에 들어서 매슈에게 자랑스러움을 느끼게 하고 싶었다. 그것만이 자기가 할 수 있는 큰 보답이라고 생각했다.

2주일이 지날 무렵 앤은 시험을 치른 다른 아이들과 함께 우체국을 드나들었다. 떨리는 손으로 샬롯타운 신문을 펼치는 것은 찰리와 길버트도 마찬가지였다. 3주일이 지나도 발표는 나지 않았다. 앤은 더 이상 견디기 힘들었다. 식욕도 없어지고 다른 일에도 관심이 없어졌다.

그러나 어느 날 저녁 드디어 소식이 왔다. 그날 앤은 오랜만에 잠시 합격자 발표 생각을 잊고 창가에 앉아 있었다. 바람에 실려오는 싱싱한 꽃향기와 분홍빛으로 물들어 있는 서쪽 하늘의 아름다움에 취해 멍하니 앉아 있는데 멀리 오솔길에 다이애너가 나타났다. 한 손에 신문을 펄럭이며 날 듯이 이쪽을 향해 달려오고 있었다.

앤은 벌떡 일어섰다. 신문에 무엇이 실려 있는지 알았던 것이다.

앤은 어지럽고 가슴이 뛰어 잠시 그 자리에 얼어붙은 듯 서 있었다. 다이애너가 달려와 뛰어들어올 때가지의 시간이 한 시간이나 되는 것 같았다.

"앤, 합격이야!"

다이애너가 외쳤다.

"그것도 수석이야, 수석! 너와 길버트가 동점으로 수석을 했어. 그런데 네 이름이 먼저 나와 있어. 아, 나는 너무 기뻐!"

다이애너는 탁자 위에 신문을 던져놓고 앤의 침대 위에 몸을 던졌다. 숨이 차서 더 이상 말할 수 없었던 것이다. 앤은 손이 떨려서 성냥을 여섯 번이나 그어서야 불을 켤 수 있었다.

그리고 신문을 집어들었다. 틀림없이 수석이었다. 200명의 합격자 이름 가장 위에 앤의 이름이 있었다. 앤은 그 순간 진심으로 자기가 살아 있다는 것이 기뻤다.

"정말 잘했어, 앤!"

다이애너가 일어나서 말했다. 앤은 눈을 반짝였으나 말은 한마디도 하지 않았다.

"지금 막 아버지가 브라이트에서 이 신문을 가져오셨어. 우편으로는 내일 도착해. 합격자 발표가 나와 있어서 정신없이 가져왔어. 너희들 모두 합격이야. 무디 스퍼존까지. 제인과 루비는 상위권 합격이야. 조시 파이는 3점 차이로 겨우 합격했지만 수석이나 한 것처럼 으스대겠지. 스티시 선생님이 얼마나 기뻐하실까. 앤, 수석을 한 기분이 어떠니? 나라면 너무 좋아서 정신이 없을 것 같은데. 그런데 너는 어쩌면 그렇게 차분하니? 봄의 호수처럼."

"마음은 그렇지 않아. 너무 벅차서 말도 할 수 없어! 뜻밖이야. 아니, 한 번 상상해 본 적은 있었어. 하지만 그건 교만한 상상이라고 생

각했어. 아, 다이애너! 빨리 밭으로 가서 매슈 아저씨께 이 소식을 알리자. 마을에도!'

두 아이는 매슈가 건초를 베고 있는 밭으로 달려갔다. 그곳에는 마침 린드 부인이 오솔길 쪽에서 마릴라와 이야기를 하고 있었다.

"매슈 아저씨! 저 합격했어요. 수석이에요. 동점 수석이지만요. 자랑하지는 않겠지만 정말 기뻐요."

앤은 소리치며 달려갔다.

"나는 그럴 줄 알았다. 네가 틀림없이 수석을 하리라고 생각했어."

매슈는 신문을 보며 뿌듯해했다.

"앤, 정말 잘했구나!"

마릴라는 앤이 자랑스러웠지만 린드 부인에게 그런 마음을 드러내지 않으려고 조심했다. 그러나 린드 부인은 더 기뻐하며 이렇게 말했다.

"앤, 정말 훌륭하구나! 진심으로 축하한다. 앤, 이건 우리 마을의 자랑이고 명예다. 참 잘했구나!"

그날 밤 앤은 목사관에서 앨런 부인과 진지한 이야기를 하며 즐거운 시간을 보내고 돌아왔다. 그리고 달빛이 비치는 창가에 무릎을 꿇고 앉아 감사와 소망이 담긴 기도를 올렸다. 지난날들에 대한 감사와 미래에 대한 경건한 소망의 기도를.

에이번리를 떠나다

3주 동안은 매우 바빴다. 앤의 퀸 학원 입학 준비 때문이었다. 준비물들은 모두 아름다운 것이었다. 매슈가 준비를 도맡아했고 마릴라도 매슈가 무엇을 사 오든 간섭하지 않았다. 그뿐이 아니었다. 어느 날 저녁 마릴라는 초록색 옷감을 들고 위층으로 올라갔다.

"이걸로 파티복을 만들면 어떻겠니? 예쁜 옷을 여러 벌 만들었지만 도시에서 밤에 초대를 받을 때는 좀 화려한 옷이 좋지 않을까? 제인이나 루비, 조시도 파티복을 만들었다더라. 너도 그렇게 해야지. 이건 앨런 부인과 함께 고른 거다. 아름답지? 에밀리에게 바느질을 부탁해야겠다. 눈썰미도 있고 솜씨도 세련된 사람이거든."

"아, 아줌마! 무척 아름다워요. 이렇게 해주시니 고마워서 어찌할 줄 모르겠어요. 떠나는 게 더 괴로워지겠어요."

앤이 진심으로 말했다.

에밀리는 그 초록색 옷감에다 자기의 취향을 담아 아름다운 수를 놓고 풍성한 주름을 잡아 멋진 옷을 만들었다.

어느 날 밤 앤은 매슈와 마릴라를 위해 그 옷을 입고 '소녀의 맹세'라는 시를 낭독했다. 싱그러운 표정과 예쁜 모습을 바라보던 마릴라는 문득 앤이 맨 처음 초록 지붕 집에 도착했던 날의 일이 떠올랐다. 우스꽝스러워 보이는 짧은 옷을 입고 불안이 가득 담긴 커다란 눈으로 눈물을 뚝뚝 흘리던 그 유별난 아이가 기억 속에 생생히 떠올랐다. 마릴라의 눈에는 문득 눈물이 고였다.

"어, 아줌마! 낭독이 그렇게 감동적이었나요?"

앤이 마릴라의 의자로 다가와 뺨에 키스했다.

"네 어릴 때 모습이 생각나서 그래. 유별나긴 했어도 어린 시절이

좋았어. 어느새 훌쩍 자라 집을 떠난다고 생각하니 섭섭하구나. 더구나 그 옷을 입으니까 키도 더 커 보이고 에이번리 사람이 아닌 다른 데 사람처럼 보이는구나."

앤은 마릴라의 무릎 앞에 앉아 두 손으로 마릴라의 주름진 얼굴을 감싸고 다정하게 들여다보았다.

"아줌마, 저는 조금도 변하지 않았어요. 정말이에요. 조금 다듬어졌을 뿐이에요. 제 안에 있는 앤은 조금도 달라지지 않았어요. 겉모습이 변한 건 아무것도 아니에요. 저는 언제까지나 아줌마의 어린아이니까요. 아줌마와 매슈 아저씨, 그리고 이 초록 지붕 집을 좋아하는 제 마음은 더욱 간절해지고 있어요."

앤은 탄력있는 얼굴을 마릴라의 윤기 없는 뺨에 비볐다. 그리고 한 손을 뻗쳐 매슈의 어깨를 안았다.

마릴라는 지금 자기의 감정을 그대로 표현하고 싶었으나 감정을 억제해 온 오랜 습관 때문에 제대로 할 수 없었다. 마릴라는 앤의 몸을 부드럽게 안고서 이 아이를 멀리 보내지 않을 수 있다면 얼마나 좋을까 생각할 뿐이었다. 매슈는 눈물이 날 것 같아 얼른 밖으로 나왔다. 그리고 푸른 별이 빛나는 여름 밤 벅찬 가슴을 억누르며 정원의 나무 아래로 걸어갔다.

"저 아이는 정말 잘 자라 주었어."

매슈는 가슴을 펴고 중얼거렸다.

"영리하고 귀엽고 무엇보다도 착하게 자랐어. 하느님이 우리에게 주신 은총이야. 스펜서 부인이 착각을 한 게 얼마나 다행인지 몰라. 이런 걸 운명이라고 하는 걸까? 아니야, 하느님의 뜻일 거야. 하느님은 우리에게 저 아이가 꼭 필요하다는 걸 알고 계셨어.”

마침내 앤이 떠나는 날이 다가왔다.

9월의 맑은 어느 날, 앤은 눈물을 흘리며 다이애너와 작별의 인사를 나눴다. 마릴라에게 인사를 마친 후 매슈와 함께 마차를 타고 에이번리를 출발했다. 앤이 떠나자 다이애너는 슬픔을 잊으려고 사촌들과 화이트 샌드 해안으로 피크닉을 갔다.

한편 마릴라는 가슴이 찢어지는 듯해 닥치는 대로 일을 했다. 하루 종일 그렇게 일을 했어도 가슴이 아파 왔고, 마구 울어도 아픔이 가라앉을 것 같지 않았다. 그날 밤 마릴라는 자리에 누워 베개에 얼굴을 묻고 내내 흐느꼈다.

앤과 에이번리 학생들은 도착하자마자 학교로 갔다. 첫 날은 신입생 인사와 선생님 소개, 반 편성 등으로 여유가 없이 지나갔다.

앤은 물론 상급반에 들었다. 길버트 브라이스도 마찬가지였다. 이 반은 입학 성적이 우수한 학생들로 편성된 특별반이었다. 에이번리의 다른 아이들은 하급반에 들어갔다.

앤은 상급반에 들어갔을 때 무척 외로웠다. 50명이나 되는 학생 가운데 아는 사람은 없었다. 아니, 교실 뒤쪽에 앉아 있는 밤색 머리의 키 큰 학생을 알기는 했다. 그러나 그 학생은 안다고 해도 모르는 거나 다름없었다.

그러나 앤은 길버트와 한 반이 된 것이 다행스러웠다. 앞으로도 경쟁을 계속할 수 있기 때문이었다. 그것은 앤의 인생에 또 하나의 목표였다.

‘길버트는 메달을 따겠다고 결심했나 봐. 잘됐군. 좋은 상대야. 그런데 앞으로 이 반에서 누구와 사귀지? 물론 누구를 사귄다 해도 다 이애너만큼 친할 수는 없을 거야. 저쪽 창가에 앉은 갈색 눈의 빨란 외투를 입은 아이는 어떨까? 외로워. 빨리 누군가와 친해졌으면!'

그날 밤 하숙방에서 앤은 더욱 외로웠다. 다른 아이들은 각자 그곳의 친척집에 있게 되었지만 앤은 하숙을 하게 되었다. 조세핀 할머니 댁이 너무 멀어서 할머니는 아쉬워하며 다른 하숙집을 소개해 주었던 것이다.

앤은 낯선 방을 둘러보며 눈물이 날 것 같았다. 정다운 추억으로 가득한 초록 지붕 집이 그리워 울고 싶었다.

'울면 안 돼. 마음이 약해지니까. 하지만 자꾸 눈물이 나. 무엇을 해도 에이번리 생각뿐이야. 아, 지금쯤 매슈 아저씨가 돌아오고 계시겠지. 너무 슬퍼져.'

아마도 그때 조시 파이가 오지 않았다면 앤은 흐느껴 울었을 것이다. 그래서 평소 사이가 그리 좋지 않던 조시 파이마저도 반갑게 느껴졌다.

"잘 와 주었어, 조시!"

"너 울고 있었구나? 이상해! 나는 집 생각이 안 나. 오히려 그 시골에서 나오게 된 게 다행인 걸. 우리 반에 프랭크란 아이가 저 빨간 머리 아이가 누구냐고 묻더라. 그래서 너는 커스버트 씨가 기르는 고아라고 말해 줬어."

앤은 조시와 함께 있는 것보다 차라리 혼자서 울고 있는 것이 나을 뻔했다고 생각했다. 그때 제인과 루비가 찾아왔다. 두 아이는 퀸 학원의 상징인 리본을 웃옷에 꽂고 있었다.

루비는 책상 위에 퀸 학원 행사표가 있는 것을 보고 앤에게 금메달을 목표로 하느냐고 물었다. 앤은 얼굴을 붉히면서 그렇다고 대답했다.

"아, 그리고 보니 생각나는데, 퀸 학원에도 에이브리 장학금이 나오게 되었대. 오늘 통지를 받았대. 프랭크가 그랬어. 자기 아저씨가 학교 이사라고 하더라고. 내일 발표할 거야."

조시 파이가 말했다.

에이브리 장학금! 앤은 가슴이 뛰었다. 그리고 희망이 활짝 펼쳐지는 것을 느꼈다. 조시 파이의 이야기를 듣기 전까지 앤의 목표는 교사 자격증을 따는 것과 할 수 있으면 금메달을 따는 것이었다. 하지만 이제 눈앞에는 에이브리 장학금이 있었다. 에이브리 장학금은 영어 성적이 좋은 사람에게 주는 것인데 영어는 앤이 가장 자신있는 과목이었다.

뉴브런즈위크의 어느 재벌이 죽으면서 유산의 일부를 내놓아 장학회를 만들었는데 각 학교에 한 명씩 받도록 그 장학금이 배당되었다. 퀸 학원에 배당이 될지 안 될지 의견이 엇갈리다가 드디어 결정된 것이었다.

"열심히 공부해서 꼭 장학금을 받을 거야."

앤은 다짐했다.

"내가 학사모를 쓰고 가운을 입고 학위를 받으면 매슈 아저씨가 얼마나 기뻐하실까. 인생의 커다란 목표를 가지는 것은 즐거운 일이야. 그리고 그 목표를 이루는 것은 얼마나 보람있는 일인지 몰라!'

에이번리 학생들은 주말이면 집에 다녀오곤 했다.

금요일 저녁이면 새로 놓인 철도로 카모디까지 갔다. 그곳에는 늘 다이애너와 몇몇 마을 사람들이 나와 있었다. 상쾌한 공기를 마시며 에이번리로 즐겁게 걸어가는 시간을 앤은 누구보다도 사랑했다.

길버트 브라이스는 루비 길리스와 나란히 걸었고 루비의 가방을 들어주기도 했다. 루비는 파랗고 큰 눈을 가진 미인이 되어 있었다. 스커트 길이도 어머니가 허락하는 한 길게 입었고 도시에서는 머리를 올리고 있었다. 집에 돌아갈 때는 머리를 내렸지만 한결 성숙했고 아름다웠다.

"그래도 루비는 길버트가 좋아할 여자아이는 아닐 거야."

제인이 앤에게 속삭였다. 앤도 그렇게 생각하고는 있었지만 앤은 결코 그런 말을 입 밖에 내지는 않았다.

앤도 가끔은 길버트와 친구가 되어 공부나 장래의 희망에 대한 이야기를 나눌 수 없는 것이 아쉬웠다. 길버트는 야심이 컸지만 루비와 그런 일을 의논하는 것 같지는 않았다. 여자 친구는 많이 사귀었지만 교우 관계를 넓히기 위해서는 남자 친구를 사귀는 것도 나쁘지 않다고 생각했다.

크리스마스 휴가가 지나자 에이번리 학생들은 금요일에도 집으로 돌아가지 않고 공부했다. 퀸 학원에서의 수업은 어느 정도 자리를 잡아갔다. 분명한 것은 메달의 후보가 길버트 브라이스, 앤 셜리, 루이스 윌슨 세 사람 가운데 한 명이라는 사실이었다. 학생들은 모두 이 사실을 인정했다. 그러나 에이브리 장학금은 여섯 명의 후보 가운데 누가 받을 것인지 불분명했다. 루비 길리스는 퀸 학원에서 가장 아름다운 학생인 올해의 미스 퀸으로 뽑혔고 제인 앤드루스는 모범생이라는 평을 받았다.

앤은 목표를 향해 열심히 노력했고 친구들과 어울리고 즐거운 일에도 빠지지 않았다. 어느 일요일에는 조세핀 할머니 댁에 가서 실컷 대접을 받았다.

"너는 더욱 나아지는구나!"

조세핀 할머니는 진심으로 칭찬했다.

그러는 사이에 봄이 돌아왔다. 에이번리에는 나무들마다 초록색 안개 속에서 한창 기지개를 켜고 있었지만 샬롯타운의 학생들은 시험에 관한 생각뿐이었다.

"벌써 학기말이야! 작년 가을 입학한 게 어제 일 같은데. 한 해 겨울은 공부만 했어. 다음 주부터는 시험이야. 시험이 가장 중요하다는 생각이 들다가도 봄의 따스함이 느껴지는 하늘을 보면 그건 아무것도 아닌 것 같아."

때 마침 와 있던 제인과 루비는 앤의 그런 생각에 동의하지 않았다. 그 아이들의 생각은 좀 더 현실적이었다.

"나는 그런 생각을 할 틈이 없어. 내가 퀸 학원에 다니느라고 들인 비용이 얼마인데 낙제라도 하면 어떡하니."

제인이 한숨지으며 말했다.

"나는 올해 안 되면 내년에 다시 할 거야. 돈은 걱정하지 않아도 되니까."

조시 파이가 말했다.

"그런데 프랭크가 선생님께 들었다는데 길버트가 금메달을 받고 에밀리가 에이브리 장학금을 받게 될 거래."

"놀라운 이야기야."

앤이 웃으며 말했다.

"하지만 에이번리의 산과 들이 온통 꽃으로 물들고 있을 걸 생각하면 장학금 같은 거야 아무래도 괜찮다는 생각이 들기도 해. 나는 최선을 다하고 노력하는 것이 중요하다는 걸 깨달았어. 이기는 것 다음으로 좋은 것은 최선을 다하고 지는 것이겠지. 시험 이야기는 그만하자. 지붕 위의 푸른 하늘 좀 봐. 에이번리 골짜기도 보랏빛으로 물들었을 거야."

앤은 혼자서 창가에 턱을 괴고 앉아서 상상에 빠져들었다. 도시의 지붕 위로 불타는 저녁 하늘을 바라보며 황금의 실로 꿈을 수놓고 있었다. 앤의 앞길에는 장밋빛 날들이 놓여 있고 한 해 한 해가 화려한 꽃다발로 엮여지는 듯했다.

에이브리 장학금을 받다

시험 결과가 발표되는 날 아침 앤은 제인과 함께 학교로 가고 있었다. 제인은 명랑했다. 시험은 끝났고 합격할 자신이 있었기 때문이었다.

앤의 얼굴은 창백했고 말이 없었다. 10분 후면 누가 메달을 받게 될지 누가 에이브리 장학금을 받게 될지 알게 된다. 앤은 앞으로 남은 시간은 오직 그 10분뿐인 것 같았다.

"둘 중의 하나는 네가 받게 될 거야, 앤."

제인이 진심으로 말했다.

"에이브리 장학금은 자신이 없어."

앤이 말했다.

"에밀리 클레이라는 소문이 났거든. 나는 게시판을 볼 용기가 없어. 나는 휴게실에 있을 테니까 네가 보고 와서 알려 줄래? 떨어졌어도 괜찮으니까 사실대로 말해 줘. 약속해, 제인!"

제인은 약속했다. 하지만 약속은 필요없었다. 두 사람이 학교에 도착했을 때 교실에 모여 있던 학생들이 길버트 브라이스를 헹가래치며 소리쳤다.

"길버트 만세! 금메달 수상자 만세!"

그 순간 앤은 실망으로 가슴이 막히는 듯했다. 그때였다. 누군가 소리치며 달려왔다.

"앤 셜리 만세! 에이브리 수상자 만세!"

"아, 앤! 축하해. 정말 기뻐!"

제인이 더 큰 소리로 외쳤다.

많은 여학생들이 앤을 둘러싸고 기쁨을 나눴다. 여러 사람의 축하 인사를 받는 동안에 앤이 제인에게 속삭였다.

"매슈 아저씨와 마릴라 아줌마가 정말 기뻐하시겠지? 빨리 집에 알려야겠어."

졸업식은 학교의 넓은 강당에서 거행되었다. 매슈와 마릴라도 졸업식에 참석했다. 두 사람의 눈길은 단 위의 한 소녀에게 머물러 있었다. 연초록 옷을 입고 장밋빛 볼과 별처럼 빛나는 두 눈을 가진 키 큰 소녀를 보며 누군가가 '저 아이가 에이브리 수상자'라고 속삭였다.

"저 아이를 기르기를 잘했지?"

매슈가 처음으로 입을 열었다.

"말이라고 하세요?"

마릴라가 핀잔을 주었다. 뒤에 앉아 있던 조세핀 할머니가 몸을 굽혀 속삭였다.

"정말 자랑스러우시겠어요."

앤은 매슈와 마릴라와 함께 에이번리로 돌아왔다. 오랜만이었다. 에이번리에는 사과꽃이 활짝 피어 있었다.

다이애너가 초록 지붕 집에서 앤을 기다렸다. 앤은 오랜만에 돌아온 자기 방에서 창가에 가득 핀 장미를 바라보며 말했다.

"아, 다이애너. 집에 돌아오니 정말 행복해. 이곳은 노래와 희망과 기도가 넘쳐. 무엇보다 기쁜 건 너를 다시 만난 거야!"

"네가 스텔라 메이나드와 친하다고 조시 파이가 그랬어."

앤은 꽃다발 속의 수선화를 다이애너에게 주었다.

"스텔라 메이나드는 두 번째로 친한 친구야. 첫 번째는 물론 너야, 다이애너! 나는 네가 더욱 소중해. 그냥 너를 바라보는 것만으로도 기뻐."

"앤, 정말 자랑스러워. 에이브리 장학금을 탔으니까 선생님이 되지는 않을 거니?"

"9월에 레드몬드 대학에 갈 거야, 멋지지? 석 달 동안 쉬면서 새로운 계획을 세우겠어."

"길버트 브라이스는 에이번리 학교의 선생님이 된다고 해. 그 아이 아버지가 대학을 보낼 만큼 여유가 없어서 자기가 벌어야 한다더라."

앤은 놀랐다. 앤은 길버트도 레드몬드 대학에 가는 것으로 알았다. 그래서 다시 경쟁하면서 서로 격려할 생각이었다. 그런데 가장 좋은 경쟁자이자 친구가 없어지는 것이다.

다음날 아침에 앤은 매슈의 얼굴이 몹시 안 좋은 것을 알았다. 그동안 흰머리도 늘어난 듯했다.

"아줌마, 매슈 아저씨는 어디 편찮으세요?"

매슈가 밖으로 나가자 앤은 조심스럽게 물어보았다.

"그래, 얼마 전에도 심하게 발작하셨어. 그런데도 일만 하시니 걱정이다. 요즘은 조금 덜하시다. 일할 사람을 구했거든. 그리고 네가 돌아와서 기운이 더 나실 거다."

앤은 마릴라를 껴안으며 말했다.

"아줌마도 건강해 보이지 않아요. 피곤해 보이세요. 이제는 제가 집안 일을 할 테니 좀 쉬세요."

마릴라는 사랑스러운 딸을 바라보듯 웃었다.

"일에 지쳐서가 아니라 두통 때문이야. 웬일인지 점점 심해지는구나. 안경도 여러 번 바꾸었는데 효과가 없어. 이달 말에 용한 의사가 온다고 하니까 한번 진찰을 받아야겠구나. 독서도 바느질도 불편해서 못하겠어. 그런데 너는 정말 잘했다. 요즘 아베이 은행에 대한 소문 들었니?"

"파산한다는 소문이 있는 것 같던데요. 그런데, 왜요?"

"린드 부인도 들었다더라. 매슈 아저씨가 걱정하신다. 우리 재산이 모두 그 은행에 들어 있어. 은행을 옮기자고 해도 그 은행이 부모님 때부터 거래하던 곳이라서 망설이시는구나."

마릴라가 대답했다.

그날 앤은 마음껏 에이번리의 정겨움을 즐겼다. 유리처럼 맑은 하늘을 보며 꽃이 만발한 에이번리의 여기저기를 마음껏 돌아다니다가 저녁때는 매슈와 함께 '사랑의 오솔길'을 지나 목장에서 소들을 데리고 왔다. 서쪽으로 지는 태양이 숲을 물들이고 있는 길을 매슈는 고개를 숙이고 천천히 걸었다. 앤이 곁에서 말했다.

"아저씨, 왜 일을 지나치게 하세요? 조금 쉬기도 하셔야 할 텐데요."

"성격 탓이야. 나이도 들었으니 조심하려고 하지만……."

매슈가 담장의 문을 열고 소들을 몰아넣으며 말했다.

"아저씨, 만약 제가 사내아이였다면 지금쯤 아저씨를 많이 도울 수 있을 텐데요. 그렇게 생각하면……."

"나는 너를 사내아이 열두 명하고도 안 바꾼다. 알겠니? 에이브리 장학금을 탄 건 남자아이가 아니고 자랑스러운 내 딸이었어. 안 그러니?"

매슈는 앤의 손을 어루만지고는 뒤뜰로 돌아가며 따스하게 웃었다.

그날 밤 자기 방 창가에 앉았을 때 앤은 매슈의 그 미소가 자꾸 생각났다. 그리고 지난날을 돌아보며 미래를 생각했다. 앤은 그날 밤의 아름답고 향기로운 고요의 순간을 언제까지나 잊을 수가 없었다. 그것은 앤의 인생에 슬픔이 닥쳐오기 전의 마지막 밤이었다.

"오라버니! 오라버니! 왜 이래요? 어디 아파요?"

마릴라의 목소리가 떨렸다. 앤은 수선화를 한아름 안고 들어오다가 마릴라의 불안한 목소리를 들었다. 그리고 그 순간, 신문을 손에 들고 현관 입구에 서 있는 매슈를 보았다. 창백한 얼굴이 일그러져 있었다.

앤은 꽃을 집어던지고 급히 매슈에게로 달려갔다. 그러나 앤과 마릴라가 미처 닿기 전에 매슈는 바닥에 쓰러졌다.

"앤, 기절하셨어! 빨리 마틴을 불러라! 헛간에 있다."

마릴라가 소리쳤다.

마틴은 황급히 의사를 부르러 뛰어나갔는데, 도중에 배리 부인과 린드 부인을 만나 도움을 청했다. 앤과 마릴라는 미친 듯이 매슈를 깨어나게 하려고 애썼다. 린드 부인은 침착하게 매슈의 맥박을 짚어 보고 가슴에 귀를 갖다댔다. 그리고 불안에 떨고 있는 두 사람을 바라보는 눈에 눈물이 고였다.

"마릴라! 안됐지만 마음의 준비를 하세요."

"아, 린드 아줌마, 설마……. 아저씨가 설마……."

앤은 차마 말을 잇지 못했다. 이미 얼굴은 창백하게 질려 있었다.

"그래, 앤. 아무래도 일을 당한 것 같다. 저 얼굴을 보니……."

뒤늦게 도착한 의사의 말로는 매슈는 어떤 충격 때문에 갑자기 심장이 멈추었으므로 그다지 고통을 받지는 않았을 거라고 했다. 매슈가 충격을 받은 것은 손에 들고 있던 신문 때문이었다. 신문에는 아베이 은행의 파산 기사가 실려 있었다.

소식은 금세 온 마을에 퍼졌고 하루 종일 마을 사람들이 드나들며 유족들을 위로하고 도와주었다. 말이 없고 수줍어하던 매슈 커스버트가 주인공이 된 처음이자 마지막 날이었다.

그날 밤 배리 부부와 린드 부인이 밤샘을 해 주었다.

"앤, 오늘밤 같이 있어 줄까?"

다이애너가 찾아와 말했다.

"다이애너, 내가 혼자 있고 싶어한다고 섭섭해하지 마. 나는 혼자 생각을 해 보고 싶어. 어떻게 이 집에 매슈 아저씨가 안 계실 수 있겠니?"

다이애너는 앤이 혼자서 슬픈 밤을 지낼 수 있도록 조용히 돌아갔다.

앤은 뜻밖의 상황이 처음 얼마 동안은 믿어지지 않았고 도저히 받아들여지지도 않아서 눈물도 나오지 않았다. 말할 수 없는 아픔만이 가슴을 가득 메우고 있었다. 그러나 한밤중 갑자기 엊저녁 '자랑스러운 내 딸……' 하던 매슈의 얼굴이 그 미소와 함께 떠오르자 참을 수 없는 슬픔이 복받쳐 올랐다. 앤은 목놓아 울었다.

"그만 하거라. 그 분은 편안한 곳으로 가셨어. 하느님 곁으로……. 운다고 다시 돌아오시지 않는다."

초저녁에 이성을 잃고 목놓아 울었던 마릴라가 앤을 달랬다.

"매슈 아저씨가 안 계시니, 이제 우리는 어떡해요?"

앤은 마릴라를 껴안고 다시 흐느꼈다.

"이제 우리 서로 의지해야 해. 네가 없었다면 어찌했을지 모르겠다. 그동안 겉으로 표현하지는 않았어도 나도 오라버니만큼 너를 사랑했다. 자식으로 생각했어."

이틀 뒤에 매슈의 장례가 치러졌다. 매슈는 지금까지 애써 가꾸었던 과수원과 밭을 남긴 채 먼 곳으로 갔다.

그리고 다시 에이번리에는 평온한 날들이 계속되었다. 슬픔이 가득하긴 했으나 초록 지붕 집에도 나날의 일과가 반복되고 있었다.

"매슈 아저씨가 돌아가셨어도 세상은 그대로고 때때로 즐거운 기분이 되는 것이 왠지 죄스러워요."

앤은 어느 날 앨런 부인에게 말했다.

"물론 마음이 쓸쓸해요. 그런데도 꽃을 보면 아름답고 세상일이 즐거울 때도 있거든요."

앨런 부인이 차분히 말했다.

"매슈 아저씨는 살아 계실 때 앤이 즐거워하는 걸 좋아하셨지? 마찬가지란다. 매슈 아저씨가 세상을 떠나셨어도 앤이 슬퍼하기만 하는 걸 바라진 않으실 거다. 네 마음은 잘 알지만 자연이 우리의 슬픔을 위로할 때는 그것을 받아들이는 게 좋다고 생각해."

"아까 매슈 아저씨의 무덤에 장미 묘목을 심고 왔어요. 아저씨가 생전에 좋아하시던 꽃이지요. 말씀 고맙습니다. 이제 가보겠어요. 아줌마가 혼자 계세요. 저녁때가 되면 더 쓸쓸해 하시거든요."

"대학에 가면 더욱 쓸쓸해하시겠구나."

앨런 부인의 말에 대답을 못하고 앤은 초록 지붕 집으로 돌아왔다. 앤은 현관 계단에 앉아 있는 마릴라의 곁에 앉았다.

"스펜서 선생님이 다녀가셨다. 내일 용한 안과의사가 오시니 꼭 진찰을 받으라고 하더라. 집안일을 돌봐 주렴."

"염려마세요. 다이애너와 함께 있을게요. 이제 실수는 안 하니까……."

"너는 실수도 자주 했지. 머리를 물들인 일 기억하니?"

"그럼요. 그때는 머리에 왜 신경을 썼는지 모르겠어요. 머리 색깔과 주근깨가 문제였어요. 그런데 지금은 주근깨도 없어지고 머리색도 저절로 짙어진 것 같아요. 조시 파이가 그걸 인정하지 않지만요."

"조시 파이네는 어른들도 모두 남의 험담을 좋아하더니……. 그 아이도 선생님이 된다고 하니?"

"퀸 학원에 1년 더 다닐 거래요. 제인과 루비는 이미 학교에서 초청장이 왔대요."

"길버트 브라이스도 교사가 되겠지?"

"네."

앤은 짤막하게 대답했다.

마릴라는 한참 동안 생각에 잠겼다가 말을 이었다.

"훌륭한 청년이 되어 있더구나. 지난 주 교회에서 보았다. 그 아이 아버지가 젊었을 때와 똑같더구나. 존 브라이스도 멋쟁이 청년이었지. 난 그 사람과 아주 다정한 사이였다."

앤은 속으로 놀랐다.

"어, 아줌마! 그런데 왜?"

"다투었지. 저쪽에서 사과했는데 내가 받아들이지 않았어. 나중에 후회했지만 기회가 다시 오지는 않았다. 자존심이 강한 사람이었다. 지금도 나는 그때 화해하지 않은 걸 후회할 때가 있어."

"아줌마도 소중한 추억이 있으셨군요."

앤이 조용히 말했다.

"물론…… 지금의 나를 보면 상상할 수 없는 일이겠지. 모두들 나와 존 사이의 일을 잊었고……. 지난주에 길버트를 보니까 옛날 일이 떠오르더구나."

앤, 학교 선생이 되다

　다음날 마릴라는 의사에게 다녀왔다. 다이애너 집에 잠시 있다가 온 앤은 몹시 놀랐다. 마릴라가 주방의 탁자에 손을 얹고 힘없이 앉아 있었기 때문이다.

　"피곤하세요?"

　"아니. 그냥 그렇다."

　마릴라는 울적했다.

　"의사 선생님이 뭐라고 하세요?"

　"독서도 바느질도 하지 말라는구나. 울어도 안 된다고 하고……. 안경을 주었는데 그걸 끼고 조심하면 시력을 유지할 수 있지만 조금이라도 무리하면 반 년만에 장님이 된다고 하는구나. 어쩌니, 앤!"

　앤은 너무 놀라 한참 동안이나 말을 할 수 없었다. 가슴이 내려앉는 것 같았다.

　"걱정 마세요. 조심하시면 돼요. 희망이 있는 거예요."

　"뭐가 희망이니? 책도 못 읽고 바느질도 못하고 더구나 슬퍼도 울지 못하니……. 살아 있다고 할 수 있니? 차 한 잔 다오. 기운이 없다. 그리고 남에게 이 이야기는 하지 마라. 모두들 와서 이러쿵저러쿵하는 게 싫다."

　마릴라를 쉬게 한 뒤에 방으로 돌아온 앤은 어둠 속에서 눈물을 흘렸다. 가슴이 돌처럼 무거웠다. 졸업하고 돌아온 그날의 화려했던 기쁨과 꿈은 어디로 갔을까. 왜 슬픈 변화만이 이어지는 것일까. 하지만 잠자리에 들 무렵 앤은 마음속으로 결정을 했다. 자기가 해야 할 일을 명확히 알게 된 것이다. 며칠이 지나 마릴라는 뒤뜰에서 어떤 남자와 이야기를 하고 힘없이 들어왔다. 마릴라의 표정을 보고 앤은 이상해서 물었다.

"그 사람은 무슨 일로 온 건가요?"

창가에 앉은 마릴라는 의사가 주의하라고 했건만 눈물을 흘리며 말했다.

"집을……사러……왔다는구나!"

"집을 산다고요? 초록 지붕 집을 파신단 말인가요?"

앤이 소리쳤다.

"이리저리 생각했다. 내가 눈이나 건강해야 믿을 만한 사람을 써서 농장 일을 하지 않겠니? 장님이 될지도 모르는데……. 집을 팔고 싶지는 않지만……. 은행이 파산했으니 돈도 없고 갚을 빚도 조금 있다. 린드 부인이 나더러 셋방을 얻으라고 하더라. 자기 집 방을 내주겠지. 집을 팔아 봐야 큰돈이 되지는 않겠지만 혼자 살 만큼은 될 거야. 네가 똑똑하고 장학금을 타게 되어서 정말 다행이다."

마릴라는 마침내 엎드려 흐느껴 울었다.

"안 돼요. 그럴 수는 없어요."

앤이 분명히 말했다.

"나도 그러고 싶지 않다. 하지만 생각해 보거라. 나 혼자 여기서 뭘 하겠니? 외로워서 살 수 없을 거다. 더구나 눈도 보이지 않을 텐데……."

"혼자 계시게 하지 않겠어요. 아줌마, 전 레드몬드에 가지 않겠어요."

마릴라는 눈물 젖은 얼굴로 앤을 바라보았다.

"가지 않는다니, 그게 무슨 소리니?"

"아줌마가 의사에게 진찰을 받으시던 날, 저는 결정했어요. 아줌마가 저를 위해 얼마나 애써 주셨는데 제가 아줌마를 이대로 둘 것 같아요? 저는 교사가 되겠어요. 금요일에는 돌아올 수 있어요. 마차가 있으니까요. 아줌마, 제 계획은 다 짜 놓았어요. 저는 아줌마께 책도 읽어 드리고, 뭐든지 도와 드릴 거예요. 힘내세요. 우리는 여기서 즐겁게 살 수 있어요."

마릴라는 꿈을 꾸고 있는 것 같은 얼굴로 조용히 듣고 있었다.

"네가 있으면 걱정은 없겠지. 하지만 나 때문에 네 앞길을 막을 수는 없잖니?"

"무슨 말씀이세요? 저한테는 초록 지붕 집을 파는 것보다 더한 손실은 없어요. 이 집은 제가 지키겠어요. 그러니까 제 걱정은 제발 하지 마세요."

"너에게는 희망이 있어. 안 된다!"

"아줌마, 저는 훌륭한 선생님이 되겠어요. 그리고 독학으로 대학 공부를 계속할 거예요. 저는 할 수 있어요. 그리고 꼭 아줌마의 눈을 고쳐 드릴래요. 살다 보면 사람은 길모퉁이에 서게 되기도 하나 봐요. 제가 지금 거기 서 있어요. 저는 지금 길모퉁이를 돌면 거기 무엇이 있을지 기대가 돼요."

"장학금을 포기해서야 되겠니?"

마릴라는 다시 반대했다.

"저는 열여섯 살이에요. 이제 제 길은 제가 알아서 가겠어요. 제가 고집이 세다는 걸 아시지요?"

앤은 웃었다.

"아줌마, 제가 안됐다고 생각하지 마세요. 저에게 초록 지붕 집에서 사는 것보다 더 큰 행복은 없어요. 이 집은 아줌마와 제가 지켜야 해요."

마릴라가 결국 고개를 숙이고 말했다.

"앤, 그렇게 해 준다니 살 것 같구나. 네게 할 일이 아니지만……."

앤이 대학 진학을 포기하고 교사가 되기로 했다는 사실이 에이번리 마을에 퍼지며 이야깃거리가 되었다. 마릴라의 눈에 대해 알지 못하는 사람들은 거의 다 그 생각을 못마땅해했다. 그러나 앨런 부인만은 찬성해 주었기 때문에 앤은 눈물을 흘리며 기뻐했다.

어느 여름날 따뜻하고 향기로운 노을 속에 앤과 마릴라가 현관문 계단에 앉아 있을 때 린드 부인이 찾아왔다.

"앤, 잘 생각했어. 여자는 대학에 갈 거 없다."

앤이 웃으며 말했다.

"하지만 저는 독학으로 대학 과정을 공부할 거예요. 카모디에서 교사를 하면서요."

"아니, 앤. 네가 에이번리로 오게 되지 않았니? 학교에서도 승낙했다고 하더라."

"어, 길버트로 결정되었어요."

앤이 외치면서 일어났다.

"그런데 길버트가 학교 이사회에 청원을 했다는 거야. 자기는 화이트 샌드로 가겠으니 너를 받아 달라고 했다는구나. 길버트가 네 사정을 알고 양보했나 보더라.”

“어쩜 그럴 수가……. 저 때문에 희생하게 할 수는 없어요.”

앤이 중얼거렸다.

“하지만 이미 정해진 거야. 길버트는 계약이 끝났다더라. 앤 이렇게 됐으니 여기서 훌륭한 교사가 되면 돼.”

린드 부인이 격려했다.

앤은 다음날 저녁 매슈의 무덤에 가서 장미 묘목에 물을 주었다. 앤은 이 작은 무덤의 고요한 분위기가 평화스러워 보였다. 그 주위를 거닐다 땅거미가 질 무렵 집으로 돌아오며 앤은 다시 한 번 에이번리의 아름다움에 가슴이 벅찼다.

언덕을 반쯤 내려오자 저쪽 길 근처에서 키 큰 청년이 휘파람을 불며 나타났다. 길버트 브라이스였다. 그는 앤을 보자 휘파람을 그쳤다. 그리고 정중히 모자를 벗어들고 잠시 고개를 숙이고는 지나쳐 가려고 했다.

“길버트!”

앤은 얼굴을 붉히며 그를 향해 손을 내밀었다.

“학교를 양보해 주었다니 고마워. 어떻게 신세를 갚아야 할지 모르겠구나.”

길버트는 앤의 손을 마주 잡았다.

“도움이 되면 좋겠다. 그리고 이제는 친구로 지낼 수 있겠니? 지난일은 용서해.”

앤은 웃으면서 손을 빼려 했다. 하지만 길버트가 놓아주지 않았다.

"그날 호숫가에서 용서했어. 그때는 몰랐지만 내 고집을 후회하고 있었어."

길버트가 기뻐하며 말했다.

"우리는 좋은 친구가 될 수 있었는데 네가 고집을 부렸지. 앞으로 친하게 지내자. 공부는 계속할 거지? 나도 그래. 자, 바래다줄게."

앤이 돌아오자 마릴라가 물었다.

"얘! 지금 같이 왔던 사람이 누구냐?"

"길버트 브라이스예요."

앤이 얼굴을 붉히며 대답했다.

"네가 길버트와 문간에서 30분 동안이나 이야기할 만큼 가깝다는 걸 몰랐구나."

마릴라가 웃으며 놀리듯 말했다.

"지금껏 말도 안 하는 사이였어요. 하지만 화해했어요. 저희가 30분 동안이나 이야기를 했나요? 하지만, 마릴라! 저희는 5년 동안의 이야기가 쌓여 있었잖아요."

그날 밤 앤은 오랫동안 창가에 있었다. 바람이 나뭇가지를 흔들 때마다 꽃향기가 실려왔다. 멀리 다이애너의 창문이 보였다.

퀸 학원에서 돌아온 뒤 앤의 생활은 단순해졌다. 그러나 그 단순함 속에 행복이 피어나고 있었다. 보람찬 일과 소중한 희망, 진실한 우정의 기쁨이 거기 있었다. 아무도 앤의 상상과 꿈을 거둘 수는 없었다.

살아가려면 언제나 길모퉁이를 돌게 되는 것이다.

"하느님이 하늘에 계시니 온 세상이 평화롭도다!"

앤은 나지막이 읊조렸다.

2부
에이번리의 앤

화를 잘 내는 이웃집 아저씨

어느 맑게 갠 8월 오후, 열여섯 살쯤 된 소녀가 프린스 에드워드 섬의 한 농가 현관 앞 돌층계에 앉아 있었다. 총명해 보이는 잿빛 눈과 적갈색의 머리칼을 가진 소녀는 고대 로마의 시인 베르길리우스의 난해한 시구라도 이해하려는 듯 진지한 표정을 짓고 있었다.

하지만 눈부시게 아름다운 8월의 오후는 그렇게 어려운 옛 시와 씨름하기보다는 꿈에 빠지기에 더욱 안성맞춤이었다. 비스듬히 기운 밭들은 푸르스름한 안개에 휘감겨 있었고 산들바람은 미루나무 잎사귀를 가만가만 흔들어 대고 있었다.

어느새 베르길리우스의 시집이 땅에 떨어진 것도 모르고, 앤은 무릎 위에 얹은 깍지 낀 두 손에 턱을 괴고 솜털 구름이 뭉게뭉게 피어오르는 하늘을 바라보고 있었다. 앤의 마음은 아득한 꿈나라를 떠돌고 있었다.

그 꿈은 어느 시골 학교의 선생님이 장래 정치가가 될 아이들에게 열성을 다해 드높은 이상을 불어넣어 마침내 빛나는 교육적 성과를 거두는 멋진 꿈이었다. 실제로 이 한적한 시골에 있는 에이번리 학교가 유명해질 가능성은 거의 없었다. 그러나 안타깝게도 앤은 현실에 부딪힐 때까지는 그런 사실을 깨닫지 못하고 있었다.

선생님이 열정을 바쳐 가르치면 누구도 예상치 못한 좋은 결과가 올 수도 있을 거라고 앤은 다짐하며 장밋빛 이상을 불태우고 있는 가슴 뿌듯한 공상에 폭 빠져 있는 그때였다.

느닷없는 사건이 앤의 꿈을 졸지에 산산조각 내고 말았다.

미련퉁이 소 한 마리가 어슬렁거리며 오솔길을 지나간 뒤 5초쯤이나 지났을까 잔뜩 화가 난 해리슨 씨가 험상궂은 얼굴로 나타났던 것이다. 다짜고짜 울타리를 훌쩍 넘어 들어온 해리슨 씨는 깜짝 놀라서 일어서는 앤 앞에 무서운 얼굴을 들이댔다. 앤은 어리둥절한 얼굴로 해리슨 씨를 쳐다보았다. 해리슨 씨는 옆집에 새로 이사 온 사람인데, 한두 번 본 일은 있었지만 아직 정식으로 인사를 나눈 사이는 아니었다.

지난 4월 초순, 앤이 퀸 학교에서 돌아올 무렵 초록색 지붕 서쪽에 살던 윌리엄 벨 씨가 샬롯타운으로 이사를 갔는데, 벨 씨의 농장과 집을 사서 들어온 사람이 해리슨 씨였다.

그가 뉴브론즈위크에서 왔다는 것만 알려졌을 뿐, 해리슨 씨에 대해서는 누구도 아는 사람이 없었다. 그렇지만 해리슨 씨가 에이번리에 온 지 채 한 달도 안 돼 마을에는 그가 아주 이상한 사람이라는 소문이 좍 퍼졌다. 린드 부인의 말을 빌리면 그는 '괴짜'였다.

린드 부인이 원래부터 자기의 느낌을 앞뒤 재지 않고 거침없이 말하는 편이긴 했지만, 해리슨 씨는 확실히 괴짜다운 데가 있었다. 우선 해리슨 씨는 손수 집안 살림을 꾸리면서, 여자 따위는 성가신 존재일 뿐이라고 큰소리를 쳐댔다. 그가 그럴수록 에이번리의 여자들은 해리슨 씨의 궁상스런 살림살이며 대충대충 때우는 끼니를 흉잡곤 했다.

또한 해리슨 씨는 진저라는 앵무새를 기르고 있었는데, 아직 아무도 그 앵무새를 본 적이 없었지만 에이번리 사람들은 공연히 못마땅하게 생각하고 있었다.

게다가 들리는 소문으로는 그 앵무새는 차마 입에 담을 수 없는 욕지거리를 달고 살고, 언젠가는 카터의 목덜미를 물어뜯은 적도 있다는 것이었다.

화가 나 씩씩대는 해리슨 씨가 버티고 서 있는 잠깐 동안, 이 같은 생각들이 앤의 머릿속을 재빨리 스치고 지나갔다.

해리슨 씨는 기분이 좋을 때라 해도 그다지 좋은 인상을 주는 사람은 아니었다. 키가 작고 뚱뚱한 데다 대머리였다. 더욱이 지금은 화가 치밀어올라 얼굴이 붉으락푸르락하고 있으니, 마치 세상에서 가장 못생긴 사람 같다는 생각이 들었다.

해리슨 씨가 입을 열었다.

"이런 일은 도저히 그냥 못 넘어가. 도대체 이게 뭐야? 벌써 세 번째란 말이야. 전에 이런 일이 있었을 때, 네 아줌마인가 하는 인간에게 단단히 못을 박아 두었는데도 또 이 모양 되었으니…… 도대체 어쩔 셈인지 알아봐야겠어. 오늘은 그냥 못 가."

"무슨 일 때문에 그러는지 찬찬히 말씀해주세요."

앤은 태연하게 말했다. 앤은 학교 선생님이 되었을 때를 대비해서 침착하게 대처하는 방법을 나름대로 익혀 두고 있었다.

"무슨 일 때문이냐고? 아직 삼십 분도 지나지 않았어. 조금 전에 네 아줌마의 망할 놈의 소가 또 보리밭을 헤집어 놓았단 말이야. 이번뿐이 아니야. 지난 목요일에도, 그리고 어제도 들어왔어. 다시는 이런 일이 없도록 하라고 단단히 일렀는데도 또 이 모양이란 말이야. 네 아줌마를 좀 만나야겠어. 이번에는 정말 그냥 안 넘어가."

"마릴라 아줌마 말인가요? 아줌마는 그 소와는 아무 상관도 없고, 더구나 지금은 친척의 문병을 가서서 집에 안 계세요."

앤은 최대한 점잔을 빼면서 또박또박 말했다.

"소가 해리슨 씨 보리밭에 들어갔다니 정말 죄송해요. 그건 마릴라 아줌마의 소가 아니고 제 소니까 사과는 제가 할게요."

"죄송? 죄송하다면 다야? 보리가 얼마나 작살났는지 직접 와서 보란 말이야. 한 가운데까지 마구 짓밟아 놓았다고……."

"정말 죄송해요. 하지만, 울타리가 조금만 더 튼튼했더라도 이런 일은 없었을 거예요. 우리 목장과 보리밭 사이의 울타리는 아저씨가 책임지기로 되어 있잖아요. 울타리가 아주 엉성하던데요, 뭐."

"울타리는 그만하면 멀쩡해."

해리슨 씨는 더욱 화가 나서 소리쳤다.

"감옥의 울타리도 그렇게 극성맞은 짐승을 가둘 수는 없을 게야. 내 말 잘 들어. 그 따위 책 읽을 시간이 있으면 소가 남의 밭에 들어가는 것이나 잘 감시하란 말이야."

해리슨 씨는 공연히 앤의 발밑에 떨어져 있는 베르길리우스의 시집을 트집 잡았다. 앤의 얼굴은 머리카락처럼 빨갛게 물들었다. 해리슨 씨는 앤의 빨간 머리칼과 얼굴을 번갈아 쳐다보며 표나게 묘한 표정을 지었다.

앤은 이제 더 이상 참을 수가 없게 되었다. 머리 색깔은 언제나 앤의 최대 고민거리였기 때문이다.

"귀 밑에 간신히 몇 가닥 남아 있는 대머리보다야 빨간 머리가 훨씬 낫지 않나요?"

이 말은 해리슨 씨의 가슴에 날선 비수가 되어 꽂혔다. 그는 언제나 자신이 대머리인 것에 주눅이 들어 있었기 때문이다. 해리슨 씨는 너무 화가 나 말문이 막힌 채로 앤을 잔뜩 노려볼 뿐이었다. 앤은 가슴을 쓸어내리고 다시 침착하게 말했다.

"노여워하시는 심정 잘 알고 있어요. 남의 소가 우리 밭에 들어와서 그랬다면 저도 무척 속상했을 거예요. 다시는 그런 일이 없도록 저의 명예를 걸고 약속드리겠어요."

"알았어. 앞으로 주의해."

해리슨 씨는 부아가 조금 풀렸는지 돌아갔다.

앤은 뒤뜰로 가서 말썽꾸러기 소를 젖 짜는 헛간으로 몰아넣었다.

"이제 안심이야. 보리를 실컷 뜯어먹고는 얌전해졌군. 지난번에 실러 씨가 사겠다고 할 때 미련 없이 팔아버릴 걸. 그런데 해리슨 씨는 소문대로 정말 괴짜로군."

잠시 후, 마릴라가 마차를 몰고 집에 돌아왔으므로, 두 사람은 차를 마시며 조금 전에 있었던 일을 이야기했다.

"경매 날짜가 잡히고 낙찰이 되면 그건 걱정 끝이야. 그때까지는 우리에 가둬두어야겠어. 그건 그렇고 일을 돕는 사람이라고는 마틴뿐인데 걸핏하면 아줌마 장례식이라고 휴가를 달라니…… 벌써 이번이 네 번째야. 무슨 아줌마가 그렇게 많아? 그리고 메리 키스는 다 죽게 됐다던데, 대체 그 집 애들은 누가 데려다 기른다니? 콜롬비아에 사는 메리의 형제간에게 편지를 했는데 아직 소식이 없다는구나."

"아이들은 몇 살이래요?"

"여섯 살인데 쌍둥이래."

"어머! 난 쌍둥이에게 관심이 많아요. 해먼드 아줌마 댁에 세 쌍둥이가 있었거든요. 애들은 귀여워요?"

"글쎄, 애들이 너무 지저분해. 매일 흙장난이 그칠 새가 없고 아예 흙 속에서 뒹군단다. 메리도 도라는 착하고 얌전하지만, 데이비는 너무 개구쟁이여서 당할 수가 없다고 말하더라. 하긴 그 애들을 낳자마자 애 아빠는 죽고, 메리는 몸져누웠으니 누가 그 아이들을 돌보았겠니."

"난 돌봐 주는 사람이 없어서 버릇이 없어진 아이들을 보면 너무 가엾어요. 여기 오기 전에 나도 그랬을 테니까요. 메리 부인과는 어떤 사이에요?"

"남남이나 마찬가지야. 애들 아빠와 먼 친척이 될 뿐이니까. 린드 부인이 왔나 보다. 메리가 궁금해서겠지."

"해리슨 씨와 소는 일부러 말씀하지 마세요."

마릴라는 그러마고 했지만, 그럴 필요가 없었다. 린드 부인은 자리에 앉자마자 그 이야기부터 꺼냈기 때문이었다.

"아까 보니 해리슨 씨가 보리밭에서 이 집 소를 뒤쫓고 있던데, 머리 꼭대기까지 화가 난 것 같더군. 여기 와서 한바탕 소란을 피웠겠지?"

앤과 마릴라는 서로 마주보며 웃을 수밖에 없었다. 이 에이번리에서는 일어난 일이 무엇이 됐든 린드 부인을 결코 비켜갈 수 없다는 것이 새삼 확인되었기 때문이다.

"글쎄, 내가 없는 사이에 와서 앤에게 몽땅 퍼붓고 갔나 봐요."

"그렇게 괴팍한 사람은 처음 봤어요."

앤이 말했다.

"그러게 내가 뭐랬어. 다른 고장 사람들이 하나씩 늘어날수록 말도 많고 탈도 많아진다니까……."

"아니, 다른 고장 사람이 또 왔어요?"

마릴라가 물었다.

"아직 못 들었어요? 피터가 하는 제본소에 인부 한 사람이 새로 왔다는 군. 도닐이라고, 그런데 그 집 내력이나 사정은 아무도 몰라. 그리고 파이 부인은 남편의 조카인 앤소니 파이를 맡았다는군. 그 아이는 앤이 가르치게 될 거야. 또 있어. 폴 어빙이 미국에서 할머니에게로 돌아온대. 마릴라, 당신도 기억하지? 그 라벤더 루이스를 떠난 스티븐 어빙 말이야."

"일방적으로 떠난 건 아니잖아요. 말다툼 끝에 헤어진 거니까 책임은 똑같이 있어요."

"어쨌든 스티븐이 떠난 후, 루이스는 '메아리 집'이라는 돌로 지은 집에서 사람들과 떨어져 혼자 살고 있어. 미국으로 건너간 스티븐은 그곳에서 결혼해 사내아이를 낳았대. 그런데 얼마 전에 처가 죽자 그 아이를 할머니에게 맡기려는 거야. 그 애도 열한 살이니까 앤이 가르치겠네. 착한 애가 되는지 걱정이야."

린드 부인은 에이번리에서 태어나지 않은 사람은 무조건 좋지 않게 보는 버릇이 있었다.

마릴라가 좀 냉정하게 말을 잘랐다.

"다른 고장 사람들 때문에 에이번리가 어떻게 되지는 않아요. 스티븐 어빙의 아들이라면 아마 착할 거예요. 그 애 아빠는 아주 점잖은 사람이었잖아요. 좀 거만하다는 말을 듣기는 했지만……."

"그야, 애들은 모두 착하지. 단지 이곳 아이들과는 다르지 않을까 하는 거지."

언제나 그렇듯이 자기 방식대로 결론을 내린 린드 부인이 앤에게 물었다.

"앤, 마을 개선 모임을 만든다는 소문이 있던데, 어떤 일을 하는 모임이지?"

"아, 그건 지난번 토론회 때 우리들끼리 의논해 본 것뿐이에요. 앨런 목사님 부부도 좋은 의견이라고 하시더군요. 다른 고장에서는 이미 시작하고 있다나 봐요."

"앤, 그런 일은 벌여봐야 좋지 않은 일만 생길 거야. 사람들이 개선되는 걸 좋아할 리가 없거든."

"우리가 바꾸려는 건 사람이 아니에요. 마을 자체를 좀더 아름답게 개선하자는 거예요. 예를 들면 레비 볼터 씨를 설득해서 밭 한구석에 흉하게 서 있는 낡은 집을 헐어 버린다든지 하는 일 말예요."

"그건 맞네. 그 흉물스런 집 때문에 마을이 좀 그래 보이니까. 젊은 사람들 생각이 좋기는 해……. 그런데 앤, 너는 앞으로 학교 일만으로도 바빠질 테니 그 일에서 손을 떼는 게 좋을 거야. 땡전 한 푼도 생기지 않는 그런 일에 앞장서다니……."

그러나 굳게 앙다문 입술은 마을을 개선하는 일에 앤이 얼마나 열심인지를 잘 말해주고 있었다.

앤의 마음은 온통 마을 개선 모임에 쏠려 있었다. 길버트 브라이스도 매 한가지였다. 길버트는 화이트 샌드 학교에서 가르치고 있지만, 매주 금요일 저녁부터 월요일 아침까지는 에이번리에 있었다. 다른 젊은이들도 이 모임에 기꺼이 참가했음은 물론이다.

린드 부인은 새로운 소식을 말했다.

"카모디 초등학교에 프리실라 그랜트라는 선생이 오기로 되었다는데, 혹시 앤의 친구 아니야?"

"어머나, 맞아요! 프리실라가 카모디로 오는군요. 기뻐요."

엄청난 실수

다음날 오후, 앤은 다이애너와 함께 마차를 타고 카모디로 물건을 사러 갔다. 다이애너 역시 이번 개선 모임 일에 누구보다 열심이었으므로, 두 사람은 줄곧 그 얘기만 했다.

"마을 회관에 페인트칠을 하는 게 급해."

마을 회관 앞을 지날 때 다이애너가 말했다. 마을 회관은 숲속 저지대에 있는 낡은 건물로 주변에는 울창한 전나무가 들어차 있었다.

"마을 회관이 저 모양이니 정말 위신이 안 서. 레비 볼터 씨 집을 헐어 버리는 것보다 마을 회관 손보는 게 더 급해. 그리고 우리 아빠가 그러는데 레비 볼터 씨에게 그 집을 헐게 하기는 어려울 거래. 워낙 구두쇠라서 그런 일에 시간을 낼 리가 없다는 거야."

그러나 앤은 자신에 찬 표정으로 말했다.

"남자 회원들이 헐도록 하면 돼. 판자를 쪼개서 장작으로 만들어 준다면 될 거야. 어떻든 되도록 만들어야 해. 서두를 필요는 없어.”

　“앤, 어젯밤에 이런 생각을 했어. 카모디, 뉴브리지, 화이트 샌드에서 오는 길이 합쳐지는 세 갈래 길에 있는 어린 전나무들 말이야. 그걸 뽑아 버리고 큰 나무 서너 그루만 두면 어떨까?”

　“좋은 생각이야. 큰 나무 밑에 긴 의자를 놓는 거야. 봄에는 가운데에 꽃밭을 만들고 제라늄을 심자.”

　“좋아, 단 하이램 슬론 할머니네 소가 길에 나오지 않도록 단단히 부탁해야 될 거야. 제라늄을 다 먹어 치울 테니까…….”

　다이애너는 웃으면서 말했다.

　“볼터 씨네 낡은 집은 정말 죽은 사람이 누워 있는 것처럼 괴기스러워.”

　“그 집을 보면 괜스레 마음이 슬퍼져. 마치 돌아오지 않는 추억에 빠져드는 느낌이 들거든. 마릴라가 그러는데, 그 낡은 집도 옛날에는 아름다운 뜰이 있었고 즐거운 웃음소리가 넘쳤대. 그런데 지금은 스산한 바람만 불고 있으니 얼마나 쓸쓸하겠니? 아마 달이 밝은 밤이면 그때 그 장미의 요정들이 돌아와서 옛날의 즐거웠던 추억을 재잘거릴 거야.”

　다이애너는 고개를 저었다.

　“난 그런 상상은 하고 싶지 않아. 어쩐지 기분도 안 좋아. 꽃의 요정 같은 것이 있을게 뭐람.”

　앤은 푸 한숨을 내쉬었다. 다이애너를 깊이 사랑하지만, 아쉽게도 공상의 세계만큼은 함께 할 수 없었기 때문이다.

　두 사람이 카모디에 있는 동안 한 바탕 소나기가 내렸다. 비가 그친 숲속의 산뜻한 풍경때문에 돌아오는 길은 더없이 아름다웠다. 나뭇가지에는 빗방울이 반짝이고, 젖은 풀들은 진한 향기를 뿜어내고 있었다. 초록색 지붕 쪽으로 가는 오솔길에 접어들었을 때였다. 지금까지 아름다움에 취해 있던 앤의 기분은 돌연 엉망진창이 되고 말았다.

두 사람의 오른쪽으로 펼쳐진 해리슨 씨의 보리밭 한가운데에는 놀랍게도 그 문제의 소가 어기적거리고 있었던 것이다. 소는 두 사람을 물끄러미 바라보며 눈을 껌벅이고 있었다.

앤은 입술을 깨물며 말을 세우고는 재빨리 마차에서 뛰어내렸다. 다이애너가 놀라서 멍하니 있는 동안 앤은 보리밭 울타리를 뛰어넘어 소에게로 달려갔다.

"앤, 돌아와! 젖은 보리밭에 들어가면 옷을 다 망친다니까. 안 들리니? 저런! 너 혼자서는 소를 붙잡을 수 없겠어. 내가 도와 줄게."

앤은 소를 잡으려고 미친 듯이 보리밭 고랑을 뛰고 있었다. 다이애너도 말을 말뚝에 매어 놓고는 치마를 어깨까지 뒤집어올리고 앤의 뒤를 쫓기 시작했다.

두 사람이 뛰어다닌 자국을 해리슨 씨가 보았다면 아마 억장이 무너졌을 것이다.

"앤, 기다려. 숨이 차서 죽을 것 같아."

"저 소를…… 해리슨 씨가…… 보기 전에 ……잡아야 해. 저 소를…… 잡아야 한다니까……."

그러나 아랑곳 않고 한창 맛있게 보리이삭을 뜯어먹던 소는 두 사람이 다가가자 몸을 일으키더니 반대쪽으로 달아나기 시작했다.

"다이애너, 앞을 가로 막아, 빨리."

다이애너는 있는 힘을 다해서 달렸고, 앤도 젖 먹던 힘을 다해 뛰었다. 그러나 심술 맞은 소는 중구난방으로 이리 뛰고 저리 뛰어, 거의 10분 넘게 쫓아다닌 뒤에야 두 사람은 간신히 소를 붙잡아 오솔길로 나올 수 있었다.

앤은 화가 머리끝까지 치밀어 있었다. 오솔길에는 실러 씨가 마차를 멈춘 채 이를 드러내고 뭐가 좋은지 킬킬 웃고 있었다.

"지난주에 나에게 팔았으면 좋았을 걸!"

실러 씨가 염장이라도 지르듯 웃으면서 말했다.

"원하신다면 지금 당장이라도 팔겠어요."

"좋아. 그럼 소 값은 지난번에 이야기한 대로 20달러로 하지. 지금 샬롯타운으로 데려가도 되겠소?"

5분 뒤, 실러 씨는 소를 몰고 샬롯타운으로 떠났고, 앤은 20달러를 가지고 집으로 돌아왔다.

"마릴라 아줌마가 뭐라고 하지 않을까?"

다이애너가 걱정스러운 얼굴로 말했다.

"괜찮아. 그 소는 내 것이야. 그리고 어차피 20달러 이상을 받기는 어려워. 그보다 해리슨 씨가 보리밭을 보면 또 기절하겠지? 다시는 그러지 않게 하겠다고 약속했는데……. 정말 끔찍해. 그렇게 극성스러운 소를 두고 그런 약속을 한 내가 잘못이야."

마릴라는 린드 부인 집에 갔다가 얼마 후에 돌아왔는데, 이미 앤이 소를 팔아 버린 것을 알고 있었다. 린드 부인이 창문으로 내다보고 사태를 짐작했던 것이다.

"소는 잘 팔았다만, 너는 일을 너무 성급하게 처리하는 것 같구나.

헌데, 그 소가 어떻게 헛간을 빠져나갔을까?"

"아이고! 미처 그 생각은 못했어요. 지금 가서 확인해 볼게요. 마틴은 아직 안 왔지요?"

마릴라가 집안에서 앤이 카모디에서 사 온 물건들을 펼쳐보고 있는데, 갑자기 뒤뜰에서 날카로운 비명이 들리고, 이윽고 앤이 큰일 났다는 몸짓으로 뛰어들어왔다.

"앤, 왜 그러는데? 도대체 또 무슨 일이야?"

"아아, 아줌마! 어쩌면 좋아요? 어떻게 이런 황당한 일이 일어나요? 난 정말 끔직한 일을 저지르고 말았어요."

"무슨 일인데 그렇게 호들갑이야?"

"실러 씨에게 해리슨 씨의 소를 팔아 버렸어요. 우리 소는 헛간에 얌전히 있는데 말예요!'

"앤, 너 지금 무슨 꿈꾸고 있는 것 아니야?"

"제발 꿈이라면 얼마나 좋겠어요? 해리슨 씨의 소는 이미 샬롯타운에 가 있을 거예요. 언제나 사고만 치더니, 결국은 지금까지 일으킨 소동 중에서도 가장 끔찍한 일을 저질렀어요. 어떡하면 좋아요?"

"어쩔 수 없지. 해리슨 씨에게 가서 사실대로 이야기하는 수밖에. 돈을 받지 않겠다고 하면, 우리 소를 대신 드리겠다고 하렴. 우리 집 소도 그 집 소 못지않게 좋은 놈이니까……."

"성을 많이 내겠지요?"

앤이 걱정에 사로잡힌 채 물었다.

"그럴 테지. 워낙 성을 잘 내는 사람이니까. 내가 대신 가서 자초지종을 얘기 해줄까?"

"아니에요. 제가 잘못한 일이니까 제가 가서 빌겠어요. 당장 가서 이야기할래요."

앤은 20달러를 가지고 해리슨 씨 집으로 가려다가 문득 주방의 식탁을 쳐다보았다. 마침 식탁에는 아침에 앤이 구워놓은 맛있는 과자가 놓여 있었다. 금요일 밤 개선 모임에 내려고 특별히 준비한 것이었다.

앤은 무섭게 성을 낼 해리슨 씨의 마음을 조금이라도 누그러뜨려 주기를 바라면서 과자들을 상자에 담았다. 혼자 살고 있는 남자라면, 아마 이런 과자에도 마음이 조금씩 풀리지 않을까 싶기도 했다.

"용서를 빌 수 있는 기회라도 있어야 할 텐데……."

앤은 해리슨 씨 집을 향해, 석양빛이 눈부신 오솔길을 무거운 마음으로 걸어갔다.

해리슨 씨의 앵무새

무성한 전나무 숲을 등지고 서 있는 해리슨 씨의 집은 흰 페인트를 칠한 구식 건물이었다.

해리슨 씨는 웃옷을 벗어붙인 채 포도 덩굴 아래서 담배를 피워 물고 있었다. 그런데 자기 집을 향해 다가오고 있는 사람이 누구인가를 알아채자, 얼른 집안으로 들어가더니 문을 쾅 닫아버렸다. 전날 앤에게 너무 심하게 화를 냈던 일이 멋쩍어서 한 행동이었지만, 앤은 그 때문에 그나마 조금 남아 있던 용기마저 다 잃어버린 느낌이었다.

"얘기를 꺼내기도 전에 저러는데, 막상 자초지종을 들으면 또 얼마나 불같이 화를 낼까?"

앤은 무거운 마음으로 문을 두드렸다.

그런데 해리슨 씨는 웬일인지 엷게 미소를 띤 얼굴로 문을 열었다. 약간 어색하기는 했지만 친절하게 들어오라고 말했다. 파이프도 치우고 지금은 웃옷도 입고 있었다. 앤에게 먼지 묻은 의자이지만 앉기를 권하기까지 했다. 그런데 새장 속에서 줄곧 노란 눈으로 앤을 좇던 앵무새 때문에 갑자기 좋은 분위기는 엉망이 되고 말았다.

"별일이군! 이 빨간 머리 계집애가 뭐 하러 왔지?"

해리슨 씨와 앤 중에 누가 먼저랄 것도 없이 두사람은 얼굴을 붉혔다.

"저 녀석에게 신경 쓰지 말아. 워낙 말버릇이 안 좋은 녀석이니까. 내 형제 중에 선원이 있었는데, 그가 보내준 새야. 선원들이란 상스러운 말을 예사로 내뱉으니까……. 그래서 저 녀석이 상말을 지껄이는 거야."

"그렇군요."

가엾은 앤은 앵무새 때문에 화를 낼 처지가 아니었다. 남의 소를 마음대로 팔아 버린 일을 생각하면, 앵무새 주인에게 화를 낼 수 없는 노릇이었다. 그렇다고는 해도 '빨간 머리 계집애' 라는 말은 목에 걸린 가시처럼 마음 한켠에 남아 있었다.

"용서를 구할 일이 있어서 왔어요. 해리슨 씨!"

앤은 용기를 내어 말을 시작했다.

"저어, 소 말인데요."

"무슨……. 소가 또 보리밭에 들어간 모양이군? 뭐, 괜찮아. 사실 대단치도 않은 일인데 어제는 내가 너무 화를 냈어. 오히려 내가 미안하게 생각해. 뭐, 소가 보리밭에 좀 들어온들 어때."

"그 정도라면 좋겠는데……."

앤이 한숨을 쉬면서 말했다.

"그럼, 그 녀석이 이젠 밀밭에까지 들어갔나?"

"아니요, 저어……사실은……."

"아니, 그럼 양배추 밭? 내가 농작물 품평회에 출품하려고 애지중지 가꾼 그 양배추 밭에 들어갔단 말야?"

"양배추 밭이 아니에요, 해리슨 씨. 이제 모두 말씀드릴게요. 다 듣고 나면 정말로 화가 나실 거예요."

해리슨 씨가 이야기를 들으려고 잠잠히 있는 동안, 앵무새 진저가 '빨간 머리 계집애야!' 하고 계속 소리쳤기 때문에, 앤은 더더욱 마음이 심란해졌다.

"어제 해리슨 씨가 다녀가신 뒤, 저는 우리 집 돌리를 헛간에 가두어 놓았어요. 그런데 오늘 카모디에서 돌아오는 길에 보니, 돌리가 또 보리밭에 있지 않겠어요. 다이애너와 저는 옷을 흠뻑 적시면서 간신히 소를 밭에서 끌어냈어요. 정말이지 머리끝까지 화가 나더군요. 그런데 그때 마침 실러 씨가 지나가기에 그 자리에서 20달러에 소를 팔았지요. 그런데 제가 너무 성급했던 거예요. 아무튼 그 소는 그 길로 샬롯타운으로 실려 갔어요."

"빨간 머리 계집애야!'

앵무새가 또 지껄였다.

해리슨 씨는 잠깐 일어섰다 자리에 앉으며 말했다.

"미안해. 이야기를 계속해 봐."

"집에 돌아간 뒤 저는 헛간에 가보았지요. 그런데 정작 돌리는 멀쩡하게 거기 그냥 있지 않겠어요! 제가 실러 씨에게 판 건 해리슨 씨의 소였어요."

"무슨, 이런 일이!"

이 종잡을 수 없는 뜻밖의 이야기에 해리슨 씨는 어이가 없다는 듯 말했다.

"아니, 어떻게 그런 일이!"

"저도 왜 이런 일이 일어나는지 믿기지가 않아요. 이젠 그럴 나이도 지났다고 생각했는데⋯⋯. 내년 3월이면 열일곱 살인데 아직도 이런 말썽만 부리니⋯⋯. 해리슨 씨, 염치없는 줄 알지만 용서를 빌고 싶어요. 소를 다시 찾아올 수는 없지만 소 판 돈은 여기 있어요. 원하신다면 제 소를 드릴 수도 있어요. 좋은 소예요. 정말 뭐라고 사과드려야 할지 모르겠어요."

해리슨 씨가 재빨리 앤의 말을 가로막으며 말했다.

"뭐 그럴 수도 있지. 실수란 누구나 하는 거니까. 나도 성미가 급해서 앞뒤 안 가리고 무턱대고 화부터 내고 보지. 이해해. 만약 소가 양배추 밭에 들어갔다면 나로서는 더 큰일이지. 오히려 다행이라는 생각이 들어. 어차피 짐이 되는 것 같으니까 돌리를 대신 갖겠어."

"해리슨 씨, 정말 고맙습니다. 틀림없이 무섭게 화를 내실 거라고 생각했거든요."

"그럼 여기 올 때 어지간히 겁을 먹었겠군. 내가 어제 그렇게 화를 냈으니 당연히 그럴 테지. 그렇다고 나를 너무 나쁘게만 보지는 마. 나는 단지 마음속에 담아두지 못하고 솔직하게 말하는 것뿐이니까. 그런데 그 상자에 든 건 뭐지?"

"아, 이거 제가 아저씨 드리려고 만든 쿠키예요."

앤은 이제 싹싹하게 말했다. 뜻밖에 사분사분한 해리슨 씨의 태도에 이미 마음이 가벼워져 있었기 때문이다.

"과자를 직접 만드시는 일이 별로 없으실 것 같아서."

"그래. 난 쿠키를 아주 좋아해. 맛있어 보이는군."

"드실 만할 거예요. 전에는 많이 망치곤 했지만 요즘에는 쿠키 만드는 데는 자신이 생겼어요."

"자아, 그럼 함께 차 한 잔 할까?"

"제가 차를 준비할게요."

앤이 머뭇거리며 조심스럽게 말했다.

"내 차 끓이는 솜씨가 시원찮은 줄 아는 모양이지? 나도 차를 맛있게 끓일 줄 아는데. 하지만 특별히 오늘은 앤에게 부탁을 하지."

앤은 차 끓일 준비를 시작했다. 주전자를 여러 번 씻어 깨끗이 한 다음 물을 붓고 차를 넣은 다음 불을 지폈다. 주방으로 접시를 가지러 갔다가 너무 지저분해서 놀랐지만 앤은 아무 내색도 하지 않았다.

해리슨 씨가 빵과 버터, 복숭아 통조림이 있는 곳을 가르쳐 주었다.

앤은 뜰에서 꽃을 꺾어다 화병에 담고 식탁을 꾸몄다. 때가 꼬질꼬질한 식탁보만큼은 어쩔 수 없어 참기로 했다.

이윽고 차 마실 준비가 다 됐고 두 사람은 식탁에 마주 앉았다. 앤은 차를 따르며 해리슨 씨에게 학교 일이라든가 친구들에 대해서 수다를 떨기 시작했다. 아무리 생각해도 어떻게 이럴 수가 있는지 앤 스스로도 이상할 지경이었다.

해리슨 씨는 앵무새 진저가 쓸쓸할 거라고, 옆방에서 다시 데리고 나왔다. 앤은 이미 마음이 다 풀렸으므로 이제는 진저에게 먹을 것을 주고 싶은 마음까지 들었다. 그러나 몹시 성이 난 진저는 털을 곤두세운 채 잔뜩 웅크리고 앉아 있었다.

"나는 진저에게 각별한 애정을 가지고 있지. 아마 그걸 알면 놀랄 거야. 물론 진저는 못된 구석이 많아서 그 때문에 내가 욕을 먹기도 하지. 버르장머리 없이 제멋대로 주둥이를 놀려대는 버릇을 고쳐 보려고 애쓴 적도 있지만 이젠 두 손 들었어. 그래도 진저는 나와 가장 친한 친구지. 세상이 두 쪽 나도 진저와 나를 갈라놓을 수는 없을 거야."

해리슨 씨는 마치 앤이 그만 진저를 내버리라고 말할까봐 겁난다는 듯한 태도였다. 앤은 어딘가 별난 데가 있는, 이 성미 급한 남자에게 오히려 호감을 느꼈다.

차를 다 마셔갈 무렵에는 이미 두 사람은 반은 친구가 되어 있었다. 앤은 마을 개선 모임에 관한 이야기도 꺼냈다. 해리슨 씨는 적극 찬성한다면서 맞장구를 쳤다.

"참 좋은 생각이야. 잘되기를 바래. 이곳엔 고쳐야 할 것이 너무 많아 사람들도 그렇고."

"어머나, 아저씨. 제 생각에는 사람들은 그렇지 않아요."

앤은 언짢아지려는 마음을 어쩔 수 없었다. 물론 가까운 사람들과는 에이번리 마을과 사람들에게 고칠 점이 많다는 이야기를 나누기도 했지만, 해리슨 씨처럼 다른 고장에서 온 사람과 그런 이야기를 나누고 싶지는 않았다.

"에이번리는 아름다운 마을이에요. 주민들도 좋은 사람들이고요."

해리슨 씨는 머리카락처럼 빨개진 앤의 얼굴을 보며 말했다.

"성미가 몹시 급하군. 대개 머리 빛깔이 그러면 성질도 급한 모양이야. 물론 에이번리는 좋은 마을이지. 그래서 나도 이곳에 오래 살고 싶어. 하지만 고칠 점이 있다는 건 사실 아닌가?"

"아저씨, 무엇이든지 완전한 것은 재미없을 거라고 생각해요. 결점이 있기 때문에 오히려 좋아지는 게 아닐까요?"

차를 마시고 나자, 해리슨 씨는 아직 씻은 그릇이 많이 있다고 사양했지만, 앤은 우기다시피 해서 설거지를 끝냈다. 바닥도 쓸고 싶었지만, 빗자루가 도무지 눈에 띄지 않아서 포기하고 말았다.

해리슨 씨가 헤어지면서 말했다.

"가끔 들러. 나는 개선 모임에 흥미가 있는데, 누구부터 시작할 생각이지?"

"아저씨, 우리가 개선하려는 건 사람이 아니에요. 마을을 개선하려는 거지요."

앤은 정색을 하고 대답했다. 어쩐지 해리슨 씨가 개선 모임을 비웃는 것 같은 기분이 들었기 때문이다.

해리슨 씨는 창가에서 집으로 돌아가는 앤의 뒷모습을 한동안 바라보았다. 저녁놀이 짙어진 밭둑을 깡충거리며 걸어가고 있는 착하고 총명한 아가씨의 모습을.

해리슨 씨는 혼잣말로 중얼거렸다.

“나처럼 무뚝뚝한 고집쟁이도 저 아가씨와 이야기를 하니 어쩐지 즐거워진단 말이야!”

“빨간 머리 계집애!”

진저가 날카롭게 소리치자, 해리슨 씨가 종주먹을 들이대며 을러댔다.

“이 녀석을 진작에 가만두지 않았어야 하는 건데, 끝내 나를 망신시키는군!”

앤은 기분 좋게 집으로 돌아가 마릴라에게 해리슨 씨 집에서 있었던 일을 모두 이야기했다. 앤은 신이 난 표정으로 이렇게 덧붙였다.

“아줌마, 결국 이 세상은 모두 잘 어울려 살 수 있게 만들어졌나 봐요. 좋은 일을 기대했다가 실망하는 경우도 있지만, 근심했던 일이 예상 외로 좋게 되는 경우도 있으니까요. 내가 해리슨 씨 집에 갈 땐 얼마나 걱정을 했는지 몰라요. 그런데 뜻밖에도 해리슨 씨는 친절하고 유쾌한 이웃이 되었거든요. 그렇더라도 앞으로 소를 팔 때는 꼼꼼히 확인하고 팔아야겠지요. 그런데 아무래도 그 앵무새와는 잘 지낼 수 없을 것 같아요.”

어느 날 저녁때였다.

자작나무 길과 신작로가 만나는 공터 나무 밑에 제인 앤드루스와 길버트 브라이스, 그리고 앤이 함께 앉아 있었다. 그날 오후에 놀러 왔던 제인을 배웅하러 나갔다가, 중간에서 길버트를 만나게 된 것이었다.

세 사람은 바로 내일부터 시작될 학교생활에 대해 이런저런 이야기를 나누고 있었다. 제인은 뉴브리지의 학교, 길버트는 화이트 샌드의 학교에, 그리고 앤은 에이번리 학교에서 근무하기로 결정되었다. 제인은 한숨을 쉬면서 말했다.

"두 사람은 처음 만나는 학생들을 가르치게 돼서 얼마나 다행이야. 나는 다 아는 학생들을 가르치게 돼 정말 걱정이야. 린드 아줌마는 처음부터 엄숙한 얼굴을 해야 아이들이 존경하게 된다고 하시지만, 난 그러고 싶지는 않아."

"염려 마. 넌 잘할 수 있을 거야."

제인은 야심이 있었다. 제인의 목적은 훌륭한 선생님이 되는 것보다는 월급이 더 중요했으며, 장학관의 수첩에 우수한 교사로 기록되는 일이었다.

"어쨌든 규칙을 잘 지키도록 하려면 얼마쯤 무서운 표정을 지어야 할 걸. 말썽을 부리면 즉시 벌을 줄 거야."

"어떤 벌?"

"회초리로 때리는 거지."

깜짝 놀라서 앤이 소리쳤다.

"어머나, 제인! 진짜 그러겠다는 건 아니지?"

"필요하다면 얼마든지 그렇게 할 작정이야!"

제인이 말을 자르며 재빨리 말했다. 그러자 앤은 단호하게 말했다.

"나라면 절대 아이들을 때리지 않겠어. 매질을 한다고 말을 잘 듣는 건 아니니까. 스티시 선생님이나 필립스 선생님을 생각해 봐. 나는 회초리를 들지 않고도 학생들이 나를 잘 따르도록 할 거야."

제인이 되물었다.

"그렇게 되지 않음 어떡할래?"

"아무튼 회초리는 쓰지는 않을 테야. 매를 대는 것은 반대야."

"길버트 네 생각은 어때? 때로는 회초리도 필요하다고 생각지 않아?"

제인이 물었다.

"어린애들에게 매를 댄다는 건 잔인한 일이 아닐까?"

앤은 얼굴이 빨개져서 물었다.

"글쎄……."

길버트는 난처한 듯이 대답했다.

"두 사람의 의견 다 일리는 있어. 물론 아이들을 때리는 건 찬성할 수 없어. 그렇지만 꼭 필요한 경우도 있을 거야. 어쨌든 때리는 건 마지막 수단이어야만 해."

길버트는 두 사람을 모두 만족시키려고 했지만, 결국 어느 누구도 만족시킬 수 없었다.

제인이 고개를 저으며 말했다.

"나는 말을 듣지 않을 때는 회초리를 쓸 거야. 그게 가장 빠른 효과를 거둘 수 있을 테니까."

앤이 실망한 얼굴로 길버트를 바라보았다.

"나는 절대로 회초리를 쓰지는 않을 거야. 결코 필요하지 않을 테니까."

"만약에 남자아이에게 뭔가를 시켰는데, 그 아이가 건방진 태도로 말대꾸를 한다면 어떻게 하겠니?"

"수업이 끝난 뒤에 상냥하지만 엄하게 타이를 거야. 누구나 장점이 있는 법이니까, 난 그걸 발견해서 키워 주겠어. 과연 회초리로 아이들의 좋은 면을 발견할 수 있을까?"

앤의 말에 제인이 대답하기 전에, 길버트가 먼저 물었다.

"앤, 학생의 잘못이 명백한데도 정말 벌하지 않을 거야?"

"아니야. 그런 때는 벌을 주어야지. 하지만 쉬는 시간을 주지 않든 가, 규칙 같은 걸 베껴 쓰는 벌을 줄 거야."

"대신 여자아이에게 벌을 줄 때 남자아이 곁에 앉게 하지는 않겠지?"

제인이 놀리듯이 말했다.

길버트와 앤은 마주 보고 웃을 수밖에 없었다. 전에 앤은 길버트 옆 자리에 앉는 벌을 받았는데, 그땐 정말 죽고 싶을 만큼 비참했었다.

"자아, 어떤 방법이 좋은지는 두고 보면 알게 되겠지."

헤어질 무렵 제인은 자신은 뭐든지 다 알고 있다는 투로 말했다.

앤은 집으로 돌아와 뒤뜰에 들어섰을 때, 집안에서 린드 부인의 말 소리가 들려왔다. 린드 부인의 밑도 끝도 없는 잔소리를 생각하자 집 안으로 들어가고 싶은 마음이 싹 가셨다.

'해리슨 아저씨 댁에나 다녀와야겠어.'

그 소 사건이 있은 후부터 앤은 가끔 해리슨 씨 댁에 놀러갔고 이제 는 썩 괜찮은 친구 사이가 되어 있었다.

진저는 여전히 앤에게 '빨간 머리 계집애' 라고 주둥이를 놀리고 있 었다. 해리슨 씨는 진저의 버릇을 고치려고, 앤이 자기 집에 들어서 는 것이 보이면 큰 소리로 말하곤 했다.

"오, 저 귀여운 아가씨가 또 오는군! 반가워!"

해리슨 씨는 다른 사람들에게는 앤을 침이 마르게 칭찬했지만, 정 작 앤 앞에서는 조금도 그런 내색을 보이지 않았다.

앤이 집안에 들어서자 해리슨 씨가 말했다.

"흠! 내일 학교에서 쓸 회초리를 마련하려고 숲에 행차하셨나요?"

"예? 아니, 아니에요."

앤이 속상한 듯 외쳤다.

"저는 회초리를 사용하지는 않을 거예요. 물론 사랑의 매는 있어야겠지만……."

"회초리 대신 채찍을 쓰시려고? 그게 더 아플 텐데 말이야."

"난 그딴 것은 사용하지 않아요!"

"뭐라고? 그럼 그 천둥벌거숭이 아이들을 무슨 수로 당해 내겠다는 거야?"

"사랑으로요. 사랑으로 가르치겠어요."

"그건 곤란하지. 앤, '귀한 자식은 때려서 키우라' 는 말도 몰라? 아이들은 가끔씩 때려야 말을 들어. 우리가 학교에 다닐 때도 그랬어."

"지금은 그때와 달라요."

"잘 들어. 회초리로 들지 않고는 드센 에이번리 아이들을 휘어잡기는 힘들걸. 현실은 생각하고는 다르니까 말이야."

"그래도 내가 옳다고 생각하는 방법대로 해볼 거예요."

앤은 심지가 굳어 한번 마음먹은 것은 끝장을 보고야 마는 성격이었다.

"네 고집도 알아주어야 한다니까. 하지만 곧 알게 될 테지. 게다가 넌 성격이 급하니까, 화가 나면 지금까지의 다짐은 까맣게 잊어버리고 아이들을 때리고 말 걸."

그날 밤 앤은 잠을 이룰 수가 없었다.

마릴라는 마음이 안정되도록 앤에게 생강차를 마시게 했다.

"아줌마, 실패하면 어쩌지요?"

"앞으로 아이들을 가르칠 날이 수도 없이 많은데, 내일 하루를 실패할까 봐 걱정한다는 건 성급한 일이야. 아이들에게 무엇이든 한꺼번에 가르치려고 해서는 안 되듯이, 결점도 한번에 고치려고 하면 안 돼."

마릴라는 앤에게 아이들 다루는 법을 차근차근 일러 주었다.

새로 온 선생님

그날 아침, 앤은 그림 같은 백양나무 길의 아름다움을 감상할 겨를도 없이 학교에 도착했다. 교실은 아주 조용했다. 아침 햇살처럼 해맑은 얼굴에 호기심으로 가득한 눈을 빛내면서 학생들은 모두 제자리에 앉아 있었다.

앤은 모자를 벗어서 벽에 걸고 학생들 앞에 섰다. 가슴은 두근거리고, 이 긴장한 기분이 눈치 채일까 봐 은근히 걱정이 되었다.

사실 앤은 어젯밤 열두 시까지 자지 않고, 학생들에게 들려줄 인사말을 준비했었다. 정성을 쏟아 원고를 써서, 여러 군데 손을 보고 또 그것을 외었다.

서로 도와 가며 열심히 공부하자는 내용을 담은 그 인사말은 아주 훌륭한 것이었는데, 안타깝게도 머리가 하얗게 탈색되어 버린 것처럼 지금은 한 구절도 기억할 수가 없었다. 애써 기억을 더듬던 10초 남짓이 마치 앤에게는 1년처럼 길게 느껴졌다.

앤은 기어 들어가는 조그만 소리로 말했다.

"성경책을 꺼내세요."

앤은 책상 뚜껑을 여닫는 소리, 부스럭거리는 소리를 들으며 지친 듯이 의자에 앉았다. 아이들이 성경을 읽고 있는 동안, 앤은 마음을 가라앉히고 자기가 가르쳐야 할 아이들을 찬찬히 훑어보았다. 대부분 낯익은 얼굴이었다.

앤과 함께 배웠던 사람들은 이미 졸업했고, 남은 아이들은 하급반 아이들이었다. 여기에 새로 열 명의 학생이 새로 들어와 있었다.

앤은 이미 알고 있는 아이들보다 이번에 새로 들어온 아이들에게 더 많은 관심이 갔다. 그 중 한 명쯤은 뛰어난 아이가 있을지도 모른다는 막연한 기대 때문이었다.

아까부터 교실 한쪽 구석에 혼자 앉아 호기심 가득한 눈빛으로 앤을 좇고 있는 아이는 앤소니 파이였다. 얼굴이 새까만 아이였는데, 앤은 이 아이를 잘 가르쳐 파이 네 식구들을 깜짝 놀라게 해 주리라 마음먹었다.

또 한쪽에는 처음 보는 사내아이가 아치 슬론과 나란히 앉아 있었다. 들창코에다 주근깨투성이 얼굴이었지만 눈에 장난기가 가득 배어 있었다. 도닐 집안의 아이인 것 같은데, 쪽 닮은 것으로 보아 누이동생이 분명한 아이는 통로 건너편에 메리 벨과 나란히 앉아 있었다. 그런데 옷차림이 얼마나 요란한지 도대체 어머니가 어떤 사람일까 궁금할 정도였다.

반질반질 윤기가 흐르는 연갈색 머리카락이 어깨 위까지 흘러내려 치렁거리는 아이가 아니타 벨일 거라고 앤은 생각했다. 이번에 이사를 해서 에이번리 학군으로 편입되어 온 아이였다.

셋이 함께 꼭 붙어 앉아 있는 소녀들은 한결같이 낯빛이 좋지 않았는데 콘트 씨 댁 아이들이었다.

앤은 맨 앞줄에 앉아서 뚫어져라 자기를 바라보는 한 소년과 눈이 마주쳤을 때, 갑자기 가슴이 벅차오르는 듯한 느낌을 받았다. '이 아이이야말로 내가 그토록 고대하던 천재 소년임에 틀림없다!' 는 생각이 들었기 때문이다. 그 아이가 폴 어빙이라는 것을 앤은 금방 알아차렸다.

린드 부인의 말대로 폴은 이곳은 물론 다른 곳의 아이들과도 다른 점이 엿보였다. 앤을 바라보는 강렬한 눈빛에서, 앤은 폴 어빙이 자기와 같은 영혼을 소유한 아이라는 것을 직감했다.

폴은 열 살이었지만 겨우 여덟 살쯤으로밖에 보이지 않았다. 어린아이답지 않은 수려한 얼굴에 이마가 반듯했고, 밤색 곱슬머리는 아름다움을 더욱 돋보이게 했다. 살포시 다문 입술 모양도 예뻤지만, 진지한 명상에 잠긴 듯한 표정은 이 아이가 정신적으로도 매우 성숙된 아이라는 것을 짐작케 해 주었다. 앤이 입가에 가벼운 웃음을 머금자, 폴도 미소로 대답했다. 그 미소는 마치 소년의 가슴속에 등잔불이 확 켜져서 주위를 환하게 밝혀 주는 것 같은 느낌이 들게 했다. 억지로 지어낸 것이 아니라, 그 아이가 지닌 성품이 그대로 우러나온 미소였기 때문이다. 앤과 폴은 한마디 말도 나누지 않았지만, 그 짧은 순간에 영원한 친구가 되었다.

그날 일은 하도 꿈같이 지나가 나중에 아무리 돌이켜 보아도 잘 기억이 나지 않는다. 가르치고 있는 사람이 앤 자신이 아니라 전혀 딴 사람인 것 같았다.

아이들은 그런 대로 잘 따라 주었다. 다만 몰리 앤드루스가 교실 통로에 귀뚜라미를 풀어놓는 소동이 있었고, 앤소니 파이가 여자아이에게 짓궂게 군 일이 있었다.

앤은 쉬는 시간에 앤소니를 교실에 남게 하고, 신사는 결코 여자를 괴롭히지 않는다고 가르쳤다. 그리고 선생님은 우리 반 남자아이들이 모두 신사가 되기를 바란다고 상냥하게 말했다. 그러나 앤소니는 여전히 뚱한 얼굴로 잠자코 듣고 있다가 이야기가 끝나자마자 여봐란 듯이 휘파람을 불며 나가 버렸다.

앤은 한숨이 나왔다. 그러나 앤소니의 신뢰를 얻는 일이 그렇게 쉽지는 않을 것이라고 생각하며 스스로를 위로했다.

수업이 끝나고 아이들이 돌아가자, 앤은 기운이 쭉 빠져 의자에 쓰러지듯 앉았다. 큰 실수는 없었지만 어쩐지 피곤하고 마음이 우울했다. 가르치는 일을 좋아하게 될 것 같지 않은 기분이 들었고, 앞으로 40년이나 선생님 노릇을 해야 한다는 것이 끔찍하게 여겨졌다. 앤은 엉엉 소리 내 울어 버리고 싶은 충동을 꾹꾹 눌러 참고 있었다.

그때, 문 쪽에서 인기척이 들리더니 나타난 사람은 아주 요란한 옷차림을 한 부인이었다. 부인의 화려한 푸른 비단 옷은 온통 주름 장식이었으며, 쓰고 온 크고 흰 모자에는 다듬어지지 않은 긴 깃털 세 개가 꽂혀 있었다. 검은 점박이 베일은 모자 끝에서 어깨까지 늘어져 있었고, 작은 몸에 놀라울 만큼 많은 보석을 달고 있었다. 게다가 진한 향수 냄새까지 풍기고 있었다.

"저는 도닐 부인입니다. 에이치 비 도니일이지요. 오늘 아이들에게 들은 말이 있어서 왔어요. 좀 기분이 나빠서 말예요."

앤은 바싹 긴장이 되어, 오늘 도닐 네 아이들에게 일어났던 일을 재빨리 생각해 보았다. 그러나 특별히 마음에 걸리는 것은 없었다.

"아이들이 그러는데, 선생님께서 우리 아이의 성을 부를 때 '도닐'이라고 했나요? 우리 성은 '도닐'이 아니라 '도니일'예요. '니일'을 강하게 발음해 주세요."

"그렇게 할게요."

앤은 웃음이 나오려는 걸 애써 참으면서 대답했다.

"저도 겪어봐서 잘 알아요. 자기 이름이 잘못 불리는 건 아주 속상한 일이지요."

"네, 그래요. 한 가지 더 있어요. 제 아들 이름을 '제이콥'이라고 부르셨다면서요?"

"아드님이 그렇게 말하던데요?"

"그럴 줄 알았어요. 하지만 선생님! 나는 그 아이 이름을 '세인트 클레어'라고 지어 주고 싶었답니다. 귀족적인 느낌이 들지 않나요? 그런데 남편이 자기 아저씨 이름을 따서 '제이콥'이라고 해 버렸어요. 제이콥 삼촌은 혼자 살았는데 아주 부자였죠. 그런데 우리 아이가 다섯 살이 되었을 때 그 노인이 결혼을 했어요. 자기 아이가 셋이나 되니, 이제 우리 아이에게 물려 줄 재산은 없게 됐어요. 그런데도 남편은 아이를 계속 '제이콥'이라고 부른답니다. 난 그 이름이 싫어요. 우리 아이는 세인트 클레어예요. 앞으로는 그렇게 불러주세요, 선생님! 그럼, 고맙습니다."

도닐 부인이 돌아간 뒤, 앤은 교실 문을 잠그고 오솔길을 천천히 걸어내려왔다. 자작나무 길까지 왔을 때였다.

난초꽃을 들고 폴 어빙이 수줍어하면서 서 있었다.

"선생님, 라이트 씨 네 목장에서 이 꽃을 발견했어요. 틀림없이 선생님이 좋아하실 것 같아서 가져왔어요. 그리고……"

폴은 크고 아름다운 눈을 들어서 앤을 바라보았다.

"저는 선생님이 좋아요."

"어머나, 정말 고맙구나!"

앤은 꽃을 받아들었다. 폴의 말은 마치 마술처럼 앤의 피곤과 우울을 날려버렸다. 앤은 가슴속에서 희망이 샘솟는 듯한 느낌을 받았다.

"그래, 오늘 학교는 어땠니?"

마릴라는 앤을 돌아오기를 무척 기다렸다는 듯이 물어왔다.

"한 달쯤 지난 뒤에 물어봐 주세요. 오늘은 도무지 뭐가 뭔지 몰라서 대답할 수가 없어요."

얼마 후 집에 들른 린드 부인은 신나는 소식을 전해 주었다.

친절한 린드 부인은 문 앞에 서 있다가, 학교에서 돌아오는 아이들에게 새로 온 선생님이 어떻더냐고 일일이 물어보았던 것이다.

"아이들이 모두 앤을 좋아한다지 뭐야. 앤소니 파이만 빼놓고. 그 애는 좋지 않은가 봐. '난 싫어요. 여자 선생님은 모두 싫다니까요' 하는 게 아니겠니? 하지만 그 집 식구들이야 죄다 그렇게 까탈스러우니까 마음 쓸 것 없어. 언짢아하지 마라."

"괜찮아요. 머잖아 앤소니 파이가 저를 좋아하도록 만들겠어요. 꾸준히 그 아이에게 관심을 보이면, 틀림없이 그렇게 되리라고 믿어요."

앤이 다짐하듯 조용히 말했다.

가지각색의 사람들

기분 좋은 바람이 불어오는 9월 어느 날이었다.

벌레 소리 가득한 상쾌한 공기를 뚫고, 숲속 오솔길을 마차 한 대가 달려가고 있었다. 마차에는 건강한 두 소녀가 타고 있었다.

"아, 다이애너! 난 정말 천국에서 살고 있는 것 같아."

앤은 행복에 겨워 신음하듯이 말했다.

"다이애너, 공기 중에 마법이 숨어 있나 봐. 저기를 봐, 골짜기가 온통 보랏빛으로 보여. 천국이 아무리 아름다워도 전나무 향기를 맡을 수 없다면 완전한 기쁨을 주지는 못할 거야. 나무는 없어도 향기는 있겠지. 향기는 나무의 영혼이 아닐까? 천국에는 모두 영혼뿐이니까……."

"나무에 무슨 영혼이 있다고 그러니?"

현실적인 다이애너가 핀잔하듯이 말했다.

"난 이런 날은 살아 있다는 것만으로도 아름답다고 생각해."

"아름다운 날임에는 틀림없지만, 앤, 지금 우리 앞에 놓인 일은 별로 아름다운 일이 아니야."

다이애너는 땅이 꺼지듯 한숨을 쉬었다.

"도대체 왜 이쪽 지역을 맡는다고 했는지 모르겠어. 이쪽은 까다로운 사람들만 모여 사는 곳인데. 마치 우리가 용돈이라도 구걸하는 것처럼 생각할 거야. 정말 가장 악조건인 지역이란 말이야."

"바로 그 거야. 물론 부탁하면 길버트와 프레드가 이쪽을 맡아 주었겠지. 그렇지만, 다이애너! 나는 에이번리 개선회 회에 책임을 느끼고 있어. 맨 처음 주동을 하고 나선 사람이 나였으니까 말이야. 그래서 제일 어려운 곳을 내가 맡은 거야. 너에게는 정말 미안하지만……. 그래도, 걱정하지 마. 할 이야기는 모두 내가 할게. 린드 아줌마는 우리 개선회 일에 찬성을 할까 말까 반반이야. 우리가 이번 일에 성공한다면 아마 찬성하실 거야. 프리실라가 이 다음 모임 때 논설을 써 오겠다고 했어. 이모님이 뛰어난 작가니까 아마 잘 써 올 거야. 프리실라의 이모님이 샬롯 모건 부인이라는 걸 처음 알았을 때, 내가 얼마나 기뻤는지 아니? 『장미원』을 쓴 작가의 조카가 내 친구라니 얼마나 멋진 일이야!"

"모건 부인은 어디에 살고 계신데?"

"터로토에. 내년 여름에 프린스 에드워드에 오시기로 했대. 프리실라가 모쪼록 우리와 만나는 기회를 만들어 보겠다고 했어. 난 잠자리에 들어서도 그 생각만 하면 너무 흥분돼!"

에이번리 개선회은 회장 길버트, 부회장 프레드, 그리고 앤 셜리가 서기, 다이애너가 회계를 맡고, 2주일에 한 번씩 모임을 갖고 있었다. 거기서 그들은 내년 여름에 개선할 여러 가지 안건에 관해 의견을 모으고 토론을 했다.

물론 마을의 어떤 사람들은 그 모임을 썩 좋지 않게 보았고, 더러는

험담을 하기도 했다. 개선회를 '연애 클럽' 이라고 비아냥대는가 하면, 터무니없는 헛소문을 퍼트리는 사람도 있었다. 그러나 많은 비난에도 불구하고, 개선회 위원들은 용감하게 자기들의 일을 시작했다.

다이애너네 집에서 개선회 두 번째 모임이 있던 날이었다. 올리버 슬론이 마을 회관의 지붕을 새로 얹고, 색칠을 다시 하기 위해 기부금을 걷는 것이 어떻겠느냐는 제안을 했다. 길버트가 그 제안에 동의해 만장일치로 찬성이 결정되었다.

회원들은 토의 끝에 각자 맡을 지역을 정했다. 앤과 다이애너는 뉴브리지, 길버트와 프레드는 화이트 샌드, 제인과 조시 파이는 카모디 쪽을 맡기로 했다.

숲길을 통해서 앤과 함께 집으로 돌아가던 길버트는 이렇게 말했다.

"조시 파이에게 카모디 쪽을 맡긴 건 파이 네 집안이 모두 그쪽에 살기 때문이야. 그 사람들은 자기네 친척이 하는 말이 아니면 그나마 손톱만큼도 협조하지 않을 사람들이거든."

다음주 토요일, 앤과 다이애너는 먼저 앤드루스 집안의 딸들을 만나기로 했기 때문에 뉴브리지를 향해 마차를 몰았다.

"캐서린 양이 있으면 모르겠지만, 엘리자 양은 땡전 한 푼도 안 내놓을걸!"

다이애너가 그렇게 말했는데, 집에는 캐서린과 엘리자 둘 다 있었다.

엘리자 양을 보고 있으면, 인생은 눈물의 골짜기이며, 큰 소리로 웃기는커녕 웃음을 떠올리는 것조차 힘을 낭비하는 일일 뿐이라는 느낌이 들었다. 앤드루스 집안의 딸들은 50이 넘도록 결혼하지 않은 채 살고 있었는데, 언제까지나 노처녀로 지내지 않을까 여겨졌다.

두 사람은 숲 끝자락의 양지 바른 공터에 있는 작은 집에서 살고 있었다. 엘리자 양은 여름에 더워서 견딜 수가 없다고 투덜거렸으나, 캐서린 양은 경치가 좋고 겨울에 따뜻하기 때문에 마음에 들어했다.

앤과 다이애너가 찾아온 용건을 이야기하자, 엘리자 양은 눈살을 찌푸렸고, 캐서린은 웃는 얼굴로 들었다. 엘리자가 캐서린을 돌아보자, 엘리자 양은 잠시 얼굴이 굳어졌지만, 잠시 후에 다시 미소짓는 얼굴이 되었다.

"만약 내게 함부로 써 버려도 되는 돈이 있다면, 그걸 불에 태우면서 즐거워할지는 몰라도 마을 회관을 위해서는 한 푼도 쓰지 않을 거야."

엘리자 양은 차갑게 냉소하듯이 말했다.

"마을 회관이야 마을을 위해서 있기보단 젊은 사람들이 공연히 모여서 웃고 시시덕거리는 곳이 아니던가?"

"어머나, 엘리자! 젊은이들이 모일 수 있는 장소도 필요해."

캐서린 양이 말을 가로막았다.

"아니, 난 그렇게 생각하지 않아. 내가 젊었을 땐 할 일 없이 마을 회관에나 드나들지는 않았어. 세상이 점점 해괴해지고 있는 거야."

"아냐, 나는 세상이 점점 좋아지고 있는 것 같은데!"

캐서린 양이 또다시 어깃장을 놓았다.

"좋아지고 있다고? 네가 어떻게 생각하든 진실은 바뀌지 않아."

"그래도, 난 언제나 좋은 면을 보려고 노력하고 있어, 엘리자!"

"그래? 도대체 좋은 면이 뭐가 있는데?"

앤은 더 이상 그대로 있을 수가 없었다.

"좋은 점이 얼마나 많은데요. 엘리자 양, 세상은 정말 아름다워요."

"천만에. 네가 나만큼 나이를 먹었다면 그렇게 생각하지 않을 걸."

엘리자 양은 아주 불쾌한 표정을 지었다.

"게다가 한가하게 마을을 개선하겠다든가 하는 일로 나대지는 않겠지. 다이애너, 엄마는 안녕하시니? 요즘 건강이 안 좋아 보이던데. 그리고 앤, 마릴라는 언제부터 장님이 된다고 하니?"

"의사 선생님이 주의하면 지금보다 더 나빠지지는 않는다고 말씀하셨어요."

앤이 떨리는 목소리로 말했다.

"의사는 걱정을 덜어 주려고 그런 말을 하기도 해. 나라면, 쓸데없는 희망은 갖지 않겠어. 차라리 최악의 경우를 각오하는 편이 낫지."

"하지만 최선을 다 해봐야지요. 어차피 결과를 알 수 없는 일이라면, 최선의 결과가 나올 수도 있거든요."

앤은 비참한 기분이 되어 말했다.

"난 57년이나 살아 왔는데, 내 경험에 비추어 본다면 그럴 가능성은 없어. 아니, 왜 벌써 가려고? 난 그 개선회인가 하는 모임 때문에 에이번리가 더 나빠지지 않기만을 바랄 뿐이야."

앤과 다이애너는 그 집을 나오자마자 전속력으로 마차를 몰았다. 너도밤나무 숲 길모퉁이를 돌아서는 참이었다. 뒤에서 손을 휘저으며 달려오는 사람이 있었다. 캐서린 양이었다. 캐서린 양은 숨을 헐떡이면서, 앤의 손에 25센트짜리 은화 두 개를 쥐어 주었다.

"이거 내가 내는 기부금이야. 1달러를 내고 싶지만 달걀 판 돈에서 이 이상 꺼내면 들키고 말 거야. 나는 개선회가 벌이는 일에 찬성이야. 좋은 일을 할 거라고 기대하고 있어. 내가 없는 걸 눈치 채기 전에 돌아가야 해. 닭 모이를 주러 나간 줄 알 테니까. 그래 세상은 점점 좋아지고 있어……. 그건 확실해."

다음은 다니엘 블레어 씨를 방문할 차례였다.
다이애너가 말했다.
"자아, 이 집은 부인이 집에 있느냐 없느냐에 달려 있어. 부인이 집에 있다면 다 틀렸어. 아무튼 블레어 씨는 머리 깎는 것조차 부인의 허락을 받아야 할 정도라니까."
그날 밤, 앤은 마릴라에게 블레어 씨 집에서 있었던 일을 이야기했다.
"말을 매어 놓고 주방문을 두드렸어요. 문은 그냥 열려 있었고, 누군가 식료품실에서 큰 소리로 떠들고 있더군요. 우리는 설마 블레어 씨가 그러는 거라곤 생각도 못했어요. 그런데 얼굴이 벌게져서 문으로 나온 사람은 부인의 앞치마를 두른 블레어 씨였어요. '앞치마 끈을 너무 꼭 맸으니 그냥 입고 있겠소'라고 말씀하시더군요. 우리는 좋다고 말하고, 안으로 들어가서 앉았어요. 블레어 씨는 몹시 난처해하는 것 같았어요. 하지만 겸손한 분이어서 화를 내지는 않았어요. 그분은 이렇게 말씀하셨어요. '지금 과자를 구우려던 참이야. 처제가 온다는 전보를 받았거든. 집사람이 역으로 마중을 나가면서 나보고 과자를 구워 놓으래. 그런데 재료 분량과 만드는 방법을 적어 놓은 메모지를 잊어버렸지 뭐야. 그래서 쩔쩔매고 있는 참이었어' 그러고는, '케이크 만들 때, 바닐라는 한 숟갈이면 되나?' 하는 것이었어요. 우리는 과자를 만들어 드리는 대신 마을 회관 기부금을 내시라고 하고 싶었지만, 곤경에 빠진 사람을 이용하는 느낌이 들어서 조건 없이 블레어 씨를 도와드리기로 했어요. 블레어 씨는 무척 기뻐했어요. 부인의 앞치마는 내가 두르고, 다이애너는 달걀 거품을 내고 블레어 씨는 신이 나서 이것저것 재료를 챙겨 주더군요. 나중에 우리가 방문한 목적을 듣고는 선뜻 4달러를 기부하셨어요. 기분이 너무 좋았어요. 기부금과 상관없이 도와드렸기 때문에 기쁨이 더했어요.”

블레어 씨 댁 다음에 방문한 곳은 테오도르 화이트 씨 집이었다. 앤이나 다이애너가 한 번도 가본 적이 없는 곳이었다. 손님에게 그다지 친절하지 않다는 소문이 도는 집이었다. 두 사람이 뒷문으로 들어갈까 당당하게 현관으로 들어갈까 가볍게 다투고 있을 때였다. 신문지를 한 아름 안은 테오도르 부인이 현관에 나타났다. 부인은 현관 바닥에서부터 층계까지 신문지를 죽 이어 깔더니, 천천히 두 사람 앞으로 다가왔다.

“신발을 잘 닦은 다음 신문지를 밟고 와요.”

부인은 심란한 듯이 말했다.

“지금 막 청소를 끝냈거든. 흙이 묻는 건 질색이야.”

신문지를 밟으며 앤이 다이애너에게 다짐을 두었다.

“다이애너, 웃지 마. 그리고 어떤 말을 듣더라도 나를 절대 쳐다보지 마. 너와 눈이 마주치면 계속 심각한 표정을 지을 수 없을 거야.”

신문지는 마루방을 지나서 응접실까지 깔려 있었다. 두 사람은 가장 가까운 의자에 옹색하게 쪼그리고 앉아서 찾아온 용건을 주섬주섬 말하기 시작했다.

이야기 도중에 화이트 부인은 두 번만 이야기를 중단시켰을 뿐 진지하게 듣고 있었다. 한 번은 파리를 쫓기 위해서였고, 다른 한 번은 앤의 옷에서 떨어진 풀잎을 줍기 위해서였다. 앤은 몹시 멋쩍어했다. 그러나 어쨌든 화이트 부인은 말을 다 듣고 나서 2달러를 기부했다.

"다시 온다고 할까봐 겁이 나서 주었을 거야."

밖에 나오자 다이애너가 종알거렸다.

화이트 부인은 두 사람이 마차에 오르기도 전에 신문지를 치우고, 다시 청소를 하고 있었다.

안전한 곳까지 왔다고 생각되자, 다이애너는 참았던 웃음보를 까르르 터뜨렸다.

"아기가 없으니 다행이야. 어린애가 있다면 감당할 수 없을 텐데……."

앤이 걱정된다는 듯이 심각하게 말했다.

스펜서 씨 댁을 방문했을 때는 스펜서 부인이 온 마을 사람들을 대놓고 흉보는 바람에 완전히 기분을 망쳤다.

토머스 볼터 씨는 한 푼도 협조해 주지 않았다. 20년 전 마을 회관을 세울 때, 자기 의견이 전혀 받아들여지지 않았다고 여전히 역정을 낼 뿐이었다. 그러나 가장 심한 대우를 받은 것은 사이몬 플리처 씨 댁에서였다.

두 사람이 집 마당에 마차를 세웠을 때도 플리처 씨는 안에서 문을 잠근 채 창밖으로 내다보기만 할 뿐 아무리 문을 두드려도 열어 주지 않았다. 머리끝까지 화가 났지만 돌아설 수밖에 없었다. 앤은 기가 팍 꺾이는 기분이었다.

그러나 다행히 다른 집에서는 잘 협조해 주었다. 특히 슬론 집안의 몇 집에서는 모두 기분 좋게 기부금을 내주었다. 맨 마지막에 들른 로버트 딕슨 씨 댁에서는 차 대접까지 받았다.

두 사람이 딕슨 씨 댁에 있는 동안 제임스 화이트의 할머니가 오셨다.

"지금 로렌슨 집에서 오는 길이야. 아마 지금 그 사람은 온 동네를 통틀어 제일 행복한 사람일 거야. 아들을 낳았거든. 딸을 일곱이나 낳고 이제 아들을 얻었으니 기뻐하는 것도 당연하지."

앤은 그 이야기에 귀가 솔깃해졌다. 마차에 오르자 앤이 말했다.

"지금 곧바로 로렌스 씨 댁으로 가자."

"여기서는 너무 멀어. 게다가 그곳은 길버트와 프레드가 맡은 구역 인걸."

"잘해야 다음주에나 가게 될 거야. 오늘 기쁨이 사라지기 전에 가야 효과가 있어. 로렌스 씨는 구두쇠로 소문난 사람이지만, 기분 좋은 일이 있으니 다를 거야. 이런 절호의 기회를 놓칠 수는 없어."

결과는 앤이 생각했던 대로였다. 로렌스 씨는 환하게 웃으며 두 사람을 맞더니, 앤이 기부금을 부탁하자 선선하게 승낙했다.

앤은 몹시 피곤했지만 내친 김에 그날 밤 해리슨 씨에게 가기로 결심했다. 해리슨 씨는 원래 카모디 쪽이었지만, 앤이 맡기로 했다. 해리슨 씨가 좀 이상한 사람이라는 소문을 듣고 제인과 조시 파이가 앤에게 부탁을 했던 것이다.

앤이 기부금 이야기를 꺼내자마자 해리슨 씨는 단 한 푼도 낼 수 없노라 일언지하에 거절했다. 아무리 부탁해도 끝내 마찬가지였다.

"아저씨는 개선회 모임을 찬성하는 것으로 알고 있었는데요."

“그래. 앤, 하지만 찬성하는 것일 뿐 기부와는 상관없어!”

‘오늘 같은 경험을 몇 번 더 한다면, 나도 엘리자 양처럼 돼 버릴 것 같아.’ 잠자리에 들기 전, 앤은 혼자서 중얼거렸다.

쌍둥이의 운명

10월의 어느 저녁, 앤은 책상 앞에 앉은 채 한숨을 내쉬고 있었다. 책상 위에는 무언가 쓰다 만 종이가 그대로 펼쳐져 있었다. 마침 열린 채로 있던 주방 문 앞까지 왔던 길버트가 앤의 한숨 소리를 듣고 물었다.

“왜 그래? 무슨 일이 있어?”

앤은 얼굴을 붉히며 종이를 얼른 감추며 대답했다.

“아니야. 해밀턴 교수님 말씀대로 때때로 생각나는 것들을 적어보고 싶은데, 마음대로 되지 않아. 써놓고 보면 이건 영 아니야. 좀더 공부하면 가능하겠지만, 통 시간이 없어. 아이들 연습 문제나 작문을 고쳐 주고 나면, 내 글은 쓸 힘조차 남아 있지 않아.”

“넌 어쨌든 학교에선 성공적이잖아. 아이들이 모두 좋아한다던데…….”
길버트는 돌계단 위에 앉아서 말했다.

“그렇지도 않아. 앤소니 파이는 여전히 나를 좋아하지 않아. 좋아하기는커녕 오히려 이젠 멸시하는 눈초리야. 난 그 애만 생각하면 속이 상해. 그 아이가 나쁜 건 아니야. 말을 안 듣는 것도 아니고. 그런데 확실한 건 나를 좋아하지 않는다는 거야. 앤소니의 마음을 돌려보려고 애도 많이 써 보았어. 사실 영리하고 귀여운 데가 있는 녀석이거든.”

“어른들이 앤소니에게 쓸데없는 이야기를 한 것은 아닐까?”

“앤소니는 독립심이 강하고 판단력도 있어. 아마 남자 선생님이 아니라는 것 때문에 제 딴에는 무시하는 건지도 몰라. 더 노력해 볼 테야. 다행히 나를 정말 기쁘게 하는 아이도 있거든. 폴 어빙 말이야. 그 아이는 정말 천재야.”

“나도 가르치는 것이 즐거워. 좋은 공부가 되거든. 내가 학교에서 배운 것보다 몇 배나 더 중요한 것을 배우게 돼. 우리는 잘 해나가고 있는 거야. 뉴브리지에서는 제인이 잘하고 있고, 화이트 샌드에서는 그대의 종인 내가 잘나가고 있고……. 그런데, 어때? 도닐 부인네 아이의 새 이름에는 이제 익숙해졌어?”

앤은 낄낄 웃었다.

“응, 처음에는 내가 ‘세인트 클레어!’ 하고 부르니까 못 들은 체하고 가만히 있는 거야. 다른 아이들이 옆구리를 툭툭 건드리니까 그제야 마지못해 얼굴을 드는 거야. 아주 싫어하는 게 역력했어. 내가 따로 불러서 어머니가 그렇게 부탁했다고 타일렀지. 그랬더니 그 아이가 한 술 더 떠. 내가 그렇게 부르는 건 상관없지만, 다른 아이들은 절대 안 된다는 거야. 그래서 나는 ‘세인트 클레어’라고 부르고, 아이들은 ‘제이콥’이라고 불러. 그 아이는 목사가 되겠다고 하는데, 그 아이 어머니는 대학 교수를 만들고 싶대.”

'대학' 이라는 말이 나오자 두 사람의 화제는 자연스럽게 그쪽으로 옮겨갔다. 그리고 서로의 계획과 희망을 진지하게 이야기하기 시작했다.

길버트는 의사가 되겠다고 말했다.

"보람 있는 일이라고 생각해. 남자로 태어나서 그 무엇과 일생동안 투쟁해야 한다면, 나는 질병과 고통을 내 적으로 삼겠어. 앤, 난 어떤 고귀한 목적을 위해 성실하게 노력하여 이 세상에 업적을 남기고 싶어. 나보다 앞서 살았던 사람들이 이룩한 업적이 인류에게 도움이 되듯이, 나도 물려줄 가치 있는 뭔가를 말이야. 그것이 인류를 위한 일이라고 생각해."

"나는 인생을 더욱 아름답게 하는 일에 헌신하고 싶어."

앤은 꿈꾸듯이 말을 계속했다.

"나는 사람들이 삶의 기쁨과 아름다움을 알 수 있게 하는 그런 일을 하고 싶어."

"앤, 넌 이미 그런 일을 하고 있다고 생각해."

길버트가 감동 어린 목소리로 말했다. 길버트가 보기에 앤은 태어날 때부터 빛을 발하는 사람이었다. 누구의 삶에든 사랑과 웃음을 던져 주는.

길버트가 아쉬운 마음으로 돌아가고 난 후, 앤은 차를 준비했다. 저녁 무렵에 메리 키스 집에서 마릴라 아줌마가 돌아왔을 때는 차 준비가 다 되었고, 난로에는 따뜻한 불꽃이 타오르고 있었다.

그러나 마릴라는 지친 듯이 의자에 주저앉았다.

"눈이 아파요? 두통은요?"

앤이 걱정스러운 얼굴로 물었다.

"아니야, 좀 피곤해서 그래. 그런데 메리의 아이들이 정말 걱정이구나. 메리의 병세가 훨씬 나빠졌어. 애들을 도대체 어떻게 해야 좋을지 모르겠구나!"

"그 아이들 삼촌에게서는 소식이 없나요?"

"편지가 오긴 했는데, 벌목 일을 해야 하기 때문에 봄까지는 도저히 아이들을 데리러 올 수 없다는 구나! 봄에는 결혼도 하고 아이들도 맡을 수 있으니까, 겨울 동안만 누가 맡아 달라는 거야. 메리는 맡길 만한 사람이 아무도 없다고 해. 직접 말은 못하지만 결국 내가 맡아 주기를 바라는 눈치야."

앤은 너무 기뻐서 마릴라의 손을 꼭 쥐었다.

"아줌마, 물론 그 아이들을 맡을 거지요?"

"아직 결정하지 못했어."

마릴라는 조금 차갑게 대답했다.

"난 너처럼 일단 일을 저질러 놓고 보는 성격은 아니니까. 여섯 살짜리를 맡는 건 그리 쉬운 일이 아니야. 게다가 쌍둥이를……."

마릴라는 쌍둥이를 기르는 건 보통 아이들보다 딱 두 배쯤 더 힘들다고 생각하는 모양이었다.

"쌍둥이를 키우는 게 더 나을 수도 있어요. 치다꺼리가 너무 많지만 않다면요. 제가 학교에 가버리고 나면 아줌마가 덜 심심할 수도 있고요."

"뭐, 심심하지 않을 거라고? 이루 말할 수 없이 말썽을 부릴 텐데……. 네가 여기 왔을 때쯤 나이라면 무슨 걱정이겠니? 아이들이 너무 어리단 말이야. 도라는 그나마 얌전한 편이지만 데이비는 천생 개구쟁이란다."

아이들을 좋아하는 앤은 두 쌍둥이를 꼭 맡고 싶었다. 고아였던 자신의 어렸을 적 일들이 주마등처럼 스쳐 지나갔다. 그래서 더욱 열심히 마릴라를 설득했다.

"데이비가 개구쟁이라면 정말 좋은 아이가 될 수 있도록 돌봐줄 사람이 필요해요. 우리가 맡아 주지 않으면 그 애가 어떻게 자랄지 걱정돼요. 만일 메리 아줌마네 옆집에 사는 스플렛 씨가 맡게 된다고 생각해 보세요. 그 사람 평판이 아주 좋지 않다면서요? 아줌마, 그 쌍둥이들을 맡는 게 우리에게 지워진 의무가 아닐까요?"

"글쎄, 그런 것 같기도 하구나."

마릴라는 심란한 목소리로 마지못해 대답했다.

"메리에게 내가 맡겠다고 이야기해야겠지. 넌 뭐가 그리 좋아? 네 일만 훨씬 많아진 것뿐인데. 나야 눈이 어두우니 바느질도 할 수 없는 걸? 옷을 깁고 지어 입히는 게 모두 네 일인데. 넌 바느질이라면 죽어라고 싫어하지 않았니?"

"네 그래요. 아주 싫어해요."

앤이 또박또박 대답했다.

"하지만, 아줌마가 의무를 다하기 위해서 아이들을 맡아 준다면, 나도 내 의무를 저버리지 않고 바느질을 하겠어요. 뜻 깊은 일을 하려면 어느 정도는 좋아하지 않는 일도 할 수 있어야 한다고 생각해요."

린드 부인은 햇빛이 비켜드는 주방 창가에 앉아 누비이불을 만들고 있었다. 갈색으로 빛나는 숲길을 가로질러 마차 한 대가 언덕을 내려오고 있었다.

"마릴라가 장례식을 마치고 돌아오는군요."

린드 부인은 주방의 긴 의자에 누워 있는 남편에게 말을 건넸다.

토머스 린드는 요즘 들어 자주 의자에 누워 있곤 했다. 집 밖에서 일어나는 일이라면 모르는 것이 없는 린드 부인이었지만, 정작 자기 남편에게 일어난 변화는 아직 눈치 채지 못하고 있었다.

"쌍둥이도 같이 오네요. 데이비는 역시 말썽쟁이인가 봐요. 도라는 그래도 얌전해 보이는데. 마릴라도 딱하게 됐지 뭐예요. 마릴라 입장에서는 안 맡을 수도 없게 됐어요. 매슈가 앤을 데려왔을 때, 모두들 마릴라가 아이를 기르게 되었다고 놀랐던 일이 엊그제 같아요. 그런데 이번에는 쌍둥이를 기르게 되었으니 사람 일이란 정말 알 수가 없다니까."

마차가 낮은 언덕배기를 지나 초록색 지붕으로 가는 오솔길로 접어들고 있었다. 마릴라는 시종 굳은 얼굴이었다. 집에 오는 동안 데이비가 어찌나 까불어대는지, 마차에서 떨어져 다치기라고 할까 봐 내내 마음을 졸인 탓이었다. 참을 만큼 참은 마릴라는 마침내 집에 도착하면 때려 주겠다고 데이비에게 선언했다.

그 말을 들은 데이비는 말고삐를 잡고 있는 마릴라의 무릎 위로 기어오르더니, 포동포동한 팔로 마릴라의 목을 껴안았다.

"아줌마, 거짓말이지?"

데이비는 주름진 마릴라의 볼에 입을 맞추면서 말했다.

"아줌마는 말 안 듣는다고 어린애를 때리는 사람은 아닐 거야. 아줌마도 나만 할 때는 가만히 있지 않았잖아?"

"아니야, 난 조용히 하라면 언제까지나 조용히 있었단다."

마릴라는 엄한 표정으로 말하려고 했지만, 데이비의 천진난만함에는 어쩔 도리가 없었다.

"아줌마는 여자였으니까!"

데이비는 다시 한 번 마릴라를 껴안더니 제자리로 돌아가 앉았다.

그러더니 갑자기 도라의 머리채를 획 잡아당겼다. 도라는 생 비명을 지르며 울부짖기 시작했다.

"넌 정말 못된 애구나. 더구나 오늘은 네 엄마 장례식을 치른 날이잖아?"

마릴라는 난감한 표정으로 말했다.

"엄마는 늘 죽고 싶다고 했는걸. 아파서 누워 있는 것보다 죽는 편이 낫다고 했어. 엄마가 죽기 전에 나와 도라에게 이야기해 줬어. 아줌마가 겨울 동안 나와 도라를 맡아 주실 테니, 말썽 부려선 안 된다고 말이야. 착한 아이가 돼서 동생을 잘 돌봐 주라고 했어."

"머리카락을 잡아당기는 게 잘 돌봐 주는 거니?"

"하지만 다른 애들이 그러면 가만 두지 않을 거야. 도라는 내 동생이니까."

데이비는 주먹을 꼭 쥐고는 무서운 인상을 썼다.

"난 도라가 더 어렸으면 좋겠어. 내 말을 잘 듣는 동생이었으면 좋겠단 말이야. 그런데, 아줌마! 내가 말을 몰면 안 돼? 난 남자잖아."

초록색 지붕의 뒤뜰에 다다라서야 마릴라는 비로소 마음을 놓을 수가 있었다. 앤이 두 아이를 마차에서 내려주었다. 앤이 키스할 때 도라는 얌전히 있었지만, 데이비는 몸을 날려 매달리며 말했다.

"나는 데이비 키스야."

저녁 식사 때에도 도라는 예의 바르게 행동했지만, 데이비는 여전히 장난치는 데만 골몰했다. 마릴라가 얌전히 좀 있으라고 말하자, 데이비는 오히려 한 술 더 뜨고 나섰다.

"난 배가 고파 죽겠어. 여기까지 오면서 운동을 너무 많이 했거든. 이 파이 참 맛있네. 건포도도 듬뿍 들어 있고. 이런 걸 먹어 본 지 정말 오래 됐어. 엄마가 맨날 아파서 말이야. 좀 더 먹어도 돼?"

앤이 한 조각을 크게 잘라서 데이비에게 건네주며 '고맙습니다' 라고 말하라고 시켰다. 데이비는 싱긋 웃더니 파이를 날름 입으로 가져갔다.

파이를 다 먹고 난 데이비가 말했다.

"하나만 더 주면 '고맙습니다' 하고 받을게……."

"안 돼. 너무 많이 먹었어."

마릴라가 엄한 말투로 말했다. 그러자 데이비는 도라가 이제 막 한 입 베어 먹은 파이를 탁 채더니 제 입에 쓸어 넣었다. 도라와 마릴라가 함께 놀라서 눈을 동그랗게 떴다.

"데이비, 그런 신사답지 못한 행동을 하다니……."

앤이 학교에서 하는 것처럼 나무라듯 말했다.

데이비는 파이를 후닥닥 삼키고 나서 말했다.

"난 신사가 아닌걸!"

"데이비, 신사가 되고 싶지 않니?"

"되고 싶지. 하지만, 신사가 되는 건 어른이 된 뒤의 일이잖아."

앤이 재빨리 말을 잘랐다.

"데이비, 신사는 어린아이 때도 달라. 커서 신사가 될 사람은 여자 아이에게서 파이를 빼앗는 짓 따위는 하지 않아. '고맙습니다'라는 말도 그래. 그건 당연히 해야 하는 거야."

"에이, 신사 참 재미없네. 난 다 큰 다음에나 신사가 될 거야."

그날은 마릴라에게 몹시 힘든 하루였다. 장례식을 끝내고 몇 시간이나 쌍둥이에게 시달리며 마차를 몰고 왔기 때문이다.

쌍둥이는 둘 다 귀여웠지만, 모습은 딴판이었다. 얌전한 도라는 윤기가 자르르한 머리카락을 가졌고, 장난기로 뭉쳐진 데이비는 곱슬머리였다.

"아이들을 그만 재워야겠다."

마릴라는 그것이 일단 두 아이에게서 벗어나는 최선의 방법이라고 여기는 듯했다.

"자아, 도라는 나와 함께 자고, 데이비는 2층 서쪽 방에서 자거라. 혼자 자도 무섭지 않지?"

"무섭지는 않아. 그렇지만, 난 지금 자지 않을 테야."

"안 돼, 자야 한다."

데이비는 마릴라의 엄명에 어쩔 수 없이 2층으로 올라갔다.

"난 어른이 되면 밤새도록 잠을 자지 않을 테야."

데이비는 볼이 잔뜩 부어 앤에게 투덜거렸다.

여러 해가 지난 후에도, 마릴라는 쌍둥이가 초록색 지붕집에 온 뒤 처음 얼마 동안의 일을 생각하면 몸서리를 치고는 했다. 데이비는 꼭 두새벽부터 일어나 무언가 장난거리는 없나 하고 눈을 반짝이곤 했던 것이다.

최초의 사건은 이틀째 되는 날에 터졌다.

그날은 일요일이었는데, 마릴라가 도라를 돌보는 동안 앤은 데이비를 맡았다. 데이비는 죽어라고 세수를 하지 않으려고 뻗댔다.

"어제 아줌마가 씻어 주었는데 오늘도 씻어야 돼? 1주일 정도는 괜찮단 말이야. 난 더러운 얼굴로 있는 게 더 좋아."

"폴 어빙은 날마다 혼자 세수를 한단다."

데이비는 초록색 지붕집에 온 지 얼마 안 되어 앤을 따르기 시작했는데, 앤이 칭찬해 마지않는 폴 어빙이 하는 일이라면, 자기도 무엇이든 뒤질 수 없다고 기를 썼다.

깨끗이 몸단장을 시켜 놓으면 데이비는 꽤 잘생긴 사내아이였다. 앤은 뿌듯한 기분으로 데이비를 데리고 교회에 가서 자리에 앉혔다.

데이비는 처음 얼마 동안은 얌전하게 앉아 있었다. 눈으로 열심히 폴 어빙을 찾고 있었기 때문이다. 그러나 목사님이 기도를 드리고 있을 때, 드디어 일은 터지고 말았다. 앞자리에는 목이 유난히 하얀 로리타라는 여자아이가 앉아 있었는데, 데이비가 주머니에 가만히 손을 집어넣더니 송충이를 꺼내는 것이었다.

마릴라가 발견하고 재빨리 손을 잡았지만 이미 때가 늦었다. 송충이는 데이비의 손을 떠나 이미 로리타의 목덜미를 지나 옷속으로 이미 들어가 버린 후였다. 목사님의 기도 중에 갑자기 놀란 아이의 비멍이 터졌다. 로리타가 겁에 질려 어쩔 줄을 모르고 허둥댔다.

"엄마, 엄마! 빨리 꺼내 줘. 쟤가 송충이를 넣었어요. 아, 엄마! 어떻게 좀 빨리 해 주세요."

화이트 부인이 무섭게 화가 난 얼굴로 로리타를 밖으로 데리고 나간 뒤, 목사님의 기도는 계속되었다. 그러나 예배가 엉망이 된 것은 말할 것도 없었다. 마릴라도 앤도 면목이 없어 예배 시간이 어떻게 지나갔는지도 모를 정도였다.

집에 돌아오자, 마릴라는 데이비에게 하루 종일 침대 밑에서 꼼짝하지 말고 있으라고 벌을 주었다. 점심도 빵과 차만 주었다. 앤이 음식을 들고 올라가 그래도 안쓰러워 곁에 앉아 있었다.

화요일 오후에는 초록색 지붕집에서 교회 부인회 모임이 있었다. 앤은 학교를 마친 후, 곧 돌아와 마릴라의 일을 거들었다. 도라는 옷을 깔끔하게 차려 입고 응접실의 손님들과 같이 있었고, 데이비는 뒷마당에서 흙장난을 하고 있었다.

차 마시는 시간이 되었을 때였다. 손님들이 모두 식당에 앉아 있는데, 잠깐 눈에 띄지 않던 도라가 식당으로 들어왔다.

마릴라와 앤, 그리고 차를 마시던 손님들이 모두 눈이 휘둥그레져서 도라를 돌아보았다. 이게 무슨 일이람. 도라의 옷은 엉망진창이 되었고, 몸에서는 물이 뚝뚝 떨어지고 있었다.

"도라, 어떻게 된 거니?"

앤이 놀라 외마디 소리를 지르며 도라에게 달려갔다.

"데이비가 나보고 돼지우리 문지방에 올라가 보라고 했어. 내가 싫다니까 겁쟁이 고양이라고 놀리지 뭐야. 그래서 돼지우리 문지방에 올라 섰다가 그만 돼지우리에 넘어지고 말았어. 데이비가 더러워진 옷을 닦아 준다고 우물 옆에 서 있으라고 하더니 이렇게 물을 끼얹었단 말이야.”

마릴라는 아무 말 없이 도라의 옷을 갈아입혔다. 그러나 데이비는 저녁때까지 침대 밑에서 벌을 서야 했다.

저녁때가 되어서야 앤은 데이비에게 갔다. 앤은 조용히 타이르는 것이 데이비에게 가장 좋은 방법이라고 믿고 있었다. 앤은 데이비가 나쁜 짓을 하면 오히려 자기가 견딜 수 없이 슬퍼진다고 말했다.

“생각해 보니까 내가 나빴어. 폴 어빙이라면 돼지우리 같은 데서 놀지는 않겠지?”

“그럼 그런 짓은 안 할 거야. 폴은 진짜 신사거든.”

데이비는 잠시 눈을 감고 생각하는 듯하더니, 갑자기 앤의 목을 꼭 껴안으며 말했다.

“누나, 나는 폴처럼 착한 아이는 아니야. 그래도 조금이라도 나를 좋아해 줄 수 있어?”

“물론이야. 좋아하고말고.”

‘어떻게 데이비 같은 아이를 좋아하지 않을 수 있어.’

앤은 속으로 생각했다.

“그런데 네가 착한 아이라면, 누나는 더 많이 좋아할 거야.”

“누나, 실은 또 한 가지 나쁜 짓을 했어.”

데이비가 잔뜩 기어들어 가는 목소리로 말했다.

“나쁜 짓이라고 생각해서 말하는 거야. 야단치지 마. 절대 아줌마 한테 이르면 안 돼.”

“데이비, 네가 다시는 그런 짓을 안 한다고 약속하면, 나도 아줌마에게 말하지 않을게. 자아, 얘기해 봐.”

“알았어. 이제 그런 짓은 절대로 안 할 거야. 그렇게 큰 놈을 잡을 수도 없을 테니까……”

“데이비, 무슨 짓을 한 거야?”

“아줌마 침대에 두꺼비를 넣어 두었어. 지금 꺼내도 되겠지만, 그냥 놔두는 것도 재미있을 텐데……”

“이런! 아이고, 데이비!”

앤은 데이비를 밀어제치고 쏜살같이 아래층으로 달려내려 갔다.

과연 침대 속에는 커다란 두꺼비가 눈을 껌벅이며 흉물스럽게 앉아 있었다. 앤은 마릴라 아줌마가 눈치 채기 전에 두꺼비를 부삽으로 떠내느라고 몹시 애를 먹었다. 두꺼비를 밖에 버리고 나서야 앤은 한숨을 푹 쉬었다.

“아줌마에게 발각되기 전에 데이비가 말해서 그나마 천만 다행이었어. 안 그랬으면, 놀라서 신경쇠약에 걸리고 말았을 거야……”

파란색 마을 회관

“수다쟁이 린드 부인이 오늘도 교회에 깔 양탄자를 사야 한다고 기부금을 내라더군. 난 애당초 그런 여자는 딱 질색이야.”

해리슨 씨가 볼멘소리로 투덜댔다. 뉘엇뉘엇 해가 저무는 11월의 어느 날, 소슬한 바람을 맞으며 앤과 해리슨 씨는 베란다에 앉아 있었다.

"그건 아저씨와 린드 아줌마가 서로 이해하지 않으려 하기 때문이에요. 이해하는 마음이 없이는 사람을 좋아할 수 없거든요. 저도 처음에는 린드 아줌마가 싫었어요. 그런데 아줌마의 좋은 점을 보고 좋아하려고 애썼지요."

"애쓰면서까지 린드 부인을 이해하고 싶지는 않아. 내가 확실히 알고 있는 건 그 노인네가 남의 일에 참견하기를 무척 좋아한다는 것뿐이야. 그래서 남의 일에 참견하지 말라고 말해 주었지."

"어머나, 몹시 언짢았겠네요. 어떻게 그런 말을 할 수 있어요?"

"나는 사실을 사실대로 말할 뿐이야."

"사실대로 말할 뿐이라고요? 하지만 항상 그런 것도 아니에요. 안 좋은 것만 솔직히 말하지요. 내 머리카락이 빨갛다는 얘기는 자주 하면서도 코가 예쁘다는 말씀은 안 하잖아요."

해리슨 씨가 허를 찔렸다는 듯이 헛헛하게 웃었다.

"말하지 않아도 이미 알고 있잖아."

"머리카락이 빨갛다는 것도 이미 알고 있는걸요."

"알았어. 앤, 앞으로는 조심할게. 생각나는 대로 말하는 게 버릇이 돼서 그러니 이해해줘."

"버릇이라고 하면서 남에게 상처를 주는 건 좋지 않아요. 핀으로 콕콕 찌르고 다니면서, '이게 내 버릇이에요. 이해하세요.' 한다면 어쩌겠어요. 린드 아줌마가 남의 일에 참견이 심한 건 사실이지만, 많은 친절을 베푸시는 분이기도 해요. 마을의 궂은일은 도맡아서 하시는걸요."

"그야, 린드 부인에게도 좋은 점이 있긴 하지……."

해리슨 씨가 머쓱해하면서 말끝을 흐렸다.

"어떤 사람이든 좋은 점은 있는 법이니까. 앤은 잘 모르겠지만, 내게도 좋은 면이 있지. 아무튼 난 양탄자를 사기 위한 기부금은 한 푼도 낼 마음이 없어. 아, 그런데 개선회에서 하는 마을 회관을 다시 칠하는 일은 잘되고 있나?"

"그럼요. 돈이 많이 모여서 칠도 새로 하고, 지붕도 다시 얹기로 했어요. 거의 모든 사람들이 선선하게 협조해 준 덕분이에요."

앤은 일부러 '모든 사람들' 이란 말에 힘을 주었다.

"색깔은 정했어?"

"밝은 초록색으로 하기로 했어요. 지붕은 진한 갈색으로 하고요. 로저 파이 씨가 시내에 나가는 길에 페인트를 사다 주기로 했어요."

"일은 누구한테 맡겼는데?"

"카모디의 조시 파이 씨예요. 파이 씨 네 집 친척들이 12달러나 기부하면서, 그 사람에게 일을 맡기는 걸 조건으로 세웠거든요. 린드 아줌마는 그 사람에게 일을 맡긴 게 영 미덥지 못하다고 말씀하세요."

"문제는 일을 얼마나 잘하느냐 못하느냐뿐이라고 생각해."

"기술은 좋다나 봐요. 워낙 말이 없어서 이상한 사람이라는 소문이 있지만……."

"나도 에이번리에 오기 전에는 참 말이 없는 사람이었어. 그런데, 여기에서 살다 보니 왜 그리 변명해야 할 일이 많은지……. 왜 벌써 가려고?"

"오늘밤에 도라의 옷을 꿰매야 하거든요. 그리고 데이비가 마릴라 아줌마를 귀찮게 하고 있을지도 몰라요."

"그 아이는 정말 개구쟁이더군. 어제는 우리 집에 왔다가 내가 없는 사이 진저의 털을 여섯 개나 뽑아 갔어."

앤은 데이비가 진저에게 복수를 한 것이 통쾌했다.

그날 밤, 로저 파이 씨는 마을 회관에 칠할 페인트를 사왔고, 도통 말이 없는 조시 파이 씨는 이튿날부터 일을 시작했다.

일하는 동안 아무도 조시 씨를 방해하지 않았다. 마을 회관은 숲 가운데 있었고, 늦가을이라 길이 질퍽거려 사람들은 숲의 윗길로 지나다녔기 때문이다. 조시 파이 씨는 하루 종일 혼자서 외롭게 페인트를 칠하고 있었다.

파이 씨가 돌아간 뒤, 새로 칠한 마을 회관을 보려고 맨 먼저 숲으로 달려간 사람은 린드 부인이었다. 전나무 샛길로 들어서서 마을 회관을 본 린드 부인은 눈을 커다랗게 치켜 떴다.

"아니, 이게 어떻게 된 일이람?"

마을 회관을 바라보던 린드 부인은 마침내 기가 막힌다는 듯이 실소를 했다.

"틀림없이 뭔가 잘못 된 거야. 어쩐지 조시 파이가 이 일을 맡은 게 못미더웠어."

린드 부인은 돌아가는 길에 만나는 사람마다 마을 회관에 관한 장황하게 늘어놓았다.

소식은 순식간에 마을로 번져 갔다. 집에서 책을 보고 있던 길버트는 뒤늦게 소문을 듣고 프레드와 함께 헐레벌떡 초록색 지붕집으로 달려왔다.

초록 지붕집 뒤뜰에는 어깨가 축 처진 앤과 제인, 다이애너가 나무 밑에서 종종거리며 서 있었다.

"소문이 진짜는 아니겠지, 앤?"

"사실이야!"

앤은 비극의 주인공처럼 슬픈 듯이 말했다.

"린드 아줌마가 카모디에 갔다가 돌아오는 길에 보셨대. 잘 해보려고 했는데 더 나빠졌으니 어쩌면 좋아!"

"뭐가 어떻다고 그래?"

마릴라의 부탁으로 시내에 갔다가 막 돌아오던 올리버 슬론이 물었다.

제인이 화가 나서 못 견디겠다는 듯이 소리쳤다.

"소문도 못 들었어? 조시 파이 씨가 마을 회관을 파란색으로 칠했대. 마차에 칠하는 그런 파란색을 말이야! 게다가 지붕은 빨간색이라니, 얼마나 괴상할까. 처음 들었을 때는 까무러칠 뻔했어. 우리들의 모든 노력이 헛수고가 되었어."

다이애너가 탄식했다.

"어쩌다 이런 일이 생겼을까?"

페인트 통에는 색깔에 따라 번호가 씌어 있었다. 개선회 회원들은 의논 끝에 147번 페인트를 쓰기로 결정했고, 로저 파이 씨의 아들인 존 앤드류에게 페인트를 사다 줄 것을 부탁했다. 그런데, 로저 파이 씨는 앤드류가 157번이라고 했다는 것이다.

그날 밤 개선회 회원들은 실의에 잠겨서 초록색 지붕집에 모여 있었다. 앤은 참으려고 했지만, 눈물이 나오는 걸 주체할 수 없었다.

"열일곱 살이나 먹었지만, 막 눈물이 나와. 우리 개선회 이름에 먹칠을 하게 됐잖아"

마을 회관을 개선하는 데 기부금을 낸 사람들은 당연히 화를 냈다. 사람들은 이런 낭패의 원인이 로저 파이와 존 앤드류에게 있다고 생각했다. 또한 그렇다고 그런 색깔을 그냥 칠해버린 조시 파이에게도 얼마간의 책임이 있다고 탓했다. 그러자 조시 파이는 그 말을 듣고는 펄쩍뛰었다. 자기는 페인트를 칠해 달라고 해서 해준 것뿐이고, 에이번리 사람들이 무슨 색을 좋아하든 자기가 상관할 바가 아니지 않느냐고 따졌다.

개선회 회원들은 마을의 판사인 피터 슬론 씨와 의논해 보았지만, 결론은 조시 파이에게 정당한 임금을 지급해야 한다는 것뿐이었다.

"마을 회관은 정말 보기 흉하게 되었지만, 돈은 지불해야 해요."

슬론 판사는 이렇게 말했다.

운 나쁘게도 곤경에 빠진 개선회 회원들은 마을 사람들이 자기들을 얼마나 비웃을까 생각하며 고민에 빠져 있었다.

그런데 분위기는 정반대가 되어 있었다. 에이번리 사람들은 마을 회관을 좀 낫게 해보려고 그토록 애를 쓰고도 이렇게 볼썽사나운 일을 겪고 있는 개선회 회원들을 오히려 가엾게 생각하고 있었다. 린드 부인은 주눅 들지 말고 용감하게 다른 일을 시작해 보라고 격려해 주었고, 스펜서 씨는 자기네 밭 앞에 있는 큰 나무를 뽑고 잔디를 심겠다고 약속했다.

앤이 학교에 있을 때 불현듯 찾아온 하이램 슬론의 할머니는 봄에 제라늄 꽃밭을 만든다면, 자기 집 소가 뜯어먹지 않도록 단속을 잘할 테니 걱정하지 말라고 다짐을 주기도 했다.

해리슨 씨는 혼자 실소하고 있었지만, 앤을 만나서는 역시 따뜻하게 위로해 주었다.

"그래도 에이번리 사람들은 두고두고 '파란색 마을 회관' 이야기를 하며 웃음거리로 삼겠지요."

앤은 여전히 슬픈 표정으로 말했다.

개구쟁이 데이비

11월의 어느 날 오후, 백양나무 길을 걸어 학교에서 돌아오며, 앤은 인생의 아름다움에 대해 생각하고 있었다. 운 좋게도 그날 앤의 반 학생들은 아무도 말썽을 부리지 않았다.

앤이 꿈꾸듯 골똘히 생각에 잠겨 숲길을 걷고 있을 때, 오솔길 저쪽에서 다이애너가 웃으면서 서 있었다.

"다이애너, 어디 가는 거니?"

앤이 반갑게 물었다.

"딕슨 씨 댁에. 애버트에게 새 옷 만드는 걸 도와주겠다고 약속했거든. 저녁에 너도 오지 않겠어? 함께 돌아가면 좋을 텐데……."

"알았어, 가도록 할게. 프레드 라이트가 거리에 나갔을 테니까……."

앤의 말에 다이애너는 고개를 저으며 걷기 시작했으나 그다지 화를 내지는 않았다.

사실 앤은 그날 밤 딕슨 씨 댁에 갈 작정이었지만, 사정이 여의치 않았다. 집에 돌아오니 엄청난 사태가 벌어져 있었던 것이다. 뒤뜰에서 앤을 맞이한 마릴라 아줌마는 몹시 허둥대고 있었다.

"앤, 도라가 없어졌어."

앤은 데이비를 찾아보았다. 데이비는 대문 위에 올라타고 앉아 다리를 흔들면서 눈을 희번덕거리고 있었다.

"데이비, 도라가 어디 있는지 모르니?"

"몰라. 점심을 먹은 뒤부터 안 보였어. 정말 몰라."

"내가 1시부터 쭉 집을 비웠단다. 토머스가 아프다고 린드 부인이 급히 좀 와 달라고 했어. 내가 나갈 때 도라는 주방에서 인형놀이를 하고 있었고, 데이비는 헛간에서 흙장난을 치고 있었거든. 한 30분쯤 전에 와 보니까 도라가 없어졌다는구나. 내가 나간 뒤에 도라를 본 적이 없다는 거야."

"난 정말 못 봤어."

데이비가 다시 분명하게 말했다.

"틀림없이 이 근처 어딘가에 있을 거예요. 혼자서 멀리 나갔을 리 없어요. 어디 방에서 잠든 건 아닐까요?"

마릴라가 고개를 저었다.

"집안은 다 찾아보았어. 어디 창고 안에 있는 건 아닌지……."

두 사람은 혼이 쏙 빠진 채 집 안팎을 이 잡듯이 뒤졌다. 나중에는 도라의 이름을 부르며 숲속에까지 헤매고 돌아다녔다.

마릴라 아줌마는 촛불을 켜고 지하실에도 내려가보았다. 두 사람이 이곳저곳 도라를 찾아 헤맬 때마다, 데이비는 뒤를 졸졸 따라다니면서 여기저기 생각나는 대로 도라가 있을 만한 곳을 대곤 했다.

"정말 해괴한 일도 다 있구나!"

이윽고 마릴라 아줌마가 울먹였다.

"우물 속에 빠졌을지도 모르는데……."

데이비가 빙글빙글 웃으며 말했을 때, 앤과 마릴라는 머리털이 곤두서는 느낌을 받으며 서로의 얼굴을 마주 보았다.

사실 그런 생각이 떠오르기는 했지만, 입 밖에 낸다는 것이 너무 끔찍스러워서 가만히 있었던 것이다.

"그, 그렇다면……."

마릴라 아줌마가 낮게 신음했다.

앤은 온몸에서 기운이 온통 쑥 빠져나가는 걸 느끼며 우물가로 달려가서 안을 들여다보았다.

한쪽으로 두레박이 걸려 있고, 우물 밑 깊은 곳에는 물이 고요하게 반짝이고 있었다. 초록색 지붕집의 우물은 에이번리 마을에서도 가장 깊었다.

앤은 더 이상 생각할 엄두조차 나지 않아 몸서리치며 뒷걸음질을 쳤다.

"해리슨 씨에게 가서 도와 달라고 해라."

두 손으로 깍지를 끼고 덜덜 떨면서 마릴라 아줌마가 말했다.

"해리슨 씨도 헨리도 시내에 나가고 없어요. 다이애너 아버지를 불러야겠어요."

배리 씨가 밧줄 한 묶음을 안고 달려왔다. 한쪽 끝에 갈고리가 달린 밧줄이었다. 배리 씨가 밧줄을 우물에 집어넣고 휘젓는 동안 마릴라와 앤은 간이 콩알만해져서 몸을 부들부들 떨었다. 데이비는 대문 위에 걸터앉아 어른들의 허둥대는 모습을 즐기듯이 내려다보고 있었다.

우물 속을 한참 휘젓고 난 후, 배리 씨는 안심한 듯 고개를 저었다.

"우물에 빠진 건 아닌 모양입니다. 정말 이상하네. 얘, 데이비! 너 정말 도라가 어디 갔는지 몰라?"

"모른다니까요. 누가 모르는 사람이 데려갔을까?"

"그따위 소리는 하지도 마라."

일단 우물에 빠진 게 아니라는 것에 안심한 마릴라가 데이비를 호되게 나무랐다.

"앤, 혹시 해리슨 씨 댁에 간 건 아닐까? 너와 함께 갔다 온 뒤로 줄곧 그 앵무새 이야기를 하지 않았니?"

"혼자서 그곳까지 갔을 리는 없겠지만, 한번 가볼게요."

만약 이때 누군가가 데이비를 보았다면, 그 얼굴에 어린 실망스러운 표정을 금방 알아차렸을 것이다. 데이비는 대문에서 훌쩍 뛰어내리더니 통통한 다리로 쏜살같이 헛간 쪽으로 달려갔다.

앤이 해리슨 씨 집에 가고 있을 때만 해도 만에 하나 도라가 거기에 있으리라고는 생각할 수조차 없었다.

해리슨 씨 집은 문이 잠겨 있고 창에 덧문까지 닫혀 있었다. 속는 심정으로 일단 앤은 밖에서 큰 소리로 도라의 이름을 불렀다. 뒤쪽 주방에서는 앵무새 진저가 날카로운 소리로 아우성을 치고 있었다.

그런데 진저의 외침 소리에 섞여서 가느다란 울음소리가 들리는 게 아닌가. 그 울음소리는 해리슨 씨가 연장을 넣어 두는 뒤뜰의 작은 건물에서 새나오고 있었다.

앤은 급히 문고리를 따고 들어가 울고 앉아 있는 도라를 얼른 껴안았다. 도라의 얼굴은 눈물로 엉망이 되어 있었다.

"오, 도라! 도라! 얼마나 찾았는데! 왜 여기 있니?"

"데이비와 진저를 보려고 왔었어."

도라는 훌쩍이며 말했다.

"그런데 아무도 없어서 진저를 볼 수가 없었어. 그런데 갑자기 데이비가 나를 이리로 데려다 놓고는 문을 걸어 버렸어. 그래서 나갈 수가 없었단 말이야. 무서워서 혼났어. 나 춥고 배고파, 언니!"

앤은 도대체 뭐라고 해야 좋을지 알 수가 없었다. 앤은 도라를 안고 서둘러 집으로 돌아왔다. 도라를 찾은 것은 천만 다행이었지만, 데이비의 행동을 생각할수록 가슴이 답답해지고 하루가 온통 엉망진창이 되어버린 기분이었다.

장난삼아 도라를 가두었다고 해도, 그 뒤에 한 거짓말만은 절대 용서할 일이 아니었다. 생각하면 할수록 데이비에게 실망해서 울고 싶은 기분이었다. 앤은 그동안 자기도 모르는 사이에 데이비에게 더 많은 정을 쏟고 있었다. 그래서 더욱 데이비의 거짓말에 슬픔을 느꼈다.

앤의 이야기를 듣고 난 마릴라 아줌마도 여간 화가 난 게 아닌 것 같았다. 앤은 도라를 달래어 저녁을 먹인 다음 잠자리에 눕혔다.

주방으로 들어가 보니, 마릴라 아줌마가 냉정한 얼굴을 하고는 거미줄투성이가 된 데이비를 잡아끌고 들어왔다. 데이비는 헛간 구석에 숨어 있다가 마릴라 아줌마에게 들킨 모양이었다.

앤과 마릴라 아줌마는 주방 가운데에 데이비를 꿇어 앉히고 각각 다른 쪽 의자에서 얼굴을 마주보고 앉아 있었다. 조그만 어깨가 가늘게 떨리는 것이 겁을 먹은 것처럼 보였다. 그러나 앤을 슬쩍 올려다보는 눈초리 속에는 두려워하면서도 응원을 청하는 비굴한 표정이 깃들여 있었다.

데이비가 한 짓이 단순한 장난이었다면 웃어 줄 수도 있겠지만 그러나 도저히 그럴 기분이 아니었다.

"데이비, 넌 어떻게 그런 짓을 할 수가 있니?"

앤이 정말 슬픈 얼굴로 말했으므로 데이비는 기어들어가는 목소리로 중얼거렸다.

"난 그냥 장난을 친 건데. 좀 재미있는 장난은 없을까 하고……."

조금은 불안하고 후회를 하면서도, 데이비는 아까의 소동이 재미있었음을 숨기지 않았다.

"그렇지만 데이비, 넌 계속 거짓말을 했잖아!"

앤은 더욱 속이 상해서 말했다. 데이비는 좀 당황했다.

"거짓말? 공갈친 것 말이야?"

"그래, 계속 사실이 아닌 걸 말했지?"

"음, 하지만 공갈을 치지 않으면 모두들 놀라지 않을 테니까……."

앤은 그동안 긴장했던 마음이 풀린 데다, 데이비의 태도에 극도로 실망해서 마침내 참고 참은 눈물을 쏟아냈다.

이제는 데이비가 놀랄 차례였다. 데이비는 누나가 자기 때문에 울고 있다는 것에 오히려 충격을 받은 듯했다. 데이비는 그 작은 가슴이 터질 것 같은 뼈아픈 후회를 맛보고 있었다. 데이비는 앤의 무릎으로 달려가, 목을 껴안고 울음을 터뜨렸다.

"누나, 난 거짓말하는 게 왜 나쁜 건지 몰랐어. 전에 살던 곳 아이들은 날마다 공갈을 치던걸. 그런데 내가 거짓말을 해서 누나가 울었지? 누나는 이제 나를 좋아할 수 없겠지? 그렇지만, 난 이제부터 절대 거짓말을 하지 않을 테야. 거짓말 하는 게 나쁘다는 걸 알았으니까."

데이비는 앤에게 매달려 소리내어 울었다. 앤은 비로소 마음이 풀려 데이비의 머리를 꼭 껴안아 주었다. 그리고 마릴라를 향해 말했다.

"데이비는 거짓말하는 게 나쁜 짓인 줄 모르고 한 거예요. 아줌마, 데이비가 다시는 거짓말하지 않겠다고 약속한다면 이번 일만은 용서해 주세요."

데이비는 여전히 울면서 말했다.

"다시는 공갈치지 않을 거야. 내가 다시 공갈치면, 그때는……."

그때 앤이 데이비의 말을 바로잡아 주었다.

"데이비, 공갈친다는 말은 좋은 말이 아니야. 거짓말이라고 해."

데이비는 한숨을 쉬었다.

"알았어. 재미없겠지만, 이젠 그런 말을 쓰지 않겠어. 그런데 오늘은 어떤 벌을 받아야 해?"

앤은 사정하는 눈빛으로 마릴라를 건너다보았다.

마릴라가 말했다.

"데이비가 다시는 거짓말하지 않겠다고 약속했으니까 그건 그냥 넘어가겠어. 하지만 도라를 가둔 건 벌을 받아야 해."

결국 데이비는 저녁을 굶은 채 침대에 들어가 다음날 정오까지 있기로 했다. 앤이 데이비를 침대에 뉘어 주고 아래층으로 내려오자, 마릴라가 한숨을 쉬며 말했다.

"앤, 난 저런 아이는 처음 본다. 도대체 어떻게 해야 할지 끔찍하구나!"

"아줌마! 그렇게 말씀하지 마세요. 제가 처음 이 집에 왔을 때를 생각해 보세요."

"넌 일을 저지르긴 했지만, 나쁜 아이는 아니었어. 그런데 데이비는 나쁜 짓을 즐기고 있으니 걱정이야."

"어머나, 아줌마! 데이비를 정말 나쁜 아이라고 생각하세요? 데이비는 그저 장난을 좋아하는 아이일 뿐이에요. 게다가 지금까지 돌봐 준 사람도 없었어요. 도라가 착하고 얌전하지만, 난 어쩐지 데이비가 더 귀엽다는 생각이 들어요."

그러자 마릴라도 앤에게 속마음을 털어놓았다.

"사실은 나도 그렇단다. 불공평한 건 나쁘지만……."

"아줌마, 도라는 너무 순해요. 아주 착해서 우리 도움이 그다지 필요하지 않을 수도 있어요. 그러나 데이비에게는 우리가 정말 필요해요. 그러니까 결국 아줌마나 저나 데이비를 좋아하게 되는 거고요."

마릴라는 조용히 머리를 끄덕거렸다.

운수 없는 날

왠지 좋지 않은 기분은 사실 그 전날 밤부터 계속되었다. 어젯밤 앤은 치통으로 잠을 제대로 잘 수 없었던 것이다.

잔뜩 우울한 기분으로 학교에 갔을 때, 이가 아파 뺨은 부었고 얼굴 전체가 욱신욱신 쑤셔댔다. 난롯불도 시원찮아서 교실에는 썰렁한 기운이 감돌았다. 그래도 아이들은 난로 주위에 모여 손바닥을 비비며 재잘대고 있었다.

앤은 아이들에게 짜증스러운 목소리로 모두 제자리에 가서 앉으라고 역정을 부렸다. 앤소니 파이는 예의 그 무시하는 듯한 태도로 제자리에 가서 앉더니, 옆에 앉은 아이에게 뭐라고 수군거리며 앤을 힐끗힐끗 쳐다보았다.

왜 그런지 오늘따라 연필 소리조차 유난히 시끄럽게 느껴지고, 게다가 바바라 쇼는 계산 문제를 검사 맡으려고 앞으로 나오다가 넘어지고 말았다. 자빠지면서 석탄 상자를 짚었기 때문에 바바라의 옷은 엉망이 되어버리고 말았다. 그걸 보자, 아이들은 한꺼번에 왁자지껄 웃어대는 소동이 벌어졌다.

"바바라, 넌 왜 그렇게 잘 넘어지니? 차라리 제자리에 꼼짝 말고 앉아만 있으렴……."

앤은 냉정하게 바바라를 나무랐다. 바바라는 금방 눈물을 뚝뚝 흘리며 제자리로 돌아갔다. 여태까지 앤에게서 그렇게 냉정한 말을 들은 것은 처음이므로 몹시 상처를 받은 모양이었다.

앤은 마음이 편안하지 않았기 때문에 더욱 신경이 곤두서 있었다. 그때 세인트 클레어가 헐레벌떡 교실로 뛰어들어왔다.

"세인트 클레어, 도대체 왜 30분씩이나 지각을 했지?"

앤이 무섭게 다그쳤다.

"오늘 집에 손님이 오시는 날인데……. 도와주기로 한 사람이 아파서 엄마를 도와 드리느라고 늦었어요. 과자를 만들었거든요."

세인트 클레어의 말이 끝나자마자 남자아이들이 웃어대기 시작했다.

"지각한 벌로 수학책 84페이지 문제를 여섯 개 풀도록 해."

세인트 클레어는 다른 때와 달리 찬바람이 쌩쌩 도는 앤의 기세에 눌려 가만히 자기 자리에 가 앉았다. 그러고는 통로 쪽에 있는 조셉 슬론에게 조그만 꾸러미를 건넸다.

앤은 그 광경을 언뜻 보고는, 금세 지레짐작을 하고 말았다. 요즈음 에이번리에는 하이램 슬론의 할머니가 호두과자 장사를 시작했는데, 아이들에게 대단한 인기를 끌었다. 아이들은 호주머니를 톡톡 털어 호두과자를 사서 학교에까지 가져왔다. 심지어는 수업 시간에 친구들에게 돌려먹는 통에 앤은 신경이 곤두서 있는 판이었다. 앤은 앞으로 학교에 호두과자를 가져오면 몽땅 빼앗아 버리겠다고 선언했었다. 그런데, 세인트 클레어는 분명히 하이램 슬론의 할머니가 호두과자를 담아주는 줄무늬 포장지에 싼 꾸러미를 슬론에게 건네고 있는 것이었다.

"조셉, 그거 이리 가져와."

앤이 가라앉은 낮은 목소리로 명령했다.

조셉은 약간 당황한 듯했으나 곧 어기적거리며 봉지를 들고 앞으로 나왔다. 뚱뚱한 조셉은 당황하면 얼굴이 빨개지는 버릇이 있었다.

"그걸 난로 속에 넣어."

조셉은 깜짝 놀랐다.

"저어, 서, 선생님!"

"어서 넣지 못하겠니?"

"하, 하지만 선생님! 이, 이것은……."

조셉은 어쩔 줄 모르며 애원하는 눈빛이 되었다.

"조셉, 너 선생님이 시키는 대로 하지 않겠다는 거야?"

아무리 침착하고 대담한 소년이라고 해도, 이때의 앤의 단호한 태도와 얼굴을 보고는 두려워하지 않을 수가 없었을 것이다.

조셉은 난처한 얼굴로 세인트 클레어를 한번 쓱 쳐다보고는 난로로 다가가 뚜껑을 열었다. 그때 세인트 클레어가 비명을 질렀지만, 조셉은 재빨리 봉지를 던져 넣고는 얼른 뒤로 물러섰다.

그와 동시에 지진도 아니고 화산 폭발도 아닌 굉음이 일어났다. 한참 동안 에이번리 학교는 온통 공포에 휩싸여 있었다.

앤이 하이램 슬론 할머니의 호두과자일 거라고 성급하게 판단했던 꾸러미에는 불꽃놀이용 화약이 들어 있었던 것이다. 조셉 슬론이 그날 밤 생일 축하 파티에 쓰려고, 세인트 클레어의 아버지에게 전날 거리에 나갈 때 사다 달라고 부탁했던 것이었다.

화약은 터지면서 엄청난 소리를 냈고, 난로 뚜껑을 날려버리고 튀어나온 화염과 불꽃들이 소리를 내며 교실 안을 날아다녔다. 앤은 놀라 자리에 털썩 주저앉았고, 여자아이들은 공포에 질려 소리를 지르며 책상 위로 올라갔다. 조셉 슬론은 몸이 굳어진 채 한곳에 서 있었고, 세인트 클레어는 참을 수 없다는 듯이 낄낄대며 웃고 있었다.

아이들이 조용해진 것은 거의 한 시간이나 지나서였다. 그때까지도 앤의 기분은 조금도 나아지지 않았다. 아이들도 선생님의 기분을 눈치채서인지 다른 날보다 훨씬 조심하는 눈치였다.

앤은 자기가 지금 어리석은 모습을 보이고 있다고 생각하니, 더욱 화가 났다. 더구나 아이들이 집으로 돌아가면, 집집마다 오늘 학교에서의 일을 화제로 삼을 것을 생각하니 더욱 마음이 편치 않았다. 다른 때처럼 웃어넘기고 기분을 바꾸어 보려고 노력할 참이었지만, 도저히 그렇게 될 것 같지 않았다.

　점심시간이 끝났을 때였다.
　교실에 돌아가 보니 아이들은 모두 얌전히 제자리에 앉아 있었다. 그런데 앤소니 파이의 눈빛이 어딘가 달라 보였다. 책 너머로 앤을 바라보는 앤소니의 눈동자에는 이상한 호기심이 담겨 있었다.
　앤이 책상 서랍을 열었을 때였다. 갑자기 서랍 속에서 쥐 한 마리가 튀어나오더니 책상 위로 올라갔다가 다시 바닥으로 재빨리 달아났다. 앤은 혼비백산하여 비명을 질러 댔다. 앤소니 파이가 큰 소리로 웃어댔다. 그러고 나서 교실은 물을 끼얹은 듯 조용해졌다. 정말 기분 나쁜 침묵이었다.
　"누가 내 책상 서랍에 쥐를 넣었어?"
　앤이 나지막한 목소리로 천천히 아이들을 둘러보며 물었을 때, 폴 어빙은 소름이 끼치는 표정이었다. 앤과 눈이 마주친 조셉 슬론은 저절로 주눅이 들어 직접 묻지로 않았는데 더듬거리며 변명을 했다.
　"아, 아닙니다. 서, 선생님, 저는 아니에요!"
　앤이 앤소니 파이를 바라봤다. 앤소니는 아무렇지도 않은 얼굴로 앤을 마주 쳐다보았다.
　"앤소니, 네가 했니?"
　"네에."

앤은 가르칠 때 쓰는 긴 막대기를 집어 들었다.

"이리 나와, 앤소니!"

그것은 앤소니 파이가 지금까지 경험해 본 적이 없는 가장 심한 벌이었다. 아무리 화가 머리끝까지 치밀어도 앤은 그런 벌은 주지는 않으려고 했었다. 그러나 그날 앤은 막대기로 앤소니의 종아리를 무섭게 내려쳤다. 마침내 앤소니는 울면서 뒷걸음질치기 시작했다. 앤은 막대기를 떨어뜨리고, 앤소니에게 제자리로 돌아가라고 말했다. 돌아와 책상 앞에 앉은 앤은 후회와 부끄러움으로 도저히 견딜 수가 없었다. 그저 큰 소리로 울고 싶은 마음뿐이었다.

앤도 별 수 없이 자기 학생을 회초리로 때린 것이다. 아이들에게 매를 대지 않겠다고 그렇게 자신만만하게 다짐하지 않았던가. 제인이 얼마나 의기양양해할까. 또 해리슨 씨는 큰 소리로 통쾌하다는 듯이 웃을 것이다.

무엇보다도 이제는 앤소니 파이와 친해질 수 있는 기회가 완전히 없어졌다는 생각에 가슴이 아렸다. 앞으로 앤소니는 결코 자기를 좋아하게 되지 않을 거라는 생각이 들었다.

집에 돌아갈 때까지 간신히 울음을 참았던 앤은 자기 방에 들어서자마자 침대에 엎드려 마음껏 울었다. 걱정이 된 마릴라가 올라와서 무슨 까닭인지를 물었다. 앤은 흐느끼면서 말했다.

"아무 것도 아니에요. 내 양심의 문제일 뿐이에요. 오늘은 정말 운이 나쁜 날이지 뭐예요. 내가 글쎄 화가 나서 앤소니 파이를 매로 때렸어요. 부끄러워서 견딜 수가 없어요."

"아주 잘했다. 진즉에 그런 방법을 써야 했어."

마릴라가 격려하듯이 힘주어 말했다.

"그래선 안 돼요, 아줌마! 아이들한테 그렇게 신경질을 부리는 게 아니었어요. 폴 어빙의 그 눈빛을 잊을 수가 없어요. 모두들 나에게 실망했을 거예요. 아줌마, 난 그동안 앤소니 파이와 가까워지려고 얼마나 노력했는지 몰라요. 그런데 모든 게 헛수고가 되고 말았어요."

마릴라는 말없이 앤의 머리카락을 쓸어 주었다. 그리고 앤이 어느 정도 진정됐을 때 조용히 말했다.

"앤, 너무 신경 쓰지 마라. 누구나 실수는 하는 거야. 사람들은 곧 잊어버리게 돼. 또 누구나 운이 나쁜 날도 있지. 앤소니 파이가 너를 싫어한다고 해서 그렇게 마음에 걸려할 것 없어. 너를 싫어하는 아이는 그 애 하나뿐이지 않니."

"한 사람이라도 저를 싫어하는 건 견딜 수 없어요. 하지만 이제 기회는 없어졌어요. 오늘 바보 같은 짓 때문에……."

앤은 마릴라에게 그날 있었던 일을 모두 이야기했다. 마릴라는 때로 미소를 지으며 끝까지 앤의 얘기를 들어 주었다.

"자아, 앤 이제 기분을 풀어라. 네가 늘 이야기하듯이, 내일은 실수하지 않은 새 날이니까. 아래층에 가서 저녁을 먹자."

저녁을 먹는 동안 가라앉았던 앤의 마음도 어느 정도 안정을 되찾았다.

다음날 아침, 자리에서 일어난 앤은 자기 자신의 마음도, 창밖의 세상도 모두 변해 있는 것을 발견했다. 밤 사이에 내린 흰 눈이 온 세상을 덮어 버렸던 것이다.

그날은 눈 때문에 다른 길로 돌아서 학교에 가야 했다. 앤이 오솔길에 접어들었을 때, 저만치 앞에서 앤소니 파이가 눈을 헤치며 걸어오고 있었다.

앤은 조금 멋쩍은 기분이 들었다. 그런데 앤소니 파이가 모자를 벗고 깍듯이 인사를 해서 앤은 도리어 깜짝 놀랐다. 뿐만 아니라 앤소니 파이는 지금까지 한 번도 보지 못했던 친근한 태도를 보이며 이렇게 말하는 게 아닌가.

"선생님, 길이 안 좋아요. 제가 책을 들어다 드릴게요."

앤은 이게 꿈이 아닌가 의심이 들 지경이었다. 학교에 도착해서 책을 돌려받았을 때, 앤은 앤소니에게 웃어 보였다. 그 웃음은 마지못해 웃어주는 그런 것이 아니라, 마음 깊은 곳에서 우러난 것이었다. 앤소니와 함께 웃으면서, 앤은 비로소 자기가 앤소니에게 존경을 받고 있음을 깨달았다.

주말에 놀러온 린드 부인이 말했다.

"앤, 결국 앤소니 파이를 이긴 거야. 앤소니 파이가 그러더래. 앤 설리 선생님은 여자이지만, 남자 못지않은 사람이라고……."

"그렇지만 저는 회초리로 학생을 굴복시키는 선생님이 되고 싶지는 않았어요."

앤이 슬픈 듯이 말했다. 자기가 세웠던 목표를 스스로 허물어뜨린 것 같은 기분이었다.

"결코 잘했다고 생각하지는 않아요. 앞으로도 사랑으로 가르쳐야 한다는 마음에는 변함이 없어요."

"그야 옳은 이야기지만, 때로는 회초리가 필요한 것도 엄연한 사실이야."

린드 부인이 말했다. 해리슨 씨는 결국 그렇게 될 줄 알았노라고 능치고서는 껄껄 웃어댔다.

하늘의 뜻

금요일 저녁이었다. 우체국에서 돌아오던 앤은 린드 부인을 만났다.

"지난 화요일 마릴라가 눈을 진찰받았다는 말을 들었는데, 의사 선생이 뭐라고 했다던?"

앤이 웃으며 대답했다.

"많이 회복되었다고 하시면서 좋아하시더래요. 장님이 될 걱정은 없지만, 역시 책을 많이 읽거나 바느질 같은 건 지나치게 하지 말라고 하셨대요. 아참, 아줌마! 바자회 준비는 잘되고 있나요?"

린드 부인은 교회의 부인회에서 여는 바자회를 앞장서서 주도하고 있었다.

"잘 되고말고. 사모님께서 생각해낸 건데, 옛날식 주방처럼 칸막이를 하고 도넛이나 파이를 구울까 해. 그래서 요즘 오래된 집기들을 구하고 있지. 다행히 레비 볼터 씨가 낡은 사기그릇을 내놓았고, 메리 쇼 부인은 유리문 달린 찬장을 빌려 주겠다고 했단다. 마릴라에게 촛대를 빌려야겠어. 그리고 사모님께서는 진짜 중국접시를 열 개쯤 빌렸으면 하던데, 혹시 누구네 있는지 아니?"

"조세핀 할머니 댁에서 보았어요. 빌려주실 수 있는지 제가 편지로 여쭈어 볼까요?"

"그렇게 해줄래? 바자회는 2주일 뒤니까 충분해. 더구나 에이브 앤드루스 씨 말이 그때쯤 폭풍이 몰려올 거라고 말했대. 그러니, 틀림없이 맑은 날씨겠지."

에이브 앤드루스 씨는 자주 일기예보를 하곤 했는데, 한 번도 맞힌 적이 없었다. 그래서 에이번리 사람들은 그의 말을 귓등으로 들었다. 아니, 오히려 그는 자주 웃음거리가 되곤 했다.

린드 부인과 헤어진 앤은 마릴라한테 온 편지를 우체국에서 찾아 초록 지붕 집으로 돌아왔다. 편지에는 콜롬비아 소인이 찍혀 있었다.

"데이비네 외삼촌이 보냈나 봐요. 무슨 내용일까요?"

앤이 흥분한 얼굴로 말했다.

"뜯어보면 알 게 아니야."

마릴라는 차갑게 대답했다. 사실은 몹시 흥분한 상태였지만, 겉으로 나타내지 않으려고 애쓰고 있었다.

앤은 봉투를 뜯은 뒤 삐뚤빼뚤한 글씨체로 쓰인 편지를 눈으로 훑어내렸다.

"올 봄에는 아이들을 맡을 수가 없대요. 지난 겨울에 많이 아파서 결혼이 늦어졌다나 봐요. 아이들을 가을까지 맡아줄 수 없겠느냐고 하는데, 물론 맡을 거지요?"

"다른 방법이 없지 않니?"

마릴라는 속으로는 다행이라는 생각을 하면서도 퉁명스럽게 대답했다.

"아이들이 전보다 훨씬 나아졌지. 우리가 데이비에게 익숙해진 건지도 모르지만, 이젠 그다지 귀찮게 하지는 않잖니?"

"맞아요. 확실히 좋아졌어요."

그날 밤, 제인의 집에서 개선회 모임이 열릴 예정이었다. 회원들은 중요한 문제를 놓고 토론할 계획이었다. 개선회는 여러 가지 활동을 통해 이미 좋은 성과를 올리고 있었다.

봄이 되면서 메이저 스펜서 씨가 약속대로 큰 길과 맞닿은 곳에 있는 농장의 나무들을 뽑아내고 땅을 편평하게 고른 뒤 잔디를 심었다. 마을 사람들도 이에 뒤질세라 같은 방법으로 잔디밭을 꾸몄다. 그래서 잡초가 무성했던 곳이 융단이 깔린 것처럼 부드러운 잔디밭으로 변해 갔다.

몇몇 개선회 회원들이 나서서 신중하게 교섭했으나, 레비 볼터 씨가 딱 잘라 거절했던 것이다. 레비 볼터 씨의 집 문제를 제외하고는 모든 일이 기대했던 것보다 순조롭게 진행되고 있었다. 따라서 개선회 회원들은 매우 만족스러워했다.

그날 밤, 그들은 학교 부지 둘레에 담을 세우도록 학교 임원회에 건의하는 문제에 대해 토론할 계획이었다. 그리고 가능하다면 교회 마당에 몇 그루의 장식용 나무를 심는 것에 대해서도 의논할 예정이었다.

마침 그들이 나무 가격에 대한 이야기를 시작할 때였다. 요란스러운 옷을 걸쳐 입은 조시 파이가 요란한 걸음걸이로 들어섰다. 조시 파이는 언제나 모임에 조금씩 늦는 버릇이 있었다. 어떤 사람들은 조시 파이가 다른 사람들의 주의를 끌기 위해서라고 말하기도 했는데, 그날 밤 조시 파이의 등장은 확실히 인상적이었다.

조시 파이는 그곳에 들어서자마자 두 손을 높이 들더니 눈을 부라리며 큰소리로 외쳤다.

"방금 들은 빅 뉴스야. 글쎄 허드슨 파커 씨의 농장에 큰 길을 따라 세운 담이 있지? 그곳을 제약회사 광고판으로 쓰도록 빌려줬다는 거야."

이 소식이야말로 조시 파이가 의도했던 대로 엄청난 파문을 일으켰다.

"설마, 그럴 리가? 거짓말이겠지?"

앤은 아무래도 믿어지지 않는다는 듯이 되물었다.

"나도 처음엔 믿지 않았어. 그런데 우리 아버지가 오늘 오후에 파커 씨를 만나서 직접 물어보셨대. 그런데 정말이더래. 생각만 해도 정말 끔찍한 일이 아니고 뭐니? 뉴브리지로 가는 큰길가에 약 광고를 덕지덕지 붙여놨다고 상상해 봐. 이 마을의 아름다움 같은 건 끝장나는 거야."

거의 1킬로미터에 가까운 담에 온통 광고가 붙었을 때 얼마나 보기 흉할지 짐작하고도 남았다.

그들이 오늘 나누고자 했던 교회에 나무 심는 것이며 학교의 담장 같은 문제는 이 새로운 사태 앞에서 빛을 잃고도 남았다. 어느 누구도 그 문제에 관해 거론하지 않았다. 온통 광고 얘기로 여기저기서 왁자지껄할 뿐이었다. 그때 앤이 소리쳤다.

"조용히 좀 해봐. 이제부터 우리는 어떻게 하면 파커 씨의 마음을 돌릴 수 있을까 생각해야 돼."

그때 제인이 큰소리로 끼여들었다.

"파커 씨의 마음을 어떻게 돌린다는 거지? 그 사람은 돈을 위해서라면 무슨 일이라도 한다는 걸 우린 알고 있잖아!"

아무리 머리를 골몰히 맞대고 고민을 해도 묘안이 없었다. 에이번리 사람들 중 허드슨 파커와 그의 누이동생 마사 파커와 친근하게 지내는 사람이 없었다. 그런데 누가 그들을 설득시키겠는가.

게다가 마사 파커는 자부심에 꽉 찬 사람으로 에이번리 개선회의 행동을 못마땅히 여기고 있었다.

허드슨 파커는 명랑하고 말하는 걸 즐겨했지만 친한 친구는 없었다. 어떤 사람들은 그가 돈버는 일에 치중을 해서 친구가 없는 거라고 말하기도 했다.

"파커 씨를 설득할 만한 사람이 없을까?"

앤은 절망에 찬 목소리로 사람들을 둘러보며 말했다.

결국 방법은 개선회 대표가 개선회의 이름으로 파커를 만나 설득하는 길뿐이라는 데 의견이 모아졌다. 결국 그 일은 앤이 맡기로 했다. 제인과 다이애너가 함께 가서 앤을 지원 사격하기로 결정되었다.

개선회 회원들은 다른 이야기를 꺼내지도 못한 채 그렇게 결정을 내린 뒤 뿔뿔이 집으로 돌아갈 수밖에 없었다. 화가 잔뜩 난 채로.

앤은 그날 밤 걱정되어 잠을 설치다가 새벽녘에야 겨우 눈을 붙일 수 있었다. 꿈속에서 학교 담장에 씌어 있던 "환약을 쓰세요" 하는 보랏빛 광고가 붙은 것을 보기도 했다.

이튿날, 앤은 제인과 다이애너와 함께 허드슨 파커를 찾아갔다. 앤은 이 분별없는 계획을 바꾸어 달라고 열렬하게 부탁했고, 제인과 다이애너도 옆에서 거들었다.

파커 씨는 유창한 말솜씨로 너스레를 떨었다. 아름다운 아가씨들의 부탁을 거절한다는 것은 남자인 자기로서도 몹시 괴로운 일이라고 했다. 그러나 그러한 이유로 이처럼 각박한 세상에서 돈버는 일을 포기할 수는 없다고 말했다. 파커 씨는 비웃는 듯한 표정으로 눈을 동그랗게 뜨면서 말했다.

"그렇지만 되도록 색깔을 고상하게 쓰라고 회사 측에 부탁은 하지요. 결코 '파란색'을 쓰지는 말라고 말이오."

개선회 회원들은 화가 났지만 돌아설 수밖에 없었다.

"우리가 할 수 있는 일은 다했어. 하느님이 도와주시지 않는다면 이 일은 어쩔 수가 없어."

제인은 린드 부인의 말투를 흉내내어 말했다. 그러자 다이애너가 말을 받았다.

"앨런 목사님이 말씀하신다면 어떨까?"

앤은 고개를 저었다.

"글쎄, 안 될 거야. 더구나 지금은 앨런 목사님의 애가 많이 아프잖아."

"하여간 담에 광고를 붙여 돈을 벌 생각을 하는 사람은 파커 씨밖에 없을 거야. 아무리 돈만 아는 사람이라 해도 그렇지, 파커 씨의 이야기를 들으면 어느 누구도 잘했다고 하지는 않을 거야."

제인의 말대로 이 사건이 마을에 알려지자 사람들은 너나 할 것 없이 허드슨 파커를 비난했다. 그러나 달라지는 건 아무것도 없었다. 허드슨 파커는 사람들의 말에는 아랑곳하지 않고 오히려 여유만만하게 빙긋이 웃었다.

개선회 회원들은 결국 체념해야 했다. 이제 허드슨 파커의 농장 담에 보기 흉한 광고가 붙는 날을 기다릴 수밖에 없었다.

그런데 그 다음 개선회 모임 때였다. 그동안에 있었던 일을 보고하기 위해 일어선 앤이 허드슨 파커 씨가 제약회사 쪽에 담을 세놓지 않기로 했다는 전갈을 받았다는 말을 전했다.

제인과 다이에너는 자신들의 귀를 의심했다. 모두들 파커 씨의 처사에 궁금해했지만, 일단 회의 중이었으므로 꾹 참고 있었다. 회의가 끝나자마자 회원들은 앤의 말을 듣기 위해 빙 둘러쌌다.

그러나 앤은 간단하게 말했다. 엊저녁에 허드슨 파커 씨가 앤에게 개선회 회의 제안대로 담을 세놓지 않기로 결심했다는 말을 전했다는 것이다. 앤은 더 이상 설명을 하지 않았다. 그러나 개선회 회원들은 아마 허드슨 파커가 갑자기 생각을 바꾼 데는 분명히 그럴 만한 이유가 있을 거라고 추측했다.

전날 저녁 무렵이었다. 폴 어빙의 할머니를 방문했던 앤은 돌아오는 길에 지름길을 택해 로버트 딕슨 씨 집 아래쪽의 전나무 숲을 통과했다. 그 오솔길은 '빛나는 호수'의 윗길과 이어져 있는 길이었다.

오솔길 입구에 세워진 마차 위에는 두 남자가 앉아 있었다. 허드슨 파커와 제리 코클런이었다. 제리 코클런은 농기구 판매 대리점을 하고 있는데 정치적으로도 꽤 알려진 사람이었다. 정치를 한다는 소문이 들렸으며, 실제로 총선을 앞두고 얼마 동안 한 정당 후보의 선거운동을 하고 다녔다.

앤이 전나무 밑에 다다랐을 때 코클런의 목소리가 들려왔다.

“파커, 당신이 앰스베리에게 투표한다면 당신이 지난봄에 갈퀴 두 자루를 산 어음을 돌려주겠다 그 말이요.”

파커가 빙긋이 웃으며 대답했다.

“뭐 나쁠 게 없지. 돈벌이가 되는 일이 세상에 많지는 않으니까…….”

그제야 앤을 본 두 사람이 입을 다물었다. 앤은 입을 꾹 다문 채 고개를 조금 숙여 인사를 한 뒤 쌀쌀한 태도로 그 앞을 지나쳐 버렸다.

잠시 후 허드슨 파커가 뒤따라오며 상냥하게 권했다.

“앤, 마차를 타고 가시지 않겠소!”

“아니에요. 괜찮아요.”

앤은 정중하게 거절했다. 그러나 말투에는 가시가 돋쳐 있었기 때문에 아무리 돈만 아는 허드슨 파커도 마음이 편하지는 않았다. 파커는 벌게진 얼굴로 거세게 말을 몰았다. 그러나 화가 나기보다는 걱정이 더 되었으므로, 다시 말을 멈추고 불안한 얼굴로 앤을 보았다. 앤은 여전히 어깨를 쪽 펴고 도도하게 걸었다.

파커는 자기와 코클런 사이에 오가는 말을 앤이 들었을까봐 걱정되는 모양이었다. 만약 앤이 들었다면 틀림없이 그 이야기가 소문이 나리라고 생각했던 것이다.

물론 파커는 다른 사람들 이야기에 그다지 마음을 쓰는 편은 아니었다. 그러나 정치적인 문제로 뇌물을 받는다는 것은 아무리 강심장일지라도 신경이 쓰였다.

게다가 아이자크 스펜서의 귀에 그러한 말이 들어가기라도 한다면, 그 사람의 사위가 되는 일을 포기해야 할지도 모르는 일이었다. 그러지 않아도 스펜서 씨는 파커가 자기 딸 루이자에게 청혼할까봐 걱정하는 눈치였던 것이다.

여러 가지로 고민하던 파커 씨는 마음을 결정했다.

"여보시오, 앤 선생! 그러지 않아도 당신을 한번 만나려고 했어요. 지난번 그 일 말인데, 우리 농장의 담을 제약회사에 세놓는 일은 하지 않기로 했소. 개선회의 간곡한 부탁도 있고 하니……."

앤이 좀 부드러워진 목소리로 대답했다.

"고맙습니다!"

"그리고, 저어…… 내가 지금 제리와 나눈 이야기 말이오. 그건 남들에게 소문낼 일이 아니니……."

앤은 냉정하게 잘라 말했다.

"소문낼 생각은 추호도 없습니다."

앤의 투표권을 돈 몇 푼과 바꾸는 그런 남자와 흥정을 하느니, 에이번리의 담벼락에 광고를 붙이는 게 낫다고 생각했다.

그러나 파커는 고맙다는 듯 고개를 끄덕이며 말했다.

"아, 나도 당신이 그런 소문을 낼 사람이 아니라고 생각해요. 그리고 투표 말인데요, 나는 내 소신대로 투표할 생각이오. 단지 제리의 조건이 무언지 그걸 들어본 것뿐이라오. 우리 농장 담에 대해서는 걱정 말라고 개선회 회원들에게 전해 주시오."

그날 밤 앤은 자기 방을 거닐며 혼자 중얼거렸다.

"정말 세상에는 갖가지 사람들이 살고 있다니까. 파커 씨가 담에 관한 이야기를 하지 않았다 해도 그런 지저분한 말을 전할 내가 아니지. 그런데도 일이 이렇게 된 건 아무래도 하느님께서 도와주신 거야. 아, 일이 이렇게 해결돼서 정말 다행이야."

의미 있는 여름방학

　저녁 무렵이 되어서야 앤은 학교 교실의 자물쇠를 잠그고 돌아섰다. 안도의 한숨이 저절로 나왔다. 지난 1년을 무사히 마쳐서 만족스러웠다. 게다가 내년 1년도 재계약을 했고 여러 사람으로부터 칭찬과 격려를 받았다. 이제 아무 걱정 없이 자기 충전을 가질 수 있는 두 달 동안의 방학이 시작되었다.

　앤은 자연과 동화되는 것을 느끼며 꽃바구니를 팔에 걸고 언덕을 내려갔다. 산사나무 꽃이 필 무렵부터 앤은 1주일에 한 번씩 매슈의 무덤을 찾아갔다.

　마릴라를 제외한 에이번리 사람들은 모두 내성적이고 조용하며 사람들 눈에 두드러지지 않았던 매슈에 대해서 잊고 있었다. 그러나 앤은 애정에 굶주렸던 어린 시절에 자신에게 처음으로 따뜻한 사랑을 베풀었던 그분을 잊을 수가 없었다.

　언덕 기슭의 소나무 그늘에는 눈이 큰 한 소년이 앉아 있었다. 꿈을 꾸고 있는 듯한 눈빛을 가진 귀엽고 영리하게 생긴 소년이었다. 소년은 앤을 보자 환하게 웃으며 달려왔다. 그러나 볼에는 눈물자국이 남아 있었다.

　소년은 슬그머니 앤의 팔짱을 끼며 말했다.

　"여기서 선생님을 기다리고 있었어요. 선생님이 묘지에 가신다는 걸 알았거든요. 저도 무덤에 가요. 할머니가 이 제라늄 꽃을 할아버지 무덤에 놓고 오라고 했어요. 그리고 이 흰장미는 저의 어머니께 드리는 거고요. 할아버지 무덤에 놓아두면 엄마는 아시겠지요? 엄마 무덤까지 갈 수가 없으니까요."

"물론이지. 엄마는 아신단다, 폴!"

"선생님, 오늘은 엄마가 돌아가신 지 꼭 3년째 되는 날이에요. 시간이 많이 흘렀는데도 저는 왜 이렇게 슬플까요? 엄마가 보고 싶어서, 정말 보고 싶어서 견딜 수가 없을 때도 있어요, 선생님!"

슬픔에 잠긴 폴의 목에서 떨리는 목소리가 흘러나왔다. 앤은 부드러운 말로 폴을 위로했다.

"그래도 어머니를 기억할 수 있다는 건 좋은 일이야. 슬픔 속에서라도 기억할 수 있는 어머니가 있다는 것은……."

"맞아요. 제 마음도 그래요. 아무도 제 마음을 모르는 줄 알았는데, 선생님만은 알고 계시는군요. 아마 아빠도 아실 거예요. 하지만 아빠에게는 엄마 이야기를 할 수가 없어요. 아빠도 슬퍼하시니까요. 아빠는 슬플 때 두 손으로 얼굴을 감싸세요. 그 모습을 보면 저도 막 슬퍼져요. 우리 아빠는 가여워 보여요. 지금은 아빠 곁에 저마저 없으니 얼마나 쓸쓸하실까요. 아빠는 가정부에게 저를 기르게 할 수는 없다고 하시면서 할머니에게로 보내신 거예요. 이 다음에 제가 커서 아빠에게로 가면 아빠와 다시는 헤어지지 않을 거예요."

폴이 엄마아빠에 대한 이야기를 많이 해서 그런지 앤은 그들이 친근하게 느껴졌다. 폴의 아버지 스티븐은 깊고 자상한 마음을 가진 듬직한 사람인 것 같았다.

언젠가 폴이 말했다.

"때로 아빠가 이상할 때가 있어요. 아빠를 제가 제대로 알게 된 것은 어머니가 돌아가시고 난 다음이에요. 우리 아빠는 정말 멋진 분이세요. 저는 아빠를 세상에서 가장 좋아해요. 그 다음은 할머니이고요. 그리고 다음은 선생님이에요. 사실은 선생님이 두 번째로 좋지만, 할머니가 저를 아끼시기 때문에 두 번째로 넣은 거예요. 그런데 저는 할머니가 잠들 때까지 등불을 가져가지 않았으면 좋겠어요. 할머니는 사내아이가 무서움을 타면 안 된다고 하시면서 제가 침대에 눕자마자 등불을 가져가세요. 어머니는 언제나 제가 잠들 때까지 제 곁에 앉아서 제 손을 꼭 쥐고 이런저런 말씀을 하셨는데, 선생님도 그때 그 느낌을 아세요?"

앤은 몰랐다. 그런 다정한 손길에 대해서는 경험한 바가 없었다. 다만 상상을 할 뿐이었다. 앤은 어머니에 대한 기억이 없었기 때문에 오히려 폴이 부러웠다.

그들은 6월의 저녁 햇살을 받으며 좁다란 언덕길을 올라갔다.

"선생님, 다음 주일은 제 생일이에요. 아빠는 제가 가장 좋아하는 걸 선물하시겠다는 편지를 보내셨어요. 그런데 벌써 선물이 와 있는 것 같아요. 왜냐하면 할머니가 서랍의 열쇠를 채우셨거든요. 여태껏 그런 일은 한 번도 없었거든요. 이제 열한 살이 된다고 생각하니, 기분이 정말 좋아요. 하지만 저는 애들보다 키가 너무 작아요. 아빠처럼 어깨가 넓으면 좋았을 텐데. 그런데 저는 먹는 걸 별로 좋아하지 않아요."

폴이 한숨을 쉬었다. 앤은 옆에서 도란거리며 말하는 폴이 귀여워

자기도 모르게 웃었다. 앤은 일부러 명랑한 목소리를 내어 말했다.

"폴, 너의 '바위 사람들'은 아직도 잘 있니?"

"그럼요."

폴은 조금 멋쩍어하며 대답했다.

"음, 언제쯤 너의 '바위 사람들'을 만날 수 있을까? 나랑 바닷가에 나가서 만나면 좋겠다."

폴은 조용히 고개를 저으며 앤의 손을 꼭 잡았다.

"음, 선생님은 내 '바위 사람들'을 만날 수 없어요. 하지만 선생님은 선생님의 '바위 사람들'을 만나실 수 있을 거예요. 그렇죠, 선생님?"

앤은 반짝이는 폴의 푸른 눈동자를 들여다보았다. 폴은 상상의 문을 열면 아름다운 왕국이 있다는 것을 아는 영리한 소년이었다.

앤은 가지고 온 꽃을 매슈의 무덤에 놓은 뒤, 헤스터 그레이가 잠든 플라타너스 나무 밑으로 갔다. 그 봄날의 피크닉 이후로, 앤의 매슈의 무덤에 찾아올 때마다 헤스터 그레이의 무덤에도 꽃을 놓아주곤 했다. 앤은 부드럽게 속삭였다.

"당신을 위해서 흰장미를 가져왔어요."

앤이 우두커니 앉아 있는데, 어떤 사람이 다가왔다. 앨런 부인이었다. 두 사람은 어깨를 나란히 한 채 마을로 돌아왔다.

앨런 부인의 얼굴에는 5년 전 처음 이 마을에 왔을 때의 싱싱하던 모습은 온데간데없었다. 인고의 세월의 흔적이 지나간 자리가 얼굴에 역력하게 남아 있었다. 앤은 그 중의 하나가 이 묘지에 있는 한 어린아이의 무덤 때문이라는 것을 알고 있었다.

그러나 앨런 부인은 여전히 맑고 아름다운 눈동자와 다정한 표정을 지니고 있었다.

"방학이 되어서 기쁘지, 앤?"

앤은 고개를 끄덕였다.

"네. 조금씩 음미하며 보낼 거예요. 이번 여름은 재미있을 거예요. 프리실라의 이모님인 모건 여사가 7월 중에 오실 거거든요. 생각만 해도 기뻐서 가슴이 떨릴 지경이에요."

"즐겁게 지내야지. 1년 동안 정말 열심히 가르친 보람을 이제는 누려야지."

"어머나, 아니예요. 뜻대로 되지 않은 게 하나 둘이 아니에요. 정말 부끄러울 뿐이에요."

앨런 부인이 나직하게 한숨을 내쉬며 말했다.

"일이란 게 그렇지 뭐. 하지만 '실패는 나쁜 것이 아니다. 목표를 낮게 잡는 것이 진정한 죄악이다' 라는 말도 있잖아. 우리는 높은 이상을 품고 그것에 도달하려고 노력해야 해. 설사 그것을 도달하지 못할지라도 말야. 이상이 없는 인생은 의미 없는 삶이지. 이상이 있기 때문에 인생이 위대한 거야. 이상을 높게 가지는 게 무엇보다 중요해."

앤이 웃으면서 대답했다.

"예, 그렇게 할게요. 저도 그걸 깜빡 했네요. 처음 선생이 되었을 때는 저도 훌륭한 이상을 가지고 있었거든요. 하지만 일이 닥칠 때마다 그런 이상은 통하지 않더라고요."

"회초리를 드는 일 말이야?"

앨런 부인이 장난기 섞인 목소리로 말하자 앤이 얼굴을 붉혔다.

"앤소니를 때린 일은 지금까지도 후회가 돼요."

"아니,그렇지 않아! 아이들은 때에 따라 적절한 교육 방법이 있어. 앤소니에게는 그것이 좋았어. 그 뒤부터 앤소니는 앤을 좋아하게 된걸."

"제가 교육적인 차원에서 앤소니를 때렸다면 그건 사랑의 매라고 할 수 있어요. 하지만 전 그날 화가 나서 때린걸요. 그것이 정말 부끄러워요."

"그래, 잘못을 저지르지 않는 사람은 없어. 다만 잘못을 뉘우치고 그것을 교훈으로 삼으면 돼. 그리고 잘못에 너무 집착하는 것도 좋지 않다고 봐. 아, 저기 길버트가 자전거를 타고 가네. 방학이 되어서 오는 모양이네. 앤, 너희들의 공부는 어떻게 되고 있지?"

"잘 되고 있어요. 이제 버질의 시에 대한 공부도 마무리 단계에 들어갔어요. 가을까지는 공부를 좀 쉴까 해요."

"그래도 대학에 들어갈 수 있어?"

"글쎄, 잘 모르겠어요."

앤은 지평선 쪽을 바라보며 꿈꾸는 듯한 눈빛을 한 채 중얼거렸다.

"마릴라의 눈이 지금보다 좋아질 리는 없을 거예요. 하긴 더 악화되지 않는 것만도 너무나 기쁜 일이지요. 게다가 쌍둥이들까지 맡고 있으니…… . 대학으로 가는 길이 생각보다 험난하네요. 난 그 울퉁불퉁한 길을 조금씩 가면서 인내할 거예요."

"앤, 나는 앤이 꼭 대학에 갔으면 해. 하지만 설령 가지 못한다 해도 실망하지 마. 우리는 어느 곳에 있든 자기 인생을 충실히 사는 게 중요하니까. 대학은 인생을 충실하게 사는 데 도움을 주기는 하지. 문제는 우리가 인생을 어떤 자세로 대하느냐는 거야."

"무슨 말씀인지 알겠어요."

앤은 잠시 생각에 잠기더니 말을 이었다.

"정말 감사드려요. 많은 이들에게 감사를 드리고 싶어요. 내가 하는 일이나 귀여운 폴 어빙, 개구쟁이 데이비, 친구들……. 그 모든 사람들과 나누는 우정이 저에게 너무나 소중해요."

"그래. 진정한 우정은 참 아름답고 유익하지. 그러나 언젠간……."

앨런 부인은 갑자기 입을 꾹 다물었다. 곁에 있는 앤의 옆얼굴은 아직도 어른이라고 하기에는 어딘가 어린애다운 표정이 가득 어려 있었다. 앨런 부인은 하려던 말을 도로 거두며 언젠가 세월이 흐른 다음에 들려주리라 마음먹었다.

앤이 주방에서 편지를 읽고 있을 때였다. 앤이 앉아 있는 의자 위로 데이비가 올라오며 말했다.

"누나, 나 배고파."

"알았어. 빵을 줄게."

앤은 여전히 편지에 눈길을 떼지 않은 채 건성으로 대답했다.

앤의 장밋빛 뺨과 별처럼 반짝이는 눈빛으로 보아 편지의 내용이 얼마나 앤에게 좋은 것인가는 알 수 있었다.

"난 빵을 먹고 싶은 게 아니야. 배가 케이크를 먹고 싶대."

앤이 활짝 웃으며 그제야 편지를 내려놓은 채 데이비를 껴안았다.

"케이크를 먹고 싶다고? 데이비, 간식은 빵밖에 안 된다고 마릴라 아줌마가 그랬지?"

"그럼 버터를 많이 발라 줘."

빵을 눈 깜짝할 사이에 먹어치운 데이비는 의자에서 내려와 몇 번인가 물구나무를 섰다.

그때 뜰에서 도라와 함께 완두콩을 따던 마릴라가 들어왔다. 도라는 작은 손으로 이것저것 부지런히 마릴라를 도왔다. 병아리 모이를 주고, 불쏘시개를 주워 오고, 완두콩을 땄다. 모든 게 즐거운 모양이었다. 도라는 책임감 있게 자기 할 일을 다해 냈고, 한 번 주의를 준 것은 잊지 않았다. 그에 비해 데이비는 몇 번씩이나 주의를 주어도 금방 잊어버리곤 했다. 도라가 신이 나서 완두콩을 까고, 데이비는 성냥개비와 콩깍지로 보트를 만들고 있을 때, 앤이 마릴라에게 편지를 꺼내 보였다.

"마릴라, 프리실라에게서 기쁜 소식이 왔어요. 정말 굉장한 소식이에요. 모건 부인이 섬에 오셨대요. 그래서 날씨가 좋으면 목요일날 12시쯤 이곳에 도착하신대요. 그리고 그날 오후 우리와 같이 지내실 예정이래요. 저녁에는 친구분이 계신 화이트 샌드 호텔로 가신대요. 오, 마릴라! 정말 꿈을 꾸는 것 같아요."

"앤, 모건 부인이라고 해서 특별한 사람은 아닐 게다!"

마릴라는 차분하게 말했지만 속으로는 자기도 흥분하고 있었다. 모건 부인은 유명한 작가였고, 그렇게 유명한 사람이 초록 지붕 집을 방문하는 일은 좀처럼 드문 일이었기 때문이다.

"점심 대접은 우리 집에서 해야겠지?"

"그래요! 제가 식사 준비를 하면 안 될까요? 『장미원』의 작가를 위해서 무엇이든 해드리고 싶거든요."

"이렇게 더운 여름에 아궁이 앞에 앉는 걸 좋아할 사람이 누가 있겠니? 나야 네가 식사 준비를 하겠다면 환영하지."

"고마워요! 오늘밤에는 그날 먹을 음식에 대해 생각 좀 해야겠어요."

"너무 요란하게 할 것 없어. 넌 항상 그러다가 실수를 하지 않니?"

마릴라가 질렸다는 듯이 충고했다.

"요란하게 차리려는 게 아니에요. 그저 고상하고 품위 있는 식탁을 만들어서, 그분께 내가 존경한다는 것을 알리고 싶은 거예요. 이제 저도 열일곱 살이잖아요. 게다가 학교 선생님이고요. 그러니 너무 걱정 마세요. 저, 내가 잘 만드는 양파 수프와 닭고기 요리를 만들어야 겠어요. 우리 흰 닭을 두 마리 잡기로 해요. 이런 날 쓴다는 건 좋은 일이니까요. 하지만 내가 닭을 잡을 순 없으니까 헨리 카터에게 부탁을 해야겠어요."

"내가 잡으면 돼."

데이비가 옆에서 끼여들었다.

"아줌마가 닭다리를 잡고 있어. 그럼 내가 도끼로 닭을 죽일 수 있어."

"거기에 완두콩과 감자를 삶아 으깨어 야채 샐러드와 곁들여 놓을 거예요. 후식으로는 레몬 파이에 크림을 얹은 것과 커피를 내놓고요. 내일 레몬 파이와 비스킷을 만들어 놓을 거예요. 아, 그날은 하얀 모슬린 옷을 입어야 해요. 다이애너에게도 그렇게 말해 놓을게요. 모건 부인의 작품에 나오는 주인공들이 하얀 모슬린 옷을 즐겨 입거든요. 그러니까 우리도 그렇게 입어요. 그것이 모건 부인한테 경의를 표하는 방법이니까요. 앨런 목사님 내외분과 스티시 선생님도 함께 초대하기로 해요. 그분들도 만나고 싶어하셨거든요. 아, 목요일에 날씨가 좋을까요? 이번 주 내내 비가 올 거라고 에이브 아저씨가 말했다던데."

"그렇다면 활짝 개겠구나."

마릴라가 자신 있게 말했다.

그날 밤 앤은 다이애너에게 달려가 이 모든 사실을 알려주었다. 다이애너도 가슴이 설렌다고 말했다. 다이애너와 앤은 뜰에서 이런저런 이야기를 나누었다.

"앤, 나도 요리 만드는 걸 도울게."

"물론이지. 우리 응접실을 꽃으로 가득 장식해 놓자. 식탁은 들장미로 장식하고. 오, 모든 일이 순조롭게 이루어져야 할 텐데……. 모건 부인의 작품 속에 등장하는 여주인공들은 모두 차분하고 지혜로워서 실수 따위는 하지 않거든. 모건 부인은 특히 우리 같은 여자들에 관한 작품을 많이 쓰는 분이니까, 우리 마음을 잘 아실 거야. 난 모건 부인에 대해 얼마나 많은 상상을 했는지 몰라. 어떤 말씀을 하실까? 그리고 나는 그 답변을 어떻게 하지? 오, 내 코에 있는 주근깨 좀 봐. 정말 신경이 쓰여. 피크닉 때 모자를 쓰지 않았더니, 이게 뭐야. 일곱 개나 생겼는걸. 모건 부인의 작품 속에 주인공은 모두 피부미인들이야."

"별로 눈에 띄지 않으니까 걱정하지 마. 오늘밤 레몬 즙을 좀 바르면 나을 거야."

다이애너가 위로했다.

이튿날 앤은 파이와 비스킷을 만들고 하얀 옷을 손질하는 것과 동시에 집안을 유리알처럼 반들반들하게 닦았다. 혹시라도 모건 부인이 방문해서 조금이라도 지저분한 것을 보면 언짢아하실까봐 구석구석 쓸고 닦았다.

그날 밤, 헨리 카터와 데이비는 하얀 닭 두 마리를 잡았다. 앤은 펑

소에 썩 즐겨하지 않던 닭 요리를 할 준비를 말끔하게 해두었다. 그걸 본 마릴라가 말했다.

"웬일로 닭털 하나 흘리지 않고 깨끗하게 했구나!"

모든 준비를 끝마친 앤은 데이비의 잠자리를 돌봐 주며 일렀다. 내일 하루는 무슨 일이 있어도 얌전하게 지내야 한다는 거였다.

"내일 하루 종일 착하게 굴면 그 다음날은 조금 나쁜 짓을 해도 괜찮아?"

"안 돼. 하지만 내일 착하게 있으면, 너와 도라를 보트에 태워줄게."

"알았어. 말 잘 들을게. 해리슨 아저씨네 진저를 딱총으로 쏘려고 했는데, 참아야지. 말 잘 듣고 착하게 지내는 건 재미없겠지만, 그래도 보트를 탈 수 있다면 좋아."

열망과 기다림

그날 밤 앤은 세 번이나 일어나 밖을 내다보곤 했다. 혹시 에이브 아저씨의 일기예보가 맞는 게 아닌가 싶어 걱정되었던 것이다. 그러나 염려와는 달리 새벽이 뿌옇게 열리며 멋진 하루가 시작되었다.

아침식사가 끝나자 다이애너가 나타났다. 한 손에는 꽃바구니를, 다른 한 손엔 흰 모슬린 옷을 들고 있었다. 점심식사 준비를 모두 끝낸 뒤에 모슬린 옷으로 갈아입을 작정이었던 것이다.

다이애너는 주름이 많이 잡힌 핑크빛 옷 차림이었다. 아주 귀여웠다.

"정말 예뻐, 다이애너!"

앤이 감탄하듯이 소리치자 다이애너가 가볍게 한숨을 내쉬었다.

"하지만 옷마다 단을 내야 해. 7월 들어서는 벌써 2킬로그램이 늘었는걸. 앤, 자꾸 살이 찌면 어쩌지? 모건 여사 작품의 주인공은 하나같이 날씬하고 키가 큰데……."

"괜찮아. 오늘은 기쁜 날이니까 걱정은 잠시 밀쳐두자. 게다가 네게는 아무도 가질 수 없는 보조개가 있잖아. 아참, 내 코 좀 봐줘. 어제 레몬 주스를 바르고 잤거든."

"응, 아주 효과가 좋은데!"

다이애너의 대답에 기분이 좋아진 앤은 뜰로 나갔다.

"먼저 응접실부터 꾸미자. 시간은 넉넉해. 프리실라가 12시에서 12시 30분 사이에 도착하겠다고 했거든."

앤과 다이애너는 참으로 행복했다. 꽃을 자르는 가위 소리가 햇살이 가득 내리쬐는 뜰에 밝게 울려 퍼졌다.

초록 지붕 집의 응접실은 어딘가 모르게 딱딱하고 음울한 분위기를 풍겼다. 빳빳하게 풀먹인 커튼과 의자덮개 등은 언제나 똑바른 각도로 씌워져 있었다. 마릴라의 고집 때문에 지금까지 한 번도 변한 적이 없었다. 그러나 앤과 다이애너가 이 방을 꽃으로 장식하자 분위기는 확연히 달라졌다.

무언가 잔소리를 할 생각으로 들어왔던 마릴라조차도 아름답다는 칭찬을 하고 돌아갔다.

"이번에는 식탁을 꾸미자. 가운데는 큰 꽃병에 들장미를 가득 꽂아 두고, 개인 접시마다 장미꽃을 놓아두자. 그리고 모건 여사의 자리에다 장미 꽃다발을 두면 어떨까. 『장미원』을 의미하는 꽃다발 말이야!'

식탁은 거실에다 꾸몄다. 마릴라가 아껴 왔던 벨벳 식탁보를 깔았고, 최고급 접시와 유리 그릇, 은수저를 놓았다. 솥에서는 맛있는 냄새가 풍겨 나왔고, 닭이 지글지글 익는 소리가 기분 좋게 들려왔다.

앤이 감자를 요리하는 동안 다이애너는 완두콩을 요리했다. 다이애너가 샐러드를 만들기 시작했고, 앤은 상기된 얼굴로 레몬 파이에 얹을 거품을 내고 있었다. 착하게 지내겠다고 약속했던 데이비는 그동안 별 말썽을 부리지 않고 주방 한구석에 앉아 있었다. 가끔 요리하는 데 참견을 하기도 했지만, 언제부터인가 바닷가에서 주워 온 그물의 매듭을 푸는 데 정신이 팔려 있었다.

음식 준비는 11시 반쯤 되어서야 끝이 났다. 모든 게 순조로웠다. 신선한 야채 샐러드가 만들어졌고, 크림을 씌운 레몬 파이도 먹음직스럽게 익었다.

"이제 옷을 갈아입자. 12시쯤 되면 손님들이 도착할 테니까, 식사는 1시에 하기로 하자. 수프 준비도 해둬야겠지."

2층에 있는 앤의 방에서 두 사람은 무슨 예식을 행하듯이 옷을 갈아입었다. 앤은 걱정스러운 표정으로 거울에 콧등의 주근깨를 비춰 보았다. 그다지 눈에 띌 정도는 아닌 것 같아서 다행이라는 생각이 들었다.

모든 준비를 갖춘 두 사람은 모건 여사 작품 속의 그 어느 주인공 못지않게 산뜻하고 아름다워 보였다. 그때 다이애너가 걱정스러운 얼굴로 말했다.

"나도 그냥 멍하니 앉아 있지 않고 무언가 말하고 싶어. 그런데 말주변이 없어서 뭔가 말하려고 하면, '음…… 그래서' 이런 말부터 튀어나오곤 해. 모건 여사 앞에서 그런 실수를 한다면 나는 죽고 싶을 거야. 차라리 가만히 있는 편이 나을지도 몰라."

"나는 다른 건 몰라도 말하는 건 자신 있어."

실제로 그랬다. 앤은 모슬린 옷 위에다 앞치마를 걸치고 아래로 내려와 수프를 준비하기 시작했다. 그동안 마릴라는 쌍둥이의 옷을 갈아 입힌 뒤 자기도 몸단장을 끝냈다. 모처럼 흥분해 있는 모습이었다.

12시가 넘자 앨런 목사님 부부와 스티시 선생님이 왔다.

모든 것이 순조롭게 진행되고 있었다. 그런데도 앤은 왠지 불안했다. 예정대로라면 지금쯤 프리실라와 모건 부인이 도착해야 할 시간이 아닌가. 앤은 자기도 모르게 몇 번씩이나 창 밖으로 오솔길을 내다보곤 했다.

"혹시 안 오시는 건 아닐까?"

"아냐, 그럴 리가 없어. 그건 말도 안 돼."

말은 그렇게 했지만 다이애너도 불안한 예감이 조금씩 일고 있었다. 마릴라가 응접실에서 나오며 말했다.

"앤, 스티시 선생님이 조세핀 할머니의 중국 접시를 보고 싶다고 하시는구나."

앤은 즉시 거실 찬장에서 그 접시를 꺼냈다. 린드 부인은 앤에게 샬롯타운의 조세핀 할머니에게 접시를 빌리라고 했다. 조세핀 할머니는 20달러나 주고 산 것이니 조심해서 다루라는 편지와 함께 빌려주었다. 접시는 교회의 바자회에 쓰인 뒤, 다시 앤에게로 돌아왔다. 앤은 조만간 조세핀 할머니를 만날 겸 그것을 돌려 드리러 갈 예정이었다.

앤은 접시를 가지고 현관 밖에서 바람을 쐬고 있는 손님들에게 다가갔다. 모두들 앤이 가지고 나오는 접시를 보았다.

그때였다. 주방에서 쨍그랑 하는 소리가 들려왔다. 마릴라와 다이애너가 재빨리 주방으로 달려갔고, 앤은 중국접시를 두 번째 계단에 놓아둔 뒤 얼른 뒤따라갔다.

주방에서 벌어진 소동은 참으로 한심한 광경이었다. 데이비는 죄지은 얼굴로 테이블 밑에서 나오고 있었다. 이미 데이비의 새 옷은 노란 크림으로 뒤범벅이었다. 테이블 위에 있던 먹음직스러워 보이던 두 개의 레몬 파이가 무참히 뭉개져 있었다.

데이비는 그물 실을 풀어서 둘둘 감은 뒤 선반에 올려놓으려고 식탁에 올라갔던 것이다. 그러나 발이 미끄러져서 레몬 파이 위로 나동그라지고 말았다. 옷은 엉망이 되어버렸고, 파이는 도저히 먹을 수 없을 만큼 뭉개져 버렸다. 결국 이 일로 가장 좋아하게 된 건 돼지뿐이었다.

"데이비, 식탁에 무슨 일로 올라갔니?"

마릴라가 데이비의 어깨를 잡고 신경질적으로 흔들었다.

"넘어질 줄 몰랐단 말이에요."

"알았다, 데이비. 식사가 끝날 때까지 2층에 올라가 있거라."

데이비는 흐느끼는 목소리로 소리를 질렀다.

"점심을 굶으라고?"

"우리가 먹고 난 다음에 먹도록 해."

"알았어. 누나가 맛있는 걸 남겨놓을 거지? 누나는 내 맘 알지? 난 파이를 망가뜨리려는 게 아니었다고. 음, 누나, 뭉개진 파이를 조금 가져가면 안 돼?"

마릴라는 데이비를 끌어내며 을렀다.

"레몬 파이에 손도 대지 마라, 데이비!"

"디저트는 어떻게 하지요?"

앤은 안타까운 얼굴로 묻자 마릴라가 대답했다.

"설탕에 절인 딸기가 항아리에 있으니 가져오너라."

1시가 되었다. 그러나 프리실라도 모건 여사는 코빼기도 비치지 않았다. 앤은 안절부절못했다. 찜도 구이도 전부 준비를 했는데, 계속 그대로 둘 수는 없었다.

"아무래도 안 오시는 모양이다."

마릴라의 언짢은 듯한 말에 앤과 다이애너가 서로를 쳐다보았다. 1시 30분이 되자 이윽고 마릴라가 말했다.

"자, 배도 고프고 식사를 하자. 더 이상 기다리는 게 소용이 없을 것 같구나. 프리실라와 모건 여사는 오지 않나 보다."

앤과 다이애너는 음식을 날랐으나 기운이 하나도 없었다.

"나는 한 입도 먹을 수가 없을 것 같아."

다이애너가 힘없이 중얼거렸다.

"나도 마찬가지야. 그렇지만 앨런 목사님 내외분과 스티시 선생님이 계시니까 음식이 맛이 있어야 할 텐데……."

다이애너는 완두콩을 접시에 담으며 조금 맛을 보았다.

"앤, 완두콩에 설탕을 넣었니?"

다이애너가 당황한 얼굴로 묻자 앤은 태연하게 대답했다.

"한 숟갈 넣었어. 맛이 없니?"

"뭐라고? 아까 나도 한 숟갈 넣었는데!"

앤은 완두콩을 맛보고 나서 얼굴을 찡그렸다.

"이런! 네가 설탕을 넣은 줄 몰랐어. 너희 집에서는 완두콩에 설탕을 넣지 않잖아!"

두 사람의 이야기를 듣고 있던 마릴라는 한심하다는 듯이 말했다.

"요리사가 너무 많았구나! 나도 너희들이 잊은 줄 알고 한 숟갈 넣었지 뭐냐."

그날 완두콩은 식탁에 오르지 않았다.

"하는 수 없어. 그래도 샐러드가 있으니 다행이네."

식사 분위기는 썩 좋지 않았다. 앨런 목사님 부부나 스티시 선생님이 열심히 분위기를 돋우려고 애썼지만, 앤과 다이애너는 좀처럼 흥을 낼 수가 없었다. 실망이 너무 컸기 때문이다. 앤은 손님들을 생각해서 애써 이야기하려고 했지만, 아무래도 마음이 내키지 않았다.

그토록 좋아하던 앨런 목사님 부부와 스티시 선생님도 빨리 돌아가 주었으면 하는 마음뿐이었다. 오늘 같은 날은 혼자서 슬픔에 빠져 있고 싶었다.

'엎친 데 덮친다' 는 말을 이럴 때 쓰는 걸까. 불행은 여기서 끝나지 않았다. 앨런 목사님이 예의를 차리며 막 인사를 끝냈을 때였다. 계단 쪽에서 무엇인가 굴러 떨어지는 소리가 들려왔다. 그릇 깨지는 소리였다. 모두들 화들짝 놀라 현관 쪽으로 달려갔다. 앤이 외마디 비명을 질렀다. 계단 밑에는 깨진 접시 조각과 소라껍질이 여기저기 흩어져 있었다. 데이비는 겁먹은 얼굴로 계단 위에 서 있었다.

"데이비!"

마릴라가 날카로운 목소리로 소리를 질렀다.

"네가 소라껍질을 던졌지?"

"던진 게 아니야."

데이비는 울먹이더니 변명을 했다.

"그냥 여기 앉아 있었다구. 다리를 뻗는데, 저게 걸려서 굴러갔단 말이야……. 나 배고프단 말이야. 난 혼나는 게 더 좋아."

데이비가 울음을 터뜨리자 앤이 떨리는 손으로 접시 조각을 주웠다.

"데이비를 야단치지 마세요. 다 내 잘못이에요. 내가 부주의해서 접시를 계단에 두고 깜빡 잊었어요. 오, 어떡하죠? 조세핀 할머니께 뭐라고 말씀드리죠?"

"그건 가보로 물려받은 게 아니라 돈 주고 산 거니까 너무 걱정하지 마."

다이애너가 다가와 위로했다.

손님들은 빨리 사라져 주는 게 좋겠다고 판단한 듯 서둘러 집으로 돌아갔다. 앤과 다이애너는 조용히 설거지를 끝냈다. 다이애너가 골치가 아프다며 집으로 돌아가자 앤도 자기 방으로 올라갔다.

저녁때 마릴라는 우체국에서 프리실라가 전날 보낸 편지를 받아 왔다. 편지에는 모건 여사가 다리를 다쳐서 한 발짝도 움직일 수 없다는 내용이 씌어 있었다.

앤, 정말 미안해. 이모님의 다리가 나을 때쯤엔 토론토로 돌아가야 하신대. 약속이 있으신가봐. 아무래도 초록 지붕 집에는 가실 수 없을 것 같아.

앤은 돌계단 위에 편지를 내려놓고 한숨을 쉬었다.

"모건 부인이 오신다는 말을 들었을 때 왠지 행운이라는 생각이 들었어요. 하지만 실망하지 않을 거예요. 앞으로 더 멋진 일이 생길 수도 있다고 생각할 거예요. 사실 훗날 오늘 일을 생각하면 참 우습겠죠. 지금은 웃을 기분이 전혀 아니지만……."

"너는 아직도 그 버릇을 버리지 못했구나. 어떤 일에 대해 지나치게 기뻐하거나 지나치게 낙심하는 것 말야."

"그래요. 멋진 일이 생기면 하늘을 나는 것 같다가도 정신을 차리면 금세 땅에 떨어지는 느낌이 들어요."

"하늘과 땅을 번갈아 오가는 것보다는 내 생각엔 조용히 걸어가는 게 낫겠다. 그건 그렇고 조세핀 할머니의 접시는 어떻게 할 생각이니?"

"접시 대신 20달러를 드려야죠. 가보로 물려받은 게 아니라서 다행이에요. 만약 그런 거라면 돈으로 보상해 드릴 수가 없었을 테니까요."

"똑같은 걸 사서 돌려 드릴 수는 없을까?"

"힘들 거예요. 그렇게 오래된 진품이 흔한 건 아니니까요. 바자회 때에도 린드 아줌마가 그 접시를 구하려고 돌아다녔지만 못 구했잖아요. 어머나, 마릴라! 지금 별똥별이 떨어졌어요."

마릴라는 하늘을 힐끗 바라본 뒤에 다시 물었다.

"데이비는 어디 있니?"

"재웠어요. 내일은 두 아이를 데리고 놀러갈 생각이에요. 약속을 했거든요."

"보트를 타다가 빠지면 어쩌려고? 나는 이렇게 나이를 먹었어도 보트 같은 건 한번도 안 탔다."

“마릴라, 그럼 내일 한번 타요. 우리와 같이 가서…….”

앤이 익살스러운 목소리로 말했다.

“끔찍한 말은 하지마. 이 나이에 보트를 타고 놀라니……. 어머, 저기 해리슨 씨가 마차를 타고 가는구나. 이사벨 앤드루스에게 구혼할 거라는 소문은 정말일까?”

“그럴 리가요. 해리슨 씨는 결혼에 대해서 통 관심이 없으시던 것 같던데요.”

“하지만 독신자들의 마음이란 알 수 없는 법이지. 게다가 하얀 깃을 달고 갔다는 소문도 돌던데…….”

“해리슨 씨는 마음내키는 대로 입으시는 분이잖아요. 하긴 곁에 앵무새밖에 없으니 얼마나 쓸쓸하시겠어요.”

“애야, 저기 길버트가 오는구나. 산책을 하려거든 외투를 입고 장화를 신도록 해라. 오늘은 밤이슬이 많이 내리는 것 같구나!”

지붕에서 떨어진 앤

침대에 잠자코 누워 있던 데이비가 일어나 앉으며 말했다.

“누나, 잠의 나라는 어디에 있지? 사람들은 밤마다 잠을 자러 가잖아.”

앤은 창가에서 꿈꾸는 듯한 눈빛으로 하늘을 가만히 바라보다가 데이비를 돌아보았다.

"달빛의 산을 넘고……, 어둠이 깔린 골짜기로 내려가면……."

폴 어빙이라면 앤의 이런 이야기를 이해하고 있거나 설령 모른다 해도 자기 나름대로 받아들였을 것이다. 그러나 상상력이라곤 눈곱만치도 없는 데이비는 그런 말을 듣자 어이가 없다는 얼굴을 했다.

"누나, 또 장난친다."

"그래 장난친 거야. 누나는 장난을 치는 걸 좋아하거든."

"그래도 내가 진지하게 물으면 진지하게 대답해야지."

데이비가 속이 상한 듯 말했다.

"누나, 내가 잠들기 전에 이야기를 해 줘. 여자아이들이 좋아하는 옛날 이야기말고, 용감한 이야기 말이야."

그때 다행히도 마릴라가 큰 소리로 앤을 불렀다.

"앤, 다이애너가 신호를 보내고 있구나. 너한테 할 말이 있는 모양이다."

앤이 동쪽 방으로 가보니, 어둠 속에서 다이애너가 다섯 번씩 신호하는 불빛이 보였다. 그 신호는 두 사람이 어릴 때 만든 신호였는데, '중요한 일이 있으니 빨리 만나고 싶다' 는 뜻이었다. 앤은 재빨리 외투를 걸치고 벨 씨의 목장을 지나 다이애너의 비탈 과수원집으로 달려갔다.

"좋은 소식이 있어. 지금 막 엄마랑 카모디에 갔다가 왔는데 블레어 상점에서 메리 센트너를 만났어. 메리 말로는 스펜서빌의 토리 거리에 사는 늙은 코프 자매가 만찬회에 썼던 그 중국 접시와 똑같은 것을 가지고 있대. 팔 생각도 있는 것 같다고 귀띔해 줬어. 그리고 코프 자매가 팔지 않겠다면 웨슬리 키슨 씨에게도 그런 접시가 있대. 아마 그 집에서도 팔겠다고 하겠지만."

앤이 단호하게 말했다.

"내일 당장 스펜서빌에 가겠어. 다이애너, 너도 함께 가줄 거지? 그러잖아도 모레 시내에 가야 하는데 그 접시도 없이 간다는 게 너무나 걱정되었어. 어렸을 때 너와 손님방 침대로 뛰어들었을 때보다도 더 큰 실수를 했으니까."

두 소녀는 옛날 일을 떠올리며 웃음을 터뜨렸다.

다음날 오후 두 소녀는 접시를 찾아 출발했다. 스펜서빌까지는 16킬로미터쯤 되었는데, 여행을 하기에 좋은 날씨는 아니었다. 바람 한 점 없이 후텁지근한 날씨에다 오랫동안 비가 오지않은 탓으로 먼지가 많이 일었다. 앤이 한숨을 쉬며 말했다.

"비가 좀 왔으면 좋겠어. 농작물이 모두 메말라 버렸어. 땅이 비를 달라고 손을 벌린 것처럼 갈라졌어. 해리슨 씨 농장에는 풀이 말라죽어서 소들이 굶고 있대."

두 소녀는 피곤한 여행 끝에 스펜서빌에 이르러 토리 거리에 사는 코프 자매의 집을 향해 달렸다. 어린 가문비나무가 줄지어 서 있는 그 길은 풀이 무성하게 자라 있었다. 사람이 별로 오가지 않는 한적한 길이었다.

마침내 두 소녀는 코프 자매네 집에 도착했다. 그 집은 한눈에 보아도 성격을 알 수 있을 만큼 깨끗하고 알뜰하게 정돈되어 있었다. 집은 오래 된 구식이었는데, 비탈진 곳에 세워져 있고, 한쪽은 돌 지하실로 연결되어 있었다. 두 채로 나누어진 건물은 모두 하얀 페인트로 칠해져 있었고 뒤뜰에는 풀 한 포기 없이 말끔했다.

"커튼이 내려진 걸 보니 아무도 없는 모양이네?"

다이애너가 침울하게 말했다. 두 소녀는 얼굴을 마주 보았다.

"어떡하면 좋지? 여기 있는 접시가 우리가 찾는 게 확실하다면, 집 주인이 돌아올 때까지 기다려도 좋겠지. 하지만 같은 종류가 아니라면 웨슬리 키슨 씨 댁엘 가야 하는데, 그럼 마냥 기다릴 수 없잖아."

그때 다이애너가 지하층 위쪽에 조그만 창문이 있는 것을 발견했다.

"저기가 확실히 식품 저장실일 거야. 이 집은 뉴브리지의 찰스 아저씨의 집과 똑같이 생겼거든. 아저씨네는 저 방을 식품 저장실로 쓰고 있어. 우리가 저 지붕으로 올라가서 식품 저장실 안을 들여다보면 접시를 볼 수 있을지도 모르는데."

앤이 잠시 생각해 보았다.

"그렇게 하자. 쓸데없는 호기심 때문에 남의 집을 들여다보는 건 아니니까."

그 작은 집의 뾰족한 지붕은 비탈진 언덕에서 그다지 높지 않았다. 앤은 빈 상자를 놓고, 그 위에 다시 나무를 올려놓았다. 그리고 조심스럽게 지붕에 발을 얹었다. 낡은 지붕이 무너질 것 같아 약간 걱정스러운 기분이 들었다.

"이게 내 몸무게를 지탱해 줄까?"

"창턱에 기대 봐."

다이애너의 충고에 따라 앤이 창턱에 몸을 기댔다. 그런 다음 안을 들여다보니, 마침 바로 맞은편 선반에 자기들이 찾는 것과 똑같은 접시가 얹혀 있는 것이 보였다. 앤은 너무나 기쁜 나머지 발판이 위태롭게 움직인다는 사실도 잊은 채 폴짝폴짝 뛰었다. 그 순간 지붕이 우지끈 무너져 내렸다. 앤은 지붕을 뚫고 떨어져 내리다가 겨우 겨드랑이가 지붕에 끼여 공중에 매달렸다.

다이애너가 앞으로 뛰어들어가 앤의 허리를 잡고 빼내려 애썼다.

"아, 아야! 당기지 마. 뾰족한 나뭇조각이 찌른단 말야."

앤이 비명을 질렀다.

"판자 같은 것이 걸려 있나 봐. 발밑에 뭐 디딜 것을 좀 갖다 놓아 줘."

다이애너가 재빨리 앤이 밟고 올라갔던 통을 앤의 발밑에 갖다주었다. 그러나 그것은 앤의 발끝에 닿을락말락할 뿐 닿지가 않았다.

"내가 지붕으로 올라가서 도와줄까?"

앤이 고개를 저었다.

"안 돼. 판자가 걸려 있다니까. 도끼로 판자를 부수면 될 텐데. 아, 왜 난 늘 이렇게 재수가 없는 걸까?'

다이애너가 도끼를 찾아보았으나 찾지 못했다. 다이애너는 앤에게 말했다.

"앤, 사람을 불러와야겠어."

그러나 앤이 있는 힘을 다해 말렸다.

"안 돼. 제발 그러지 마. 소문이 나면 난 창피해서 얼굴을 들고 다닐 수가 없을 거야. 코프 자매가 돌아올 때까지 기다려야 해. 두 사람에게는 비밀을 지켜 달라고 할 테야. 다행히 움직이지 않고 있으면 아프지는 않아."

그러나 다이애너가 불안한 듯이 말했다.

"하지만 코프 자매가 저녁때까지 오지 않으면 어떡해. 아니, 어디 멀리 여행이라도 갔으면 어떻게 하지?'

"저녁때가 돼도 오지 않는다면 네가 사람을 불러야겠지. 하지만 그때까진 기다려보자. 오, 다이애나, 이건 정말 끔찍한 일이야. 코프 자매가 돌아와서 내 모습을 보면 얼마나 놀라겠니? 지붕 밖으로 삐죽 나와 있는 내 모습을 보면 말야. 잠깐, 혹시 마차소리가 들리지 않니? 아, 아니야. 천둥소리인가 봐."

그건 의심할 여지없이 천둥소리였다. 집 주변을 돌아보던 다이애너는 북쪽 하늘에서 몰려오는 시커먼 구름장을 발견했다.

"소나기가 올 것 같아. 오, 앤, 어쩌면 좋니?"

"각오를 해야지."

앤은 차분하게 대꾸했다. 소나기를 맞는 것쯤이야 여태껏 벌어진 일에 비하면 문제가 아니었다.

"마침 헛간이 열려 있으니 마차와 말을 들여놓는 게 좋겠다. 그리고 마차 안에 있는 양산을 갖다줘. 너는 내 모자를 쓰고. 마릴라 아줌마 말이 맞았어. 토리 거리에 가면서 가장 좋은 모자를 쓰는 건 바보짓이라고 했거든."

다이애너가 말을 헛간으로 몰아넣자마자 굵은 빗방울이 떨어지기 시작했다. 다이애너는 그 자리에 앉아 쏟아지는 비를 바라보았다. 장대 같은 빗발에 양산을 받치고 있는 앤의 모습이 보이지 않았다. 비는 한 시간 동안이나 줄기차게 내렸다. 앤은 이따금 양산을 뒤로 돌리며 다이애너를 향해 손을 흔들어 격려했다. 거리가 멀어서 말을 해도 들리지 않았다.

이윽고 비가 그치자 다이애너는 단숨에 앤 곁으로 달려갔다. 다이애너가 염려스러운 목소리로 물었다.

"많이 젖었니?"

앤이 기운차게 대답했다.

"아니야. 머리와 어깨는 말짱해. 빗물이 나뭇가지 사이로 흘러내려 스커트는 좀 젖었지만 그래도 비가 내렸으니 정말 다행이야. 나는 빗방울을 바라보며 우리 정원의 꽃과 나무들이 얼마나 기뻐할까를 생각했어. 나무와 나무들이 나누는 대화를 상상했지. 집에 돌아가면 그걸 글로 적어놓아야겠어. 집으로 돌아가면 잊을지도 모르니까 여기서 적으면 좋을 텐데……"

다이애너가 얼른 마차 안에서 종이와 연필을 가져왔다. 앤은 양산을 접고 그 위에 자기 생각을 쓰기 시작했다. 그러나 앤의 그런 모습은 글을 쓰기에 어울리는 모습이라고 볼 수는 없었다. 종이에 적은 것을 앤이 읽어 주자 다이애너는 도취되어 소리쳤다.

"오, 앤! 정말 멋지구나. 모건 부인에게 꼭 보내 봐."

"안 돼. 아직은 그 정도 수준이 아니야. 생각나는 대로 적어 보았을 뿐 책으로 내기엔 부족해. 어머나, 다이애너! 저기 코프 아줌마가 온다. 다이애너, 가서 네가 사정 이야기를 잘 좀 해."

작달막한 키의 세라 코프는 검은 옷을 입고 있었다. 그녀는 자기 집에서 벌어진 괴상한 광경에 화들짝 놀라는 기색이었다. 그러나 다이애너의 설명을 듣고는 재빨리 연장실에서 도끼를 가져다가 지붕을 부수고 앤을 꺼내 주었다. 앤은 지치고 몸이 뻐근했지만 다행히 다시 자유의 세계로 돌아왔다.

"코프 아줌마, 식품 저장실을 들여다본 것은 단지 중국 도자기 접시가 있는지 확인하려고 그런 거예요. 결코 다른 걸 보려고 하지 않았어요."

"괜찮아. 피해를 준 게 없으니 걱정하지 마. 그리고 식품 저장실을 정돈해 두어서 누가 보아도 신경 쓰이지 않는단다. 그리고 저 지붕도 부서져 다행이구나. 그러잖아도 마사 언니 때문에 부수지 않고 그냥 둔 거야. 내가 봄이 되면 꼭 회칠을 해야 해서 여간 번거롭지 않았는데. 마사 언니는 시내에 나갔어. 내가 역까지 바래다주고 오는 길이지. 가만 있자, 내 중국 접시를 사겠다고? 얼마에 살 건데."

"20달러요."

흥정을 하는 데 익숙하지 않은 앤이 얼른 자기가 생각하고 있는 가격을 말했다.

세라 코프는 잠시 생각한 후에 말했다.

"자, 안으로 들어가자. 들어가서 차라도 한잔 하면서 이야기를 하자꾸나. 마사 언니가 과자와 치즈가 있는 찬장을 자물쇠로 잠그고 가서 빵과 오이밖에 없을 테지만. 손님이 오면 이것저것 다 내놓는다고 그렇게 한단다."

두 사람은 몹시 지치고 배가 고팠으므로 세라가 주는 버터 바른 빵과 오이를 맛있게 먹어치웠다. 식사가 끝나자 세라 코프가 말했다.

"접시를 팔 생각이 없는 건 아닌데 25달러는 받아야 돼. 아주 오래된 것이니까요."

다이애너는 식탁 아래로 앤의 발을 살짝 건드렸다. 그것은 "승낙하지 마. 조금 버티면 20달러로 살 수 있을 거야"라는 뜻이었다. 그러나 앤은 그 접시를 살 수 있는 기회를 놓쳐선 안 된다고 생각했다. 그래서 그 자리에서 승낙하고 말았다.

앤이 너무 쉽게 승낙하자 세라 코프는 30달러를 부를 걸 하고 아쉬워하는 표정이었다.

"그래. 그렇게 하지. 지금 돈이 몹시 필요하거든."

세라 코프는 얼굴을 붉히며 천천히 말했다.

"루서 워레서와 결혼할 예정이거든. 루서는 20년 전부터 내게 청혼했었지. 나도 그 사람을 좋아했는데 아버지가 반대했어. 그때 그가 몹시 가난하다고 그랬지. 그때 그렇게 떠나 보내지 말았어야 했는데. 지금까지 적당한 상대가 나타나지 않으리라고는 생각지 못했어."

이윽고 두 소녀는 그곳을 떠나 집으로 향했다. 앤은 접시를 무릎 위에 놓았고, 말고삐는 다이애너가 잡았다.

비가 내린 후라서 그런지 푸른빛이 되살아난 도로에 두 소녀의 맑은 웃음소리가 울려 퍼졌다.

"내일 조세핀 할머니 댁에 가서 이 이야기를 다 해드릴 거야. 이런 이야기를 들으시면 얼마나 즐거워하실까? 어쨌든 정말 모든 게 잘 됐어. 접시도 구했고, 비가 내려서 나무들도 파릇해지고."

다이애너가 다소 비관적으로 말했다.

"아직 집에 다 도착하지 않았잖아. 혹시 도중에 어떤 일이 생기면 어떻게 해. 그게 좀 걱정돼. 앤, 너에겐 정말 새로운 사건이 일어나잖아."

그러나 앤은 태연하게 대답했다.

"사건을 몰고 다니는 사람이 있긴 있나봐."

행복한 하루

언젠가 앤이 마릴라에게 이렇게 말했다.

"행복이라는 건 정말 굉장히 멋지고 놀랍고 가슴 두근거리는 것이 아니라, 결국 진주를 하나하나 실에 꿰어 목걸이를 만들 듯이 소박하고 자잘한 기쁨들이 조용히 이어지는 게 아닌가 싶어요."

초록 지붕 집에는 그런 행복한 나날이 이어지고 있었다.

8월 말, 그날도 그런 행복에 잠긴 날이었다. 오전에는 쌍둥이들을 데리고 다이애너와 함께 호수에서 보트를 타고 기슭까지 내려갔다. 거기서 그들은 물장구를 치며 놀았다.

오후에 앤은 어빙 씨의 낡은 집으로 폴을 만나러 갔다. 폴은 앤을 발견하자마자 환한 얼굴로 달려왔다. 폴은 집의 북쪽을 에워싼 전나무 숲의 언덕에 누워서 책을 읽고 있었던 것이다.

"오, 선생님, 와 주셔서 정말 기뻐요. 할머니가 안 계시거든요. 저랑 차를 마시면서 놀다가세요. 혼자 간식을 먹는 건 정말 싫거든요. 메리 조 누나에게 함께 먹자고 할 생각이었는데, 그 누나와는 대화가 잘 안 돼요. 웃기만 하면서 '너 같은 아이는 처음 본다'고 하거든요. 그러니 무슨 말을 할 수 있겠어요."

"그래, 간식 시간까지 함께 있어 줄게. 선생님은 네가 그렇게 말해 주기를 바랐는걸. 언젠가 여기서 할머니가 만드신 과자를 대접받은

적이 있었지. 그것만 생각하면 군침이 돈단다."

폴이 매우 심각한 표정을 지었다. 두 손을 주머니에 찔러 넣은 폴의 작고 귀여운 얼굴에 걱정스러운 표정이 떠올랐다.

"선생님, 제가 그 과자를 선생님께 드릴 수 있다면 좋을 텐데요. 할머니가 나가시면서 그 과자는 소화가 안 되니까 저에게 과자를 주지 말라고 메리 조 누나에게 말씀하셨거든요. 제가 누나한테 선생님께만 대접해 달라고 부탁할게요. 선생님, 잠깐만 기다리세요!"

앤은 폴이 귀여웠다.

"알았어, 폴. 메리 조 누나가 선생님에게 그 과자를 대접할 수 없다고 해도 상관없으니까 걱정하지 마."

"정말 괜찮아요?"

폴이 걱정스러운 듯 말했다.

"물론이지."

"그렇다면 다행이에요."

폴은 안도의 한숨을 내쉬며 말했다.

"사실 메리 조 누나는 제 부탁을 들어줄 거예요. 할머니는 좋은 분이시지만, 사람들이 할머니 말씀을 따르지 않으면 무섭게 화를 내세요. 메리 조 누나도 할머니의 말씀을 따르는 게 좋다는 걸 살면서 깨달은 거죠. 근데 선생님, 오늘 한 가지 여쭤 보고 싶은 게 있는데, 사실을 말씀해 주시겠어요?"

"뭔데? 말해 봐. 대답해 줄게."

폴은 마치 앤의 대답에 따라 자신의 운명이 결정된다는 듯한 표정으로 물었다.

"정말 제 머리가 좀 이상하다고 생각하세요?"

앤은 깜짝 놀랐다.

"맙소사, 폴! 절대로 그렇지가 않아? 왜 그런 생각을 하게 되었니?"

"메리 조 누나가 그렇게 말하던걸요. 엊저녁에 슬론 씨네 가정부인 베로니카가 왔는데 주방에서 그 말을 했어요. 메리 조 누나는 내가 듣는 줄도 모르고 이렇게 말했어요. '폴은 정말 이상한 애야. 알 수 없는 말만 해. 아무래도 머리가 돌았나 봐' 라구요. 저는 어젯밤 그 생각을 하느라고 잠도 못 잤어요. 할머니한테 차마 여쭤 볼 수가 없어서 선생님께 여쭤 보는 거예요. 그런데 선생님께서 그렇게 말씀해 주시니까 안심이네요."

"물론이지. 넌 정상이야. 메리 조가 바보 같은 생각을 하는구나. 메리 조의 이야기에 신경 쓸 것 없어, 폴."

앤은 이렇게 말하면서 폴의 할머니에게 메리 조의 입단속을 시켜야겠다고 마음먹었다.

"이제야 안심이 되네요. 제 머리가 이상한 게 아니라서 기뻐요. 선생님, 고맙습니다. 메리 조 누나가 그런 말을 한 건 제가 가끔 생각했던 것들을 말해 주었기 때문일 거예요."

"그래, 앞으로는 그런 말은 하지 말려무나."

앤이 말했다.

"선생님, 제가 메리 조 누나한테 한 말을 해 선생님께도 해 드릴 테니 이상한지 아닌지 들어보세요. 해가 지면 전 누구에게든지 말하고 싶어져요. 그래서 메리 조 누나한테 말을 해요. 아무도 없으니까요. 하지만 지금부터는 말하지 않을 거예요. 하고 싶어도 참겠어요."

"정말 참을 수 없을 때는 우리 집으로 와서 내게 이야기해 주렴."

앤이 말했다.

"네, 그럴게요. 하지만 제가 선생님 댁에 갔을 때 데이비가 없었으면 좋겠어요. 저를 보면 얼굴을 찌푸려요. 하지만 도라는 저를 좋아해요. 저도 도라를 좋아하고요. 도라는 커서 저와 결혼하겠다고 미니 메이에게 말했대요. 그 말을 들어서인지 도라가 전처럼 좋지 않아요. 저도 크면 누군가와 결혼을 하겠지만, 지금 그런 생각을 하기에는 너무 어리잖아요."

"물론이지. 아직 어리지."

"결혼 이야기가 나오니까 생각나는 게 있네요. 지난주에 린드 아줌마가 놀러오셨을 때예요. 할머니는 저더러 우리 엄마 사진을 보여 드리라고 하시더군요. 저는 마음이 내키지 않았지만 보여 드렸죠. 아줌마는 친절하고 좋은 분이지만 엄마 사진을 보여주고 싶은 분은 아니잖아요. 어쨌든 아줌마는 엄마 사진을 보시고는 '아름답군요. 그런데 영화배우처럼 생겼군요' 하셨어요. 그리고는 저에게 이렇게 말씀하시더군요. '폴, 네 아버지도 재혼을 하실 것 같은데 새엄마가 생기면 어떨 것 같니?' 그 말을 들은 저는 가슴이 덜컥 내려앉더라고요. 하지만 린드 아줌마에게 그런 표정을 보이고 싶지는 않았어요. 그래서 아줌마를 똑바로 바라보고 이렇게 말했어요. '우리 아버지는 우리 엄마를 선택하셨던 분이니까, 새엄마도 좋은 분을 선택하시리라고 믿어요' 그런데 선생님, 저는 아버지를 믿긴 하지만…… 새엄마를 맞으시기 전에 제가 마음에 들어하는지 제 의견도 물어보셨으면 좋겠어요."

간식 시간이 끝나자 폴은 앤을 자기 방으로 안내했다. 천장이 낮고

자그만 폴의 방은 바다에 잠긴 석양을 내다볼 수 있는 곳으로 창 밖에
는 전나무 가지가 부드럽게 흔들리고 있었다. 이 부드러운 빛을 받으
며 온화한 눈빛을 가진 아름다운 여인의 얼굴이 벽에 걸려 있었다.

폴이 자랑스러운 듯이 말했다.

"이분이 우리 엄마예요. 제가 아침에 눈을 뜨자마자 가장 먼저 볼
수 있는 곳에 걸어 달라고 했어요. 이제는 밤에 등불이 없어도 괜찮
아요. 엄마와 이렇게 함께 있으니까요. 아빠는 제가 뭘 가장 원하는
지 알고 계셨어요. 그런 걸 다 아는 게 신기하지 않아요?"

"그래. 어머니는 정말 아름다운 분이시구나!"

폴은 창가에 쿠션을 쌓으며 말했다.

"하지만 제 눈은 아빠를 닮았어요. 선생님, 여기 앉으세요. 저는 선
생님 무릎 있는 데 앉을게요. 선생님 무릎에 머리를 기대도 돼요? 엄
마와 저는 이렇게 앉아 있곤 했거든요."

"그래. 이제 메리 조에게 말한 걸 들려주지 않겠니? 네가 이상하다
고 말했다는 이야기 말이다."

앤은 폴의 머리를 매만졌다.

"이 이야기는 어느 날 전나무 숲에서 생각해낸 거예요. 그걸 진짜
믿는 게 아니라 상상하는 거죠. 그래서 주방에서 일을 하고 있던 메
리 조 누나에게 말했어요. '누나, 내가 무슨 생각을 하는지 알아? 나
는 별들이 요정 나라의 등대라고 생각해.' 그랬더니, 메리 조 누나가
이렇게 말했어요. '넌 정말 이상한 생각을 하는구나! 요정 따위가 세
상에 어디 있니?' 저는 좀 화가 났어요. 물론 요정이 정말로 있지 않
다는 건 저도 알거든요. 하지만 상상은 할 수 있잖아요. 저는 인내심

을 발휘해 또 말했어요. '누나, 나는 해가 진 뒤에는 반짝이는 하얀 날
개를 단 천사가 이 세상에 내려온다고 생각해. 그리고 꽃과 새들에게
노래를 불러주는 거야. 가만히 귀를 기울이면 천사의 자장가 소리를
들을 수 있어', 그러자 메리 조 누나는 아주 놀란 표정을 하더니 이렇
게 말했어요. '넌 정말 이상한 애야. 왜 그렇게 해괴망측한 소리를 하
니?' 그래서 저는 할 수 없이 밖에 나가서 정원에 말라비틀어진 채 서
있는 백양나무에게 나머지 이야기를 들려주었어요. 할머니는 소금
기 많은 바닷바람 때문에 말랐다고 하셨지만, 저는 그렇게 생각지 않
아요. 나무 요정이 세상 구경을 나갔다가 길을 잃어 돌아오지 않은
거예요. 그래서 백양나무가 외로워서 죽은 거고요."

"아마 길 잃은 나무 요정이 세상 구경에 지쳐서 자기 나무한테 돌
아와서 그걸 보면 슬픔으로 가슴이 찢어질 거야."

"네, 그래요. 하지만 요정들도 책임을 져야 해요. 선생님, 제가 초승
달을 어떻게 생각하는지 아세요? 꿈을 가득 실은 황금 조각배예요."

"그리고 조각배가 구름을 타고 조금 기우뚱할 때 꿈이 엎질러져 네
잠 속에 떨어져 내리지."

"오, 선생님! 선생님은 아시는군요. 선생님, 제가 생각하는 게 이상
한가요?"

"아니야. 조금도 이상하지 않아. 오히려 아름다운 생각이지. 그런
생각을 평생 할 줄 모르는 사람에게는 이상하게 여겨지겠지. 하지만
폴, 그런 상상들을 계속 하려무나. 그러다 보면 너는 반드시 시인이
될 거야."

앤이 집에 돌아오자 폴과는 달리 데이비는 부루퉁한 얼굴이었다. 잠

옷으로 갈아 입혀 주자 얼른 침대에 뛰어들어 베개에 얼굴을 묻었다.

"데이비, 기도를 하고 자야지."

앤이 나무라듯 말하자 데이비가 반항적으로 내뱉었다.

"이제 기도 같은 건 하지 않을 거야. 착한 아이가 되는 것도 싫어. 내가 아무리 착한 아이가 되려고 해도, 누나는 폴을 더 좋아하잖아. 난 이제 나쁜 아이가 될 거야."

앤이 다정하게 말했다.

"폴을 더 좋아하는 게 아냐. 너도 똑같이 좋아해. 하지만 좋아하는 방법이 다른 거야."

"똑같은 방법으로 좋아하면 안 돼?"

"어떻게 다른 사람인데 똑같이 좋아할 수 있니? 너는 도라와 나를 똑같이 좋아할 수 있어?"

데이비는 침대에 일어나 앉아 곰곰이 생각하더니 대답했다.

"저, 도라는 내 동생이니까 좋아하는 거고, 누나는 누나니까 좋아한단 말야."

"나도 그래. 폴은 폴이니까 좋아하고, 데이비는 데이비니까 좋아하는 거야."

데이비는 그제야 이해가 된다는 듯이 쾌활하게 말했다.

"알았어. 기도할게. 그런데 지금 하지 않고 내일 아침에 두 번 하면 안 돼?"

앤이 안 된다고 잘라 말하자 데이비는 하는 수 없이 침대에서 내려와 꿇어 앉았다. 기도를 끝낸 데이비가 말했다.

"누나, 나 전보다 착해졌지?"

"그래, 정말 착해졌어."

앤은 진심으로 데이비를 칭찬해 주었다.

다음날 황혼 무렵, 앤이 오솔길을 산책하고 있을 때였다. 어둑어둑한 숲 저쪽에 있는 길버트가 보였다. 앤은 새삼스레 길버트가 소년이 아니라는 사실을 깨달았다. 몹시 남자답다는 생각마저 들었다. 길버트가 자신의 이상형은 아니었지만 참 잘생긴 청년이었다. 큰 키와 진지한 표정, 떡 벌어진 어깨, 맑고 깊은 눈매는 무척 남자다워 보였다.

앤과 다이애너는 오래 전부터 자신들이 동경하는 남자를 정해놓고 있었다. 둘 다 취향이 비슷했다. 키고 크고 품위 있는 모습에 약간 우울하면서도 우수 어린 눈빛과 다정다감한 목소리를 가진 남자여야 했다. 길버트는 우울한 모습이나 우수 어린 눈빛은 아니었다. 그렇다고 해서 그와의 우정에 문제가 되는 것은 아니었다.

길버트는 샘가의 풀밭에 앉아 만족스러운 얼굴로 앤을 바라보았다. 만일 길버트에게 이상적인 여인상을 물었다면, 서슴없이 앤과 같은 여자라고 말했을 것이다. 심지어 앤이 신경을 쓰고 있는 일곱 개의 주근깨까지도 말했을 것이다.

길버트는 아직 소년이나 다름없었지만 다른 사람들처럼 꿈을 가지고 있었다. 그리고 그의 미래 꿈속에는 언제나 맑고 큰 잿빛 맑은 눈을 가진 아름다운 소녀가 함께 있었다.

조용한 에이번리에서도 여기저기서 유혹이 있었다. 젊은이들은 자유분방했고, 길버트의 인기는 어디서든 높았다. 그러나 길버트는 앤과 우정을 나누기에 부끄러운 사람이 되지 않으려고 노력했고, 언젠가는 앤의 사랑을 얻으리라 마음먹었다. 그것을 위해 자신의 말과 행동과 생각을 언제나 조심하곤 했다.

앤의 매력은 마을의 다른 아가씨들처럼 작은 일에 질투를 하지 않고, 거짓말을 하지 않는 것이었다. 앤은 무의식적으로 그런 행동을 했다. 마치 그런 일에서 멀리 떨어져 있는 것처럼 보였다.

그러나 길버트는 자기가 앤에 대해서 품고 있는 생각을 입 밖으로 내지는 않았다.

"그렇게 나무 밑에 서 있으니까 정말 요정 같구나."

길버트가 놀리듯이 말했다.

"난 자작나무가 좋아!"

앤이 쭉 뻗은 나뭇가지에 얼굴을 대면서 진심으로 말했다.

"좋은 소식이야. 메이저 스펜서 씨가 자기네 농장 옆길에 자작나무 가로수를 심겠대. 개선회를 격려하기 위해 그런대. 그분이야말로 에이번리에서 가장 진보적이고 공공심이 있는 분이야. 게다가 윌리엄 벨 아저씨도 집 주위에 가문비나무를 심어 울타리를 만들겠대. 차츰 다른 사람들도 스펜서 씨를 본받아 가로수를 심으면 에이번리는 그 어느 곳보다도 아름다운 마을이 될 거야. 앤, 이제 방학도 끝났구나. 월요일에 개학이야. 카모디 학교에 루비 길리스가 온다는 말을 들었는데."

"응, 프리실라에게서 자기 고향에 있는 학교로 가게 되었다는 편지가 왔어. 그래서 프리실라 대신 루비가 임명되었대. 프리실라가 돌아오지 않아 섭섭하지만, 루비가 가르치게 되어서 기뻐. 루비가 오면 제인과 다이애너, 나, 이렇게 모두 모이는 거야."

앤이 집으로 돌아왔을 때에는 린드 부인에게 놀러갔던 마릴라가 돌아와 현관 계단에 앉아 있었다.

"내일은 린드 부인과 시내를 돌아다니기로 했다. 린드 씨가 좀 나은 모양이야. 린드 씨가 다시 악화되기 전에 시내를 보고 싶다고 하더구나!"

"저도 내일은 할 일이 무척 많아서 일찍 일어나야 해요. 이불도 손질해야 하고, 해리슨 씨께 드릴 과자도 만들고, 스텔라에게 편지도 써야 해요. 또 있어요. 개선회 모임에 낼 보고서도 써야 하고, 도라에게 앞치마도 만들어 줄 거예요."

마릴라가 고개를 저으며 이렇게 덧붙였다.

"글쎄다, 반도 못할 것 같구나. 이것저것 잔뜩 계획을 세운 날은 꼭 사정이 생기는 법이니까."

원치 않을 때에 온 반가운 손님

앤은 다음날 해가 뜨기 전에 일어났다. 햇살 속에 반짝이는 초록 지붕 집에는 포플러나무 그림자가 춤추듯이 어른거렸다.

아침 식사를 마치자마자 마릴라는 외출 준비를 했다. 이번 외출에는 도라도 함께 데리고 가기로 약속되어 있었다.

마릴라가 엄격하게 말했다.

"데이비, 누나 귀찮게 하지 말고 말을 잘 들어야 해. 하루 종일 착하게 지내고 있으면 돌아올 때 줄무늬 사탕을 사다 주마."

"일부러 말썽을 부리진 않을 거예요. 그런데 저절로 말썽을 부리는 꼴이 되면 어떡하죠?"

"그러니까 조심을 해야지. 앤, 오늘 실러 씨가 오거든 맛있는 불고기와 스테이크용 고기를 좀 사 두어라. 혹시 오늘 그 사람이 오지 않으면 내일은 닭을 잡아야겠다."

"점심은 데이비와 둘뿐이니까 있는 것으로 먹을게요. 그리고 밤에 아줌마 오시면 스테이크 요리를 해놓을게요."

그러자 데이비가 말했다.

"나는 오늘 아침에 해리슨 아저씨와 해초를 따러 갈 거야. 아저씨가 부탁했거든. 아마 점심도 같이 먹을 거야."

이윽고 린드 부인이 마차를 몰고 와서 마릴라와 함께 떠났다. 이제 초록 지붕 집은 오로지 앤에게 맡겨졌다. 방을 청소하고, 침대를 손질하고 닭 모이를 준 앤은 모슬린 옷을 세탁하여 널었다.

그리고 나서 이윽고 이불 속에 있는 깃털을 갈기 위해 다락으로 올라갔다. 앤은 다락에서 손에 잡히는 대로 짤막한 감색 낡은 옷으로 갈아입었다. 앤이 열네 살 때 입었던 옷으로 이불깃을 손질할 때 입기에는 안성맞춤이었다.

머리에는 빨갛고 흰 물방울무늬가 있는 매슈의 큰 손수건을 썼다. 그리고 깃털 이불을 주방 옆의 작업실로 날랐다. 주방 옆의 작업실 벽에는 금이 간 거울이 걸려 있었는데, 하필 그 시간에 앤의 얼굴이 그 거울에 비쳐졌다. 콧등에는 앤이 언제나 고민거리로 생각하는 주근깨가 유난히 두드러져 보였다.

"아참, 어젯밤 약을 바르는 걸 잊었네. 당장 발라야지."

지금까지 앤은 주근깨를 없애 보려고 별의별 방법을 다 써 보았다. 그런데 콧등의 주근깨만큼은 어쩔 수가 없었다. 며칠 전에 잡지에서 주근깨를 없애는 방법이 나와 있는 것을 보고 앤은 즉시 그대로 약을 만들었다. 마릴라의 반대에도 불구하고 앤은 그것만큼은 포기할 수 없었다.

앤은 자기 방으로 가서 그 약을 바르고 돌아왔다. 깃털 이불을 손질해 본 사람은 알겠지만, 일을 끝냈을 때 앤의 모습은 이루 말할 수 없이 우스꽝스러웠다. 앤은 온통 하얀 깃털을 뒤집어쓰고 머릿수건 밑으로 흘러내린 머리칼에도 깃털이 묻어 있었다. 그때 누군가가 주방 창을 두드렸다.

"분명히 실러 아저씨일 거야. 꼴이 우습긴 하겠지만, 어쩔 수 없이 그냥 나가야겠네."

앤은 속으로 중얼거리며 주방문을 열었다. 그 순간 앤은 어디론가 도망가고 싶었다. 계단에는 아름다운 비단 옷을 입은 프리실라와 양복을 입은 풍채 좋은 백발의 부인, 그리고 화려한 옷차림을 한 고상한 부인이 서 있었다. 이 부인의 아름답고 품위 있는 모습과 검은 속눈썹 밑의 보랏빛 눈동자를 보는 순간, 앤은 이 부인이 샬롯 모건 부인이라는 사실을 직감으로 알아챘다.

어쩔 줄 몰라 당황하는 앤의 마음속에 갑자기 한 생각이 떠올랐다. 그것은 모건 부인의 작품 속에 나오는 여주인공들은 위급한 상황에서도 슬기롭게 헤쳐 나가는 것으로 유명했다. 어떤 역경에서도 기지와 지혜를 발휘하여 극복해냈다.

앤은 자기도 이 난처한 상황을 훌륭하게 해결해야겠다고 결심했다. 그리고 결심한 대로 앤은 침착하게 행동했다. 앤은 당황했다는 것을 겉으로 드러내지 않고 프리실라와 인사를 나누었다. 마치 자줏빛 드레스라도 차려입은 것처럼 침착하게 두 부인을 맞이했다.

그러나 모건 부인일 거라고 직감했던 여자는 펜텍스 부인이었고, 모건 부인은 뚱뚱한 백발 부인이라는 사실을 알았을 때 앤은 조금 실망했다. 손님을 응접실로 모신 다음, 급히 뜰로 나가 말고삐를 매고 있는 프리실라를 도왔다.

"예고도 없이 오게 되어 미안해. 나도 어젯밤에야 알았어. 갑자기 이모님 여행 일정이 변하는 바람에 시간이 조금 난 거야. 그래서 내가 여기로 오자고 했지. 네가 이모님을 만나고 싶어했잖아. 그래서 오는 길에 화이트 샌드 호텔에 들러서 이모님 친구와 함께 오게 된 거야. 저분은 뉴욕에 살고 있는 분인데, 남편이 백만장자래. 오래 머무를 수는 없어. 오후 5시까지는 호텔로 돌아가셔야 하거든."

이야기를 하는 동안 프리실라는 몇 번인가 앤의 얼굴을 곤혹스럽게 바라보았다. 앤은 조금 언짢은 기분이 들었다.

'뭘 그렇게 쳐다보니? 이불 손질을 하고 난 참이니 어쩔 수 없잖아.'

앤은 좀 화가 나서 속으로 중얼거렸다.

프리실라가 응절실로 들어갔다. 앤이 옷을 갈아입기 위해 2층으로 올라가려는데, 다이애너가 주방으로 들어왔다. 앤은 휘둥그래진 눈으로 멍청히 쳐다보는 다이애너의 팔을 잡아끌며 기쁜 목소리로 말했다.

"다이애너, 지금 우리 응접실에 누가 와 계신지 아니? 모건 부인이 오셨어. 그리고 뉴욕의 백만장자 부인께서도……. 그런데 나는 이 꼴을 하고 있었지 뭐니? 게다가 우리 집엔 대접할 음식도 없어. 점심 대접을 어떻게 해야 하지?"

그러나 다이애너도 프리실라와 마찬가지로 이상한 눈초리로 앤의 얼굴을 쳐다보았다. 앤은 무척 난감한 얼굴로 말했다.

"다이애너, 제발 그런 눈으로 쳐다보지 마. 깃털 이불을 손질했단 말이야. 어쩔 수 없잖아."

다이애너가 더듬거렸다.

"음, 저어, 깃털 이야기가 아니야. 저, 네 그…… 코 말인데……."

"내 코? 어머나, 다이애너! 내 코가 어떻게 되었다는 거야?"

앤은 거울 앞으로 뛰어갔다. 자세히 볼 것도 없었다. 앤의 코는 불 붙는 듯한 빨간색이었다. 앤은 그 자리에 털썩 주저앉았다.

"어떻게 된 거니, 앤?"

다이애너가 궁금하다는 듯이 물었다.

"주근깨 약을 발랐어. 그런데 아마 마릴라가 만들어 놓은 붉은 물 감을 잘못 바른 모양이야."

앤이 한심하다는 듯이 말했다.

"씻어 버리도록 해."

다이애너가 시원스럽게 말했다.

"씻어도 안 지워지면 어떡하지? 전에 머리카락에 물을 들였을 때는 마릴라가 머리를 잘라 주었는데, 코는 자를 수도 없잖아. 어쩌면 좋아. 나는 왜 이렇게 사건이 따라다닐까?"

다행히 물감은 쉽게 지워졌다. 앤은 안심하고 자기 방으로 올라갔고, 다이애너는 집으로 달려갔다. 앤은 옷을 갈아입고 아래층으로 내려왔다. 흰 모슬린 옷은 빨아 널었으므로 다른 옷을 입을 수밖에 없었다.

앤이 차를 끓이고 있을 때, 다이애너가 다시 돌아왔다. 모슬린 옷을 입고 온 다이애너는 뚜껑 덮은 그릇을 가져왔다.

"어머니가 주신 거야."

뚜껑을 열어 보니, 먹음직스럽게 요리된 닭고기가 들어 있었다. 앤은 정말 기뻤다. 금방 구워낸 과자를 닭고기에 곁들여 내놓고, 버터와 치즈를 곁들여 구운 빵과 마릴라가 만들어 놓은 과일 케이크와 황금빛 시럽에 절인 자두도 놓았다.

붉은색과 흰색의 국화꽃을 꽂은 항아리로 식탁을 장식했다. 그러나 지난번에 모건 여사를 위해서 차렸던 식탁에 비교하면 초라하기 그지없었다.

하지만 배가 고팠던 손님들은 이 조촐한 음식을 아주 맛있게 먹었다. 처음에는 이것저것 부족한 게 많은 것 같아서 앤은 마음이 쓰였지만, 얼마 후에는 그런 생각들도 없어졌다.

모건 부인의 모습은 상상했던 것과 많이 달라서 조금 실망스러웠다. 그러나 타고난 이야기꾼이었다. 여행을 많이 했으므로 이야깃거리도 많았다. 사람들에 대해서 생각하는 바를 재치 있고 간결하게 말했다.

앤은 그녀의 말을 들을 때마다 훌륭한 작품 속의 주인공과 만난 듯한 느낌을 받았다. 더구나 반짝이는 재치 속에는 여성다운 섬세함이 넘치고 있어서 저절로 존경심이 우러나왔다.

또 부인은 자기 혼자서만 이야기하지 않고 다른 사람들도 능숙하게 이야기에 끌어들였다. 그래서 앤과 다이애너도 자기도 모르는 사이에 마음을 열고 이야기를 나눴다.

펜틱스 부인은 눈과 입가에 미소를 지을 뿐 별로 말이 없었다. 닭고기와 자두 절임을 어찌나 우아하게 먹는지 마치 천사가 이슬로 식사를 하는 모습을 보는 것 같았다.

식사가 끝나자 모두들 숲으로 산책을 나갔다. '사랑의 오솔길' 이며 '제비꽃 골짜기' 등을 산책한 뒤 '유령의 숲' 을 지나 샘가에 앉아서 즐겁게 이야기를 주고받았다. 모건 부인은 어떻게 '유령의 숲' 이라는 이름이 붙었는지 궁금해했다. 앤은 마술을 부리며 마녀가 지나다닌다는 말을 해주었다. 나머지 시간은 눈 깜짝할 사이에 지나갔다.

손님들이 돌아간 뒤 다이애너와 둘이 남게 된 앤이 말했다.

"이것이 영혼의 교류라는 것이겠지. 나는 완전히 정신을 빼앗겼단다. 모건 부인의 지혜로운 이야기를 듣는 것과 펜틱스 부인의 우아한 아름다움을 바라보는 것에 홀려 버렸지. 미리 연락을 받았다면 이것저것 준비하느라고 오히려 정신이 없었을 텐데, 갑자기 오신 게 다행인 것 같아. 다이애너, 나랑 천천히 차를 마신 다음에 돌아가. 그럴 거지?"

"그래. 그런데 펜틱스 부인은 자두 절임을 두 접시나 먹었어."

앤이 자랑스러운 듯이 말했다.

"이 세상 누가 와도 우리 마릴라의 자두 절임에는 감탄할 거야."

그날 밤 앤은 마릴라에게 낮에 있었던 일을 들려주면서도 코에 대해서는 언급조차 하지 않았다. 앤은 주근깨 약을 창 밖으로 쏟아 버리며 우울한 얼굴로 이렇게 말했다.

"이제 주근깨 약은 절대로 바르지 않을 거야. 조심성 있고 꼼꼼한 사람들은 괜찮을지 모르지만, 나처럼 대책없이 일만 저지르는 사람에게는 적당하지가 않아. 처음부터 그런 것을 사용할 생각을 했다는 것이 잘못이야."

꿈을 꾸는 라벤더

개학을 했다. 신기한 세계로 모험을 온 줄 아는 예닐곱 살짜리 신입생이 몇 명 들어왔다. 그 가운데는 데이비와 도라도 끼어 있었다.

데이비는 밀티 볼터와 함께 앉았다. 밀티는 1년 전부터 학교에 다녔으므로 여러 면에서 데이비보다는 아는 게 많았다. 도라는 지난주 주일학교에서 릴리 슬론과 같이 앉기로 약속해 두었는데, 릴리가 결석을 해서 임시로 미라벨 커튼 옆에 앉았다. 미라벨은 열 살이었으므로, 도라가 보기에는 어른처럼 보였다.

그날 밤 집으로 돌아온 데이비가 마릴라에게 말했다.

"난 학교가 좋아. 공부 시간에 가만히 앉아 있는 건 힘들었지만, 책상 아래서 발을 배배꼬며 움직였는걸. 친구들이 많이 생겨서 정말 좋아. 난 밀티 볼터와 짝꿍이야. 밀티가 앤 누나 얼굴을 아주 못생기게 그렸어. 그래서 내가 쉬는 시간에 때려 주겠다고 했지. 밀티는 나한테 맞는 건 하나도 무섭지 않다고 하면서도 다른 이름을 붙였어. 누나 이름을 지우고 바바라 쇼의 이름을 썼어. 밀티가 바바라 쇼를 싫어하는 건 자기를 귀여운 꼬마라고 불러서 그렇대."

도라도 역시 학교에 가니 재미있다고 말했다. 도라는 다른 날보다 훨씬 더 조용히 있었다. 마릴라는 도라의 행동이 수상쩍었다.

밤이 되었을 때였다. 마릴라가 2층으로 올라가자, 도라가 우물쭈물하더니 끝내 울음을 터뜨리고 말았다.

"나, 무서워서 혼자 자기 싫어."

"왜 그러니, 도라? 여름 내내 혼자서도 무서워하지 않고 잘 잤잖아."

앤이 울먹이는 도라를 다정하게 껴안으며 부드럽게 물었다.

"자, 언니한테 말해 보렴. 그래야 착한 아이지. 뭐가 무서운데?"

"미……, 미라벨 말이, 오늘 학교에서 미라벨이 말해 줬어. 할아버지, 할머니, 삼촌, 숙모 모두 죽었대. 자꾸만 죽어 버린대. 미라벨 말이 죽은 삼촌이 가끔 집 주위를 서성거린대. 미라벨의 엄마가 봤대. 언니, 난 무서워."

앤은 도라를 침대에 눕게 한 뒤 도라가 잠들 때까지 곁에 앉아 토닥여 주었다.

다음날 학교에 출근한 앤은 쉬는 시간에 미라벨을 불렀다. 그리고 죽은 삼촌이 집 주위를 서성인다는 이야기는 애들에게 하지 말라고 부드러우면서도 엄하게 타일렀다.

어느새 9월이 지나가고 단풍이 아름다운 10월이 되었다.

어느 금요일 밤, 다이애너가 놀러 왔다.

"오늘 엘라 킴볼에게서 편지가 왔어. 자기 사촌 아이린이 왔다고 내일 오후에 우리에게 차를 마시러 오래. 그런데 마차를 끌 말이 없

어. 내일 어머니가 쓰신대. 게다가 너의 집 말은 다리를 절잖아. 그러
니 결국 포기해야겠지?"

"걸어가면 되잖아. 숲길을 통해서 가면 그다지 멀지 않아. 작년 겨
울에 그 길을 간 적이 있어서 알아. 돌아올 때는 올리버 킴볼이 마차
로 데려다 줄 테고……."

다음날 오후, 두 사람은 킴볼 씨 집까지 걸어가기로 작정하고 집을
나섰다. '사랑의 오솔길'에서 매슈의 농장을 끼고 돌자, 굴참나무와
단풍나무 사이로 길이 이어지고 있었다. 단풍나무 숲에는 자줏빛 고
요함과 평화가 깃들여 있었고 황금빛 햇살이 따사롭게 스며들었다.

그 길을 바라보며 앤이 꿈꾸는 듯이 중얼거렸다.

"마치 스테인드글래스를 통해 빛이 따사롭게 흘러드는 성당 안에
서 태양이 미사를 올리는 것 같지 않니? 이런 곳을 빨리 지나간다는
건 교회 안에서 뛰어다니는 것처럼 죄를 짓는 기분이야."

다이애너가 시계를 보며 말했다.

"하지만 서둘러야 해. 그러지 않으면 늦어."

"알았어. 빨리 걸을 테니까 내게 말을 걸지는 마. 나는 지금 이 아름
다움에 흠뻑 취해서 걸어보고 싶거든."

아마도 그 아름다움에 너무 깊이 취했던 탓일까? 갈림길에서 오른
쪽으로 가야 할 것을 왼쪽으로 접어들고 만 것이다. 그러나 나중까지
도 앤은 그날의 실수는 정말 운이 좋은 실수였다고 생각했다.

두 사람은 이윽고 잡초가 무성한 오솔길로 나왔다. 길 양옆으로는
어린 가문비나무만 빽빽이 늘어서 있었다.

다이애너가 당황해서 소리쳤다.

"어머나, 여기가 어디야? 여긴 글래프턴 거리가 아니잖아."

앤이 잠깐 당황하며 대꾸했다.

"그래. 내가 갈림길에서 길을 잘못 택한 거야. 여기가 어디쯤인지는 잘 모르지만 킴볼 씨 댁까지 가려면 5킬로미터는 걸어야 할 것 같은데."

다이애너는 시계를 보며 어쩔 줄 몰라했다.

"다섯 시까지 도착하기는 어렵겠어. 벌써 네시 반이거든. 차를 다 마신 후에 도착하게 되겠지. 그러면 우리를 위해서 다시 준비를 하게 될 테고……."

"차라리 그냥 집으로 갈까?"

앤이 한풀 꺾여 이렇게 말하자, 다이애너가 잠시 궁리해 보더니 이렇게 대답했다.

"이왕 여기까지 왔으니까 가서 놀다 오는 게 좋겠어."

얼마쯤 더 가다 보니 또 다른 갈림길이 나왔다.

"어느 쪽으로 가야 하지?"

다이애너의 물음에 앤은 고개를 가로저었다.

"모르겠어. 여기서 또 실수하면 곤란해. 어머나 이쪽 길은 숲으로 이어지는 길 같고, 저쪽 길은 인가로 이어지는 길 같은데. 저쪽 길로 가서 물어보면 어떨까?"

구부러진 오솔길을 따라 걸으며 다이애너가 말했다.

"아주 낭만적인 길이 있었다니!"

"그래. 마치 마술의 숲을 걷고 있는 것 같아. 다시는 세상으로 돌아갈 수 없을 것 같은 기분이 들기도 하고. 이제 곧 마술에 걸린 공주가 살고 있는 궁전이 나올지도 몰라!"

다음 모퉁이를 돌자 궁전이 아니라 아주 작은 집이 나타났다. 고만고만한 농가가 모여 있는 곳에서 이 집은 마을의 다른 집들과는 구조가 너무나 달라 궁전을 발견한 것처럼 놀랐다. 앤은 기뻐서 어쩔 줄 몰랐고, 다이애너는 자기도 모르게 소리를 질렀다.

"아, 여기가 어딘지 알겠다. 바로 라벤더 루이스 아줌마가 살고 있는 돌집이야. '메아리 집'이라고 불리는 집 말이야. 이 집에 대한 소문은 들었지만, 와본 것은 처음이야."

"이렇게 아름답고 예쁜 집은 처음이야. 마치 소설 속에서나 존재할 것 같아."

앤은 너무나 기뻐했다.

집은 붉은 벽돌로 지은 것으로, 추녀가 없이 가파른 지붕에 두 개의 창문이 나 있었다. 굴뚝도 두 개였는데, 집 전체는 붉은 담쟁이덩굴로 뒤덮여 있었다.

집 앞에는 앤과 다이애너가 서 있는 오솔길 입구에서부터 네모난 정원이 있었고, 정원은 대문으로 이어져 있었다. 돌담 밑으로는 작은 클로버 목장이 계속되고, 그 한쪽 끝은 글래프튼 강으로 이어졌다.

대문을 열고 들어서며 다이애너가 중얼거렸다.

"라벤더 아줌마는 어떤 사람일까? 보통 사람들과는 아주 다른 괴짜라는 소문이 들리던데……."

앤이 단정하듯이 말했다.

"몹시 재미있는 사람일 거야. 괴짜라면 틀림없이 재미있지 않겠니? 다이애너, 내가 마술의 성이 나타날 거라고 했지? 요정들이 저 오솔길에 마술을 건 것은 다 이유가 있을 거야."

"하지만 라벤더 아줌마는 마법에 걸린 공주와는 관계가 없을걸. 마흔다섯 살에 머리가 희끗희끗한 노처녀거든."

앤은 자신 있는 목소리로 우겼다.

"어머나, 그것도 마법에 걸려서 그럴 거야. 아마 틀림없이 마음은 젊고 아름다울 거야. 우리가 마술을 풀 수 있다면 예전처럼 아름다운 모습으로 돌아올 수 있겠지. 하지만 그 마법을 풀 수 있는 방법을 아는 왕자님이 나타나지 않은 것뿐이야. 어떤 위험에 처해 있어서 아직 못 오고 있는 거겠지."

"왕자님은 오래 전에 왔다가 가버린 건 아닐까? 라벤더 루이스 아줌마는 옛날에 스티븐 어빙과 약혼했었다지, 아마. 폴의 아버지 말이야."

"쉿, 문이 열려 있어."

두 사람은 담쟁이덩굴에 덮인 집 현관에서 걸음을 멈추고 문을 두드렸다. 그러자 안에서 발소리가 들리더니, 조그맣고 못생긴 소녀가 나타났다. 얼굴은 주근깨 투성이고 들창코에다 한쪽 귀에서 다른 쪽 귀까지 이를 만큼 큰 입을 가진 그 소녀는 두 갈래로 땋은 머리에 커다란 리본으로 묶고 있었다.

다이애너가 물었다.

"라벤더 아줌마 계세요?"

"예, 계세요. 들어오세요, 아가씨! 이쪽으로 오세요, 아가씨! 앉으세요, 아가씨! 2층에 계신 라벤더 아씨께 아가씨들이 오셨다고 말씀드리겠습니다."

조그만 소녀가 이렇게 말하고 방을 나갔다.

두 소녀는 호기심 어린 눈으로 방안을 둘러보았다. 방은 아주 독특한 분위기를 풍겼다. 천장은 낮고 주름잡힌 작은 커튼이 걸려 있었다. 가구들은 오래 된 것들이었지만 잘 손질되어 있었다.

그러나 가을 숲 속을 6킬로미터나 걸어온 두 사람의 눈길을 끈 것은 푸르스름한 도자기와 음식이 놓여 있는 방 한쪽에 차려진 아담한 식탁이었다.

깔끔한 그릇에 담긴 먹음직스런 음식들과 식탁 주변을 장식한 꽃들을 보니, 손님을 위해 차려놓은 식탁 같았다.

앤이 속삭였다.

"라벤더 아줌마는 손님을 기다리고 계셨나 봐. 여섯 명분이 차려져 있잖아. 그런데 참 별난 애를 데리고 있지 않니? 저 여자아이에게 길을 물어도 되겠지만, 어쩐지 라벤더 아줌마를 만나고 싶어. 쉿! 내려오시나 봐."

라벤더 루이스가 방문 앞에 나타났을 때 두 사람은 너무나 놀라서 입을 딱 벌리고 말았다. 흔히 보아온 노처녀가 아니었다. 노처녀인 라벤더 양은 두 소녀의 상상을 여지없이 깨고 말았다.

작은 몸집에 아름다운 새하얀 머리카락을 공들여 동그랗게 말아올리고 있었으며, 뺨은 소녀처럼 발그레했다. 크고 부드러운 갈색 눈동자와 아름다운 입술, 움푹 파인 보조개를 지닌 너무나 아름다운 소녀처럼 보였다. 장미 무늬가 있는 상아색 모슬린 드레스는 그 나이쯤 먹은 여자가 입으면 어울리지 않았겠지만, 라벤더 양에게는 아주 잘 어울렸다.

"네 번째 샬롯 말이 두 분께서 저를 만나러 오셨다고 전하더군요."

딱 모습과 어울리는 목소리였다.

다이애너가 말했다.

"저, 글래프턴으로 가는 길을 알고 싶어서요. 저희들은 킴볼 씨 댁에 초대를 받아서 가는 길이었는데, 길을 중간에서 잃었어요. 여기서 어느 쪽으로 가야 할까요?"

"왼쪽이지요……."

라벤더는 조금 망설이는 눈길로 식탁을 보더니 결심한 듯이 말했다.

"아, 저와 차를 한잔 마시고 갈래요? 킴볼 씨 댁에 간다 해도 차 마실 시간은 이미 지났을 것 같은데……. 두 분이 좋으시다면 네 번째 샬롯도 기뻐할 거예요."

다이애너와 앤은 마주보았다.

"괜찮으시다면 그렇게 하겠습니다."

앤은 망설이지 않고 대답했다. 라벤더 양에 대해서 알고 싶었던 것이다.

"그런데 혹시 다른 손님이 오시기로 되어 있는 것은 아닌가요?"

라벤더는 식탁을 바라보며 붉어진 얼굴로 말했다.

"아가씨들은 날 바보 같다고 생각할 거예요. 정말 바보 같은 짓을 하고 있으니까요. 남에게 들켰을 때는 부끄럽지만 들키지 않으면 상관없는 일이지요. 올 손님은 없어요. 다만 누군가가 올 거라고 상상하는 거지요. 알겠지만 늘 이렇게 쓸쓸하게 지내요. 그래서 손님이 오시면 무척 기뻐요. 물론 마음에 드는 손님일 경우이지만요. 여기는 워낙 외딴 곳이라서 좀처럼 찾아 주는 손님이 없어요. 네 번째 샬롯도 외로워하는 것 같아서, 오늘은 손님을 초대하는 기분을 냈어요. 음식을 장만하고 식탁을 꾸미고, 그리고 옷을 갈아입었지요.”

다이애너는 속으로 라벤더가 역시 소문대로 이상한 사람이라고 생각했다. 어린 소녀도 아닌, 마흔다섯 살이나 먹은 여자가 소꿉장난 같은 놀이를 하다니!

그러나 앤은 눈을 반짝이며 기뻐서 소리를 질렀다.

“어머나 아줌마도 여러 가지 상상을 하시는군요.”

앤이 ‘아줌마도’라고 말하자, 라벤더는 앤이 자기와 마음이 맞는 사람임을 알아차리고, 용기를 내어 고백했다.

“예, 그래요. 물론 이 나이에 어울리지 않는 일이긴 해요. 하지만 다른 사람에게 해가 되지 않는데 이런 공상을 하는 건 괜찮다고 생각해요. 가끔 이런 공상을 하면서 쓸쓸함을 잊으려는 거지요. 게다가 네 번째 샬롯은 전혀 소문내지 않거든요. 오늘은 두 분께서 오셨으니 정말 다행이에요. 손님방에 모자를 두고 오세요. 나는 차 끓이는 걸 보고 올게요.”

라벤더는 가벼운 걸음걸이로 주방으로 갔고, 두 사람은 2층의 손님방으로 갔다. 다이애너가 말했다.

“멋진 모험을 하는 것 같아. 게다가 라벤더 아줌마는 좀 독특하긴 해도 아름답지 않니? 노처녀 같지가 않아.”

“그래, 음악같이 느껴져!”

두 사람이 계단을 내려가자, 라벤더가 찻주전자를 들고 들어왔다. 그 뒤에 네 번째 샬롯이 금방 구워낸 과자 접시를 들고 따라 들어왔다.

“자, 그러면 두 분 이름을 말해 주세요. 아가씨들을 정말 좋아하거든요. 난 내가 나이 먹었다고 생각하는 게 싫답니다. 젊은 사람과 어울리면 나도 마음이 젊어지는 것 같아서 좋아요."

라벤더가 조금 어두운 얼굴로 말했다.

"이름이 뭐라고요? 다이애너 배리? 앤 셜리? 그럼 오래 전부터 아는 사람들처럼 다이애너, 앤이라고 불러도 될까요? 그리고 내가 오래 살았으니까 말도 낮추고요."

"그럼요."

두 소녀가 복창하듯 대답했다.

"자, 그럼 편안히 앉아서 많이 들어. 샬롯, 거기 앉아서 시중 좀 들어주렴. 상상의 손님을 위해서 음식을 만들어 두기를 잘했지?"

기억에 남을 만한 즐거운 시간이었다. 차를 마시고 나서 모두들 저녁놀이 신비롭게 물 드는 정원으로 나왔다.

"무척 아름다운 곳에서 사시네요."

다이애너가 감탄한 얼굴로 말했다.

"왜 이곳을 '메아리 집' 이라고 하셨나요?"

앤이 묻자 대답 대신 라벤더가 말했다.

"샬롯, 안에 들어가서 그 작은 피리를 가져오렴."

샬롯이 재빨리 뛰어 들어가서 피리를 가지고 나왔다.

"어디 불어보렴, 샬롯!"

네 번째 샬롯이 부는 피리소리는 듣기에 거북할 정도로 좀 삑삑거렸다. 그런데 다음 순간 강 건너 쪽의 숲으로부터 마치 '요정의 피리'가 저녁놀 물든 하늘 속으로 울려 퍼지듯 은방울 소리 같은 메아리가 돌아왔다.

앤과 다이애너는 소리를 지르며 즐거워했다.

"자, 웃어 보렴. 샬롯, 큰 소리로 웃어보렴."

라벤더의 말이라면 무슨 일이든 다할 것처럼 샬롯은 돌계단에 올라서서 큰 소리로 웃었다. 그러자 숲의 요정들이 따라하듯 웃음소리가 되돌아왔다.

"우리 메아리를 듣고 감탄하지 않는 분이 없단다."

라벤더는 마치 자기가 메아리의 주인이나 되는 듯이 말했다.

"메아리는 내 좋은 친구지. 조용한 저녁에 네 번째 샬롯과 여기 나와서 메아리를 즐기곤 해. 샬롯, 피리를 제자리에 갖다두렴."

"왜 네 번째 샬롯이라고 부르지요?"

다이애너가 몹시 궁금하다는 듯이 물었다.

"다른 샬롯과 헷갈리지 않기 위해서야. 저 아이의 원래 이름이 뭐였더라. 레오노라였던가? 그래, 그런 이름이었어. 10년 전에 어머니가 돌아가신 뒤 나는 이곳에서 혼자 살 수가 없었어. 그래서 어린 샬롯을 데리고 왔지. 샬롯 보먼이었어. 첫 번째 샬롯이지. 월급을 줄 수 있는 형편도 못 되어 그냥 옷 입혀주고 먹여주면서 그애가 열여섯 살까지 여기 같이 살았어. 그러다가 보스턴으로 갔지. 그 뒤에 동생 샬롯 줄리엣이 왔고. 나는 그 아이를 두 번째 샬롯이라고 불렀어. 그 다음 동생이 또 왔었고. 그리고 이제 저 아이가 네 번째 샬롯이야. 지금은 열네 살이지만, 열여섯 살이 되면 보스턴으로 보내야 할 텐데, 걱정이야. 저 아이가 막내거든."

다이애너가 아쉽게 저녁놀을 바라보며 안타까운 듯이 말했다.

"어둡기 전에 킴볼 씨 댁에 도착해야 하니까, 그만 떠나야겠네요.

정말 만나서 즐거웠어요."

"또 놀러와."

라벤더가 부탁했다. 앤은 라벤더의 조그만 손을 잡고 흔들었다.

"그럼요. 아줌마가 싫증을 낼 만큼 자주 올게요. 오늘은 그만 가야겠어요. 폴 어빙은 우리 집에 올 때마다 하는 말처럼 오늘은 '작별을 안타까워하면서' 그만 가봐야 할 것 같아요."

되묻는 라벤더의 목소리가 떨렸다.

"폴 어빙이라고? 그 아이가 누구지? 에이번리에 그런 이름을 가진 아이가 있었나?"

앤은 자기의 경솔한 말에 당혹스러워했다. 라벤더의 옛사랑을 깜박 하고 잊은 채 폴 이야기를 하고 만 것이었다.

"내가 가르치는 학생이에요. 지난해에 보스턴에서 왔는데, 해변에서 할머니와 함께 살고 있지요."

앤은 천천히 설명했다.

"스티븐 어빙의 아들이야?"

라벤더는 얼굴이 보이지 않도록 꽃밭 쪽으로 몸을 돌렸다.

"네."

라벤더는 문득 명랑한 목소리로 말했다.

"두 분께 내 이름과 같은 라벤더 꽃을 선물할게. 참 아름답고 향기로운 꽃이야. 우리 어머니가 좋아한 꽃이기도 하고. 그래서 내 이름도 라벤더로 지었대. 자, 잊지 말고 꼭 다시 와줘. 언제든 기다릴 테니까."

대문을 열어 주는 라벤더의 얼굴에서 밝고 환하던 모습이 사라지고 지치고 늙은 모습이 나타났다. 나이는 속일 수가 없는 모양이었다.

다이애너가 말했다.

"쓸쓸해 보이네. 우리 가끔 놀러 오자."

"라벤더 아줌마는 정말 딱 어울리는 이름이야. 그에 비하면 내 이름은 형편없지 뭐."

"그렇지 않아, 앤! 앤이란 이름은 여왕 같은 느낌이야. 네 이름이 어떻든 나는 너를 좋아할 거야. 아마 처음부터 이름이 예쁘지 않아도 그 사람이 어떤 사람이냐에 따라서 그 이름이 좋아지기도 하고 나빠지기도 하나 봐."

앤이 감격한 얼굴로 신이 나서 말했다.

"다이애너, 정말 멋진 생각이야. 자기의 사는 모습으로 자기 이름을 아름답게 한다는 것 말이야. 고마워, 다이애너!"

다음날 아침, 마릴라가 말했다.

"그래, 그 돌집에서 라벤더 루이스와 차를 마셨다고? 지금은 어떤 모습이니? 마지막으로 본 게 벌써 15년 전이구나. 글래프턴 교회에서 본 것이 마지막이었지. 아마 많이 변했을 거야. 저런! 데이비, 이쪽에 있는 건 집어 달라고 해야지. 식탁 위로 올라가면 안 돼. 폴 어빙이 우리 집에서 식사를 할 때 그런 짓을 하는 걸 봤니?"

데이비가 투덜거렸다.

"폴은 나보다 팔이 길단 말이야. 그리고 내가 집어 달라고 했는데, 아무도 끄떡하지 않았잖아."

앤은 데이비에게 설탕 그릇을 집어 주고는 라벤더의 이야기를 계속했다.

"그분의 옛 모습을 본 적은 없지만, 그다지 변하지는 않은 것 같아요. 머리칼은 하얀데, 얼굴은 소녀처럼 앳돼 보여요. 눈빛도 목소리도 마치 요정같이 아름다웠고요."

"젊었을 때는 대단한 미인이었지. 나는 그다지 가깝게 지내지는 않았지만 좋아했지. 그때도 사람들은 그녀를 이상하다고 했어."

"사람들은 보통 사람들과 다른 사람을 보면 모두들 이상하다고 해요. 라벤더 아줌마는 분명히 독특하긴 해요. 어디라고 딱히 말할 수는 없지만요. 아마 나이만큼 늙지 않아서 그런가 봐요."

"나이를 먹으면 먹은 만큼 늙는 게 좋아. 그렇지 않으면 어디에도 어울릴 수가 없지. 라벤더도 결국 모든 사람들로부터 잊혀질 때까지 그곳에서 쓸쓸하게 살고 있지 않니? 그 돌집은 이 곳에서 가장 오래된 곳 중의 하나지. 루이스 씨가 영국에서 오자마자 지은 것이니 한 80년은 되었지. 데이비, 도라를 괴롭히지 마라. 오늘 아침따라 왜 그러는 거니?"

마릴라는 이야기를 계속했다.

"난 스티븐 어빙과 라벤더 루이스 사이가 왜 나빠졌는지 가끔 궁금했단다. 뭔가 잘못된 일이 있었던 모양이야. 25년 전에 약혼했던 사람들이 갑자기 헤어졌으니까. 뭔가 심각한 일이 있지 않고는 그렇지 않지. 스티븐은 그 뒤에 미국으로 건너가서 한 번도 고향에 돌아오지 않았거든."

"그리 심각한 일이 아니었을지도 몰라요. 인생에서 때로는 큰 일보다 별것도 아닌 일 때문에 고민하는 경우도 많잖아요. 마릴라 아줌마, 제가 라벤더 아줌마에게 갔다 온 일, 린드 아줌마에게는 말하지 마세요. 공연히 남의 입에 오르내리게 하고 싶지 않거든요."

"린드 아줌마가 안다면 틀림없이 꼬치꼬치 물어보겠지. 하지만 지금은 옛날처럼 남의 일에 참견할 틈이 없단다. 토머스 린드가 회복될 가망이 없는 모양이야. 린드 아줌마가 일을 당한다면 꽤 쓸쓸해질 거야. 자식들은 모두 먼 곳에 살고, 가까운 곳에 사는 이라이저의 남편은 마음에 안 드는 모양이고."

이라이저 부부는 사이가 좋았으나, 아마도 장모인 린드 부인과 사위의 사이가 좋지 않은 모양이었다.

"토머스 씨는 의지가 약한 모양이야. 나으려는 의지가 강하면 나을 수도 있을 텐데 말이다. 하지만 토머스 씨는 너무 오랫동안 부인에게 눌려지냈어. 이번에 린드 부인의 허락을 받지 않고 병에 걸린 것이 이상할 정도라니까. 데이비, 뱀장어처럼 꼼지락거리지 좀 마라."

"심심해. 배가 부른데, 할 일이 없는걸."

"그럼, 도라와 밖에 나가서 닭 모이를 주렴. 수탉 깃털 뽑을 생각을 하지는 말고."

데이비가 시무룩한 얼굴을 했다.

"난 인디언 모자를 만들 깃털이 필요하단 말이야. 밀티 볼터는 아주 멋진 모자를 가지고 있어. 집에서 엄마가 흰 칠면조를 잡았대. 나도 깃털 몇 개만 있으면 좋겠어."

앤이 데이비에게 제안했다.

"데이비, 2층에 깃털로 만든 먼지털이가 있으니까 그걸로 만들어줄게. 그 깃털을 여러 색으로 물을 들여서 말이야. 멋있겠지?"

데이비가 환한 얼굴이 되어 밖으로 뛰어나갔다. 마릴라가 말했다.

"그렇게 아이들의 응석을 받아주면 안 돼."

마릴라도 지난 6년 동안 아이들의 교육에 관한 생각을 많이 바꾸었지만, 아직도 응석을 너무 많이 받아주는 건 좋은 일이 아니라는 생각에서 벗어나지 못했다. 앤이 할 수 없이 데이비를 옹호하고 나섰다.

"데이비네 반 아이들은 모두 인디언 모자를 가지고 있거든요. 그런데 얼마나 가지고 싶겠어요. 난 그 기분 알아요. 다른 아이들이 부푼 소매를 입고 다닐 때 얼마나 부러웠는지, 아직도 잊혀지지 않아요. 그리고 데이비를 보면 점점 말썽을 덜 부리고 있잖아요."

"그래, 학교에 다니면서부터 훨씬 좋아진 것 같구나. 그건 그렇고 리처드 키스는 왜 아무 소식이 없는 거지? 5월에 소식을 보내고는 감감무소식이구나."

"나는 오히려 편지가 올까봐 겁이 나는걸요."

앤이 한숨을 쉬며 그릇을 닦기 시작했다.

한 달 뒤에 편지가 왔다. 리처드 키스의 친구로부터 온 것이었다. 불행히도 리처드 키스는 폐결핵으로 2주일 전에 세상을 떠났다고 전해 왔다.

그 친구는 키스의 유언에 따라서, 2천 달러를 데이비와 도라가 어른이 될 때까지 맡긴다고 했다. 그동안의 이자는 두 아이의 양육비로 써달라고 씌어 있었다.

"키스 씨가 돌아가신 건 안됐지만, 쌍둥이들을 우리가 키울 수 있게 돼서 기뻐요."

"돈을 보내 줘서 고맙구나. 사실은 나도 저 아이들을 키우고 싶었지만 키우려고 생각하니 막막했거든. 자랄수록 돈은 더 들어갈 텐데,

농장에서 나오는 돈으로는 어림도 없으니까. 그렇다고 네가 버는 돈을 저 아이들을 위해서 쓰라고 할 수도 없고. 아무튼 이제야 마음이 놓이는구나. 저 아이들에게도 자기들의 돈이 있게 되었으니."

데이비와 도라는 자기들이 언제까지나 초록 지붕 집에 있게 되었다는 말을 듣고 무척 기뻐했다. 그러나 도라는 한 가지 걱정거리가 생겼다.

"리처드씨를 땅속에 묻은 거야?"

도라가 앤에게 물었다.

"물론이지, 도라!"

"하지만, 하지만 미라벨 커튼네 삼촌 같은 일은 없겠지?"

도라는 더욱 걱정스러운 얼굴이 되어서 말했다.

"우리 집 주변에서 서성거리지는 않겠지, 앤 언니?"

라벤더의 옛사랑

12월 어느 금요일, 저녁때였다.

"오늘 저녁, '메아리 집'에 산책하러 갈까 해요."

앤의 말에 마릴라가 염려스러운 듯이 말했다.

"아무래도 눈이 올 것 같은데!"

"눈이 오기 전에 도착할 거예요. 그리고 오늘밤은 거기서 자고 올 생각이에요. 다이애너는 손님이 와서 갈 수가 없대요. 하지만 라벤더 아줌마가 기다릴 거예요. 거기 간 지도 꼬박 2주일이 지났고요."

10월의 그날 이후, 앤은 자주 '메아리 집'에 들렀다. 다이애너와 함께 마차를 타고 가기도 하고, 숲길을 따라 걸어가기도 했다. 다이애너와 같이 갈 수 없을 때는 혼자서 갔다.

앤과 라벤더 사이에는 어느새 강하고 따뜻한 우정이 생겼다. 라벤더와 네 번째 샬롯은 앤과 다이애너를 언제나 두 손을 벌리고 환영했다.

늦가을의 한때, 이 작은 돌집에서는 자주 명랑한 웃음소리가 밖으로 새어나오곤 했다. 그때는 11월이 10월로 돌아간 것 같았고, 12월이 11월로 돌아간 것처럼 따뜻했다.

그러나 이제 12월이 겨울이라는 것을 기억해낸 듯이 갑자기 눈이 내릴 것처럼 하늘이 잔뜩 흐렸다. 그러나 앤은 별로 쓸쓸하다는 생각도 없이 숲 속으로 난 길을 혼자 걸어갔다.

첫 번째 모퉁이를 도니, 커다란 전나무 밑에 서 있는 라벤더의 모습이 보였다. 포근해 보이는 빨간 가운을 입고 은빛 비단 숄을 두르고 있었다.

"어머나, 전나무 숲의 요정 같아요!"

앤이 큰 소리로 말하자 라벤더가 기뻐하며 소리쳤다.

"오늘밤에는 꼭 오리라고 생각했어, 앤! 정말 기뻐. 네 번째 샬롯의 어머니가 아파서 그 아이가 오늘밤 돌아오지 않거든. 만약 앤이 오지 않았다면 얼마나 쓸쓸했을까. 상상이나 메아리 같은 친구만으로는 견디기 힘들었을 거야. 어머나, 앤! 어쩌면 이렇게 예쁠까!"

라벤더는 진심으로 감탄하며, 걸어오느라고 뺨이 빨갛게 된 앤을 올려다보았다.

"정말 표현할 수 없을 만큼 아름다워. 열일곱이란 나이는 정말 행복한 때지. 부러워!'

"아줌마의 마음도 열일곱 살이나 마찬가지잖아요."

앤이 생긋 웃으며 말하자 라벤더가 우울한 얼굴로 대꾸했다.

"아니야. 난 늙었어. 중년인걸. 그게 더 견디기 힘들어. 때로는 나이 먹는 것에 무관심한 척하지만, 견딜 수 없이 싫을 때가 있어. 아, 앤! 위로하려고 애쓸 건 없어. 네가 와주었으니까. 나도 지금부터 열일곱 살의 시절로 돌아갈 수 있거든. 우리 오늘밤에 즐겁게 지내."

그날 밤, 그 작은 돌집에서는 즐거운 음성이 흘러나왔다.

두 사람은 유쾌한 이야기를 하며 과자를 굽고 요리를 하고 잔치를 벌였던 것이다. 그리고 마침내 지쳐 버린 두 사람은 응접실의 난로 앞에 앉았다. 방안은 난로 불빛으로 희미하게 밝혀져 있었고, 꽃병에 꽂힌 장미 향기가 은은히 퍼져 있었다.

바람이 소리치며 집 주변을 맴돌았고 폭풍의 요정이 집안으로 들여보내 달라는 듯이 창을 두드렸다. 새하얀 눈은 펑펑 쏟아지고 있었다.

라벤더가 사탕을 먹으면서 말했다.

"와주어서 정말 고마워. 혼자 있었다면 얼마나 우울했을까. 꿈이나 공상도 밤이 되면 그 힘을 잃거든. 아마 나이 탓이겠지. 열일곱 살 때는 꿈으로 충분했었는데. 꿈을 실현할 수 있는 미래가 기다리고 있으니까. 앤, 나도 열일곱 살 때는 내가 마흔다섯 살이나 먹은 모습을 상상하지도 못했어."

"아줌마는 비록 노처녀라 해도 아주 멋지게 살고 계세요."

앤은 라벤더의 눈을 바라보며 말했다.

"난 무슨 일이든 최선을 다하는 걸 좋아해."

라벤더가 잠시 생각하더니 다시 말을 이었다.

"노처녀가 될 수밖에 없다면 정말 멋진 노처녀가 되자고 결심했었지. 사람들은 내가 이상하다고 이야기하는 모양인데, 내가 그 사람들과 사는 방식이 아주 달라서 그럴 거야. 앤, 혹시 스티븐 어빙과 내 이야기를 들은 적이 있어?"

"예, 전에 약혼한 사이였다는 이야기를 들었어요."

앤이 대답했다.

"그래. 25년 전이었지. 우린 새해가 되면 결혼할 예정이었어. 웨딩드레스까지 만들어놓았지. 우린 아주 어렸을 때부터 약혼한 거나 마찬가지였어. 스티븐은 어렸을 때 자기 어머니를 따라서 우리 집에 자주 놀러왔거든. 두 번째 왔을 때인가, 아무튼 그가 아홉 살, 나는 여섯 살일 때야. 이 정원에서 그가 어른이 되면 나와 결혼하기로 결심했다고 했어. 나는 고맙다고 대답했고. 스티븐이 돌아간 뒤, 어린 내가 엄마에게 이렇게 말했대. '엄마, 난 노처녀가 될 걱정은 없어.' 그 말을 들은 엄마가 얼마나 웃었는지 모른다고 하더라고."

"그런데 무슨 일로……."

앤은 숨도 쉬지 않고 물었다.

"아주 사소한 일로 다투었어. 너무나 사소해서 이야깃거리도 못 돼. 어쩌다가 그렇게 됐는지, 누구 잘못인지도 모르겠어. 그 당시 나를 좋아하는 사람이 몇 명 있었어. 그때만 해도 나는 허영심이 강해서 스티븐을 애태우고 싶었지. 어느 날 그런 일로 그 사람은 몹시 기분이 상해서 돌아갔어. 그래도 나는 금방 화해하리라는 걸 알았어. 차라리 스티븐이 그렇게 금방 화해를 청하지 않았다면 좋았을 텐데……."

라벤더는 비밀을 말하는 것처럼 속삭였다.

"난 그때 심사가 뒤틀려 있었어. 그때 스티븐이 화해를 청해 온 거야. 나는 당연히 응하지 않았지. 용서하지 않겠다는 말과 함께. 그랬더니 스티븐은 가버리더군. 그래서 나는 더욱 화가 났지. 아마 그때 내가 스티븐에게 다시 돌아와 달라고 했다면 화해했을 거야. 하지만 자존심 때문에 그럴 수는 없었어. 사랑하는 사이라면 화내고 자존심을 내세우는 일은 하지 말아야 해. 그런데 그 뒤로 나는 스티븐 이외의 사람은 사랑할 수가 없었던 거야. 그와 결혼할 수 없다면 차라리 혼자 사는 편이 낫다고 생각했거든. 물론 지금은 모든 게 꿈 같은 일이지만. 왜 그런 얼굴을 하지? 동정하는군. 한때는 나도 가슴이 찢어지는 슬픔을 겪었어. 그가 완전히 떠나 버린 것을 알았을 때, 불면증에 걸렸지. 하지만 앤, 인생은 그러면서도 계속되게 마련이야. 스스로 위안하기도 하고, 조금씩 슬픔을 잊기도 하고……."

라벤더는 잠시 조용히 있다가 다시 말을 이었다.

"네가 처음 여기에 왔던 날, 스티븐의 아들 이야기를 했을 때 나는 가슴이 쿵 내려앉았어. 사실 그 아이에 대해서 물어보고 싶었지. 궁금했거든. 어떤 아이인지, 어때? 귀여워?"

"그렇게 착하고 영리한 아이가 또 있을까요? 그 아이는 우리들처럼 상상력이 풍부해요."

"만나고 싶군. 내 상상 속에서 살고 있는 '나의 소년'과 닮았는지 보고 싶어."

라벤더가 혼자 중얼거렸다.

"폴을 한번 데리고 올까요?"

"정말? 꼭 한번 보고 싶어. 하지만 너무 빨리 데려오지는 마. 마음의 준비를 할 시간이 필요하니까. 스티븐을 꼭 닮았다면, 아니 전혀 닮지 않았다면! 오, 어느 쪽이든 기쁘기보다는 가슴이 아플 것 같아. 한 달쯤 후에 데려와 줄래?"

그래서 한 달 후에 앤은 폴과 함께 '메아리 집'으로 갔다. 가는 도중에 라벤더를 만났는데, 예상하고 있지 않았던 라벤더는 얼굴이 하얗게 변했다.

"이 아이가 스티븐의 아이군."

그녀는 폴의 손을 잡고 털외투와 모자를 쓰고 있는 아름다운 소년의 얼굴을 가만히 들여다보았다.

"이 아이는……, 이 아이는 자기 아버지를 빼닮았네."

"모두들 아빠와 판박이라고 해요."

폴이 또박또박 말했다. 두 사람이 친근함을 느끼는 걸 보며 앤은 안심했다. 오후를 즐겁게 보내고, 맛있는 저녁을 대접받은 뒤 그들은 헤어졌다.

"아줌마 집에 또 놀러오렴."

라벤더는 폴과 악수를 청하며 말했다. 그러자 폴은 진지한 얼굴로 말했다.

"원하신다면 키스해 주세요."

라벤더는 폴의 뺨에 입을 맞추고 물었다.

"내가 키스하고 싶어하는 걸 어떻게 알았지?"

"우리 어머니가 제게 키스해 주실 때도 그런 눈빛이었거든요. 난 남자니까 키스해 주는 것을 좋아하는 건 아니에요. 하지만 아줌마가 하는 건 좋아요. 아줌마만 괜찮으시다면 저는 자주 놀러 오고 싶은데, 아줌마와 친하고 싶거든요."

"그, 그래. 괜찮고말고."

간신히 이렇게 대답한 라벤더는 황급하게 몸을 돌려 안으로 들어갔다. 그리고 창가에서 앤과 폴을 향해 손을 흔들었다.

숲길을 걸어오면서 폴이 앤에게 말했다.

"난 그 아줌마가 좋아요. 아줌마가 나를 바라보는 눈빛이 참 맘에 들어요. 그 집과 네 번째 샬롯도 마음에 들었고요. 우리 집에도 네 번째 샬롯 같은 사람이 있다면, 내가 생각하는 걸 다 말해도 이상하게 생각하진 않을 텐데……. 그리고 과자도 맛있었어요. 선생님, 그 아줌마는 아이들이 무얼 좋아하는지 잘 아시는 분 같아요."

에이브 아저씨의 일기예보

5월 어느 날, 「데일리 엔터프라이즈」에 '관찰자' 라는 이름으로 게재된 '에이번리 소식' 때문에 에이번리 사람들은 약간 술렁거렸다. 그 기사를 쓴 사람의 이름은 밝혀지지 않았지만, 사람들은 모두 찰리 슬론일 거라고 추측했다. 그것은 찰리 슬론이 글공부를 열심히 하고 있었기 때문이다. 그러나 그 기사는 길버트가 쓴 것이었다. 앤의 아이디어로 그 기사를 썼는데, 그 중에는 이런 내용이 들어 있었다.

데이지가 피기 전에 우리 마을에서는 한 쌍의 결혼식이 있을 예정이라고 한다. 이 마을에 새로 이사온 주민이 우리 마을에서 가장 인기 있는 한 부인과 결혼하게 될 것이다.
우리 마을의 일기예보가로 알려진 에이브 씨의 말에 따르면, 5월 23일 저녁 7시부터 폭풍우가 일 것이라고 한다. 폭풍우는 우리 주 전체에 올 것이므로, 23일 저녁에 외출하실 분은 우산과 비옷을 준비하는 게 좋을 것이다.

길버트가 앤에게 말했다.
"에이브 아저씨는 정말 폭풍우가 올 거라고 봄부터 예상했어. 그런데 해리슨 씨가 이사벨 앤드루스를 만나러 간다는 건 정말일까?"
앤이 웃었다.
"가끔 장기를 두러 가시는 것뿐일 거야."
가여운 에이브 아저씨는 누군가가 자기를 놀린다고 생각해 몹시 불쾌해했다. 그리고 폭풍우가 오는 날짜까지 정확하게 말한 적은 없다고 투덜댔으나, 아무도 그 말을 믿지 않았다.
에이번리에는 평화로운 날들이 계속되었다. 나무 심기는 착실하게 진행되어, 모두 200여 그루의 묘목이나 심었다. 밭에는 밀이 파룻파룻하게 자라고 있었고, 과수원마다 눈부시게 흰 꽃들이 활짝 피어서 아름다웠다.

어느 날 저녁, 앤과 마릴라는 현관 계단 위에 앉아서 개구리 울음소리를 듣고 있었다.

"5월에는 살아 있다는 것만으로도 저절로 감사하게 돼요."

그때 쌍둥이들이 뒤뜰에서 돌아왔다.

"꽃 냄새가 무척 좋아."

데이비는 만족한 듯이 코를 킁킁거리더니 흙 묻은 손으로 괭이를 흔들었다. 뒤뜰에서 일하고 있었던 것이다. 데이비가 흙장난을 좋아하는 것을 보고 마릴라는 좋은 방향으로 이끌기 위해 쌍둥이들에게 정원 한구석을 나누어주었다.

두 아이들은 자기 방식대로 열심히 정원을 가꾸었다. 도라는 차분하게 땅을 일구고 잡풀을 뽑고 물을 주었다. 그래서 얼마 지나지 않아서 일년생 야채와 화초들이 돋아났다.

그러나 데이비는 파헤치고 갈고 금방 옮겨 심고 하면서 너무 열심히 돌보아 싹이 돋아날 틈이 없었다.

"많이 자랐니, 데이비?"

앤의 물음에 데이비는 '휴' 하고 한숨을 내쉬었다.

"아니. 왜 빨리 자라지 않지? 도라와 같은 날에 심었는데."

"그렇게 하면 자라고 싶어도 못 자라겠다. 날마다 얼마나 자랐는지 뿌리를 뽑아 보고 다시 심으면 그렇게 돼."

마릴라가 핀잔을 주었다.

"여섯 개밖에 안 뽑았단 말이에요. 그것도 뿌리에 지렁이가 있을까 봐 뽑아본 건데."

데이비가 쑥스럽다는 듯이 대답하고 시무룩하게 앉았다.

"마릴라 아줌마, 저 사과나무 좀 보세요. 아름다운 드레스 차림으로 우리를 유혹하는 것 같아요."

"저 나무들은 유난히 열매를 많이 맺어서 좋아. 올해도 잔뜩 달릴 게다. 파이를 많이 만들 수 있어서 다행이야."

그러나 마릴라와 앤, 그리고 그 마을의 다른 어떤 사람도 그 해에는 사과 파이를 만들 수 없으리라는 것을 알지 못했다.

5월 23일이 되었다.

유난히 날씨가 더워 앤은 땀을 흘리며 학생들에게 수학과 문법을 가르치고 있었다. 오전에는 무더운 바람이 조금 불긴 했으나, 오후가 되자 바람은 자고 공기는 한층 무더워졌다.

3시 반쯤에 이르러서야 천둥소리가 '우르릉 쾅쾅' 들려왔다. 앤은 비가 내리기 전에 아이들을 집으로 돌려보내려고 서둘러 수업을 마쳤다. 아이들이 운동장으로 나갔을 때 아직 햇볕은 비치고 있었지만, 앤은 왠지 모르게 어두운 그림자가 다가옴을 느꼈다.

애니터 벨이 불안한 듯 앤의 손을 잡고 말했다.

"선생님, 저 무시무시한 구름 좀 보세요."

앤은 자기도 모르게 소리를 지르고 말았다. 북서쪽 하늘에서 여태까지 본 적이 없는 거대한 먹구름이 급속히 번지고 있었다. 무서운 속도로 하늘을 뒤덮는 먹구름은 살아 있는 유령처럼 공포를 느끼기에 충분했다. 잠시 후 번개가 번쩍이더니, 낮은 곳에서 천둥소리가 들렸다.

하몬드 앤드루스 씨가 짐마차를 끌고 급히 언덕을 내려왔다. 학교 맞은편에 짐마차를 세우고 이렇게 고함쳤다.

"이번엔 에이브 씨의 일기예보가 맞나 보네. 앤 선생, 저런 구름은 처음 보는 것 같지 않아요? 자, 얘들아, 우리 집 방향으로 가는 사람들은 모두 내 마차에 타거라. 집이 먼 사람은 우체국에 가서 비가 그칠 때까지 기다렸다가 가도록 하고."

앤은 데이비와 도라의 손을 잡고 최대한 빨리 달리게 하여 언덕을 내려갔다. 초록 지붕 집에 다다르자 문 앞에서 마릴라와 마주쳤다. 마릴라는 오리와 닭을 우리에 몰아넣고 오는 길이었다.

모두 주방으로 들어오자마자 무서운 구름이 하늘을 뒤덮어 온 세상이 갑자기 깜깜해졌다. 동시에 번개가 번쩍 치면서 귀가 멀 듯한 천둥소리가 났다. 이윽고 엄청난 우박이 내려 온 세상을 하얗게 뒤덮었다.

미친 듯한 폭풍우 속에서 큰 나뭇가지가 부러져 집의 유리창에 부딪치는 소리가 들렸다. 3분쯤 지나자 집 북서쪽 유리창이 모조리 깨졌다. 그 사이로 우박이 쏟아져 들었다. 가장 작은 우박이라 해도 구슬만 했다.

한 시간쯤 휘몰아친 폭풍이 얼마나 대단했는지, 에이번리의 사람들이라면 어느 누구도 잊지 못할 날씨였다. 마릴라조차도 침착함을 잃고 생전 처음 당하는 무서움 때문에 주방 한구석에 앉아서 흐느껴 울었다.

앤은 백짓장처럼 하얗게 질린 얼굴로 두 아이를 껴안았다. 이미 소파는 창가에서 멀찍이 떨어진 곳에 당겨놓았다. 맨 처음 천둥과 번개가 쳤을 때 데이비가 큰 소리로 부르짖었다.

"앤 누나, 최후 심판의 날이 온 거야? 누나, 난 일부러 나쁜 짓을 한 건 아니야."

데이비는 앤의 무릎에 얼굴을 묻고는 덜덜 떨었다. 도라는 질린 얼굴로 앤의 손을 꼭 잡고 가만히 있었다.

이윽고 급작스럽게 닥쳤던 폭풍우가 언제 그랬냐는 듯이 갑자기 잠잠해지더니 재빨리 해가 나왔다. 그러나 햇볕 아래 드러난 세상은, 불과 한 시간 동안에 일어난 변화라고는 믿기 어려울 만큼 비참하게 변해 있었다. 마릴라는 간신히 일어나서 의자에 주저앉았다. 한 10년쯤 더 늙어 보였다.

"모두들 살아 있니?"

데이비가 기운을 되찾아 활기차게 대답했다.

"그럼요. 처음에만 조금 무서웠던 것뿐이에요. 갑자기 닥친 일이니까. 하지만 아무렇지도 않은걸. 도라야, 넌 무서웠니?"

"응, 조금 무서웠어. 난 앤 언니의 손을 꼭 잡고 계속 기도했어."

앤은 어릴 때 실수를 했던, 그 효과 좋은 포도주를 한 컵 마릴라에게 따라주었다. 그리고 다 함께 밖으로 나가서 완전히 다른 세상으로 변해 버린 풍경을 바라보았다.

밖에는 온통 하얗게 쌓인 우박으로 덮여 있었다. 그 두께는 무릎을 넘을 정도였고, 지붕 밑 같은 곳에 쌓인 우박은 작은 산처럼 보였다. 사과꽃은 다 떨어지고 나무라곤 가지가 성한 것이 없었다.

"이것이 단 한 시간 동안에 일어난 일이라고? 한 시간 동안에 어떻게 이렇게 세상이 변할 수가 있죠?"

앤이 기가 막혀 중얼거리자 마릴라가 말했다.

"나도 이런 일은 처음이야. 옛날에도 우박 피해를 본 적은 있었지만, 이 정도는 아니었지."

"아이들이 무사히 돌아갔는지 걱정이에요."

나중에 안 일이지만, 앤드루스 씨 덕택에 집이 먼 아이들은 우체국에서 이 재난을 피할 수가 있었다.

"헨리 카터가 오는구나."

마릴라가 말했다.

헨리는 어색하게 웃으며 말했다.

"정말 끔찍한 일이군요. 아줌마, 괜찮으셨어요? 해리슨 씨가 여쭤 보고 오라고 해서요."

"죽지는 않았어요. 벼락맞은 건물도 없고. 그쪽도 아무 일 없겠지?"

"아뇨. 굴뚝에 벼락이 떨어졌어요. 진저의 새장이 엉망이 되었어요."

"그럼 진저가 다쳤어?"

앤이 물었다.

"그만 죽고 말았어요."

얼마 뒤 앤이 해리슨 씨를 위로하러 가니, 해리슨 씨는 죽은 진저를 어루만지고 있었다. 해리슨 씨가 슬퍼하면서 말했다.

"가여운 녀석, 진저는 이제 널 미워할 수가 없겠구나!'

진저를 위해서 울게 되리라고는 상상한 일이 없었는데, 앤은 눈물이 나왔다.

"이 녀석은 내 유일한 친구였는데, 죽어 버렸어. 나도 이제 늙은 모양이오. 앤, 나를 동정하지는 마. 그런 말을 들으면 울지도 모르니까."

다음 날 에이번리 사람들은 서로 인사를 나누러 다녔다. 우박이 쌓여 마차를 타고 다닐 수가 없어 걸어다니거나 말을 타야 했다. 가축의 피해도 심했다. 전신 전화도 두절된 곳이 많았다.

에이브 씨는 하루 종일 자기 일터인 대장간에 있었다. 폭풍우가 지나간 것을 기뻐하는 것은 아니었지만, 이번에야말로 자기의 일기예보가 맞았다는 것을 은근히 내세웠다.

저녁때 길버트 브라이스가 초록 지붕 집에 와보니 마릴라와 앤은 부서진 창을 손질하고 있었다.

마릴라가 말했다.

"유리를 언제쯤 구할 수 있을지 아무도 모른데. 오늘 오후 배리 씨가 카모디에 갔는데, 아무리 돈이 많아도 유리는 한 장도 살 수 없었대. 화이트 샌드는 어때, 길버트?"

"엄청났어요. 난 아이들과 학교에 있었는데 꼼짝없이 갇힌 형국이 되었죠. 아이들이 울부짖고 기절하는 바람에 혼이 났어요."

"난 딱 한 번밖에 소리를 지르지 않았는데."

데이비가 의기양양해서 말했다.

앤이 말했다.

"길버트, 새로운 뉴스가 있어. 레비 볼터 씨의 그 낡은 오두막이 벼락을 맞아서 타버렸대. 그 소식을 듣고 나도 기뻐하다니, 못되긴 했나봐. 볼터 씨는 개선회가 마술을 부려 몰고 온 거라고 투덜거린대."

길버트가 웃었다.

"그런데 내가 우연히 써넣은 그 날짜가 들어맞았다는 게 이상해. 덕분에 에이브 아저씨의 일기예보는 유명해졌어. 사실 내가 마술을 부려 폭풍우가 온 것 같아 죄책감이 들어. 그 낡은 집이 없어졌다는 건 기뻐해도 좋아. 하지만 우리가 심은 가로수가 거의 뿌리째 뽑힌

건 어떡하지?"

앤이 그윽한 눈빛으로 말했다.

"내년 봄에 심으면 돼. 해마다 봄이 돌아온다는 건 참 고마운 일이야."

해리슨 아저씨의 정체가 밝혀지다

폭풍우가 몰아친 지 2주일쯤 지난 어느 화창한 아침이었다.

"마릴라, 이것 보세요."

앤은 시들어가는 흰 수선화 두 송이를 앞으로 내밀었다. 마릴라는 털을 뽑은 닭을 들고 안으로 들어가려는 참이었다.

"살아남은 건 이게 전부예요. 매슈 아저씨 무덤에 가져갈 꽃이 남아 있었으면 했는데……. 아저씨는 흰 수선화를 좋아했잖아요."

그때 고급스러운 마차 한 대가 샛길을 통해 달려오는 게 보였다. 앞자리에는 브라이트 리버 역장의 아들과 낯선 부인이 앉아 있고, 뒷자리에는 커다란 가방이 놓여 있었다.

잠시 뒤, 마차가 멈추자 낯선 부인이 가볍게 뛰어내렸다. 부인은 체구가 작은 미녀로 50세 가까이 되어 보였다. 발그레한 뺨과 반짝반짝한 검은 눈동자에 꽃과 깃털로 장식된 모자를 쓴 모습이 산뜻해 보였다.

"여기가 제임스 해리슨 씨 댁인가요?"

부인이 활달한 목소리로 물었다.

“아, 해리슨 씨 댁은 저쪽인데요.”

앤은 깜짝 놀라며 대답해 주었다.

“어쩐지 해리슨 씨 집치고는 너무 깨끗하다 했어. 그런데 제임스가 이 마을 여자 분과 결혼한다는 소문이 사실인가요?”

“아, 아니오. 그럴 리가 없어요.”

앤이 너무나 당황하며 대답하자, 그 부인은 마치 앤이 소문 속의 그 여자가 아닌가 하는 눈길을 보내왔다.

“이 고장 신문에서 보았어요. 내 친구가 그 기사에 표시까지 해서 보내 주었더군요.”

“아, 그 기사는 장난이었어요. 해리슨 씨는 아무와도 결혼하시지 않을 거예요. 확실해요.”

앤이 놀라며 설명했다.

부인은 다시 재빨리 마차에 오르며 말했다.

“그래야지요. 사실 그 사람은 이미 결혼한 사람이랍니다. 내가 그의 아내지요. 놀라시리라고 생각했어요. 아마 제임스가 독신인 척하며 여자를 많이 울렸을 법한데, 제임스, 두고 보라지!”

부인은 밭 건너편의 하얀 집으로 눈길을 주며 말했다.

“이제 내가 왔으니까 바람을 피우는 것도 끝이지. 그 앵무새는 여전히 버릇없는 말을 지껄이고 있겠지요?”

“그 새는…… 죽었어요.”

부인은 기쁜 듯이 외쳤다.

“죽어요? 그렇다면 잘됐군. 그 새만 없다면 문제 될 게 없어.”

이런 말을 하고는 부인이 가버렸다. 앤은 얼른 주방으로 달려갔다.

"저 여잔 누구니?"

"아줌마, 지금 내 정신이 온전해 보여요?"

"그게 무슨 소리니? 저 여자가 누구니?"

"아줌마, 내가 꿈을 꾸고 있지 않은 게 확실하지요? 저 부인이 바로 해리슨 씨의 부인이래요."

마릴라도 깜짝 놀랐다.

"부인이라고? 앤, 그럼 해리슨 씨가 독신인 척한 거라고?"

"독신이라고 말한 적은 없어요. 단지 사람들이 멋대로 그렇게 상상했을 뿐이지요. 아, 아줌마! 린드 아줌마가 이 사실을 들으면 뭐라고 할까요?"

저녁때 린드 부인이 왔으나 그다지 놀라지 않았다. 이런 일을 예상했다면서, 해리슨 씨에게 무슨 사연이 있을 것이라고 짐작해 왔다고 말했다.

"자기 아내를 버리다니, 이건 미국에서나 있을 법한 일이야. 그가 그런 사람인 줄은 정말 몰랐어."

"해리슨 씨가 아내를 버린 건지 어떤 건지 아직은 아무도 몰라요."

앤은 사건이 확실하게 밝혀질 때까지는 해리슨 씨에게 잘못이 있다고 믿고 싶지 않았다.

"음, 알게 되겠지. 아냐, 내가 가서 알아봐야겠어."

린드 부인이 빠른 걸음으로 달려갔다. 앤도 몹시 궁금했지만, 달려갈 용기는 없었다. 린드 부인이 금방 알아보고 오겠다고 해서 다행이었다.

마릴라와 앤은 린드 부인이 다시 들르기를 눈이 빠지게 기다렸다.

그러나 아무리 기다려도 린드 부인은 초록 지붕 집에 들르지 않았다.

그날 밤 레비 볼터네 집에 갔다가 9시가 넘어서 집으로 돌아온 데이비가 그 이유를 말해 주었다.

"길에서 린드 아줌마를 만났어. 처음 보는 아줌마와 이야기하고 있었어. 린드 아줌마가 미안하지만, 오늘밤에 우리 집에 올 수 없다고 전해 달래."

일요일엔 하루종일 비가 내려서 꼼짝도 못했다. 월요일이 되자 해리슨 씨 댁에서 일어난 일을 모두 알게 되었다. 학교에까지 이 새로운 소식이 날아와서 데이비는 여러 가지 이야기를 듣고 돌아왔다.

"아줌마, 해리슨 아저씨네 집에 새 아줌마가 왔대요. 밀티가 그러는데, 그 아줌마가 전에 아저씨를 못 살게 굴어서 아저씨가 도망쳐 나왔대. 어떤 아이는 아저씨가 담배 피우는 걸 아줌마가 싫어했다고 하고, 어떤 아이는 아저씨가 흙 묻은 신발을 신고 방에 들어왔기 때문이라고 했어. 난 아저씨네 집에 가서 어떤 아줌마인지 보고 올래요."

그러나 잠시 후 데이비는 실망한 얼굴로 돌아왔다.

"아줌마는 린드 아줌마와 카모디에 가셨대. 응접실 벽지를 사러 가셨대. 아저씨가 누나에게 할 얘기가 있다고 좀 와 달래. 그런데 아저씨네 집이 깨끗해졌어. 아저씨는 수염을 깨끗이 깎고 있던걸."

해리슨 씨의 주방은 완전히 달라져 있었다. 바닥도 가구도 깨끗해졌고, 난로도 말끔히 청소되어 있었다. 벽에는 흰 페인트칠이 되었고 유리창도 깨끗하게 닦여서 햇볕에 반짝였다.

테이블 쪽에 앉아 있는 해리슨 씨의 옷도 깨끗해서 마치 딴 사람처럼 보였다. 그러나 앤을 반기는 해리슨 씨의 목소리는 우울했다.

"어서 와라, 앤! 에밀리는 린드 부인과 카모디에 갔다. 린드 부인과는 벌써 친해졌어. 이제 나의 편안하던 시대는 끝났어. 모든 것이 다 달라졌다고. 이젠 죽을 때까지 깨끗한 것만 찾을 테니……."

해리슨 씨는 좀더 우울하게 보이려고 애쓰는 것 같았지만, 눈에는 기쁨이 엿보였다.

"아저씨, 아줌마가 오셔서 기쁘시죠? 감출 필요 없어요. 얼굴에 다 씌어 있으니까."

해리슨 씨는 쑥스러워하며 웃었다.

"하하, 내가 벌써 익숙해졌나? 에밀리를 다시 만난 걸 싫어할 이유는 없지. 이 마을에서 혼자 산다는 게 불편하긴 해. 장기를 두러 몇 번 놀러 갔더니, 그 집 누이동생과 결혼할 거라는 소문이 신문에 나기도 하고……."

"아저씨가 결혼하지 않은 척했으니 그랬지요."

"나는 그런 말을 한 적이 없어. 누가 내게 물었다면, 나는 아내가 있다고 분명히 대답했을 거야. 다만 먼저 말할 필요가 없었던 것뿐이야. 공연히 남의 화젯거리가 되고 싶지 않았거든."

"아저씨가 아줌마를 버렸다고 오해하는 사람도 있어요."

"아냐. 에밀리가 나를 내쫓았지."

해리슨 씨는 농담이라도 하는 듯 껄껄 웃었다.

"이제 내 이야기를 다 해주지. 에밀리나 나를 나쁘게 보면 곤란하니까……. 우리 베란다로 나가서 이야기를 하지. 베란다는 아직 에밀리가 손대지 않았으니까."

베란다로 나가자 해리슨 씨는 이야기를 시작했다.

"나는 원래 뉴브런즈위크에서 누님과 살았어. 누님은 죽으면서 혼자 살아야 할 내가 걱정되었나봐. 에밀리와 꼭 결혼을 하라는 유언을 남겼지. 난 유언대로 에밀리와 결혼을 했어. 돈도 있고 똑똑하고 아름다운 여자였지. 나는 행복한 결혼식을 마치고 2주일의 신혼여행을 한 뒤 집으로 돌아왔어. 그런데 여행에서 집으로 돌아온 시간이 밤 10시였는데 돌아오자마자 에밀리가 청소를 하기 시작하는 거야. 몹시 지저분했을 거라고 생각하겠지만, 그게 아냐. 집은 아주 깨끗했어. 그녀는 쓸고 닦고 털어내는 게 취미였거든. 한때 학교 선생님을 한 적이 있다는데, 그 버릇인지는 모르지만 내게도 잔소리가 얼마나 심한지 이루 말할 수가 없었어. 신발의 흙을 털어라, 담배는 헛간에서 피워라, 고운 말을 써라 등등 수도 없이 많았어. 바가지가 여간 심한 게 아니었지. 그래서 늘 말다툼을 하곤 했어. 그래도 진저만 없었다면 헤어지기까지는 하지 않았을 거야. 에밀리는 진저를 끔찍이 싫어했거든. 특히 진저의 상스러운 말버릇을 못 견뎌했어. 하지만 난 내 남동생이 준 것이라 버릴 수가 없었어. 선원이었던 남동생이 끔찍이 여기던 녀석이었거든. 그런데 하루는 목사님 부부를 초대했지. 그날은 진저를 지하실에 감춰 두기로 했는데, 에밀리의 잔소리가 하도 심해서 그만 깜박 잊고 만 거야. 식사를 시작하기 전에 목사님이 기도를 시작했는데 진저가 욕설을 퍼붓기 시작했어. 진저는 칠면조를 싫어했는데 마침 칠면조가 나타나자 욕설을 퍼붓기 시작한 거야. 정말 어처구니없는 일이었지. 난 에밀리에게 너무 미안하고, 또 목사님께도 고개를 들지 못했어. 진저의 욕설을 내가 가르친 것으로 오해할까봐 걱정도 되고. 그래서 할 수 없이 진저를 없앨 결심을 했지. 그런데 농장에서 돌아와 보니, 에밀리는 '나와 진저 어느 한쪽을 선택하세요. 앵무새가 있는 한 나는 돌아오지 않을 거예요' 라는 편지를 남기고 나가 버렸더군. 어찌나 화가 나는지 에밀리의 짐을 모두 친정으로 보내고 그곳을 떠났지. 그런데 토요일 날 밭에서 돌아와 보니, 에밀리가 와서 청소를 하고 있지 않겠어. 근사한 식탁이 마련되어 있었고. 에밀리는 이곳이 진저도 없고 살기 좋은 곳이라면서 같이 살겠다는 거야. 아, 두 사람이 돌아오는군. 앤, 에밀리와 친하게 지내줘. 그날 앤을 만나고 나서 호감을 가지는 것 같으니, 빨간 머리 아가씨가 누구냐고 물었거든."

해리슨 부인은 상냥하게 앤을 반기며, 차를 마시고 가라고 권했다.

"제임스에게 친절하게 대해 주었다는 말을 들었어요. 케이크나 음식을 만들어 준 얘기도요. 나도 될 수 있는 한 빨리 친해지고 싶어요. 린드 부인은 참 좋은 분이더군요."

아름다운 6월 어스름 속에서 해리슨 부인은 앤을 배웅했다.

초록 지붕 집의 주방에서 마릴라에게 사건의 자초지종을 설명하던 린드 부인이 앤에게 물었다.

"해리슨 씨 부인을 어떻게 생각하니?"

"아주 좋은 분이던데요."

"그래, 지금 마릴라에게 이야기하고 있었는데, 해리슨 씨가 좀 괴팍하다 해도 부인을 보아서 너그럽게 이해해야겠어. 자, 난 그만 가봐야겠다. 토머스가 기다리고 있을 테니까. 이라이저가 온 뒤로 너무 오래 집을 비우고 돌아다녔어. 참, 길버트 브라이스는 올 가을에 선생님을 그만둔다던데, 아마 대학에 가는 모양이야."

린드 부인은 앤의 기색을 살피며 쳐다보았다. 그러나 앤은 소파에서 졸고 있는 데이비를 안으려고 이미 고개를 숙인 터였다.

앤이 데이비의 금발에 얼굴을 대고 계단으로 올라가자, 데이비가 잠결에 앤의 목을 팔로 두르고는 애정이 담긴 입맞춤을 했다.

어울려 사는 삶

토머스 린드는 살아 있을 때처럼 죽을 때도 조용히 세상을 떠났다. 린드 부인은 다정하고 참을성 있게 최선을 다해 간호했다. 남편이 건강했을 때는 잔소리도 하고 화를 내기도 했지만, 병이 난 이후로는 밤잠도 자지 않은 채 능숙하게 간호했다.

어느 날 해질 무렵, 린드 부인이 남편의 야윈 손을 잡고 침대 곁에 앉아 있을 때였다. 토머스 린드는 진심으로 이렇게 말했다.

"레이첼, 당신은 좋은 아내였어. 정말 훌륭했어. 당신을 좀더 편히 살게 해주지 못해서 미안할 뿐이오. 하지만 아이들이 당신을 돌봐줄 거요. 당신을 닮아서 착한 아이들이지. 당신은 좋은 어머니였고, 좋은 아내였어."

말을 끝내고 토머스는 깊이 잠들었다.

이튿날 새벽, 마릴라는 2층에 올라와 앤을 깨웠다.

"앤, 토머스 씨가 돌아가셨다는구나. 지금 연락이 왔어. 가봐야겠다."

토머스 린드의 장례식 다음날, 마릴라는 웬일인지 들뜬 모습으로 집안을 서성거렸다. 때로 앤을 보고 뭔가 말하려고 하다가 입을 다물곤 했다.

차를 마신 후, 마릴라는 린드 부인을 만나고 와서 앤의 방으로 올라왔다. 앤은 학교 아이들의 시험 답안을 채점하는 중이었다.

"오늘밤 린드 아줌마는 좀 어떠세요?"

"많이 안정된 것 같더구나."

마릴라는 앤의 침대에 걸터앉았다. 이것은 마릴라가 앤에게 뭔가 할 말이 있다는 증거였다.

"하지만 아주 쓸쓸해 보이더구나. 이라이저는 남편이 아프다고 오늘 돌아갔거든."

"이것만 끝내놓고 빨리 가서 아줌마와 이야기를 해야겠네요."

"길버트는 올 가을에 대학에 갈 모양인가 보더라. 앤, 너도 대학에 가는 게 어떻겠니?"

갑작스런 마릴라의 제안에 앤은 깜짝 놀라서 얼굴을 들었다.

"물론 가고 싶지요. 하지만 그럴 수가 없잖아요."

"왜 그럴 수가 없니? 난 늘 너를 대학에 보내야 한다고 생각했어. 나 때문에 포기한 걸 생각하면 마음이 편치 않아."

"아줌마, 저는 한 번도 집에 있는 걸 불만스러워한 적이 없어요. 그게 얼마나 좋은지 몰라요. 바쁘긴 했지만, 지난 2년 동안 정말 행복했어요."

"네가 만족하는 건 알아. 하지만 이대로 지내서는 안 돼. 네가 저축한 돈으로 레드몬드 대학에서 1년 동안은 공부할 수 있을 게다. 그리고 가축을 판 돈이 들어오면 또 1년을 공부할 수 있고. 그 다음엔 장학금을 받을 수도 있지 않겠니?"

"그래요. 하지만 안 돼요, 아줌마! 아줌마의 눈이 전보다 좋아지긴 했지만, 말썽 많은 쌍둥이를 혼자서 돌보게 할 수는 없어요."

"내가 혼자 돌보는 건 아냐. 그 이야기를 지금 하려는 거야. 린드 아줌마와 이야기해 보았단다. 린드 아줌마는 여러 가지로 기분이 좋지 않아. 모아놓은 돈도 없거니와 막내가 서부로 갈 때 돈을 마련해 주었는데 집을 저당잡혔나봐. 게다가 남편의 약값도 만만치 않게 나갔고. 결국 농장을 팔아도 빚을 갚고 나면 남는 게 없다는구나. 이라이 저네 집으로 가야 하는데, 이 고장을 떠나려니까 가슴이 찢어지는 것 같대. 나이를 먹어서 다시 사람을 사귀는 건 쉬운 일이 아니거든. 그래서 말인데 앤, 린드 아줌마와 이 집에서 함께 살면 어떨까 하는 거야. 물론 너와 먼저 상의하려고 린드 아줌마에게는 말하지 않았지. 만약 린드 아줌마가 온다면 너는 대학에 갈 수 있을 것 같은데 네 생각은 어떠니?"

"제 생각이야, 정말 꿈만 같은 일이죠. 린드 아줌마를 오시게 하는 건 아줌마가 결정할 일이에요. 어떨까요? 괜찮을까요? 린드 아줌마는 친절하고 좋은 분이긴 해요. 하지만……."

"그래, 린드 아줌마에게 결점이 있긴 하지. 하지만 그 사람이 에이번리를 떠나는 걸 보느니, 결점을 참고 함께 사는 것이 나을 것 같다. 린드 아줌마는 이곳에서 오직 하나뿐인 내 친구야. 린드 아줌마가 떠나면 난 정말 쓸쓸할 거야. 45년이나 사귀면서도 한 번도 안 싸운 친구지. 아니다, 한 번 싸울 뻔했지. 너에게 빨간 머리라고 했을 때 말이다."

"예, 생각나요. 그 일은 잊을 수가 없어요. 그때는 제가 그 아줌마를 얼마나 미웠했었는데요."

"그래, 그리고 네가 사과를 했었지. 어쨌든 내가 잘만 하면 린드 아줌마와 그럭저럭 지낼 수 있을 거야. 한집에 사는 여자들이 말다툼을 하는 건 주방을 함께 쓰기 때문이 아닐까 해. 그러니 린드 아줌마는 북쪽 방을 쓰게 하고 손님용 침실을 주방으로 주면 어떨까 생각중이야. 우리 집에는 손님용 침실이 필요 없으니까 그곳에다 난로며 살림 도구를 놓으면 되지. 생활비는 자식들이 대줄 테고, 나는 린드 아줌마에게 방만 빌려주려는 거야. 네 생각은 어떠니, 앤."

"그럼 린드 아줌마께 말씀해 보세요. 저 역시 아줌마가 이곳을 떠나면 정말 슬플 거예요."

"그리고 린드 아줌마가 여기서 살게 된다면, 너는 대학에 가도 되지. 나도 쓸쓸하지 않을 테고, 쌍둥이는 린드 아줌마의 도움을 받아서 기르면 되니까. 네가 대학에 가지 못할 이유가 없지 않니?"

그날 밤 앤은 자기 방 창가에 앉아 오랫동안 생각에 잠겨 있었다. 기쁨과 슬픔이 뒤섞여서 가슴이 벅차올랐다. 뜻밖에도 길모퉁이에 들어선 것이다. 그 길모퉁이를 돌아서면 무지갯빛 희망으로 가득한 대학이 있었다.

그러나 동시에 이 2년 동안 아름답게 키워 왔던 작은 즐거움을 모두 놓아두고 떠나야 했다. 그것을 생각하면 대학에 갈 결심도 흔들렸다. 앤은 달을 향해 혼잣말로 중얼거렸다.

"지난 2년 동안 씨를 뿌렸고 이제야 뿌리를 내리기 시작했어. 내가 떠난다면 그 작은 뿌리들이 상처 입지는 않을까? 그러나 아무래도 대학에 가는 게 좋겠어. 마릴라 아줌마의 표현대로 못 갈 이유가 없잖아. 자, 이제 내 미래를 위해 미련을 떨쳐 버릴 테야."

이튿날 앤은 학교에 사표를 냈고, 린드 부인은 마릴라의 제안을 기쁘게 받아들였다. 그러나 농장을 파는 일이며 여러 가지 준비를 위해 여름까지는 집에 있기로 했다.

이 소문은 곧 마을에 퍼졌고, 해리슨 씨 댁의 소문 같은 건 뒷전이되었다. 생각이 깊은 사람들은 마릴라가 가볍게 일을 결정했다며 머리를 저었고, 다른 사람들도 그 두 사람이 한집에서 사는 데에는 의구심을 가졌다. 저마다 고집이 있는 사람들이어서 여러 가지 좋지 않은일이 발생하리라는 예측을 하고 있긴 했지만, 본인들은 그런 소문에마음을 쓰지 않고 서로 권리를 분명히 했다.

린드 부인이 말했다.

"두 아이를 돌보는 일은 기꺼이 도울게. 그렇지만 데이비가 묻는것에 일일이 대답할 수는 없어. 그 점은 앤이 없으면 곤란한 일이지."

마릴라가 말했다.

"실제로 앤은 데이비의 질문 못지 않게 때로 이상한 대답을 해. 나는 데이비의 질문에 대답할 수 없을 때는, 아이들은 그저 보기만 하면되지, 많이 묻는 게 아니라고 해버려."

"어쨌든 데이비는 성격이 많이 좋아졌어."

린드 부인이 말했다.

"데이비가 못된 아이는 아니야. 도라도 정말 착한 아이고. 그 쌍둥이가 이렇게 귀여우리라고는 생각도 못했어."

앤이 학교를 그만둔다는 소식에 가장 기뻐한 사람은 역시 길버트였다. 앤의 학생들은 큰일이나 난 듯이 술렁거렸다. 애니터 벨은 집에 가다가 발작을 일으켰고, 앤소니는 괜히 화풀이를 한다고 두 번이나 싸웠다. 바바라 쇼는 하룻밤을 꼬박 울면서 보냈고, 폴은 1주일간 식사를 하지 않겠다고 선언했다.

"할머니, 저는 아무것도 먹을 수가 없어요. 아무것도 입속으로 넘어가지 않아요. 아, 할머니! 그 예쁜 선생님이 가시면 저는 어떡해요. 제인 앤드루스 선생님이 오신다는데, 앤 셜리 선생님만큼 좋을 것 같지는 않아요."

다이애너도 슬퍼했다. 벚나무 가지 사이로 달빛이 흘러드는 어느 날 밤, 두 소녀는 앤의 방에서 이야기를 나누었다.

다이애너가 말했다.

"올 겨울은 정말 쓸쓸할 거야. 너도 없고 길버트도 없고. 앨런 목사님 내외분도 샬롯타운으로 가신대. 올 겨울에는 설교도 목사님 후보자들이 와서 할 거야."

"앨런 목사님 부인은 이곳을 떠나는 것이 몹시 괴로운 모양이야. 고향을 떠나는 기분이래. 게다가 아기 무덤도 여기 있지 않니? 사모님은 목사님 모르게 밤마다 목사관 뒤쪽의 숲길을 통해 무덤에 가서 자장가를 불러 주었대. 어젯밤 매슈 아저씨의 무덤에 꽃을 놓으러 갔을 때, 그런 말씀을 하셨어. 그래서 내가 이 고장에 있을 때까지는 반드시 아기의 무덤에 꽃을 놓겠다고 약속했어. 그리고 내가 없을 때는……."

"다이애너가 꽃을 놓을 거라고 했겠지? 물론 그럴 거야. 너 대신 매슈 아저씨의 무덤에도 꽃을 놓을게."

"고마워, 다이애너! 안 그래도 부탁하려고 했어. 그리고 헤스터 그레이의 무덤도 기억해 줘. 내가 헤스터에 대해서 많이 생각해서 그런지 꼭 살아 있는 사람처럼 느껴져."

"너와 길버트가 없는데도 개선회가 잘 될까?"

다이애너가 불안한 듯이 말했다.

"당연하지. 워낙 기초를 단단히 해놨잖아. 이제는 모두들 협조를 아끼지 않을 거야. 그리고 레드몬드에 가서 참고가 될 만한 것들이 있으면 편지를 보낼게. 너무 비관적으로 보지 마. 나도 지금은 이렇게 기뻐하지만, 실제로 떠날 때는 전혀 기쁘지 않을 거야."

"기뻐해도 괜찮아. 대학에도 가서 재미있는 시간을 보내고 좋은 친구들도 사귀게 될 테니까."

"새로운 친구를 사귄다는 생각을 하면 기뻐. 하지만 아무리 새 친구가 생긴다 해도 나에게는 오랜 친구들만큼 소중하지는 않을 거야. 특히 검은 눈동자에 예쁜 보조개를 가진 친구만큼은 그렇지. 누구인지 알겠니, 다이애너?"

다이애너는 한숨을 쉬었다.

"하지만 레드몬드에는 똑똑한 친구들이 많을 거야. 나는 때때로 '그렇지만' 이런 말 따위나 하는 바보인걸. 어쨌든 지난 2년 동안 무척 행복했어. 앤, 네가 레드몬드에 가는 걸 정말 좋아하는 사람이 누구인지 알아? 진지하게 묻는 건데 화내지 말고 대답해 줘. 너, 길버트를 좋아하지 않니?"

"친구로서는 무척 좋아해. 하지만 그 이상은 생각해 본 적이 없어."

앤은 침착하고도 솔직하게 대답했다. 다이애너는 한숨을 쉬었다.

앤에게서 다른 대답을 기대했던 것이다.

"결혼할 마음은 없어, 앤?"

"그야 정말 사랑하는 사람이 나타났을 때라면."

앤은 꿈꾸는 듯한 얼굴로 미소지으며 달을 바라보았다.

"정말 사랑하는 사람이 나타났을 때를 어떻게 안다는 거야?"

"알 수 있고 말고. 알 수 있을 거야. 너는 나의 이상형이 어떤 건지 알고 있지 않아."

"하지만 이상형은 자주 바뀌는걸."

"난 바뀌지 않아. 나는 이상형이 아닌 사람을 좋아할 수는 없어."

"만약 그런 사람을 만날 수 없다면?"

"그렇다면 결혼하지 않고 일생을 독신으로 지내야겠지."

앤이 힘차게 대답했다.

"난 노처녀로 산다는 게 겁이 나. 라벤더 아줌마 같다면 괜찮겠지만, 나는 안 돼. 마흔다섯 살쯤 되면 굉장히 뚱뚱할 거야. 뚱뚱한 노처녀는 생각만 해도 끔찍해."

"오, 다이애너! 우리가 처음 만났던 날을 기억하니? 너희 집 정원에서 우정을 맹세했지. 우리는 그 맹세를 한 번도 어기지 않았어. 네가 나를 사랑한다고 말하던 그때의 기쁨을 지금도 잊을 수가 없단다. 내가 얼마나 애정에 굶주린 어린 시절을 보냈는지 요즘에야 깊이 깨닫게 돼. 아무도 나를 반기거나 관심을 가져 주지 않았어. 만일 내가 상상을 할 줄 모르는 아이였다면 너무나 비참했을 거야. 초록 지붕 집에 오면서 모든 게 달라졌지. 그리고 너를 만나게 되었어. 그때 네 우정이 내게 얼마나 소중한 것이었는지, 지금 생각해도 고마울 뿐이야."

다이애너는 흐느꼈다.

"나는 언제까지나, 언제까지나 널 사랑할 거야. 아무도 너만큼 좋아하지는 않을 않을 거야. 내가 결혼해서 딸을 낳는다면, 나는 앤이라고 이름을 지을 거야."

메아리 집에서 보낸 오후

"누나, 그렇게 좋은 옷을 입고 어디 가는 거야? 누나, 정말 끝내준다!"

매슈가 세상을 떠난 이후 처음으로 꺼내 입은 연녹색 모슬린 옷이었다. 앤이 식사를 하러 내려왔다. 연녹색은 꽃같이 옅은 얼굴빛과 윤기 있는 머릿결을 더욱 돋보이게 만들었다.

"데이비, 누나가 그런 말하면 안 된다고 했지! 난 오늘 '메아리 집'에 가."

"나도 데려가."

"마차를 타고 간다면 데려가겠지만, 오늘은 걸어간단다. 게다가 폴과 함께 가는걸. 넌 폴을 싫어하잖니."

데이비가 부지런히 음식을 먹으며 말했다.

"아니, 난 전과 달리 폴을 좋아해. 폴은 착해. 우리 2학년 친구들에게도 잘해 주는걸. 좋아, 데려가지 않는다면 난 해리슨 아줌마 댁에나 갈 거야. 그 아줌마는 참 친절해. 주방에는 우리들에게 줄 쿠키 항아리를 놓아둬. 그리고 나에게는 건포도가 많이 든 쿠키를 골라 주시는걸. 해리슨 아저씨는 원래 좋은 분이었지만, 아줌마가 오고 나서 더 좋아졌어. 결혼하면 더 좋아지는가 봐. 아줌마, 아줌마는 왜 결혼 안 하지?"

마릴라는 자신의 독신생활을 조금도 부끄럽게 생각하지 않았다. 그래서 앤을 보고 웃으면서 아무도 데려가 주는 사람이 없다고 대답했다.

"하지만, 아줌마는 아무에게도 '데려가 주세요' 하고 부탁하지 않았잖아."

"그런 건 남자가 하는 거야."

듣다못해 도라가 끼어들었다.

"쳇, 뭐든지 남자가 해야 한다니까!"

데이비가 투덜거렸다.

그날 오후, 앤은 폴을 데리고 '메아리 집'에 도착했다. 라벤더는 네 번째 샬롯과 함께 정원에서 풀을 뽑고 있었다. 그녀는 앤을 보자마자 연장을 집어던지고 기뻐하며 달려왔다. 네 번째 샬롯 역시 몹시 기뻐했다.

"어서 와요, 앤! 폴, 굉장히 많이 컸네. 지난번에 왔을 때보다 훨씬 키가 많이 자란 것 같구나!"

"그래요. 린드 아줌마도 제가 날마다 쑥쑥 자란대요. 저도 아빠만큼 클 거니까요. 아빠는 아주 키가 크거든요."

폴이 기뻐하며 말했다.

라벤더는 얼굴을 붉히며, 한 손에는 폴의 손을, 다른 한 손에는 앤의 손을 잡았다. 폴이 염려스럽다는 듯이 물었다.

"오늘은 메아리가 들릴까요, 아줌마?"

처음 왔던 날은 바람이 강해서 메아리를 들을 수가 없었던 것이다.

"오늘은 날씨가 좋으니까 들릴 거야."

라벤더는 깊은 생각에서 깨어난 듯이 대답했다.

"자, 우선 뭣부터 먹고 해보자. 두 사람은 숲속을 걸어왔으니 배가 고플 거야. 어쩐지 손님이 올 것 같아서 음식을 좀 만들어 둔 게 있거든."

"할머니는 간식 먹는 걸 좋아하지 않으세요. 남의 집에서도 간식 먹지 말라고 하셨죠."

"너무 멀리 걸어왔으니까 오늘은 먹어도 괜찮아."

라벤더는 웃는 얼굴로 앤에게 눈짓을 했다.

"할머니는 자기 전에 우유와 버터 바른 빵을 먹는 건 허락하세요. 일요일 밤에는 빵에 잼도 발라주시고요. 하지만 일요일 낮동안은 너무 심심해요. 다른 날은 '바위 사람들' 과 이야기를 하니까 지루한 줄 모르는데, 일요일에는 그렇게 해서는 안 된다고 하시거든요. 앤 선생님은 일요일에도 여러 생각을 하는 게 좋다고 하시는데, 할머니는 그렇지 않아요. 할머니는 신앙심이 깊어서 일요일에는 성스러운 생각만 해야 한대요. 나는 할머니와 앤 선생님 말씀 중에서 어느 쪽을 따라야 하는지 모르겠어요."

폴은 생각에 잠긴 듯한 얼굴을 들어 라벤더를 바라보았다.

"선생님 말씀이 옳지만, 할머니는 우리 아빠를 훌륭하게 키우신 분이니까 할머니 말씀대로 하는 게 마음이 놓이기도 해요."

"폴, 정말 좋은 생각이구나! 할머니도 선생님도 모두 너가 훌륭하게 크도록 하시는 거니까.”

앤이 진심으로 말했다.

점심을 먹은 뒤, 메아리를 실험해 본 폴은 매우 신기해하며 즐거워했다. 앤과 라벤더는 플라타너스 나무 밑의 벤치에서 이야기를 나누었다. 앤이 대학에 간다는 소식에 라벤더는 슬퍼했다.

“앤, 그럼 가을에 떠나는구나. 네겐 좋은 일이지만, 나는 슬퍼. 네가 없으면 무척 쓸쓸할 거야. 오, 이럴 때마다 사람을 사귀는 게 얼마나 허무한지 일인지 깨닫게 돼. 시간이 지나면 헤어지게 되고, 더 큰 쓸쓸함을 남기게 되니까.”

“어머나, 엘리자 앤드루스 같은 말을 하는군요. 하지만 난 아주 헤어지는 게 아니잖아요. 편지도 하고 방학 때는 꼭 올 거예요. 그런 얼굴빛을 하지 말아요!”

“야호! 야호!”

폴은 강 건너의 은방울 소리 같은 메아리를 듣기 위해서 소리를 지르고 있었다.

“난 모든 게 싫어졌어. 메아리도, 이런 생활도. 잃어버린 꿈이나 희망, 기쁨의 메아리 같은 건 아름답기는 하지만 소용이 없어. 어머나, 손님에게 이런 말을 하다니……. 앤, 미안해. 나이를 먹어가서 그런가 봐.”

점심을 마치고 나서 모습이 안 보이던 네 번째 샬롯이 돌아와서, 딸기가 많은 곳을 발견했으니 따러 가자고 했다.

라벤더가 큰 소리로 말했다.

“철 이른 딸기를 곁들여 차를 마시자.”

딸기는 벨벳처럼 파란 풀이 깔린 킴볼 씨네 목장 옆에 숨어 있었다.

"아, 정말 아름다운 들판이야. 햇볕에 취해 버릴 것 같은 기분이야."

"그래요, 아가씨! 저도 그래요, 아가씨!"

네 번째 샬롯은 앤의 말이라면 무엇이든 동의했다. 네 번째 샬롯은 앤이 왔다 간 날이면, 자기 방에서 열심히 앤의 말투나 몸짓을 연습하곤 했다. 언젠가는 자기도 별처럼 반짝이는 눈빛과 사뿐사뿐 걷는 몸짓을 익힐 수 있으리라고 기대했다.

그만큼 마음으로부터 앤을 존경했던 것이다. 앤이 아름다워서가 아니었다. 아름다움으로 말한다면 창백한 얼굴의 앤보다는 핑크빛 뺨과 반짝이는 검은머리카락을 가진 다이애너가 더 아름다웠다.

"하지만 나는 예쁘지 않더라도 앤 아가씨와 닮았으면 좋겠어요."

네 번째 샬롯은 진심으로 말했다. 앤은 웃으면서 자기에 대한 이런 말 중에 좋은 점은 받아들이고 나쁜 점은 버렸다. 딸기를 따며 네 번째 샬롯은 라벤더에 대한 걱정을 늘어놓았다.

"아씨 건강이 나빠요. 특별히 아픈 곳은 없지만, 많이 안 좋아지셨어요. 얼마 전 아가씨와 폴 도련님이 왔다 가신 뒤부터 그래요. 그날 밤 아씨는 정원에 나가 서성거리시더라고요. 감기가 드셨나 봐요. 눈이 많이 쌓여 있었으니 감기가 드셨을 거예요. 그 이후부터 몹시 피곤하고 쓸쓸해하세요. 다만 아가씨가 오실 때만 기운을 내세요. 걱정이에요, 아가씨!"

샬롯이 눈물을 글썽거리자 앤이 햇볕에 그은 손을 잡고 다독였다.

"라벤더 아줌마께 변화가 필요한 게 아닐까? 너무 오랫동안 이곳에서 혼자 사셨어. 어딘가 여행을 하면 좋을 텐데."

"여행을 권해도 소용없을 거예요."

"방학이 되면 내가 1주일 동안 여기 와서 있을게. 우리 셋이 날마다 소풍도 가고 재미있게 지내자. 그러면 라벤더 아줌마도 반드시 기운을 차릴 거야."

"정말 그렇게 해주세요, 아가씨!"

네 번째 샬롯은 너무나 기뻐했다. 아씨를 위해서도 자신을 위해서도 잘된 일이라고 생각했다. 1주일 동안 앤과 함께 지내면, 앤의 모습을 몸에 익힐 수 있으리라 기대했다.

두 사람이 돌아갔을 때, 라벤더와 폴은 식탁을 뜰에 내놓고 차 마실 준비를 하고 있었다. 모두들 딸기 크림을 맛있게 먹었다. 하늘에는 솜털 구름이 뭉게뭉게 퍼지고 숲에서는 맑은 새소리가 울리고 있었다.

모두 차를 마신 뒤, 앤은 주방에서 설거지하는 샬롯을 도와주었다. 라벤더는 벤치에서, '바위 사람들'에 대한 폴의 이야기를 듣고 있었다. 라벤더는 조용히 듣고 있었는데, 폴은 라벤더가 자기 이야기에 열중하지 않는 것을 눈치챘다.

"아줌마, 왜 그런 눈으로 저를 바라보세요?"

"그런 눈이라니?"

"저를 보면서 마치 엉뚱한 사람을 생각하는 것 같아요."

폴은 가끔 이렇게 너무나 정확히 남의 마음을 알아냈기 때문에, 비밀이 있는 사람은 폴의 옆에 있기가 어려웠다.

"그래, 너를 보고 있으려니까 내가 옛날에 알았던 어떤 사람이 생각났어."

라벤더는 꿈꾸는 듯한 눈빛을 한 얼굴로 말했다.

"젊었을 때인가요?"

"그래, 젊었을 때야. 지금은 무척 늙어 보이지 않니?"

"저는 아줌마가 늙었는지 아닌지 몰라요. 머리는 하얀데, 얼굴은 우리 선생님처럼 젊어요. 저, 아줌마!"

폴은 문득 진지한 얼굴이 되어 말했다.

"저는 아줌마 같은 사람이 우리 엄마가 되었으면 해요. 아줌마 눈빛은 우리 엄마와 똑같아요. 아줌마는 아들이 없어서 안됐어요."

"나에게는 작은 꿈을 가진 아이가 있는걸."

"그래요? 몇 살인데요?"

"너만 할 거야. 난 아주 오래 전부터 그만한 아이를 꿈꾸었거든. 언제까지나 열한 살이나 열두 살로 해둘 거야. 그렇지 않으면 자라서 내 곁을 떠나버릴 테니까."

폴은 고개를 끄덕였다.

"저도 알아요. 바로 그 점이 '꿈꾸는 사람들' 의 좋은 점이라는 걸요. '꿈의 사람들' 은 이 세상에서 선생님과 나, 그리고 아줌마뿐일 거예요. 우리가 이렇게 서로 알게 되었다는 게 멋지다고 생각해요. 아마도 그런 사람들끼리는 반드시 만나게 되나 봐요. 아줌마, 아줌마가 꿈꾸는 남자아이에 대해 저에게 이야기해 주실 수 있어요?"

"그 아이는 곱슬머리에 파란 눈을 하고 있지. 아침이면 내 방에 들어와서 내게 키스하고 나를 깨운단다. 그리고 온종일 뜰에서 나와 많은 이야기를 나누지. 메아리를 부르기도 하고. 또 옛날 이야기도 해주지. 그리고 해가 저물면……"

폴이 다급하게 외쳤다.

"그건 저도 알아요. 해가 지면 그 아이가 아줌마 옆에 이렇게 앉아서 어깨에 이렇게 머리를 묻으면, 아줌마는 그 아이를 안아줄 거예요. 머리를 숙이면서. 그렇죠? 그래요, 아줌마는 알고 있군요."

집안에서 나와 폴과 라벤더의 모습을 본 앤은 어쩐지 두 사람을 방해해서는 안 될 것 같아서 가까이 다가갈 수가 없었다.

"자, 폴! 어둡기 전에 돌아가야지. 아줌마, 금방 다시 올 거예요. 그때는 1주일 동안 이곳에서 지낼게요."

그러자 라벤더가 말했다.

"앤이 1주일 동안이라면 나는 2주일 동안 잡아둘 거야."

마법의 성으로 돌아온 왕자

학교에서 마지막 수업도 끝이 났다. 아이들은 모두 훌륭한 성적으로 한 학년씩 올라갔고, 마지막 날은 송별인사와 함께 앤에게 휴대용 간이책상을 선물했다.

종업식에 참석했던 여자아이들은 울음을 터뜨렸고, 남자아이들도 나중에 몰래 울었다고들 말했다. 학부모들도 모두들 아쉬운 한숨을 내쉬었다.

앤은 다시 교실로 돌아와서 손으로 턱을 괴고 앉아 눈물 젖은 눈으로 '빛나는 호수'를 바라보았다. 학생들과의 작별이 너무도 슬퍼서 한동안 대학에 간다는 기쁨도 잊은 채였다. 목에는 아직도 애니터 벨이 매달려 있는 것 같았고, 아이들의 울음소리가 귀에 선하게 들리는 것 같았다.

앤은 2년 동안 실수도 많이 하고 또 그 실수를 통해 많은 걸 배우며 열심히 가르쳤다. 학생들에게 소중한 것들을 가르치는 대신 그들에게 많은 것을 배웠다.

앤은 책상 서랍을 잠그면서 말했다.

"내 인생의 한 페이지를 접은 거야."

방학이 시작되자, 앤은 곧장 '메아리 집'에 가서 유쾌한 2주일을 보냈다. 앤은 라벤더와 함께 시장에 가서 새로운 옷감을 사도록 했다. 그리고 재단해 재봉질도 함께 했다. 네 번째 샬롯도 그 일을 도왔다.

라벤더는 아무것에도 흥미를 느낄 수 없어서 걱정이라고 우울해했으나, 새 옷을 보더니 금세 눈빛을 빛냈다.

"나는 정말 경솔한 사람인가 봐. 새 옷을 보고 이렇게 기뻐하다니. 아무리 예쁜 색이라 해도 그렇지. 부끄러워!'

쌍둥이의 옷을 돌봐주어야 했기 때문에, 앤은 중간에 하루 초록 지붕 집으로 돌아왔다.

그날 저녁, 앤은 폴에게 갔다. 거실의 낮은 창으로 폴이 누군가의 무릎에 앉아 있는 것이 보였다.

"선생님, 너무너무 멋진 일이 일어났어요. 무슨 일인지 알아맞혀 보세요? 아버지가 돌아오셨어요. 이리 들어오세요. 아빠, 이 분이 우리 선생님이세요."

스티븐 어빙은 미소로 앤을 맞이했다. 키가 큰 중년 신사였다. 회색 머리와 푸른 눈동자, 그리고 건강해 보이는 얼굴은 아주 미남이었다. 어빙 씨는 진심으로 반가워하며 악수를 청했다.

"폴이 늘 얘기하던 그 선생님이시군요. 폴이 편지에 선생님 이야기를 얼마나 많이 썼는지 예전부터 아는 사이 같은 기분입니다. 우리 아이에게 잘해 주서서 정말 고맙습니다. 여기 와 보고 알았지만, 그동안 폴이 얼마나 좋은 교육을 받았는지! 대단히 고맙습니다."

칭찬을 싫어하는 사람은 없겠지만, 어빙 씨에게서 이런 칭찬을 들으니 앤은 정말 기뻤다. 어빙은 빨간 머리에 회색 눈을 한 이 시골의 여선생님처럼 아름다운 아가씨는 처음 본다는 생각을 했다.

폴은 즐거운 듯이 두 사람 사이에 앉았다.

"아빠가 오실 줄은 꿈에도 몰랐어요. 할머니도 몰랐거든요. 얼마나 놀랐는지 몰라요. 아빠는 내가 잠든 한밤중에 오셨어요. 할머니와 2층에 올라와서 내 잠든 모습을 보려고 했대요. 그런데 내가 갑자기 눈을 뜬 거예요."

"그리고는 어린 곰처럼 매달렸지."

어빙이 웃으며 폴을 껴안았다.

"내 아이가 이렇게 컸으리라고는 상상도 못했어요."

"할머니는 아빠가 오신 뒤 줄곧 주방에 계세요. 손수 맛있는 음식을 만드시려는 거지요. 아참, 잠깐만 나갔다 올게요. 메리 조에게 소를 우리에 넣으라고 말해 주어야 하거든요."

폴이 나간 뒤, 어빙은 이런저런 이야기를 시작했다.

그러나 앤은 어빙이 건성으로 이야기한다는 사실을 깨달았았다. 무언가 하고 싶은 다른 이야기가 있는 것 같았다.

잠시 후, 아니나 다를까 먼저 이야기를 꺼냈다.

"지난번 폴의 편지에, 그 애가 선생님과 함께 글래프턴에 있는 내 옛 친구, 라벤더 양을 방문했다고 썼더군요. 라벤더 양과는 가깝게 지내십니까?"

"예, 그분과 아주 가깝게 지내고 있어요."

앤은 전신을 훑고 지나가는 흥분을 느끼며 침착하게 대답했다. 드디어 무슨 일인가 진행되리라는 예감이 들었다.

어빙은 창가로 다가가더니 파도가 이는 바다를 가만히 바라보았다. 작고 어두운 방에는 침묵만이 감돌았다. 잠시 후, 어빙이 천천히 돌아서더니, 미소를 지으며 앤을 바라보았다.

"어느 정도까지 알고 계십니까?"

"전부 다요."

대답하고 나서 앤은 재빨리 설명을 덧붙였다.

"라벤더 아줌마와는 아주 가까운 사이예요. 물론 그분도 자신의 이야기를 아무에게나 하는 분은 아니라는 걸 아실 거예요. 우리는 서로 마음이 통하는 사이예요."

"그래요. 선생님에게 한 가지 부탁하고 싶은데요. 라벤더 양이 허락한다면 한번 만나고 싶군요. 한번 물어봐 주시겠어요?"

오, 이것이야말로 아름답고 꿈같은 이야기였다. 6월에 피어야 할 장미가 10월에 피어날 수밖에 없었던 내용을 담은……

다음날 아침, 앤은 종종걸음으로 숲길을 지나 '메아리 집'으로 달려갔다. 라벤더는 정원에 나와 있었다.

앤이 흥분한 목소리로 소리쳤다.

"라벤더 아줌마, 굉장한 이야기가 있어요. 무슨 이야기인지 알아맞혀 보세요."

앤은 라벤더가 알아맞히리라고는 예상하지 않았다. 그러나 얼굴이 창백해진 라벤더가 힘없는 목소리로 물었다.

"스티븐 어빙이 돌아왔니?"

"어머나, 어떻게 알아요? 소식을 들었나요?"

앤은 실망스런 목소리로 말했다. 굉장히 놀라리라고 기대했는데, 빗나갔기 때문이다.

"아무에게서도 듣지 못했어. 네 말투를 보고 알았는걸."

"그분이 아줌마를 만나러 온다면 승낙하실 거지요?"

"그, 그럼 물론이지!"

라벤더가 불안해하며 말을 덧붙였다.

"여기 와서는 안 될 이유가 없는걸. 우린 옛 친구니까."

앤은 급히 집안으로 들어가 라벤더의 책상 앞에 앉아서 벅찬 마음으로 편지를 썼다. 중요한 편지를 다 쓴 뒤 앤은 직접 그 편지를 글래프턴 우체국으로 가져가 배달을 부탁했다.

"무척 중요한 편지랍니다!"

앤이 간절한 어투로 부탁했다.

우편 배달부는 사랑의 전령과는 거리가 먼 퉁명스러워 뵈는 노인이었다. 앤은 그 노인이 혹시 잊어버리지나 않을까 심히 걱정스러웠다. 그래서 꼭 기억하겠다는 말을 듣고 나서야 안심을 했다.

그날 오후, 네 번째 샬롯은 집안에 뭔가 심상치 않은 분위기가 감돌자 왠지 답답한 마음이 들었다. 라벤더는 흥분을 감추지 못하고 정원을 서성거렸고, 앤 역시 들뜬 모습으로 안절부절못하고 있었다.

앤이 별 볼일도 없이 네 번째 아래층에 내려왔을 때, 네 번째 샬롯은 참다못해 앤 앞을 가로막고 물었다.

"아가씨, 오늘 두 분 사이에 무슨 일이 있는 거지요? 왜 제게만 알려주시지 않나요? 섭섭해요!"

"오, 샬롯! 이건 내 일이 아니고 라벤더 아줌마의 일이야. 비밀이지. 자, 그럼 귀띔만 해줄게. 오늘밤 왕자님이 오실 거야. 언젠가 오신 적이 있었지만, 하찮은 일로 돌아가신 분이지. 그분은 그동안 마법에 걸려 성으로 돌아오는 길을 잊는 바람에 다른 곳에서 헤매고 있었어. 그러다가 기억이 되살아난 거야. 이제 그 왕자님이 오셔서 성에 갇힌 공주님을 구해 주실 거야."

"아가씨, 무슨 이야기인지 못 알아듣겠어요. 제가 알아듣게 말씀해 주세요."

네 번째 샬롯이 어리둥절한 표정으로 말하자 앤이 웃으며 대답했다.

"그러니까 라벤더 아줌마의 옛 친구가 오실 거야."

"우리 아씨의 옛 애인 말인가요?"

"그런 셈이지. 다시 말하면 폴의 아빠가 오시는 거야. 어떻게 될는지는 모르겠어. 그냥 지켜보는 거야."

"오, 그분과 아씨가 결혼할 수 있다면 얼마나 좋을까요."

샬롯의 말은 일리가 있었다.

"제가 보기에 우리 아씨는 평생을 독신으로 지내실 분이 아니세요. 그렇게 다정하고 사랑이 많은 분이……. 그래서 걱정이 많아요. 제가 나이가 차서 보스턴에 가면 아씨 혼자서 어떻게 살겠어요? 설령 다른 아이가 들어와서 살림을 잘할지는 몰라도 저처럼 아씨를 좋아할 수는 없을 거예요."

샬롯은 눈물을 글썽이며 오븐 쪽으로 돌아섰다.

그날 밤, 세 사람은 저녁 식탁에 함께 앉았으나 실제로는 아무것도 먹지 못했다.

라벤더는 자기 방에서 새로 만든 연두색 옷을 입고 앤에게 머리를 손질해 달라고 했다. 둘 다 흥분한 상태였지만 라벤더는 냉정한 척했다.

"내일은 이 커튼을 손질해야 할 것 같아."

라벤더는 일부러 그것이 큰 일이기나 한 듯이 말했다.

앤이 현관에서 보니까, 스티븐 어빙이 오솔길을 지나서 정원으로 다가오고 있었다.

"변하지 않은 곳은 이곳뿐이군요."

어빙은 감회에 젖은 눈빛으로 주변을 둘러보았다.

"이 집도 25년 전과 다름없어요. 나도 다시 젊어지는 느낌이 드는데요."

앤이 심각한 얼굴로 말했다.

"마법의 성에서는 늘 시간이 멈춰 있답니다. 왕자님이 오셔야 비로소 시간이 흐르기 시작하니까요."

어빙은 앤의 빛나는 얼굴을 바라보았다.

"때로는 왕자가 너무 늦게 오기도 한답니다."

"아뇨, 그렇지 않아요! 진짜 왕자님이 진짜 공주님께 찾아온다면 늦은 게 아닐 거예요."

앤은 빨간 머리를 젖히면서 어빙을 응접실로 안내했다. 뒤에서 네 번째 샬롯이 눈짓하며 소곤거렸다.

"창문으로 봤는데, 굉장히 잘생긴 분이군요. 우리 아씨와 아주 잘 어울리는 분이세요. 문에서 좀 엿들어도 될까요?"

"그럼 안 돼! 샬롯, 그러면 안 돼!"

샬롯은 한숨을 쉬었다.

"아무 일도 손에 잡히지 않아요. 만일 어빙 씨가 청혼하지 않으면 어쩌지요? 남자들은 그럴 수도 있대요."

"샬롯, 주방에 가서 은수저를 닦는 게 좋겠다. 은수저를 닦다 보면 시간이 빨리 지나갈 거야."

한 시간이 지나갔다. 은수저를 다 닦고 났을 때 현관문 소리가 났다.

"벌써 돌아가시나 봐요. 이렇게 일찍 돌아가신다면 무슨 일이 일어난 것도 그리고 앞으로 일어날 리도 없잖아요."

두 사람은 창가로 달려갔다. 어빙과 라벤더는 천천히 정원을 산책하고 있었다.

네 번째 샬롯이 속삭였다.

"어머나, 아가씨! 저 분이 우리 아씨의 허리에 팔을 둘렀어요. 아씨가 허락하신 걸 보니 청혼하셨나 봐요."

앤이 눈을 깜박이며 말했다.

"오, 샬롯! 나는 점쟁이가 아니지만 예언해 볼게. 그러니 잘 들어봐. 단풍이 들기 전에 이 집에서 결혼식이 있게 될 거야."

"어머나, 아가씨! 울고 계세요? 왜 우세요?"

앤이 대답했다.

"너무 아름답고 동화 같아서 그래. 모든 것이 어쩌면 이렇게 멋질까. 더없이 행복한 일이긴 한데 왠지 슬프기도 하네.”

다음달 한 달 동안 에이번리는 온통 흥분으로 들떠 있었다. 앤은 레드먼드로 떠나는 걸 제쳐놓고, 라벤더의 결혼 준비를 돕느라고 정신이 없었다. 이런저런 의논과 계획을 하고, 재봉사를 부르는 등 떠들썩하고 분주하게 지냈다. 앤과 다이애너는 날마다 ‘메아리 집’에서 살다시피 했다.

라벤더의 결혼 소식에 마을 사람들은 모두 기뻐했다. 아버지로부터 그 이야기를 들은 폴은, 금방 초록 지붕 집으로 달려와 자랑스러운 듯이 말했다.

“아빠가 새엄마도 좋은 사람으로 골라주실 거라고 생각했는데, 정말 그렇게 됐어요. 믿을 수 있는 아빠가 계시다는 건 좋은 일에요. 선생님, 전 정말 기뻐요. 린드 아줌마도 이 결혼에 찬성했어요. ‘이제 그 사람도 보통 사람처럼 살게 되겠지’ 하고 말씀하셨대요. 하지만 난 그 아줌마가 보통 사람처럼 되는 건 싫어요. 선생님은 제 마음을 아시지요?”

가장 기뻐한 사람으로 빼놓을 수 없는 사람은 마음씨 착한 네 번째 샬롯이었다.

“아, 아가씨, 모든 게 잘됐어요. 아씨가 신혼여행에서 돌아오시면 두 분을 따라 보스턴에 가기로 했거든요. 아씨를 보면 뭐라 말할 수 없는 기분이 들어요. 무엇보다도 두 분이 그처럼 사랑하고 계시니, 얼마나 기쁜지 모르겠어요.”

그날 밤, 앤이 마릴라에게 말했다.

"이렇게 멋진 일이 또 있을까요? 만약 그날 킴볼 씨 댁에 초대되었을 때 내가 길을 잃지 않았다면, 폴을 그곳에 데려가지도 못했을 테고요. 폴이 라벤더 아줌마의 이야기를 써서 편지로 자기 아빠에게 보내는 일도 없었겠지요. 어빙 씨는 막 샌프란시스코로 가려던 참이었대요. 그런데 폴의 편지를 받는 순간 계획을 변경해서 이곳으로 왔대요. 라벤더 아줌마의 소식은 전혀 몰랐다네요. 15년 전인가, 누군에게선가 라벤더 아줌마가 결혼한다는 헛소문을 들은 이후 관심도 없었대요. 아무튼 이제 모든 일은 잘 되었어요. 난 정말 멋진 운명의 심부름꾼 노릇을 해낸 거예요."

마릴라가 조금 퉁명스럽게 말했다.

"뭐가 그리 멋지다는 건지 모르겠다!"

마릴라는 대학에 갈 준비를 해야 하는 앤이 줄곧 라벤더의 일에 열중하는 것이 못마땅했던 것이다.

"처음에 두 젊은이가 말다툼 끝에 헤어졌고, 그래서 남자는 미국에 가서 결혼해서 남부럽지 않게 지냈다. 그러다 부인이 죽자 얼마 뒤 고향에 돌아왔다. 그런데 여자 쪽에서는 마땅한 상대가 없어서 혼자 살고 있었다. 그래서 두 사람은 다시 만나 보고 결혼하기로 했다! 자, 뭐가 그리 멋진 얘기냐?"

앤은 실망한 얼굴로 소리쳤다.

"아, 그런 식으로 보면 이 세상에 멋진 건 하나도 없죠. 아름다운 눈으로 보아야 아름답게 보여요. 누구든 시적으로 본다면 훨씬 멋지게 보이죠."

마릴라는 앤의 얼굴을 보고 더 이상 비꼬지 않기로 했다. 잠시 뜸을 들인 후 물었다.

"결혼식은 언제 하니?"

"8월의 마지막 수요일이에요. 정원에서 식을 올린대요. 25년 전에 스티븐 어빙 씨가 그 자리에서 청혼했대요. 결혼식에는 어빙 씨 어머니와 폴, 그리고 길버트, 다이애너, 나, 라벤더 아줌마의 사촌들만 참석해요. 두 사람은 기차로 태평양 연안을 여행한대요. 그리고 가을에 여행에서 돌아오면, 폴과 네 번째 샬롯과 보스턴으로 가서 살게 된대요. 해마다 여름이 되면 가족들이 '메아리 집' 으로 놀러 오고요."

물론 이 세상에는 돌집 중년 연인들의 사랑말고도 낭만적인 사랑은 흔하게 볼 수 있었다. 어느 날 밤, 앤은 정말 우연히 그 중의 하나를 보게 되었다.

그날 앤은 '언덕의 과수원' 으로 가기 위해 오솔길을 지나 배리 씨네 정원에 이르렀다. 그러다가 우연히 큰 버드나무 아래 다이애너와 프레드 라이트가 서 있는 것을 보았다.

다이애너는 얼굴을 붉게 물들인 채 눈을 내리깔고 버드나무에 기대어 서 있었다. 그리고 한쪽 손을 잡은 프레드는 나지막하고 간절한 목소리로 속삭이고 있었다.

두 사람은 앤이 온 것을 알아차리지 못했다. 앤은 한눈에 그들의 분위기를 알아차리고, 소리나지 않도록 몸을 돌려 숲을 지나 자기 방으로 돌아왔다.

"다이애너와 프레드가 사랑에 빠졌어! 어느새 우리는 어른이 된 거야!"

앤은 기절할 만큼 놀랐다. 그리고 그런 기분이 가라앉자 좀 쓸쓸한 기분이 들기도 했다. 다이애너가 먼저 새로운 세계에 들어가고, 앤은 닫힌 문 밖에 서 있는 듯한 기분이었다.

"갑자기 무서울 정도로 숨가쁘게 변하고 있네. 다이애너와 내 관계도 조금 달라질 것 같아. 아무래도 내 비밀을 전부 털어놓을 수 없겠지. 프레드에게 말할지도 모르니까. 그런데 다이애너는 프레드의 어디가 마음에 들었을까? 물론 쾌활하고 착하긴 하지만……."

한 사람이 한 사람을 좋아하는 것은 풀리지 않는 수수께끼였다. 그러나 그렇다는 게 오히려 다행한 일이 아닌가. 만일 사람들의 눈이 똑같다면……. 앤에게는 보이지 않는 점이 다이애너에게는 보였으므로 프레드를 좋아하게 된 것이리라.

다음날 저녁, 사색에 잠긴 듯한 표정으로 다애애너가 부끄러워하며 앤에게 왔다. 두 소녀는 앤의 방에서 모든 이야기를 나눴다.

"난 무척 행복해. 결혼을 약속했다고 생각하면 좀 이상한 기분이 들긴 하지만."

"어떤 기분인데?"

"그야 상대에 따라 다를 텐데 난 프레드와 약혼했다는 게 행복해. 다른 사람이었다면 싫은 기분이었을 거야."

"어머나, 프레드는 한 사람뿐이니 어쩌지?"

다이애너가 화를 냈다.

"앤, 그런 뜻이 아니라는 걸 알면서……. 그래, 너도 때가 되면 알 거야."

"때가 될 때까지 기다려야 한다면 상상할 필요가 없겠지."

"내가 결혼할 때 너는 꼭 들러리가 되어 줘야 해. 약속할 수 있지?"

앤이 약속했다.

"이 세상 끝에 있다 해도 나는 달려올 거야."

다이애너가 얼굴을 붉히며 말했다.

"하지만 아직 먼 훗날의 이야기야. 난 이제 열여덟 살이잖아. 그리고 프레드의 아버지가 프레드에게 농장을 사주실 때까지는 3년이 걸릴 거래. 그동안 나는 집안일과 수놓는 걸 배울 거야. 내일부터 냅킨을 수놓을 작정이야."

"그래, 다이애너. 너는 세상에서 가장 멋진 주부가 될 거야. 지금부터 '꿈의 집'을 계획하는 것도 좋겠다."

앤은 다이애너에게 말한 '꿈의 집'이라는 단어가 마음에 들어서 자기도 '꿈의 집'을 계획하기 시작했다. 그러한 상상 속에는 물론 자기의 이상형인 남편이 있어야 했다. 그런데 이상하게도 그 자리에는 길버트 브라이스가 서성였다. 당황스런 일이 아닐 수 없었다.

"앤, 너는 내가 늘 이상형으로 여겼던 키 크고 날씬한 사람과는 전혀 다른 사람이어서 재미있나 보구나. 하지만 난 프레드가 날씬해지는 걸 바라지는 않아. 그러면 프레드가 아닐 테니까. 우린 둘 다 볼품없는 부부가 될 거야."

앤은 그날 밤 거울 앞에서 머리를 빗으며 중얼거렸다.

"다이애너가 행복해하고 만족스러워하니 나도 기뻐. 나 역시 사랑에 빠진다면 가슴 벅차도록 즐거웠으면 좋겠어. 평범한 그런 약혼은 싫거든. 하기야 다이애너도 전에는 멋진 상대여야 한다고 그랬지. 그런데 생각이 바뀐 거잖아. 나도 그렇게 변할까? 하지만 나는 결코 그렇게 엉뚱한 약혼을 하지는 않을 거야. 아무래도 친한 친구가 약혼을 하니 마음이 갈피를 잡을 수가 없네."

8월의 결혼식

드디어 8월 마지막 주였다. 그 주일에는 라벤더와 어빙의 결혼식이 있고, 2주일 뒤에는 앤과 길버트가 레드몬드의 대학으로 떠나며, 그 뒤 1주일 안에 린드 부인이 초록 지붕 집으로 옮겨오도록 되어 있었다.

초록 지붕 집의 손님방은 린드 부인을 맞을 준비가 이미 되어 있었다. 린드 부인은 필요없는 것들을 모두 팔아 버렸고, 최근에는 앨런 목사님네 짐 꾸리는 것까지 돕고 있었다.

그때 베란다에서 담배를 피우고 있던 해리슨 씨가 말했다.

"변화가 꼭 즐거운 일은 아니지만 필요한 법이지."

해리슨 부인이 크게 양보해서, 베란다에서는 담배를 피울 수 있게 된 것이다. 앤은 노란 다알리아를 얻으려고 해리슨 씨 부인을 찾았다. 결혼식이 내일로 다가왔으므로, 라벤더 아줌마를 돕기 위해 오늘밤 '메아리 집'으로 갈 예정이었다.

"2주일 후면 여길 떠나겠군. 네가 떠나면 우리도 쓸쓸할 거야. 대신 린드 부인이 그 집으로 간다니, 아주 대단한 대용이지 뭐야!"

해리슨 씨가 비아냥대듯 말했다.

차를 마신 다음, 앤과 다이애너는 여기저기에서 모은 꽃들을 가지고 마차를 타고 메아리 집으로 갔다. 집은 흥분으로 들떠 있었고, 특히 네 번째 샬롯은 여기저기 기운차게 뛰어다니고 있었다.

"어머나, 고맙습니다! 어서 오세요, 아가씨. 할 일이 엄청나요, 아가씨. 케이크 만드는 일, 은수저 닦는 일, 그리고 트렁크에 옷도 넣어 드려야 하고……. 게다가 우리 아씨는 어빙 씨와 함께 산책을 나가셨어요."

그날 밤, 앤과 다이애너는 10시가 넘도록 일을 했다. 밤늦게 침대에 누워 네 번째 샬롯이 말했다.

"잠이 올 것 같지 않아요. 혹시 잘못되면 어쩌나 걱정되어서요."

다이애너가 말했다.

"나는 내일 날씨가 나쁘면 어쩌나 그것만 걱정이야. 에이브 아저씨가 이번 주 중에 비가 온다고 하셨거든. 지난번 폭풍우 사건이 있은 뒤로 그분의 일기예보를 믿지 않을 수도 없으니까."

다음날 아침, 네 번째 샬롯이 수선을 피워 일찍 일어났다.

"죄송해요, 아가씨! 혹시 비가 오면 어쩌나 싶어 일찍 깨웠어요. 걱정이 놓이지 않아서요. 아가씨가 일어나서 비가 올 것 같지 않다고 말씀해 주세요."

앤은 창가로 다가갔다. 하늘은 잔뜩 찌푸린 채 흐려 있었고, 햇볕이 가득 해야 할 정원엔 구름이 내려앉아 어두웠다.

"결국 이렇게 되고 마는구나!"

다이애너가 한탄했다.

"실망하지 마. 비만 내리지 않는다면, 오히려 서늘한 날씨가 좋지."

잠시 후에 방으로 들어온 네 번째 샬롯의 머리는 그야말로 꼴불견이었다. 여러 갈래로 땋아서 리본을 묶었는데, 머리카락이 여기저기 비어져 나와 있었다.

"이렇게 잔뜩 흐리다가 결혼식이 시작될 때쯤 억수같이 쏟아지는 게 아닐까요. 그럼 사람들은 잔뜩 비를 맞을 테고 집안은 온통 진흙 발자국으로 엉망이 될 텐데. 어쨌든 신부에겐 날씨가 맑은 날이 좋은데.”

네 번째 샬롯은 어지간히도 걱정되는 모양이었다. 오전 내내 계속 흐린 날씨가 계속되었지만 비는 내리지 않았다. 정오까지는 대충 방의 장식도 끝나고, 식탁 준비도 끝낸 상태였다.

2층에서는 신부 꾸미기에 열중했다.

앤이 탄성을 질렀다.

“정말 아름다워요!”

다이애너도 함께 감탄했다.

“정말 멋져요!”

“준비가 다 됐어요, 아가씨! 그리고 별다른 일도 없었고요.”

네 번째 샬롯은 말을 마친 후 자기 방으로 가서 몸치장을 했다. 머리를 모두 풀어 다시 두 갈래로 땋아 묶은 뒤 네 개의 리본을 달아 천사의 날개처럼 펼쳐놓았다. 샬롯 자신이 보기에 만족스러울 만큼 아름답게 느껴져서 거울 앞에서 한참이나 자기 모습에 취해 있었다.

그리고 풀먹인 흰 옷으로 갈아입었다. 그러나 복도에서 부드러운 흰 옷에 붉은 머리를 늘어뜨린 키가 큰 앤의 뒷모습을 보고, 네 번째 샬롯은 풀이 죽어 중얼거렸다.

“아, 난 앤 아가씨처럼 되지 못할 거야. 아무리 연습해도 저런 몸매는 가질 수가 없잖아!”

1시까지는 앨런 목사님 내외를 비롯한 손님들이 모두들 도착했다. 글래프턴의 목사님은 휴가 중이어서, 앨런 목사님이 대신하게 된 것이다.

라벤더는 계단을 천천히 내려와 신랑을 맞았다. 신랑에게 손을 잡히고 그윽하게 바라보는 눈빛에서 네 번째 샬롯은 묘한 느낌을 받았다.

모두들 목사님이 있는 정원으로 향했다. 손님들은 적당히 자리를 잡았고, 앤과 다이애너는 네 번째 샬롯을 가운데 두고 현관 벤치 곁에 서 있었다.

앨런 목사님의 주례로 결혼식이 시작되었다. 라벤더와 스티븐 어빙이 결혼 서약을 끝내자마자 축복을 상징이라도 하는 듯 매우 아름다운 일이 일어났다.

갑자기 구름 사이로 해가 나타나 행복한 신부에게 화사하게 빛을 비췄던 것이다. 정원에는 나뭇잎 그림자가 햇살에 춤을 추고 있었다.

'정말 아름다운 징조구나!'

앤은 신부에게 달려가 키스했다. 그리고 세 소녀는 손님들이 신혼 부부 주위에서 축하해 주는 동안 파티 준비를 위해 집안으로 서둘러 걸음을 옮겼다.

"식이 무사히 끝나서 다행이에요."

네 번째 샬롯은 안도의 한숨을 내쉬었다.

어빙 부부가 떠날 때 모두들 브라이트 리버 역까지 전송했다. 라벤더가 아닌 어빙 부인이 자기 집에서 한 발짝 내디뎠을 때, 길버트와 아가씨들이 쌀을 뿌렸고, 네 번째 샬롯은 헌 신발을 던졌다.

그러나 무엇보다도 아름다웠던 순간은 폴이 귀엽게 배웅하는 순간이었다. 폴은 식당에 있는 식사를 알리는 놋쇠 종을 힘껏 쳤다. 단지 즐거움을 표시하기 위해서였다. 그런데 그 소리가 나는 것과 동시에 강 건너 언덕이며 숲에서 맑은 '요정의 종소리'가 은은하게 울리며 메아리를 만들어 잦아들었다.

라벤더와 어빙은 아름다운 종소리를 들으며 꿈과 몽상으로 젖어 지내던 옛 생활에서 벗어나 더욱 진실하고 성실한 현실의 세계로 옮겨왔다.

두 시간이 지난 후, 앤과 네 번째 샬롯은 브라이트 리버 역에서 돌아오는 오솔길로 들어섰다. 길버트는 글래프턴으로 심부름을 갔고, 다이애너는 집에 약속이 있어서 먼저 집으로 돌아갔다.

앤은 샬롯을 도와서 뒷설거지를 하기 위해 메아리 집으로 돌아오는 길이었다. 메아리 집에는 축제 뒤에 흔히 느껴지는 쓸쓸하고 허전한 공기가 감돌고 있었다.

앤은 부리나케 이것저것 정리를 하고, 음식을 바구니에 담아 정리했다. 그런 다음 방마다 덧문을 닫고 현관문에 자물쇠를 채운 뒤, 돌계단에 앉아서 길버트를 기다렸다.

"무슨 생각을 그렇게 골똘히 하니?"

마차를 세워 놓은 길버트가 오솔길에서 다가왔다. 앤은 꿈꾸듯이 말했다.

"라벤더 아줌마와 어빙 씨의 오랜 사랑에 대해서 생각했어. 오랫동안 헤어져 있었지만, 다시 만나 결혼했으니, 정말 아름답지 않니?"

길버트가 앤의 얼굴을 똑바로 바라보며 말했다.

"그래, 아름다운 일이야. 하지만 앤, 만일 두 사람이 헤어지지 않고 서로 오해하지 않았다면, 그래서 두 사람이 나눈 추억을 간직하며 살았다면 더 아름답지 않았을까."

그 순간 앤은 갑자기 가슴이 두근거렸다. 그래서 난생 처음 조용히 내려다보는 길버트의 눈길을 똑바로 쳐다보지 못하고 밑으로 깔았다. 뺨은 온통 붉게 물들어 있었다.

어쩌면, 어쩌면 사랑은 금빛 꽃술을 안은 장미가 초록색 잎새에서 나오듯 그렇게 우정에서 싹트는 건 아닐까. 이제 눈에 보이지 않는 어떤 손에 의해서 소녀로서의 앤의 페이지는 넘겨지고 있었다. 앤 앞에는 신비롭고 매혹적인 한 여인으로서의 페이지가 고통과 기쁨 속에 펼쳐지고 있었다.

길버트는 현명하게도 아무 말도 하지 않았다. 그러나 볼을 물들이던 앤의 모습에서 앞으로 4년 동안의 앞날을 그려볼 수 있었다. 열심히 공부하고, 유용한 지식을 쌓아올리고, 사랑하는 사람을 맞이하게 되는!

두 사람의 뒤로 자그마한 돌집이 어둠에 잠긴 채 사색하는 것처럼 서 있었다. 돌집에는 꿈과 웃음과 인생의 기쁨이 남아 있었다. 이 작은 돌집은 앞으로 약속된 여름이 있었다.

그리고 강 건너편에는 고요 속에 묻힌 메아리들이 그때를 기다리고 있었다.

3부
레드먼드 섬의 앤

연인들의 오솔길

다이애너는 집으로 갔고 앤은 우체국으로 갔다. 편지가 와 있었다. 길버트가 반짝이는 호수의 다리 난간에 기댄 앤을 바라보았을 때 앤은 편지를 보며 들떠 있었다.

"프리실라도 레드먼드에 간대. 잘 됐지? 우리는 같이 하숙할 거야."

"우리는 킹스포트를 좋아하게 될 거야. 역사적 자취가 남겨진 곳이라고 들었어. 특히 아름다운 공원이 있는데 경치가 훌륭하다고 해."

길버트가 말했다.

"그래도, 여기보다 더 아름다울까."

앤이 주위를 둘러보며 말했다. 저녁빛이 깔리기 시작했다.

길버트가 입을 열었다.

"평온하구나."

"이 아름다움이 깨질까 봐, 입을 열 수 없을 것 같아."

길버트의 손이 살며시 앤의 가냘픈 손 위로 포개졌다. 갈색 눈동자에 어둠이 깃들고 있었다. 길버트가 입을 열려 했다. 그때 앤이 얼른 몸을 돌렸다. 그리고 다소 과장된 억양으로 말했다.

"집에 가야 해. 마릴라 아줌마가 편찮으시고, 쌍둥이도 심한 장난을 하고 있을 거야."

앤은 집 앞에 이를 때까지 계속 재잘댔다. 길버트는 한마디도 할 수 없었다. 길버트와 헤어지자 앤은 마음이 편해졌다.

'길버트가 가는 걸 편안해한 적은 없었잖아.'

앤은 안타깝고도 슬픈 마음으로 혼자 걸어 올라갔다.

한 주일이 쏜살같이 지나갔다. 마무리할 일이 많았다. 작별을 앞두고 사람들을 찾아가고 사람들이 찾아왔다.

주민 친목회는 조시 파이 댁에서 송별 잔치를 열었다. 그 집이 인근에서 가장 크기도 했지만 자기 집에서 잔치를 하자는 그 집 딸들의 제안을 거절하면 그들이 다시는 이런 모임에 참석하지 않을 것이기 때문이었다. 파이 댁 딸들은 평소와는 달리 모임을 훼방하지 않았다. 조시는 유달리 정답게 다가왔다.

"새 옷을 입으니 무척 아름다워, 앤."

"그렇게 보아주니 고마워."

앤은 더욱 명랑해져서 어렸을 때라면 마음 아파했을 말도 이제는 웃어넘길 만했다.

친구들이 모두 모였다. 젊은이들답게 분위기는 경쾌했다. 장밋빛 볼에 보조개가 파인 다이애너 배리를 프레드가 그림자처럼 따라 다녔다. 제인 앤드루스는 깔끔하고 얌전했고 흰 실크 블라우스를 입고 빨간 제라늄을 머리에 꽂은 루비 길리스는 더욱 아름다웠다.

길버트 브라이스와 찰리 슬론은 앤과 함께 있으려고 경쟁을 했다. 캐리 슬론은 아버지가 올리버 킴볼을 집 부근에 나타나지 못하게 해서인지 울적해 보였다. 오동통한 얼굴의 무디 스퍼전 맥퍼슨은 여느 때보다도 더 얼굴이 동그랗게 보였다. 한쪽 구석에 있던 빌리 앤드루스는 누가 말을 걸 때마다 웃어대고는 주근깨 가득한 얼굴로 미소를 지으며 앤을 바라보곤 했다.

앤은 자신과 길버트가 특별한 송별사와 존경을 담은 선물을 받게 될 줄은 몰랐다. 앤은 셰익스피어 희곡집을, 길버트는 만년필을 선물로 받았다. 무디 스퍼전의 매우 근엄한 송별사를 들으며 놀랍고 기뻐서 앤은 눈물을 흘렸다. 모두들 다정했다. 파이 댁 딸들도 전과 다른 모습을 보여 주었다.

저녁 시간은 무척 행복했지만 끝날 때에는 모두 망쳐 버렸다. 달빛이 비치는 베란다에서 음식을 들 때 길버트가 앤에게 또 낭만적인 말을 했다. 앤은 찰리 슬론에게 다가가 나중에는 집까지 바래다 달라고 했다. 하지만 우습게 되어 버렸다.

길버트는 루비 길리스와 함께 갔다. 맑은 바람 소리에 실린 둘의 웃음소리와 즐거운 이야기 소리가 들려왔다. 두 사람이 행복해 하는 동안 앤은 끊임없이 떠벌이는 찰리 슬론의 이야기를 듣고 있어야 했다. 그러나 다음 날 저녁 길버트가 빠르고 경쾌한 걸음걸이로 유령의 숲을 지나 낡은 통나무 다리를 건너오는 것을 보자 왠지 모르게 기뻤다. 길버트는 마지막 밤을 루비 길리스와 함께 하지는 않을 것이었다.

"피곤해 보이는구나."

길버트가 말했다.

"짐을 싸고 온 종일 바느질을 해서 그래. 그런데 그것보다도 송별 인사를 하러 온 아줌마 여섯이서 똑같이 우울하고 힘 빠지는 말만 하고 갔거든."

"못된 할망구들!"

길버트 식의 비난이었다.

"그렇지 않아. 못된 할망구들이었으면 뭐라고 해도 그냥 넘겨 버렸을 거야. 모두들 나를 아껴 주시고 나도 좋아하는 분들이거든. 그래서 그 분들의 말씀을 새기게 돼. 그 분들은 레드먼드 대학을 가는 것이 어리석은 일이라는 걸 깨닫게 해 주셨어."

"그 이야기는 흘려버려. 좋은 분들이긴 해도 식견이 없는 분들이야. 자신들이 해 보지 않은 일을 하는 것을 꺼려하는 거지. 너는 이 마을에서 처음으로 대학에 진학하는 여성이잖아."

길버트가 말했다.

"그래. 그러긴 해도 느낌은 전혀 달라. 상식으로는 뻔한 답이 나오지만 때로는 상식이 쓸모없을 때도 있어. 상식이 아닌 것에 마음이 쏠리기도 하거든. 엘리샤 아줌마가 가고 나서는 짐 꾸리는 일도 할 수 없었어."

"힘이 들어서 그래. 다 잊고 산책을 하자. 늪 건너편에 있는 오솔길로 가. 너에게 보여 주고 싶었던 게 있을지도 모르거든."

"있을지도 모르다니? 무슨 말이야?"

"봄에 있는 걸 봤거든. 지금쯤 있을 거야. 함께 가, 아이들처럼 그냥."

두 사람은 기쁘게 떠났다. 엊저녁의 언짢았던 일을 떠올린 앤은 길버트를 무척 부드럽게 대했다. 길버트도 동창생 이상으로 대하지 않았다. 린드 부인과 마릴라는 주방 창문 앞에서 두 사람을 바라보았다.

린드 부인이 흐뭇해하며 말했다.

"좋은 한 쌍이 될 것 같아."

마릴라는 내심 그렇게 되길 원했으나 말 퍼뜨리기를 좋아하는 린드 부인의 입에서 이런 말이 나오는 것은 좋지 않게 생각했다.

"아직은 아이들이잖아."

마릴라가 말하자 린드 부인은 웃음을 터뜨렸다.

"앤이 열여덟 살인데 나는 그 나이에 결혼을 했다고. 길버트가 앤을 좋아한다는 건 누구나 알고 있잖아. 잘 생긴 청년이고 앤도 더할 나위 없지. 대학에 가서 연애할 생각이 들지 않아야 할 텐데. 난 남녀 공학은 싫어. 그런 대학에 다녀 봐야 쓸데없는 일이나 하기 십상이지."

마릴라가 미소 띤 얼굴로 말했다.

"공부도 하기야 하겠지."

"별거 없겠지. 앤은 그래도 공부는 할 거야. 사내아이들과 어울리지 않았거든. 그런데 앤은 길버트를 잘 모르는 것 같아. 찰리 슬론도 앤을 좋아하지만 슬론 집안 사람하고 결혼하는 건 좋지 않아. 사람들이 착하고 정직하긴 해도, 슬론 집안 사람들은 슬론 집안 사람들이니까."

얼핏 들어서는 '슬론 집안 사람들은 슬론 집안 사람들'이란 말이 무슨 말인지 잘 모르겠지만 마릴라는 금세 알아차렸다. 어디나 그런 집은 있게 마련이다. 착하고 정직한 사람들이긴 해도 '슬론 집안 사람들'인 것은 어찌할 수 없는 것이다.

길버트와 앤은 유령의 숲을 걸었다. 멀리 곡식을 거둔 언덕에는 노을이 물들었다.

"어릴 적 추억 때문에 이 숲에는 진짜 유령이 있는 듯해. 다이애너와 여기서 뛰놀곤 했어. 저녁 때 드루아스 샘 옆에 앉아서 유령들하고 이야기를 하기도 했지. 지금도 어두울 때 이 길을 가려면 무서워서 떨리거든. 우리가 생각해 낸 유령 가운데 특히 무서운 것은 아이 유령이었어. 아이 유령이 등뒤로 몰래 다가와서 차가운 손으로 목덜미를 잡지. 지금도 해가 진 뒤 여기를 지나면 살그머니 뒤따라오는 발자국 소리가 들리는 것 같아. 흰 옷 입은 여자, 머리 없는 남자, 해골 같은 건 무섭지 않아도 아이 유령은 정말 무서워. 그런 상상을 처음부터 하지 말았어야 했는데. 마릴라 아줌마와 배리 아줌마께 얼마나 야단을 맞았는지 몰라."

앤이 웃으며 말했다.

단풍나무 숲을 지나자 드디어 길버트가 '그것'을 찾아냈다.

"아, 여기 있어."

길버트가 기뻐하며 말했다.

"사과나무 아니야? 어떻게 이런 곳에!"

앤도 기뻐서 소리쳤다.

"그래, 사과나무야. 과수원에서 멀리 떨어진 여기 소나무와 참나무 사이에 사과나무가 있더라고. 지난 봄에 여기 왔다가 흰 꽃이 활짝 핀 이 나무를 봤어. 그래서 가을에 다시 와서 열매가 열렸나 보려고 생각했거든. 저기 봐, 사과잖아. 탐스러워. 노르스름한 붉은 색이야. 들판에서 자란 다른 사과는 퍼래서 맛깔스럽지 않거든."

"오래 전에 어쩌다 떨어진 사과 씨앗이 싹을 틔워 자랐나 봐. 많은 나무들 사이에서 잘 자라고 있으니 대견해!"

앤은 꿈을 꾸는 듯했다.

"쓰러진 나무에 이끼가 끼었어. 이리 앉아. 꼭 숲의 여왕이 앉을 의자 같아. 내가 사과를 딸게."

사과 껍질 속에는 붉은 색이 감도는 뽀얀 과육이 있었다. 은은하면서도 과수원 사과와는 달리 톡 쏘는 맛이 났다.

"늪 옆을 돌아 연인의 오솔길로 해서 집으로 가자. 아직도 올 때처럼 기분이 안 풀렸니, 앤?"

"아니. 사과가 하늘에서 내 영혼을 위해 베푼 양식인 것처럼 느껴져. 대학을 사랑하고 4년간 뜻있게 보내게 될 것 같아."

"그 다음엔 뭘 할래?"

"그건 몰라. 알고 싶지도 않고 모르는 게 더 나을 것 같아."

달빛이 비치는 연인의 오솔길은 고요하고 아름다웠다. 두 사람은 말없이 천천히 걸었다.

에이번리를 떠나다

월요일 아침에 찰리 슬론, 길버트 브라이스, 앤 셜리 세 사람은 에이번리를 떠났다. 다이애너가 마차로 역까지 데려다주겠다고 약속했고 두 사람은 마지막 시간을 즐겁게 보내고 싶었다.

앤이 일어났을 때 세찬 빗방울이 창문을 두드리고 있었다. 언덕과 바다도 짙은 안개 속에 가려 있었다.

열차 시간에 맞춰 가려면 일찍 집을 나서야 했다. 이제 사랑하는 초록 지붕 집과 작별해야 한다.

사랑스러운 초록 지붕 집의 모든 것들! 하얀 문간방, 창밖의 눈의 여왕, 골짜기의 시냇물, 드루아스 샘, 유령의 숲, 연인의 오솔길, 추억을 간직한 아름다운 공간들. 다른 곳에서도 이렇게 행복할 수 있을까?

초록 지붕 집의 아침은 울적했다. 데이비는 처음으로 밥을 먹지 않았다. 수프 접시를 앞에 놓고 떠나갈 듯 울었다. 도라만 빼고는 모두들 입맛이 없었다.

마침내 다이애너가 마차를 타고 왔다. 다이애너의 얼굴은 상기되어 있었다. 작별의 시간이었다. 방에서 나온 린드 부인은 앤을 끌어안고 건강을 기원했다. 마릴라는 눈물 한 방울 없이 딱딱한 표정으로 앤의 뺨에 입 맞추고는 도착하면 연락하라고 말했다. 어찌 보면 앤이 떠나는 것을 아쉬워하지 않는 것 같았다. 하지만 마릴라의 눈은 그렇지 않았다. 도라는 새침하게 앤에게 입 맞추고는 주르르 눈물을 흘렸다. 데이비는 뒷문 층계에 앉아 계속 울었다. 앤이 다가가자 데이비는 벌떡 일어나 층계로 뛰어 올라가 장롱 속으로 들어가 버렸다. 앤이 초록 지붕 집을 나설 때까지 데이비의 울음소리는 이어졌다.

브라이트 강 역까지 가는 동안에도 비는 쉬지 않고 내렸다. 카모디에서 오는 기차가 배편과 연결되지 않아 역까지 가야만 했다. 역에 도착하자 찰리와 길버트는 벌써 승강장에 도착해 있었다. 기적 소리가 울렸다. 앤은 겨우 승차권을 사고 짐을 부쳤다. 그리고 다이애너와 급히 작별 인사를 하고 나서 기차에 올랐다. 앤은 다이애너와 에이번리로 돌아가고 싶었다. 심한 향수에 시달릴 것이었다.

배가 샬롯타운 항구를 빠져 나오자 비가 그치고 구름 사이로 햇빛이 비쳐 잿빛 바다는 구릿빛으로 반짝거렸다. 찰리 슬론이 배멀미를 심하게 해서 객실로 내려가자 갑판 위에는 앤과 길버트만 남게 되었다.

"이제 떠나는구나."

길버트가 담담히 말했다.

"레드먼드와 킹스포트를 좋아하게 될까, 길버트?"

앤이 회색 눈동자를 깜박거리며 말했다.

"낙천적인 성격은 어디로 갔니, 앤?"

"외로움과 향수 때문이야. 지난 3년 동안 무척이나 레드먼드에 가고 싶었어. 그런데 막상 간다고 하니까 차라리 가지 않으면 좋을 것 같다는 생각이 들어. 염려하지는 마! 울고 나면 다시 괜찮아질 테니까."

밤 9시에 기차는 킹스포트에 도착했다. 세 사람은 불빛이 희미하게 비치는 혼잡한 역에서 서성거렸다. 오래지 않아 프리실라 그랜트를 만났다.

"어서 와, 앤. 토요일 밤에 내가 그랬던 것처럼 너도 몹시 피곤하겠지."

"너무 힘들어! 난 지금 열 살짜리 시골 아이가 된 느낌이야. 어디든지 편안한 곳으로 가야겠어."

"우리 하숙집으로 가자. 합승 마차가 기다리고 있어."

"네가 있어서 다행이야, 프리실라. 네가 없었다면 가방 위에 앉아 지금 울고 있었을 거야. 낯선 사람들 틈에 아는 사람을 찾는 것처럼 기쁜 일은 없어."

"저기 있는 사람이 길버트가 맞지? 일 년만에 어른이 됐어. 내가 카모디에서 아이들을 가르칠 때만 해도 어린아이 같았거든. 그 옆에 있는 사람은 찰리 슬론이지? 전혀 변하지 않았어. 변할 수도 없겠지! 찰리는 태어났을 때도 저대로였을 거고 여든 살이 돼도 똑같은 모습일 거야. 어서 가자. 20분 뒤면 집에 도착할 거야."

앤이 되물었다.

"컴컴한 뒷마당에 썰렁한 침실이 있는 하숙집을 이야기하는 거니?"

"그렇게 형편없는 곳은 아니야. 세인트 존 거리의 크고 오래된 석조 건물이야. 그 집에서 레드먼드까지는 편하게 걸어다닐 만한 거리지. 전에는 부유층이 살던 주택가였는데 지금은 화려했던 옛 자취만 남아 있어. 주인들 이야기로는 남는 방을 비워 두기가 아까워 하숙을 치는 거래. 여러 차례 그 이야기를 하더라고. 아주 재미있는 분들이지."

"주인이 몇 명인데?"

"두 명. 한나 하베이와 애다 하베이라는 쉰 살 가량 된 쌍둥이 아줌마들이야."

앤이 웃으며 대답했다.

"난 쌍둥이랑 인연이 있어. 어디서든 만나니."

"그래? 그래도 두 분은 쌍둥이 같지 않아. 서른 살 넘어서 서로 달라졌다고 해. 한나 아줌마는 나이가 들어 보이고 애다 아줌마는 서른 살처럼 보이지만 더 안 좋아 보여. 그것만 아니라 여태 한나 아줌마가 웃는 모습은 한 번도 본 적이 없어. 웃는 법을 모르나 봐. 거꾸로 애다 아줌마는 늘 웃는데 그걸 보는 것도 괴로워. 그래도 두 분 다 친절해. 일 년에 하숙생을 두 명씩 두는데 남는 방을 비워 놓는 건 한나 아줌마의 살림 방식에 맞지 않아서래. 다른 이유 때문이 아니라고 토요일 밤부터 지금까지 애다 아줌마가 수도 없이 말했어. 방은 그다지 크지 않아. 내 방에서는 뒷마당이 보이고 네가 들어갈 방은 건물 앞쪽으로 올드 세인트 존 묘지가 내려다보여."

앤이 몸을 떨었다.

"왠지 으스스하다. 차라리 뒷마당이 보이는 게 낫겠어."

"아니야. 이따가 직접 보면 알 수 있어. 올드 세인트 존 묘지는 정말 아름다워. 예전에는 묘지였지만 지금은 킹스포트의 명소야. 어제 한 번 돌아봤는데 큰 돌담과 커다란 나무들이 주위를 둘러싸고 있어."

새로 입학한 여학생들은 두세 명씩 모여 눈치만 보고 있었으나 남학생들은 대강당의 층계에 함께 모여 큰 소리로 함성을 질러댔다. 그건 전통적으로 상급생에 대한 도전을 드러내는 방식이었다. 어떤 상급생들은 신입생들을 깔보는 표정으로 층계를 오르내렸다. 길버트와 찰리는 보이지 않았다.

교정을 걸으며 프리실라가 말했다.

"슬론을 보고 싶어할 날이 오리라고는 생각지도 못했어. 지금은 찰리의 튀어나온 눈마저도 몹시 반가울 것 같아."

앤이 한숨 섞인 목소리로 대답했다.

"등록을 기다리는 동안 느낀 마음을 뭐라 표현할 수 없어. 마치 큰 물동이로 떨어지는 작은 물방울처럼 내가 보잘것없어지는 느낌이었지."

프리실라가 위로했다.

"내년까지 참아 봐. 그때는 우리도 상급생들처럼 다 아는 듯한 얼굴로 따분해하는 표정을 짓게 될 거야. 자신이 보잘것없는 존재라는 생각은 견디기 힘들지. 그래도 나처럼 자신이 너무 대단하게 느껴져서 부자연스런 상태보다는 나을 거야. 내 손과 발이 레드먼드를 다

휩쓰는 듯한 느낌이거든.”

“하지만 레드먼드는 너무 커. 퀸스를 졸업했을 때는 아는 사람들 틈에서 확고히 자리를 잡고 있었어. 레드먼드에서도 그렇게 될 거라고 생각하고 있었어. 하지만 그렇지 못하니까 내가 땅속 깊이 가라앉는 듯한 느낌이 드는 걸 거야. 이 마음을 린드 아줌마나 라이트 아줌마가 모르니 천만 다행이야. 만약 안다면 ‘그럴 줄 알았지’ 하고 볼장 다 봤다고 떠벌리겠지.”

앤은 낙천적으로 스스로를 위로했다.

“그래. 이제야 너 같아 보여. 얼마 있으면 모든 일들이 다 잘될 거야. 그건 그렇고, 너 아침에 화장실 근처에 서 있던 여자 아이 봤니? 갈색 눈동자에 입가에 살짝 미소를 띤 깜찍한 아이 말이야.”

“응, 그 아이도 나처럼 외로운 것 같아서 유심히 봤어. 내 곁에는 네가 있지만 그 아이 곁에는 아무도 없는 것 같더라.”

“그래, 무척 외로워 보였어. 몇 번 우리 곁에 오려고 한 것 같았는데 끝내 안 왔어. 무척 수줍은 성격인 것 같아. 그 아이가 오기를 바랐거든. 내가 이상한 아이처럼 보일 것 같아 참았지만 말이야. 남학생들이 서 있는 대강당을 지나서 가기도 쉽지 않았고. 그 아이는 오늘 내가 봤던 여학생들 가운데 가장 예뻤거든. 첫 인상이 틀린 것일 수도 있긴 하지만.”

프리실라가 웃으며 말했다.

“점심 먹고 올드 세인트 존 묘지로 가자. 힘이 되살아날 만한 좋은 곳인지는 모르지만 나무가 있는 괜찮은 곳은 거기뿐이니까. 나는 반드시 나무가 있어야 하거든. 묵은 나무둥치에 앉아 눈을 감고서 에이번리 숲이라고 상상하고 싶어."

하지만 앤은 그렇게 할 수가 없었다. 올드 세인트 존 묘지에는 너무나도 흥미로운 것들이 많아서 도저히 눈을 감고 있을 수가 없었다. 그들은 정문으로 들어가 영국을 상징하는 커다란 사자를 조각해 놓은 거대한 석조 아치 문을 지나쳤다.

두 사람은 어둑하면서도 서늘한 그늘을 발견했다. 바람이 부드럽게 불어오고 있었다. 잡초가 우거진 길을 걷고 있을 때 갑자기 프리실라가 말했다.

"아침에 레드먼드에서 봤던 그 아이야. 조금 전부터 보고 있었어. 여러 번 이리로 오려고 하다가 그냥 가더라고. 내성적이거나 마음 쓰이는 게 있는가 봐. 가서 말을 걸어 볼까. 학교에서보다는 여기가 더 나을 것 같거든."

두 사람은 그쪽으로 다가갔다. 여자 아이는 커다란 버드나무 아래 있는 바위 위에 앉아 있었다. 예쁜 아이였다. 머리카락은 밤색으로 빛이 났고 볼은 발갛게 달아올랐다. 검은 눈썹 아래로 커다란 눈동자는 갈색이었고 미소를 머금은 입술은 장밋빛이었다. 깔끔한 갈색 정장 아래로 작은 구두가 살짝 드러났다. 양귀비꽃 모양을 장식한 분홍색 밀짚모자는 왠지 특별한 사람이 만든 제품인 듯했다.

그러자 프리실라는 동네 가게에서 산 자기 모자에 신경이 쓰였다. 앤은 린드 부인이 떠 준 본으로 만든 블라우스가 여자 아이의 옷차림에 비해 초라해 보일지도 모른다는 생각이 들었다. 두 사람은 왔던 길로 되돌아가고 싶었다. 하지만 되돌아가기에는 너무 늦어 버렸다.

아이는 두 사람이 자신에게 다가올 걸 알고 있을 것 같았기 때문이
다. 자리에서 일어나더니 해맑은 미소를 지으며 한 손을 내밀었다.

"두 사람은 이름이 뭐예요? 아침에 레드먼드에서 봤어요. 긴장되지
않아요? 처음에는 집으로 돌아가 결혼하는 게 낫겠다는 생각이 들었
으니까요."

그녀가 진심이 담긴 목소리로 물었다.

앤과 프리실라는 미처 생각하지 못했던 말에 웃음이 터졌다.

"이리 앉아요. 우리 인사해요. 금방 친해질 수 있을 거예요. 보자마자
그럴 것 같았어요. 달려가서 마구 두 사람과 어울리고 싶었다니까요."

"그런데 왜 그러지 않았어요?"

프리실라가 물었다.

"결심을 못했기 때문이에요. 무슨 일이건 결심을 잘하지 못하거든
요. 그래서 늘 걱정이에요. 어떻게 해야지 하다가도 금세 아니라는
생각이 들곤 해요. 안타까워요."

"수줍어하는 줄만 알았어요."

"아니에요. 수줍지는 않아요. 이제, 그만 말 놓을까요? 나는 필리파
고든인데, 두 사람은 이름이 뭐야?"

"얘는 프리실라 그랜트야."

앤이 프리실라를 가리키며 말했다.

"얘는 앤 셜리지."

이번에는 프리실라가 앤을 가리키며 말했다.

"우린 프린스 에드워드 섬에서 왔어."

"난 노바스코샤의 볼링브록에서 왔어."

필리파가 대답했다.

"볼링브록! 어머, 내 고향이야."

앤이 소리쳤다.

"정말? 그럼 너도 노바스코샤 사람이구나."

"그런 건 아니야. '마구간에서 태어났다고 해서 다 말은 아니다' 라는 이야기가 있지? 그것처럼 난 프린스 에드워드 섬 사람이야."

"볼링브록이 고향이라니 반가워. 한 식구나 같아. 남 모르는 비밀을 아무한테나 털어놓을 수 없지만 너한테는 괜찮겠어. 난 뭘 숨기지 못하거든. 아무리 해도 안 돼. 무척 큰 결점 가운데 하나야. 우유부단함과 함께. 여기 올 때 무슨 모자를 쓸까 30분 동안이나 고민했다면 어떻겠니? 처음에는 깃털 달린 갈색 모자를 썼는데 다시 생각해 보니까 지금 쓰고 있는 이 진한 분홍색 모자가 더 나은 것 같더라고. 이 모자를 쓰고 나서는 다시 갈색 모자가 더 낫겠더라고. 할 수 없이 눈을 감고 모자 두 개를 침대 위에 올려놓고서는 핀으로 찔러 봤지. 그래서 이 모자를 썼어. 잘 어울리니? 어떤지 솔직히 말해 줄래?'

필리파가 매우 진지한 목소리로 묻자 프리실라는 다시 웃음이 터졌다. 하지만 앤은 필리파의 손을 꼭 잡고 대답했다.

"아침에 너를 보고서 우리는 레드먼드에서 네가 가장 예쁘다고 생각했어." 필리파가 웃자 하얗고 작은 이가 드러났다.

"그동안 나는 내가 예쁜지 알 수가 없었어. 예쁘다고 생각하고 나서 금세 아니라는 생각이 들어 비참해지기도 했지. 친척 중에 연세가 드신 대고모님이 계셔. 그분은 나만 보면 한숨을 쉬시면서 '넌 정말 예뻤었는데, 왜 이렇게 변했는지 모르겠구나' 하고 말씀하셨어. 고모들은 좋지만 대고모님은 정말 싫어. 빈 말이라도 예쁘다고 말해 줬으면 좋겠어. 그렇게 믿고 있으면 정말 기분이 좋아지거든. 너희들이 바라면 나도 언제든지 이야기해 줄게. 진심으로 말이야.”

앤이 웃었다.

“고마워. 하지만 프리실라하고 나는 외모에 자신 있으니까 그걸 확인해 줄 필요는 없어.”

“날 비웃는 거니? 밉살맞게 허영기만 많다고 생각할 수 있겠지. 하지만 그렇지 않아. 나는 허영기는 없어. 될 수 있으면 나는 누구한테나 찬사를 보내. 너희와 친구가 되니까 몹시 기뻐. 토요일에 여기에 왔는데, 집 생각 때문에 미칠 것 같았어. 정말 울적했어. 그런데 어디서 지내니?”

“세인트 존 38번 가에서.”

“나는 윌리스 가 모퉁이를 돌아서 보이는 집에 있어. 그다지 좋지는 않아. 휑하니 쓸쓸하지. 방도 컴컴한 뒷마당 쪽이야. 세상에서 가장 지저분할 거야. 고양이도 있어. 집 떠난 걸 얼마나 후회했는지!’

프리실라가 재미있는 듯 말했다.

“결단력이 없다면서 어떻게 레드먼드에 올 생각을 다 했니?”

“내 생각이 아니었어. 아버지가 바라셨지. 졸업장을 따려고 공부를 하는 건 우습지. 그래도 공부를 못하는 건 아니야. 머리는 괜찮거든.”

“오!’

프리실라가 믿을 수 없다는 듯 외쳤다.

“정말이야. 하지만 머리가 괜찮아도 그걸 이용하는 건 아주 어렵지. 틀림없이 그래. 나는 레드먼드에 오고 싶지 않았어. 아버지를 실망시켜 드리기 싫어서 여기에 온 거야. 우리 아버지는 좋은 분이셔. 또 집에 있으면 결혼도 해야 했지. 그건 어머니가 원하시는 일이었어. 그래도 나는 앞으로 2, 3년 동안은 결혼하고 싶지 않아. 실컷 놀고 싶거든. 학사 학위를 받는 것도 우습고 결혼을 하는 건 더 우습지. 이제 겨우 열여덟 살인데 말이야. 그래서 결혼을 할 바에는 레드먼드로 가자고 마음을 먹었어. 그리고 이 성격에 어떤 남자와 결혼할지 어떻게 결정을 내리겠어?"

"상대가 그렇게 많은 거니?"

앤이 웃으며 물었다.

"나를 좋아하는 남자들은 아주 많아. 하지만 결혼 상대는 두 명이야. 나머지는 전부 너무 어리고 가난하거든. 나는 반드시 부자와 결혼해야 해."

"왜?"

"나는 일도 잘 할 줄 모르고 돈도 많이 써. 나와 결혼하려면 부자여야 해. 그래서 상대가 두 명이 된 거야. 하지만 나에게는 두 명 가운데 한 명을 택하는 일이 이백 명 가운데 한 명을 택하는 일하고 똑같이 어려워. 어떤 사람을 택해도 두고두고 후회할 테니까."

"두 명 다 사랑하지 않니?"

만난 지 얼마 안 되어 그런 이야기를 묻는 일이 쉽지 않아서 앤이 망설이며 물었다.

"누구라도 사랑할 수는 없어. 나한테는 맞지 않는 일이거든. 그리고 싶지도 않아. 사랑을 하게 되면 누군가의 노예가 되니까. 그러면 남자가 주도권을 쥐게 되고 그래서 상처받을 수도 있지. 그렇게 될까

봐 걱정이야. 알렉하고 알론조는 모두 괜찮은 사람이야. 누가 더 낫다고 할 수 없을 만큼. 그래서 힘들어. 알렉이 더 멋지긴 해. 나는 멋지지 않은 사람하고는 결혼하고 싶지 않아. 인정이 많고 예쁜 검은색 곱슬머리를 하고 있지. 대단해. 그런데 나는 대단한 남자를 좋아하게 될 것 같지 않아. 빈틈이 전혀 없으니까.”

프리실라가 심각한 투로 물었다.

“알론조하고는 왜 결혼할 수 없니?”

필리파가 울적한 목소리로 말했다.

“알론조는 코가 잘생겼어. 코가 잘생긴 사람하고 결혼해서 자손에게 그 코 모양을 이어줘도 좋지. 내 코는 불안해. 여태까지는 고든 집안 사람의 코 모양을 갖고 있지만 나중에 바이언 집안의 코 모양이 되면 어떡해. 우리 어머니가 바이언 집안 출신이어서 바이언 집안의 코 모양을 하고 계시거든. 나는 멋진 코를 좋아해. 앤도 코가 예뻐. 실은 코 모양 때문에 알론조한테로 마음이 쏠렸었어. 그런데 그 이름은 도무지 용납할 수 없어. 도저히 결정을 내릴 수 없었지. 두 사람을 앞에 두고 모자를 쓸 때처럼 핀을 찔러 선택할 수도 없고 말이지.”

“두 사람은 네가 여기 오는 걸 어떻게 생각했어?”

프리실라가 물었다.

“모두 다 나를 기다리고 있어. 나를 좋아하니까. 레드먼드에서 남자 친구들을 많이 사귀면서 즐겁게 지낼 거야. 그런데 남자 신입생들은 시원치 않아 보여. 딱 한 사람만 빼고. 너희들이 오기 전에 가 버렸어. 곁에 있던 친구가 길버트라고 부르더라. 그 친구는 눈이 너무 튀어나왔어. 왜 그러니, 그만 돌아가려고? 조금만 더 있지 그래.”

앤이 차갑게 대답했다.

"이만 가야겠어. 너무 늦었어. 공부도 해야 하고."

"다시 놀러올 거지? 내가 찾아가도 괜찮겠지. 앞으로 친하게 지내고 싶어. 혹시 말이 너무 많아서 피곤한 건 아니니?"

필리파가 앤과 프리실라에게 팔짱을 끼고 물었다.

"아니야."

앤이 웃으며 대답했다. 그러고는 필리파의 손을 따뜻이 감싸쥐었다.

"나는 그렇게 어리석지는 않아. 나에게 부족한 부분이 있더라도 내 모습을 그냥 받아들여 줘."

필리파와 헤어지고 나서 프리실라가 물었다.

"저 친구, 어떠니?"

"좋아. 이런저런 이야기를 늘어놓아도 왠지 사랑스러워."

"나도 그래. 루비 길리스처럼 남학생들 이야기를 많이 하긴 해도. 루비의 이야기를 듣자면 화가 났지만 필리파의 이야기는 재미있어. 왜 그럴까?"

레드먼드 친구들

모든 것들이 어느 순간 익숙해지기 시작했다. 레드먼드, 교수, 수업, 학생, 공부, 우정 등 이제까지 별개로 여겨지던 것들이 하나로 결합된 듯했다. 신입생들은 이제 아무런 관련이 없는 개인들이 아니라 동급생으로서 이념과 가치를 함께 하게 되었다.

특히 학교 축전에서 신입생들이 상급생들을 누르고 나서부터는 상급생들이 그들을 존중하게 되었다. 신입생들은 커다란 자신감을 얻었다. 상급생들에게 승리를 거둔 것은 길버트 브라이스의 슬기로운 전략 때문이었다. 이 활약으로 길버트는 신입생 대표로 선출되었다. 명예와 책임이 따르는 자리였다. 길버트는 신입생이 가입하기 어려운 램스라는 동아리에도 가입하라는 권유를 받았다. 입회식에 앞서 전통에 따라 길버트는 하루 종일 챙이 넓은 여자 모자에 화려한 꽃 무늬가 그려진 앞치마를 두르고 킹스포트 거리를 돌아다녀야 했다. 길버트는 거뜬히 해냈을 뿐만 아니라 아는 여자에게는 정중히 모자를 벗고 인사도 했다. 램스에 가입하라는 권유를 받지 못한 찰리 슬론은 앤에게 길버트가 그런 일을 하는 것을 도저히 보아 넘길 수 없다고 했다. 자기라면 절대로 저런 괴상한 일은 할 수 없을 거라고 말했다.

프리실라가 웃으면서 말했다.

"찰리 슬론이 앞치마를 두르고 여자 모자를 쓰고 있다고 생각해 봐. 아마 슬론 할머니하고 똑같지 않을까. 길버트는 저렇게 하고 있어도 평소처럼 사내다워 보이지만 말이야."

앤과 프리실라는 자신들도 모르게 레드먼드 친목 모임의 중심에 있게 되었다. 필리파 고든 덕분이었다. 필리파는 부유한 명문가의 딸로 전통적인 상류 계급인 파란 코 가문에 속해 있었다. 게다가 아름답고 매력적이어서 레드먼드의 모든 학과와 동아리의 문이 열려 있었다.

필리파는 늘 앤과 프리실라와 함께 다녔다. 필리파는 앤과 프리실라를 좋아했다. 특별히 앤을 매우 좋아했다. 필리파는 교만하지 않고 유리처럼 맑은 영혼을 가지고 있었다. '나를 사랑하고 친구들을 사랑하라' 는 생각을 무의식적으로나마 가지고 있는 것 같았다. 노력하지 않아도 교우 관계는 풍요로워졌다.

앤과 프리실라도 레드먼드의 친목 모임에 자연스럽게 합류하게 되었고 다른 여학생들의 부러움을 받게 되었다. 대학 생활 첫 해에 필리파의 도움을 받지 못한 사람은 중심으로 들어오지 못하고 계속 겉돌 수밖에 없었다.

필리파는 앤과 프리실라가 처음 만나 본 사랑스럽고 매력적인 아이였다. 뿐만 아니라 뛰어난 머리를 지니고 있었다. 공부를 언제 하는지 알 수 없어도 필리파는 쉴새없이 재미있는 일을 찾아냈고 집에는 매일 손님이 찾아왔다. 필리파는 남자 친구도 많았다. 대부분의 신입생과 많은 상급생들이 그녀의 미소를 얻으려 경쟁했다. 필은 그것을 즐기는 듯 앤과 프리실라에게 이야기했다.

"알렉이나 알론조하고 맞설 만한 경쟁자가 아직은 나타나지 않았나 봐."

앤이 놀리듯 말했다.

"그래. 매주 편지로 두 사람에게 여기서 만나는 남자 친구들 이야기를 써 보내고 있지. 재미있을 거야. 아직까지 정말 좋아하는 남자를 찾지는 못했지만 말이야. 길버트는 나를 거들떠보지도 않아. 그저 귀여운 고양이를 보듯 하지."

필리파는 모든 과목에서 뛰어난 성적을 얻었다. 하지만 영문학만큼은 앤에게 많이 뒤졌다.

앤은 잠시도 에이번리와 그곳의 친구들을 잊지 않았다. 앤은 에이번리에서 오는 편지를 받을 때가 가장 행복했다. 처음에 온 여섯 통의 편지는 제인, 루비, 다이애너, 마릴라 아줌마, 린드 부인, 데이비가 쓴 것이었다. 제인의 편지는 재미있는 내용이 전혀 없었다. 앤이 관심을 가지는 학교 이야기도 없을 뿐더러 앤이 편지로 물어본 내용에 대한 회답도 없었다. 루비의 편지는 많은 남자들과 사귀는 일로 힘들다는 허황된 자랑으로 가득했다. 내용도 별것 아니었기 때문에 추신만 없었다면 웃고 넘어갈 편지였다.

길버트의 편지를 보니 레드먼드에서 썩 잘 지내는 듯해. 찰리는 안 그런 것 같고.

'그러면 길버트가 루비에게 편지를 보냈단 말이로군! 잘해 보라지. 편지 못 쓸 이유야 없잖아. 하지만 아무리 그래도 그렇지.'

앤은 루비가 편지를 보내고 나서 길버트가 그냥 답장을 보내 주었다는 것을 몰랐다. 앤은 루비의 편지를 집어던졌다. 다이애너의 편지 때문에 루비의 추신으로 받은 충격을 겨우 벗어날 수 있었다. 다이애너의 편지는 재미있는 일들로 가득했다. 프레드라는 이름이 너무 많다는 점만 빼면 편지를 읽으며 마치 에이번리로 되돌아간 듯한 느낌이었다. 마릴라의 편지는 딱딱했다. 하지만 앤의 마음을 편안하게 해 주는 힘이 있었다. 집안일에서 벗어난 린드 부인은 교회 일에 더욱 열심이었다. 린드 부인은 목회자가 없는 에이번리 교회에 자격 없는 후보자들만 찾아온다며 분개하고 있었다. 데이비의 편지는 시작부터 불평이었다.

앤은 편지들을 접으며 중얼거렸다.

"린드 아줌마는 필리파를 어떻게 생각하실까?"

"얘들아, 오늘은 뭐 할 거니?"

토요일 오후, 필리파가 앤의 방에 들어오면서 물었다.

"공원으로 산책가려고. 블라우스 만들던 거 끝내야 하는 데, 집에 있기에는 너무 아까운 날씨잖아. 이런 날은 공기 속에 있는 무언가가 내 속으로 들어와 마음을 들뜨게 하는 것 같아. 손가락들이 제멋대로 움직여서 바느질이 엉망이 되고 말 거야. 그래서 우리는 공원의 소나무 아래로 가기로 했어."

"그 '우리' 에 너랑 프리실라 말고 다른 사람도 있는 거야?"

"길버트하고 찰리도 같이 가기로 했어. 너도 같이 가면 좋겠다."

필리파가 우울한 목소리로 말했다.

"하지만 내가 같이 가봐야 들러리 신세밖에 되지 않을 거 아니야. 필리파 고든으로서는 새로운 경험이 되겠구나."

"괜찮아. 새로운 경험은 시야를 넓혀 줄 거야. 같이 가자. 언제나 들러리만 하는 불쌍한 사람들의 심정을 한 번쯤 느껴 보는 것도 좋을 거야. 그런데 늘 쫓아다니던 사람들은 다 어디 갔어?"

"응, 오늘은 왠지 그 사람들이 다 지겨워져서 시달리고 싶지 않아. 그냥 좀 우울해. 심각한 정도는 아니고 약간. 지난주에 알렉과 알론조한테 편지를 썼어. 편지를 봉투에 넣고 주소를 쓰고는 붙이지는 않왔지. 그런데 그날 밤에 무척 재미있는 일이 있었거든. 알론조라면 몰라도 알렉이라면 재미있어야 할 만한 일이었어. 그래서 급히 봉투에서 편지를 꺼내 그 이야기를 덧붙여 쓰고는, 두 통 모두 부쳤어. 오늘 아침 알론조한테서 답장이 왔는데, 세상에, 내가 그만 그 이야기를 알론조한테 보낼 편지에 썼던 거야. 그래서 알론조가 무척 화가 난 모양이야. 물론 금세 풀리겠지만. 화가 풀리지 않아도 할 수 없는 일이고. 하지만 그 덕에 오늘 기분은 완전히 망치고 말았어. 그래서 너희들을 만나면 기분이 좋아질 거라고 생각했어. 이제 축구 시즌이 시작되면, 토요일에도 시간이 없을 거야. 나는 축구를 아주 좋아하거든. 시합을 보러 갈 때 입고 가려고 엄청나게 화려한 모자랑 줄무늬가 들어간 스웨터를 샀어. 멀찍이 떨어져서 보면 이발소 표지판이 걸어다니는 것처럼 보일 거야. 참, 너희들 길버트가 일학년 축구부 주장이 된 거 알고 있니, 앤?"

갑자기 화가 난 듯한 앤을 대신해서 프리실라가 대답했다.

"알아, 어젯밤에 들었어. 길버트하고 찰리가 왔었거든. 두 사람이 오기 전에 우리는 열심히 애다의 쿠션들을 손에 닿지 않는 곳이나, 안 보이는 곳으로 치웠어. 자수가 세밀하게 놓인 쿠션은 원래 놓여 있던 의자 뒤쪽에 떨어뜨려 놓았지. 그 정도면 안전할 거라고 생각했거든. 그런데 어떻게 됐는 줄 알아? 찰리 슬론이 그 의자로 가더니, 뒤에 떨어져 있는 쿠션을 보고는 조심스럽게 집어 올려서 저녁 내내 깔고 앉아 있었다니까. 쿠션이 얼마나 찌그러졌던지! 불쌍한 애다가 오늘 아침에 여전히 웃으면서도, 왠지 비난하는 듯한 목소리로 왜 그 위에 앉게 놔두었냐고 나한테 묻더라. 하지만 그 쿠션의 운명이 원래 그렇게

정해져 있었고, 거기에 슬론 집안 사람들 특유의 둔감함까지 더해졌
으니 어쩔 수 없었다고 말할 수밖에."

앤이 덧붙였다.

"정말 애다가 쿠션을 늘어놓는 데 못 말리겠어. 지난주에도 두 개
나 새로 수를 놓고 속을 채워 놓는데, 정말 목숨을 건 것 같더라니까.
이제 더 이상 쿠션을 놓을 데도 없는데 말이야. 결국에는 층계참에
새로 만든 쿠션들을 세워 놓았는데, 어느 샌가 굴러 떨어져서 어두울
때 층계를 올라가다 보면 자꾸 발에 걸리지 뭐야. 지난 일요일에 데
이비드 박사님이 바다에서 위험에 마주친 사람들을 위해 기도를 올
리실 때 나는 마음속으로 빌었어. '무식할 만큼 집 안에 쿠션을 놓고
사는 사람들을 위해 기도합니다' 라고. 자! 이제 준비 끝났다. 저기 남
자 아이들도 올드 세인트 존 묘지를 지나오고 있고. 넌 어떻게 할래,
필?'

"같이 갈래. 프리실라와 찰리가 함께 걷는 거라면 들러리가 되어도
상관없을 것 같아. 앤, 길버트는 정말 멋져. 그런데 왜 항상 눈이 튀어
나온 저 친구하고만 다니는 걸까?'

앤의 얼굴이 다시 굳어졌다. 찰리 슬론을 그다지 좋아하지는 않지
만, 같은 에이번리 사람이 다른 사람들에게 웃음거리가 되는 것은 참
을 수가 없었다.

"찰리와 길버트는 오래된 친구 사이야. 찰리는 괜찮은 아이이고, 눈
때문에 놀림당해야 할 이유는 없어. 눈이 튀어나온 게 그 아이 잘못
은 아니니까."

앤이 차가운 목소리로 말했다.

"말도 안 돼. 저 아이는 틀림없이 죄를 지어서 그런 눈을 가지고 태어난 거야. 오늘 오후에 프리실라와 함께 놀려 줄 생각인걸. 대놓고 놀려도 저 아이는 아마 모를 거야."

프리실라와 필리파는 짓궂은 계획을 실행하기로 했다. 슬론은 아무것도 모른 채 들떠 있었다. 예쁜 여학생들과 함께 특히 신입생들 가운데 가장 아름다운 필리파와 함께 공원을 걷는 것에 매우 우쭐했다. 앤이 이걸 보고 뭔가 깨달아야 할 거라고 생각했다. 앤도 자신의 참다운 가치를 알아주는 사람이 있다는 것을 알게 될 거라고 생각했다.

길버트와 앤은 다른 사람들과 다소 떨어져 걸었다. 아름답고 고요한 가을 오후를 즐기며 소나무 숲길을 걸었다. 그 길은 항구로 이어진 오솔길이었다.

"이곳은 기도하는 것같이 고요해. 소나무는 정말 좋아! 뿌리 깊이 모든 시대의 이야기를 깊이 담은 채 꼿꼿이 서 있는 듯해. 가끔씩 여기서 소나무들과 대화하다 보면 편안해져. 나를 행복하게 해 주는 곳이야."

앤이 햇살이 비치는 하늘을 올려다보며 말했다.

"산 속에서 외로움이 갑자기 밀려오네. 신성한 마법에 걸려 거센 바람에 떨어지는 솔잎처럼 근심도 사라지리."

길버트가 읊조렸다.

"소나무는 우리의 작은 야망을 사소한 것으로 만들지?"

"언젠가 슬픈 일이 생긴다면 여기서 위로를 받을 거야."

앤이 꿈꾸듯이 말했다.

"네가 슬퍼할 일이 없기를 바래."

길버트가 말했다. 길버트는 생기발랄한 앤을 슬픔과 연관지어 생각할 수 없었다.

"하지만 언젠가는 그런 일이 있을 거야. 언제일지는 몰라도. 지금 입술에 환희의 잔이 닿아 있어도 언젠가는 쓴맛을 보게 될 거야. 그건 모든 잔에 들어 있으니까. 나도 언젠가 그 맛을 보겠지. 지난 주일 저녁 때 데이비드 박사님이 하셨던 말씀 기억하니? 하느님께서 주신 슬픔에는 위로와 힘이 함께하지만 우리의 무지나 죄악으로 인한 슬픔은 견디기 어렵다고 하셨잖니? 아니야, 이런 멋진 날 슬픔에 대한 이야기 같은 걸 하면 안 되지. 오늘은 순수한 삶의 즐거움을 보여 주는 날 같지 않니?"

앤의 말에 길버트가 단호한 목소리로 말했다.

"할 수 있다면 네 인생에 행복과 기쁨 말고 다른 어떤 것도 다가설 수 없게 하고 싶어."

앤이 재빨리 말했다.

"그건 좋은 생각이 아니야. 삶은 시련과 슬픔을 겪으며 나아가는 거라고 생각해. 물론 우리가 그 사실을 받아들이는 건 상황이 아주 편안할 때뿐이겠지만. 가자, 저기 천막에서 모두들 기다리고 있어."

모두들 작은 천막 속에서 가을 해가 지는 모습을 보고 있었다. 왼쪽에는 킹스포트의 집과 탑들이 진보랏빛 노을 속에 뿌옇게 보였다. 오른쪽에는 항구가 노을 속에 장밋빛과 구릿빛으로 물들고 있었다. 앞에는 반짝이는 비단 같은 은빛 바다가 펼쳐져 있었다. 그 너머로 깎은 것 같은 윌리엄스 섬이 도시를 지켜 주는 것처럼 안개 속에서 희미하게 보였다.

"이렇게 강렬한 곳이 또 있을까? 윌리엄스 섬만 고집하는 건 아니
야. 저기 요새 꼭대기의 깃발 옆에 서 있는 보초병 좀 봐. 애정 소설에
나오는 사람 같지 않니?"

필리파가 물었다.

"애정 소설이라고 하니까 생각났는데, 히스 꽃이 하나도 없어. 철
이 지났나 봐."

프리실라가 말했다.

그러자 앤이 큰 소리로 말했다.

"히스 꽃? 그건 아메리카 대륙에는 없잖아?"

필리파가 대답했다.

"아메리카 대륙에도 두 군데서 히스 꽃이 피어. 이 공원하고 노바
스코샤의 어느 곳이야. 유명한 스코틀랜드 부대인 검은 경비대가 여
기서 일 년 동안 야영을 했었는데 봄에 병사들이 침대에 깔아둔 짚을
털 때 떨어진 히스 꽃씨 몇 알이 여기서 자라났대."

"어쩌면!"

앤이 놀라며 말했다.

길버트가 제안했다.

"스포퍼드 가를 지나서 가자. 멋진 상류층 저택을 볼 수 있어. 스포
퍼드 가는 킹스포트의 고급 저택이 밀집한 곳이니까. 백만장자가 아
니면 여기에 집을 짓지 못한대."

필리파가 말했다.

"그건 그래. 백만장자가 짓지는 않았지만 보여주고 싶은 예쁜 집이
있어. 공원을 지나면 바로 나와. 스포퍼드 가가 개발되기 전부터 있

던 집이 틀림없어. 다른 집들은 별로 관심이 없어. 너무 평범해. 하지만 그 작은 집은 꿈 같은 모습이야. 이름도 그렇고. 볼 때까지는 말하지 않을래."

공원에서 소나무가 울창한 언덕으로 올라가자 그 집이 보였다. 언덕 위에서 보니 스포퍼드 가는 평범한 거리로 보였다. 거기에 하얀 목조 주택이 소나무 사이에 있었다. 낮은 지붕을 감싸듯 소나무 가지가 드리웠고 붉은색과 황금색 담쟁이덩굴 사이로 녹색 대문이 보였다. 집 앞에는 낮은 돌담이 둘린 작은 정원이 있었다. 10월인데도 정원은 아름다웠다. 꽃과 나무들이 자라고 있었다. 집 안으로 이어진 길에는 벽돌이 깔려 있었다. 먼 시골에서 집을 옮겨 온 것 같은 느낌이 들었다. 왠지 그러나 이웃의 넓은 잔디밭이 깔린 호화로운 저택을 천하게 보이게 하는 뭔가가 있었다. 그건 필리파의 말대로 오래 있던 것과 새로 지은 것의 차이였다.

"아주 예쁜 집이야! 오래전 가졌던 기쁨과 희망이 살아나는 것 같아. 라벤더 아줌마의 메아리 오두막집보다도 아름다워."

앤이 기뻐하며 말했다.

"특히 보여 주고 싶었던 건 이거야. 대문 위에 하얀 글씨로 '패티네 집' 이라고 쓰여 있잖아? 멋지지? 파인허스트 저택, 엘름월드 저택, 시더크로프트 저택 같은 이름들뿐인 곳에 '패티네 집' 이라!'

필리파가 말했다.

"패티란 사람에 대해 아는 거 있어?"

프리실라가 물었다.

"이 집에 사는 노부인 이름이 패티 스포퍼드라고 들었어. 지금 조카딸과 살고 있어. 100년은 살지 않았을까? 더 오래 됐거나 그렇지 않거나 하겠지. 과장은 단순히 시적인 상상의 비약일 뿐이야. 부자들이 여러 차례나 이 땅을 사려고 했나 봐. 높은 가치가 있으니까. 하지만 절대로 팔지 않는가 봐. 집 뒷마당에는 사과나무 밭이 있어. 조금 더 가면 보여. 스포퍼드 가에 사과나무 밭이라고!'

"오늘밤 꿈에 패티네 집이 나올 것 같아. 마치 내가 이 집에 살고 있는 것 같은 생각이야. 이 집에 들어가 볼 수 있을까?'

앤이 꿈꾸는 듯이 말했다.

"그럴 수는 없을 것 같은데."

프리실라의 대답에 앤이 입가에 야릇한 미소를 지었다.

"그럴지도 모르지만 들어가 볼 수 있을 것 같은 느낌이야. 이상한 기분이 들어. 패티네 집과 친해질 것 같아."

첫 번째 청혼

레드먼드에 온 첫 3주일 동안은 몹시 길게 느껴졌지만 그 다음부터는 한 학기가 바람처럼 지나가 버렸다. 그걸 미처 깨닫지도 못한 사이 모두들 크리스마스 시험 준비에 여념이 없었다. 1학년 석차 1등은 앤과 길버트, 필리파 사이를 오락가락하고 있었다. 프리실라도 성적이 좋았다. 슬론은 겨우 유급을 면할 정도였지만 전과목 1등이라도 한 듯이 기뻐했다.

"내일 이맘 때면 초록 지붕 집에 있을 거라고 생각하니 믿어지지 않아. 필리파, 너도 볼링브록에서 알렉과 알론조를 만나고 있겠구나."

귀향 전날 밤 앤이 말했다. 그러자 필리파가 초콜릿을 깨물며 대답했다.

"빨리 보고 싶어, 좋아하는 아이들이니까. 방학을 재미있게 보내야지. 춤추고 나들이하고 파티에 다니면서 말이야. 앤 여왕님, 방학을 함께 우리 집에서 보내지 않겠다니 평생 용서하지 않겠어."

"너한테 평생은 사흘이잖아. 날 초대해 줘서 얼마나 좋은지 몰라. 나도 언젠가는 볼링브록에 가보고 싶어. 하지만 이번에는 안 돼. 집에 가봐야만 하거든. 너는 내가 얼마나 집에 가고 싶어하는지 몰라."

다음날 밤 앤은 카모디 역으로 마중 나온 다이애너와 만났다. 두 사람은 별이 반짝이는 하늘을 보며 집으로 돌아갔다.

오솔길에 들어서자 초록 지붕 집이 보이기 시작했다. 창문마다 불이 켜져 있었다. 어둠 속에서 불빛이 빛나는 모습은 유령의 숲을 뒤로 두고 붉은 꽃이 빛나는 것 같았다. 정원에는 모닥불이 타오르고 그 주위에서 두 아이가 춤을 추고 있었다. 마차가 고목 밑으로 들어서자 귀청을 찢을 듯한 소리가 들렸다.

"데이비가 그러는데 인디언이 싸울 때 내는 소리래. 해리슨 아저씨네 집에서 일하는 아이한테 배웠는데 널 환영할 때 하겠다고 매일 연습했어. 린드 아줌마는 저 소리에 신경이 모두 닳아 버릴 것 같다고 하셨지. 데이비가 아줌마 뒤에서 몰래 소리지르고 달아나곤 했거든. 또 모닥불을 피워야 한다고 2주 동안이나 마른 나뭇가지를 모아서 잔뜩 쌓아 놓았지."

앤이 마차에서 내리자마자 데이비가 달려와 무릎에 달라붙었고 도라도 손에 매달렸다.

"모닥불이 근사하지? 저 불꽃 좀 봐. 내가 피웠다. 누나가 집에 올 거니까 말이야."

주방문이 열리면서 집 안의 등불을 등진 채 야윈 마릴라가 나타났다. 마릴라는 불빛을 가린 곳에서 앤을 만나고 싶어했다. 반가워서 울음을 터뜨릴까봐서였다. 엄격하고 감정까지 억눌러 온 마릴라는 격렬한 감정을 드러내고 싶어하지 않았다. 마릴라 뒤에는 린드 부인이 여전히 다정하고 활기찬 모습으로 서 있었다. 언제나 기다리고 있는 변하지 않는 사랑이 따스하게 앤을 안아주었다. 오랜 연인, 오랜 친구, 변함없는 초록 지붕 집과 비교할 만한 것은 세상에는 없었다.

잘 차려 놓은 저녁 식탁에서 앤은 눈동자를 반짝이며 뺨을 장밋빛으로 물들인 채 웃고 또 웃었다. 다이애너가 자고 가기로 했다. 그리운 옛 모습 그대로였다. 식탁에는 장미 무늬의 예쁜 찻잔이 놓여 있었다. 최고의 접대였다.

"다이애너와 밤새도록 이야기하겠구나."

"그럴 거예요. 하지만 먼저 데이비부터 재워야겠어요."

앤이 밝게 말했다. 두 사람은 그날 밤을 꼬박 새며 이야기했지만 생기 넘치는 모습으로 눈을 반짝이며 아침 식탁에 앉았다.

아직은 눈이 오지 않았다. 그런데 다이애너가 집을 향해 오래 된 통나무 다리를 건널 때 갈색과 회색의 들판과 숲으로 눈발이 날리기 시작했다. 곧 멀리 있는 산등성이와 언덕에 유령처럼 얇고 하얀 목도리를 두른 듯 눈이 덮였다. 창백한 가을의 신부가 머리에 베일을 가리고 겨울 신랑을 기다리고 있는 것처럼 보이기도 했다. 모두에게 즐거운 화이트 크리스마스였다.

오전에는 라벤더 아줌마와 폴이 보낸 편지와 선물이 도착했다. 주방은 데이비의 말처럼 맛있는 냄새로 가득했다. 앤이 편지 내용을 이야기했다.

"라벤더 아줌마와 어빙 씨가 이제 새 집에 자리를 잡았대요. 라벤더 아줌마는 무척 행복한 가 봐요. 네 번째 샬롯 이야기도 있어요. 보스턴이 싫고 향수병까지 걸려서 더한 모양이에요. 라벤더 아줌마는 제가 집에 와 있을 동안 메아리 집에 불을 피워 집안도 말리고 쿠션에도 곰팡이가 생기지 않도록 해 달라고 하셨어요. 다음 주쯤에 다이애너와 함께 가 보고 밤에는 데오도라와 같이 지냈으면 해요. 데오도라가 보고 싶어요. 그런데 루도빅과 아직도 만나고 있나요?"

"그런 것 같아. 루도빅은 계속 만날 생각인가 본데 나아질 것 같지 않다고 모두들 포기했다더라."

마릴라가 대답했다.

"내가 데오도라라면 루도빅을 재촉했을 거다."

린드 부인이 말했다. 린드 부인이면 틀림없이 그랬을 터였다.

필리파로부터 온 편지는 알렉과 알론조의 이야기로 가득 차 있었다. 두 사람이 무슨 말을 했고 어떻게 했는지 두 사람이 어떤 모습이었는지에 대한 이야기였다.

아직도 나는 누구와 결혼해야 할지 모르겠어. 네가 같이 와서 결정해 주기를 바랐거든. 누군가 해 줘야 해. 알렉을 만났을 때 심장이 갑자기 내려앉는 것 같은 느낌이었어. 그래서 '알렉을 선택해야겠구나' 하고 생각했지. 그런데 알론조가 오니까 또 심장이 내려앉는 거야. 정말 알 수가 없어. 소설에 나오는 이야기하고는 다르니까. 너라면 진짜 멋진 왕자님이 나타나지 않으면 심장이 내려앉지 않겠지? 내 심장은 잘못된 것이 틀림없어.

그래도 지금 나는 여기서 아주 재미있는 시간을 보내고 있어. 네가 함께 있으면 얼마나 좋을까! 오늘은 눈이 왔어. 정말 아름다웠어. 그린 크리스마스를 맞을까 봐 걱정했거든. 크리스마스에 눈이 오지 않으면 우울한 기분이 드는데 그걸 사람들은 그린 크리스마스라고 부른단다. 왜 그런지는 묻지 마! 던드레리 경의 말처럼 '누구도 모르는 일'도 있는 것이거든.

메아리 오두막집을 찾아가는 일은 방학 동안 돌아다녔던 어느 곳보다도 즐거웠다. 앤과 다이애너는 도시락이 든 바구니를 들고 옛날의 참나무 숲길을 걸어갔다.

라벤더 아줌마가 결혼한 뒤 줄곧 닫혀 있던 메아리 집의 문을 활짝 열어 햇빛이 들게 하고 환기를 시켰다. 작은 방에는 불을 피웠다. 아직도 라벤더 아줌마의 장미 바구니 향기가 나는 듯했다. 금방이라도 갈색 눈동자의 라벤더 아줌마가 쾌활한 발걸음으로 나타나고 네 번째 샬롯이 파란색 리본을 매고 환하게 웃으며 문을 열고 나타날 것 같았다. 폴 역시 요정처럼 돌아다닐 것 같았다.

"마치 달빛 아래 지나간 시간들을 찾아다니는 유령이 된 듯한 느낌이야. 밖에 나가서 여전히 메아리가 울리는지 알아보자. 호른을 가지고 와. 주방문 뒤에 아직 걸려 있을 거야."

앤이 웃으면서 말했다.

메아리는 옛날과 같았다. 하얀 강물 너머로 은방울처럼 맑게 울렸다. 두 사람은 메아리 집의 문을 닫고 겨울의 황혼 속을 걸어갔다.

매서운 눈보라가 얼어붙은 초원과 골짜기를 지나 길 잃은 사람처럼 처마 밑에서 맴돌았다. 흔들리는 창문에 눈이 부딪혔다.

"오늘 같은 밤에 담요를 덮고 침대에 누워 있을 수 있는 사람은 신의 축복을 받은 사람일 거야."

앤이 제인 앤드루스에게 말했다. 오후에 초록 지붕 집에 찾아온 제인은 그날 밤 자고 가기로 했다. 하지만 제인이 담요를 덮고 누운 채 생각한 것은 신의 축복이 아니었다.

"할 말이 있어."

제인이 진지하게 말했다.

앤은 지난밤 루비 길리스가 연 파티에 갔다 왔기 때문에 조금 피곤했다. 지루할 것이 분명해서 이야기를 듣는 것보다는 자고 싶었다. 무슨 이야기인지 짐작할 수도 없었다.

'제인도 약혼을 한 걸까? 루비 길리스가 여자들한테 인기가 좋은 스펜서베일의 선생님과 약혼을 했다던데 얼마 안 있어 나만 남게 되겠구나.'

앤은 졸면서 생각했다. 그러고는 크게 말했다.

"어서 말해 봐."

제인이 한층 더 진지한 목소리로 물었다.

"우리 빌리 오빠 어떠니?"

앤은 뜻밖의 질문에 깜짝 놀라 급히 생각했다. 앤은 둥그런 얼굴에 멍하니 헤프게 웃기만 하는 빌리를 이제껏 생각해 본 적이 없었다. 누가 빌리에 대해서 생각할 수 있을까?

"나는, 나는 잘 모르겠어. 무슨 뜻이니?"

앤이 말을 더듬으면서 대답했다.

"빌리 오빠를 좋아하니?"

제인이 노골적으로 물었다.

"그건, 그래. 좋아해, 물론."

앤은 쥐어짜듯이 대답했다. 하지만 그것이 진실인지는 스스로도 자신이 없었다. 물론 싫어하는 것은 아니었다. 하지만 아무런 관심이 없었기 때문에 아무렇지도 않게 대할 수 있다는 것만으로 좋아한다고 할 수 있을까? 제인은 지금 무슨 말을 하고 싶은 걸까?

"남편으로 어떻겠니?"

제인이 차분히 물었다.

"남편!"

앤은 빌리 앤드루스에 대해 생각해 보려고 침대에 일어나 앉아 있다가 그만 베개 위로 넘어져 숨이 막힐 정도로 놀랐다.

"누구 남편을 말하니?"

"물론 너지. 빌리 오빠는 너와 결혼하고 싶어해. 오빠는 너한테 반해 있어. 이제 아버지가 오빠에게 위쪽 농장을 물려주셨기 때문에 결혼할 수 있게 됐어. 하지만 오빠가 숫기가 없어서 너에게 직접 이야기하지 못하고 날 시킨 거야. 나도 하고 싶지 않았지만 하도 졸라서 어쩔 수 없이 기회가 오면 알아봐 준다고 했어. 네 생각은 어때?"

꿈일까? 잘 모르는 사람이나 싫어하는 사람과 결혼하거나 약혼하는 꿈을 꾸곤 했는데 그런 악몽을 꾸는 게 아닐까? 아니다. 지금 앤은 눈을 크게 뜨고 침대에 누워 있다. 옆에는 제인이 있고 오빠 빌리 대신 청혼을 하고 있다. 앤은 어찌해야 할지 알 수 없었다.

"나는 네 오빠하고 결혼할 수 없어. 그런 생각은 해본 적이 없어."

앤이 겨우 대답했다. 그러자 제인도 동의했다.

"그러겠지. 오빠는 너무 숫기가 없어서 이제껏 청혼 같은 것은 할 생각조차 못했어. 그래도 잘 생각해 봐. 오빠는 괜찮아. 우리 오빠라고 해서 이런 말 하는 게 아니야. 나쁜 버릇도 없고 뛰어난 일꾼이기도 해. 네가 의지할 수 있을 만한 사람이야. '덤불 속에 있는 두 마리 새보다 손 안에 든 한 마리가 낫다' 는 말 있잖아. 오빠는 네가 원하면 대학을 졸업할 때까지 기다리겠다고 해. 물론 오빠는 이번 봄 농사가 시작되기 전에 결혼하고 싶어하긴 해. 항상 너를 잘 대해 줄 거야. 그건 분명해. 나도 네가 올케가 되었으면 좋겠어."

"나는 빌리 오빠하고 결혼하지 않아."

앤이 분명하게 대답했다. 조금은 화도 났다.

"나는 빌리 오빠를 그렇게 생각한 적이 없으니까. 그러니까 오빠한테 분명히 말해 줘."

제인은 한숨을 내쉬었다.

"나도 네가 승낙할 거라고 생각하지는 않았어. 오빠가 너무 고집을 부려서 그랬어. 네 생각을 알았으니 그만 할게. 하지만 네가 앞으로 후회하지 않았으면 해."

제인이 차갑게 말했다. 제인도 앤이 빌리와 결혼하지 않을 거라는 것을 잘 알았다. 하지만 의지할 데 없는 고아가 에이번리의 앤드루스 집안을, 오빠를 거절했다고 생각하니 기분이 언짢았다.

'자만심이 오래 가지는 못할 텐데.'

제인은 속으로 중얼댔다.

어둠 속에서 앤은 빌리와 결혼하지 않은 것을 절대 후회하지 않을 거라고 생각하며 미소지었다.

"오빠가 마음 아파하지 않았으면 좋겠어."

앤이 부드럽게 말했다.

그 말을 듣자 제인이 베개 위로 고개를 들었다.

"오빠는 괜찮을 거야. 오빠는 네티 블루엣도 좋아해. 실은 어머니는 오빠가 네티와 결혼했으면 하서. 네티는 살림도 잘하고 알뜰하잖아. 오빠도 너하고 결혼할 수 없다는 걸 확실히 알았으니 네티를 데리고 오겠지. 다른 사람한테는 말하지 마."

"그래."

앤도 빌리가 자기와 결혼하고 싶어했다는 사실을 퍼뜨리고 다닐 생각은 없었다. 앤을 좋아한다면서 네티와 결혼을 하겠다니, 네티와.

"그만 자자."

제인이 말했다.

제인은 금세 잠이 들었다. 청혼을 받은 앤은 새벽까지 뜬눈으로 지샜지만 생각은 낭만적이지 않았다. 아침이 밝아서야 앤은 웃을 수 있었다. 앤드루스 집안의 청혼을 단번에 거절한 데 대해 분이 다 풀리지 않은 채 제인이 돌아가고 나서야 앤은 방에 들어와 문을 닫고 참았던 웃음을 터뜨렸다.

앤은 멋진 청혼을 받는 꿈을 꾸어 왔다. 그 꿈은 늘 낭만적이고 아름다웠다. 그런데 가슴 벅차야 할 그 일이 몹시도 우습게 끝나고 말았다.

환영받지 못하는 연인

앤은 열심히 공부했다. 영문학 장학금을 받아야 했다. 장학금을 받으면 다음 해에는 마릴라의 예금에 기대지 않고도 레드먼드로 돌아올 수 있는 것이다. 앤은 꼭 그렇게 하겠다고 다짐했다.

길버트 역시 장학금을 목표로 열심히 공부하긴 했지만 세인트 존 38번가를 드나들 시간은 충분했다. 길버트는 학교의 거의 모든 행사에 앤과 함께 다녔다. 앤도 두 사람이 학교에서 연인으로 소문났다는 것을 알고 있었다. 처음 그 사실을 알았을 때 앤은 몹시 분개했지만 어쩔 도리가 없었다. 길버트 같은 오랜 친구를 버릴 수는 없었다. 길버트는 갑자기 어른스럽게 신중하고 이성적으로 행동하기 시작했다. 저녁별처럼 반짝이는 회색 눈동자를 가진 빨간 머리 여학생의 앞자리를 노리는 남학생들을 견제하려면 길버트는 그렇게 할 수밖에 없기도 했다.

필리파는 여전히 자신을 따르는 남학생들을 끌고 다녔지만 앤은 그렇게 하고 싶은 생각은 전혀 없었다.

그 겨울에 불쾌한 일도 있었다. 어느 날 밤 찰리 슬론이 애다가 가장 아끼는 쿠션을 깔고 앉아 앤에게 '결혼하겠다고 약속해 줄 수 있느냐'고 물었다. 빌리 앤드루스의 대리 청혼이 있은 뒤여서 앤의 낭만적인 감성이 다행히 큰 충격을 받지는 않았다.

하지만 앤은 환상이 깨지는 고통을 받았다. 더욱이 찰리 슬론에게 이런 용기를 내도록 할 만한 행동을 하지 않았기 때문에 화가 나기도 했다. 그러니 린드 부인의 멸시에 찬 태도처럼 슬론 집안 사람이니 그렇겠지 하고 생각할 수밖에 없었다.

찰리는 태도나 분위기, 말투까지 한결같이 전형적인 슬론 집안 사람이었다. 보나마나 찰리는 자신의 청혼이 앤에게 커다란 명예를 안겨 주었으리라 생각했을 테지만 앤은 전혀 그렇게 생각하지 않았기에 예의를 다해 거절했다. 아무리 슬론이라고 해도 마음을 아프게 하고 싶지는 않았다.

하지만 슬론 집안 사람의 둔한 태도는 어쩔 수 없었다. 찰리는 앤의 거절을 받고 나서 여느 사람들처럼 반응하지 않았다. 오히려 화를 내면서 거친 말을 해대기 시작했다.

찰리의 말을 듣자 앤도 몹시 화가 나서 심하게 대꾸했다. 앤의 날카로운 말이 슬론 집안 사람 특유의 둔한 움직임마저 깨어 버렸다. 찰리는 얼굴이 새빨개져 모자를 들고 뛰어나갔다. 앤도 애다의 쿠션에 두 번씩 발이 걸리면서 2층으로 뛰어올라가 침대에 몸을 던지고 눈물을 흘렸다.

'슬론 집안 사람과 다툴 만큼 내가 천박했나? 찰리 슬론의 말이 나를 화나게 할 만한 것이었을까? 이것은 빌리를 두고 네티 블루엣과 경쟁하는 일보다 더 한심한 일이야!'

앤은 베개에 얼굴을 파묻고 흐느꼈다.

"저 못된 아이하고 다시는 안 만났으면 좋겠어."

하지만 찰리와 만나지 않을 수는 없었다. 그나마 다행인 것은 화가 난 찰리가 앤과 가까이 하지 않도록 조심하는 것이었다. 그 후 애다의 쿠션도 찰리로부터 무사했고 거리나 학교에서 어쩌다 마주쳐도 아주 차가운 인사만 했다. 오랜 친구였던 두 사람의 차가운 관계는 일 년 가까이나 계속되었다. 얼마 후 찰리의 상처 입은 사랑은 동그란 얼굴에 장밋빛 뺨, 들창코에 파란 눈동자의 키 작은 2학년 학생한테로 옮겨졌다. 그러자 찰리는 다시 앤을 정중히 대하기 시작했다. 마치 앤이 놓쳐 버린 것이 어떤 것인지 잘 보라는 것 같은 모습이었다.

어느 날 앤이 들떠서 프리실라의 방으로 뛰어들어갔다.

"이 편지 좀 봐. 스텔라한테서 왔어. 내년에 레드먼드에 온다는 거야. 그렇게 되면 정말 좋을 거야. 그렇게 되겠지, 프리실라?"

앤이 편지를 프리실라에게 던지며 외쳤다.

"어떻게 된 일인지 알면 대답해 줄 수 있겠지."

프리실라는 그리스어 사전을 밀어 놓고 스텔라의 편지를 읽기 시작했다. 스텔라 메이나드는 퀸스 학교에서 만난 친구인데 학교에서 아이들을 가르쳐 오고 있었다.

학교를 그만두고 내년에 대학에 가려고 해. 퀸스에서 3년을 마쳤으니 2학년으로 편입이 될 거야. 나는 시골 학교에서 아이들을 가르치는 일에 지쳤어. 곧 '시골 학교 여교사의 고충'이라는 제목으로 글을 써 볼까 해.

나는 1학년부터 9학년까지 가르치는데 지렁이의 내장부터 태양계의 구조까지 두루 가르쳐야 해. 가장 어린 학생은 네 살이야. 아이 엄마가 귀찮다며 학교에 보낸 거야. 가장 나이 많은 학생은 스무 살인데 밭일을 하는 것보다는 공부가 쉽겠다는 생각이 갑자기 들어서 학교에 왔다고 해. 모든 것을 여섯 시간 동안에 가르치려고 매일 전쟁을 치르듯하니 어린 아이들이 영화를 볼 때와 같은 기분이지. 아이들은 방금 나온 내용이 뭔지도 모르는데 어느새 다음 장면을 봐야 하냐며 투덜대잖아. 지금 내가 꼭 그렇다니까.

경제적인 면으로는 숫제 말도 꺼내지 않는 편이 나을 거야. 신은 파멸시키고 싶은 사람을 시골 학교 여교사로 선택하신 것이 틀림없어!

어쨌든 털어놓고 나니까 마음이 좀 편해지는 것 같구나. 말은 이렇게 했지만 지난 2년 동안은 나름대로 즐겁기도 했어. 나는 레드먼드에 갈 거야.

나한테 작은 계획이 있어. 너도 알듯이 나는 하숙을 싫어해. 그래서 너하고 프리실라와 함께 킹스포트에 있는 작은 집을 빌려서 살아 보면 어떨까 해. 비용도 훨씬 적게 들 거야. 물론 집안일을 돌봐 줄 사람이 있어야겠지. 그런데 그 문제는 내가 풀 수 있을 것 같아. 전에 내가 이야기한 제임시나 아줌마 있잖니? 이름과는 달리 정말 정이 많은 분이야. 이름이야 어쩔 수 없잖아. 아줌마 이름을 제임시나로 지은 건 아줌마가 태어나기 한 달 전에 바다에서 돌아가신 선친의 성함이 제임스여서 그렇게 된 거래. 나는 그분을 늘 짐시 아줌마라고 불러. 그런데 아줌마의 외동딸이 얼마 전에 결혼해서 해외로 선교 활동을 하러 떠났어. 커다란 집에 혼자 계셔서 아줌마가 무척 외로우신 것 같아. 부탁을 드리면 킹스포트로 와서 우리를 돌봐 주실 수 있을 거야. 너희들도 아줌마를 좋아하게 될 거야. 썩 마음에 드는 계획이야. 잘만 되면 우리는 자유롭게 살 수 있겠지.

프리실라와 네가 이 생각이 마음에 든다면 이번 봄에 적당한 집을 찾아보지 않겠니? 가을까지 기다리기보다는 그게 나을 것 같거든. 가구가 딸린 집이면 더 좋겠지만 여의치 않으면 친구나 가족들한테 낡은 가구를 하나씩 얻으면 돼. 빨리 결정해서 나한테 알려줘. 그래야 제임시나 아줌마도 준비를 하실 테니까.

"훌륭해!"
프리실라가 말하자 앤도 기쁜 듯 맞장구쳤다.
"그렇지? 물론 우리 하숙집도 좋지만 그래도 집처럼 좋을 수는 없으니까. 시험이 시작되기 전에 집을 찾아보자."
"적당한 집을 찾기 어려울 거야. 좋은 곳에 있는 멋진 집은 우리 형편으로는 구할 수 없을 테니 너무 기대하지 마. 누가 사는지도 모르는 이름 없는 거리에 있는 허름한 집에서 살아야 할 거야. 집 안에서 편안하게 생활할 수 있는 대신 말이야."
프리실라가 경고했다.
두 사람은 집을 구하러 다니기 시작했다. 하지만 적당한 집을 찾기란 프리실라가 걱정했던 것보다도 더 힘들었다. 가구가 딸린 집이든 그렇지 않든 집은 많았다. 하지만 너무 크거나 너무 작았고 비싸지 않으면 학교에서 너무 먼 곳에 있었다.

시험이 끝나고 학기의 마지막 주가 되었어도 꿈 같은 집은 상상 속에 있을 뿐이었다.

"그만 포기하고 가을까지 기다리는 게 낫겠어."

프리실라가 우울하게 말했다.

두 사람은 4월 어느 맑은 날 공원을 산책했다. 투명한 하늘에는 바람이 불고 진줏빛 안개 속에 항구가 크림색으로 빛났다.

"그때쯤이면 그럭저럭 오두막집이라도 구하게 될지 몰라. 안 되면 하숙집에서 그냥 살면 되는 거고."

"지금은 그 일로 아름다운 오후를 망쳐 놓고 싶지 않아."

앤은 즐겁게 주위를 둘러보았다. 맑고 찬 공기 속에 은은한 소나무 향이 퍼져오고 파란 하늘은 투명했다. 커다란 축복의 잔을 뒤집어놓은 듯했다.

앤이 말했다.

"시험도 끝났고 다음 주 수요일이면 종업식을 해. 그러면 며칠 뒤에는 집에 있겠지."

"무척 기뻐. 하고 싶은 일이 많아. 뒷문 계단에 앉아서 해리슨 아저씨네 밭에서 불어오는 바람도 맞고 싶고, 유령의 숲에서 고사리를 뜯고, 제비꽃 골짜기에서는 제비꽃도 꺾겠어. 전에 소풍 갔던 일이 기억나니? 정말 좋았어. 나는 개구리 소리와 포플러 잎의 속삭임도 듣고 싶어. 하지만 킹스포트에서 공부하는 것도 무척 좋거든. 그래서 가을 학기에 다시 이곳에 돌아온다는 사실이 기뻐. 장학금을 타지 못했으면 돌아올 수 없었겠지만. 마릴라 아줌마의 얼마 되지 않는 예금을 쓸 수 없으니까.”

앤이 꿈꾸는 듯 말했다.

“집만 구하면 다 되는 건데! 킹스포트를 봐. 집, 집 모두 집들이야. 그 가운데 우리를 위한 집이 없구나.”

프리실라가 한숨을 쉬었다.

“그만 해. ‘가장 좋은 것은 가장 늦게 나타난다’는 말도 있잖아. 고대 로마 사람들처럼 우리도 집을 찾게 될 거고 안 되면 지으면 돼. 이렇게 좋은 날에 실패를 떠올릴 수는 없어.”

두 사람은 저녁이 될 때까지 공원을 산책하며 봄의 신비와 황홀함을 느꼈다. 집으로 돌아갈 때는 여느 때처럼 ‘패티네 집’을 보기 위해 스포퍼드 가를 지나가기로 했다.

언덕길을 오르며 앤이 말했다.

“뭔가 신비스러운 일이 일어날 것 같은 느낌이야. 엄지손가락이 따끔거리는 걸 보면. 신비로운 이야기책 속에 들어간 것 같아. 아니, 세상에! 프리실라, 저것 좀 봐! 내가 보고 있는 이게 꿈이니 생시니?”

프리실라가 쳐다보았다. 앤의 엄지손가락과 눈은 아무렇지도 않았다. 그런데 패티네 집 쪽을 보자 그 집 대문에 작은 팻말이 걸려 있었다.

세놓습니다. 가구도 딸려 있습니다. 들어와서 문의하세요.

“프리실라, 우리가 패티네 집을 빌릴 수 있을까?”
앤이 속삭이듯 물었다.

"아니, 안 될걸. 이렇게 좋은 일이 현실일 리 없으니까. 동화 같은 일이 일어나겠니. 나는 기대하지 않아, 앤. 실망을 견딜 수 없을 것 같거든. 보나마나 집세가 우리 쌈돈보다 비쌀 거야. 여기는 스포퍼드가야."

프리실라가 잘라 말했다.

"방법이 있겠지. 오늘은 너무 늦었으니까 내일 다시 오자. 우리가 이 사랑스러운 집을 빌릴 수 있다면 좋으련만! 처음 봤을 때부터 나는 내 운명이 패티네 집과 이어진 것 같은 느낌이었어."

앤이 분명히 말했다.

패티네 집에 들다

다음 날 저녁에 두 사람은 마음을 단단히 먹고 패티네 집 출입문으로 들어섰다.

불꽃이 오르는 벽난로 옆에 두 노부인이 앉아 있었다. 노부인들은 나이도 들고 엄해 보였다. 한 사람은 일흔 살쯤으로 다른 한 사람은 쉰 살쯤으로 보인다는 것 말고는 다른 점이 거의 없었다. 두 사람 모두 은테 안경 너머 푸른 눈동자가 깜짝 놀랄 만큼 컸고 모자를 쓰고 회색 숄을 두르고 있었다. 뜨개질을 하며 말없이 앤과 프리실라를 쳐다보았다. 노부인들의 뒤쪽에는 도자기로 만든 커다란 개가 하나씩 있었다. 개들은 하얀 몸에 녹색 점들이 박혀 있고 코와 귀도 모두 녹색이었다. 앤은 그 개들을 보자마자 반해 버렸다. 개들은 패티네 집을 지켜 주는 쌍둥이 수호천사 같았다.

한참동안 아무도 말을 하지 않았다.

"저희가…… 저희가 밖에서 세놓는다는 팻말을 봤거든요."

앤이 패티 스포퍼드라고 생각되는 노부인을 쳐다보며 가냘프게 말했다.

"그렇지 않아도 오늘쯤은 팻말을 떼려고 했어요."

패티 노부인이 대답했다.

"그러면…… 그러면 저희가 너무 늦게 왔나 보군요. 다른 분에게 빌려주기로 하셨나요?"

앤이 아쉬운 목소리로 물었다.

"아니에요. 집을 빌려주지 않기로 했어요."

"아, 너무 안타까워요. 저는 이 집을 무척 좋아해요. 저희한테 꼭 빌려 주시면 좋겠어요."

"이 집이 정말 좋아요. 지난 가을에 이 집을 처음 봤을 때부터 맘에 들었어요. 다음 학기부터 하숙을 하지 않고 학교 친구 두 명과 같이 살기로 했거든요. 그래서 작은 집을 찾고 있었어요. 그런데 이 집을 세놓으신다는 팻말을 보니 무척 반가웠지요."

"이 집을 그렇게 좋아한다면 빌려주겠어요. 오늘 마리아와 내가 세놓지 않기로 한 것은 사람들이 마음에 들지 않아서예요. 집을 세놓지 않아도 유럽에 갈 돈은 충분히 있으니까요. 물론 도움이 되기야 하겠지만 이제껏 여기를 찾아왔던 사람들 같으면 금덩이를 가지고 와도 빌려주고 싶지 않아요. 그런데 아가씨는 좀 달라 보여요. 이 집을 좋아하고 잘 돌볼 거라는 믿음이 가요. 아가씨한테 빌려 주겠어요."

패티 노부인이 말했다.

"하지만 그래도 원하시는 만큼 집세를 드려야 할 텐데요."

앤이 망설이며 말했다.

패티 노부인이 집세를 말해 주었다. 앤과 프리실라는 서로 얼굴을 쳐다보았다. 프리실라가 고개를 저었다.

"도저히 그렇게 드릴 수는 없겠어요. 보시다시피 저희는 학생이라 가진 돈이 얼마 안 되거든요."

앤이 실망한 기색을 감추며 대답했다.

"얼마나 낼 수 있나요?"

패티 노부인이 뜨개질을 멈추고 물었다.

앤이 액수를 말하자 패티 노부인은 괜찮다는 듯 고개를 끄덕였다.

"그 정도만 내도 좋아요. 아까도 말했듯이 집을 꼭 세놓지 않아도 되니까요. 부자는 아니어도 유럽에 갈 형편은 되거든요. 나는 유럽에 가 본 적도 없고 가고 싶어한 적도 없지만 여기 있는 내 조카 마리아 스포퍼드가 가고 싶어해요. 마리아처럼 젊은 사람을 멀리까지 혼자 보낼 수는 없으니까요."

"그야, 그러시겠죠."

앤은 패티 노부인이 심각하게 말하는 것을 듣고 웅얼거리듯 대답했다.

"그래서 나는 이 아이를 돌봐주려고 같이 가기로 했어요. 어차피 가기로 했으니 즐겁게 지낼 거예요. 나는 일흔 살이나 되었지만 아직

도 세상을 사는 게 지루하지 않아요. 마음만 먹었으면 오래전에 유럽
에 갔을 거에요. 이번에 가면 2, 3년 있다 올 거에요. 6월에 배를 타기
전에 열쇠를 보내 줄 테니까 편할 때 들어와 살도록 해요. 특히 중요
한 몇 가지 물건만 가지고 가고 대부분 남겨두고 갈 거에요."

"저 개들은 두고 가도록 하죠. 아가씨가 잘 돌봐주겠다고 약속할
수 있다면 말이에요. 개 이름은 고그와 마고그예요. 오른쪽이 고그,
왼쪽이 마고그죠. 한 가지 더 말해 둘 게 있어요. 괜찮다면 이 집을 계
속 패티네 집으로 불렀으면 좋겠어요."

"그럼요. 이 집에서 가장 맘에 드는 것 가운데 하나가 그 이름이거
든요."

패티 노부인은 만족스러운 듯 대답했다.

"아가씨들도 수준이 높군요. 나도 그렇게 생각해요."

앤과 프리실라는 집을 돌아보고 나자 더욱 기뻤다. 1층에는 커다란
거실 옆으로 주방과 작은 침실이 두 개 있었다. 앤은 작은 방 가운데
커다란 소나무가 바라다보이는 방이 특히 맘에 들어서 그 방을 썼으
면 좋을 것 같았다. 연한 푸른빛 벽지를 바른 그 방에는 촛대가 놓인
고전적인 화장대가 하나 있었다. 마름모꼴 창문에는 푸른색 모슬린
커튼이 드리워 있었다. 그 아래 놓인 의자는 공부를 하거나 사색을
하기에 썩 좋을 것 같아 보였다.

"너무 황홀해서 자고 일어나면 꿈처럼 사라질 것만 같아."

돌아가는 길에 프리실라가 말했다.

"패티 부인이나 마리아 부인이 꿈에 나타날 사람으로는 보이지 않
아. 더구나 그 모자를 쓰고 숄을 두른 채 여행을 다니는 모습은 상상

할 수도 없어."

앤이 웃으며 말했다.

"모자나 숄은 벗어 놓고 가겠지만 뜨개질감은 어디를 가도 가지고 갈 것 같아. 손에서 놓지 못하는 걸로 봐서는. 웨스트민스터 사원을 관광하면서도 뜨개질을 할 것 같지 않니? 그건 그렇고, 앤, 우리가 패티네 집에서 살게 됐어. 스포퍼드 가에서 말이야. 백만장자가 다 된 것 같아."

프리실라가 말했다.

"나는 기쁨에 겨운 새벽별이 된 듯해."

그날 밤 세인트 존 38번가로 찾아온 필리파가 앤의 침대에 몸을 던졌다.

"너무 피곤해. 짐 싸느라고 얼마나 힘들었는지 몰라."

"무얼 먼저 어디다 넣을지 고민하느라 지쳤나 보구나."

프리실라가 웃으며 말했다.

"맞아. 짐을 겨우 가방에 넣고서 하숙집 아줌마하고 하녀를 불러서 잡아 달라고 한 뒤에야 가방을 잠갔어. 그런데 종업식 때 쓸 물건들을 맨 밑바닥에 넣었지 뭐야? 그래서 한 시간도 넘게 다시 가방을 열고 그것들을 찾았어. 찾는 건가 하고 잡아당겨 보면 계속 다른 게 나오는 거야. 그래도 짜증은 안 부렸어. 그건 그렇고, 너희들 무슨 일이니? 이제 보니 두 사람 얼굴에서 빛이 나는 것 같아. 어, 정말이네! 무슨 일이니?"

"다음 학기부터는 패티네 집에서 살 거야. 하숙을 하는 게 아니고 우리끼리 사는 거라고! 그 집을 빌려서 스텔라 메이나드와 함께 살기로 했어. 스텔라네 아줌마가 오셔서 집안일도 돌봐 주시기로 했고.”

앤이 들떠서 말했다.

필리파는 그 자리에서 벌떡 일어서서는 코를 풀고는 앤 앞에 무릎을 끓었다.

“나도 함께 살게 해줘. 나도 잘할게. 빈 방이 없으면 과수원에 있는 개집이라도 좋아. 그 집에 있었어. 제발 같이 살게 해줘.”

“일어나. 바보처럼 왜 그러니.”

“나하고 함께 살겠다고 말하기 전에는 꼼짝도 하지 않겠어.”

앤과 프리실라는 마주보았다. 이윽고 앤이 천천히 말했다.

“우리도 너와 함께 살고 싶어. 하지만 솔직히 말할게. 나는 가난해. 프리실라와 스텔라도 가난해. 우리는 아주 절약하며 살아야 해. 너도 우리처럼 살아야 되는데, 너는 부자잖니. 하숙비만 봐도 알아.”

“그게 어때서? 혼자서 하숙집에서 고기를 먹는 것보다 친구들과 채소를 먹는 게 나아. 나는 많이 먹지도 않아. 빵과 물에 잼은 조금만 발라서 먹으면서도 살 수 있어. 너희들이 날 받아만 준다면 말이야.”

필이 슬퍼하며 말했다. 앤이 말을 이었다.

“할 일도 많을 거야. 스텔라네 아줌마가 해주시겠지만 모든 일을 다 하실 수는 없을 거야. 그러니까 자질구레한 일들을 우리가 해야 하는데…….”

“일을 해 본 적은 없어. 하지만 배울게. 어떻게 하는지 한 번만 보고 나면 나도 할 수 있을 거야. 침대는 정리할 줄 알아. 요리는 못해도, 화는 내지 않을 거야.”

필리파가 앤의 말을 받았다.

"한 가지 더 있어. 네가 매일 저녁 사람들을 초대하는 걸 학교에서는 다들 알아. 하지만 패티네 집에서는 그렇게 하면 안 돼. 우리는 친구들을 금요일 저녁에만 부를 거야. 네가 함께 지내려면 이런 규칙들을 지켜야 해."

프리실라가 잘라 말했다.

"그럼 내가 그런 규칙을 싫어한다고 생각하는 건 아니지? 물론 좋아! 나도 그런 규칙이 필요하다는 건 알지만 규칙을 만들거나 지키려고 다짐하기가 무척 어려웠어. 너희들이 나한테 그런 책임감을 주는 게 나도 좋아."

앤과 프리실라는 의미 있는 눈빛을 주고받았다.

"그래. 스텔라와 의논해 봐야 하겠지만 반대하지는 않을 거야. 너와 함께 지내면 우리도 무척 기쁠 거야."

앤이 말했다.

"혹시 소박한 생활에 싫증이 나면 떠나도 괜찮아. 아무것도 묻지 않고 보내 줄게."

프리실라가 덧붙였다. 필리파는 자리에서 일어나 환호성을 지르며 두 사람을 끌어안았다. 그러고는 기쁨이 넘친 얼굴로 집으로 돌아갔다.

"모든 게 잘 돼야 하련만."

프리실라가 걱정스러운 투로 말했다.

"잘되도록 해야지. 나는 필리파가 우리와 잘 어울려 살아갈 거라고 생각해."

앤이 분명히 말했다.

"그래, 필리파는 허물없는 친구야. 그리고 한 사람이라도 더 있으면 부담도 줄겠지. 하지만 정말 그 아이와 같이 살 수 있을까? 같이 살 수 있을지는 여름과 겨울을 함께 지내 봐야 알 수 있을 텐데."

"그건 우리 모두한테 일종의 시험이라고 생각하자. 지각 있는 사람답게 맞춰 가며 살아야 해. 필은 이기적인 아이는 아니야, 약간 단순하기는 하지만. 나는 우리가 패티네 집에서 잘 지낼 거라고 생각해."

인생의 수레바퀴에서

앤은 소번 장학금을 받고 자랑스럽게 에이번리로 돌아왔다. 사람들은 앤이 전혀 변하지 않았다고 말했다. 하지만 그 말에는 변하지 않은 데 대한 놀라움과 실망이 함께 담겨 있었다. 에이번리도 전혀 변하지 않은 듯했다. 처음에는 그렇게 보였다. 하지만 에이번리도 시간의 흐름을 비켜갈 수 없다는 사실을 새삼 깨달았다.

강단에는 새로 온 목사님이 서 계셨고 낯익은 얼굴들이 많이 보이지 않았다. 늙은 '에이브 아저씨'와 끊임없이 한숨만 몰아쉬던 피터 슬론 부인, 린드 부인의 말처럼 '20년 동안이나 죽는 연습을 하고서야 간신히 죽은' 티모시 커튼, 콧수염을 깎아서 관 속에 누워 있는 모습을 알아볼 수 없었던 조시아 슬론 영감, 이들은 모두 교회 뒤의 작은 묘지에 잠들어 있었다.

또 빌리 앤드루스는 네티 블루엣과 결혼했다.

　두 사람은 주일날 처음 모습을 나타냈다. 빌리는 긍지와 행복으로 가득 차 깃털 장식이 달린 비단옷을 입은 신부를 앤드루스 집안의 좌석으로 이끌고 갔다. 앤은 흔들리는 눈빛을 감추기 위해 시선을 아래로 했다. 지난 크리스마스 방학 때 눈보라가 불던 밤 제인이 빌리를 대신해서 청혼했던 일이 떠올랐다. 앤의 거절에 빌리가 마음 아파하지 않았다는 것은 분명히 사실인 듯했다. 제인은 에이번리 학교를 그만두고 가을에 서부로 갈 생각이라고 했다.

　"에이번리에서는 남자를 만날 수 없으니까 그래. 저 아이는 서부로 가면 건강에 더 좋을 것 같다고 하지만 지금껏 제인의 건강이 안 좋다는 이야기는 들어보지 못했어."

　린드 부인이 멸시하듯 말하자 앤이 친구를 감쌌다.

　"제인은 착해요. 남자한테 관심을 끌려고 하지는 않아요."

　"그래. 저 아이는 남자들을 쫓아다니지는 않아, 네 말대로. 하지만 너무나 결혼하고 싶은 거야. 그게 아니면 남자들을 빼면 볼거리라고는 없는 서부로 가야 할 이유가 뭐겠니? 뻔한 거야!"

　린드 부인이 말했다. 하지만 그날 앤이 놀라서 쳐다본 것은 제인이 아니라 그 옆에 앉아 있던 루비 길리스였다. 루비한테 무슨 일이 있는 걸까? 전보다도 훨씬 예뻐 보였지만 푸른색 눈동자가 지나치게 반짝거렸고 뺨도 이상스레 붉었다. 게다가 너무 말라 찬송가를 든 손은 힘줄이 다 비칠 정도였다.

　"루비가 어디 아픈가요?"

　교회에서 집으로 돌아오며 앤이 린드 부인에게 물었다.

　린드 부인이 무뚝뚝하게 대답했다.

"루비 길리스는 폐결핵에 걸렸어. 그 아이와 가족들만 빼고는 모두 다 알지. 그 사람들한테 루비가 어떠냐고 물으면 건강하다고 해. 지난 겨울에 피를 토한 뒤로는 학교에 나가지 못하고 있으면서도 그 아이는 이번 가을에는 화이트 샌드에서 가르칠 거라고 해. 화이트 샌드 학교의 개학 때쯤이면 저 가엾은 아이는 무덤 속에 누워 있을 거야."

앤은 깜짝 놀라서 말을 할 수조차 없었다. 어떻게 그런 일이 있을까? 요즘 사이가 약간 멀어지기는 했어도 오랜 친구였기에 그 소식에 마음이 아팠다. 화려하고 명랑하고 깜찍한 루비! 그런 루비에게서 죽음을 떠올릴 수 없을 것 같았다. 예배가 끝난 뒤 루비는 앤을 반갑게 맞으면서 내일 저녁에 놀러 오라고 했다.

"화요일과 수요일 저녁에는 집에 있지 않을 거야. 카모디로 콘서트를 보러 가야 하고 화이트 샌드에 파티가 있거든. 허브 스펜서하고 갈 거야. 요즘 그 사람을 만나고 있어. 내일 꼭 놀러 와. 너와 이야기하고 싶어. 레드먼드에서 어떻게 지냈는지 무척 듣고 싶어."

루비가 자랑하듯 속삭였다.

앤은 루비가 연애 이야기를 하고 싶어하는 것을 알았지만 가겠다고 했다. 다이애너도 함께 가기로 했다.

다음날 저녁 초록 지붕 집을 나서며 다이애너가 말했다.

"루비를 보고 싶었는데 오래 못 만났어. 혼자서는 찾아갈 수도 없었어. 루비가 이야기하다 기침 때문에 말을 할 수 없을 때도 아무렇지도 않은 척하는 걸 보면 너무 무서웠어. 루비는 살아보려고 노력하고 있지만 사람들은 힘들 거라고 해."

두 사람은 아무 말도 하지 않고 노을이 붉게 지는 길을 걸었다. 새들이 나뭇가지 높은 데서 노래를 부르며 금빛 대기를 빛나는 소리로 가득 채워 주었다. 연못과 늪에서는 개구리들의 노래가 은피리 소리처럼 새싹이 자라나는 들판을 가득 메웠다. 달콤하게 빨간 나무딸기 덩굴의 향기가 퍼지기 시작했고 조용한 골짜기를 은은히 덮어 주는 하얀 안개 사이로 시냇물 위에 비친 제비꽃처럼 별이 반짝였다.

"노을이 아름다워! 저걸 봐. 섬 같지 않아? 저기 길고 낮게 깔린 보라색 구름은 바닷가 같고, 그 뒤의 맑은 하늘은 금빛 바다 같아."

앤이 상상에서 돌아와 말했다.

"기억하고 있니? 폴이 전에 썼던 글처럼 달빛 배를 타고 저기로 갈 수 있으면 얼마나 좋을까. 다이애너, 저기서 우리의 지난 날을 볼 수 있을까? 지나간 봄과 꽃들을 볼 수 있을까? 폴이 보았다고 하던 우리들의 장미꽃밭을 볼 수 있을까?"

"그만. 삶이 얼마 남지 않은 할머니 같은 느낌이 들어."

다이애너가 말했다.

"가엾은 루비 이야기를 듣고 나서 줄곧 이런 느낌이야. 그 아이가 죽어가고 있는 게 사실이듯 다른 슬픈 일들도 현실이 될 수 있을 거니까."

"앨리샤 라이트네 집에 잠깐 들러 보자. 어머니가 젤리를 아토사 대고모께 전해 드리라고 하셨어."

다이애너가 말했다.

"아토사 대고모?"

"누군지 모르니? 스벤서베일의 샘슨 코츠 부인인데 앨리샤 라이트의 이모야. 우리 아버지의 고모시기도 하고. 아토사 대고모는 지난 겨울 대고모부께서 돌아가셔서 외롭게 혼자 남게 되셨어. 그래서 라이트네 집에서 같이 살고 계셔. 어머니는 우리가 아토사 대고모를 모셔야 된다고 생각했는데 아버지가 무척 반대하셨어. 아토사 대고모하고는 같이 못 산다고 말이야."

"그렇게 이상한 분이셔?"

앤이 물었다.

"직접 보면 우리가 그 집을 나오기 전에 알 수 있을 거야. 아버지는 아토사 대고모 얼굴이 도끼 같대. 허공까지 자를 거라고 하셔. 하지만 혀는 더 날카로우셔."

다이애너가 과장되게 대답했다.

시간이 많이 늦었는데도 아토사 대고모는 라이트네 주방에서 감자를 자르고 있었다. 낡은 옷을 입고 잿빛 머리가 심하게 헝클어져 있었다. 아토사 대고모는 좋은 기분이 아닌 듯 불쾌한 얼굴을 하고 있었다.

"네가 앤 셜리니? 이야기는 많이 들었다."

다이애너가 앤을 소개하자 아토사 대고모가 말했다. 말투로 봐서는 앤에 대해 좋은 이야기는 듣지 못한 것이 분명했다.

"앤드루스 부인한테서 네가 돌아왔는 말을 들었다. 좋아 보이더라 하더구나."

아토사 대고모에 대해서는 더 이상 들을 필요가 없었다. 아토사 대고모는 계속 감자를 자르며 말했다.

"앉으라고 해도 앉고 싶지 않지? 여기야 너희들이 재미있어 할 일은 없으니까. 다른 사람들도 없고."

아토사 대고모가 놀리듯 말했다.

"엄마가 젤리를 전해 드리랬어요. 오늘 만든 건데 맛을 보시라고요."

다이애너가 밝은 목소리로 말했다.

"고맙긴 하지만 나는 네 엄마가 만든 젤리는 별로 좋아하지 않아. 너무 달기만 해서 말이야. 가져 왔으니 먹기는 해야겠지. 올봄에는 입맛이 영 없어. 몸도 좋지 않고. 그래도 나는 일을 해야 해. 일할 수 없는 사람을 이 집에서 필요로 하지는 않을 테니까. 귀찮겠지만 그 젤리를 조리대에 놔주겠니? 오늘밤까지 이 감자들을 다 잘라야 해. 너희 같은 처녀들은 이런 일을 안 하겠지, 손이 거칠어질까 봐."

아토사 대고모가 심술궂게 말했다.

"저도 농장을 빌려 주기 전까지는 감자를 잘랐어요."

앤이 웃으며 대답했다.

"저는 아직도 하고 있어요. 지난주에도 사흘 동안 감자를 잘랐어요. 물론 매일 밤 레몬 주스에 손을 담갔다가 양가죽 장갑을 끼고 자긴 했지만요."

다이애너도 웃으며 재치 있게 대답했다.

"싸구려 잡지에서 그런 걸 읽었나 보구나. 네 엄마가 왜 그런 걸 읽게 하는지 모르겠다. 그러다가 애들 다 버리려고. 우린 조지가 네 엄마하고 결혼한다고 했을 때 어울리지 않는다고 생각했어."

아토사는 조지 배리가 결혼한다고 했을 때의 나쁜 예감이 모두 맞았다는 듯 깊은 한숨을 몰아쉬었다.

"가려고? 나 같은 늙은이하고 이야기해 봐야 재미가 없겠지. 이 집에 사내아이들이 없어서 안 됐구나."

앤과 다이애너가 일어나자 아토사 대고모가 빈정거렸다.

"루비 길리스를 만나러 가다 들른 거예요."

다이애너가 설명했다.

"핑계가 왜 없겠니. 바람처럼 왔다가 인사도 제대로 안 하고 가버리고. 대학에서는 그렇게 가르치는가 보구나. 루비 길리스 옆에는 가까이 가지 마라. 의사들은 폐결핵이 전염이 된다고 하더라. 작년 가을에 루비가 보스턴으로 가는 걸 보고 일이 생길 줄 알았지. 집에 진득이 있지 않는 사람한테는 일이 생기거든."

아토사 대고모가 말했다.

"여행을 안 가도 병에 걸리기도 하고 죽는 사람도 있어요."

다이애너가 진지하게 말했다.

"그런 사람들을 누구도 비난할 수는 없어. 너는 6월에 결혼한다면서, 다이애너?"

아토사 대고모가 잘 아는 듯 물었다.

"아니에요."

다이애너가 얼굴을 붉히며 대답했다.

"그래. 하지만 너무 미루지 말아라. 너도 금방 나이 먹는다. 네가 내세울 만한 건 머리하고 피부잖니? 게다가 라이트 집안 사람들은 변덕쟁이들이니까 알 수 없잖아. 앤, 너는 모자를 써야겠다. 코에 온통 주근깨잖아. 거기다 빨간 머리라니! 하지만 어쩌겠니, 하느님이 만들어주신 대로 살아야지. 마릴라한테 안부 좀 전해라. 에이번리로 온 다음에 한 번도 찾아오지 않았지만 뭐라고 하지는 않겠다. 이 동네에서 커스버트 집안 사람들이 거만한 건 누구나 아는 거잖니."

아토사 대고모가 거침없이 말했다.

오솔길로 뛰쳐나온 뒤에 다이애너가 숨을 헐떡이며 물었다.

"어떠니? 정말 너무하지?"

앤이 대답했다.

"엘리자 앤드루스보다도 심해. 하지만 아토사라는 이름으로 평생을 살아야 한다고 생각해 봐! 누구나 저런 심술이 생기지 않겠니? 대고모도 자기 이름을 코델리아라고 상상하면 좋을 텐데. 그랬더라면 많은 도움이 되었을 거야. 나도 앤이라는 이름이 싫어졌을 때 그렇게 했거든."

"조시 파이가 크면 아토사 대고모처럼 될 거야. 조시네 어머니하고 아토사 대고모는 사촌이니까. 어휴, 하여간 볼일을 마쳐서 기쁘다. 아토사 대고모는 심술이 너무 심해서. 뭐든 기분 나쁘게 하신단다. 아버지가 대고모에 대해 재미있는 이야기를 해주셨어. 스펜서베일에 몹시 훌륭하지만 잘 듣지 못하는 목사님이 계셨대. 말을 거의 알아듣지 못하셨대. 그런데 주일 저녁 기도회에서 성도들이 번갈아 기도를 하거나 성경 구절에 대해 이야기해야 했대. 어느 날 저녁에 아토사 대고모가 자리에서 벌떡 일어서서는 기도나 성경 구절을 이야기하는 대신에 성도들을 욕했대. 그리고 나니까 전혀 알아듣지 못한 목사님께서 무척 경건한 목소리로 이렇게 말씀하셨다는 거야. '아멘! 주여, 사랑하는 자매의 기도를 이루어 주시옵소서.' 아버지가 하시는 이야기를 직접 들었어야 했는데."

"이야기라니까 하는 말인데, 다이애너, 나는 요즘 짧은 글을 쓰려고 하고 있어. 소설로 출판할 수 있게."

앤이 비밀을 털어놓듯 조심스레 말을 꺼냈다.

"너라면 할 수 있을 거야. 우리 이야기 동아리에서도 아주 재미있는 이야기를 썼으니까."

앤의 놀랄 만한 소식을 듣고 다이애너가 말했다.

"그래. 하지만 그런 식의 이야기가 아니야. 그래서 진지하게 생각하고 있어. 사실은 시작이 두려워. 실패라도 하면 너무 부끄러울 것 같아."

"전에 프리실라가 말했는데 모건 부인이 쓴 첫 번째 소설은 모두 되돌아왔대. 하지만 네 소설은 그렇게 되지 않을 거야. 요즘 편집자들은 좀 나을 거니까."

"마거릿 버튼이라는 레드먼드의 3학년 학생이 쓴 소설이 지난 겨울에 『캐나다 여성』지에 실렸어. 글을 쓰려면 그 정도는 돼야 할 거라고 생각해."

"너도 『캐나다 여성』지에 발표할 생각이니?"

"처음에는 좀더 큰 잡지에 투고해 보려고 해. 어떤 소설을 쓰느냐에 달려 있지만."

"어떤 이야기인데?"

"나도 아직 몰라. 구성이 잘 짜인 이야기를 썼으면 해. 편집자들에게는 그게 가장 중요할 것 같거든. 결정된 것은 여주인공 이름뿐이야. 에이버릴 레스터. 아주 예쁜 이름이지? 다른 사람한테 말하지 마. 다이애너, 너하고 해리슨 아저씨께만 이야기했으니까. 아저씨는 좋게 생각하시지 않는 것 같아. 요즘은 쓰레기 같은 소설들이 너무 많다고 하셨거든. 일 년 동안 대학을 다녔으니까 좀더 나은 생각을 하라고 하셨어."

"해리슨 아저씨가 뭘 아신다고 그래?"

다이애너가 뾰로통하게 말했다.

두 사람이 길리스네 집에 도착했을 때 집 안에는 불이 환하게 켜져 있었고 손님들이 북적대고 있었다. 스펜서베일의 레오나드 킴벨과 카모디의 모건 벨이 응접실에서 서로 노려보고 있었다. 주변에는 명랑한 여자 아이들이 여럿 있었다. 하얀 드레스를 입은 루비는 눈동자와 뺨이 한결 더 빛나는 것처럼 보였다. 쉴새없이 웃고 떠들다가 다른 여자아이들이 모두 돌아가고 나자 루비는 앤을 2층으로 데리고 올라가 여름옷을 보여주었다.

"푸른 비단 옷이 있는데 여름옷으로는 조금 두꺼워. 그래서 가을까지 놔두려고 해. 화이트 샌드에서 아이들을 가르치게 됐으니까. 이 모자 어떠니? 어제 교회에 쓰고 왔던 네 모자도 예뻤어. 하지만 나한테는 좀더 화려한 것이 맞는 것 같아. 아래층에 있던 한심한 남자 아이들 봤니? 아, 오늘밤에는 저 두 사람이 오지 않기를 바랐는데. 너하고 조용히 이야기하고 싶었거든. 앤, 하고 싶은 이야기가 아주 많아. 우리는 언제나 좋은 친구였잖니?"

루비가 힘겹게 웃음을 지으며 앤의 허리를 당겼다. 하지만 잠시 두 사람의 눈이 마주쳤을 때 앤은 루비가 활기찬 모습 뒤로 고통스러워하고 있다는 것을 알았다.

"가끔 놀러 와, 혼자서. 나는 네가 필요해."

루비가 속삭이듯 말했다.

"괜찮니?"

"물론이야. 요즘처럼 몸이 좋았던 적이 없었거든. 물론 지난 겨울에 각혈했을 때는 몸이 좀 안 좋았어. 지금 내 얼굴 좀 봐. 아픈 것 같지 않지?"

루비의 목소리가 날카로웠다. 루비는 화가 난 듯 앤에게서 팔을 떼어내고는 아래층으로 내려갔다. 그러고는 한결 쾌활하게 자기를 쫓아다니는 두 남자를 골려 주고 있었다. 앤과 다이애너는 거기 어울리지 못하고 금세 돌아왔다.

에이버릴의 속죄

"무슨 생각 하니, 앤?"

어느 날 저녁 앤과 다이애너는 시냇물 요정이 사는 듯한 골짜기를 거닐었다. 하얀 커튼을 드리운 듯한 배나무에서 향기가 퍼져 왔다.

앤은 행복한 한숨을 쉬며 상상의 세계에서 현실로 돌아왔다.

"내 소설의 줄거리를 생각하고 있었어, 다이애너."

"어, 벌써 쓰기 시작했니?"

다이애너가 큰 소리로 물었다.

"그래, 아직 몇 장 쓰지는 않았어도 대체적인 윤곽은 그렸어. 그동안은 줄거리를 생각하면서 지냈거든. 에이버릴이라는 이름의 소녀한테 어울릴 만한 이야기를 찾기가 어려웠어."

"이름을 바꾸면 안 되니?"

"안 돼, 절대로. 바꿔 보려고도 했지만 내가 네 이름을 바꿀 수 없는 것처럼 안 되는 일이었어. 다음으로는 등장 인물들한테 어울리는 이름을 붙여주는 짜릿한 시간이 남아 있었지. 무척 재미있어. 남자 주인공의 이름은 퍼시발 달림플이야."

다이애너가 탐이 나는 듯 물었다.

"벌써 등장 인물들의 이름을 모두 지어 버렸단 말야? 아직 다 붙이지 않았으면 이름 하나는 내가 지으면 안 될까? 중요하지 않은 인물이라도 괜찮아. 그렇게 하면 네 소설에 같이 끼어든 기분이 들 것 같아서 그래."

"레스터 집안에서 일하는 아이의 이름을 지어 볼래. 별로 중요한 인물도 아니지만 이름이 없는 건 그 아이뿐이거든."

그래서 아이의 이름을 로버트 레이로 정했고 줄여서 보비로 부르기로 했다.

"원고료는 얼마나 받을 수 있을까?"

다이애너가 물었다. 하지만 앤은 그런 생각을 해 본 적이 없었다. 명예를 바랄 뿐이었지 돈을 바란 것은 아니었다.

"나도 읽게 해 주겠니?"

다이애너가 부탁했다.

"다 쓰고 나서 너하고 해리슨 씨께 어 줄 거니까 솔직히 평을 해 줘. 출판되기 전까지 두 사람 말고 다른 사람한테는 보여주지 않을 거야."

"끝은 어떻게 되니? 행복하니, 아니면 비극적이니?"

"아직 확실하지는 않아. 하지만 슬프게 하고 싶어. 그게 낭만적이거든."

앤이 겸손히 말했다.

"난 행복한 이야기가 좋아. 남녀 주인공을 결혼시켰으면 좋겠어."

다이애너는 프레드와 약혼을 하고 나서는 모든 이야기가 결혼으로 이어져야 한다고 생각하는 듯했다.

"하지만 너는 슬픈 이야기를 읽고 우는 것도 좋아하잖니?"

"그렇긴 해. 이야기를 읽는 가운데 울고 싶거든. 하지만 모든 일이 행복하게 끝맺으면 좋겠어."

다이애너가 웃으며 말했다.

2주 동안 소설을 쓰며 앤은 작품의 분위기에 따라 우울하기도 하고 즐겁기도 했다. 좋은 생각이 떠올라 기뻐하다가도 상대 등장인물이 마음대로 되지 않아 실의에 빠지기도 했다. 다이애너는 그런 앤을 이해할 수 없었다.

"네 마음대로 꾸며."

"안 돼. 에이버릴은 그렇게 마음대로 할 수 있는 여자가 아냐. 내 생각과는 달리 말하고 행동하거든. 그러면 썼던 걸 모두 다시 써야 해."

앤이 탄식했다.

마침내 소설이 마무리되자 앤은 자기 방에서 다이애너에게 읽어 주었다. 비극적인 장면에서 로버트 레이를 희생시키지 않았다. 앤은 다이애너의 기분을 살피며 소설을 읽었다. 다이애너는 알맞은 반응을 보였다. 하지만 마무리 부분에서는 실망한 것 같았다.

"모리스 레녹스를 왜 죽였니?"

다이애너가 비난하듯 물었다.

"악한이라 벌을 받아야 해."

앤이 따지듯 대꾸했다.

"나는 그 사람이 제일 좋아."

다이애너가 어처구니없는 말을 했다.

"그 사람은 죽었어. 죽은 채로 내버려두겠어. 모리스를 살려 두면 끝까지 퍼시발과 에이버릴을 괴롭힐 거거든."

앤은 화가 난 듯 말했다.

"그렇겠지, 네가 그 사람 마음을 바꿔 주지 않는다면."

"그러면 이야기가 낭만적일 수 없어. 너무 길어지고."

"하여튼 무척 아름다운 이야기야. 앤, 너는 틀림없이 유명해질 거야. 제목은 지었니?"

"제목은 오래 전에 지었어. '에이버릴의 속죄' 야. 괜찮아? 이제 솔직히 말해 줘. 이상한 부분은 없니?"

"글쎄, 에이버릴이 케이크를 만드는 장면이 소설 속의 다른 장면들과 어울리지 않고 낭만적이지 않은 것 같아. 누구라도 하는 일이라서. 여주인공이 요리를 하는 건 어울리지 않는 것 같아."

다이애너가 망설이며 대답했다.

"그게 재미있는 거야. 나는 작품 속에서 가장 좋은 장면 가운데 하나라고 생각해."

앤이 말했다. 그 점은 앤이 옳았다고 할 수 있을 것이다.

다이애너는 더 이상은 비판하지 않았다. 하지만 해리슨 씨는 무척 심하게 깎아내렸다. 해리슨 아저씨는 묘사가 지나치다고 했다.

"미사여구는 모두 빼야 해."

해리슨 아저씨가 냉정하게 말했다.

앤은 기분이 상했지만 해리슨 씨의 말이 맞다고 생각했다. 그래서 애써 쓴 묘사를 모두 빼버렸는데도 까다로운 해리슨 아저씨를 만족시키기 위해 세 번이나 다시 써야 했다.

"다른 묘사들은 뺐지만 노을 장면은 그냥 남겨뒀어요. 이건 절대로 뺄 수 없어요. 이 작품에서 가장 좋은 부분이니까요."

앤이 마지막에 말했다

"이야기 흐름과는 아무런 관련이 없어. 그리고 왜 도시 사람들을 등장시켰니? 너는 그 사람들에 대해 잘 모르잖아. 배경을 에이번리로 하는 게 좋았어. 지명은 바꿔야겠지만. 그렇지 않으면 린드 부인이 자기가 여주인공인 줄 착각할 테니까."

"그렇게 하지는 않겠어요. 에이번리는 세상에서 가장 사랑하는 곳이기는 해도 소설의 배경이 될 만큼 낭만적이지는 않으니까요."

"등장 인물들이 실제 인물 같지 않아. 너무 말을 많이 하고 게다가 과장된 표현만 하고 있거든. 달림플이 두 페이지에 걸쳐 혼자 말하느라고 아가씨가 한마디도 할 수 없는 장면이 있지. 그런 상황이 실제로 벌어졌다면 그 아가씨는 남자를 차 버릴 거다."

해리슨 씨가 차갑게 말했다.

"안 그래요."

앤이 짧게 대답했다. 앤은 속으로 이렇게 아름답고 시적인 표현이야말로 에이버릴의 마음을 사로잡을 거라고 생각했다. 더욱이 여왕처럼 교양 있는 에이버릴이 '차버린다' 처럼 저속한 표현을 쓸 리 없었다. 그녀라면 '청혼을 거절했다' 고 할 것이다.

"더구나 모리스 레녹스가 에이버릴을 얻지 못하는 이유를 알 수 없어. 모리스는 누구보다도 남성적이잖아. 나쁜 짓이기는 했어도 뭐라도 했으니까. 반면에 퍼시발은 끝까지 멍청하잖아."

해리슨 씨는 계속해서 차갑게 평을 했다.

'멍청하다' 고! 이 말은 '차버린다' 는 말보다 더욱 심했다.

"모리스 레녹스는 악한이에요. 왜 모두 다 퍼시발보다 모리스를 좋아하는 거람!'

앤이 화가 나서 말했다.

"퍼시발은 너무 착하잖아. 그 반작용이지. 다음부터는 주인공을 더 인간적으로 묘사하는 게 좋겠어."

"에이버릴을 모리스와 결혼시키면 안 돼요. 악한이니까요."

"여자가 남자를 변화시키면 돼. 앤도 남자를 변화시킬 수 있어. 물론 해파리처럼 의지가 약한 사람들은 변할 수 없겠지만. 이야기 자체는 괜찮아. 흥미를 끌거든. 그건 좋아. 하지만 좋은 작품을 쓰기에 앤은 너무 어려. 그러니까 10년만 있다가 쓰는 것이 어떻겠니?"

앤은 다음에 소설을 쓰면 누구에게도 평을 해 달라고 하지 않기로 결심했다. 힘만 빠지게 만들 뿐이었다. 길버트에게도 소설에 대한 이야기를 했지만 읽히지는 않았다.

"잘 되면 출판을 할 테니까 그때 읽어 보면 돼. 하지만 실패하면 누구에게도 보여 주지 않겠어."

마릴라는 이 일에 대해 전혀 몰랐다. 앤은 잡지에 실린 자신의 소설을 마릴라에게 읽어 주는 모습을 상상했다. 마릴라에게 칭찬을 듣고 나서 자신있게 자신이 저자라고 밝히려는 것이었다.

앤은 두툼한 봉투를 우체국으로 들고 갔다. 젊고 두려움을 모르는 자신감으로 대형 잡지사 가운데서도 가장 큰 곳으로 소설을 보냈다. 다이애너가 앤보다도 더 기뻐했다.

"결과를 언제 알 수 있을까?"

다이애너가 물었다.

"2주 이상은 걸리지 않을 거야. 채택되면 얼마나 기쁠까!"

"물론 될 거야. 그리고 다른 글도 보내 달라고 또 청탁을 받을 거고. 너도 모건 부인처럼 유명해질 날이 멀지 않았어. 그러면 너와 친구라는 사실이 얼마나 자랑스럽겠니?"

다이애너는 친구의 재능을 진심으로 칭찬할 줄 알았다.

그리고 한 주가 꿈결 속에서 흘러갔다. 하지만 쓰라린 각성의 시간이 닥쳐왔다. 어느 날 저녁 다이애너가 찾아갔을 때 앤은 자기 방에서 이상한 얼굴로 앉아 있었다. 탁자 위에는 긴 봉투와 잔뜩 구겨진 원고가 놓여 있었다.

"앤, 설마 소설이 되돌아온 건 아니지?"

다이애너가 못 믿겠다는 듯 소리쳤다.

"되돌아왔어."

앤이 짧게 대꾸했다.

"안 돼! 편집자가 미쳤어. 이유가 뭐야?"

"이유도 없어. 그냥 채택되지 않았다는 내용이 든 인쇄물밖에 없었어."

다이애너가 몹시 화난 목소리로 말했다.

"정말 시시한 잡지라고 생각했었지. 그 잡지에 실리는 소설은 『캐나다 여성』보다 형편없이 재미없어. 값만 배로 비싸다니까. 편집자가 작가는 미국인이어야 한다는 편견이 있는 사람인 것 같아. 힘내. 모건 부인의 작품도 여러 차례 되돌아왔잖아. 이번에는『캐나다 여성』에 보내 봐.”

“그래. 채택이 되면 이 미국인 편집자한테도 한 부 보내야겠어. 노을 장면은 뺄까 봐. 해리슨 아저씨 말이 맞는 것 같거든.”

앤이 용기를 얻은 듯 말했다.

노을 장면은 그래서 사라졌다. 하지만 커다란 변화에도 불구하고『캐나다 여성』편집자도 ‘에이버릴의 속죄’ 를 돌려보냈다. 화가 난 다이애너는 너무 빨리 되돌려 보냈으니 편집자가 읽지도 않았을 거라며『캐나다 여성』을 더 이상 구독하지 않겠다고 말했다. 실망한 가운데 앤은 두 번째 거절을 더욱 담담히 받아들였다. 그러고는 소설을 이야기 동아리의 작품을 보관해 오던 다락방의 트렁크 속에 집어넣었다. 하지만 다이애너가 애원하자 베낀 원고를 내주었다.

“이제 내 문학의 꿈은 좌절되었어.”

앤이 쓸쓸히 중얼거렸다. 앤은 해리슨 씨에게 결과를 알리지 않았다. 하지만 어느 날 해리슨 씨는 원고가 채택되었느냐고 물어보았다.

“채택되지 않았어요.”

앤이 짤막하게 대답했다.

“그렇지만 나는 네가 계속 글을 쓰게 될 것 같구나.”

해리슨 씨가 격려의 말투로 말했다.

“아니에요. 다시는 소설을 쓰지 않을래요.”

해리슨 씨는 깊이 생각하고 나서 이렇게 말했다.

"나 같으면 아주 포기하지는 않을 거다. 다시 쓰겠어. 하지만 쉽사리 원고를 보내서 편집자를 괴롭히지는 않을 거다. 나라면 내가 아는 곳과 사람들에 대해 일상적인 표현으로 쓸 거야. 해가 뜨고 지는 것도 과장하지 않고 있는 대로 묘사할 거고. 악한을 등장시켰다면 그 사람에게는 새 사람이 될 기회도 줄 거야. 이 세상에는 정말 끔찍한 악한도 있어. 하지만 찾아보기는 어려워. 린드 부인의 말대로라면야 우리는 모두 나쁜 사람이긴 하지만, 그래도 사람은 누구나 좋은 점을 갖고 있지. 그런 것들을 고려해 가며 글을 써 나가는 게 좋지 않겠니?"

"아니에요. 제가 어리석었던 거예요. 레드먼드를 졸업하면 아이들만 열심히 가르칠 거예요. 소설은 잘 못 써도 가르치는 건 할 수 있으니까요."

"학업을 마치면 결혼을 해야겠구나. 나처럼 오래 미루지 않았으면 좋겠다."

해리슨 씨가 말했다.

앤은 자리에서 일어나 집으로 돌아갔다. 해리슨 씨는 사람을 참을 수 없도록 만들기도 했다. '차버린다' 고 '멍청하다' 고 '결혼을 해야 한다' 고?

앤은 비명을 지를 뻔했다!

잘못을 저지른 데이비

　데이비와 도라는 주일 학교에 갈 준비를 마쳤다. 둘이서만 갈 예정이었다. 린드 부인이 늘 주일 학교에 데리고 가기 때문에 둘이서만 가는 일은 드물었다. 하지만 발목을 삐어 절뚝거리는 린드 부인이 오늘 아침에는 집에 있어야 했다. 쌍둥이 남매가 가족을 대표해서 교회에 가는 셈이었다. 앤은 카모디에서 친구들과 일요일을 보내려고 전날 저녁 나갔고 마릴라는 두통이 심했다.

　데이비는 천천히 아래층으로 내려왔다. 린드 부인이 옷을 입혀 준 도라가 복도에서 기다렸다. 데이비는 혼자 외출 채비를 했다. 주머니에는 주일 학교에 헌금할 1센트와 교회에 헌금할 5센트짜리 동전이 있었다. 데이비는 한 손에 성경책을, 다른 손에는 주일 학교 회보를 들고 있었다. 주일 학교에서 배운 내용과 성구, 교리 문답까지 모두 잘 외었다. 지난 주일 오후 내내 린드 부인과 주방에서 공부했기 때문이었다. 그래서 마음이 편해야 했다. 그런데 데이비는 아까부터 심술이 났다. 데이비가 도라에게 오자 린드 부인이 절뚝거리며 주방에서 나왔다.

　"깨끗이 씻었니?"

　린드 부인이 매섭게 물었다.

　"네, 보이는 데는 다 깨끗해요."

데이비가 얼굴을 찡그리며 대답했다.

린드 부인은 한숨을 쉬었다. 데이비의 목과 귀가 의심스러웠다. 하지만 살피려 들면 데이비가 곧장 달아날 테고 오늘은 다리 때문에 쫓아갈 수 없었다. 린드 부인이 두 아이에게 경고했다.

"얌전해야 한다. 먼짓길로 걷지 말고. 교회 출입문 앞에서 다른 아이들과 서서 떠들면 안 된다. 자리에 앉아서 몸을 비비꼬지 말고. 성구는 잊지 말거라. 헌금을 잃어버리거나 헌금함에 넣는 걸 잊으면 안 돼. 기도할 때 속삭이지 말고 목사님 설교도 잘 들어야 하는 거야."

데이비는 대꾸를 하지 않았다. 그냥 집 밖으로 나갔고 도라가 얌전히 그 뒤를 따랐다. 하지만 데이비의 머릿속은 펄펄 끓었다. 린드 부인이 초록 지붕 집에 온 뒤로 데이비는 린드 부인의 말과 행동 때문에 고통이 심했다. 아니, 적어도 데이비는 그렇게 생각했다. 린드 부인은 아홉 살이든 아흔 살이든 다른 사람과는 못 살 사람이니까. 아이들을 제대로 키우려고 하지 않는 사람이니까. 전날 오후에도 데이비가 티모시 커튼네 형제들과 낚시를 가려던 일을 허락하려던 마릴라를 설득해서 일을 망쳐 놓았다. 데이비는 그 일로 아직도 화가 풀리지 않았다.

집 밖으로 나서자 데이비는 걸음을 멈추고 얼굴을 잔뜩 찡그렸다. 얼마나 심하게 찡그렸던지 데이비가 원래부터 잘 그런다는 걸 아는 도라조차도 얼굴이 다시 제대로 되지 않을까 걱정할 정도였다.

"못난 할망구!"

데이비가 분통을 터뜨렸다.

"어, 데이비, 욕하지 마."

도라가 깜짝 놀라며 말했다.

"'못난 할망구'는 욕이 아냐. 정말 욕이 아니야. 하지만 욕이라도 괜찮아."

데이비가 마구 내뱉었다.

"나쁜 말을 해야만 하더라도 주일에는 하지 마."

데이비는 후회하지는 않았어도 속으로는 지나쳤다고 느꼈다.

"내가 직접 욕을 만들 거야."

"그런 짓을 하면 하느님께 벌 받아."

도라가 진지하게 말했다.

"그러면 하느님은 옹졸한 노인이게. 사람에게 자기 기분을 표현할 방법이 있어야 한다는 걸 하느님이 모르신단 말이야?"

"데이비!"

도라가 외쳤다. 도라는 데이비가 벌을 받아 그 자리에서 죽을까 봐 걱정했다.

"하여튼 나는 린드 아줌마가 자꾸만 뭐라고 하는 걸 더는 못 참겠다고! 앤 누나랑 마릴라 아줌마는 나한테 뭐라고 할 수 있지만 그 아줌마는 아니야. 린드 아줌마가 하지 말라고 하는 일만 골라서 할 거야. 두고 보라고."

말없이 도라는 겁이 난 눈길로 데이비를 쳐다보았다. 데이비는 곧장 풀길을 벗어나더니 넉 주 동안이나 비가 오지 않아서 먼지가 쌓인 흙길로 발을 옮겼다. 발을 끌며 걷자 흙먼지가 뿌옇게 일었다.

데이비는 승리감에 들떠 말했다.

"이건 시작이야. 이제 교회 출입문 앞에서 아이들이랑 실컷 떠들

거야. 몸을 비비꼬고 속삭이고 성구를 모른다고 말할 거라고. 그리고 주일 학교와 교회에 할 헌금을 지금 당장 던지겠어.”

데이비는 1센트와 5센트짜리 동전을 배리 씨 집 담장에 휙 던졌다.

“악마가 그렇게 시킨 거야.”

도라가 야단치듯 말했다.

“악마가 시킨 게 아냐. 나 혼자 생각한 거라고. 다른 것도 생각났어. 주일학교도 교회도 안 갈 거야. 커튼네 아이들과 놀러갈 거라구. 어제 그러던데 오늘 주일 학교에 가지 않을 거라고 했어. 엄마가 어디 가서서 아무도 교회에 가라고 하지 않을 거라고 했어. 이리 와. 우리 신나게 놀자.”

“안 갈래.”

도라가 고개를 저었다.

“같이 가. 같이 안 가면 마릴라 아줌마한테 저번 월요일에 학교에서 프랭크 벨이 너한테 입 맞췄다고 일러 버릴 거야.”

데이비가 말했다.

“그건 어쩔 수 없었어. 프랭크가 그럴 줄 몰랐단 말이야.”

도라가 얼굴을 붉힌 채 소리쳤다.

“하지만 프랭크의 뺨도 때리지 않았잖아. 화도 안 내고, 같이 가지 않으면 그것도 아줌마한테 일러 버릴 거야. 들판 한가운데로 질러서 가자.”

“그쪽에는 무서운 소가 있어.”

도라가 벗어날 생각으로 말했다.

“소가 무섭다고 생각하니까 그런 거야. 소는 너보다 어려.”

데이비가 비웃었다.

"몸집은 더 크잖아."

"너를 해치지 않아. 이리 와 봐. 재미있어. 나는 어른이 되면 교회에 가지 않을 거야. 혼자 힘으로도 천국에 갈 수 있으니까."

"안식일을 지키지 않으면 천국 말고 다른 데 가게 될 거야."

도라는 울상이 되어 어쩔 수 없이 데이비를 따라갔다.

하지만 데이비는 두렵지 않았다. 아직까지는 지옥은 멀리 있었고 커튼 형제와 함께 할 낚시의 즐거움은 아주 가까이 있었으니까.

데이비는 도라가 좀더 용기가 있었으면 하고 생각했다. 도라가 금세 울음이라도 터뜨릴 것 같은 표정으로 뒤돌아보곤 해서 데이비까지 기분이 언짢았다. 여자 아이들은 모두 저래. 데이비는 이번에는 속으로도 '못난' 이라는 말을 떠올리지 않았다. 그 말을 한 걸 후회하지는 않았지만 하루 동안 나쁜 짓을 너무 많이 하면 안 될 것 같았다.

커튼네 아이들은 뒷마당에서 놀다가 데이비가 오자 소리를 질렀다. 피트, 토미, 아돌퍼스, 미라벨만 집에 있고 엄마와 누나들은 없었다. 도라는 미라벨이 있어 그나마 편했다. 사내 아이들 속에 혼자 있게 될까 봐 걱정을 하고 있던 참이었다. 미라벨은 사내아이처럼 짓궂었다. 햇볕에 타 까만 채 부산스럽게 뛰어다녔다. 그래도 원피스는 입고 있었다.

"낚시하러 가자."

데이비가 말했다.

"와!"

커튼네 아이들이 함께 외쳤다. 곧바로 지렁이를 잡으러 갔다. 미라벨이 깡통을 들고서 앞서갔다. 도라는 주저앉아 울고 싶었으나 그럴 수 없었다. 프랭크 벨이 입 맞추지만 않았더라도! 그 일만 없었으면 데이비를 따라오지 않고 기쁘게 주일학교에 갔을 텐데.

물론 연못에서는 낚시를 할 수 없었다. 거기 있다가는 교회에 가는 사람들한테 들킬 것이었다. 아이들은 커튼네 뒷숲의 개울가로 갔다. 개울이지만 송어가 많아서 그날 아침에는 신나게 낚시를 할 수 있었다. 커튼네 아이들은 신이 났고 데이비도 겉으로는 그랬다. 데이비는 조심스럽게 부츠와 양말을 벗고 토미 커튼의 작업복 바지를 빌려 입었다. 그런 옷차림으로는 늪이건 수풀이건 두렵지 않았다. 도라는 무척 속상했다. 성경책과 주일 학교 책을 옆에 끼고 아이들과 이리저리 물가로 돌아다녔지만 좋아하는 선생님 앞에서 성경 공부를 해야 할 시간에 커튼네 말썽쟁이들과 숲속을 쏘다닌다고 생각하니까 한심스러웠다. 신발과 예쁜 하얀 치마를 더럽히지 않으려고 조심하며 다녀야 되다니! 미라벨이 앞치마를 빌려주겠다고 했지만 도라는 단번에 거절했다.

주일에도 송어는 많았다. 한 시간 뒤에 말썽쟁이들은 물고기를 많이 잡아서 집으로 갔다. 도라는 안도했다. 다른 아이들이 재미있게 술래잡기를 할 때 도라는 닭둥우리에 앉아 있었다. 아이들은 돼지우리 위로 올라가서 지붕 널판에 자기 이름 머릿글자를 새겼다. 판판한 양계장 지붕과 밑에 깔린 짚더미를 보고 데이비는 재미있는 생각을 떠올렸다. 지붕 위에서 함성을 지르며 짚더미로 뛰어내리는 놀이를 30분쯤 했다.

하지만 장난은 끝을 맺었다. 연못 다리 위를 달려오는 마차의 바퀴

소리가 사람들이 교회에서 돌아오고 있음을 알렸다. 데이비는 집에 갈 때가 되었음을 알았다. 토미의 작업복 바지를 벗고 옷을 바로 입었다. 그리고 물고기를 바라보고는 한숨을 쉬고 돌아섰다. 물고기를 가지고 집에 갈 수는 없었다.

"정말 재미있었지?"

언덕을 내려가며 데이비가 묻자 도라가 시무룩하게 대답했다.

"아니. 너도 속으론 안 그랬을 거잖아."

도라는 뜻밖에도 그렇게 말했다.

"나는 즐거웠어."

데이비는 얼른 대답했지만 말투는 그게 아니었다.

"너야 물론 재미없었겠지. 그렇게 앉아 있기만 했으니까."

"나는 커튼네 아이들하고는 안 놀 거야."

도라가 말했다.

"괜찮은 아이들이야. 그 아이들은 우리보다 훨씬 재미있어. 자기가 하고 싶은 걸 다 하고 누구한테나 하고 싶은 대로 다 말해. 나도 그렇게 할 거야."

데이비가 말했다.

"누구한테나 할 수 없는 말도 많잖아."

도라가 대꾸했다.

"아니, 그런 거 없어."

"그럼 목사님 앞에서도 아무 말이나 할 수 있어?"

도라가 진지하게 물었다.

아픈 말이었다.

데이비는 도라의 말을 수긍하는 것보다는 죽는 게 나을 것 같았지만 마음 한 구석이 꺼림칙했다. 이제 장난할 때 같이 들뜬 기분이 아니고 양심의 가책으로 불안해지기 시작했다. 주일 학교와 교회에 갔어야 좋았을 것 같았다. 린드 아줌마가 이것저것 참견하긴 해도 주방 선반에 과자 상자를 뇌뒀다가 나눠주지 않던가. 마음이 약해지자 지난번에 학교에서 입을 새 바지가 찢어졌을 때 린드 아줌마가 잘 수선해 주고 마릴라 아줌마한테는 비밀로 해 준 일이 생각났다.

하지만 데이비의 죄는 아직 끝난 게 아니었다. 데이비는 죄를 지으면 그것을 감추기 위해 또 다른 죄를 저지르게 된다는 사실을 알게 되었다. 그날 쌍둥이가 린드 부인과 식탁에 앉았을 때 린드 부인이 데이비에게 물었다.

"오늘 주일 학교에는 아이들이 다 왔니?"

"네, 한 아이만 빼고 다 왔어요."

데이비가 침을 꼴딱 삼키며 말했다.

"성구와 교리 문답을 외웠니?"

"네."

"헌금 했니?"

"네."

"말콤 맥퍼슨 부인은 교회에 오셨니?"

"모르겠는데요."

비참해진 데이비는 적어도 이것만은 거짓말이 아니라고 생각했다.

"부인회에서 다음 주 행사를 광고했니?"

"네."

“기도 모임도 광고했니?”

“그건 잘 모르겠는데요.”

데이비는 조금 떨리는 목소리로 대답했다.

“알아들었어야지. 광고를 잘 들어야 하지 않니. 하비 부인은 어떤 성구를 내 주셨니?”

데이비는 물을 마셨다. 마지막으로 양심을 팔아야 했다. 몇 주일 전에 배운 성경 구절을 그럴 듯하게 암송했다. 다행히 린드 부인은 더 묻지 않았지만 데이비는 음식을 맛있게 먹지 못했다. 푸딩을 조금만 먹었다.

“무슨 일이 있니? 어디 아픈 거니?”

린드 부인이 놀라서 물었다.

“아니에요.”

“얼굴에 핏기가 없구나. 오후에는 햇빛을 쬐지 말아라.”

밥을 먹고 나서 둘만 있게 되자 도라가 나무라듯 물었다.

“린드 아줌마께 몇 번이나 거짓말을 했는지 알아?”

데이비가 고개를 휙 돌려 말했다.

“몰라. 괜찮아. 조용히 해.”

데이비는 쌓아 올린 장작더미 뒤로 가서 죄인의 앞날을 생각했다.

앤이 집에 돌아 오자 초록 지붕 집은 고요한 어둠에 잠겨 있었다. 앤은 몹시 피곤하고 졸음이 와서 곧 잠자리에 들었다. 에이번리에서의 모임이 늦어져 몹시 노곤했다. 베개에 머리를 대고 스르르 잠이 들 때였다. 침실 문이 살며시 열리고 가엾은 목소리가 들렸다.

“누나.”

앤은 졸음에 겨워 일어나 앉았다.

"데이비 아니니? 무슨 일이니?"

흰옷을 입은 데이비가 뚜벅뚜벅 걸어와 침대에 올라왔다.

"누나가 집에 와서 정말 좋아. 누구한테 털어놓지 않고는 잠을 잘 수 없었거든."

데이비는 훌쩍이며 앤의 목을 끌어안았다.

"무얼 털어놓는다는 거니?"

"나는 지금 무척 불안해."

"왜 그렇게 불안한데?"

"오늘 아주 나쁜 짓을 했거든. 나는 정말 나쁜 짓을 저질렀어."

"무슨 짓인데?"

"말하기도 두려워. 누나가 다시는 나를 좋아하지 않게 될 거야. 오늘밤에는 기도도 못했어. 하느님께 내가 저지른 잘못을 털어놓을 수가 없어. 하느님께서 아시면 너무 부끄러워질 거야."

"하지만 하느님께서는 다 알고 계시단다."

"도라가 그랬어. 하지만 그때 하느님께서 알아차리지 못 하실지도 모를 거라고 생각했어. 하여튼 누나한테 먼저 말하는 게 낫겠어."

"무슨 짓을 저질렀니?"

술술 고백하기 시작했다.

"주일 학교에 안 가고 커튼네 아이들이랑 낚시를 갔어. 그리고 린드 아줌마께 거짓말을 아주 많이 했어. 대여섯 번이나 될 거야. 그리고⋯⋯ 욕도 했어. 상스런 말을 했거든⋯⋯. 그리고 하느님께도 그랬어."

침묵이 흘렀다. 데이비는 침묵을 어떻게 받아들여야 좋을지 알 수 없었다. 앤 누나가 충격을 크게 받아서 말도 하지 않으려고 하면 어떻게 하지?

"누나, 나를 어떻게 대할 거야?"

데이비가 속삭였다.

"가만히 있을 거야. 너는 이미 벌을 받았거든."

"아직 벌을 받지 않았어. 아무 일도 없었잖아."

"너는 나쁜 짓을 하고 불안했지?"

"그거야 그렇지!"

데이비가 쉽게 대답했다.

"그건 네 양심이 너를 벌 준 거야."

"양심?"

"네 안에 있어서 나쁜 짓을 하게 되면 너에게 말해 주고, 네가 계속해서 그렇게 하면 행복하지 않게 하는 게 양심이야. 그런 것을 못 느꼈니?"

"느꼈어. 하지만 왜 그런지 몰랐어. 양심 같은 것은 없으면 좋을 텐데. 그러면 더 신날 거잖아. 그런데 양심이 어디 있어, 누나? 알려줘. 배 안에 있어?"

"아니, 그건 네 영혼 안에 있어."

앤이 대답했다. 어두워서 진지한 이야기를 하기에 알맞았다.

데이비는 한숨을 쉬었다.

"그렇다면 없앨 수도 없잖아. 누나, 마릴라 아줌마와 린드 아줌마께 내가 한 짓을 일러 줄 거야?"

"아니, 아무한테도 말하지 않겠어. 나쁜 짓 한 걸 후회하지?"

"물론이지!"

"그럼 다시는 그런 짓을 하지 말도록 해."

데이비는 망설이며 말했다.

"응, 그래도……, 나빠질지 몰라."

"욕도 안 하고, 주일 학교도 빠지지 않고, 잘못을 숨기려고 거짓말도 안 할 거지?"

"안 그럴 게. 그래도 좋은 일이 있을 테니까."

"그럼 데이비, 하느님께 잘못했다고 기도드리고 용서를 빌어."

"누나는 나를 용서해 줄 거야?"

"그래."

"그러면 하느님께서 용서하시든 안 하시든 괜찮아."

데이비가 기뻐했다.

"데이비!"

"알았어. 하느님께 용서를 빌겠어."

데이비는 곧 침대에서 내려왔다.

"누나, 하느님께 용서를 빌 거야. 하느님, 오늘 나쁜 짓을 해서 정말 잘못했습니다. 앞으로 주일에는 착하게 지내겠으니 용서해 주세요. 이제 됐어?"

"그래. 이제 가서 자."

"알았어. 이제는 불안하지 않아. 누나, 잘 자."

"데이비, 잘 자."

앤은 한숨을 내쉬며 누웠다. 졸음이 마구 밀려왔다. 그때였다.

"누나!"

데이비가 다시 침대로 왔다. 앤은 겨우 눈을 떴다.

"또 왜 그러니?"

앤은 애써 짜증을 참고 물었다.

"누나, 해리슨 아저씨가 침 뱉는 걸 봤어? 나도 열심히 하면 해리슨 아저씨같이 침을 뱉을 수 있을까?"

앤은 일어나 앉았다.

"데이비! 빨리 네 침대로 가. 오늘밤 다시는 여기 나타나지 마! 어서!"

데이비는 앤이 하라는 대로 했다.

루비 길리스의 죽음

앤은 길리스 집 정원에 루비 길리스와 앉아 있었다. 덥고 흐린 여름 오후였다. 꽃이 만발했고 적막한 계곡에는 옅은 안개가 자욱이 끼어 있었다. 숲길에는 그림자가 드리웠다.

한여름이 되면서 루비는 점점 창백해졌고 화이트 샌드 학교 근무를 포기해야 했다. 루비의 아버지는 딸이 다음 해까지는 교사를 그만두는 게 좋겠다고 생각했다. 루비는 힘을 자꾸 잃어 좋아하던 자수조차 놓을 수 없게 되었다. 하지만 늘 명랑했고 희망에 차 있었으며 수다스러워서 옛날 애인들 이야기나 자기를 좋아하던 남자들이 겪은 좌절에 대해서 속삭였다. 앤이 루비를 찾아가는 일을 어렵게 하는 것은 바로 그 점이었다. 예전에는 어이없어하거나 재미있는 일이었지만 이제는 두려운 일이 되었다. 생명의 가면 뒤에서 죽음이 고개를 내밀기 시작했으니……. 하지만 루비는 앤이 곧 다시 오겠다는 약속을 하기 전에는 놓아주지 않았다.

앤이 루비를 자주 찾자 린드 부인은 그러다가 결핵이 옮겠다며 불만스러워했다. 마릴라도 걱정스러워했다.

"루비에게 다녀 올 때마다 몹시 힘든 표정이구나."

"너무나 슬프고 안 돼서 그래요. 루비는 상황을 전혀 몰라요. 그리고 그 아이를 도와주어야 하고 그 아이도 그것을 간절히 바라고 있다고 느껴져요. 그래서 루비한테 도움을 주고 싶지만 그럴 수가 없어요. 함께 할 때마다 루비가 보이지 않는 적과 싸우며 남은 힘을 다해서 밀어 내려고 발버둥치는 것을 지켜보는 느낌이에요. 그래서 힘든 표정으로 오는 거예요."

앤이 나지막하게 말했다.

하지만 오늘밤에는 그런 기분이 별로 느껴지지 않았다. 이상스레 루비가 조용했다. 파티와 드레스 쫓아다니던 남자들에 대해 말을 하지 않았다. 손대지 않은 자수 재료를 옆에 두고 야윈 어깨에 흰 숄을 두른 채 그물 침대에 누워 있었다. 앤이 무척 부러워했던 길게 땋은 아름다운 머리를 양쪽으로 늘어뜨리고 있었다. 루비는 머리 핀 때문에 머리가 아파서 핀을 모두 뽑아 버렸다고 했다. 결핵 환자의 뺨에 나타나는 붉은 색도 사라지고 창백한 아이 같았다.

은빛 하늘에 달이 떠올랐다. 저 아래 연못이 달빛을 받아 빛났다. 루비네 집 뒤편에는 교회가 있었고 그 옆에 오래 된 묘지가 있었다.

달빛이 흰 비석을 비추어 뒤쪽의 어두운 나무와 대조를 이루었다.

루비가 불쑥 말했다.

"달빛을 받으면 묘비가 이상해 보여. 유령 같아 보이거든! 앤, 나는 곧 저기 눕게 될 거야. 너와 다이애너, 친구들 모두 활기있게 살아가지만 나는 죽어서 저 묘지에 묻힐 거야."

앤은 당황스러웠다. 한동안 아무런 말도 할 수 없었다.

"그럴 거라는 걸 너도 알고 있잖아?"

루비가 따지듯 물었다.

"그래, 루비. 나도 알고 있어."

앤이 나지막이 대답했다.

"모두들 그걸 알아. 나도 알고 있고. 포기하려 하지 않았지만 그건 알고 있었어. 그리고…… 앤 나는 죽고 싶지 않아. 죽는 게 무서워."

루비는 손을 내밀어 앤의 손을 만지며 말했다.

"왜 무서운데, 루비?"

앤이 조용히 물었다.

"왜냐하면…… 천국에 갈 수 있을지 걱정되어서가 아니야. 나는 교회 신자잖아. 그런데…… 모든 게 달라질 거야. 내 생각에는…… 너무나 겁이 나고 무서워……. 그리고 집이 그리울 거야. 물론 천국은 아름답겠지. 성경에 그렇게 나와 있으니까……. 하지만, 앤. 아무리 천국이어도 나한테 익숙한 곳이 아니잖아."

문득 필리파 고든이 했던 우스갯소리가 앤의 머리에 떠올랐다. 죽은 뒤의 세상에 대해 루비와 똑같은 말을 하는 어느 노인의 이야기였다. 그때는 우습게 들렸고 프리실라와 함께 그 말을 하며 웃음보를 터뜨렸는데 지금 루비가 창백한 입술을 떨며 그 말을 하니 전혀 우습지 않았다. 슬프고 비극적이고 그리고 맞는 말이 아닌가! 루비에게 천국은 익숙한 곳이 아니었다. 루비의 명랑하고 즐거운 생활과 경쾌한 이상과 희망 그 어느 것도 닥쳐올 변화와 맞지 않았다. 루비가 맞이할 세상은 낯설고 현실적이지 않고 그녀가 바라는 것이 아니었다. 앤은 무슨 말을 해야 루비에게 도움이 될까 혼란스러웠다.

앤은 망설였다. 마음 깊숙한 곳에 있는 생각이나 이제 머리에 희미하게 떠오르기 시작한 생각을 말로 설명하기는 어려운 일이었다. 이 세상과 저 세상의 커다란 신비를 어떻게 표현할 수 있을까? 더욱이 루비 같은 상대에게 그런 이야기를 하기는 여간 힘들지 않았다.

"우리는 천국에 대해 아주 엉뚱한 생각을 하고 있는 것 같아. 천국이 어떤 곳인지 거기서 우리가 어떻게 될지에 대해서 말이야. 내 생각에는 대부분의 사람들이 예상하는 것처럼 이 세상의 생활과 크게 다를 것 같지 않아. 나는 우리가 계속 살게 될 거라고 믿어. 여기서 사는 것처럼 그렇게 살 거고 자기 자신은 변하지 않을 거야. 다만 더 착해지게 될 것 같아. 하느님을 따르는 일도 훨씬 쉬울 것 같아. 방해물과 어려움이 사라지고 모든 것들을 더 분명히 보게 될 거야. 무서워하지 마, 루비."

루비가 힘없이 대꾸했다.

"나도 어쩔 수 없어. 천국에 대해 네가 한 말이 맞는다 해도…… 너도 자신 있게 말할 수는 없겠지만……. 그건 단지 네가 상상한 거잖아. 그래도 여기와 같지는 않을 거야. 나는 여기서 계속 살고 싶어. 나는 너무 젊어. 아직 인생을 제대로 살아 보지도 못했어. 나는 살기 위

해서 애써 왔어. 하지만 아무런 소용도 없이 나는 죽고 말 거야. 소중한 것들을 다 두고 가야 하겠지."

앤은 견딜 수 없이 마음이 아팠다. 위로를 위해 꾸며 가며 말을 할수 없었다. 루비의 말은 틀린 것이 아니었다. 루비는 소중한 것들을 다 두고 떠날 것이었다. 루비가 소중히 여기는 것들은 언젠가는 사라질 것들이고 이 세상에 있는 것들이다. 영원까지 이어지며 두 세상사이에 다리를 놓아 죽음을 한 세상에서 다른 세상으로 옮겨 가는 것으로 받아들이게 해 주는 영원한 존재에 대해서는 생각하지 않았다. 그곳에서는 하느님께서 루비를 돌보신다는 것을 루비도 알게 되겠지만 힘없는 루비의 영혼은 지금 자기가 사랑하는 것들에만 매달리고 있었다.

루비는 팔을 짚고 몸을 일으켜 아름답고 푸른 눈을 들어 달빛 어린하늘을 바라보았다. 떨리는 목소리로 루비가 말했다.

"나는 살고 싶어. 다른 여자들처럼 살고 싶어. 나는…… 나는 결혼하고 싶어. 그리고…… 그리고…… 아이들도 갖고 싶어. 내가 아이들을 얼마나 좋아하는지 알잖아. 너 아닌 다른 사람에게는 이런 말을할 수 없었어. 너는 이해해 줄 거니까. 그리고 가엾은 허브…… 그 사람은 나를 사랑하고 나도 그 사람을 사랑해. 다른 사람들은 나한테아무 의미도 없어. 그 사람만이 의미가 있어. 내가 살 수 있다면 그 사람의 아내가 되어 행복하게 될 거야. 앤, 너무 힘들어."

루비는 다시 베갯잇에 머리를 뉘고 마구 흐느꼈다. 앤이 말없이 루비의 손을 잡아 주었다. 이것이 루비에게 한결 도움이 된 것 같았다. 말은 안 해도 전해지고 있었으니까. 루비는 마음을 가라앉히고 울음을 그쳤다 .그리고 나서 속삭였다.

"너에게 이런 이야기를 잘한 것 같아. 말한 것만으로도 한결 도움이 됐어. 여름 내내 네가 올 때마다 너와 이야기하고 싶었어도 그러지 못했어. 내가 죽을 거라는 말을 입 밖에 내거나 다른 사람이 그런 말을 하면 정말 죽게 될 것 같았어. 그 이야기는 하기도 싫었고 생각조차 하기 싫었어. 낮에 주변에 사람들이 있고 분위기가 즐거울 때는 그 생각을 하지 않는 것이 쉬웠어. 하지만 밤이 되어 잠을 이룰 수 없을 때는 정말 무서웠어, 앤. 그런 때는 그 생각에서 빠져 나올 수 없었어. 죽음이 다가와서 나를 빤히 쳐다보고 있는 거야. 그러면 나는 너무 무서워서 비명을 지를 것만 같았어."

"하지만 이제는 그처럼 무섭지 않을 거야. 그렇지? 용기를 내어 모든 것이 다 잘될 거라고 믿을 거지?"

"그렇게 하겠어."

"오래 가지 않을 거야. 그런 확신이 들어. 누구보다 나는 네가 내 곁에 있어 주었으면 좋겠어. 너는 다른 애들처럼 샘을 내고 못되게 굴지 않았어. 어제 엠 화이트가 나를 찾아 왔어. 학교 다닐 때 엠이 나하고 삼년 동안 친하게 지냈던 걸 기억하지? 그러다 학교 음악회 때 싸우고 나서 지금까지 말을 하지 않고 지냈어. 바보 같았지? 지금 생각하면 정말 어리석은 일이야. 어제 우리는 화해했어. 엠이 몇 년 전부터 나에게 말을 하고 싶었는데 내가 말하기 싫어할 거라고 생각했었다는 거야. 나도 역시 엠이 말하고 싶지 않을 거라고 믿었기 때문에 먼저 말을 걸지 않았어. 그렇게 오랫동안 서로에 대해 오해하고 있었다니, 우습지 않니?"

"세상의 문제들은 대부분 오해에서 나오는 것 같아. 이만 갈게. 너무 늦었어. 그리고 습기 찬 곳에 오래 있으면 몸에도 좋지 않아."

"곧 다시 올 거지?"

"그럼, 다시 올게. 내가 도움이 되면 좋겠어."

"너는 벌써 많이 도와 줬어. 이제는 무엇도 그리 무섭지 않아. 잘 가, 앤."

"잘 있어, 루비."

앤은 달빛을 받으며 무거운 마음으로 집으로 갔다. 이 저녁이 무언가 앤을 바꾸었다. 인생의 다른 의미, 더 깊은 목적을 지니게 되었다. 겉으로는 같았어도 마음속에서는 변화가 일어났다. 자신은 루비가 맞는 죽음과는 다른 죽음을 맞아야 한다고 생각했다. 삶의 끝에 이르렀을 때 다음 세상이 지금까지의 생각과 희망과 이상이 존재하지 않는 완전히 다른 세상이라고 생각하여 공포 속에 움츠러들면 안 된다. 즐겁고 좋은 것이라고 해서 현실의 하찮은 것들만 바라보고 살면 안 된다. 가장 고상한 것을 추구해야 한다. 천국에서의 생활이 이 땅에서 시작되어야 한다.

그날 정원에서의 아름다운 밤은 그것으로 끝이었다. 앤은 다시는 루비를 만나지 못했다. 다음날 밤, 에이번리 청년회는 서부로 떠나는 제인 앤드루스의 송별 파티를 열었다. 모두들 기뻐 춤추고 환한 얼굴로 웃음을 터뜨리고 즐거운 이야기가 오갈 때 에이번리의 한 영혼은 하늘의 부름을 받았다.

그것은 무시할 수도 피할 수도 없는 부름이었다. 다음날 아침 루비 길리스가 죽었다는 소식이 집집마다 알려졌다. 루비는 아무런 고통도 없는 듯 평온한 미소를 짓고 영원히 잠들어 있었다. 죽음은 루비가 그토록 무서워했던 소름끼치는 유령의 모습이 아니라 다정한 친구의 모습으로 찾아온 듯했다. 장례식이 끝난 뒤 린드 부인은 죽은 사람의 얼굴이 루비 길리스처럼 아름다웠던 적은 없었다고 말했다. 앤이 넣어 준 꽃 속에 흰옷을 입고 누워 있던 루비 길리스의 아름다운 얼굴은 에이번리 사람들에게 깊은 인상을 남겨 몇 년 뒤까지도 화제가 되었다.

루비는 늘 아름다웠어도 그 아름다움은 무척 통속적인 것이었다. 뽐내는 듯한 오만함이 있을 뿐 영혼이 빛나지 않는 아름다움이었다. 하지만 죽음이 그 아름다움을 성스럽게 만들어서 루비 길리스에게서 볼 수 없던 순수함이 빛나게 했다. 루비가 살았다면 누렸을 삶과 사랑, 슬픔, 여인으로서의 지극한 환희가 있었다. 앤은 젖은 눈으로 옛 친구를 내려다보며 하느님이 루비에게 이런 얼굴을 갖게 하려 하셨다고 생각했다. 그리고 그 얼굴을 영원히 기억하리라 다짐했다.

장례식에 참석했던 사람들이 모두 떠나고 나자 루비의 어머니 길리스 부인이 앤을 빈 방으로 따로 불러 작은 꾸러미를 주었다.

길리스 부인은 흐느껴 울며 말했다.

"너에게 주고 싶구나. 루비도 네가 이걸 갖기를 바랐을 거야. 루비가 놓던 수야. 완성되지 않았어. 죽던 날 오후에 그 아이가 마지막으로 힘없이 바늘을 꽂아 둔 그대로란다."

린드 부인은 그 이야기를 전해 듣고 눈물지으며 말했다.

"떠난 사람 뒤에는 언제나 끝내지 못한 일이 있지. 하지만 그것을 끝내는 사람이 있게 마련이란다."

앤은 다이애너와 함께 집으로 오며 말했다.

"오래 친했던 사람이 죽을 수 있다는 것을 깨닫는 건 정말 어려워. 우리 친구들 가운데 루비가 가장 먼저 세상을 떠났어. 언젠가는 우리도 뒤따라 하나하나 저 세상으로 가겠지."

"그래, 그렇겠지."

다이애너가 힘없이 대답했다. 다이애너는 그런 이야기는 하고 싶지 않았다. 차라리 장례식 이야기를 하면 좋을 것 같았다. 루비의 아버지가 루비에게 어울린다고 고집했던 화려한 흰 벨벳 관 이야기나 린드 부인이 '길리스 집안은 장례식까지 호사스럽게 하려 든다' 고 한 이야기, 허브 스펜서의 슬픈 표정이나 루비의 자매가 너무 슬퍼서 신경질을 낸 일까지 할 이야기가 많았지만 앤은 그런 이야기는 하지 않았다. 앤이 깊이 생각에 잠겨 있는 것 같아서 다이애너는 끼어들 수 없어 쓸쓸해했다.

데이비가 불쑥 말했다.

"루비 누나는 잘 웃었어. 앤 누나, 천국에 가서도 에이번리에서처럼 자주 웃을까?"

"그래, 그럴 거야."

앤이 대답했다.

"세상에."

다이애너가 놀란 듯한 미소를 지었다.

"그러면 안 되는 거니? 천국에서는 웃지 않을 거라고 생각하니?"

앤이 진지하게 물었다.

"잘 모르겠어. 그냥 왠지 어울리는 것 같지 않거든. 교회에서 웃어대는 건 난감하잖아."

다이애너가 말했다.

"하지만 천국은 교회하고 다를 거야."

앤이 말하자 데이비가 다시 말했다.

"그러면 좋겠어. 만일 천국이 교회 같다면 나는 천국에 가기 싫어. 교회는 무척 따분해. 하여튼 아주 오랫동안 천국에 갈 일이 없으면 좋겠어. 백 살이 되도록 살고 싶어. 화이트 샌드의 토머스 블레웨트 할아버지처럼 말이야. 그 할아버지는 그렇게 오래 사는 게 담배를 피우기 때문이라고 하신대. 담배가 균을 다 죽여 버린대. 앤 누나, 나도 이제 담배를 피워도 될까?"

"안 돼. 너는 아예 담배를 피우지 말았으면 좋겠어."

앤이 가볍게 대답했다.

"다음 주에는 레드먼드로 돌아가는구나."

앤이 말했다. 돌아가서 공부하고 수업하고 레드먼드 친구들을 만날 생각을 하니 기분이 좋았다. 하지만 여름방학의 마지막 주에 엉뚱한 일이 일어나서 앤은 기분을 상했다. 꿈이 뒤집히는 그런 일이었다.

어느 날 저녁 앤은 해리슨 부부와 차를 마셨다. 해리슨 씨가 불쑥 물었다.

"요즘도 소설을 쓰니?"

"아니요."

앤은 조금 급히 대답했다.

"이상하군. 저번에 히람 슬론 부인한테 들으니 한 달 전에 주소가 몬트리올의 '롤링스 베이킹 파우더' 회사 앞으로 된 봉투가 우체국 편지함에 놓여 있었다고 하던데. 슬론 부인은 그 회사에서 주최하는 소설 공모 행사에 누군가 응모했다는 생각이 든다더구나. 슬론 부인 말로는 봉투의 주소가 네 글씨체가 아니라고 했지만 나는 네가 보낸 거라고 생각했는데."

"정말 아니에요! 공모 행사 광고는 봤어도 응모는 꿈에도 생각해 본 적이 없어요. 베이킹 파우더 광고를 위해 소설을 쓰다니 한없이 천박한 짓이에요. 허드슨 파커 씨가 자기 집 담장을 제약 회사에 광고를 하라고 빌려 주는 것과 뭐가 다르겠어요."

앤은 어떤 일이 기다리고 있을지 모른 채 이렇게 말했다.

그런데 그날 저녁 다이애너가 초록 지붕 집으로 뛰어들어 왔다. 눈을 반짝이면서 발그레한 뺨으로 편지 한 통을 내밀었다.

"앤, 여기 너에게 온 편지가 있어. 내가 우체국에 갔었거든. 그래서 직접 가져다 줘야겠다고 생각했지. 얼른 뜯어 봐. 내 짐작대로라면 너는 기뻐서 어쩔 줄 모를걸."

앤은 어리둥절한 표정으로 편지 봉투를 뜯고 타이핑된 편지를 훑어보았다.

친애하는 귀양께

귀양의 매력적인 소설 '에이버릴의 속죄'가 최근 저희가 연 공모 행사에 당선되어 25달러의 상금을 받게 되었다는 소식을 알려드리게 된 것을 기쁘게 생각합니다. 수표를 동봉합니다. 저희는 캐나다의 여러 주요 신문들에 귀양의 소설을 싣도록 조치하고 있습니다. 또 인쇄물

로 제작해서 고객들에게도 나눠 줄 예정입니다. 저희 사업에 보여주
신 관심에 감사드립니다.

언제나 귀양의 진정한
롤링스 베이킹 파우더 회사로부터

"알 수 없는 일이야."
앤이 멍한 표정으로 말했다. 다이애너가 손뼉을 치며 말했다.
"상을 받을 줄 알았어. 꼭 그럴 거라고 믿었어. 내가 네 소설을 공모
행사에 보냈어, 앤."
"다이애너, 네가!"
"그래, 내가 그랬어."
다이애너는 기분 좋은 표정으로 침대에 앉아 계속 말했다.
"소설 공모 광고를 보고 네 소설을 떠올렸어. 처음에는 너한테 보
내라고 하려고 했어. 하지만 네가 그렇게 하지 않을지도 모르겠다고
생각했어. 너는 그 소설을 자신 없어했잖아. 그래서 나한테 준 복사
본을 보내고 아무 말 하지 않겠다고 작정했지. 만일 상을 못 받으면
넌 아무것도 모를 거니까 기분 나쁠 것도 없잖아. 탈락한 원고는 되
돌려 주지 않으니까 말이야. 그리고 상을 타면 즐겁고 놀라운 일일
테고."
다이애너는 분위기를 잘 파악하는 눈치 빠른 사람은 아니었지만
앤의 얼굴을 보며 기분 좋은 표정이 아님을 알 수 있었다. 놀란 것은
분명한데 기쁜 표정이 왜 아닌 걸까?

"왜? 기쁘지 않니?"

다이애너가 물었다.

앤은 억지로 웃음지었다.

"나를 즐겁게 해 주려는 네 착한 마음에 기쁘지 않을 수 있겠니? 하지만 너도 알듯이 약간 놀랐어. 어떻게 된 건지…… 이해가 되지 않아."

목이 메었다.

"베이킹 파우더 이야기는 없었어."

"내가 집어넣었어. 쉬운 일이던 걸. 전에 우리가 이야기 동아리 활동을 했던 게 도움이 됐어. 에이버릴이 케이크를 만드는 장면 있지? 거기에 에이버릴이 '롤링스 베이킹 파우더'를 썼다는 문장을 넣었어. 그러니까 얘기가 잘 풀리더라. 그리고 마지막에 퍼시발이 에이버릴을 껴안고 '내 사랑, 우리 앞에 놓인 아름다운 시간이 우리가 꿈꾸던 가정을 이루어 줄 거요' 라는 부분을 내가 '우린 롤링스 베이킹 파우더 아닌 다른 파우더는 쓰지 않을 거요' 라고 고쳤어."

다이애너가 말했다.

"세상에!"

앤은 찬물이라도 뒤집어쓴 것처럼 애처로이 중얼거렸다.

"그리고 너는 상금을 25달러를 받았어. '캐나다 여성' 지의 고료가 5달러라고 말하는 걸 들은 적이 있어!"

다이애너가 들떠 이야기했다. 앤은 떨리는 손으로 분홍색 수표를 내밀었다.

"받지 않겠어. 이건 네 거야. 네가 소설을 응모했어. 나라면 물론 안 보냈을 거야. 그러니까 이 돈은 네가 받아."

"내가 한 일로 문제가 되지 않았다는 것을 알았으니 됐어. 수상자의 친구라는 영광만으로 나는 충분해. 이제 갈게. 손님이 있어서 우체국에서 집으로 바로 가야 했는데 들렀어. 직접 와서 소식을 전하고 싶었어."

다이애너가 말했다. 앤은 불쑥 몸을 내밀고 다이애너를 끌어안았다. 그리고 뺨에 입맞췄다.

"너는 세상에서 가장 따뜻하고 진실한 친구야. 네가 좋은 뜻으로 그런 일을 해줬으니 정말 고마워."

앤은 떨리는 목소리로 말했다.

다이애너는 당황해 돌아갔고 가엾은 앤은 죄 없는 수표를 마치 더러운 돈 다루듯 서랍에 넣고 나서 침대에 앉았다. 수치와 분노로 눈물이 났다.

어두워질 무렵, 길버트가 축하를 전하러 왔다. 길버트는 비탈 과수원 집에 갔다가 소식을 들었던 것이다. 하지만 앤의 얼굴을 보고는 축하의 인사가 입 밖으로 나오지 않았다.

"앤, 왜 그러니? 네가 롤링스상을 타서 무척 기뻐할 줄 알았어. 좋은 일이잖니!"

"길버트, 나는 너만은 이해해 줄 거라고 믿었어. 이건 도저히 있을 수 없는 일이라는 걸 모르겠니?"

앤이 따지듯 물었다.

"실은 무슨 말인지 모르겠어. 뭐가 잘못됐니?"

"모두! 나는 영원히 수치를 당할 거야. 어느 어머니인들 자식이 온몸에 베이킹 파우더 광고로 문신을 한 걸 알고 나면 좋아하겠니? 지금 내 기분이 그래. 부족한 소설이지만 나는 그걸 사랑했고 내 모든 걸 쏟아 부었어. 그러니 그걸 베이킹 파우더 광고로 끌어내린 건 신성모독과 같아. 퀸스에서 해밀턴 교수님이 문학 시간에 우리에게 하셨던 말 기억해? 교수님은 천박하거나 가치없는 동기로는 단 한 줄도 쓰면 안 된다고 하셨어. 늘 가장 고귀한 이상에 매달려야 한다고. 내가 '롤링스 베이킹 파우더' 광고로 소설을 썼다는 소식을 들으면 교수님께서 어떻게 생각하실까? 그 소식이 레드먼드에 퍼지면 모두들 얼마나 나를 놀리고 조롱할까!'

"그렇지 않아."

길버트는 어처구니없게 앤이 그 3학년 학생이 어떻게 생각할지 걱정하는 것이 아닌지 의심스러워지자 불편해졌다.

"레드먼드 사람들은 나하고 똑같이 생각할 거야. 너 역시 우리들 대부분이 그렇듯 돈을 감당 못할 만큼 갖고 있는 건 아니잖아. 정직하게 돈을 벌어서 한 해 학비를 보태는 데 도움이 됐다고 생각할 거라고. 이번 일에서 저속하고 가치없는 게 뭔지 알 수 없어. 조롱받아야 할 이유가 뭔지도 모르겠고. 누구든 걸작을 쓰고 싶겠지만 하숙비와 수업료도 내야 하는 거 아니겠니?"

길버트의 솔직한 말에 앤은 좀 기분이 풀렸다. 적어도 조롱당할 거라는 두려운 생각은 사라졌다. 상처 입은 이상은 깊이 남아 있었어도.

독불장군 러스티

"여기는 지금껏 본 어느 곳보다도 제일 집다운 곳이야. 우리 집보다 더 집다워."

필리파 고든이 기쁨이 가득한 눈길로 주위를 둘러보며 말했다. 해질 무렵 모두 패티네 집 널찍한 거실에 모였다. 앤과 프리실라, 필리파, 스텔라, 제임시나 아줌마, 러스티, 조지프, 새라 고양이, 개 고그와 마고그…….

어느 정도 익숙해져 가는 가운데 석 주가 지났고 모두들 잘 된 것으로 믿었다. 학교로 돌아온 첫 2주 동안은 정신이 없었다. 물건을 정리하고 집을 꾸미고 서로 다른 생각을 맞춰가느라 바빴다.

레드먼드로 돌아갈 시간이 가까워지자 앤은 에이번리를 떠나는 게 그리 안타깝지만은 않았다. 방학 마지막 며칠이 즐겁지 않아서였다.

앤의 소설이 입상했다는 소식이 지역 신문에 실렸고 윌리엄 블레어 씨는 가게 카운터에 소설이 실린 분홍색, 초록색, 노란색 팸플릿을 쌓아 놓고 오는 손님마다 나눠주었다. 블레어 씨는 앤에게도 팸플릿을 한 묶음 주었으나 집에 오자마자 앤은 주방 난로에 던져 버렸다. 하지만 수치스럽다는 것은 앤 혼자만의 생각이었고 에이번리 사람들은 상 탄 것을 자랑스럽게 생각했다. 친구들은 감탄했고 라이벌 몇 명은 시샘을 했다. 조시 파이는 앤 셜리가 몇 년 전에 신문에서 본 소설을 베낀 것 같다고 했다. 슬론네 사람들은 찰리도 소설을 응모했다가 탈락한 것을 알았는지 아니면 침착했는지 몰라도 그까짓 상을 탄 걸로 자랑할 것 없다고 말했다. 그 정도는 누구나 할 수 있는 일이라고 아토사는 앤에게 소설을 쓴다니 무척 유감스럽다고 말했다. 에이번리에서 나고 자란 사람이라면 소설 나부랭이를 쓰지 않을 거라고. 이러니 입양한 아이는 다른 구석이 있는 거라고. 린드 부인까지도 소설을 쓰는 것을 탐탁해하지 않았다. 하지만 25달러짜리 수표를 보고 나서 금방 마음이 풀어졌다.

"거짓말을 쓴 대가로 그런 돈을 벌다니, 놀랍다."

린드 부인의 반응은 흐뭇함 반 못마땅함 반이었다.

모든 것을 헤아려 볼 때 떠날 때가 된 것이 다행이었다. 레드먼드로 돌아가는 것은 정말 즐거운 일이었다. 지혜롭고 경험 많은 2학년이 되었고 친구도 많아져서 개강일이 기다려졌다. 프리실라와 스텔라, 길버트도 와 있었다. 찰리 슬론은 어느 2학년 학생보다도 중요한 인물 같은 표정이었다. 필리파는 알렉, 알론조 문제를 아직 해결하지 못했다. 무디 스퍼전 맥퍼슨도 와 있었는데 그는 퀸스를 떠나고 나서 학교에서 아이들을 가르쳤지만 그의 어머니는 아들이 교사 일을 그만두고 목회 공부를 하도록 했다.

무디 스퍼전은 대학 생활 첫날부터 운이 없었다. 같은 집에 하숙하는 짓궂은 2학년 학생 대여섯 명이서 그를 골려 주러 밤에 달려들어 머리카락 절반을 깎아 버렸다.

무디 스퍼전은 머리가 다시 자랄 때까지 그런 모습으로 돌아다녀야 했다. 그는 앤에게 자신이 정말 목사가 되라는 하늘의 소명을 받았는지 의문이 들 때가 있다고 털어놓았다.

제임시나 아줌마는 여학생들이 패티네 집을 꾸며 놓고 맞이할 준비를 끝내야 오기로 되어 있었다. 패티 노부인은 앤에게 쓴 편지에 열쇠를 동봉했다. 편지에는 남는 방의 침실 밑 상자에 고그와 마고그가 들어 있으니 원하면 꺼내도 좋다고 적혀 있었다. 추신으로 여학생들이 그림을 걸 때 조심해 달라고 했다. 5년 전 거실에 도배를 새로 했는데 자기들은 새 벽지에 더 이상 구멍이 생기는 걸 원치 않으니 꼭 필요할 때만 구멍을 내라는 것이었다. 나머지는 모두 앤에게 믿고 맡기겠다고 했다.

여학생들은 자기들이 묵을 보금자리를 정리하는 게 얼마나 재미있었던지! 필의 말마따나 결혼하는 것과 다름없는 일이었다. 귀찮은 남편 없이 가정을 꾸리는 재미를 맛볼 수 있었다. 모두들 작은 집을 꾸미거나 안락하게 할 물건을 가지고 왔다. 프리실라와 필, 스텔라는 작은 소품과 그림을 많이 가져왔다. 패티 노부인의 벽지에 구멍이 나는 것은 아랑곳하지 않고 각자 취향에 따라 그림을 걸었다.

앤이 말리자 모두들 말했다.

"나갈 때 구멍을 메워 주면 되잖아."

다이애너는 앤에게 솔잎을 넣은 쿠션을 주었고 하숙집 주인 애다는 앤과 프리실라에게 멋지게 수놓은 쿠션을 선물했다. 마릴라는 저장 식품이 담긴 큰 상자를 주었다. 추수 감사절 바구니를 뜻하는 듯했다. 린드 부인은 앤에게 누비이불 한 채를 주었고 다섯 채를 더 빌려 주었다.

"이걸 가져가거라. 트렁크에 넣은 채 몇 달씩 다락방에 두면서 좀

이 슬게 하느니 누군가 쓰는 게 낫지."

린드 부인은 명령하듯 말했다.

하지만 누비이불은 좀 근처에도 가지 않았다. 좀약을 얼마나 많이 넣었는지 패티네 집 마당에 2주 동안을 널어놓은 뒤에야 냄새가 사라져 안으로 들여갈 수 있을 정도였다. 귀족적인 스포퍼드 가에서는 이런 이불을 좀처럼 구경하기 힘든 모양이었다.

옆집에 사는 무뚝뚝한 백만장자가 찾아와서 린드 부인이 앤에게 선물한 빨간색, 노란색 튤립 무늬 조각 누비이불을 사고 싶다고 했다. 옆집 주인 '담배 왕' 은 자기 어머니도 이런 모양의 누비이불을 만들곤 했는데 어머니 생각이 나서 꼭 갖고 싶다고 했다. 앤이 팔지 않겠다고 하자 그는 실망했다.

앤이 이 이야기를 린드 부인에게 써서 보내자 흐뭇해진 린드 부인은 똑같은 모양의 이불을 여러 채 갖고 있다는 답장을 보내 왔다. 결국 담배 왕은 그 누비이불을 사서 침대에 깔겠다고 고집을 부려 패션 감각이 뛰어난 그의 아내를 곤혹스럽게 했다.

그해 겨울 린드 부인의 누비이불은 제몫을 단단히 했다. 패티네 집은 장점이 많은 집이었지만 단점 역시 갖고 있었다. 집이 무척 추워서 바람이 매서운 밤이면 여학생들은 누비이불 밑으로 들어왔고 앤은 린드 부인에게 이 소식도 알려주어야겠다고 생각했다.

앤은 첫눈에 반한 파란색 방을 차지했다. 프리실라와 스텔라는 큰 방을 쓰게 됐다. 필리파는 다행히도 주방 위쪽의 작은 방에 만족했고 제임시나 아줌마는 아래층 거실 옆방을 사용했다. 고양이 러스티는 처음에는 출입문 옆에서 잤다.

패티네 집으로 돌아온 며칠 뒤 앤은 학교에서 집으로 돌아오다 사람들이 웃으면서 안쓰럽게 쳐다보는 눈길에 뭐가 잘못되어서 그런지 걱정스러웠다. 모자가 비뚤어졌거나 벨트가 풀렸지 않나 하고 앤은 고개를 돌려 이리저리 살피다가 고양이 러스티를 보게 되었다.

앤 뒤에 바싹 붙어서 고양이 한 마리가 쓸쓸히 따라오고 있었다. 새끼는 아닌 듯했는데 마르고 초라해 보였다. 귀 양쪽으로 조금씩 떨어져 나갔고 한쪽 눈은 치료해야 할 정도로 시원찮은데다가 턱은 우스꽝스럽게 부어올라 있었다. 이 집 잃은 고양이의 털은 검은 고양이가 불에 그을린 것처럼 보기 싫은 어두운 색깔이었다.

앤은 '저리 가!' 하고 쫓았지만 고양이는 가지 않았다. 앤이 멈춰 서면 고양이는 웅크리고 앉아 성한 한쪽 눈으로 앤을 못마땅한 듯 쳐다보았다. 그러다가 앤이 걸음을 옮기면 다시 쫓아왔다. 하는 수 없이 앤은 패티네 집 대문 앞까지 고양이가 따라오도록 내버려둘 수밖에 없었다. 하지만 집 앞에 도착하자 냉정하게 문을 꽝 닫아버리고 이제 고양이와는 끝이라고 생각했다. 하지만 15분 뒤에 필리파가 문을 열자 층계에 거무스레한 갈색 고양이가 앉아 있었다. 고양이는 재빨리 뛰어들어 와 앤의 무릎에 뛰어올라 반은 애원조이고 반은 반가운 소리로 '야옹' 하고 울어댔다.

스텔라가 진지하게 물었다.

"앤, 네 고양이니?"

"아니, 처음 보는 고양이야. 어디서부터인지 몰라도 집까지 따라왔어. 쫓을 수 없었어. 저리 가. 나는 예쁘게 생긴 고양이는 좋아해도 너처럼 야생 고양이 같은 얼굴은 싫어."

앤이 말했다. 하지만 고양이는 내려가지 않았고 앤의 무릎 위에 몸을 웅크리고 앉았다.

"네가 마음에 드는 모양이야."

프리실라가 웃음을 터뜨렸다.

"고맙지만 안 돼."

앤이 고집을 피우자 필리파가 대답했다.

"가엾어. 못 먹은 것 같아. 뼈가 드러날 정도라고."

"뭘 좀 먹여서 왔던 곳으로 돌려보낼게."

앤이 단호하게 말했다.

고양이가 음식을 다 먹자 앤은 고양이를 밖으로 내보냈다. 그런데 다음날 아침에도 고양이는 그대로 층계에 앉아 있었다. 거기 앉아 있다 기다리다 출입문이 열릴 때마다 곧장 뛰어들어왔다. 환영받지 못하는 데도 꺼리지 않았다. 패티네 집 여학생들은 불쌍해져서 음식을 주었지만 한 주가 지나자 어떻게든 해야겠다고 결론을 내렸다. 고양이는 많이 좋아졌다. 눈과 뺨이 제 모습을 찾았고 비쩍 말랐던 몸도 제법 통통해졌다. 앉아서 얼굴을 씻기도 했다.

스텔라가 말했다.

"아무래도 우리가 고양이를 데리고 있을 수 없겠어. 제임시나 아줌마가 다음 주에 오실 때 새라 고양이를 데리고 오시거든. 고양이를 두 마리나 키울 수는 없잖아. 만일 키운다고 해도 저 러스티가 새라와 매일 싸움을 벌일 거라구. 타고난 싸움꾼이야. 엊저녁에도 '담배왕' 집 고양이를 혼을 내놓더라고."

"고양이를 어떻게 해야 해."

앤도 러스티를 물끄러미 바라보며 동의했다. 러스티는 벽난로 앞에 양처럼 순하게 앉아 있었다. 앤이 덧붙였다.

"그러면 어떻게 하느냐가 문제야. 연약한 네 여자들이 가지 않으려는 고양이를 어떻게 쫓아 버릴 수 있겠니?"

필리파가 재빨리 대답했다.

"마취약으로 죽게 하면 돼. 그게 가장 자비로운 방법이야. 내가 해낸 몇 가지 성공 가운데 한 가지야. 집에 있을 때 몇 마리 없애 보았거든. 아침에 고양이에게 맛있는 아침 식사를 배불리 먹여. 그 다음 삼베 부대에 고양이를 넣고 나서 나무상자에 그 부대를 넣는 거야. 그리고 2온스짜리 마취약을 준비해서 마개를 열고 상자 한쪽 구석에 넣어 두는 거야. 상자 위를 무거운 것으로 눌러 놓고 아침까지 그대로 두면 돼. 고양이는 몸을 웅크리고 자는 것처럼 평화롭게 죽어 있을 거야. 고통도 없고 발버둥치지도 않아."

"쉬울 것 같은데."

앤이 말했다.

"진짜 쉬워. 나한테 맡기면 돼. 너는 두고 보기만 해."

필리파가 안심시켰다.

마취약이 준비되고 러스티는 운명의 아침을 맞이했다. 러스티는 아침 식사를 한 뒤 제 입을 핥고는 앤의 무릎 위로 냉큼 올라왔다. 앤은 가슴이 아팠다. 자기를 사랑하고 믿고 따르는 이 가엾은 녀석을 죽이는 일에 어떻게 끼어든단 말인가?

"자, 러스티를 데려가. 나는 살인자가 된 느낌이야."

앤이 얼른 필리파에게 말했다.

"고통스럽지 않을 거야."

필리파가 위로했지만 앤은 얼른 자리를 비켜 버렸다. 뒷문에서 일이 이루어졌다. 아무도 그날은 뒷문 가까이 가지 않았다.

해질녘 필은 러스티를 묻어 줘야 한다고 말했다.

"프리실라하고 스텔라가 마당에 무덤을 파. 그리고 앤은 나하고 가서 상자를 들어 옮기고. 나는 그 일이 가장 싫어."

두 공모자는 살살 뒷문으로 다가섰다. 필리파가 상자를 눌러 놓은 돌을 천천히 들어 올렸다. 그런데 갑자기 희미하지만 분명히 상자 안에서 고양이 울음소리가 났다.

"러스티가…… 러스티가 안 죽었어."

앤이 주방 문지방에 털썩 주저앉으며 말했다.

"틀림없이 죽었을 텐데."

필리파가 믿을 수 없다는 듯 말했다.

그러나 또 한 번의 작은 울음소리는 러스티가 살아 있음을 증명해 주었다. 두 사람은 서로 멍하니 얼굴을 마주 보았다.

"어떻게 하니?"

앤이 물었다.

"왜 안 오니? 벌써 무덤을 다 파 놨는데. '여전히 침묵이고 침묵밖에 없으리오? 니?'

문간에 스텔라가 다가와서 시 구절을 읊으며 농담을 했다.

앤도 시구를 읊으며 진지하게 상자를 손가락으로 가리켰다.

"아, 아니다. 죽은 자의 목소리가 멀리서 쏟아져 내리는 물소리처럼 들리노라."

웃음소리에 긴장이 깨졌다. 필리파가 돌을 원래 자리로 올려놓으며 말했다.

"내일 아침까지는 러스티를 그대로 둬야 해. 5분 동안 울지 않았지? 어쩌면 아까 그 소리는 죽어가면서 낸 신음소리였을 거야. 아니면 우리가 양심의 가책 때문에 울음소리를 들었다고 착각했을지도 모르고."

하지만 다음날 아침 상자 위의 돌을 치우기가 무섭게 러스티가 앤의 어깨 위로 펄쩍 뛰어올라 앤의 얼굴을 사랑스럽게 핥기 시작했다. 이렇게 활기찬 고양이는 어디에도 없을 것 같았다.

필리파가 신음을 하며 말했다.

"아휴, 상자에 구멍이 나 있었어! 그걸 못 봤어. 구멍 때문에 죽지 않은 거야. 이제 다시 해 봐야겠다."

앤이 불쑥 말했다.

"아니, 그러지 않을래. 다시는 러스티를 죽이려 하지 않을 거야. 이제 내 고양이야. 그러니 너희도 잘 돌봐 줘."

"제임시나 아줌마의 새라 고양이랑 잘 지내면 그러자고."

스텔라가 문제를 정리했다.

그때부터 러스티도 패티네 집 가족이 되었다. 밤이면 뒷문에 놓인 방석에서 잤고 호사스런 생활을 했다. 제임시나 아줌마가 왔을 때는 몸이 통통하고 털이 반질거려서 쓸 만한 모습이 되어 있었다. 하지만 러스티는 고집 센 '독불장군' 이었다. 만나는 고양이마다 먼저 공격했고 그러면 다른 고양이들도 덤벼들었다. 스포퍼드 가 거리에 살던 귀족적인 고양이들이 하나씩 자취를 감췄다. 러스티는 사람 중에서는 오직 앤만을 좋아했다. 누구도 감히 러스티의 몸을 쓰다듬지 못했

다. 누군가 털을 쓰다듬으려 들면 화를 내며 으르렁거렸다. 마치 욕
설을 하는 것처럼 들렸다.

"성깔 있네. 더는 못 참겠어."

스텔라가 투덜거리자 앤이 러스티를 변호했다.

"원래는 순한 녀석이었어."

"러스티랑 새라가 함께 어울려 살 수 있을는지 모르겠어. 마당에서
밤새 고양이들이 싸우는 것도 못 참을 일인데 고양이들이 거실에서
까지 싸우는 건 생각할 수도 없어."

스텔라가 시무룩히 말했다.

제임시나 아줌마는 예정된 날에 도착했다. 앤과 프리실라, 필리파
는 걱정스런 마음으로 아줌마를 맞았다. 제임시나 아줌마가 벽난로
앞 안락의자에 앉자 세 사람은 고개를 숙여 인사를 했다.

제임시나 아줌마는 몸이 작은 노부인으로 약간 갸름한 턱에 크고
푸른 눈을 하고 있었다. 마치 희망에 넘치는 소녀의 눈 같았다. 뺨은
붉고 눈처럼 흰 머리카락은 귀 위로 틀어 올렸다.

아줌마는 분홍색 실로 열심히 뜨개질을 하며 말했다.

"이런 일은 구식이야. 그리고 나도 구식이야. 입은 옷도 그렇잖니.
그러니까 생각도 구식이겠지. 그게 좋다고 하는 건 아니야. 사실은
별로 좋은 것은 아니지. 하지만 오래 입어서 편안하고 좋아. 새 신발
은 낡은 신발보다 보기에는 좋지만 낡은 신발이 한결 편안하지. 나는
구두를 신든 생각을 하든 내 맘대로 할 만한 나이야. 여기서는 마음
편하게 지낼 생각이다. 너희들은 내가 잘 보살펴 주기를 기대하겠지
만 나는 그렇게 하지 않을 거야. 너희들도 어떻게 하는 게 좋은지 알

만한 나이니까. 그러니까 내 생각은 스스로 알아서 하는 거야."

아줌마가 눈을 반짝이며 결론을 맺었다.

스텔라가 몸을 떨며 말했다.

"누가 고양이들을 떼어 놔 줄래?"

제임시나 아줌마는 키우던 고양이 새라 말고도 조지프라는 고양이를 더 데리고 왔다. 조지프는 친구가 키우던 고양이인데 그 친구가 밴쿠버로 이사하게 되어서 맡아 기르게 되었다고 했다.

"친구가 조지프를 데려갈 수 없다고 나한테 키우라고 그랬어. 거절할 수 없었다. 예쁜 고양이야. 몸이 꽤 화려하지."

확실히 그랬다. 조지프를 마음에 들어하지 않는 스텔라는 걸어다니는 형겊 주머니 같다고 했다. 조지프의 털 색깔은 한마디로 표현할 수가 없었다. 양 다리는 흰색 털에 검은 반점이 있고 등은 회색인데 한쪽은 노랗고 한쪽은 검고 얼룩이 진 귀는 검고 다른 귀는 노란색이었다. 눈 위의 검은 부분은 무서워 보였으나 사실 조지프는 순하고 말을 잘 들어 친해지기 쉬운 성격이었다. 조지프는 아무런 수고를 하지 않았지만 솔로몬 왕이라고 해도 더는 부드러운 쿠션 위에서 자거나 그렇게 배불리 먹을 수 없을 것 같았다.

조지프와 새라 고양이는 각각 상자에 담겨 특급 우편으로 도착했다. 상자에서 꺼내 먹을 걸 주자 조지프는 마음에 드는 쿠션과 방구석을 골랐다. 새라 고양이는 벽난로 앞에 가만히 앉아서 얼굴을 씻기 시작했다. 새라 고양이는 몸이 크고 흰색과 회색이 섞인 윤기 나는 털을 가지고 있었는데 비천한 혈통에 어울리지 않는 위엄이 있었다. 새라 고양이는 세탁부가 제임시나 아줌마에게 준 고양이였다.

"그 사람 이름이 새라였기 때문에 남편은 항상 '새라 고양이'라고 불렀지. 이제 여덟 살인데 쥐를 아주 잘 잡는다. 걱정하지 마, 스텔라. 새라 고양이는 싸움을 하지 않아. 그건 조지프도 마찬가지야."

그러자 스텔라가 대꾸했다.

"여기서는 어쩔 수 없이 싸우게 될걸요."

말이 끝나기 바쁘게 러스티가 들어왔다. 러스티는 거실 한가운데까지 힘차게 걸어오다가 침입자들을 발견했다. 그 순간 멈춰 선 러스티가 꼬리를 높이 치켜세우는데 세 개를 합친 것만한 크기가 되었다. 또 방어를 위해 등의 털을 아치 모양으로 세웠다. 러스티는 머리를 숙이고 경고와 방어의 태도가 담긴 무서운 소리를 지르며 곧바로 새라에게 달려들었다.

거만한 새라는 움직이지 않고 러스티를 호기심에 찬 눈으로 바라보았다. 다음 순간 새라는 경멸하듯 발을 휙 뻗어 러스티의 습격을 막아 냈다. 러스티는 힘없이 카펫 위를 구르더니 비틀대며 몸을 일으켰다. 그러고는 경계하는 눈초리로 새라 고양이를 바라보았다. 새라 고양이는 등을 돌리고는 다시 얼굴을 씻기 시작했다. 러스티는 덤비지 않았다. 그때부터 새라 고양이가 고양이 세계를 다스렸다. 러스티는 그 뒤로 다시는 새라 고양이에게 덤벼들지 않았다.

그때 조지프가 경솔히 일어나서 하품을 했다. 창피를 당해 복수심에 차 있던 러스티가 조지프에게 달려들었다. 조지프는 평소에는 온순했지만 상황에 따라 싸울 줄 알았고 또 잘 싸웠다. 결과는 연이은 무승부였다. 러스티와 조지프는 자고 나면 싸웠다. 앤은 러스티 편을 들어 조지프를 싫어했다. 스텔라는 어찌할 바를 몰랐지만 제임시나 아줌마는 웃음을 터뜨릴 뿐이었다.

"싸우게 내버려 둬. 결국은 친구가 될 테니까. 조지프는 운동을 해야 해. 너무 살이 쪘어. 러스티도 세상에 고양이가 저 말고도 있다는 걸 알아야 해."

조지프와 러스티는 현실을 받아들였고 친구가 되었다. 둘은 서로에게 앞발을 올려놓고 같은 쿠션에서 잠자고 서로의 얼굴을 핥아 주기도 했다.

"모두 다 서로에게 익숙해지게 되었어. 더구나 나는 설거지하고 바닥을 청소하는 법도 배웠어."

필리파가 말했다.

"하지만 고양이를 마취시키는 솜씨는 형편없던 걸."

앤이 웃으며 말했다.

"상자에 구멍이 났기 때문이잖아."

필리파가 버텼다.

"구멍이 있어서 다행이었어. 새끼 고양이는 물에 빠뜨려야 해. 안 그러면 세상이 온통 새끼 고양이로 넘쳐날 거야. 하지만 어른 고양이는 달걀을 훔쳐 먹지 않으면 죽여서는 안 된다구."

제임시나 아줌마가 엄하게 말했다.

"러스티가 처음 여기 왔을 때의 모습을 보셨더라면 그런 말씀을 하지 않으실 거예요. 러스티는 악마 같은 모습이었어요."

스텔라가 말했다.

"나는 악마가 그렇게 흉하게 생기지 않았을 거라고 생각해. 흉하게 생겼다면 그렇게 못된 짓을 할 수 없을 거야. 악마는 멋진 신사 같은 모습일 거야."

아줌마가 생각에 잠겨 대답했다.

데이비가 편지를 쓰다

11월 어느 날 저녁 필리파가 집에 돌아와서 말했다.

"지금 눈이 오고 있어. 아주 예쁜 작은 별들이 정원 산책길 위에 쌓였어. 전에는 눈송이가 이렇게 아름다운 줄 몰랐었는데. 그런 것도 알게 되다니 소박한 생활 속에 시간을 보낸 덕분이야. 나에게 그런 삶을 살게 해 준 여러분 모두에게 축복이 함께 하기를! 버터가 1파운드에 5센트나 올랐다고 걱정하는 일도 얼마나 즐거운지 몰라."

"그랬니?"

회계를 맡은 스텔라가 물었다.

"그래, 여기 버터 사 왔어. 나는 장보는 데는 선수가 되었어. 연애보다 더 재미있는지도 몰라."

필리파가 진지하게 말했다.

"너무나 값이 올랐어."

스텔라가 한숨을 쉬었다.

"걱정 마라. 다행히 공기하고 구원은 아직도 공짜란다."

제임시나 아줌마가 말하자 앤이 맞장구쳤다.

"웃음도 그렇고요. 웃음에는 아직 세금도 안 붙어요. 다행이잖아요. 왜냐하면 곧 한바탕 웃게 될 테니까요. 내가 데이비의 편지를 읽어 줄게. 올 한 해 동안 데이비의 맞춤법이 한결 나아졌어. 문장 부호는 잘 쓰지 못 해도 우리 데이비는 편지를 재미있게 쓰는 재주가 있어. 잘 듣고 마음껏 웃자. 그런 다음 저녁 공부를 하자고."

앤은 편지를 읽기 시작했다.

사랑하는 앤 누나,

우리 모두 아주 잘 지내고 있다는 말을 하려고 펜을 들었어. 그리고 누나도 그러길 바래. 오늘은 눈이 조금 내렸는데 마릴라 아줌마는 하늘에서 할머니가 깃털 이불을 터는 거라고 하서. 하늘에 있는 할머니가 하느님의 부인이야, 누나? 알고 싶어.

린드 아줌마께서 무척 편찮으셨는데 지금은 좋아지셨어. 지난주에 지하실에서 넘어지셨거든. 넘어질 때 선반을 잡으셨는데 선반에 놓인 우유통하고 냄비가 아줌마 몸으로 떨어졌어. 마릴라 아줌마는 처음에는 지진이 난 줄 아셨대. 땡그렁 하면서 냄비가 떨어졌고 린드 아줌마는 갈비뼈를 다치셨어. 의사 선생님이 오셔서 바르는 약을 주고 가셨는데 아줌마가 잘못 알아듣고 그걸 모두 먹어 버리셨어. 의사 선생님은 죽지 않은 게 다행이라고 하셨는데 다 낫고 나서 린드 아줌마는 의사가 아무것도 모른다고 말씀하셨어. 우리 망가진 냄비는 못 고쳤어. 그래서 마릴라 아줌마가 그 냄비를 버렸어.

지난주는 추수 감사절이었어. 학교 수업이 없었고 우리는 맛있는 저녁을 먹었어. 나는 고기 파이하고 칠면조 구이하고 과일 케이크하고 도넛, 치즈, 잼, 초콜릿 케이크를 먹었어. 마릴라 아줌마는 나더러 죽을 거라고 하셨지만 나는 안 죽었어. 도라는 나중에 귀가 아팠는데 알고 보니 귀가 아니라 배탈이 난 거였어. 나는 아무 데도 안 아팠어.

우리 반에 남자 선생님이 새로 오셨는데 재미있는 이야기를 자주 해 주셔. 지난주에는 우리 3학년 남자아이들한테 어떤 아내를 얻고 싶은 가, 여자아이들한테 어떤 남편을 얻고 싶은가 글짓기를 하라고 하셨 어. 선생님은 글을 읽으시면서 무척 우스워하셨어. 누나가 보고 싶어 할 테니까 내 글을 여기 보낼게.

내가 얻고 싶은 아내

내 아내는 예의 바른 사람이어야 하고 시간 맞춰서 나한테 밥상을 차려 주고 내가 시키는 대로 하고 나한테 항상 다정해야 한다. 그리고 나이는 열다섯 살이어야 한다. 가난한 사람들에게 착하게 굴고 집안 정돈을 잘 해야 하며 성격이 좋고 교회에 다녀야 한다. 또 아주 예쁘고 곱슬머리여야 한다. 그런 아내를 얻게 되면 나도 아주 좋은 남편이 되 어 줄 것이다. 나는 여자는 남편한테 무척 잘 해야 한다고 생각한다. 불쌍한 여자들 중에는 남편이 없는 사람도 있다.

지난주에 화이트 샌드에서 열린 아이삭 라이츠 부인의 장례식에 갔 다왔어. 부인의 남편이 무척 슬퍼했어. 린드 아줌마는 라이츠 부인의 할아버지가 양을 훔친 적이 있다고 했는데 마릴라 아줌마는 죽은 사 람을 나쁘게 말하지 말라고 하셨어. 왜 그러면 안 돼, 앤 누나? 알고 싶 어. 나쁘게 말해도 아무 일도 없잖아?

저번에 내가 린드 아줌마께 노아가 살 때도 사셨느냐고 여쭤봤는데 아줌마가 굉장히 화를 내셨어. 아줌마를 화나게 할 생각은 아니었어. 그냥 궁금해서 물어본 거야. 그때 아줌마가 사셨어, 앤 누나?

해리슨 아저씨는 자기 집 개를 없애고 싶어 하셔. 그래서 한 번은 목을 매달았는데 다시 살아나서 창고로 왔어. 그 사이에 아저씨가 개 무덤을 파고 있었대. 그래서 다시 목을 매달았는데 이번에는 진짜 죽었어. 해리슨 아저씨는 일꾼을 새로 썼어. 아주 이상한 사람이야. 아저씨가 그러는데 왼손잡이에 왼발잡이래.

배리 아저씨 집 일꾼은 게으르대. 배리 아줌마는 그렇게 말씀하시는데 아저씨는 게을러서가 아니라 일을 하는 것보다 기도하는 게 더 쉽다고 생각해서 그러는 거래.

하몬 앤드루스 아줌마가 자랑하던 상을 받은 돼지가 갑자기 죽었어. 린드 아줌마는 앤드루스 아줌마가 너무 자랑해서 벌 받은 거라고 하셨어. 하지만 돼지가 힘들었던 것 같아.

밀티 볼터가 아팠어. 의사 선생님이 약을 주셨는데 맛이 너무 써. 볼터는 구두쇠야. 내가 25센트를 주면 약을 대신 먹어 주겠다고 했는데 약을 그냥 먹고 돈을 아끼겠다는 거야.

볼터 아줌마께 어떻게 남자를 꼬드기는 거냐고 물었더니 무척 화를 내시면서 모른다고 하셨어. 남자를 쫓아다닌 적이 없다고 하셔.

에이번리 청년회는 강당에 다시 칠을 한다고 그래. 파란색에 싫증이 났대. 새로 오신 목사님이 어젯밤에 차를 마시러 집에 오셨어. 파이를 세 쪽이나 드셨어. 내가 그랬으면 린드 아줌마가 돼지라고 했을 거야. 그리고 목사님은 파이를 정신없이 드시고 얼른 한 입을 또 드셨어.

마릴라 아줌마께서 나에게 항상 그러지 말라고 하는 데. 아이들이 하면 안 되는 것을 왜 목사님은 하셔도 되는 거야? 알고 싶어.

이제 더 쓸 이야기가 없어. 여기 키스 여섯 번. xxxxxx. 도라가 한 번 키스한대. 도라 것. x.

누나의 사랑하는
데이비 키스

추신 : 누나, 악마는 아버지가 누구야? 알고 싶어.

크리스마스 방학이 되자 패티네 집 여학생들은 각각 고향으로 돌아갔지만 제임시나 아줌마는 그대로 집에 있기로 했다.

"여러 군데서 초대를 받았지만 고양이 세 마리를 다 데리고 갈 수는 없잖아. 거의 석 주 동안이나 남겨 두고 갈 수도 없고. 좋은 이웃이 고양이들한테 먹이를 주면 좋겠지만 이 동네에 백만장자 말고는 누가 있어야 말이지. 그래서 나는 집에 머물면서 너희를 위해 패티네 집을 따뜻하게 데워 놓기로 했어."

제임시나 아줌마가 말했다.

앤은 평소처럼 기대에 차서 집으로 갔으나 모든 일이 기대대로 되지는 않았다. 에이번리에 몹시 매서운 바람이 부는 겨울이 일찌감치 닥쳤는데 토박이들조차 이런 겨울은 생전 처음이라고 입을 모을 정도였다. 초록 지붕 집은 말 그대로 폭풍우에 휩싸였다. 방학 동안 거의 매일 별이 보이지 않고 바람만 차갑게 불었다. 맑은 날에도 바람이 쉼없이 불었다. 도로가 쑥쑥 파이면 다시 흙으로 메워졌다. 꼼짝할 수가 없었다. 청년회에서는 대학에서 돌아온 친구들을 환영하기 위한 파티를 열려고 세 번이나 계획했지만 매번 폭풍우가 너무 거세서 아무도 집 밖을 나설 수 없었다. 결국 파티 계획은 실망스레 무산되었다. 앤은 초록 지붕 집을 사랑하는 마음에는 변함이 없었지만 패티네 집 생각이 간절했다. 타오르는 벽난로와 제임시나 아줌마의 유쾌한 눈길, 고양이 세 마리, 친구들의 명랑한 수다, 금요일 저녁이면 찾아오는 친구들과 즐겁게 나누던 기쁘고 슬픈 이야기들이 그리웠다.

앤은 쓸쓸했다. 다이애너는 방학 동안 기관지염을 앓아 집에 갇혀 지내야 했다. 그래서 초록 지붕 집에 올 수 없었고 폭풍우 때문에 유령의 숲을 지날 수 없어서 앤도 비탈 과수원 집에 갈 수 없었다. 얼어붙은 반짝이는 호수를 지나서 가려면 너무 멀고 길도 좋지 않았다.

루비 길리스는 흰 눈 쌓인 묘지에 잠들어 있었고 제인 앤드루스는 서부 초원 지대의 학교에서 아이들을 가르치고 있었다. 길버트만 여전히 충실해서 올 수 있는 밤이면 초록 지붕 집으로 찾아왔다.

하지만 길버트의 방문이 예전과는 많이 달라져서 앤은 그 시간이 오히려 두려웠다. 이야기 가운데 갑자기 조용해져서 고개를 들어보면 길버트의 갈색 눈이 자기를 지그시 바라보고 있어서 불안해졌다. 심상치 않은 눈길이었다. 당황스러워 자기도 모르게 얼굴이 빨개졌고 길버트의 눈길이 차츰 불편해졌다.

패티네 집에 있으면 얼마나 좋을까. 그곳에는 어색한 분위기를 늘 자연스럽게 해 줄 사람이 있었다. 그런데 초록 지붕 집에서는 길버트만 오면 마릴라는 쌍둥이를 데리고 급히 린드 부인의 방으로 갔다. 무슨 뜻인지 분명했다. 앤은 화도 났지만 어쩔 수 없었다.

하지만 데이비는 한없이 행복했다. 아침이면 밖으로 나가 우물과 닭장으로 가는 길의 눈을 치웠다. 데이비는 마릴라와 린드 부인이 앤을 위해 경쟁하듯 준비한 크리스마스 음식을 자랑스러워했다. 그리고 학교 도서관에서 빌려온 재미있는 이야기책을 읽었다. 궁지에 빠지면 운 좋게 지진이나 화산이 폭발해서 몸이 높이 솟아올라 위기를 벗어나고 복을 받는 것으로 이야기가 끝나는 영웅 이야기에 빠져들어 있었다.

"아주 재미있는 이야기야. 성경책보다 훨씬 재미있어."

데이비가 이야기에 열중하며 말했다.

"그러니?"

앤이 빙그레 웃자 데이비는 궁금한 듯 앤을 바라보았다.

"전혀 놀라지 않네. 린드 아줌마는 이 말을 듣고 많이 놀라셨는데."

"나는 놀라지 않아. 아홉 살짜리 사내아이가 성경책보다 모험 이야기를 읽고 싶어하는 건 아주 당연해. 하지만 좀더 크게 되면 성경책이 얼마나 멋진 책인지 알게 돼. 그럴 거야."

"그래, 나도 성경책의 어떤 부분은 참 좋아. 요셉 이야기는 놀라워. 하지만 내가 요셉이었다면 형제들을 용서하지 않았을 거야. 어림없어. 나 같으면 머리를 잘라 버렸을 거야. 린드 아줌마는 이 말을 들으시더니 성경책을 덮고 나서 무척 화를 내시면서 그런 말을 하면 성경을 읽어 주지 않겠다고 하셨어. 그래서 일요일 오후에 린드 아줌마께서 성경을 읽어 주실 때는 그런 말을 안 해. 그냥 생각만 하고 있다가 다음 날 학교에 가서 밀티한테 이야기하거든. 밀티한테 엘리사와 곰 이야기를 해 주니까 몹시 무서워했어. 그 다음부터 다시는 해리슨 아저씨를 대머리라고 놀리지 않았어. 그런데 이 섬에도 곰이 있어, 누나? 알고 싶어."

"아니, 지금은 없어."

앤이 무심코 대답했다. 창문에 마침 눈보라가 몰아치자 앤이 혼잣말로 중얼거렸다.

"아, 눈보라가 언제 멎지?"

"하느님만 아실 거야."

데이비는 건성으로 대답하고는 다시 책을 읽기 시작했다.

앤은 이번에는 깜짝 놀랐다.

"데이비!"

앤이 소리쳐 나무랐다.

"지난주 어느날 밤에 린드 아줌마도 그렇게 말했어. 마릴라 아줌마가 '루도빅 스피드와 데오도라 딕스가 결혼할까요?' 하고 말하니까 린드 아줌마가 '하느님만 아시겠지' 라고 하셨어. 지금처럼."

데이비가 뽀로통하게 대답했다. 앤은 어떻게 해야 제대로 가르쳐 줄 수 있을지 생각해 보았다. 그러고 나서 말했다.

"아줌마께서 그런 말을 하신 건 잘못하신 거야. 누구든지 쓸데없이 우스갯소리로 '하느님' 의 이름을 부르는 건 옳지 않아. 데이비, 다시는 그러지 마."

"목사님처럼 천천히 엄숙하게 말해도 안 돼?"

데이비가 진지하게 물었다.

"안 돼. 그래도 안 돼."

"그럼 안 그럴게. 루도빅 스피드하고 데오도라 딕스는 미들 그래프턴에 사는데 린드 아줌마는 루도빅이 데오도라한테 백 년 전부터 결혼하자고 했대. 두 사람이 결혼하기엔 너무 늦지 않았을까? 길버트 형이 누나한테 그렇게 오래 부탁하지 않으면 좋겠어. 두 사람은 언제 결혼할 거야? 린드 아줌마는 당연히 결혼할 거라고 하셨는데."

데이비가 침착하게 말했다.

"린드 아줌마도?"

앤은 흥분해서 말하려다 말고 입을 다물었다.

"수다쟁이 아줌마야. 사람들이 다 그래. 그런데 결혼할 거지, 누나? 알고 싶어."

"데이비, 너는 정말 어쩔 수 없어."

앤은 방을 나가 아무도 없는 주방 창가에 앉았다. 겨울이라 금세 어두워졌다. 해가 지며 바람도 잦아들었다. 서쪽 하늘의 빨간 구름 너머로 싸늘한 달이 고개를 내밀었다. 뿌연 하늘에 서쪽 해안을 따라 노란 빛줄기가 점점 밝아졌다. 마치 빛이 한 곳에 모여 드는 것 같았다. 멀리 언덕에 성스런 행렬처럼 선 전나무들이 어둠 속에 두드러져 보였다. 앤은 흰 들판을 바라보았다. 우울한 황혼녘의 생기 없는 빛을 보자 한숨이 나왔다. 몹시 쓸쓸했고 마음이 아팠다. 내년에 레드 먼드로 되돌아갈 수 있을까. 그럴 것 같지 않았다. 장학금을 받는 2학년 학생은 몇 명 되지 않았다. 마릴라 아줌마의 예금은 쓰지 않을 작정이었다. 여름 방학 동안 그 정도의 돈을 벌 것 같지도 않았다.

앤은 우울히 속으로 중얼거렸다.

'내년에는 휴학을 해야겠어. 그리고 시골 학교에서 다시 아이들을 가르치면서 학비를 벌어야지. 다시 레드먼드로 돌아갈 때면 친구들은 이미 졸업을 했을 테고 패티네 집에서 살 수도 없겠지. 하지만 노

력할 거야! 내가 벌어서 살 수 있다는 건 고마운 일이야.'

해리슨씨가 우편물을 가져왔다. 스텔라와 프리실라, 필리파가 보낸 편지를 읽자 앤은 우울한 마음이 싹 가셨다. 제임시나 아줌마가 보낸 편지도 있었는데 계속 벽난로에 불을 때고 있으며 고양이들도 잘 있고 화분도 잘 자라고 있다고 알려 주었다.

요즘 날씨가 너무 추워서 고양이들을 집 안에서 재운다. 러스티와 조지프는 거실 소파에서 자고 새라 고양이는 내 침대맡에서 재워. 밤에 잠이 깨어 외국에 있는 가엾은 딸아이 생각을 할 때면 새라가 갸르릉거리는 소리가 얼마나 위로가 되는지 몰라. 딸아이가 인도가 아닌 다른 곳에 있으면 걱정하지 않을 텐데. 인도에는 무서운 뱀이 많다고 하잖니. 새라 고양이의 소리를 듣고 있으면 무서운 뱀 생각이 사라져. 나는 모든 것에 믿음을 갖고 있지만 뱀만은 아니야. 왜 하느님께서 뱀을 만드셨는지 모르겠어. 때로는 하느님께서 뱀을 만드신 게 아니라는 생각도 들어. 뱀을 만든 게 악마라고 믿고 싶어져.

앤은 타이핑된 얇은 편지를 별로 중요하지 않은 것 같아서 끝까지 미뤄 뒀다가 읽었다. 하지만 그 편지를 읽고 나자 눈에 눈물이 맺힌 채 그대로 앉아 있기만 했다.

마릴라가 물었다.

"왜 그러니?"

"조세핀 배리 할머니가 돌아가셨어요."

앤이 나지막하게 말했다.

"일 년을 넘게 편찮으셨어. 배리 집안에서는 언제라도 그분이 돌아가실 거라고 각오하고 있었지. 힘든 고통을 겪으셨으니 편히 쉬게 되셨어. 너를 무척 위해 주셨는데."

마릴라가 말했다.

"마지막까지도 잘해 주셨어요, 마릴라 아줌마. 이 편지는 그분의 변호사가 보낸 거예요. 배리 할머니께서 제게 천 달러를 남긴다고 유언하셨대요."

데이비가 끼여들었다.

"어, 아주 큰돈이지? 다이애너 누나하고 누나가 손님방 침대에 뛰어들었을 때 만난 할머니지? 다이애너 누나한테 그 이야기를 들었어. 그런데 누나한테 왜 그렇게 많은 돈을 남겨 주셨어?"

"데이비, 조용히 해."

앤은 부드럽게 말하고는 목이 메어 밖으로 나갔다.

마릴라와 린드 부인이 이야기를 나누었다.

"앤 누나는 이제 결혼할까요? 도카스 슬론이 지난 여름 결혼했을 때 살아갈 돈만 충분하면 남자하고 살지 않을 거라고 했거든요. 하지만 아이가 여덟 딸린 홀아비라도 시누이랑 사는 것보다는 낫다고 했어요."

데이비가 말했다.

"데이비! 입 다물어. 어린아이는 그런 말 하는 게 아니야."

린드 부인이 매섭게 말했다.

길버트의 고백

"이번 생일이면 스무 살이니까 십대는 아주 가 버렸어요."

앤은 무릎에 러스티를 올려놓고 벽난로 앞에 앉아서 좋아하는 의자에 앉아 책을 읽고 있는 제임시나 아줌마에게 말했다. 거실에는 두 사람뿐이었다. 스텔라와 프리실라는 모임에 갔고 필리파는 위층에서 파티에 갈 채비를 했다.

"아쉬울 테지. 십대는 인생에서 좋을 때니까. 나는 아직 십대가 끝나지 않아서 다행이야."

아줌마의 우스갯소리에 앤은 소리내어 웃었다.

"아줌마는 언제까지든 그러실 거예요. 백 살이 되셔도 열여덟 살로 사실걸요. 네, 아쉽고 약간은 불만스러워요. 전에 스테이시 선생님은 스무 살이 되면 좋든 나쁘든 성격이 완성된다고 하셨어요. 그런데 제 성격은 그다지 만족스럽지 않아요. 결점투성이니까요."

"누구나 다 그래. 내 성격은 백 조각으로 갈라져 있어. 스테이시 선생님이란 분의 말씀은 스무 살이 되면 성격이 한쪽으로 방향을 잡아서 그 방향으로 발전하게 된다는 뜻일 거야. 걱정하지 마라. 하느님과 이웃과 자신에 대한 의무를 다하면서 즐겁게 지내면 돼. 그게 내 인생관인데 늘 잘 맞아떨어지지. 필은 오늘 밤에 어디로 가니?"

제임시나 아줌마가 말했다.

"무도회에요. 가장 예쁜 드레스를 입을 거래요. 크림빛이 도는 노란 비단에 고운 레이스가 달린 거요. 필리파의 갈색 피부에 잘 어울려요."

"'비단'과 '레이스'란 말에는 마법 같은 게 담겨 있는 것 같지 않니? 그 말만 들어도 발이 근질근질해진다니까. 거기다 노란 비단이라면 햇살로 지은 드레스가 떠오르는구나. 나는 언제나 노란 비단 드레스를 입고 싶었는데 어릴 때는 어머니가, 나중에는 남편이 말렸어. 내가 하늘에 가게 되면 맨 처음으로 할 일이 노란 비단 드레스를 사는 일이야."

앤이 웃었다. 필리파가 아래층으로 내려와 벽에 걸린 긴 타원형 거울에 모습을 비춰 보며 말했다.

"예뻐 보이게 하는 거울에 비춰 봐야 기분이 좋아져. 내 방에 있는 거울은 퍼렇게 보여서 말이지. 나 어때?"

"네가 얼마나 예쁜지 알아, 필?"

앤은 감탄하며 되물었다.

"물론. 예뻐 보이게 하는 거울이나 남자가 무슨 상관있겠어? 친구가 예쁘다고 하는데. 블라우스 끝이 스커트 속으로 제대로 들어갔니? 스커트 모양이 똑바른 거야? 장미를 약간 낮게 다는 게 더 좋을까? 너무 높은 것 같아. 장미 때문에 사람이 한쪽으로 기울어 보이는 것 같아. 하지만 뭔가 귀에 걸리는 게 싫어."

"다 좋아. 보조개도 예쁘고."

"앤, 내가 너를 특히 좋아하는 이유가 있어. 너는 넓은 마음을 가지고 있어. 질투심이 전혀 없어."

필리파의 말에 제임시나 아줌마가 끼여들었다.

"앤이 왜 질투를 한단 말이니? 너처럼 아름답지 않을지는 몰라도 더욱 예쁜 코를 가지고 있는데."

"저도 알아요."

필리파가 수긍하자 앤이 솔직히 말했다.

"나는 늘 코가 위안이 돼."

"그리고 이마 위의 머리도 얼마나 예쁜데. 약간 곱슬머리는 머리카락이 밑으로 떨어질 것 같은데 절대 안 떨어지잖아. 매력적이야. 코 이야기를 하면 난 걱정이야. 마흔 살쯤 되면 바이언 집안 사람들 코 모양으로 변할 거야. 내가 마흔 살이 되면 어떤 모습일 것 같아, 앤?"

"지긋한 안방 마님 같겠지."

앤이 놀렸다.

"안 그럴 거야. 조지프, 요 고양아, 무릎에 올라앉지 마. 온 몸에 고양이털을 묻히고 무도회에 갈 생각은 없으니까. 아냐, 앤. 나는 안방 마님처럼 되지 않을 거야. 하지만 결혼은 하겠지."

필리파가 편안히 의자에 앉아 계속 말했다.

"알렉이나 알론조하고?"

앤이 묻자 필리파는 한숨을 쉬며 대답했다.

"어느 쪽과 할지 결정할 수 있으면 그렇겠지."

"쉽지 않을 텐데."

제임시나 아줌마가 말했다.

"저는 둘 사이를 비교하는 성격인가 봐요. 어느 쪽을 택할지 자꾸 망설여져요."

"판단을 더 잘 해야 해."

"물론 판단을 잘 해야 하겠지만 그러면 재미가 없잖아요. 아줌마가 알렉과 알론조를 아신다면 두 사람 가운데 한 명을 택하는 일이 얼마나 어려운지 이해하실 거예요. 두 사람 모두 좋은 사람들이니까요."

필리파가 말했다.

"두 사람보다 더 나은 사람을 찾으면 돼. 너를 좋아하는 윌 레슬리라는 상급생 있잖니. 크고 순한 눈이 보기 좋더라."

앤이 말했다.

"너무 크고 순해서 젖소 눈 같잖아."

필리파가 쏘아붙였다.

"그럼 조지 파커는 어떻겠니?"

"방금 다림질한 것 같은 모습이라고 밖에는 할 말이 없어."

"마르 홀워시는 어때? 그 사람은 결점이 없을 텐데."

"네, 가난하지만 않다면 괜찮죠. 저는 부자와 결혼해야 해요. 그게 외모와 함께 필요한 조건이에요. 길버트 브라이스가 부자라면 그 사람과 결혼하고 싶어요."

"어, 그러니?"

앤이 짓궂게 대꾸했다.

"우리는 그럴 생각이 전혀 없어요. 나나 앤이나 길버트를 원하지 않거든요."

필리파가 놀리는 듯이 말했다.

"쓸모없는 이야기는 그만 하기로 해. 나도 결혼은 하겠지만 되도록 늦추고 싶어."

"잘 생각해야 해. 맘에 없는 사람과 결혼해서는 안 된다."

제임시나 아줌마가 말했다.

"아, 아름다운 시절 사랑했던 마음도 흘러가버렸구나."

필이 장난기 있게 시를 한 구절 읊고 나서 덧붙였다.

"마차가 오고 있어. 다녀올게요, 흘러가 버린 두 분."

필리파가 나가자, 제임시나 아줌마는 진지한 표정으로 앤을 보았다.

"필리파는 아름답고 사랑스럽고 마음씨도 착한 것 같긴 한데 정신은 어떤 것 같니?"

"필리파의 정신은 멀쩡해요. 말만 그렇게 하는 거예요."

앤이 웃음을 참으며 말했다.

제임시나 아줌마가 걱정스레 고개를 저었다.

"그러면 다행이지. 나도 그러면 좋겠어. 하지만 모르겠어. 사람을 놀라게 하잖니. 저런 아이는 처음 봐. 처녀 때야 나도 여러 모습을 가졌었지만 저렇지는 않았거든."

"얼마나 많은 모습이셨어요?"

"글쎄, 대여섯 가지쯤 됐겠지."

"지루한 하루야."

필리파는 다투던 고양이 두 마리를 소파에서 내쫓고 앉아 편안히 기지개를 켜며 중얼거렸다.

'픽워 페이퍼스'를 읽던 앤이 고개를 들었다. 봄 시험을 마치고 나서 디킨스의 소설을 읽고 있었다. 앤이 생각에 잠겨 말했다.

"우리에게는 지루할지 몰라도 다른 사람에게는 멋진 하루일 수 있어. 어떤 사람은 행복하게 하루를 보낼 거야. 어디에서는 좋은 일이 일어났고 아름다운 시가 쓰여졌고 위대한 사람이 탄생했을 거야. 또 어떤 사람은 가슴이 쓰라린 일을 겪었을 거야."

"잘 나가다 곁길로 빠지니? 가슴 쓰린 일은 생각하고 싶지 않아."

필리파가 투덜댔다.

"살아가며 괴로운 일을 피할 수 있을 거라고 생각하니, 필?"

"물론 아니야. 지금 그런 일을 당하고 있잖아? 알렉과 알론조가 내 인생을 망치고 있는데 유쾌하다고 할 수는 없잖아?"

"너는 무슨 일도 심각하게 받아들이지 않는구나, 필."

"무엇 때문에 그래? 그런 사람은 너무 많아. 세상에는 나처럼 즐겁게 사는 사람도 있어야 해. 모두 지적이고 심각하고 진지하다면 세상은 아주 재미없어 질 거거든. 내가 할 일은 조시아 앨런의 말처럼 '매력을 드러내고 유혹하는 것' 이야. 사실대로 말해 봐. 내가 온 뒤로 패티네 집이 훨씬 밝아졌지?"

"그럼, 그랬어."

앤이 수긍했다.

"그리고 모두 다 나를 좋아해. 나를 정상이 아니라고 생각하는 제임시나 아줌마까지도 그래. 그런데 내가 달라질 필요가 없지 않니? 너무 졸려. 어젯밤 늦게까지 유령 이야기를 읽었거든. 침대에서 책을 읽었는데 다 읽고 나서 불을 끄러 갈 용기가 안 나더라고. 다행히 스텔라가 들어와서 불을 꺼주지 않았으면 불이 아침까지 켜져 있었을 거야. 밖에서 스텔라 목소리가 들려서 내 방으로 들어와 달라고 했어. 왜 그런지 이야기하고 스텔라에게 불을 꺼 달라고 했지. 침대에서 내려서면 무언지 내 발목을 붙잡을 것 같았어. 그런데 앤, 제임시나 아줌마는 올 여름을 어떻게 보내시겠다고 하셨니?"

"그냥 여기서 지내시겠대. 고양이들 때문에 그러신 것 같아."

"무슨 책을 읽고 있니?"

"픽웍."

"책을 읽으면 늘 배가 고파. 책에 먹는 장면이 너무 많이 나오잖아. 등장 인물들이 항상 햄, 달걀, 밀크 펀치 등을 먹고 있잖아. 나는 그 책을 읽은 뒤로 언제나 찬장으로 간다니까, 생각만 해도 배가 고파져. 어디 먹을 게 좀 있나요, 앤 여왕님?"

필리파가 물었다.

"오늘 아침에 만든 레몬 파이가 있는데, 한 쪽 먹을래?"

필리파는 식품 저장고로 갔고 앤은 러스티를 데리고 과수원으로 갔다.

촉촉한 초봄의 밤 공기가 상쾌했다. 공원 곳곳마다 그리고 항구로 가는 길의 소나무 그늘마다 봄볕이 닿지 않아 아직도 눈이 남아 있었다. 항구로 가는 길은 진흙으로 질척였고 저녁이라 싸늘했다. 하지만 여기저기에 풀이 자라고 있었다. 길버트는 한쪽에서 예쁜 꽃을 찾아, 꺾어 들고 과수원으로 올라갔다.

앤은 과수원의 커다란 잿빛 바위에 앉아서 노을 속의 마른 자작나무를 묘사한 시를 읽고 있었다. 앤은 하늘에 성을 지어 놓았다. 아름다운 저택은 햇살이 비치는 정원이 있고 아라비아 풍의 복도가 있었다. 앤은 그곳의 여왕이었다. 그런 생각을 하고 있을 무렵 길버트가 다가왔다. 앤은 얼굴을 찡그렸다. 요즘은 두 사람만 따로 있지 않도록 조심했다. 길버트가 앤을 보았고 러스티는 앤을 혼자 두고 가버렸다. 길버트가 앤 곁에 앉아 산사나무꽃을 내밀었다.

"이걸 보면 소풍을 갔던 일이 떠오르지 않니, 앤?"

앤은 꽃을 받아 얼굴을 묻고 향기를 맡으며 황홀한 듯 말했다.

"사일러스 슬론 집 들판에 있는 느낌이 들어."

"며칠 있으면 가게 될 거야."

"아니, 2주 뒤에나 갈 수 있어. 에이번리로 돌아가기 전에 볼링브록의 필리파네 집에 들르려고 해. 네가 먼저 에이번리로 가게 될 거야."

"나는 이번 여름은 에이번리에 있지 않을 거야, 앤. '데일리 뉴스' 신문사에서 일해 보려고 해."

"아."

앤은 소리를 지르며 여름 동안 길버트 없이 에이번리에서 지낼 생각을 해 보았다. 그리 좋은 일은 아닌 것 같았다.

"잘됐네."

"응, 거기서 일하고 싶었어. 학비를 벌 수도 있을 테고."

"너무 일만 하지는 마."

앤은 생각지도 않은 말을 했다. 이럴 때 필리파가 나오면 좋겠다고 생각하며 앤이 말을 계속했다.

"너는 지난 겨울에 열심히 공부만 했으니까 그래. 아름다운 저녁이지? 오늘 저쪽 구부러진 나무 밑에서 하얀 바이올렛을 찾아냈어. 금광을 발견한 것 같았어."

"너는 늘 금광을 발견하는구나."

길버트 역시 무심코 말했다.

"바이올렛이 더 있는지 가볼래. 내가 필리파를 부를게."

앤이 서둘러 말했다.

"지금은 필리파하고 바이올렛은 생각하지 마, 앤. 너에게 하고 싶은 말이 있어."

길버트는 앤의 손을 꼭 쥐고 말했다.

"그만 해, 아무 말도 하지 마, 길버트."

앤이 애원했다.

"아니, 해야 해. 계속 이럴 수는 없어. 나는 너를 사랑해. 내가 너를 사랑하고 있다는 걸 네가 알아야 해. 내 아내가 되겠다고 약속해 줘."

"나는 그럴 수 없어. 네가 모든 걸 다 망쳐 놓았어."

오랜 침묵 뒤에 길버트가 물었다. 앤은 고개를 들지 않았다.

"나를 사랑하지 않니?"

"그래. 이런 것은 아니야. 너는 아주 좋은 친구야. 하지만 사랑하지는 않아, 길버트."

"하지만 언젠가 그렇게 되리라고 기대할 수 없겠니?"

"안 돼. 나는 너를 절대로 사랑할 수 없어. 이런 것은 아니야. 그러니까 앞으로 나에게 이런 말을 하지 말아줘."

앤이 완강히 말했다.

침묵이 또 흘렀다. 오랜 침묵이 흐른 뒤에 앤은 고개를 들었다. 길버트는 입술까지 하얗게 질려 있었다. 앤은 몸을 떨며 눈을 돌렸다. 청혼은 이상하거나 참을 수 없는 것일까? 앤은 길버트의 이 표정을 지울 수 없을 것 같았다. 길버트가 마침내 낮게 물었다.

"다른 사람이 있니?"

"아니야. 나는 아무도 사랑하지 않아. 그리고 이 세상 누구보다 너를 좋아해. 우리는 계속 친구로만 지내야 해, 길버트."

길버트는 쓸쓸히 웃었다.

"나는 우정만으로 만족하지 않아. 나는 사랑을 원해. 그런데 너는 그럴 수 없다고 말하고 있어."

"용서해."

앤은 할 말이 없었다. 상상 속에서 사랑을 거절할 때 쓰려던 말들은 어디로 가고 아무 말도 할 수 없는 것인가?

길버트가 앤의 손을 가만히 놓아주었다.

"잘 있어, 앤."

앤은 방으로 가 창가에 앉아서 울었다. 아주 소중한 것이 사라져 버린 것 같았다. 길버트와의 우정이었다.

필리파가 달빛이 비치는 방으로 들어서다 물었다.

"앤, 무슨 일이니?"

앤은 아무 말도 하지 않았다. 갑자기 필리파가 멀리 떨어진 곳에 있으면 좋겠다는 생각이 들었다.

"길버트를 퇴짜 놓았구나. 바보!"

"사랑하지 않는 사람의 청혼을 거절했다고 해서 바보라고 하는 거니?"

앤은 화가 나서 차갑게 쏘아붙이자 필리파가 말했다.

"사랑을 보고 있을 때는 그것이 사랑이라는 것을 몰라. 상상 속에서 사랑이라는 것을 만들어서 그게 현실로 나타날 것으로 기대하며 자신을 속이는 거라고. 내가 제법 말이 되는 이야기를 했네. 어떻게 이런 말을 다 할 수 있지?"

"필리파, 잠시만 나를 혼자 있게 해 주겠니? 세상이 다 쪼개져 버린 것 같아. 다시 맞춰 놓고 싶어."

"길버트를 뺀 세상 말이니?"

필이 방을 나서며 말했다.

길버트를 뺀 세상! 앤은 필의 말을 다시 더듬었다. 그곳은 몹시 외로운 곳이 아닐까? 그건 길버트의 잘못 때문이다. 그가 아름다운 우정을 망쳐 놓은 것이다. 앤은 우정 없이 살아야 한다.

인생에서 가장 아름다운 하루

볼링브록에서 보낸 2주 동안은 매우 즐거웠다. 길버트를 생각하면 마음이 약간 아팠어도 생각할 시간은 많지 않았다. 고전적인 고든 일가의 저택 '마운트 홀리'에는 필의 남녀 친구들이 북적여 활기가 넘쳤다. 필이 '파티 동아리'라는 이름으로 준비한 드라이브, 무도회, 들놀이, 뱃놀이가 이어져서 어리둥절할 지경이었다. 알렉과 알론조는 언제나 필의 곁을 따라 다녔다. 앤은 이 두 사람이 필의 춤 상대 말고는 무슨 일을 하는지 의아했다. 두 사람 다 다정하고 남자다웠지만 앤은 어느 쪽이 낫다고 말하지 않았다.

필이 우울하게 말했다.

"두 사람 가운데 어느 쪽과 결혼해야 할지 네가 도와 줄 걸 기대했
는데."

"그건 네가 알아서 할 일이야. 너는 다른 사람은 누구와 결혼해야
하는지 잘 알잖니."

앤이 비꼬았다.

"그래도 그건 다른 거라고."

필리파가 슬쩍 피해갔다.

앤이 볼링브록에 있는 동안 가장 즐거웠던 일은 태어난 집을 찾아
간 것이었다. 꿈꾸던 대로 외딴 길의 작고 소박한 노란 집이었다. 필
리파와 대문을 들어서며 앤은 기쁨에 겨워 그 집을 바라보았다.

"내가 그리던 그대로야. 창문에 인동덩굴은 없어도 문 옆에 라일락
이 있어. 창에는 모슬린 커튼을 쳐 놓았어. 노란색 칠 그대로여서 무
척 기뻐."

아주 큰 키에 마른 몸매의 부인이 문을 열었다.

앤의 물음에 부인이 대답했다.

"여기서 20년 전에 셜리 가족이 살았어요. 이 집에 세를 들었어요.
그 가족이 기억나요. 부부가 열병을 앓다 한꺼번에 죽었어요. 몹시
슬픈 일이었어요. 두 사람한테 아기가 있었는데 아마 죽었을 거예요.
자주 아팠거든요. 토머스 씨 부부가 아기를 데려가 키웠죠. 자기 자
식들도 많았었지만."

"아이는 죽지 않았어요. 그 아이가 저예요."

앤이 웃으며 말했다.

"아니! 오, 이렇게 컸다니."

부인은 앤이 아기가 아닌 것이 놀라운 일이란 듯 외쳤다.

"그래, 닮았어. 아버지를 많이 닮았어. 그분이 빨간 머리셨거든. 눈하고 입은 어머니를 닮았고. 자그마하고 좋은 분이셨는데. 내 딸아이가 학교에서 아가씨 어머니께 배웠는데 무척 잘 따랐지. 부모님은 묘지에 묻히셨어. 성실히 근무해 주셔서 학교 이사회에서 묘비를 세워 주었지. 집에 들어와 보겠어?"

"집을 둘러봐도 될까요?"

"그럼, 맘껏 구경해. 시간이 얼마 안 걸릴 거야, 집이 작아서. 남편에게 주방을 고쳐 달라고 했는데 부지런한 사람이 아니라서. 저기 응접실이 있고 위층에는 침실이 두 개 있지. 직접 돌아보도록 해. 나는 아기를 돌봐야 하거든. 동쪽 방이 아가씨가 태어난 방이야. 아가씨 어머니가 해 뜨는 걸 좋아한다고 하신 기억이 아직도 생생해. 해가 떠오를 때 아가씨를 낳아서 처음 본 것이 햇살에 비친 아기 얼굴이었다고 하셨지."

앤은 좁은 계단을 올라 동쪽 방으로 들어섰다. 앤에게는 성전 같은 방이었다. 여기서 어머니는 태어날 아기를 기다리며 곱고 행복한 꿈을 꾸었을 것이었다. 출생의 성스러운 순간 햇살이 산모와 아기를 비추던 자리였다. 어머니가 세상을 떠난 곳 또한 이 방이었다. 방을 둘러보는 앤의 눈에 눈물이 고였다. 앤에게는 영원히 추억으로 간직될 순간이었다. 앤이 나지막이 중얼거렸다.

"어머니는 지금 나보다도 젊은 나이에 나를 낳으셨어."

앤이 아래층으로 내려오자 집주인이 파란 리본으로 묶은 낡고 작은 뭉치를 내밀었다.

"내가 여기 와서 위층 옷장을 정리하다가 찾아낸 편지 뭉치야. 무슨 편지인지는 몰라. 편지를 읽어 보진 않았으니까. 수신인이 '버사 윌리스 양' 인데 아가씨 어머니 처녀 시절 이름이지. 보고 싶으면 이걸 가져가도록 해."

"오, 정말 고맙습니다."

앤은 얼른 편지 뭉치를 받아들었다.

부인이 말했다.

"이 집에 있던 것은 그것뿐이야. 병원비 때문에 가구는 팔렸고 토머스 부인이 어머니의 옷과 가재도구를 가져갔지. 그 집 아이들 극성 때문에 가재도구도 남아 있지 않을 거야."

"저에게는 어머니가 남기신 물건이 없어요. 그런데 이 편지 묶음을 얻게 되다니요. 어떻게 감사를 드려야 좋을지 모르겠어요."

앤은 목이 메었다.

"눈이 어머니를 많이 닮았네. 꼭 아가씨 어머니랑 얘기하고 있는 것 같아. 셜리 씨는 평범하셨지만 정말 좋은 사람이었지. 두 분이 결혼하자 그렇게 사랑하는 부부는 없을 거라고 모두들 말했는데. 가엾어. 오래도록 함께 살지 못하고. 하지만 살아 있는 동안은 행복했지. 그게 소중한 거니까."

앤은 얼른 집에 가서 소중한 편지를 읽고 싶었으나 먼저 들를 곳이 있었다. 혼자서 부모님이 묻혀 있는 볼링브록묘지로 갔다. 앤은 묘지 한쪽 구석 무덤에 가져간 흰 꽃을 바쳤다. 그리고 '마운트 홀리' 로 돌아가서 방에 혼자 앉아 편지를 읽었다.

아버지가 쓴 편지도 있고, 어머니가 쓴 편지도 있었다. 월터와 버사 설리는 연애 기간 동안 오래 떨어져 있지 않아서 편지가 많지는 않았다. 세월이 흘러 종이가 누렇게 변색되고 글씨도 흐릿했다. 얼룩지고 구겨진 편지에는 사랑과 믿음이 넘치는 구절이 적혀 있었다.

편지에는 잊혀진 아름다움이 남아 있었다. 오래 전 세상을 떠난 연인의 사랑이었다. 버사 설리는 글 솜씨가 좋았다. 매력적 품성이 향기롭게 표현되어 있었다. 상냥하고 다정하고 성스러웠다. 앤이 태어난 뒤 어머니가 아버지에게 보낸 짧은 편지가 앤의 마음에 가장 들었다. 아기가 무척 예쁘고 똑똑하다는 젊은 어머니의 자부심이 담긴 편지였다.

아기가 잠들면 무척 사랑스럽고 아기가 깨어 있으면 더욱 사랑스러워요.

버사 설리는 추신에 그렇게 적었다. 생전에 마지막으로 쓴 문장이었을 것이다. 마지막 날이 아주 가까웠으니까.

그날 밤 앤은 필에게 말했다.

"내 일생에서 가장 아름다운 하루였어. 아버지와 어머니를 찾았으니까. 그 편지 덕분에 부모님을 현실로 느끼게 되었어. 이제 나는 더 이상 고아가 아니야."

초록 지붕 집의 주방 벽에 불꽃이 그림자를 흔들었다. 봄밤은 싸늘해서 벽난로에 불을 지펴야 했다. 열린 동쪽 창으로 밤의 소리들이 들려 왔다. 마릴라는 난롯가에 앉아 있었다. 마음은 옛 시절로 되돌

아가 있었다. 마릴라는 쌍둥이의 옷을 떠줘야 된다는 생각을 하면서
도 몇 시간이고 이렇게 보내곤 했다.

"내가 늙었나."

마릴라가 중얼거렸다.

그러나 지난 9년 동안 마릴라는 몸이 말라서 얼굴이 각져 보이는
것 말고는 거의 변하지 않았다. 약간 회색으로 변한 머리카락은 전처
럼 깔끔히 빗어 위로 올려 핀을 꽂았다. 하지만 표정은 많이 변했다.
입가에 웃음기가 번져 있고 눈빛이 순해졌으며 상냥하게 잘 웃었다.

마릴라는 지난 시절을 회상했다. 답답했어도 불행하지는 않았던
어린 시절, 꿈과 무너진 희망에 쌓인 젊음, 길고 단조로운 잿빛 중년.
그리고 앤이 왔다. 가슴에 사랑이 가득하고 늘 꿈의 세계에 사는 상
상력 넘치는 앤이 온기와 빛을 가져와 삭막한 생활이 활짝 꽃 피었
다. 마릴라는 60년 세월 가운데 앤이 오고 난 다음 9년만 제대로 산 것
같았다. 그 앤이 내일 밤 집에 오게 된다.

주방 문이 열렸다. 마릴라는 린드 부인으로 생각하고 고개를 들었
다. 그런데 키가 훌쩍 큰 별처럼 빛나는 눈의 앤이 거기 서 있었다. 꽃
다발을 한아름 안고서.

"앤!"

마릴라가 소리쳤다. 침착한 그녀였지만 난생 처음 활짝 놀랐다. 마
릴라가 앤을 끌어안고 빨간 머리와 부드러운 뺨에 입 맞추었다.

"내일 밤에 도착할 줄 알았는데 카모디에서 어떻게 왔니?"

"걸어왔어요. 퀸스 시절엔 자주 그랬잖아요? 우체부가 내일 트렁크
를 가져다 줄 거예요. 갑자기 집이 너무 그리워서 하루 일찍 왔어요.

5월의 노을 속을 걸으니 너무 아름다웠어요. 들에서 산사나무꽃을 꺾었어요. 제비꽃 골짜기를 지나왔는데 아주 큰 제비꽃 화분 같았어요. 제비꽃 향기를 맡아보세요."

마릴라는 코를 댔지만 제비꽃 향기보다 앤에게 더 마음이 쏠렸다.

"피곤할 텐데 앉거라. 곧 저녁을 차려 줄게."

"오늘밤에는 언덕 뒤로 아름다운 달이 떠올랐어요. 개구리들도 노래를 불렀어요! 저는 개구리 소리를 무척 좋아하거든요. 봄날 밤의 행복한 추억을 엮어 주는 것 같거든요. 개구리 소리를 들을 때마다 처음 오던 날 밤이 떠올라요. 그날이 기억나세요, 아줌마?"

"그럼, 절대로 잊지 못해."

마릴라가 힘있게 대답했다.

"그해에는 늪과 개울에서 개구리들이 쉬지 않고 노래를 했어요. 해질녘 창가에서 그 소리를 들으면 즐겁고도 슬퍼졌어요. 집에 다시 돌아오니 아주 좋아요! 레드먼드도 좋고 볼링브록도 즐겁지만 우리 집만큼 좋은 곳은 없어요."

"길버트는 올 여름에는 집에 오지 못한다는구나."

"네."

앤의 목소리가 이상해서 마릴라가 힐끗 쳐다보자 앤은 꽃병에 제비꽃을 꽂느라 여념이 없었다.

"예쁘지요?"

앤이 서둘러 말했다.

"1년은 책 같아요. 봄은 산사나무꽃과 제비꽃으로 여름은 장미로 가을은 단풍나무 잎으로 겨울은 호랑가시나무와 상록수로 쓰여져요."

“길버트는 시험 잘 봤니?”

마릴라가 물었다.

“아주 잘 봤어요. 반에서 제일 잘했어요. 그런데 쌍둥이하고 린드 아줌마는요? 레이첼과 도라는 해리슨 댁에 갔어. 데이비는 볼터네 집에 갔고. 지금 데이비가 들어오나 보다.”

데이비가 쏜살같이 뛰어들어오다가 앤을 보고 서서 소리를 질렀다.

“누나가 와서 정말 좋아! 누나, 지난 가을보다 나는 5센티미터나 컸어. 린드 아줌마가 오늘 줄자로 키를 재 주셨어. 그리고 이것 봐, 누나. 앞니가 빠졌어. 린드 아줌마가 이에 실을 매고 문에 묶고 나서 문을 쾅 닫았어. 그 이를 2센트에 밀티한테 팔았어. 밀티는 이를 모으고 있어.”

“그걸 무엇 때문에 모으니?”

마릴라의 물음에 데이비는 앤의 무릎에 올라앉아 재잘댔다.

“인디언 추장 놀이에 쓸 목걸이를 만든대요. 밀티는 벌써 열다섯 개나 모았는데 다른 친구들이 자기 이도 주겠다고 했어요. 그러니까 우리가 이제부터 이를 모으기 시작해도 소용없어요. 그 집 사람들은 장사를 잘하거든요.”

“볼터네 집에서 얌전히 지냈니?”

마릴라가 차갑게 물었다.

“하지만 아줌마, 이제는 얌전히 지내는 게 싫어요.”

“곧 말썽부리는 게 지겨워질 거야.”

앤이 웃으며 말했다.

“그래도 말썽부리는 동안은 재미있지 않을까? 우선 일을 저질러 놓고 나서 용서를 빌면 되잖아."

데이비가 말했다.

"용서를 빈다고 해서 나쁜 일의 결과까지 없어지지는 않아. 지난 여름 주일 학교를 빼먹었던 일요일이 기억나지 않니? 너는 나한테 나쁜 일은 할 만한 가치가 없다고 했잖아. 오늘 밀티랑 뭘 했니?"

"낚시도 하고 고양이도 쫓아다녔어. 달걀도 모아 담고 메아리가 울리게 소리도 질렀어. 불터네 헛간 뒤 숲에서는 메아리가 잘 울려. 그런데 메아리는 누구야, 누나? 알고 싶어."

"메아리는 아름다운 요정이야. 먼 숲속에 살면서 세상을 보고 웃어 주는 거지."

"어떻게 생겼는데?"

"머리와 눈은 검고 목덜미와 팔은 눈처럼 하얘. 하지만 메아리는 볼 수 없어. 메아리는 사슴보다 빨라서 메아리를 알 수 있는 것은 놀리는 것 같은 목소리뿐이야. 밤에는 메아리가 부르는 소리를 들을 수 있지. 반짝이는 별들 아래서 메아리가 웃어. 하지만 볼 수는 없어. 쫓아가면 날아가. 그리고 건너편 언덕에서 우리를 보고 웃어."

"정말이야, 누나? 아니면 꾸며낸 말이야?"

데이비가 올려다자 앤이 안타까워하며 말했다.

"너는 동화와 거짓말을 구분할 수 없니?"

"그러면 볼터네 숲에서 나는 소리는 뭐야? 알고 싶어."

"나이가 더 들면 이야기해 줄게."

나이 이야기가 나오자 데이비는 무슨 생각이 떠올랐는지 진지하게 속삭였다.

"누나, 나 결혼한다."

"언제?"

앤도 진지하게 물었다.

"어른이 되고 나서."

"그러면 다행이다. 어떤 여자하고?"

"스텔라 플레처. 우리 반 아이야. 그 아이처럼 예쁜 아이는 없어. 만일 내가 어른이 되기 전에 죽으면 누나가 그 아이를 지켜줄래?"

마릴라가 매섭게 말했다.

"데이비 키스, 그만두지 않을래!"

"스텔라는 내 부인이 될 거예요. 그러니까 내가 죽으면 그 아이가 미망인이 돼야 하잖아요? 그리고 스텔라는 늙은 할머니 밖에는 돌봐줄 사람이 없어요."

데이비가 화가 나서 말했다.

에이번리에서의 방학은 무척 즐거웠다. 때때로 뭔가 빠진 듯한 허전함을 느낀 것 말고는. 앤은 그것이 길버트가 없어서라는 것을 마음속으로 인정하지 않으려 했다. 하지만 기도회나 청년회 모임을 마치고 다이애너와 프레드 커플 같은 젊은 커플들이 별빛 아래 나란히 걸어 집으로 돌아갈 때면 혼자서 걸어오는 앤의 마음은 쓸쓸했다.

앤은 길버트의 편지를 기대했지만 편지는 오지 않았다. 다이애너에게 가끔 편지를 보내 온 것을 알면서도 앤은 길버트의 안부를 묻지 않았다. 다이애너도 앤이 편지를 받았을 거라고 생각해서 길버트의 소식을 전하지 않았다. 길버트의 어머니는 활달하고 솔직했어도 눈치가 없어서 사람들한테 다 들리도록 큰 소리로 요즘 길버트에게 연락이 왔느냐고 묻곤 했다. 앤은 얼굴을 붉히고 더듬거리며 '안 왔어요' 하고 말할 수밖에 없었다. 길버트의 어머니는 물론 모두 다 이 말을 처녀의 수줍음으로 받아들였다.

이런 일만 빼고 앤은 즐거운 여름을 보냈다. 6월에는 프리실라가 왔고 그 뒤로 어빙 부부와 폴이, 7월과 8월에는 네 번째 샬롯이 다녀갔다.

메아리 오두막집은 다시 활기가 넘쳤고 전나무 뒤의 정원에는 웃음소리가 메아리쳤다. 라벤더는 더 예뻐지고 상냥해졌다. 폴은 새어머니를 좋아했다. 두 사람 사이의 두터운 정은 아름다웠다.

폴이 앤에게 설명했다.

"하지만 '어머니' 로 부르지는 않아요. 낳아 주신 분만 들을 수 있는 말이니까 다른 사람을 그렇게 부를 수는 없지요. 그렇죠, 선생님? 그래서 새어머니를 '라벤더 어머니' 로 불러요. 아버지 다음으로 사랑하는 분이에요. 선생님보다 조금 더 사랑해요."

"당연한 일이야."

폴은 이제 열세 살인데 나이에 비해 키는 무척 컸다. 얼굴과 눈은 전처럼 아름다웠고 아직도 무엇이든 손대면 무지갯빛으로 바꾸는 프리즘 같은 상상력이 있었다. 폴과 앤은 숲과 들판과 해변을 걸었다. 그렇듯 비슷한 사람들은 없었다. 네 번째 샬롯은 파란 리본은 벗고 머리를 틀어 올리고 있었지만 주근깨와 들창코는 여전했다. 크게 웃는 웃음도 전과 같았다.

"제 말투가 양키 같은가요, 앤 아가씨?"

네 번째 샬롯이 걱정스레 물었다.

"모르겠는걸."

"다행이에요. 집에서 그렇게들 말하거든요. 저를 놀리려고 그러는 것 같아요. 양키 같은 말투는 싫어요. 양키가 나쁘다는 건 물론 아니에요. 그 사람들은 무척 멋져요. 하지만 저는 늘 우리 프린스에드워드 섬을 생각해요."

폴은 첫 2주 동안을 에이번리의 어빙 할머니 댁에서 보냈다. 앤이 폴을 찾아갔을 때 폴은 얼른 해변으로 나가고 싶어했다. 노라와 황금 처녀, 쌍둥이 뱃사람을 볼 수 있을 것이다. 폴은 음식을 서둘러 먹었다. 노라가 요정 같은 얼굴로 기다리며 주위를 둘러보고 있을 것 같았다. 하지만 저녁 때 폴은 시무룩해져 집으로 돌아왔다.

"'바위 사람들'을 만나지 못했니?"

앤이 묻자 폴은 갈색 곱슬머리를 끄덕였다.

"'쌍둥이 뱃사람'과 '황금 처녀'는 없었어요. '노라'는 거기 있긴 했지만 달라졌어요. 변했어요."

"네가 변한 거야. '바위 사람들'은 어린이들의 친구야. 달빛 돛단배를 탄 쌍둥이 뱃사람은 다시는 너한테 오지 않을 거야. '황금 처녀'도 황금 하프를 너를 위해 연주하지 않아. 이제는 '노라'도 널 만나지 않을 거야. 크는 일은 대가를 치러야 하는 거야, 폴. 동화의 세계는 뒤에 남겨두고 떠나가야 하는 거야."

앤이 말했다.

"정말 어처구니없는 이야기들을 하고 있구나."

어빙 부인이 인자한 듯 꾸짖는 듯 말했다.

앤은 슬프게 고개를 저었다.

"그렇지 않아요. 저희는 아주 똑똑해져 가고 있어요. 그건 슬픈 일이에요. 말이 생각을 감추기 위해 있다는 사실을 알고 나면 흥미는 줄게 되니까요."

"그렇지 않아. 말은 생각을 전하기 위해 있는 거야."

어빙 부인이 진지하게 말했다. 부인은 풍자적인 표현을 이해하지 못했다. 앤은 메아리 오두막집에서 8월의 평화로운 2주를 보냈다. 어빙 집안의 오랜 친구인 아놀드 셔먼이 오두막 집에서 함께 지내며 생활에 활기를 더해 주었다.

앤이 말했다.

"즐거운 휴가였어요. 새롭게 힘을 얻었어요. 레드먼드 대학과 패티네 집으로 가려면 2주일밖에 안 남았어요. 라벤더 아줌마, 패티네 집은 정말 좋아요. 집이 둘인 것 같아요. 하나는 초록 지붕 집이고 다른 하나는 패티네 집이죠. 그런데 여름은 어디로 갔죠? 봄날 밤 꽃다발을 안고 집에 오던 게 어제 일 같거든요. 어릴 때는 여름의 끝에서 끝이 보이지 않았어요. 앞에는 한없이 긴 여름이 펼쳐진 것 같았어요. 하지만 이제는 한 뼘도 안 되는 것 같아요."

"길버트와는 여전히 친한 친구지?"

라벤더가 나지막이 물었다.

"네, 여전히 좋은 친구예요."

라벤더는 고개를 저었다.

"아니야. 뭔가 잘못된 것 같아. 둘이서 다퉜니?"

"아니요. 길버트는 우정 이상을 바라지만 저는 그걸 원치 않아요."

"틀림없니?"

"네."

"안됐구나."

"왜 모두들 길버트하고 결혼해야 한다고 하는 건지 모르겠어요."

"둘은 천생연분이야. 틀림없이. 정말이라니까."

필리파의 편지

앤에게

편지를 다 쓰려면 눈을 부릅떠야 할 것 같아. 여름 방학 때 연락을 못해서 미안하구나. 다른 사람들에게도 전혀 연락을 못 했어. 보내야 할 답장이 너무 많이 쌓여 있어서 마음을 단단히 먹어야 하니까.

어젯밤 사촌 에밀리하고 이웃집에 갔어. 손님이 몇 명 있었는데 그 사람들이 가자마자 그 집 여주인과 딸 셋이 그 사람들 흉을 마구 보았지. 나하고 에밀리가 그 집을 나오자마자 그 가족이 우리 흉을 보기 시작할 거라는 걸 알았어.

집에 오니까 릴리 아줌마가 아까 말한 그 이웃집에서 일하는 소년이 성홍열에 걸린 것 같다고 말해 줬어. 릴리 아줌마가 하는 이야기는 틀림없이 맞거든. 나는 그 생각을 하면서 잠자리에 들었는데 잠을 잘 수 없었어. 뒤척이다가 무서운 꿈을 꾸었어. 1분도 넘게 재채기를 했어. 3시에 잠을 깨었는데 열이 나고 목도 아프고 머리도 아팠어. 성홍열에 걸렸다고 생각했지. 겁이 나서 에밀리의 '의학 백과'를 찾아서 성홍열 증상에 대해 읽었어. 내 증상과 같았어. 그래서 다시 침대로 가서 가장 나쁜 상황인 것을 알고 밤새도록 소처럼 푹 잤어. 그런데 아침에 많이 나은 걸 보니 성홍열은 아니었나 봐. 성홍열에 걸렸다면 이렇게 빨리 나을 리 없잖아. 낮이니까 그런 생각을 할 수 있지 새벽 3시에는 제대로 생각할 수 없어.

내가 프로스펙트 곳에서 어떻게 지내는지 아니? 나는 여름 한 달 동안은 해변에서 보내는데 아버지는 육촌 에밀리가 거기서 운영하는 하숙집에서 지내라고 하셔. 그래서 보통 때처럼 2주 전에 여기에 왔어. 예전처럼 마크 밀러 아저씨가 고물 마차를 몰고 역에 마중 나오셨어. 아저씨는 나한테 분홍색 박하사탕을 한 움큼 주셨어. 박하사탕은 신앙적인 기억을 떠올리게 해. 어릴 때 할머니께서 교회에서 박하사탕을 주시곤 했기 때문에 그런 것 같아. 한번은 내가 박하 냄새를 말하면서 "향기가 성스럽지요?"라고 물은 적이 있지. 나는 마크 아저씨가 준 박하사탕은 먹기 싫었어. 주머니에서 사탕을 꺼내실 때 손에 잡힌 못이랑 잡동사니를 골라 낸 다음에 주셨거든. 하지만 아저씨 마음을 상하게 하고 싶지 않아서 마차를 타고 오는 동안 가끔씩 길에 뿌렸지. 사탕을 다 버리고 나니까 마크 아저씨가 꾸짖듯이 "한꺼번에 너무 먹으면 배탈 난다." 하고 말씀하셨지.

육촌 에밀리네 집에는 다섯 명이 묵는데 넷은 중년 부인이고 한 명은 젊은 사람이야. 식탁에서 내 오른편에 앉는 사람은 릴리 부인이야.

릴리 부인은 병에 대해 자세히 이야기하는 데서 기쁨을 느끼는 사람 같아. 누가 어떤 치료법을 말하려 하면 고개를 저으면서 "그것은 내가 잘 알아요." 하고는 온갖 내용을 시시콜콜 늘어놓지. 조너스는 그 부인에게 보행 운동 실조에 대해 말한 적이 있는데 부인은 그거 잘 안다고 대답했대. 자기는 10년 동안 그 병을 앓았는데 결국 돌팔이 의사가 고쳐줬다는 거야. 조너스가 누구냐고? 기다려. 적당한 때 적당한 자리에서 조너스에 대해 모두 듣게 될 테니까.

식탁에서 내 왼쪽에는 피니 부인이 앉아. 그 부인은 항상 우는 듯한 목소리로 말을 해. 언제 울지 몰라. 피니 부인은 슬픈 삶을 살아온 여자 같은 인상을 풍겨. 웃음은커녕 미소까지도 경박스럽게 여기나 봐. 나를 제임시나 아줌마보다도 형편없이 본다니까. 제임시나 아줌마처럼 나를 싫어해.

마리아 그림스비 부인도 내 가까이 앉아. 여기 처음 왔을 때 마리아 부인께 비가 올 것 같다고 했더니 그 부인이 소리내며 웃으셨어. 역에서 오는 길이 예쁘다고 말했더니 또 웃는 거야. 모기가 아직도 있다고 말했더니 마리아는 또 웃었어. 프로스펙트 곶이 전처럼 아름답다고 말했더니 또 웃어. 만일 내가 "아버지는 목을 매서 돌아가시고 어머니는 독약을 마시고 오빠는 감옥에 있어요. 그리고 저는 폐결핵 말기 환자예요." 하고 말해도 마리아는 소리내어 웃을 거야. 천성이 그런가 봐. 네 번째 노인은 그랜트 부인이야. 상냥한 할머니지만 다른 사람에 대해 늘 좋은 말만 해서 그리 재미있지는 않아.

이제 조너스 차례야.

여기 온 첫날 식탁 맞은편에 젊은 남자가 앉아서 아주 오래 전부터 알고 지내던 사람처럼 미소를 지었어. 그 사람이 조너스 블레이크야. 세인트 콜롬비아에서 온 신학생이고 여름 동안 프로스펙트 교회의 목사로 와 있다고 마크 아저씨에게 들어 알고 있었지.

조너스는 못생긴 청년이야. 여태 본 남자들 가운데 제일 못생겼어. 다리는 너무 길고 구부정한 몸매야. 머리카락은 길게 늘어지고 눈은 초록색이고 입이 커. 그리고 귀는 생각하고 싶지 않아. 목소리는 아주 좋아서 눈을 감고 있으면 멋진 남자처럼 느껴져. 그래도 조너스는 훌륭한 인품을 가졌어.

우리는 마음이 잘 맞아. 물론 조너스가 레드먼드 출신이라서 우리 둘은 더 잘 맞는지도 몰라. 우리는 함께 낚시도 하고 뱃놀이도 했어. 달빛이 비치는 모래사장을 걷기도 했어. 달빛 아래서 보니까 괜찮아 보였어. 다정한 사람 같아. 늙은 부인들은 그랜트 부인만 빼고는 조너스를 별로 안 좋아해. 농담을 하고 웃는다고. 또 자기들보다 가벼운 나하고만 있기를 좋아하니까 그래.

앤, 나는 조너스가 나를 가볍게 생각하지 않길 바래. 참 이상해. 왜 삼베 색깔 같은 머리를 가진 생전 처음 보는 남자가 나를 어떻게 생각할지 신경이 쓰일까?

지난주일 조너스가 마을 교회에서 설교를 했어. 물론 나도 교회에 갔지만 조너스가 설교를 하고 있다고 생각할 수 없었어. 설교가 10분쯤 지났을 때 나는 너무 작고 초라하게 느껴져서 눈으로 보이지 않을 것 같더라고. 조너스는 여자에 대해서는 언급하지 않았고 나를 쳐다보지도 않았어. 하지만 그제야 가엾고 가벼운 영혼을 가진 작은 나비가 나라는 것을 알게 됐어. 나는 조너스의 이상형과 얼마나 다를까 생각했어. 조너스의 이상형은 교양 있고 숭고한 여자일 거야. 그는 정말 정직하고 부드럽고 진실해. 목사가 갖춰야 할 모든 걸 갖춘 사람이야. 어떻게 조너스를 추하다고 생각할 수 있었을까? 못생겼다고 하지만!

설교가 감동적이어서 영원히 들을 수 있을 것 같았어. 하지만 내 자신을 한없이 비참하게 만들기도 했어. 나도 너 같으면 좋을 텐데.

조너스는 집에 오다가 나를 보고는 평소처럼 활짝 웃었어. 하지만 나는 그 웃음에 속지 않아. 나는 조너스의 진정한 모습을 봤어. 그가 진짜 나를 볼 수 있을지 두려워. 누구도, 앤 너조차도 보지 못한 내 모습을 말이야.

내가 '조너스' 라고 불렀지? 블레이크 목사님이라고 하는 걸 잊었어. 하지만 그런 게 하나도 중요하지 않은 때가 있지. 내가 "조너스, 당신은 목사로 타고났어요. 목사로요." 하고 말했더니 그가 이렇게 대답했어.

"맞아요. 나는 오랫동안 다른 사람이 되려고 했지요. 하지만 이 일이 나한테 주어진 일이라는 것을 알게 되었어요. 그리고 하느님께서 도와주시니까 시도해 봐야 한다고 생각했어요."라고 말이야.

조너스의 목소리는 낮고 경건해. 그 사람은 자기 일을 할 거고 그것도 성실하게 잘할 거야. 좋은 여자하고 만나서 행복하게 살겠지. 그 여자는 깃털처럼 가벼워서 바람과 공상에 펄럭이는 여자는 아닐 거야. 항상 어떤 모자를 써야 할지 아는 여자겠지. 어쩌면 모자가 한 개뿐일지도 몰라. 목사들은 가난하잖아. 하지만 그 여자는 모자가 하나 있든 전혀 없든 괜찮을 거야. 조너스를 가졌잖아.

앤, 내가 조너스 블레이크를 사랑한다거나 그럴 거라고 하지는 마.

내가 머리카락이 처지고 못생긴 신학생을 좋아하겠니? 마크 아저씨 말처럼 그건 불가능해. 그럴 듯하지도 않고.

잘 자.

프로스펙트 곶에서
8월 20일, 필리파

추신 : 불가능해도 혹시 그게 이루어질까 걱정스러워. 나는 행복하고 비참하고 두려워. 조너스가 나를 좋아할 리 없다는 걸 아니까. 내가 사모가 될 수 있을 것 같니, 앤? 사람들이 내가 기도 모임을 이끌 거라고 생각하겠어?

가드너와 만나다

"집에 있을까 나갈까 생각중이에요. 벽난로 앞에서 맛있는 사과를 먹으면서 귀여운 고양이 세 마리하고 푸른 코 도자기 개 두 마리랑 있을까요? 아니면 공원에 가서 잿빛 숲과 바위에 부딪치는 회색 파도를 볼까요?"

앤이 패티네 집 창 너머 공원의 소나무를 보며 말했다.

"내가 너처럼 젊다면 공원으로 결정할 거야."

제임시나 아줌마가 조지프의 노란 귀를 뜨개질바늘로 간지럽히며 말했다.

"공원에 가야겠어요. 오늘은 느긋하게 집에 있을 기분이 아니에요. 공원이 비어 있을 거예요. 다들 축구 경기장에 갔거든요."

"너는 왜 안 갔니?"

"가자고 하는 사람이 없어서요. 댄 레인저 외에는 아무도 청하지 않았어요. 댄하고는 어디든 가고 싶지 않아요. 하지만 마음 아프게 하기 싫어서 축구 경기를 보러 가지 않겠다고 했어요."

"바람 좀 쐬고 오너라. 다리가 쑤시는 걸 보니 곧 비가 오겠다. 우산 가져 가거라."

"노인들만 그럴걸요."

"누구라도 그럴 수 있어. 단지 늙은이는 영혼이 쑤셔올 뿐이지. 다행이다. 나는 영혼은 괜찮으니까."

11월, 황혼의 계절이었다. 새들도 떠나고 바다는 그윽히 슬픈 성가를 부르고 솔바람이 소리를 냈다. 앤은 공원의 솔밭 사이를 거닐었다. 일하고 공부하고 즐겁게 지내는 패티네 집 생활은 겉으로는 달라지지 않았다. 금요일 저녁이면 거실 벽난로에 불을 피우고 손님들이 둘러앉아 웃고 이야기했다. 제임시나 아줌마는 환하게 웃으며 젊은 이들을 지켜보았다. 필리파가 편지로 이야기한 조너스는 이따금 찾아왔다. 그는 세인트 콜롬비아에서 아침 기차를 타고 와서 느지막하게 떠났다. 조너스는 패티네 집의 인기 있는 방문객이었다. 단지 제임시나 아줌마는 고개를 저으며 요즘 신학생들은 전과 다르다고 말했다.

아줌마는 필리파에게 말했다.

"좋은 사람이기는 해도 목사라면 더 엄숙하고 위엄이 있어야 해."

"잘 웃는 기독교인은 안 되나요?"

필리파가 물었다.

"되기야 하겠지. 하지만 나는 목사를 이야기하는 거야. 블레이크 씨에게 그렇게 웃고 재잘대면 안 된다고 전해."

아줌마가 꾸짖었다.

"저는 조너스하고 재잘거리지 않아요."

필리파가 버텼다.

앤이 아니면 누구도 필리파의 말을 믿지 않았다. 다른 사람들은 필이 하던 대로 조너스를 상대로 장난을 한다고 생각하고 필에게 이야기했다.

스텔라가 진지하게 말했다.

"블레이크씨는 알렉과 알론조와는 달라, 필. 무엇이든 심각하게 받아들여. 네가 상처를 입힐지 몰라."

"정말 내가 그럴 수 있을까? 그렇게 생각할 수 있으면 좋겠어."

"필리파! 네가 그렇게 감정이 메마른 줄 몰랐어. 남자에게 상처를 입히는 게 좋다니!"

"내 이야기는 그게 아냐. 나는 내가 상처를 줄 거라고 생각할 수 있다면 좋겠다고 했어. 내게 그럴 힘이 있는지 알고 싶다는 뜻이야."

"이해할 수 없어, 필. 너는 남자를 조종하고 있어. 아무런 의미 없는 사람인데도 그렇게 하잖니."

"나는 가능하면 조너스가 나한테 청혼하게 만들고 싶어."

"어이없어!"

스텔라가 포기했다는 듯 말했다.

금요일 저녁이면 어쩌다 길버트가 찾아왔다. 그는 항상 유쾌하게 농담도 하고 재치 있게 대화를 했다. 길버트는 굳이 앤을 찾아다니지도 피하지도 않았다. 둘이 마주치는 상황이 되면 길버트는 처음 만난 사람들을 대하듯 예의바르게 이야기했다. 예전의 친밀감은 사라졌다. 사실 앤은 두려웠다. 4월 어느 날 저녁 과수원에서의 일이 길버트에게 큰 상처를 주지 않았을까 그 상처가 오래도록 치유되지 않을까 두려웠다. 하지만 이제는 걱정할 필요가 없었다. 길버트는 아무렇지도 않은 것 같았다. 즐겁게 생활하고 야망과 열정이 넘쳤다. 여자가 차갑게 대한다고 실망하는 것은 그에게는 낭비였다. 길버트와 필리파가 하는 계속되는 농담을 듣다보면 사랑할 수 없다고 말하던 날 보았던 그의 눈빛이 착각이었는지 의문스러웠다.

길버트의 자리를 차지하려는 사람은 많았다. 하지만 앤은 왕자님이 나타나지 않는다 해서 아무나 연인을 삼을 생각은 없었다. 안개가 낀 어느 날 공원에서 그렇게 다짐했다.

제임시나 아줌마의 말대로 소나기가 갑자기 쏟아졌다. 우산을 펴서 서둘러 언덕을 내려갔다. 항구 쪽으로 가는 길은 바람이 세차게 휘몰아쳤다. 우산이 뒤집혔고 앤은 힘을 다해 우산을 붙들었다.

그때 누군가의 목소리가 가까이에서 들렸다.

"실례합니다만, 제 우산으로 들어와서 비를 피하시겠습니까?"

앤이 고개를 들었다. 키가 크고 잘생긴 사람이었다. 신비스러운 검은 눈, 감미롭고 정감 있는 목소리였다. 앤이 꿈꾸던 이상형이 눈앞에 있었다.

"고맙습니다."

앤이 정신없이 대답했다.

"저쪽 정자로 가는 게 좋겠어요. 소나기가 그칠 때까지 저기서 기다리시지요. 비가 오래 내릴 것 같지는 않아요."

평범한 말이지만 그 억양이라니! 그리고 말할 때의 미소라니! 앤은 가슴이 마구 두근댔다.

두 사람은 서둘러 정자로 가서 숨을 몰아쉬며 앉았다. 앤은 웃으며 뒤집힌 우산을 들어 보였다.

"우산이 뒤집힐 때 보면 무생물은 정말 보잘것없어요."

앤이 유쾌하게 말했다.

앤의 윤기나는 머리에서 빗방울이 반짝거렸다. 곱슬머리 몇 가닥이 목덜미와 이마로 흘러내렸다. 볼은 달아올랐고 눈은 별처럼 빛났다. 남자는 감탄하듯 앤을 내려다보았다. 그의 시선에 앤은 얼굴을 붉혔다. 옷깃에 레드먼드의 흰색과 진홍색 배지를 달고 있었다. 앤은 신입생만 빼고는 레드먼드 학생을 거의 다 알고 있었다. 신입생은 아닐 것 같았다.

그가 앤의 배지를 보고 웃으며 말했다.

"우린 동창이에요. 그것만 가지고도 자기 소개가 되겠어요. 제 이름은 로열 가드너입니다. 지난번 저녁 수업 때 테니슨의 작품을 읽었던 셜리 양이시죠?"

"네, 그런데 저는 잘 모르겠어요. 무슨 과예요?"

앤이 말했다.

"아직은 무슨 과도 아닌 것 같아요. 2년 전에 레드먼드에서 2학년을 마쳤어요. 그 뒤로는 유럽에서 지냈어요. 얼마 전에 미술학을 끝내려고 돌아왔어요."

"저도 올해 3학년이에요."

앤이 말했다.

"우리는 동기동창이군요. 흘려보낸 세월이 아깝지 않아요."

그가 의미있는 눈빛으로 말했다.

비는 한 시간 동안이나 내렸다. 하지만 금세 지나간 것 같았다. 구름이 걷히고 뿌연 11월의 햇살이 항구와 소나무 숲에 엇비치자 두 사람은 집까지 걸어갔다. 패티네 집 대문에 도착하자 그는 앤에게 집으로 와도 되겠느냐고 물었고 앤은 허락했다. 앤은 뺨이 달아오르고 가슴이 두근거렸다. 앤이 들어서자 러스티가 무릎으로 뛰어올랐지만 앤에게 건성으로 인사를 받았다.

그날 저녁 패티네 집에 '셜리 양' 앞으로 소포가 배달되었다. 그 속에는 장미 열두 송이가 들어 있었다. 상자에서 카드가 떨어지자 필리파가 집어 들고 이름과 카드 뒷면에 적힌 시를 읽었다.

"로열 가드너? 어, 앤. 네가 로이 가드너와 알고 있었니!'

필리파가 말했다.

"오늘 오후에 공원에서 만났어. 우산이 뒤집혔을 때 그 사람이 우산을 씌워 줬어."

앤이 서둘러 설명했다. 필리파는 호기심 담긴 눈으로 말했다.

"어머! 그런 사소한 일 때문에 로이가 너에게 장미 열두 송이와 낭만적인 시를 써 보냈어? 게다가 콧대 높은 앤 셜리가 그 카드를 보면서 얼굴을 장미처럼 붉히고? 앤, 네 말과 표정이 서로 달라."

"그만 해, 필리파. 가드너를 알고 있니?"

"그 사람 여동생 둘을 만난 적이 있어. 킹스포트 사람들 모두 알지. 가드너 집안은 노바스코샤에서 손꼽히는 부자에다 학식 있는 집안이야. 로이는 대단한 미남이고 머리도 좋아. 2년 전 어머니가 편찮으셔서 휴학을 하고 외국으로 갔어. 아버지가 돌아가셨거든. 공부를 포기해야 해서 안타까웠을 텐데 잘 이겨냈어. 네가 부럽기도 하지만 꼭 그렇지는 않아. 로이 가드너는 조너스는 아니니까!"

앤은 그날 밤 잠을 오래 이루지 못했다. 자고 싶지 않았다. 꿈에서보다는 깨어 있는 채로 하는 상상이 더 매력적이었다. 드디어 왕자님이 나타난 것인가? 앤은 검은 눈으로 자신을 바라보던 모습을 떠올리며 그를 틀림없는 왕자님으로 생각하고 싶어졌다.

미모의 크리스틴

패티네 집 여학생들은 졸업반 선배를 위해 3학년생들이 여는 파티에 갈 준비를 하고 있었다. 앤은 자기 방 거울 앞에 서서 만족스러웠다. 특별히 앤은 예쁜 드레스를 입었다. 원래는 크림색 비단 드레스에 시폰을 씌운 것이었다. 그런데 필리파가 크리스마스 방학 때 한사코 드레스를 가지고 가겠다고 해서 시폰 위에 작은 장미꽃을 수놓았다. 필리파의 솜씨가 워낙 좋아서 레드먼드 여학생들이 부러워하는 드레스가 만들어졌다. 앤이 이 드레스를 입고 층계를 오를 때면 파리에서 드레스를 사 온다는 앨리 분마저 부러워할 정도였다.

앤은 머리에 하얀색 난을 꽂으려 했다. 로이 가드너가 파티에 갈 때 쓰라고 하얀색 난을 보냈다. 더욱이 그날 밤 난을 머리에 꽂을 여학생이 없다는 걸 알고 있어서 머리 장식으로 쓰면 좋을 것 같았다. 그때 필리파가 방으로 들어와 감탄했다.

"앤, 오늘은 네가 더 아름답게 보이는 날이 되겠어. 열에 아홉 번은 내 미모가 더 나았잖아. 그런데 열 번째에 네가 나를 완전히 가려 버렸어. 어떻게 그럴 수 있는 거니?"

"드레스 때문이야. 옷이 날개잖아."

"아니야. 어젯밤 너는 린드 아줌마가 만들어 주신 낡은 파란 셔츠를 입었는데도 아름다웠어. 만일 로이의 머리하고 가슴이 아직 너한테 빠져들지 않았다면 틀림없이 오늘은 그렇게 될 거야. 그런데 난은 마음에 안 들어. 질투가 나서 하는 말이 아니야. 난은 너에게 어울리지 않아. 어쨌든 머리에는 꽂지 않는 게 좋겠어."

"그럴게. 나도 난을 좋아하지는 않아. 나하고 어울리지 않는 꽃 같거든. 로이도 그 꽃을 자주 보내지는 않아. 내가 키울 수 있는 꽃을 좋아하는 걸 그 사람도 알아."

"조너스는 파티에 쓰라고 예쁜 분홍색 장미를 보내 줬어. 하지만 그 사람은 못 와. 빈민가에서 기도 모임을 인도해야 한대! 오고 싶지도 않았겠지. 앤, 조너스가 나를 마음에 들어하지 않을까 봐 걱정이야. 나는 바라만 보다가 죽을지 아니면 살면서 대학을 졸업하고 지혜롭고 쓸 만한 사람이 될지 결정하려고 애쓰고 있어."

필리파의 말에 앤이 차갑게 말했다.

"너는 지혜롭고 쓸 만한 사람이 될 가능성이 없으니까, 바라만 보다 죽는 게 나을 거야."

"인정 없는 앤!"

"어리석은 필! 너는 조너스가 널 사랑한다는 걸 잘 알고 있어."

"하지만 조너스는 나에게 그렇게 말하지 않았어. 나는 그 사람에게 말하도록 하지 못하고 표정으로만 사랑하는 것 같아. 그건 그래. 하지만 눈으로만 깔개와 식탁보에 수를 놓을 수는 없잖니. 정말로 약혼도 하기 전에 혼수 준비를 하고 싶지는 않아. 공연히 잘못되면 안 되니까."

"블레이크씨는 너에게 청혼하는 게 두려운 거야. 그 사람은 가난하니까 지금껏 네가 해 온 생활을 하게 해 줄 수 없겠지. 그가 진작 청혼하지 않은 유일한 이유가 그거라는 걸 너도 알잖니."

"그럴 거야."

필리파가 순순히 인정하더니 갑자기 표정이 밝아졌다.

"조너스가 청혼하지 않으면 내가 청혼하면 돼. 그러니까 걱정 없어. 그런데 길버트 브라이스는 크리스틴 스튜어트하고 아직도 만난다더라. 알고 있니?"

앤은 목에 작은 금목걸이를 걸고 있었는데 갑자기 고리를 채우기 힘들었다. 목걸이가 문제인지 아니면 손가락이 잘 움직이지 않는 것인지 알 수 없었다.

앤이 말했다.

"크리스틴 스튜어트가 누구니?"

"로널드 스튜어트의 누이동생이야. 겨울에 킹스포트에 음악을 공부하러 왔어. 나는 아직 못 봤는데 아주 예쁘다고 해. 길버트가 무척 좋아하나 봐. 네가 길버트와 돌아섰을 때 나는 무척 화가 났어. 하지만 로이 가드너가 정해진 짝이었는지 모르지. 이제는 알겠어. 네가 옳았어."

필리파의 말에 앤은 얼굴을 붉히지 않았다. 친구들이 로이 가드너와의 결혼을 당연한 것으로 이야기할 때마다 얼굴이 빨갛게 변하곤 했었다. 갑자기 멍해졌다. 필리파의 이야기도 귀찮고 파티도 따분해졌다. 앤은 러스티의 귀만 주먹으로 톡톡 때렸다.

"방석에서 내려와, 이 녀석아! 네 자리로 가!"

앤은 난을 집어들고 아래층으로 내려왔다. 제임시나 아줌마는 난로 앞에다 코트를 걸어 놓고 따뜻이 덥히고 있었다. 로이 가드너는 앤을 기다리며 새라 고양이와 장난을 치고 있었다. 새라는 로이를 싫어해서 그에게 늘 등을 돌렸다. 하지만 패티네 집에 사는 사람들은 로이를 모두들 좋아했다. 제임시나 아줌마는 늘 예의바르게 부드럽고 유쾌한 음성으로 이야기하는 로이에 대해 그렇게 성실한 청년은 처음이라고 말했다. 그런 남자를 만난 앤이 복이 많다고 했다. 로이가 앤의 코트 입는 것을 도와주면서 시적인 말로 칭찬을 했으나 앤은 평소처럼 얼굴이 붉어지거나 떨려오지 않았다. 학교까지 가는 동안 로이는 앤이 오늘따라 말이 없다고 느꼈다. 앤이 여학생 탈의실에서 나올 때는 얼굴이 창백해 보였다. 하지만 두 사람이 파티장에 들어섰을 때 앤은 얼굴이 갑자기 환해지고 눈을 반짝였다. 앤은 즐거운 표정으로 로이를 바라보았다. 로이도 미소를 지어 주었다. 하지만 앤은 로이를 보고 있지 않았다. 앤은 파티장 한쪽 야자수 아래에서 여자와 이야기하는 길버트가 눈에 들어왔다. 저 여자가 크리스틴 스튜어트일 것이다.

크리스틴 스튜어트는 미인이었다. 키도 크고 짙고 큼직한 파란 눈, 상아색 피부에 윤기 흐르는 검은 머릿결을 가지고 있었다.

앤은 마음 아파하며 생각했다.

'내가 늘 꿈꾸던 모습이야. 장미꽃 같은 얼굴빛에 반짝이는 눈, 흑단 같은 머리. 그래, 모든 걸 다 가졌어. 이름이 코델리아 피츠제럴드라면 더 어울리겠어! 그래도 몸매는 나를 못 따라와. 코는 더 그렇고.'

그렇게 생각하고 나니까 위로가 되는 듯했다.

유머 없는 남자와 사는 것

겨울은 순한 양처럼 다가왔다. 금빛으로 빛나는 상쾌한 날들이 계속되었고 저물 무렵이면 서릿발이 내리며 달빛으로 바뀌었다.

패티네 집 여학생들은 4월 시험을 앞두고 열심히 공부했다. 필리파까지도 교과서와 공책을 옆에 두고 앉아 끈기 있게 공부에 전념했다.

"나는 수학에서 존슨 장학금을 탈 거야. 그리스어라면 쉽게 장학금을 받을 수 있겠지만 수학 과목에서 받고 싶어. 조너스에게 내가 똑똑한 걸 증명하고 싶어."

필리파가 말하자 앤이 대꾸했다.

"조너스는 네 곱슬머리 밑의 두뇌보다는 커다란 갈색 눈과 예쁜 미소를 더 좋아할 거야."

제임시나 아줌마가 말했다.

"내가 어렸을 때는 여자가 수학을 잘하면 여자답지 못하다고 생각했어. 하지만 시대가 변했잖니. 좋게 변한 건지는 모르겠어. 요리는 할 줄 아니, 필?"

"생강빵 밖에는 음식을 만들어 본 적이 없는데, 그것도 망쳤어요. 가운데는 납작하고 가장자리는 불룩했어요. 하지만 제가 배우려고만 들면 수학 장학금을 탈 만한 머리로 요리도 잘 배울 수 있지 않을까요?"

"나는 여자들이 많이 배우는 걸 싫어하지 않아. 내 딸도 석사잖니. 그 아이는 요리도 잘 해. 하지만 나는 그 아이에게 요리를 가르치고 나서 대학에서 수학을 공부하게 했어."

3월 중순 패티 스포퍼드에게서 편지가 왔다. 패티 노부인과 마리아는 외국에서 한 해를 더 지내기로 했다는 내용이었다.

다음 겨울까지 패티네 집에 있어도 좋아. 마리아와 나는 이집트를 돌아볼 거야. 스핑크스를 보고 싶거든.

"두 아줌마가 이집트를 돌아보는 모습을 상상해 봐! 스핑크스를 올려다보다가도 뜨개질을 하지 않으실지 궁금해."

프리실라가 깔깔대며 말했다. 그러자 스텔라가 말했다.

"패티네 집에서 한 해 더 살 수 있게 돼서 다행이야. 두 분이 오실까

봐 걱정했잖아. 그러면 우리의 즐거운 보금자리는 사라지고 우리들
은 다시 하숙집을 찾아 들어야 하잖아.”

필리파가 책을 옆으로 밀어 놓으며 말했다.

“나는 공원에 산책하러 갈래. 여든 살이 되면 오늘 밤 공원에 산책
하러 간 걸 다행으로 생각하게 될 거거든.”

“무슨 뜻이니?”

앤이 물었다.

“따라와 말해 줄게, 앤.”

두 사람은 3월의 저녁을 산책했다. 매우 고요하고 부드러웠다. 길
게 이어진 솔밭 길을 걸었다. 짙은 빨간색의 노을 속으로 걸어가는
느낌이었다.

“시를 쓸 수 있다면 이 순간을 시로 쓸 텐데.”

필리파가 빈터에서 걸음을 멈추고 말했다. 노을이 푸른 소나무 가
지를 물들였다.

“여기는 멋져. 이 아름답고 하얀 고요와 생각하는 듯한 검은 나무
들을 봐.”

“ ‘숲은 하느님의 첫 번째 성전이다’ 라는 말이 있잖아. 경외하고
찬미하지 않을 수 없어. 나는 소나무 숲을 걸을 때마다 하느님께 아
주 가까이 있는 것 같아.”

앤이 나직이 말했다.

“앤, 나는 세상에서 제일 행복한 여자야.”

필리파가 불쑥 고백하자 앤이 조용히 물었다.

“블레이크 씨가 청혼했니?”

"그래, 그 사람이 청혼할 때 나는 세 번이나 재채기를 했어. 너무하지 않니? 하지만 조너스가 말을 마치기도 전에 '하겠다'고 대답했어. 그 사람의 마음이 변해서 입을 다물어 버릴까 봐 걱정이 되었거든. 나는 아주 행복해. 조너스가 톡톡 튀는 나를 사랑해 줄 거라고 생각할 수 없었거든."

"필, 너는 튀지 않아. 가벼운 모습 속에 사랑스럽고 성실하고 여자다움을 가지고 있어. 그걸 왜 숨기는 거니?"

앤이 진지하게 말했다.

"나도 어쩔 수 없어, 앤 여왕. 네 말이 맞아. 나는 가슴은 톡톡 튀지 않아. 하지만 영혼 위에 가벼움이 씌워져서 그걸 벗겨 버릴 수 없어. 포이저 부인의 말처럼 나는 다른 모습으로 태어나야 할지 몰라. 하지만 조너스는 내 모습을 잘 알고 내 모든 것들을 사랑해. 나도 그 사람을 사랑해. 여태까지 그 사람을 사랑한다는 걸 알았을 때처럼 놀란 적은 없어. 못생긴 남자와 사랑에 빠지게 되리라고 상상도 할 수 없었거든. 그 사람을 조라고 불러야겠어. 멋진 이름이잖니? 알론조는 애칭도 지을 수 없었잖아."

"알렉과 알론조는 어떻게 됐니?"

"크리스마스 때 두 사람 가운데 누구하고도 결혼할 수 없다고 말했어. 생각해 보면 내가 그 사람들 가운데 한 사람하고 결혼할지 모른다고 생각한 게 우스워. 두 사람이 무척 슬퍼해서 나도 울었어. 많이 울었지. 하지만 세상에는 내가 결혼할 남자가 한 사람뿐이잖아. 결심하고 나니까 아주 쉬웠어. 확실해지니까 얼마나 좋은지 몰라. 자신의 확신이 중요하잖아."

"잘 지켜갈 수 있겠니?"

"결심 말이니? 몰라. 하지만 조가 좋은 규칙을 정해 줬어. 혼란스러울 때는 여든 살이 되어 돌아봤을 때 그 일을 했었더라면 하고 생각될 일을 하라고 그랬어. 어쨌든 조는 결정을 빨리 내릴 줄 알아. 한 집에서 마음이 여럿이면 불편하겠지."

"부모님은 뭐라고 하시니?"

"아버지는 별 말씀 안 하실 거야. 내가 하는 일은 다 옳다고 생각하시니까. 하지만 어머니는 뭐라고 하실지 몰라. 잔소리를 잘하시거든. 하지만 나중에는 다 잘될 거야."

"조너스하고 결혼하면 네가 해왔던 많은 걸 포기해야 될 거야."

"하지만 그 사람을 얻잖아. 다른 것은 아쉽지 않아. 우리는 내년 6월에 결혼식을 할 거야. 조는 올 봄에 세인트 콜롬비아를 졸업해. 그러고 나서 빈민가인 패터슨 거리에 있는 작은 교회를 맡을 거래. 내가 빈민가에 있는 모습을 상상해 봐! 하지만 그린란드의 얼음산이라도 그 사람과 함께 갈 수 있어."

"이 아가씨가 부자가 아닌 남자와 결혼하지 않겠다던 그 아가씨 맞나요?"

앤이 작은 소나무에 대고 말했다.

"어릴 때 했던 헛소리는 잊어 버려. 부자였을 때 그랬던 것처럼 가난도 즐겁게 받아들일 거야. 두고 보라고. 요리하고 재봉을 배울 거야. 패티네 집에 살아서 장보기는 다 배웠으니까. 또 여름에 주일 학교에서 가르쳐 봤고. 제임시나 아줌마는 내가 조와 결혼하면 그 사람의 경력을 망가뜨릴 거라고 그러셨어. 하지만 그렇지 않아. 내가 슬기룹고 신중한 사람은 아니지만 사람들이 나를 좋아하게 만드는 법은 잘 알아. 볼링브록에 기도 모임 때마다 혀 짧은 소리로 간증을 하는 남자가 있어. 그 사람이 '전기가 싫으면 촛대를 좋아하면 되죠' 라고 했어. 나는 조의 작은 촛대가 될 거야."

"필, 너는 대단해. 사랑스러워서 가벼운 축하의 말은 못하겠어. 네가 행복해서 나는 무척 기뻐."

"알아. 네 눈에 진정한 우정이 담겨 있어, 앤. 어느 날 나도 너 같은 눈으로 너를 바라보게 되겠지. 너는 로이하고 결혼할 거니?"

"필리파, 유명한 베티 백스터가 남자가 청혼하기 전에 먼저 거절했다는 이야기 들어봤니? 괜히 유명 인사처럼 로이가 청혼하기 전에 거절하거나 받아들이지는 않을 거야."

"로이가 너한테 반했다는 건 레드먼드에선 다들 알아. 너도 사랑하고 있잖아. 그렇지?"

"그런가 봐."

앤이 억지로 대답했다. 이런 고백을 할 때는 얼굴이 붉어져야 하지만 그렇지 않았다. 오히려 다른 사람들이 길버트 브라이스나 크리스틴 스튜어트 이야기를 할 때마다 앤은 얼굴이 달아올랐다. 길버트와 크리스틴 스튜어트는 자신과는 관계가 없었다.

물론 그를 무척 사랑했다. 어떻게 안 그러겠는가? 그는 이상형이 아니던가? 그 멋진 눈과 간청하는 듯한 목소리를 누가 거부할 수 있을까? 레드먼드 여학생의 절반이 시샘하지 않았던가? 그리고 생일에 그가 써 준 시와 바이올렛 상자는! 앤은 시를 모두 외우고 있었다. 물론 키츠나 셰익스피어 수준은 아니어도 썩 훌륭한 시였다. 앤도 로이의 시를 그런 수준이라고 생각할 만큼 깊이 좋아하지는 않았다. 하지만 잡지에 실을 수준은 됐다. 그리고 무엇보다 중요한 건 그 시는 앤에게 바치는 것이었다.

길버트라면 시를 쓰는 것은 생각지도 못한다. 하지만 길버트와는 농담이 통했다. 언젠가 앤은 로이에게 농담을 건넸지만 그는 전혀 알아듣지 못했다. 길버트와 그 이야기를 하면서 웃던 기억이 떠올랐다. 유머 없는 남자와 사는 것은 얼마나 답답한가. 하지만 누가 달콤한 이상형의 남자에게 유머 감각까지 기대할 수 있겠는가?

다이애너가 결혼하다

"세상이 늘 6월이면 어떨까요."

꽃이 만발한 저물녘의 과수원에서 출입문 계단을 향해 가며 앤이 말했다. 마릴라와 린드 부인이 샘슨 코츠 부인의 장례식 이야기를 하고 있었다. 도라는 두 사람 사이에 앉아서 열심히 공부하고 있었다. 데이비는 풀밭에 가만히 앉아 있었다. 한쪽 보조개가 파인 걸 보면 울적한 모양이었다.

"지루할 거야."

마릴라가 한숨을 쉬며 말했다.

"그럴지도 몰라요. 하지만 오늘처럼 좋은 날들이라면 오래도록 지루하지 않을 것 같아요. 6월에는 모든 게 좋거든요. 데이비, 꽃피는 달에 왜 울적한 11월의 얼굴을 하고 있니?"

"너무 싫증이 나요."

데이비가 염세주의자처럼 말했다.

"열 살짜리가? 정말 안됐어!"

"장난하는 거 아니야. 나는 힘이 빠져."

데이비는 그럴싸하게 말했다.

"언제부터 그런 거니?"

앤이 다가앉아 물었다.

"홈즈 선생님이 편찮으신 뒤에 선생님이 새로 오셨는데 나한테 월요일까지 해 오라고 수학 문제를 열 개나 내주셨어. 그걸 다하려면 내일 하루 종일 해야 될 거야. 토요일에 공부하는 것은 맞지 않아. 밀티 볼터가 자기 같으면 숙제를 안 할 거래. 하지만 마릴라 아줌마는 하라고 하서. 나는 카슨 선생님이 싫어."

"선생님을 그렇게 말하면 안 돼. 카슨 선생님은 무척 좋은 여선생님이야. 조금도 엉뚱한 분이 아니야."

린드 부인이 무섭게 말하자 앤이 웃으며 말했다.

"조금도 엉뚱하다는 말은 이상하게 들려요. 나는 엉뚱한 사람이 좋아. 하지만 카슨 선생님을 너보다는 좋게 생각해. 어젯밤 기도 모임에서 보니 판단력이 있는 눈빛은 아니더구나. 데이비, 잘 생각해. '내일은 내일의 해가 떠오른다'는 말을 기억해. 내가 문제 풀이를 도와줄게. 수학 숙제 걱정 때문에 아름다운 노을을 놓쳐 버리면 아깝잖니."

데이비는 얼굴이 환해졌다.

"그래. 누나가 문제 풀이를 도와주면 밀티랑 낚시 갈 시간을 낼 수 있을 거야. 아토사 할머니의 장례식이 오늘이 아니고 내일이면 좋았을 걸. 밀티가 그러는데 아토사 할머니가 관에서 벌떡 일어나서 장례식에 온 사람들을 흉볼 거라고 엄마가 그러셨대. 그래서 나도 장례식에 가보고 싶었어. 그런데 마릴라 아줌마가 그런 일은 없을 거라고 그러셨어."

"불쌍한 아토사는 관 속에 평화롭게 누워 있었어. 아토사가 유쾌한 표정을 짓고 있는 건 처음 봤다. 그 불쌍한 영혼을 위해 우는 사람은 하나도 없어. 일리샤 라이트 집 사람들은 아토사가 사라진 걸 고마워하기까지 해. 누군들 그 사람들을 탓할 수 있겠니."

린드 부인이 심각하게 말했다.

"세상을 떠날 때 슬퍼할 사람이 없다면 정말 두려운 일이겠지요."

앤이 몸을 떨며 말했다.

"부모님 말고는 누구도 아토사를 사랑하지 않았어. 확실해. 심지어 남편까지도 그랬으니까. 아토사는 네 번째 아내였어. 그는 결혼을 취미로 삼는 남자였어. 아토사랑 결혼하고 고작 몇 년 살다 죽었지. 의사 말로는 소화 불량 때문이라는데 나는 그 사람이 아토사의 독설 때문에 죽었다고 생각해. 가엾지. 아토사는 이웃들에 대해서는 모르는 게 없었지만 자신을 잘 몰랐어. 다음 번 행사는 다이애너의 결혼이겠구나."

린드 부인이 말했다.

앤은 유령의 숲 사이로 다이애너 방의 불빛을 올려다보며 말했다.

"다이애너의 결혼을 생각하면 우습고 겁도 나요."

"그 아이가 잘하고 있는데 왜 겁이 난다는 건지 모르겠다. 프레드 라이트는 훌륭한 농장을 갖고 있고 착실한 청년이잖니."

린드 부인이 대꾸했다.

"프레드는 분명히 전에 다이애너가 결혼하고 싶어하던 막 돼먹고 급하고 못된 사람은 아니에요. 프레드는 아주 좋은 사람이에요."

앤이 웃음지었다.

"당연히 그래야지. 너는 다이애너가 못된 사람하고 결혼하길 바라니? 아니면 네가 그런 사람하고 결혼하고 싶다는 거니?"

"아니죠. 못된 사람하고는 절대로 결혼하지 않을 거예요. 단지 저는 못될 수도 없지만 그렇지 않은 사람이면 좋겠다는 거예요. 프레드는 한없이 착하기만 해요."

"너도 언젠가 철이 들 거다."

마릴라는 많이 실망스러워했다. 마릴라는 앤이 길버트를 퇴짜놓은 것을 알았다. 에이번리에 소문이 퍼져 있었다. 그런 말이 어떻게 퍼져 나갔는지 아무도 몰랐다. 찰리 슬론이 그렇게 짐작하고 떠벌렸는지도 몰랐다. 아니면 다이애너가 약혼자인 프레드에게 말했고 프레드가 사람들에게 말했는지도 모른다. 어쨌든 모두들 그 소식을 알고 있었다. 블라이드 부인은 더는 사람들 앞에서건 둘만 있을 때건 앤에게 '길버트에게 소식이 왔니?' 하고 묻지 않았다. 그냥 냉랭하게 앤 앞을 지나쳤다. 명랑하고 속이 넓은 길버트의 어머니를 좋아했던 앤은 블라이드 부인의 태도가 마음 아팠다. 마릴라는 아무 말이 없었다. 하지만 린드 부인은 사정을 알아내려고 무척 애를 썼다. 그런데 무디 스퍼전 맥퍼슨의 어머니가 앤이 학교에서 부유하고 멋지고 착한 애인을 사귀었다고 소문을 냈다. 그 뒤로 린드 부인은 속으로는 앤이 길버트를 받아들이기를 바라면서도 겉으로는 입을 다물었다. 앤이 길버트보다 나은 멋진 청년을 더 좋아한다면 할 말이 없었다. 하지만 린드 부인은 앤이 돈 때문에 결혼하는 실수를 할까 봐 겁이 났다. 마릴라는 앤을 잘 알고 있어서 그런 걱정을 하지 않았다. 단지 무엇인지 아주 슬프게 어긋나 버렸다고 생각했다.

린드 부인이 우울하게 말하며 한숨을 쉬었다.

"될 일은 되고 말지만 어떤 때는 되지 말아야 할 일이 그렇게 될 때도 있어."

닷새 뒤면 다이애너의 결혼식이 있어 비탈 과수원 집은 빵을 굽고 술을 내리고 스튜를 끓이느라고 바빴다. 물론 앤은 어릴 적 약속한 대로 신부 들러리를 설 테고 길버트도 신랑 들러리를 서기 위해 킹스포트에서 오기로 했다. 다이애너가 신혼 살림을 차릴 집은 초록 지붕 집에서 3킬로미터쯤 떨어져 있었다. 앤은 다이애너의 불 켜진 방을 올려다보며 오랜 세월 그 불빛이 자신에게는 등대였다고 생각했다. 하지만 이제는 어둠이 내려도 불빛은 빛나지 않을 것이다. 눈물이 고였다.

'어른이 되는 것은 얼마나 두려운 일인가! 결혼과 변화는!'

"분홍색 장미가 진짜 장미야. 사랑과 믿음의 꽃이니까."

비탈 과수원 집 서쪽 방에서 앤은 신부의 꽃다발에 하얀 리본을 묶으며 말했다. 다이애너는 방 가운데 초조하게 서있었다. 하얀 드레스를 입고 검은 곱슬머리에는 면사포가 드리워졌다.

"오래 전 상상했던 것과 다르지 않아. 네가 결혼을 해서 우리가 헤어지게 되는 상상을 하면서 울었는데."

앤이 웃음을 터뜨리며 말했다.

"다이애너, 너는 내가 꿈꿔온 신부야. 아름답고 신비로운 면사포를 쓴 신부. 그리고 나는 신부 들러리고."

"우리는 헤어지는 게 아니야, 앤. 나는 멀리 떠나는 게 아니야. 우리는 전처럼 서로 사랑하며 살 거야. 어릴 적 맺은 우정의 맹세를 언제나 지키며 살 거야, 그렇지?"

"틀림없이 지킬게. 우리는 아름다운 우정을 지켜 왔어. 하지만 예전과는 조금 다르겠지. 너는 새로운 관심거리를 갖게 될 거고 나는 밖에 있게 되겠지. 하지만 린드 아줌마 말씀대로 그것이 인생이잖아."

"결혼해서 나쁜 건 내가 네 신부 들러리가 될 수 없는 거야."

다이애너가 애틋하게 말했다.

"나는 6월에 필리파가 블레이크하고 결혼할 때도 들러리를 할 거야. 그리고 나서 들러리는 안 할래. '신부 들러리를 세 번 하면 결혼하지 못한다'는 말이 있잖니."

앤은 창으로 분홍색, 흰색 꽃이 만발한 과수원을 힐끗 쳐다보았다.

"다이애너, 목사님이 오셔."

"어머나, 앤."

다이애너는 얼굴이 창백해지며 몸을 떨기 시작했다.

"너무 긴장돼. 잘 해내지 못할 것 같아. 앤, 쓰러질 것 같아."

관례대로 소박하게 앤은 길버트의 팔짱을 끼고 응접실로 들어섰다. 길버트가 그날 도착했기 때문에 두 사람은 킹스포트에서 헤어진 뒤 처음으로 층계에서 얼굴을 마주했다. 앤이 흰 드레스를 입고 머리에 은방울꽃을 꽂은 채 어두운 복도를 지나서 다가서자 길버트의 뺨이 붉어졌다. 두 사람이 나란히 응접실로 들어가자 감탄이 흘러나왔다.

"저만큼 보기 좋은 한 쌍은 없을 거야."

린드 부인이 참지 못하고 마릴라에게 소곤댔다.

프레드가 들어오자 곧 다이애너가 아버지의 팔짱을 끼고 들어왔다. 다이애너는 쓰러지지 않았고 예식도 잘 진행되었다. 식이 끝나자 축하 잔치가 이어졌고 저녁이 되자 신랑 신부는 달빛 을 받으며 새 집으로 갔다. 길버트는 앤을 초록 지붕 집까지 바래다주었다.

즐거운 시간을 보내며 예전의 우정이 되살아났다. 길버트와 다시 걷는 길! 반짝이는 호수의 다리를 건너며 길버트가 물었다.

"들어가기 전에 연인의 오솔길을 산책해도 되겠니?"

그날 밤 연인의 오솔길은 동화 속 세상 같았다. 신비롭게 반짝이는 곳마다 달빛이 하얗게 수를 놓았다. 한때 길버트와 연인의 오솔길을 산책하는 것이 두려웠다. 하지만 로이와 크리스틴이 있으니 산책은 두렵지 않았다.

길버트가 물었다.

"여름 동안 에이번리에 있을 거니?"

"아니, 다음 주에 밸리 로드로 가려고 해. 에스더 헤이돈이 자기 대신 7, 8월에 거기서 아이들을 가르쳐 달라고 했어. 에스더의 건강이 좋지 않거든. 이제는 내가 에이번리에서 낯선 사람이 된 기분이 들어. 가르치던 아이들이 커 버린 걸 보면 이상해. 지난 2년 동안 처녀, 총각들이 됐어. 제자 가운데 절반은 어른이야. 너하고 나하고 친구들

이 함께 다녔던 곳에서 그 아이들을 보면 나이든 기분이 들어.”

앤이 웃으며 한숨을 쉬었다. 나이들고 성숙하고 슬기로워진 기분이었다.

“세상은 변하는 것을.”

길버트가 누군가의 시를 읊었다. 길버트는 다른 생각을 하는 것 같았다. 크리스틴을 생각하고 있을까? 앤은 궁금했다. 에이번리는 이제 너무 쓸쓸해질 것이다. 다이애너가 갔으니까!

밸리 로드 역에 내린 앤은 마중 나온 사람이 있는지 주위를 두리번거렸다. 에스더의 편지를 보면서 상상한 부인과 비슷한 사람은 보이지 않았다. 눈에 띄는 사람이라곤 우편물 자루가 쌓인 마차에 앉아 있는 나이든 부인뿐이었다. 얼핏 보아도 90킬로그램은 족히 나갈 것 같은 커다란 몸짓에 얼굴은 달처럼 둥글둥글하면서 붉은 얼굴색을 한 그녀는 유행에 한참 뒤진 원피스와 노란 리본을 두른 검은 밀짚모자를 쓰고, 손에는 레이스 장갑을 끼고 있었다.

나이든 부인이 앤을 향해 말했다.

“여기예요. 밸리 로드 학교로 새로 오신 선생님이죠?”

“네.”

“그럴 줄 알았어요. 밸리 로드는 미녀 선생님이 많기로 유명하지요. 밀러스빌은 예쁜 선생님을 찾아보기 힘든 곳으로 유명하고. 오늘 아침 재닛 스위트가 나한테 선생님을 모셔올 수 있냐고 묻더군요. 이런, 내 정신 좀 봐. 얼른 자루를 치우고 앉을 자리를 만들어 드릴 테니 잠시만 기다려 주세요. 재닛의 집까지는 3킬로미터밖에 안 돼요. 재닛 옆집에서 일하는 애가 오늘밤 선생님 트렁크를 가지러 올 거예요.
내 이름은 스키너예요. 아멜리아 스키너."

앤은 마차에 오르면서 스키너 부인과 인사를 나눴다. 곧 마차가 출
발하기 시작했다. 스키너 부인이 속도를 내기 위해 말 고삐를 잡아당
겼다.

"우편물 자루를 갖고 가는 게 이번이 처음이에요. 토머스가 오늘
무밭에 김을 맨다면서 대신 나더러 가라고 했거든요. 이랴! 이랴! 집
에 빨리 가야 해요. 내가 없으면 토머스가 유난히 쓸쓸해하거든요.
우린 결혼한 지 얼마 안 됐어요."

"아! 그래요?"

앤이 예의바르게 맞장구쳤다.

"한 달밖에 안 됐어요. 그이가 꽤 오랫동안 쫓아다녔어요. 진짜 낭
만적이었죠."

앤은 스키너 부인과 토머스가 낭만적인 말을 주고받는 장면을 떠
올리려 했지만, 잘 떠오르지 않았다.

"아아."

앤이 또 한 번 감탄사를 내뱉었다.

"날 쫓아다닌 사람이 또 있었지요. 이랴, 이랴! 남편이 죽은 뒤 혼자
산 지가 꽤 돼서, 동네 사람들조차 내가 재혼하리라고는 생각도 못했
대요. 그런데 딸애가 서부로 간 뒤에는 무척 외로웠어요. 참, 우리 아
이도 학교 선생이거든요. 그때 토머스가 차츰차츰 내게로 다가왔고,
윌리엄 오바디아 시먼이라는 사람도 나를 쫓아다녔어요. 사실 누구
를 선택해야 할지 오랫동안 결정을 못했어요. 두 사람은 자꾸만 다가

오고 나는 계속 걱정만 했고…… 월리엄 오바디아는 부자였어요. 집도 좋았고 차림새도 멋졌어요. 아마도 가장 좋은 신랑감이었을 거예요. 이랴, 이랴!'

"왜 그분하고 결혼하지 않았어요?"

"그 사람은 날 사랑하지 않았으니까요."

앤은 눈을 크게 뜨고 스키너 부인을 쳐다보았다. 그녀의 심각한 표정으로 보아 농담하는 게 아님이 분명했다.

"그 사람은 부인과 사별하고 3년 동안 홀아비로 지냈는데, 그동안 누이동생이 살림을 해줬지요. 그러다가 누이동생이 결혼해 버리자, 살림을 해 줄 사람이 필요했던 거예요. 그 집에서 살림하는 것도 괜찮았을 거예요. 멋진 집이었으니까. 이랴, 이랴! 반면에 토머스는 가난했어요. 그의 집은 비가 오면 천장이 샐 정도니까요. 경치는 참 좋은데. 어쨌든 나는 토머스를 사랑했고, 월리엄이 부자라는 게 부럽지 않더라고요. 지금 토머스랑 아주 행복하게 살거든요. 이랴, 이랴."

"월리엄 오바디아는 가만 있던가요?"

"아, 소동을 좀 부렸죠. 하지만 지금은 밀러스빌에 사는 빼빼 마른 노처녀랑 만나고 있대요. 아마도 금방 맺어질 것 같아요. 이랴, 이랴! 재닛의 집은 분지에 있어요. '길가 집'이라고 부르죠. 경치 좋죠? 우편물 자루 때문에 많이 불편했을 거예요. 하지만 이제 다 왔으니 조금만 참으세요."

"네, 하지만 부인이랑 함께 온 길이 재미있었어요."

"정말이에요? 그럼 얼른 가서 토머스한테 말해 줘야겠어요. 그인 언제나 내가 칭찬을 받으면 무지무지 기분 좋아하거든요. 이랴, 이라! 다 왔네요. 학교에서 잘 보내시길 바랄게요, 선생님."

필, 너한테 편지 쓸 때가 된 것 같아서 이렇게 펜을 든다. 나는 밸리 로드에 있는 시골 학교에서 다시 아이들을 가르치게 됐어. 그리고 재닛 스위트라는 분의 '길가 집'에서 하숙을 하고 있어. 재닛은 친절하고 예쁘게 생긴 분이야. 키가 크고 당당한 몸집에 부드러운 갈색 머리 사이사이에 흰 머리가 드문드문 있고, 큰 눈은 물망초처럼 파랗단다. 그녀는 기름진 음식이 먹고 싶으면 소화가 잘 안 되어도 전혀 신경 쓰지 않을 정도로 기분에 따라 요리를 하는 스타일이야.

나는 재닛이 좋아. 그분도 날 좋아하고. 아마도 어려서 죽은 여동생 이름이 앤이어서 그런가 봐.

내가 처음 그 집에 갔을 때 재닛은, "만나게 되어서 정말 반가워요. 상상했던 모습과는 전혀 다르네요. 선생님 피부가 검을 거라고 생각했는데. 내 동생 앤이 그랬거든요. 그리고 빨간 머리네요!'라고 말했어.

그 순간 재닛을 좋아할 수 없을 것 같다는 생각을 했어. 하지만 내 머리가 빨갛다고 말했다는 이유만으로 그녀가 싫다는 편견을 가지기보다는 분별력 있게 처신해야 한다고 생각을 고쳐먹었어. 어쩌면 재닛은 '다갈색'이라는 단어를 모를 수도 있으니까.

작고 하얀 '길가 집'은 길보다 움푹 꺼진 땅에 세워져 있고 도로와 집 사이에는 과수원과 예쁜 꽃들로 뒤덮인 정원이 있어. 현관으로 들어오는 통로에는 대합조개가 촘촘히 박혀 있고, 현관 위에는 담쟁이덩굴이 있지. 내 방은 응접실에서 조금 떨어진 작은 방인데, 침대 하나가 놓여져 있고 내가 들어가면 꽉 차게 보일 정도야.

모든 게 마음에 들어. 재닛한테 그렇게 말했더니 무척 좋아하더라구. 에스더는 방에 그늘이 너무 많아서 비위생적이라고 했대. 게다가 깃털 침대에서 자는 걸 좋아하지 않아 재닛은 에스더를 못마땅해 했어. 나는 깃털 침대에서 자는 게 좋아. 재닛은 내가 먹는 걸 보면 마음이 놓인다고 했어. 헤이돈 선생은 아침 식사 때 기름에 튀기는 음식을 싫어해서 과일과 뜨거운 물만 먹었다는 거야. 에스더는 참 좋은 아가씨지만 소화 불량이 심한 게 문제라고 했어. 재닛은 나도 그럴까 봐 걱정했대.

재닛은 내게 남자 손님이 찾아오면 응접실을 사용해도 좋다고 허락했어. 하지만 찾아올 남자가 많을 것 같지는 않아. 여기에 와서는 젊은 남자를 못 봤어. 옆집에서 일하는 샘 톨리버만 빼고. 그 애는 깡마른 몸에 키가 무척 커.

이 동네에서도 나는 남들의 애정 문제를 비껴가지 못하는 모양이야. 나이든 분들의 애정 문제에 끼여들어 이런저런 역할을 하고 있거든. 어빙 씨 부부는 늘 내가 중매를 해줬다고 말해. 카모디의 스티븐 클라크는, 다른 사람은 감히 하지 못한 일을 내가 해줬다며 고마워하고. 그리고 내가 루도빅 스피드와 데오도라 딕스를 돕지 않았으면, 루도빅은 아마도 지루한 연애만 계속 했을 거야.

지금 벌어지는 일은 그냥 지켜보고 있어. 한 번 도와 주려고 했다가 되레 망쳐 놓기만 했거든. 다시는 참견하지 않을 생각이야. 그 이야기는 만나면 들려줄게.

앤 셜리가 필리파 고든에게

더글라스 부인과의 다과

앤이 밸리 로드에 머물게 된 첫 목요일 밤, 하숙집 주인 재닛은 앤에게 기도 모임에 함께 가자고 제의했다. 재닛은 장미꽃처럼 활짝 핀 모습으로 기도 모임에 참석했다. 그녀는 주름 장식이 달린 팬지꽃 무늬의 하늘색 드레스를 입었고 머리에는 분홍 장미와 타조 깃털 세 개가 꽂힌 흰 밀짚모자를 쓰고 있었다. 앤은 그러한 재닛의 모습에 꽤 놀랐다.

밸리 로드 기도 모임에는 주로 여자들뿐이었다. 여자 회원 32명 외에 남자라고는 목사님과 두 명의 소년, 그리고 성인 남자 한 명뿐이었다. 앤은 자기도 모르게 그 성인 남자를 찬찬히 바라보았다. 그는 미남도 아니고 젊거나 품위가 넘치는 모습도 아니었다. 어깨를 웅크린 채 긴 다리를 의자 밑으로 쑥 집어넣고 앉아 있었다. 손이 크고, 머리는 이발을 해야 할 정도로 텁수룩했고 콧수염은 제대로 정돈되지 않았다.

하지만 앤은 왠지 모르게 그가 마음에 들었다. 그 이유가 뭔지 꼭 집어 말하기가 어려웠지만 앤은 이 남자는 고생을 많이 했으며 강인한 사람일 거라고 결론지었다. 그의 얼굴 표정은 유쾌함으로 가득했지만 앤은 그에게서 인내심과 꿋꿋한 표정을 읽어낼 수 있었다.

기도 모임이 끝나자 재닛이 그의 팔짱을 끼며 말했다. 나중에 앤은 패티네 집 친구들에게 재닛이 "남자가 처음으로 집에 데려다 주는 열여섯 살 소녀처럼 수줍어했다."고 말했다.

"셜리 선생님, 더글라스 씨를 소개할게요."

더글라스는 고개를 끄덕여 인사를 하고는 이렇게 말했다.

"기도 모임에서 선생님을 보고 참 예쁜 아가씨구나, 하고 생각했어요."

만약 다른 사람이 이렇게 말했다면, 분명히 짜증이 났을 테지만, 더글라스가 말하니 마치 칭찬을 들은 것 같은 유쾌한 기분이 느껴졌다. 앤은 대답 대신 가만히 미소를 지었다.

재닛에게 애인이 있었다는 사실에 앤은 진심으로 기뻐했다. 재닛이라면 현모양처로 손색이 없었다. 그녀는 밝고 검소하고, 참을성 많고, 요리의 명수였다. 그런 재닛이 노처녀로 지낸다는 것에 앤은 무척 안타까웠다.

다음날, 재닛이 앤에게 말했다.

"존 더글라스가 앤 선생님과 함께 자기 어머니를 만나러 와 달라고 초청했어요. 더글라스 어머니는 병석에 누워 계시기 때문에, 집 밖 출입을 못 하시지만 사람들과 어울리기를 좋아하셔서, 늘 우리 집에 하숙하는 분들을 만나고 싶어하시거든요. 어때요? 갈 수 있겠어요?"

앤은 그러겠다고 했다. 그날 오후 더글라스가 직접 찾아와 토요일 저녁에 차를 마시러 와 달라는 더글라스 부인의 말을 전했다.

"어머나, 왜 그 팬지꽃이 있는 예쁜 드레스를 입지 않으셨어요?"

토요일 저녁이 되어 집을 나서면서 앤이 재닛에게 이렇게 물었다. 그날은 좀 더운 날이었는데도 재닛은 두꺼운 검정 모직 드레스를 입었기 때문에 계속해서 땀을 훔쳤다.

"더글라스 부인은 팬지꽃 드레스 같은 화사한 드레스를 좋아하지 않아요. 하지만 존은 그 드레스를 마음에 들어해요."

재닛이 대답했다.

더글라스 집은 웨이사이드에서 700미터쯤 떨어진 언덕 위에 위치하고 있었다. 크고 고풍스러운 집은 위엄을 한껏 드러냈다. 단풍나무 숲과 과수원이 집을 에워싸고 있었고 집 뒤편으로 큰 헛간이 보였다. 그 집의 모든 것이 풍요로움을 나타내고 있었다. 더글라스의 얼굴에서 왜 인내심을 떠올렸는지는 알 수 없지만 적어도 빚이나 빚쟁이와는 거리가 멀 거라고 앤은 생각했다.

존 더글라스가 문 앞에서 두 사람을 응접실로 안내했다. 그의 어머니는 안락의자에 앉아 있었다. 앤은 더글라스 부인이 아들처럼 키가 크고 날씬하리라고 생각했다. 하지만 그녀는 분홍빛 뺨과 푸른 눈, 입매가 아기 같은 작은 몸집을 지니고 있었다. 세련된 검은 비단 드레스와 어깨에 두른 흰 솔, 눈처럼 흰 머리에 우아한 레이스 모자를 쓴 그녀의 모습은 마치 우아한 할머니 인형 같았다.

더글라스 부인이 상냥하게 인사를 건넸다.

"그동안 잘 지냈어, 재닛? 다시 만나니 정말 반갑네."

재닛은 더글라스 부인의 뺨에 입을 맞췄다.

"아, 이분이 새로 오신 선생님이구먼. 만나서 반가워요. 우리 아들이 선생님 칭찬을 얼마나 했는지 내가 샘이 날 지경이야. 재닛도 굉장히 시샘이 날 것 같은데."

재닛의 얼굴이 붉게 물들었고 앤은 예의바르게 인사를 했다. 네 사람은 의자에 앉아 대화를 나누기 시작했다. 하지만 더글라스 부인만

이 주로 이야기를 해나가고 나머지 사람들은 그저 듣기만 할 뿐이었다. 앤은 점점 그 자리가 거북해졌다. 더글라스 부인은 재닛을 자기 옆에 앉게 하고는 이따금 손을 어루만졌다. 재닛은 계속해서 미소를 지었지만 두꺼운 검정모직 드레스로 인해 아주 불편해 보였다.

차가 준비된 테이블에 앉자, 더글라스 부인은 재닛에게 차를 따라 달라고 우아하게 부탁했다. 재닛은 한층 더 붉어진 얼굴로 그녀의 찻잔에 차를 따랐다.

차를 마신 뒤 더글라스 부인은 인자한 미소를 지으며, 존에게 '우리 재닛'을 정원으로 데리고 가서 장미를 선물해 주라고 말했다.

"그동안 나는 셜리 선생님이랑 친구처럼 지내고 있을게요. 괜찮지요? 셜리 선생님?"

존과 재닛이 정원으로 사라지자 더글라스 부인은 한숨을 내쉬었다.

"셜리 선생. 나는 20년 넘게 병마와 싸우고 있어요. 아니 어쩌면 그 길고 지루한 20년 동안 조금씩 조금씩 죽어가고 있다는 표현이 더 맞을 수도 있어요."

"그동안 얼마나 힘드셨어요!"

앤은 더글라스 부인에게 연민의 정을 느꼈다.

"이 밤을 넘기기가 힘들 것이라는 이야기를 들은 적도 수십 차례가 넘어요. 내가 어떻게 버티며 지금까지 살아왔는지는 나 자신말고는 아무도 몰라요. 하지만 이제 더 이상 버틸 힘이 없어요. 내 지루한 순례의 끝이 보이니까요. 하지만 내가 비록 세상을 떠나도, 존이 그를 보살펴 준 착한 아내를 갖게 된다면 내게는 큰 위안이 될 거예요."

"재닛은 좋은 분이에요."

앤이 더글라스 부인을 위로하듯 따뜻하게 말했다.

"좋은 사람이죠! 아름다운 성품을 지닌 사람이에요. 그리고 나무랄데 없이 살림을 잘하고요. 나는 그렇게 잘하지 못했어요. 물론 건강이 허락지 않았지만요. 셜리 선생, 존이 그렇게 현명한 선택을 해줘서 얼마나 고마운지 몰라요. 난 존이 행복하기를 바라고, 또 그럴 거라 믿어요. 그애는 외아들이랍니다, 셜리 선생. 나한테는 그 아이의행복이 가장 중요해요."

"물론이에요."

앤이 더글라스 부인의 말에 맞장구쳤다. 하지만 이 말 뒤에 아무 말도 떠오르지 않았다. 이 상냥하고 잘 웃는 천사 같은 노부인이 다정하게 자신의 손을 토닥거려 주는데도 앤은 가만히 앉아 있기만 했다.

재닛과 앤이 떠날 때, 더글라스 부인이 다정하게 말했다.

"날 보러 곧 다시 와 줄거지, 재닛? 더 자주 와도 돼. 하지만 이제 곧존이 널 여기로 데려와서 내내 머물게 되겠지."

앤은 부인이 말할 때 우연히 더글라스를 힐끗 보게 되었다. 그의 얼굴엔 우울함이 배어 나왔다. 고문을 당하는 사람의 표정도 저보다는더 힘들지 않을 거라는 생각마저 들었다. 앤은 분명히 존이 아프기때문일 거라는 생각에 서둘러 작별 인사를 하고 얼굴을 붉히며 서 있는 재닛을 얼른 데리고 나왔다.

"참 다정한 분이지요?"

"네."

앤은 무심코 대꾸했다. 그녀의 머릿속에는 존 더글라스가 왜 그런표정을 지었는지에 대한 궁금증으로 가득 차 있었다.

"부인은 심장 발작 때문에 모진 고생을 겪으셨어요. 그 때문에 늘 존의 걱정이 끊이지 않았어요. 존은 자신이 집에 없을 때 어머니가 발작을 일으킬까 봐 거의 외출을 하지 않을 정도니까요."

사흘 뒤, 앤이 학교에서 돌아와 보니 재닛이 울고 있었다. 평소 활달한 성격인 줄로만 알고 있던 앤에게 재닛의 눈물은 뜻밖이었다.
"무슨 일이 있어요? 재닛?"
앤이 몹시 걱정스러운 듯 물었다.
"내가…… 오늘 마흔 살이 됐어요."
재닛이 흐느끼며 대답했다.
"어제도 거의 마흔 살이었는데 이렇게 마음 상하지 않았잖아요."
앤은 안도의 한숨을 쉬고는 한편으로는 웃지 않으려고 애쓰며 그녀를 위로했다.
"하지만…… 하지만…….”
재닛은 울음을 삼키느라 말을 잇지 못했다.
"더글라스가 나한테 결혼하자는 말을 하지 않잖아요."
"그 분한테 시간이 더 필요할지도 몰라요, 재닛."
"시간이라고요! 그이에게는 20년이란 시간이 있었어요. 그런데 얼마나 더 필요하다는 거예요?"
재닛이 톡 쏘듯 말했다.
"두 사람이 20년 동안 만났다는 뜻인가요?"
"그래요. 그런데 지금까지도 결혼하자는 말을 안 해요. 아마 앞으로도 존은 그 말을 하지 않겠지요. 아아, 앤. 난 지금까지 누구에게도 이런 말을 한 적은 없지만 지금 털어놓지 않으면 미쳐 버릴 것 같아요. 더글라스는 20년 전부터 나를 만나러 오기 시작했어요. 우리 어머니가 돌아가시기 전이었죠. 그와의 만남은 계속됐고, 시간이 흘러감에 따라 나는 그와의 결혼을 생각하게 되었어요. 하지만 그이는 결혼 얘기는 한마디도 꺼내지 않았어요. 우리가 만난 지 8년이 지났을 때, 우리 어머니가 돌아가셨어요. 나는 그때 존이 그 말을 꺼낼 거라고 생각했지요. 이 세상에 홀로 남겨진 나를 위해 그가 청혼할 거라구요. 하지만 나를 위해 뭐든지 했던 그는 결혼 얘기만큼은 절대 하지 않았어요. 그 뒤로도 계속 그런 식이었어요. 사람들은 그게 내 탓이라고 말해요. 존의 어머니가 아프니까 내가 병구완하기 싫어서 결혼하지 않는 거라고들 말했어요. 하지만 절대 그렇지 않아요. 나는 존 어머니의 병 수발을 하고 싶어요! 하지만 사람들이 마음대로 생각하게 내버려뒀어요. 동정을 받는 것보다 욕을 먹는 편이 나으니까요! 존이 청혼하지 않는다는 게 너무나 자존심이 상해요. 그런데 그이는 왜 청혼을 하지 않을까요? 이유라도 알면 이렇게까지 마음이 상하지 않을 거예요."

"존의 어머니가 자기 아들이 누구와도 결혼하는 걸 원치 않아서 그런 건 아닐까요?"

"아니에요. 그분은 존의 결혼을 누구보다 더 원하세요. 당신의 목숨이 다하기 전에 존이 자리잡는 걸 보고 싶다고 저한테 몇 번이나 말씀하신걸요. 지난번에 선생님도 직접 들었잖아요. 나는 이제 더 이상 기대할 수 없다는 생각이 들어요."

"저도 뭐라 말할 수가 없네요."

앤이 힘없이 말했다. 루도빅 스피드가 생각났다. 하지만 이건 그 일과는 달랐다. 존 더글라스는 루도빅과는 전혀 다른 사람이었다.

"앤, 나는 늘 존을 아주 많이 좋아했어요. 다른 사람은 누구도 좋아한 적이 없었으니까요. 그래서 지금껏 존의 청혼을 문제삼지 않았어요."

"하지만 그가 남자답게 말할 수 있도록 만드는 게 더 좋았을지도 모르죠."

재닛은 고개를 저었다.

"아뇨, 공연히 그런 말을 했다가 그 사람이 떠날까봐 두려워요."

"할 수 있어요, 재닛. 너무 늦어서 못 하는 일 따위는 없어요. 그 사람한테 더는 우유부단한 태도를 참지 않겠다는 걸 보여 줘요. 그리고는 꿋꿋하게 버티세요. 제가 도와 드릴게요."

"모르겠어요. 내가 그런 말을 할 용기를 낼 수 있을지 모르겠어요. 하지만 생각해 볼게요."

앤은 더글라스에게 실망했다. 그가 20년 동안이나 한 여자에게 그렇게 줏대 없이 굴 줄은 전혀 몰랐다. 그런 사람은 단단히 혼이 나야 한다고 앤은 생각했다.

다음날 밤, 기도 모임에 갈 때 재닛은 앤에게 말했다.

"더 이상 이대로 우리 관계를 질질 끌 수만은 없다는 걸 그가 알게 해주겠어요."

"정말 옳은 생각이에요."

앤이 신나서 맞장구쳤다.

기도 모임이 끝나자, 더글라스가 다가와서 평소처럼 데려다주겠다는 나섰다. 하지만 재닛은 겁먹은 표정이었지만 단호하게 제의를 거절했다.

"됐어요. 혼자서도 집까지 가는 길은 알아요. 40년이나 오간 길이
니 당연히 알죠. 그러니까 공연히 고생할 필요 없어요, 더글라스."

재닛이 쌀쌀맞게 말했다. 앤은 존 더글라스를 쳐다보고 있었다. 환
한 달빛 아래서 앤은 그의 얼굴이 심하게 일그러지는 것을 보았다.
존은 한마디 대꾸도 없이 돌아서서 걷기 시작했다.

"잠깐만요! 잠깐만요!"

앤이 큰 소리로 부르며 존을 쫓아갔다. 사람들이 놀라서 존과 앤을
바라보았다.

"더글라스 씨, 잠깐만요! 돌아오세요."

존 더글라스는 걸음을 멈추었지만 돌아오지는 않았다. 앤이 잰걸
음으로 달려가서 존의 팔을 잡았다. 그리고 끌다시피 해서 재닛 쪽으
로 갔다. 앤이 애원하듯 말했다.

"돌아가셔야 해요. 더글라스 씨. 다 제 잘못이에요. 제가 재닛한테
그렇게 하게 시켰거든요. 재닛은 그러고 싶어하지 않았어요. 하지만
이제 됐어요. 안 그래요, 재닛?"

재닛은 한마디 말도 없이 존과 함께 걷기 시작했다. 앤은 집까지 조
용히 뒤따라가서 뒷문으로 슬쩍 들어갔다. 재닛이 비꼬듯 말했다.

"도와 준다더니 참 잘도 도와 주네요."

"저도 어쩔 수가 없었어요, 재닛. 그때는 꼭 모든 것이 엉망이 되는
것 같은 기분이었어요. 그래서 더글라스 씨를 쫓아가지 않을 수가 없
었죠."

"솔직히 앤이 그래 줘서 다행이에요. 존 더글라스가 돌아서서 가는

것을 봤을 때, 내 인생에 남아 있던 기쁨과 행복이 모두 그와 함께 가 버린 것 같았어요. 정말 끔찍했어요.”

“존이 왜 그랬냐고 묻던가요?”

“아니, 그 일에 대해서는 한마디도 하지 않았어요.”

재닛은 덤덤하게 대답했다.

앤은 두 사람 사이에 무슨 일이라도 벌어질 거라는 희망을 은근히 품었다. 그런데 아무 일도 생기지 않았다.

밸리 로드의 생활이 단조롭게 느껴질 무렵 확실히 기분 전환이 되는 사건이 하나 생겼다. 헝클어진 노랑머리를 가진 샘은 박하를 권하던 그날 저녁 이후 몇 차례 우연히 길에서 마주친 것 외에는 앤 앞에 나타나지 않았다. 그런데 8월의 어느 밤에 샘은 기운 바지와 팔꿈치가 닳아빠진 파란 진 셔츠의 작업복 차림에 낡은 밀짚모자를 쓴 채 현관 옆에 놓인 녹슨 벤치에 앉아 지푸라기를 씹으며 앤을 바라보고 있었다. 앤은 한숨을 내쉬면서 책을 내려놓았다. 두 사람 사이에 대화는 제대로 이루어지지 않았다.

한동안 침묵이 흐른 뒤 샘이 불쑥 말했다.

“저기 떠나려구요. 혼자 살 곳을 마련할까 생각하고 있거든요. 밀러스빌에 나한테 알맞은 집을 발견했어요. 그 집에서 여자랑 함께 살면 좋겠어요.”

“그렇겠죠.”

앤이 심드렁하게 말했다.

또 긴 침묵이 흘렀다. 마침내 샘이 지푸라기를 뱉으면서 말했다.

"날 받아줄 거예요?"

"뭐라구요?"

앤이 깜짝 놀라 소리쳤다.

"나를 받아 주겠느냐구요."

"그러니까 결혼해 달라는 거예요?"

앤이 몸을 떨면서 물었다.

"네."

"나는 당신을 잘 몰라요."

앤이 화를 내며 말했다.

"결혼한 다음에 사귀면 되잖아요."

앤은 분통을 터뜨리며 말했다.

"나는, 당신이랑 결혼하지 않을 거예요!"

이제 화가 나기보다는 우습다는 생각마저 들었다. 앤은 정말 난감했다.

"당신은 나와 결혼하기에 적당해 보이는 아가씨이고 무엇보다 영리한 것 같아서요. 나는 게으른 여자는 싫거든요. 좀더 생각해 봐요. 한동안 내 마음이 변하지 않을 테니까요. 저기요, 가 봐야겠어요. 소젖을 짜야 돼서요."

청혼에 대한 앤의 꿈은 지난 몇 해 동안 완전히 망가져서, 이제는 환상 같은 건 남아 있지 않았다. 그래서 샘의 청혼에 대해 불쾌한 느낌을 갖기보다는 그 일을 두고 부담없이 웃을 수 있었다. 그날 밤 앤은 재닛에게 샘의 말투를 흉내내면서, 그때의 상황에 대해 마음껏 웃음을 터뜨렸다.

앤의 밸리 로드 생활이 끝나갈 무렵에 알렉 워드가 웨이사이드에 와서 서둘러 재닛을 찾고는 이렇게 말했다.

"더글라스 씨 댁에서 얼른 오시라는군요. 더글라스 부인이 20년이나 죽을 것처럼 연극을 하더니 드디어 세상을 떠날 것 같아요."

재닛은 모자를 가지러 달려갔다. 앤은 그에게 더글라스 부인이 평소보다 나쁜 상태냐고 물었다.

"평소보다 반도 나쁘지 않아요. 그래서 심각하다는 생각이 드는 겁니다. 다른 때는 고래고래 소리를 지르면서 사방을 휘젓고 다니는데 이번에는 가만히 누워서 조용히 있기만 해요. 더글라스 부인이 잠자코 있을 때는 진짜 아픈 거거든요."

황혼이 질 무렵, 재닛이 돌아왔다.

"더글라스 부인이 돌아가셨어요. 내가 도착하자 마치 기다렸다는 듯이 나한테 '이제 존과 결혼할 테지?'라고 말씀하시고는 바로 눈을 감으셨어요. 마음이 너무 아파요, 앤."

장례식이 끝난 후 집으로 돌아온 재닛과 앤은 해질녘까지 현관 앞에 앉아 있었다. 소나무 숲에서는 바람이 잦아들었고, 북녘 하늘에 마른번개가 번뜩이며 하늘을 붉게 물들였다. 두꺼운 검정 드레스를 입은 재닛은 너무 울어서 눈과 코가 빨갛게 변해 있었다. 앤이 재닛의 기운을 북돋워 주려 했지만, 헛수고였다. 그들은 계속해서 비통한 심정으로 말없이 앉아있었다.

갑자기 대문이 삐걱하고 열렸다. 존 더글라스였다. 존은 제라늄 꽃밭을 넘어서 곧장 현관쪽으로 걸어왔다. 재닛과 앤이 자리에서 일어났다. 하지만 존 더글라스의 시선은 재닛에게 향하고 있었다.

존이 말했다.

"재닛, 나와 결혼해 주겠소?"

20년 동안 기다려왔고 이제는 꼭 해야겠다는 듯한 진지하면서도 격정적인 이 말이 존의 입에서 터져 나왔다.

너무 울어서 더 이상 빨개질 수 없을 것 같았던 재닛의 얼굴이 더욱 더 진홍빛으로 변해갔다.

"왜…… 지금에서야 말하는 거예요?"

재닛이 마치 숨이 막힌 듯 천천히 물었다.

"그럴 수가 없었소. 어머니와 그러지 않겠다고 약속했기 때문이오. 19년 전 어머니는 심한 발작을 일으켰소. 나는 어머니가 회복되지 못할 거라고 생각했고 의사 역시 어머니가 반년밖에 살 수 없을 거라고 했소. 어머니는 나한테 당신이 살아 있는 동안은 재닛한테 청혼하지 않겠다고 약속해 달라고 간청했소. 거기에 있는 사람 모두 어머니가 그리 오래 살지 못할 거라고 생각했지만 나는 솔직히 그런 약속은 하고 싶지 않았소. 그런데 어머니가 무릎을 꿇고 간청했소. 그래서 너무 힘들지만 어쩔 수 없이 약속했던 거요."

"당신 어머니가 내 어떤 점을 못마땅해했나요?"

"그런 건 없었소, 전혀 없었소. 그냥 어머니는 당신께서 살아 있는 동안은 어떤 여자든지 내 집에 있게 하는 게 싫었던 거였소. 어머니는 내가 약속하지 않으면 그 자리에서 죽어버릴 거라고 말했소. 그래서 어쩔 수 없이 약속을 한거요. 그 뒤에 내가 어머니 앞에 무릎을 꿇고 그 약속을 없던 걸로 해 달라고 빌었지만 아무 소용이 없었소. 어머니는 끝까지 내게 약속을 지키게 했소."

"왜 나한테 그런 일이 있었다는 것을 말하지 않았어요? 왜 말해 주지 않았어요?"

재닛이 목이 메어 외쳤다.

"아무한테도 말하지 않겠다고 어머니하고 약속했기 때문이오. 어머니는 성경에 대고 맹세하게 했소. 재닛, 이렇게 오랜 세월이 흐를 줄 꿈에라도 알았다면 나는 그런 약속을 하지 않았을 거요. 내가 19년 동안 얼마나 힘들었는지 당신은 모를 거요. 당신 역시 상처받았다는 걸 알지만. 어쨌든 당신한테 청혼할 수 있게 되자마자 이렇게 달려온 거요. 나와 결혼해 주겠소, 재닛?"

멍하니 그들 말을 듣고 있던 앤은 정신이 들자 자기가 참견할 일이 아님을 알아차렸다. 앤은 슬그머니 그 자리에서 피해 주었다.

다음날 아침, 재닛은 앤이 듣지 못한 나머지 이야기를 들려주었다.

"못되고 인정머리 없는 거짓말쟁이 할망구 같으니!"

앤이 소리쳤다.

"쉿, 돌아가신 분이잖아요. 돌아가시지 않았다면 몰라도 이제 이 세상에 안 계신 분이니 그렇게 나쁘게 말하면 안 돼요. 앤, 이제 나는 너무나 행복해요. 만약 그 이유를 미리 알았더라면 아무리 오래 기다려도 괜찮았을 거예요."

"결혼식은 언제 올릴 거예요?"

"다음 달에요. 아주 조용하게 치를 거예요. 아마도 사람들은 불쌍한 존의 어머니가 세상을 뜨자마자 서둘러 존을 낚아채 간다고 속닥거릴 테죠. 존은 사람들한테 사실을 밝히자고 하더군요. 하지만 내가 반대했어요. 우리끼리 비밀로 하고, 어머니에게 어떤 그림자도 드리우게 않게 하자고요. 이제 진실을 알았으니 사람들이 뭐라고 떠들어도 조금도 신경 쓰이지 않아요. 모든 걸 죽은 분과 함께 묻도록 하자고 했어요. 그이도 내 뜻에 따르기로 했어요."

"저라면 그렇게 용서하지 못할 텐데……."

앤이 자신의 부족함을 탓하며 시무룩하게 말했다.

"내 나이쯤 되면 어떤 일에 대해 예전과는 달리 생각하게 돼요. 나이가 들면서 배우는 것이 바로 그런 거예요. '용서' 같은 거요. 스무 살보다는 마흔 살 때 용서하기가 훨씬 쉬운 법이지요."

달고를 하다

"이제 모두 돌아왔구나. 얼굴이 보기 좋게 그을렸네. 마치 달리기 경주에 나간 건강한 남자처럼 표정도 밝아졌고 말이야. 이 정겨운 패티네 집을 다시 보니까 어때? 기쁘지 않아? 러스티는 한쪽 귀마저 없어졌나 봐?"

필리파가 말했다.

"러스티는 귀가 없어도 세상에서 가장 멋진 고양이일 거야."

트렁크 위에 앉은 앤이 말했다. 러스티가 반가운 마음에 앤의 무릎 위에 올라가 몸을 떨었다. 필리파가 아줌마를 향해 몸을 돌리며 말했다.

"저희가 돌아오니 반갑지 않으세요, 아줌마?"

"반갑지. 하지만 짐 정리부터 하면 좋겠구나. 이야기는 나중에라도 얼마든지 할 수 있잖니. 먼저 일부터 하고 난 다음에 놀자는 게 내 젊은 시절의 좌우명이었단다."

"아줌마, 이제는 시대가 변해서 그 순서가 바뀌었어요, 저희 좌우명은 '놀 건 다 논 다음에 들이파라' 거든요. 먼저 신나게 놀고 나면 일도 더 잘할 수 있을 테니까요."

제임시나 아줌마는 조지프와 뜨개질감을 들고, 여왕처럼 의자에 앉으면서 필리파의 말에 심드렁하게 대꾸했다.

"목사랑 결혼하려면 '들이판다' 같은 표현을 쓰지 말아야 할 게다."

"왜요? 목사 부인이라고 해서 점잖 빼는 말만 하라는 법 있나요? 저는 그렇게 하지 않을 거예요. 패터슨 가 사람은 누구나 은어를 쓰니까, 점잖 빼는 말만 한다면 으스대고 잘난 체한다고 생각할걸요."

"조와의 관계를 너희 부모님에게 말했어?"

프리실라가 점심 도시락에서 남은 과자 부스러기를 새라에게 먹이며 물었다. 필리파가 고개를 끄덕였다.

"그러니까 너희 부모님 반응은 어땠어?"

"엄마가 야단법석을 피우셨어. 하지만 내가 단호하게 나갔지. 나, 필리파 고든은 지금까지 그렇게 굳건히 버텨 본 적이 없었지만 이번은 달랐어. 아버지는 좀더 차분하셨어. 할아버지가 목사셨거든. 그래서 존이 목사라는 사실에 공감하시는 게 역력했어. 엄마가 조금 진정이 되었을 때 나는 조를 우리 집으로 오게 했어. 그랬더니 웬걸! 두 분 다 조를 마음에 들어하시는 거야. 하지만 어머니는 조와 이야기를 나눌 때마다 나한테 뭘 기대했는지 드러내 놓고 조한테 암시를 주는 거

있지? 정말이지 장미꽃이 뿌려진 멋진 휴가는 아니었어. 하지만 내가 이겨냈고 조를 얻었어. 그보다 중요한 건 없지.”

“너한테는 그렇겠지.”

제임시나 아줌마가 쏘아붙였다.

“조한테도 그래요. 아줌마는 계속 조를 가엾어하시네요. 왜 그러세요? 오히려 조의 입장에서 보면 고마워해야 하지 않나요? 제 뛰어난 머리와 미모와 착한 마음씨를 얻은 거잖아요.”

“우리야 네 말솜씨를 훤히 알지만, 모르는 사람 앞에서는 그렇게 말하지 마라. 다들 어떻게 생각하겠니?”

제임시나 아줌마가 참을성 있게 말했다.

“저는 남들이 어떻게 생각하는지 알고 싶지 않아요. 다른 사람한테 어떻게 보이는지도 알고 싶지 않구요. 만약 그런 걸 알면 마음이 꽤 불편할 거예요. 번즈도 그 기도문에서 진짜 솔직했다고는 믿어지지 않아요.”

“그래, 자기 자신을 정직하게 들여다보면 때로는 솔직하지 못한 기도를 한다는 걸 알 수 있어. 그런 기도는 하늘까지 닿지 않아. 나도 어떤 사람을 용서할 수 있게 해 달라고 기도한 적이 있지만, 내 속마음은 그 사람을 절대 용서할 수 없었어. 정말 그 사람을 용서하고 싶다는 마음이 들었을 때는 기도하지 않아도 저절로 용서할 수 있었지.”

“아줌마가 누구를 오랫동안 용서하지 않았다는 것을 상상할 수가 없어요.”

제임시나 아줌마의 솔직한 말에 스텔라가 약간 놀란 듯이 말했다.

“아, 옛날에는 그랬어. 하지만 원한은 가슴에 오래 품고 있을 만한 가치가 없더라구.”

“그 얘기를 들으니 생각나네요.”

앤은 존과 재닛의 사연을 이야기했다.

“그것말고 네 편지에 은근히 내비쳤던 낭만적인 사건이라는 게 뭔지 말해 보시지.”

필리파의 재촉에 앤은 샘에게 청혼받았던 일을 이야기했다. 그 이야기를 들은 친구들은 모두들 웃음을 터뜨렸고, 제임시나 아줌마도 빙그레 웃었다.

“자기를 좋아하는 남자를 그렇게 놀리다니 고약한 취미를 가졌구나. 하지만 나도 항상 그랬지.”

아줌마는 차분하게 말을 꺼냈다.

“아줌마를 쫓아다니던 남자 얘기 좀 해주세요. 아마도 여러 명 있었을 것 같은데요.”

필리파가 앤에 이어 아줌마에게 또다시 조르기 시작했다..

“지금도 날 쫓아다니는 남자들이 많아. 고향에 가면 오래전부터 나한테 추파를 던진 홀아비가 셋이나 있어. 연애는 젊은이들만 하는 건 아니야.”

“추파를 던지는 홀아비란 말은 별로 낭만적이지 않은데요.”

“하긴 그렇지. 하지만 젊은 사람들이라고 항상 낭만적인 건 아니잖아. 나를 쫓아다니던 남자 가운데 짐 엘우드도 그런 사람이었는데, 그는 항상 백일몽에 빠져 있던것 같았어. 일이 어떻게 돌아가는지 전혀 감을 못 잡았으니까. 내가 ‘싫다’고 말한 지 일 년이 지나도록 자신이 거절당했다는 사실을 깨닫지 못했어. 다른 여자와 결혼했고, 그의 부인이 달리는 썰매에서 떨어져 죽었지만 별로 슬퍼하지 않았대. 이제 가서 각자 짐을 풀도록 해요."

제임시나 아줌마는 조지프를 뜨개질바늘로 착각하고 흔들어 댔다. 그리고는 이렇게 말했다.

"추억은 소중히 간직해야해. 앤, 네 방에 꽃 상자가 와 있다. 한 시간 전에 온 거야."

한 주가 지나자 패티네 집 여학생들은 우등 졸업을 하기 위해 열심히 공부해야 했다. 앤은 영어에, 프리실라는 고전학에, 필리파는 수학에 매달렸다. 하지만 점차 그들은 공부에 싫증을 내거나 의기소침해지기도 했고 어떤 때는 이렇게 힘들게 공부할 이유가 없다는 생각까지 들기도 했다. 11월의 비 내리는 어느 저녁, 공부에 지친 스텔라는 앤의 방으로 갔다. 앤은 램프 불빛이 비치는 바닥에 앉아 있었다. 그리고 방 여기저기에 구겨진 원고지가 나뒹굴었다.

"도대체 뭐 하는 거야?"

"예전에 이야기 클럽에서 썼던 글이야. 지금은 뭔가 기분 전환할 것이 필요하거든. 지금까지 하늘이 노랗게 보일 정도로 공부했으니까 잠시 쉬고 싶었어. 그래서 트렁크에서 이 원고들을 꺼내 읽고 있는데 다시 읽어보니까 진짜 눈물나도록 슬프기도 하고 정말 재미있기도 하네."

스텔라가 소파에 앉으며 말했다.

"나도 우울하고 심란해. 지금 내가 하고 있는 일이 과연 가치 있는 일인가 생각 중이야. 내 생각이 너무 낡은 것 같아. 죄다 전에 했던 생각이거든. 내가 정말 살 가치가 있는 걸까, 앤?"

"스텔라, 너무 머리를 많이 쓴데다가 날씨마저 우중충해서 드는 기분일 거야. 힘겨운 하루를 보낸 뒤 이렇게 비가 내리는 밤에는 누구나 짓눌리는 기분이 들 거야. 당연히 세상은 살 만한 가치가 있다는 걸 너도 잘 알면서 그래."

"그래, 하지만 지금은 그걸 증명하지 못하겠다니까."

"지금껏 이 세상을 살다 간 위대하고 숭고한 영혼들을 생각해 봐. 이 세상에 남기고 간 그들의 깨달음과 가르침을 이어받는 것이 가치가 있지 않을까? 그리고 지금 우리가 사는 세상에서 함께 살아가는 훌륭한 사람들을 생각해 봐. 우리가 그들이 보여주고 있는 삶의 활력을 나눠 가질 수 있다는 것도 가치 있는 일이 아닐까? 또 앞으로 태어날 미래의 뛰어난 영혼들을 생각해 봐. 우리가 노력해서 그들을 위해 길을 닦는 것이, 미래의 우리 후손들이 좀더 수월하게 인생의 길을 달릴 수 있게 하는 것 또한 가치있는 일이 아닐까?"

"그래, 나도 네 말에 동감이야, 앤. 그런데 머릿속은 멍하니 활기를 느낄 수가 없어. 비 오는 밤이면 나는 항상 정신이 몽롱해지는 것 같아."

"나는 비 오는 밤이 좋아. 침대에 누워서 지붕과 솔숲에 비가 내리치는 소리를 듣는 게 좋거든."

"지붕 위에 떨어지면 괜찮지. 지난여름에 낡은 시골 농가에서 끔찍한 밤을 보낸 적이 있어. 그때도 비가 오는 밤이었는데 지붕이 새서 내 침대로 빗물이 줄줄 떨어지는 거야. 거기에는 지금 말한 시적 감상 따윈 없었어. 한밤중에 일어나서 비가 떨어지지 않는 곳으로 침대를 이리저리 옮기느라 무진장 고생했지. 더욱이 구식 침대라서 꽤나 무겁잖아. 그런데 그것뿐만이 아니었어. 한밤중에 마룻바닥에 떨어지는 빗소리가 얼마나 무시무시한지 너는 상상도 못할 거야. 꼭 유령의 발자국 소리 같았다니까. 넌 뭐가 그렇게 우습니, 앤?"

"이 이야기들 때문에 그래. 필리파가 봤으면 '죽이는 이야기'라고 했을 거야. 여기에 나오는 사람들은 모두 죽거든. 그리고 여주인공들을 우리가 어떤 차림으로 묘사했는지 알아? 비단, 공단, 벨벳, 보석, 레이스, 그런 것 아니면 안 입는다니까. 제인 앤드루스의 이야기에 나오는 여주인공은 가장자리에 작은 진주가 달린 흰 공단 잠옷을 입고 잔다고 되어 있어."

"계속 읽어 봐. 이제 웃을 거리가 있으니 인생이 살 만한 가치가 느껴지기 시작하네."

스텔라가 말했다.

"내가 쓴 이야기도 있어. '머리부터 발끝까지 커다란 다이아몬드로 반짝이는' 여주인공이 무도회에서 흥겨운 시간을 보내고 있어. 하지만 부와 미모가 무슨 소용이야? '영광의 길은 무덤으로 끝났다'인 걸. 그들은 하나같이 살해되거나 마음의 상처를 입고 죽어야 되는데. 등장 인물은 예외 없이 죽거든."

"네 이야기 좀 읽어볼게."

"여기 내 걸작이 있어. '나의 무덤들'이라니 제목 한번 끝내주잖아. 내 스스로가 이 글을 쓰면서 엄청나게 많은 눈물을 흘렸고, 다른 애들도 이 이야기에 꽤 많은 눈물을 쏟아냈어. 제인 앤드루스는 그것 때문에 빨랫감에 눈물에 흠뻑 젖은 손수건을 너무 많이 내놓아서 어머니한테 꾸지람을 들었을 정도였어. '나의 무덤들'은 한 감리교 교회 목사 부인의 방황을 다룬 작품이야. 목사 부인은 사는 곳마다 한 명씩 아이를 묻는데 그로 인해 뉴펀들랜드에서 벤쿠버까지 아이 무덤이 각각 떨어져 있는 거야. 나는 아홉 명의 아이들에 대해 자세히 쓰고, 그 중 일곱 명이 죽는 장면을 그렸어. 묘비와 거기 적힌 글에 대해서도 썼어. 아홉 명 모두 묻으려 했지만, 여덟 명이 죽는 대목에서 아홉 번째는 안 되겠다 싶어 아홉 번째 아이를 장애자로 평생을 살게 했지."

스텔라가 키득대며 엄청난 비극인 '나의 무덤들'을 다 읽는 동안 러스티는 간밤에 나돌아다닌 고양이답게 몸을 웅크리고 잠을 잤다. 앤은 제인 앤드루스가 쓴 15명의 아름다운 처녀들이 나환자 수용소에 간호하러 들어간 이야기를 읽었다. 물론 결국 병에 걸려서 15명이 모두 죽는 이야기였다. 앤은 원고를 보다가 에이번리 학교의 이야기 클럽 회원들을 떠올렸다. 회원들 모두가 전나무 아래나 강가에 앉아서 글을 쓰던 모습이 떠올랐다. 얼마나 재미있었던가! 글을 읽는 사이 옛 여름의 햇살과 유쾌함이 되살아났다. 웅장한 그리스와 로마 이야기도 이야기 클럽에서 지은 것처럼 재미있고 눈물나고 초현실적인 이야기를 짜내지는 못하리라. 원고 가운데에서 앤은 포장지에 적힌 글을 골라냈다. 이글을 썼던 때를 생각하니 웃음부터 나왔다. 토리 도로에 있는 코프네 농장의 오리 축사 지붕에서 앤이 떨어진 날에 적은 간단한 글이었다. 앤은 원고를 찬찬히 읽어보았다. 원고에는 과꽃과 스위트 피, 라일락 덤불에 앉아 있는 카나리아와 숲의 수호 요정이 나누는 대화가 적혀 있었다.

포장지에 적힌 글을 다 읽은 앤은 잠시 생각에 잠긴 듯 앞을 바라보았다. 그리고는 스텔라가 방에서 나가자 포장지 원고를 가지런히 펴며 말했다.

"이거면 되겠어!"

가드너 가족의 방문 소동

"앤, 무슨 일이야?"

"『젊은 친구』에서 드디어 내 글을 싣기로 했대. 2주일 전에 보냈거든."

앤은 담담하게 보이려고 했지만 뜻대로 되지 않았다.

"오, 대단하다! 어떤 글이야? 언제 실린대? 원고료는?"

"응, 10달러짜리 수표를 벌써 받았어. 다른 작품을 더 보고 싶다는 편지와 함께 보냈어. 사실 예전에 쓴 소품을 손봐서 보냈는데 그쪽에서 실어줄 줄 몰랐어."

필리파가 다시 물었다.

"10달러는 어디에 쓸 거야? 우리 시내에 나가서 취하도록 마시자."

"더러운 돈은 아니지만 막 써버릴까 싶어. 베이킹 파우더 회사에서 받은 돈으로 옷을 샀는데, 불행히도 옷을 입을 때마다 기분이 나쁘더라구."

앤이 쾌활하게 말하자 제임시나 아줌마가 토를 달았다.

"언론에 실릴 만큼 글을 쓰는 사람들에게는 책임이 따르지. 내 딸도 해외에 선교를 떠나기 전에 소설을 썼어. 그애의 좌우명은 '내 장레식에서 읽힐 때 부끄러울 글은 단 한 줄도 쓰지 말자' 였어. 앤도 글을 쓰고 싶으면 그걸 좌우명으로 삼으면 어떨까."

제임시나 아줌마는 뭐가 그리 우스워서 깔깔대는지 영문을 모르겠다는 표정이었다.

하루 종일 앤의 머릿속은 문학에 대한 야망으로 꿈틀거렸다. 제니 쿠퍼의 파티에 갈 때도 유쾌한 마음은 이어졌다. 앞에서 걸어가는 길버트와 크리스틴을 보면서도 반짝이는 소망의 빛은 사그라지지 않았다. 하지만 아무리 머릿속이 온통 문학으로 가득 차 있다 해도 예쁘지 않은 크리스틴의 걸음걸이는 눈에 들어왔다.

'길버트는 저 여자 얼굴만 보나 봐.'

앤은 못마땅해서 속으로 중얼거렸다. 그때 로이가 물었다.

"토요일 오후에 어디 있을 거예요?"

"집에요."

"어머니와 누이들이 당신을 만나러 갈 거예요."

순간 온몸이 오싹해졌다. 결코 기분 좋은 느낌은 아니었다. 로이의 가족을 만난다면, 그제야 앤은 로이의 말이 무엇을 뜻하는지 알아차렸다. 갑자기 가슴이 서늘해졌다.

"그분들을 만나면 반가울 거예요."

앤은 자기도 장담할 수 없는 말을 담담하게 했다. 가드너 집안에서는 아들과 오빠가 앤에게 '홀려 있다' 고 생각한다던데. 아마 이번 방문도 로이가 고집했을 것이다. 로이의 어머니와 누이들이 앤을 선보러 오는 것이다. 앤이 원하든 원치 않든 그들이 앤을 찾아오겠다고 한 것은 그 집 식구가 될 가능성이 있다는 뜻이었다.

'평소 모습을 보여줄 거야. 좋은 인상을 심어주려고 노력하지도 않을 거고.'

생각은 그렇게 하면서도 당장 토요일 오후에 어떤 옷을 입을지 걱정되었다. 머리를 높이 올리는 새 스타일이 더 나을까? 이런저런 생각에 파티를 즐길 수가 없었다.

그날 밤, 앤은 토요일에는 갈색 시폰 드레스에 머리는 전처럼 하겠다고 결정을 내렸다.

금요일 오후, 대학에는 강의가 없었다. 스텔라는 수학학회에 낼 논문을 쓰고 있었다. 바닥에는 파지가 널브러져 있었는데도 논문을 다 쓴 다음에 쓰레기를 치워야지 하고 마음먹었다. 앤은 면 블라우스와 모직 스커트 차림으로 계단에 앉아 새라 고양이와 장난을 치고 있었다. 앤의 무릎에는 조지프와 러스티가 앉아 있었다. 프리실라가 주방에서 음식을 만들다가 코에 밀가루 반죽을 묻힌 채 방금 장식을 끝낸 초콜릿 케이크를 제임시나 아줌마에게 보여주려고 거실로 나왔다.

그때 현관을 두드리는 소리가 났다. 필리파는 그날 아침에 주문한 모자가 배달된 줄로 알고 얼른 일어나 문을 열었다. 그런데 문 밖에는 가드너 부인과 딸들이 서 있었다.

벌떡 일어난 앤은 오른손에 들고 있던 새 뼈다귀를 자기도 모르게 왼손으로 바꿔 들었다. 주방으로 가야 할 프리실라는 정신이 없어서 초콜릿 케이크를 소파쿠션 밑에 놓고 위층으로 뛰어올라갔다. 스텔라도 정신 없이 쓰레기를 줍기 시작했다. 당황하지 않은 사람은 제임시나 아줌마와 필리파뿐이었다. 모두, 앤까지도 편안히 앉을 수 있었던 것은 오로지 그들 덕분이었다.

로이의 어머니인 가드너 부인은 키가 크고 늘씬했으며 미인이었다. 그녀는 멋진 드레스 차림에 약간 꾸민 듯한 표정을 다정하게 지었다. 얼라인 가드너는 어머니를 빼다 닮았지만 다정한 태도는 없었다. 오히려 그러한 태도가 거만하고 선심 쓰는 척하는 것처럼 보였다. 도로시 가드너는 몸집이 호리호리하고 쾌활해 선머슴처럼 보였다. 로이가 가장 좋아하는 누이도 도로시였다. 그래서 앤은 그녀가 따뜻하게 대한다는 것을 알고 있었다. 약간 긴장감이 감돌긴 했지만 도로시와 필리파 덕분에 조금씩 어색한 기운이 사라졌다. 그런데 그때 뜻하지 않은 사건이 벌어졌다. 러스티와 조지프가 쫓고 쫓기면서 가드너 부인의 비단 드레스 위로 뛰어올랐다가 내려간 것이다. 가드너 부인은 생전 처음 고양이를 보는 사람처럼 손에 쥐는 안경을 눈에 대고 가만히 살폈다. 갑자기 웃음이 터져 나온 앤은 거듭 사과의 말을 전했다.

가드너 부인이 의아한 표정을 지으며 물었다.

"고양이를 좋아하나요?"

앤은 러스티를 좋아하긴 해도 특별히 고양이를 좋아하지는 않았다. 하지만 가드너 부인의 말투가 신경에 거슬려 심술궂게 대답했다.

"귀여운 동물이잖아요?"

그러자 가디너 부인이 심드렁하게 대꾸했다.

"나는 고양이를 안 좋아해요."

그때 도로시가 끼여들었다.

"저는 고양이를 좋아해요. 고양이는 사랑스럽지만 이기적이지요. 개는 너무 착하긴 해도 이기심이 없어서 마음이 불편해요. 하지만 고양이는 인간적이지요."

"저기 예쁜 도자기 개 인형이 있네요. 자세히 봐도 될까요?"

얼라인이 인형을 보려고 벽난로 다가갔다. 그때 뜻하지 않은 사건이 일어났다. 도자기 인형을 집어든 얼라인이 소파쿠션에 앉은 것이다. 그 쿠션 아래에는 초콜릿 케이크가 있었다. 프리실라와 앤은 걱정스런 눈길을 주고받았지만 어쩔 수가 없었다. 거만한 얼라인은 떠날 때까지 그 자리에 앉아서 도자기 인형에 대해 얘기했다.

떠날 때가 되자 도로시가 앤의 손을 잡고 귀에 속삭였다.

"우리는 좋은 짝이 될 거예요. 로이한테 앤에 대한 얘기 다 들었어요. 로이는 나한테만 말해요. 어머니나 얼라인에게는 무슨 얘기를 털어놓을 수가 없죠. 앞으로 저도 이곳에 와서 함께 시간을 보내도 괜찮을까요?"

"물론이에요. 자주 놀러오세요."

로이의 누이 가운데 한 명이라도 좋아할 수 있다니 다행이었다.

사람들이 가고 난 뒤 프리실라가 소파 쿠션을 들면서 말했다.

"케이크 좀 봐. 완전 뭉개졌네. 쿠션은 엉망이 됐고."

제임시나 아줌마가 투덜댔다.

"토요일에 오겠다고 통보한 사람들이 금요일에 온 심보는 뭐람!"

필리파가 앤을 찾느라 두리번거리며 말했다.

"로이의 실수였을 거예요. 그 사람이 앤한테 일부러 그랬을 리는 없잖아요. 앤은 어디 있지?"

앤은 위층에 있었다. 이상하게 울고 싶었지만 웃음이 나왔다. 러스티와 조지프, 이 귀여운 녀석들!

아름다운 청혼

시험이 끝났는데도 바쁘기는 마찬가지였다. 앤은 영어에서 최고 우등상을, 프리실라는 고전에서 우등상을, 필리파가 수학에서 우등상을 받았다. 스텔라는 전 과목에서 꽤 좋은 성적을 받았다. 그리고 졸업식이 다가왔다.

앤은 로이가 보낸 바이올렛을 상자에서 꺼내 가만히 쳐다보았다. 졸업식장에 그 꽃을 가져갈 작정이었다. 그런데 옆에 놓인 상자로 시선이 저절로 쏠렸다. 그 상자엔 싱싱한 백합꽃과 길버트 브라이스의 카드가 들어 있었다. 길버트가 왜 졸업식에 꽃을 보냈을까.

지난 겨울에는 길버트를 자주 만나지 못했다. 길버트는 패티네 집에 딱 한 번 찾아왔을 뿐이었다. 길버트는 최고 우등 졸업과 '쿠퍼 상'을 목표로 공부하느라 사교 모임에는 거의 참석하지 않았다. 반면에 앤은 겨울 동안 즐거운 사교 생활을 하며 보냈다. 가드너 가족과 자주 만났고 도로시와 무척 친해졌다. 친구들은 이제 로이와 앤의 약혼 발표만 남았다고 생각했다. 앤 자신도 그랬다. 하지만 졸업식장으로 가기 전, 앤은 로이가 보낸 바이올렛을 던지고 길버트가 보낸 백합꽃을 들었다. 6월이 오면 에이번리 초록 지붕 집 마당에 피던 백합꽃이 생각나서일까. 앤은 도무지 설명할 수가 없었다. 왠지 오랫동안 열망했던 대학 졸업식에는 에이번리의 옛 시절과 꿈, 우정이 어울리는 것 같았다.

드디어 고대했던 졸업식 날이었다. 앤은 설명할 수 없는 가슴 아픈 느낌으로 오랫동안 기다려왔던 날의 기분을 망치고 말았다. 앤이 기억에 두었던 것은 총장이 사각모와 졸업장을 수여하면서 '학사'로 불러준 장면, 앤이 들고 있는 백합꽃을 보고 길버트가 눈을 반짝였던 일, 앤을 바라보던 로이의 우울한 눈빛도 아니었다. 얼라인 가드너의 체면치레로 하는 축하인사와 도로시의 활달한 축하인사도 아니었다. 그저 쓸쓸한 감정이 희미하게 앤을 누르고 말았다.

그날 밤 인문대 졸업생들의 파티가 있었다. 앤은 파티에 갈 준비를 하면서 평소에 걸던 진주 목걸이를 치우고, 실 같은 금줄에 작은 핑크 빛 에나멜하트 메들이 달린 목걸이를 흰 목에 걸었다. 길버트가 준 것이었다. 어린 시절 앤은 길버트가 자기를 '홍당무'라고 놀린 뒤 분홍색 하트 모양의 사탕을 주며 화해하려고 애쓰던 날의 추억이 떠올랐다. 한 번도 걸어 본 적이 없는 그 목걸이를 오늘밤 앤은 꿈 같은 미소를 지으며 걸었다.

앤과 필리파가 레드먼드 대학까지 걸어갔다. 그때 필이 불쑥 말했다.

"졸업식이 끝나면 곧 길버트 브라이스와 크리스틴 스튜어트의 약혼 발표가 있을 거래. 그 소식, 들었니?"

"아니."

"사실인가 봐."

가볍게 말하는 필리파에게 앤은 아무 말도 하지 않았다. 어둠 속이라 다행이었다. 얼굴이 화끈 달아올랐고 옷깃 속으로 손을 넣어 금목걸이 줄이 끊어질 정도로 힘껏 비틀었다. 손이 떨리고 눈이 쑤셨다.

금목걸이는 얼른 주머니에 넣었다.

그날 밤, 길버트가 춤을 청하러 오자 앤은 이미 약속되어 있다며 거절했다. 집으로 돌아와서도 앤은 불가에서 몸을 녹이며 가장 활달하게 그날의 행사에 대해 이야기했다.

앤이 린드 아줌마의 조각 누비이불을 상자에 꾸리면서 말했다.

"다음 주면 내가 에이번리에 있을 거라고 생각하니 정말 꿈만 같아요. 물론 패티네 집을 떠난다는 사실은 끔찍이 싫은 일이지만요."

그러자 필리파가 거들었다.

"우리들의 웃음소리가 밤마다 패티 노부인과 마리아의 꿈속에서 메아리치지 않을까."

패티 노부인과 마리아는 세계를 여행을 마치고 집으로 돌아올 예정이었다.

패티 노부인의 편지에는 이렇게 적혀 있었다.

4월 둘째 주에 돌아갈 예정이에요. 이집트의 카르나크 신전을 구경한 뒤여서 집이 무척 작게 보일 테지만 넓은 집이 좋은 것만은 아니지요. 집으로 돌아간다는 것만으로도 무척 기쁘답니다. 나이가 들수록 살아갈 시간이 많지 않다는 걸 깨닫기 때문에 지나치게 많은 것을 하려고 욕심을 부리지요. 마리아도 그렇게 되지 않을까 걱정한답니다.

앤이 행복한 3년을 보낸 파란 방을 돌아보면서 말했다.

"나는 다음에 올 사람들을 위해 이곳에 내 환상과 꿈을 남겨두고 가겠어."

이 방에서 얼마나 많은 일이 일어났던가. 창가에 무릎을 꿇고 앉아 기도를 드렸고, 창가에 서서 저녁놀을 바라보았다. 또 창문을 두드리는 장대비 소리와 봄이 되면 찾아오는 개똥지빠귀……. 누군가의 인생에 한 공간이 되었던 방을 영원히 떠날 때는, 비록 보이거나 만져지지 않는다 해도 뭔가 분명히 존재해 추억처럼 남아 있게 되리라.

필리파가 말했다.

"누군가 꿈꾸고 슬퍼하고 기뻐하며 살았던 방은 그 방의 주인과 함께 색깔을 띠게 된다는 생각이 들어. 우리가 여기서 얼마나 즐거운 시간을 보냈니! 오, 6월에 조와 결혼하면 나는 말할 수 없이 행복하겠지. 하지만 지금 이 순간만은 이 아름다운 레드먼드 시절이 영원히 계속되었으면 좋겠다."

"나도 그래. 나중에 우리한테 아무리 기쁜 일이 생긴다 해도 지금처럼 순수하게 기뻐할 수는 없을 거야. 이제 그런 세월은 영원히 끝난 거야, 필."

앤의 말이 끝나기 무섭게 러스티가 방으로 들어왔다. 그러자 필리파가 물었다.

"러스티는 어떻게 할 거야?"

러스티를 따라 방으로 들어오던 제임시나 아줌마가 먼저 말했다.

"내가 집에 데려갈 거야. 조지프랑 새라랑 같이. 셋이서 함께 사는 법을 터득했는데, 서로 떼어놓는 것은 안타까운 일이지. 고양이나 사람이나 함께 사는 법은 배우기가 어렵거든."

제임시나 아줌마의 말에 앤이 안타까워하며 말했다.

"러스티랑 헤어지게 돼서 속상하지만, 초록 지붕 집에 데려가 봤자 소용없을 거예요. 마릴라 아줌마는 고양이를 싫어하시고, 데이비는 날마다 괴롭힐 거구요. 게다가 저는 서머사이드 고등학교로 갈지도 모르고요."

"정말 그곳으로 갈 거야?"

필리파가 물음에 앤이 얼굴을 붉히며 대답했다.

"아직 결정을 못했어."

필리파는 이해한다는 듯이 고개를 끄덕였다. 당연히 로이의 결정에 따라 앤의 계획은 달라질 것이다. 로이가 청혼을 하면 앤은 초조해하면서도 만족스러워하며 받아들일 것이다. 앤은 로이를 깊이 사랑했다. 상상했던 사랑과 다르지만 로이는 좋은 사람이었고, 함께 있으면 아주 행복할 것 같았다. 뭐라 말할 수 없는 열정은 빠져 있었지만.

그날 저녁 로이가 와서 앤에게 산책을 가자고 청했다. 제임시나 아줌마가 말했다.

"앤은 복도 많아."

스텔라가 어깨를 들썩 올리더니 대답했다.

"그렇죠. 로이는 좋은 사람이니까요. 하지만 그것뿐이죠."

"너 혹시 질투하니, 스텔라."

아줌마가 꾸짖듯이 말했다.

"그럴 거예요. 하지만 샘이 나서 그러는 게 아니에요. 저는 앤을 사랑하고 로이를 좋아해요. 모두들 앤이 훌륭한 신붓감이라고 말하고, 가드너 부인까지도 이제는 앤을 좋게 생각하지요. 그런데 앤과 로이가 천생연분이라는 데에는 자꾸 확신이 안 생겨요."

스텔라가 침착하게 말했다.

로이는 비 오는 날 그들이 처음 만났던 장소인 바닷가의 작은 정자에서 앤에게 청혼했다. 로이가 참으로 낭만적인 장소를 선택했다고 앤은 생각했다.

로이는 어디서 베끼기라도 한 듯 아름다운 말로 청혼을 했다. 전체적으로 보면 흠잡을 데 없는 분위기였다. 로이가 진심으로 말하고 있다는 것을 의심할 나위 없이 굉장히 진지했다.

앤은 머리끝부터 발끝까지 전율해야 한다고 생각했다. 그런데 오싹할 정도로 냉담했다. 이윽고 앤이 청혼을 받아들인다는 말을 하려는 순간 앤은 절벽에 매달린 사람처럼 몸을 마구 떨었다. 갑자기 눈앞이 깜깜해졌다. 동시에 아주 많은 것을 깨달으며 로이에게서 손을 뺐다. 그리고는 거칠게 외쳤다.

"아, 나는 당신과 결혼할 수 없어요. 못해요. 할 수 없어요."

로이는 약간 멍한 표정을 지었다. 도대체 무엇이 잘못되었을까. 로이가 더듬거리는 말로 물었다.

"그게 무슨 뜻이오?"

"당신하고 결혼할 수 없다는 거예요."

"왜?"

"왜냐하면 결혼할 만큼 당신을 좋아하지 않으니까요."

로이가 새빨개진 얼굴로 느릿느릿 물었다.

"그러니까 2년이란 세월 동안 당신은 장난을 한 건가?"

"아니에요. 그런 건 아니에요."

'아, 어떻게 설명해야 한담. 설명할 수가 없다. 말로 설명할 수 없는

일도 있는 법 아닌가.'

"당신을 좋아한다고 생각했는데 그게 아니라는 걸 이제야 알았어요."

로이가 씁쓸하게 말했다.

"당신은 내 인생을 망쳤소."

"날 용서해 줘요."

뺨이 뜨겁게 달아오르고 눈이 콕콕 쑤셨다.

로이는 몇 분 동안 바다만 물끄러미 바라보았다. 다시 앤 쪽으로 돌아선 로이의 안색은 몹시 창백했다.

"나에게 아무런 희망도 줄 수 없겠소?"

앤은 말없이 고개를 끄덕였다.

"이해할 수 없군. 당신이 내가 믿었던 모습의 여자가 아니라는 걸 믿을 수가 없소. 하지만 그런 말이 무슨 소용이 있겠소. 당신은 내가 사랑할 수 있는 단 한 명의 여자였소. 잘 가요, 앤."

로이가 가버리자, 앤은 한동안 정자에 앉아서 뽀얀 물보라가 치는 걸 물끄러미 바라보았다. 수치심과 실망감이 파도처럼 엄습했다. 그런데도 한편으론 자유를 되찾은 것처럼 느껴졌다.

어두워져서 패티네 집에 들어간 앤은 곧장 방에 들어가 숨었다. 그러나 창가에 앉아 있던 필리파에게 들키고 말았다. 앤이 얼굴을 붉히며 말했다.

"잠깐만, 내 얘기부터 들어. 필, 로이의 청혼을…… 거절했어."

"뭐라고? 거절했다고?"

"그래."

"앤 셜리, 너 제정신이야?"

"그런 것 같아. 그러니 나한테 뭐라고 하지 마. 넌 이해하지 못해."

"그래, 이해 못하겠다. 넌 2년 동안 로이 가드너와 시시덕거리며 어울렸어. 그런데 이런 짓을 저지르다니, 믿을 수가 없어."

"무슨 소리야, 난 마지막 순간까지도 로이를 좋아한다고 생각했어. 그런데 갑자기 그 사람하고 결혼할 수 없다는 걸 깨달은 거야."

"로이의 돈 때문에 결혼하려고 했다가, 차마 선량한 양심 때문에 못한 거겠지."

필리파가 매몰차게 말하자 앤이 항변했다.

"그렇지 않아. 난 여태껏 그의 돈에 대해서는 생각해 본 적도 없어. 이 마음은 누구한테도 설명할 수가 없구나."

"넌 로이한테 못할 짓을 한 거야. 잘생기고 똑똑하고 부자고 착한 사람인데 더 이상 뭘 바라지?"

"그래, 나도 처음에는 그 사람의 잘생긴 외모와 낭만적인 행동에 끌렸어. 나중에는 내 이상형인 검은 눈동자를 가졌기에 로이를 사랑한다고 생각한 거고. 오, 필, 어쩌면 좋니? 내가 모든 걸 망쳤어. 레드먼드 시절 중에서 가장 부끄러운 날이 바로 오늘이다. 로이도 날 경멸하고 너도 날 경멸하고. 나도 나 자신을 경멸해."

필리파가 감정을 누그러뜨리며 말했다.

"가엾은 앤, 이리 와. 나도 너한테 뭐라고 할 자격이 없어. 나 역시 조를 만나지 않았다면 알렉과 결혼했을 테니까. 실제 삶에서는 뒤죽박죽인 게 많아. 소설에서처럼 말끔하게 정리되지 않지."

"다시는 누구한테건 청혼을 받지 않았으면 좋겠어."

앤이 흐느끼며 중얼거렸다.

뒤늦은 깨달음

"앤이 옳아요. 로이하고 결혼하지 않겠다는 소식을 듣고 정말로 안타까웠어요. 올케가 되길 바랐거든요. 하지만 로이와 결혼을 하면 앤은 따분해서 죽을 거예요."

도로시의 말에 앤이 간절한 마음을 담아 물었다.

"이 일로 우리 우정이 깨지는 건 아니겠지요, 도로시?"

"그럼요. 앤처럼 좋은 사람을 잃을 순 없죠. 시누이와 올케 대신 친구로 지내요. 아참, 로이 일로 신경 쓰지 말아요. 지금은 날마다 로이가 신세 한탄을 하지만 언제 그랬냐는 듯이 곧 털고 일어날 거예요."

"무슨 소리예요? 전에도 그런 적이 있나요?"

앤이 약간 놀란 목소리로 물었다.

"그럼요, 두 번이나 있었어요. 그리고 두 번 다 똑같이 신세 한탄을 했고요. 다만 로이는 앤을 만나기 전의 것은 사랑이 아니었다고 한 게 다르지요. 전에 했던 연애는 철부지 시절의 감정에 지나지 않았다고 말하더군요. 그렇지만 걱정할 필요는 없어요. 세상에는 여자들이 많으니까."

앤은 걱정 대신 안도감과 분노가 뒤섞인 감정을 갖게 되었다. 로이가 자신이 사랑한 여자는 오로지 앤뿐이라고 말했다. 배신감을 느꼈지만 한편으로 자기가 로이의 인생을 망친 게 아니라고 생각하니 마음이 편안해졌다.

에이번리로 돌아온 날 저녁, 앤은 아래층으로 내려가며 물었다.

"마릴라 아줌마, 눈의 여왕이 어떻게 된 거예요?"

"그래, 그렇게 물을 줄 알았다. 얼마나 속상했는지 몰라. 내가 소녀였던 때부터 있던 나무가 3월에 불어닥친 강풍에 부러진 거야."

"눈의 여왕이 없는 동쪽 방 창가는 쓸쓸해요. 아, 전에는 이곳에 올 때마다 다이애너가 날 맞아주었는데."

"이제 다이애너는 챙겨야 될 사람이 생겼으니까."

린드 부인의 말에 앤이 현관 계단에 앉으면서 말했다.

"에이번리에 무슨 일이 있었는지 전부 다 말씀해 주세요."

석양이 앤의 머리에 황금빛 줄기를 쏘아댔다.

"편지에 적어 보낸 것말고는 글쎄……, 아, 지난주에 사이먼 플레처 다리가 부러졌다는 소식은 못 들었겠구나. 오히려 그 가족들한테는 잘된 일이지. 사이먼 때문에 못했던 일이 어디 한두 가지여야지."

옆에서 마릴라가 물었다.

"앤한테 제인 소식은 말하지 않았지요?"

"맞아, 제인 앤드루스가 위니펙의 백만장자하고 결혼한다더구나. 지난주에 서부에서 집으로 돌아왔는데, 앤드루스 부인이 그런 말을 했대."

린드 부인이 뚱하게 말하자 앤이 진심으로 말했다.

"정말 잘 됐네요. 제인은 복 받을 자격이 있어요."

"나도 제인에 대해 흠을 내려는 건 아니야. 괜찮은 아가씨지. 하지만 백만장자와 어울릴 부류는 아니지. 앤드루스 부인 말로는 탄광에서 돈을 번 영국인이라는데 나는 양키일 거라는 생각이 들어. 제인한테 보석 세례를 한 걸 보면 부자는 부자인가 봐. 다이아몬드를 박은 약혼반지가 굉장히 크더구나."

린드 부인은 여전히 씁쓸해했다. 평범하기 짝이 없는 제인 앤드루스도 백만장자하고 약혼하는 마당에, 앤은 아직까지 짝조차 없으니 어디 안 그렇겠는가. 게다가 앤드루스 부인의 눈꼴사나운 행동은 말할 것도 없고. 그때 마릴라가 물었다.

"길버트 브라이스는 잘 지내는 게냐? 지난주에 집에 왔는데 얼굴이 몰라볼 정도로 엉망이던데."

"지난 겨울에 공부를 열심히 해서 그래요. 아시다시피 고전에서 최고 우등상과 '쿠퍼상'을 받았고요. 5년도 안 돼 그런 성과를 얻었으니 얼굴이 말이 아닌 것은 당연하죠."

린드 부인은 여전히 제인 앤드루스의 일이 머리에서 떠나지 않는지 이렇게 말했다.

"하여간 넌 대학을 나왔고, 제인 앤드루스는 대학을 나오지도 아니, 들어가지도 못할 거야."

며칠이 지난 뒤 저녁, 앤은 제인을 만나러 갔다. 그러나 제인이 샬롯타운에 가는 바람에 앤드루스 부인만 보게 되었다.

"옷을 맞추러 나갔어. 어디 에이번리에 제인의 옷을 맡길 만한 재봉사가 있어야지."

"제인에게 기쁜 소식이 있다는 거 들었어요."

그러자 앤드루스 부인이 머리를 꼿꼿이 세우며 말했다.

"그래. 제인이 비록 대학을 못 나왔지만 백만장자한테 시집을 간단다. 유럽으로 신혼여행을 갔다 온 뒤 위니펙이 있는 으리으리한 대리석 저택에서 살 거란다. 다만 한 가지 고민은 제인의 요리 솜씨를 발휘할 수 없다는 거야. 남편감이 요리를 못하게 한다지 뭐냐. 요리사가 있거든. 거기다 하녀 두 명과 마부 한 명, 잡다한 집안일을 돌보는 집사 한 명이 있대. 그래, 너는 어떻게 지내니? 네가 결혼할 거라는 소식은 듣지 못했는데."

앤은 환하게 웃으며 대답했다.

"저는 노처녀가 될 거예요. 저한테 맞는 사람을 찾지 못했거든요."

앤은 노처녀가 된다 해도 결혼할 기회가 없어서 그런 게 아니라 이상형이 없어서 그렇다는 것을 돌려 말했다. 그러자 앤드루스 부인이 곧장 반격에 나섰다.

"유난스런 여자 애들은 노처녀가 되기 십상이지. 아참, 길버트가 스튜어트라는 아가씨하고 약혼을 했다던데? 그 아가씨가 굉장한 미인이라며? 그게 사실이냐?"

"글쎄요, 어쨌든 스튜어트가 굉장히 아름답다는 말은 사실이에요."

"나는 네가 길버트와 잘 어울린다고 믿었는데. 앤, 조심하지 않으면 신랑감들이 줄줄이 빠져나가겠구나."

앤은 앤드루스 부인과의 신경전을 그만두기로 했다. 그래서 자리에서 일어나며 말했다.

"오늘은 그만 가봐야겠어요. 나중에 제인이 집에 있을 때 다시 올게요."

"그래라. 제인은 조금도 으스대지 않는단다. 전과 다름없이 옛 친구인 너를 만나면 무척 반가워할 게다."

제인의 백만장자 약혼자는 5월 마지막 날 도착해서 제인을 호화롭게 데려갔다. 린드 부인은 잉글리스 씨가 마흔 살은 족히 되어 보이는데다 키가 작고 비쩍 마르고 머리가 희끗희끗하다는 사실에 고소해했다.

"그런 외모에 광택나게 하려면 갖고 있는 돈을 다 쏟아부어도 안 될걸."

"친절하고 마음씨 좋게 생겼던데요. 그리고 제인을 최고로 생각하는 것 같아요."

앤의 말에도 린드 부인은 끝내 못마땅해했다.

그 다음 주에는 필 고든의 결혼식이 있었다. 필리파는 요정 같은 신부였고, 조는 행복으로 빛나서 어느 누구도 그를 못생겼다고 생각하지 않았다. 앤은 친구들의 행복을 반기면서도 자신은 그런 행복을 느끼지 못해 한편으론 외롭기도 했다.

에이번리로 돌아와서도 마찬가지였다. 이윽고 다이애너가 처음으로 엄마가 되는 멋진 영광의 순간을 맞이했다. 앤은 피부가 하얀 젊은 엄마를 경외감에 차서 바라보았다. 전에는 느껴 보지 못했던 감정이었다. 환희에 찬 눈빛의 이 여인이, 소녀 시절에 함께 놀던 검은 곱슬머리와 장밋빛 뺨을 가진 다이애너일까? 앤은 자기만 과거 속에 사는 것 같아 묘한 고독을 느꼈다.

"나는 이 아이를 낳기 전에 딸을 원했어. 딸을 낳으면 이름을 앤이라고 지으려고 했거든. 그런데 꼬마 프레드가 이렇게 태어나고 보니, 딸을 백만 명 준다 해도 바꾸지 않을 것 같아. 그만큼 이 아이가 소중해.”

다이애너의 말에 앨런 부인이 활달하게 말했다.

“아기들은 모두 사랑스럽고 소중하지요. 꼬마 앤이 태어났다고 해도 똑같은 마음이었을 거예요.”

앨런 부인은 에이번리를 떠난 뒤 처음으로 이곳을 다시 방문했다. 부인은 예전처럼 활달하고 다정하고 인정이 많았다. 목사 부인의 자리는 존경받을 만한 자리였지만, 앨런 부인은 한결같이 행동했다.

다이애너가 한숨을 쉬며 말했다.

“빨리 아기가 커서 말을 한다면 얼마나 좋을까. 아기의 입에서 ‘엄마’ 라는 소리를 듣고 싶어 죽겠다니까. 그나저나 나는 아기한테 엄마에 대한 첫 기억을 아주 좋은 걸로 심어주고 싶어. 무슨 일 때문인지는 몰라도 우리 엄마에 대한 첫 기억은 찰싹 맞은 일이거든. 엄마는 언제나 좋은 분이었는데, 첫 기억이 더 좋은 것이었다면 얼마나 좋았을까.”

자작나무 길로 걸어오면서 앤은 어느 때보다도 쓸쓸했다. 참 오랜만에 걷는 길이었다. 물이 넘치는 컵에서 끊임없이 물이 떨어지는 것처럼 여기저기서 꽃향기가 넘쳐났다. 어린 자작나무가 어느 새 훌쩍 자라 있었다. 모든 게 변한 거였다. 앤은 여름이 끝나고 다시 일을 하러 떠나면 좋겠다고 생각했다. 그때는 이처럼 인생이 텅 빈 것 같지는 않으리라.

미래의 약속

앤은 7월의 3주 동안 메아리 집에서 보냈다. 어빙 부부가 여름을 보내기 위해 그곳으로 돌아온 것이다. 라벤더는 변한 게 없었고, 네 번째 살롯는 이제 어엿한 숙녀가 되었지만 여전히 앤을 좋아했다.

"앤 아가씨, 보스턴에서 아무리 주위를 둘러보아도 아가씨만한 사람이 없던데요."

이제 열여섯 살이 된 폴도 어른이 다 되어 다갈색 곱슬머리를 바싹 치켜 깎았다. 그리고 요정보다는 축구에 더 관심을 쏟았다. 하지만 옛 선생님인 앤은 여전히 좋아했다. 비슷한 정신세계를 가진 사람들은 세월이 지나도 변치 않는 법이니까.

7월 어느 날 저녁, 앤은 초록 지붕 집으로 돌아왔다. 앤이 집에 들어서자마자 빗방울이 떨어지기 시작했다.

"메아리 집이 아무리 즐겁다 해도 가족들이 있는 곳이 더 좋네요. '편히 쉴 곳은 내 집뿐이네.' 데이비가 키가 얼마나 컸는지 보자."

"누나가 떠난 뒤 3센티미터는 자랐을걸. 이제 밀티 볼터랑 똑같아. 누나, 길버트 형이 죽어가고 있다는 걸 알아?"

앤은 꼼짝하지 않은 채 데이비를 바라보았다. 앤의 얼굴이 하얗게 질리자, 마릴라는 앤이 기절할까봐 걱정스런 눈길로 바라보았다. 린드 부인이 화를 냈다.

"데이비, 말 조심해. 앤, 그럴까봐 너한테 알리지 않은 건데."

"그게, 사실인가요?"

앤이 평소와 다른 목소리로 묻자 린드 부인이 우울하게 대답했다.

"그렇대. 길버트가 몹시 아프대. 장티푸스에 걸렸다는 소식을 못 들었니?"

"네, 못 들었어요."

"처음부터 상태가 무척 안 좋았대. 의사 말로는 길버트가 너무 쇠약해져서 더 그렇다더구나. 간호사를 데려오는 등 모든 조치를 취했으니 걱정하지 마라."

그러자 데이비가 또다시 나섰다.

"해리슨 아저씨 말이 가망이 없대요."

늙고 지친 표정의 마릴라가 일어나서 데이비를 주방에서 데리고 나갔다.

"아, 그런 표정 짓지 마. 길버트는 브라이스 집안의 튼튼한 체질을 타고 났으니까."

린드 부인이 다정하게 앤에게 팔을 얹으며 말했다. 앤은 린드 부인의 팔을 가만히 내리고 방으로 올라갔다. 창가에서 무릎을 꿇고 앉아 멍하니 밖을 내다보았다. 밖은 세차게 비가 내리고 있었다. 유령의 숲에는 나무들이 바람 속에서 내는 신음소리로 가득했고, 멀리 해변에서는 큰 물결 치는 소리가 천둥처럼 울렸다. 그리고 길버트가 죽어가고 있었다!

앤은 그제야 길버트를 사랑한다는 걸 깨달았다. 폭풍우와 어둠의 밤을 뜬눈으로 지새면서 언제나 길버트를 사랑하고 있었다는 사실을 깨달은 것이다. 길버트는 자신의 오른손과 같았다. 고통 없이 오른손을 떼어낼 수 없는 것처럼 길버트를 고통 없이 떼어낼 수가 없었다. 깨달음이란 항상 늦게 오는 법인가. 하지만 길버트는 앤이 자기를 사랑한다는 사실을 모르리라. 그 사실을 모른 채 길버트는 생명을 놓아 버리게 되리라.

길버트가 없는 어두운 세월! 앤은 그 세월을 살아갈 수 없을 것 같았다. 창가에 웅크리고 앉아서, 앤은 난생 처음 죽을 수 있기를 소원했다. 길버트가 말 한마디 없이 떠나 버리면 자기도 살 수 없을 것 같았다. 앤과 길버트는 서로에게 속해 있었다. 길버트는 크리스틴 스튜어트를 사랑하지 않았다. 아니, 크리스틴을 사랑한 적이 없었다. 앤은 로이 가드너에게 느낀 허울뿐인 감정을 사랑이라 착각하다니, 얼마나 바보였던가!

밤새 극성스럽게 몰아치던 폭풍우도 새벽이 되자 가라앉았다. 어두운 산자락 언저리에 붉은 테두리를 두른 태양이 떠올랐다. 구름이 가만히 흘러가 수평선에 머물렀다. 사방이 고요했다.

앤은 가만히 일어나 아래층으로 살금살금 내려갔다. 들판을 가로지르는데 비를 머금은 바람이 욱신거리는 눈두덩을 훑고 지나갔다.

신나게 까불대는 휘파람 소리와 함께 퍼시피크가 걸어오고 있었다. 퍼시피크는 길버트네 옆집에 사는 조지 플레처네 일꾼이었다. 아마 퍼시피크는 길버트에게 무슨 일이 생겼는지 알 것이다.

퍼시피크는 앤을 보지 못했는지 앤이 세 번이나 불러도 아는 척을 안 했다. 앤이 또다시 불렀다.

"퍼시피크"

그제야 퍼시피크가 돌아보자 앤이 힘없이 말했다.

"지금 조지 플레처 씨 집에서 오는 길인가요?"

"예. 어젯밤 아버지가 편찮으시다는 소식을 들었지만 폭풍우 때문에 가지 못해서 지금 나왔지요. 숲 속 지름길로 가려고요."

"혹시 길버트 브라이스의 상태는 어떤지 아세요?"

앤이 필사적으로 물었다. 최악의 상황도 이 순간보다는 더 무섭지는 않으리라.

"어젯밤부터 병세가 좋아졌대요. 의사 선생님 말씀이 이제 곧 괜찮아질 거래요. 정말 큰일날 뻔했죠! 그럼 이만! 제가 좀 서둘러야 해서요. 저를 보고 싶어하시는 늙으신 아버지 때문에."

멀어지는 퍼시피크의 활기찬 휘파람 소리가 유령 소리처럼 들렸다. 앤은 버드나무 아래 서서 잠깐 달콤함을 음미했다. 안개가 낀 숲의 아침은 매우 매력적이었다. 장미 꽃잎에는 수정 같은 이슬이 매달려 있고, 큰 나무에서는 새들이 지저귀고 있었다. 앤의 기분도 딱 그랬다. 아주 오래 되고, 아주 진실하고, 아주 멋진 책에 나오는 구절이 앤의 입술에서 터져 나왔다.

"어둠이 가고 나면 환한 햇살이 찾아온다."

갑자기 초록 지붕 집에 길버트가 나타났다.

"오늘 오후에 9월 숲을 산책하지 않을래? 헤스터 그레이 정원에 가볼까 해서."

돌계단에 앉아 있던 앤이 멍하니 고개를 돌리고는 아쉬운 듯 대답했다.

"나도 그러고 싶은데, 오늘 저녁 앨리스 펜할로우의 결혼식에 가야 해서. 지금 이 옷을 손본 뒤 외출 준비를 해야 되거든. 정말 미안해."

길버트는 별로 실망하는 기색 없이 물었다.

"그럼 내일 오후는 어때?"

"좋아, 내일은."

"오늘밤 앨리스 펜할로우가 결혼하는구나. 올 여름엔 결혼식에 세 번이나 참석하게 생겼네. 필과 제인, 앨리스. 제인이 결혼식에 날 초대하지 않은 건 유감이야."

"제인을 탓하지 마. 앤드루스 집안의 친척이 좀 많니? 집에 손님이 들어설 자리가 없을 정도였다니까. 난 제인의 오랜 친구니까 초대받은 거고. 하긴 앤드루스 부인은 제인을 자랑하기 위해서였겠지만."

"정말 그렇게 많이 다이아몬드를 달았니? 다이아몬드와 제인이 구분이 안 되었다는 말이 들리던데."

길버트의 물음에 앤이 소리내어 웃었다.

"그래, 다이아몬드를 많이 달긴 했지. 다이아몬드랑 흰 공단 드레스와 명주 망사, 레이스, 장미꽃과 오렌지꽃에 파묻혀서 자그마한 제인이 잘 보이지 않았으니까. 어쨌거나 제인은 무척 행복해 보이더라. 신랑 잉글리스 씨도 그렇고."

길버트가 주름 장식이 달린 드레스를 내려다보며 물었다.

"오늘밤 입을 드레스니?"

"응, 예쁘지 않아? 머리엔 취란화를 꽂을 거야. 숲에는 취란화 천지잖아."

길버트는 문득 앤이 초록색 드레스를 입은 모습을 그려보았다. 빨간 머리에 흰 꽃을 꽂은 모습은 눈부시도록 아름다웠다.

"그럼 내일 올게. 오늘밤에 즐거운 시간 보내고."

앤은 성큼성큼 걷는 길버트의 뒷모습을 바라보며 한숨을 내쉬었다. 길버트는 다정했다. 그것도 지나치게 다정했다. 몸이 회복된 뒤로 길버트는 초록 지붕 집에 자주 찾아왔고, 예전의 우정이 되살아나는 것 같았다. 그러나 이제 앤은 그걸로 만족할 수가 없었다. 혹시 길버트가 자기한테 우정이 아닌 다른 감정은 느끼지 못하는 게 아닐까 싶어 두려웠다. 길버트가 사랑하는 사람은 크리스틴일지도 몰랐다.

다음 날 오후, 길버트가 앤을 찾아왔을 때 앤은 초록색 드레스 차림이었다. 전에 레드먼드의 파티에서 길버트가 특별히 마음에 들어하던 옷이었다. 앤의 머리색과 별빛 같은 회색 눈동자, 백합같이 고운 피부를 한결 돋보이게 하는 초록빛이었다.

숲길을 나란히 걸으면서, 길버트는 여태껏 이렇게 아름다운 앤의 모습은 본 적이 없다는 생각을 했다. 한편 앤은 길버트가 병을 앓은 뒤 훨씬 나이 들어 보인다는 생각을 했다.

아름다운 날이었다. 헤스터의 정원에 도착해서 낡은 벤치에 앉는 게 아까울 정도였다. 물론 그곳이 아름답지 않은 것은 아니었다. 오래 전 다이애너와 제인, 프리실라와 소풍을 나와 이 자리를 찾아냈던 그날만큼이나 아름다웠다. 그때는 수선화와 바이올렛이 예쁘게 피었는데, 지금은 과꽃이 활짝 피어 뽐내고 있었다. 자작나무 계곡에서는 실개천 흐르는 소리가 들렸고, 상큼한 공기에는 바다의 일렁임이 넘쳐났다.

앤이 나지막하게 말했다.

"저 작은 계곡 너머는 '꿈이 이루어지는 땅' 이라는 생각이 들어."

"이루지 못한 꿈이라도 있니?"

길버트의 물음에 앤은 짐짓 가볍게 대답했다.

패티네 집 과수원에서 둘이 만났던 그 슬픈 저녁 뒤로 들어 보지 못했던 그 말투여서 그런지 심장이 뛰었다.

"물론이지. 하지만 우리가 꿈이 이뤄진다고 반드시 좋은 것만은 아닐 거야. 이룰 꿈이 없다면 죽은 거나 마찬가지일 테니까."

길버트는 천천히 말했다.

"난 아직도 꿈을 꾸고 있어. 이루지 못할 것 같긴 하지만, 그 꿈을 버릴 수가 없어. 벽난로가 있는 집에서 고양이와 개, 그리고 친구들의 발자국 소리와 네가 있는 가정을 꿈꿔!"

앤은 갑자기 말문이 막혔다. 행복이 파도처럼 덮쳐와 겁이 날 지경이었다.

"2년 전에도 물었던 거야. 오늘 다시 묻는다면 다른 대답을 해주겠니?"

앤은 대답 대신 사랑이 빛나는 눈길로 길버트의 눈을 한동안 들여다보았다. 길버트도 다른 대답을 원하지 않았다. 그들은 해질녘까지 그곳에서 시간을 보냈다.

"나는 네가 크리스틴 스튜어트를 사랑한다고 생각했어."

앤은 자기 역시 로이 가드너를 사랑한다고 길버트가 믿게 했으면서도, 원망조로 말했다. 길버트가 소년처럼 웃었다.

"사실 크리스틴은 약혼녀야. 크리스틴의 오빠가 졸업하면서 나한테 여동생을 부탁한 거야. 다음 겨울에 음악 공부를 하러 킹스포트에 온다면서 잘 돌봐 달라고 했지. 그래서 그 부탁을 들어준 거야. 크리스틴은 아마 지금까지 알았던 여자 가운데 가장 좋은 사람이었을 거야. 학교에 우리가 사랑에 빠졌다는 소문이 돌았다는 걸 알아. 하지만 신경 쓰지 않았지. 너한테 그 말을 들은 뒤 나에게는 중요한 게 아무것도 없었으니까. 내게는 너말고 다른 사람은 있을 수 없었어. 어린 시절 학교 다닐 때 네가 내 머리를 내리쳐서 석판을 깬 그날부터 너를 사랑했어."

"내가 얼마나 바보처럼 굴었는데, 날 그렇게 사랑할 수 있어?"

"나도 사랑을 그만두려고 노력했지. 가드너가 등장한 뒤에는 나한테 완전히 기회가 없어졌다는 걸 깨달았어. 그런데도 그럴 수가 없었어. 네가 가드너하고 결혼할 거라고 믿으면서 보낸 그 2년이 내게 어떤 시간이었는지……. 날마다 잠에서 깨어나면 네가 약혼을 발표할 거라고 마음을 졸였어. 내가 열병에서 일어난 그날까지. 그런데 필고든의 편지를 받은 거야. 너하고 로이 사이가 아무 관계도 아니라고 썼더구나. 그 뒤부터 얼마나 빨리 회복했는지 의사도 감탄했지."

길버트의 솔직한 고백에 앤은 가볍게 몸을 떨며 웃음을 터뜨렸다.

"네가 죽을 거라고 생각했던 밤을 절대 잊지 못할 거야. 그제야 깨달은 거야. 하지만 너무 늦었다는 생각이 들었어."

"오, 앤. 이 순간이 그동안의 모든 것을 보상해 줄 거야. 오늘이야말로 인생이 우리에게 완벽하게 아름다운 날로 선물해 준 걸로 간직하자."

"그래, 우리의 행복이 다시 태어나는 날이야. 늘 사랑해 왔던 헤스터 그레이의 정원이 오늘은 훨씬 더 사랑스럽게 느껴지네."

"하지만 미안한데 너한테 부탁을 할게. 내가 의과대학을 마치려면 3년은 걸릴 거야. 그런 다음에도 제인처럼 다이아몬드 세례와 대리석 집 같은 것도 없을 거고."

길버트가 서글프게 말하자 앤이 또다시 웃음을 터뜨렸다.

"나는 다이아몬드 세례나 대리석 집은 필요 없어. 그냥 너만 있으면 돼. 그런 게 있으면 더 좋을지 모르지만, '상상의 여지'는 적어지겠지. 그리고 기다리는 것도 문제 없어. 서로 일하면서 기다리면 행복할 거야."

길버트가 앤을 끌어안고 입을 맞췄다. 미래를 약속한 두 사람은 아름다운 꽃길을 걸었다. 저녁 어스름이 내리는 가운데 사랑의 왕국에 왕과 왕비가 되어서 두 손을 잡고 나란히 걸었다.

연 보

1874 캐나다 프린스 에드워드 섬 클리프턴에서 태어남.

1876 어머니를 여읨. 이후 카벤디시의 외가에서 성장. 1880 카벤디시 초등학교 입학. 열 살 때 〈가을〉이라는 시를 지었고, 일기를 쓰기 시작.

1890 16세 생일 바로 전에 〈루퍼스 곶에 대하여〉라는 시가 샬롯타운에서 발행되는 〈데일리 퍼틀리엇〉 신문에 실려 처음으로 활자화됨. 샬롯타운의 프린스 오브 웨일스 대학과 핼리팩스의 델하우지 대학을 졸업한 뒤 교단에 섬.

1898 외할아버지가 세상을 떠나자 다시 카벤디시로 돌아옴. 외할아버지는 카벤디시에서 3급 우체국을 경영하고 있었는데, 외할머니 혼자 힘으로 사무를 감당할 수 없어 돕기로 한 것. 그 즈음 몽고메리는 여러 신문, 잡지에 글을 발표.

1901 핼리팩스에서 발행되는 클로니클 사의 석간 〈데일리 에코〉의 기자로 일하게 되어 약 8개월 동안 카벤디시를 떠남. 이 해 장로교회 소속의 젊은 목사 맥도널드를 만나 약혼. 그러나 할머니를 도와 다시 우체국 일을 해야 했으므로 결혼을 미루고 다시 카벤디시로 귀향. 틈틈이 작품을 써서 지방신문 및 교회관계 출판물에 발표했지만 반응은 그리 신통치 않았음.

1904 〈그린 게이블스의 앤(Anne of Green Gables)〉 집필 시작, 10월 탈고. 많은 출판사에 원고를 보냈으나 모두 외면.

1908 보스턴의 한 출판사에서 〈그린 게이블스의 앤〉 출간. 하루아침에 루시 모드 몽고메리가 유명해짐. 이후 앤을 주인공으로 한 작품을 여덟 편 씀. 〈앤의 사랑〉, 〈앤의 친구〉, 〈앤의 행복〉, 〈앤의 몽상의 집〉, 〈난로가 있는 집의 앤〉, 〈앤의 주변 사람들〉, 〈무지개 계곡의 앤〉, 〈앤의 딸 리라〉

1911 외할머니 세상을 떠남. 우체국 문을 닫음. 약혼자 맥도널드(41세)와 결혼(37세).

1912 큰아들 태어남. 3년 뒤 둘째아들 태어남. 목사 부인으로서 교회 봉사 활동과 작품 쓰기를 병행함.

1917 〈험난한 길, 몽고메리 자서전 (The Alpine path, The story of my Careea)〉 출간.

1923 〈귀여운 에밀리〉 3부작 출간.

1935 영국 학사원 회원, 캐나다 프레스 클럽 회원, 프랑스 예술원 회원, 프랑스 예술원 은메달 수상

1942 세상을 떠남(68세). 이듬해에 운명한 남편과 함께 프린스 에드워드 섬에 묻힘.